"研究生学术论文写作"丛书

# 英美文学研究论文写作
## 案 例 与 方 法

◎ 主　编　曾桂娥
◎ 副主编　王弋璇　袁　源

*Paper Writing*

上海大学出版社

图书在版编目(CIP)数据

英美文学研究论文写作：案例与方法/曾桂娥主编
.—上海：上海大学出版社，2021.11（2023.3重印）
（研究生学术论文写作）
ISBN 978-7-5671-4352-4

Ⅰ.①英… Ⅱ.①曾… Ⅲ.①英国文学—文学研究—论文—写作②文学研究—美国—论文—写作 Ⅳ.①I561.06②I712.06③H152.3

中国版本图书馆 CIP 数据核字(2021)第 202578 号

责任编辑　陈　强
封面设计　缪炎栩
技术编辑　金　鑫　钱宇坤

**英美文学研究论文写作：案例与方法**

曾桂娥　主编

上海大学出版社出版发行
（上海市上大路99号　邮政编码200444）
(http://www.shupress.cn　发行热线 021-66135112)
出版人　戴骏豪

\*

南京展望文化发展有限公司排版
上海普顺印刷包装有限公司印刷　各地新华书店经销
开本 710mm×1000mm　1/16　印张 24　字数 404千
2021年11月第1版　2023年3月第3次印刷
ISBN 978-7-5671-4352-4/I·389　定价 58.00元

版权所有　侵权必究
如发现本书有印装质量问题请与印刷厂质量科联系
联系电话：021-36522998

# "研究生学术论文写作"丛书编委会

**主　任**　汪小帆

**副主任**　刘文光　李常品　曾桂娥

**委　员**　（按姓氏笔画为序）
　　　　　于瀛洁　王廷云　王远弟　毛建华
　　　　　卢志国　田立君　闫坤如　李凤章
　　　　　沈　荟　张勇安　张新鹏　姚　萱
　　　　　姚　蓉　聂永有　黄晓春　曾　军

# 本书编委会

**主　编**　曾桂娥

**副主编**　王弋璇　袁源

**专家委员会**　（按姓氏笔画为序）
　　　　王守仁　（南京大学）
　　　　朱　刚　（南京大学）
　　　　朱振武　（上海师范大学）
　　　　李维屏　（上海外国语大学）
　　　　杨金才　（南京大学）
　　　　张　冲　（复旦大学）
　　　　张伯香　（武汉大学）
　　　　张和龙　（上海外国语大学）
　　　　金衡山　（华东师范大学）
　　　　查明建　（上海外国语大学）
　　　　姚乃强　（中国人民解放军战略支援部队信息工程大学）
　　　　殷企平　（杭州师范大学）
　　　　郭英剑　（中国人民大学）
　　　　郭棲庆　（北京外国语大学）
　　　　盛　宁　（中国社会科学院）
　　　　彭青龙　（上海交通大学）
　　　　虞建华　（上海外国语大学）

**编　委**　（按姓氏笔画为序）

　　　　石　婕　（对外经济贸易大学）
　　　　申屠云峰（浙江工商大学）
　　　　孙胜忠　（上海外国语大学）
　　　　应　璎　（杭州师范大学）
　　　　张　琳　（曲阜师范大学）
　　　　张廷佺　（上海外国语大学）
　　　　陈　雷　（中国社会科学院）
　　　　陈广兴　（上海外国语大学）
　　　　尚晓进　（上海大学）
　　　　周　敏　（杭州师范大学）
　　　　单雪梅　（新疆大学）
　　　　荆兴梅　（苏州大学）
　　　　姜萌萌　（四川外国语大学）
　　　　姚君伟　（南京师范大学）
　　　　徐谙律　（上海外国语大学）
　　　　郭　巍　（对外经济贸易大学）
　　　　梅　丽　（上海外国语大学）
　　　　戚　涛　（安徽大学）
　　　　戴桂玉　（广东外语外贸大学）

# 总 序

教育部办公厅《关于进一步规范和加强研究生培养管理的通知》明确指出，研究生培养单位要加强学术规范和学术道德教育，把论文写作指导课程作为必修课纳入研究生培养环节。上海大学积极响应，安排各个学院组织开设相关课程并纳入研究生培养环节，取得良好效果。

为了进一步提升研究生培养质量，上海大学研究生院和上海大学出版社联合策划了"研究生学术论文写作"丛书，作为研究生学习学术写作的指导用书。本丛书内容涵盖文科、理科、工科、医学、经济、管理等多个学科，邀请各学科教授及学术骨干领衔担任主编，并根据学科特点，采用以下两种编纂模式：一是对已发表的高水平论文进行综合分析，归纳出写作要点；二是在已发表的论文案例基础上，论文原作者解析撰文过程和注意事项。这种"案例＋方法"的编纂模式，通过论文作者现身说法的方式，从问题意识、论证方法、创新之处等方面揭示论文的成文之道，为研究生提供可参考、可借鉴的学术写作范例。

上海大学老校长钱伟长生前指出，研究生培养分为两个阶段，一个是课程学习阶段，另一个是论文写作阶段。钱校长非常重视研究生学术论文写作能力的培养，他曾经在研究生开学典礼的讲话中指出："论文很重要。写论文以前，你首先要到第一线找到人家的'肩膀'在哪儿。"本丛书的编纂，践行钱伟长教育思想，探索案例和方法相结合的教学途径，为研究生提供学术研究的"肩膀"，为各学科研究生提供学术论文写作的方法指导，也可为青年教师撰写学术论文提供思路启发。

我们真诚地希望使用本丛书的教师、学生以及广大读者对其中存在的问题提出修改意见或建议，交流互鉴，共彰学术。

"研究生学术论文写作"丛书编委会  
2021年9月

# 目录

序：范例之鉴与方法之谈 ············································· 虞建华 1

## 文 学 理 论

关于伍尔夫的"1910年的12月" ······································ 盛　宁 1
　　方法谈：如何延续一段有趣的学术思考？ ························· 13
西方文论关键词：媒介生态学 ········································ 周　敏 19
　　方法谈：如何将理论与文本相结合？ ······························ 31
主流或边缘
　　——场域视野下爱默生超验主义再探 ·························· 戚　涛 34
　　方法谈：翻案文章的写作心得 ····································· 46
保罗·德曼的"语法"与"修辞" ········································ 申屠云峰 50
　　方法谈：如何论证大理论家的理论？ ······························ 61

## 美 国 文 学

禁酒令与《了不起的盖茨比》 ········································ 虞建华 64

方法谈：文学论文的"文外研究"与论证 ………………………………… 76

"人为信条"与荒谬感

　　——谈辛格的宗教观 ……………………………………… 陈　雷　80

　　方法谈：如何论述同一作家不同作品的共同之处？…………………… 96

美国后现代主义小说与田园话语的颠覆 ……………………… 戴桂玉　99

　　方法谈：如何从理论著作中获取论文灵感？……………………… 110

从《泥女人》看欧茨对无意识的探索 ………………………… 单雪梅　113

　　方法谈：如何从作家关注点中发现论文选题？ ………………… 123

改革时代与田园牧歌

　　——谈历史语境中的《七个尖角阁的宅子》 ……………… 尚晓进　126

　　方法谈：如何抓住灵感的瞬间？ …………………………………… 138

儒家文化真的影响梭罗了吗？

　　——《瓦尔登湖》对《四书》的引用和悖离 ………………… 陈广兴　141

　　方法谈：如何真正吃透文本？ ……………………………………… 154

刘易斯和克拉克探险叙述与杰斐逊"自由帝国"空间生产 …… 郭　巍　157

　　方法谈：如何使论文具有时代精神？ ……………………………… 178

莫里森笔下城市新黑人的转型焦虑 …………………………… 荆兴梅　182

　　方法谈：如何在前人的研究基础上进行创新和延伸？ ………… 192

摇滚的"自我之歌"

　　——山姆·谢泼德戏剧的大众文化符号解析 ……………… 姜萌萌　195

　　方法谈：如何探寻文学中的大众文化？ …………………………… 205

# 英　国　文　学

夜尽了，昼将至：《多佛海滩》的文化命题 …………………… 殷企平　208

　　方法谈：学术论文的"起承转合" …………………………………… 220

论《旧衣新裁》中的"衣服"与"裁缝" ………………………… 孙胜忠　223

方法谈：文学研究中的问题意识与文本细读⋯⋯⋯⋯⋯⋯⋯⋯ 236
作为"生产者式文本"的女性主义通俗小说⋯⋯⋯⋯⋯⋯ 梅　丽 239
　　方法谈：选题背景与写作要点⋯⋯⋯⋯⋯⋯⋯⋯⋯⋯⋯⋯⋯ 249
生活首先必须关注心智
　　——《瑟尔萨》中的文化之旅⋯⋯⋯⋯⋯⋯⋯⋯⋯⋯ 应　璎 252
　　方法谈：如何阐释细节？⋯⋯⋯⋯⋯⋯⋯⋯⋯⋯⋯⋯⋯⋯⋯ 264

## 治 学 集 议

作品阐释与理论运用：问题、迷误与对策⋯⋯⋯⋯⋯⋯ 张和龙 267
　　方法谈：论文写作要有一定的"问题意识"⋯⋯⋯⋯⋯⋯⋯ 279
国内乔伊斯·卡罗尔·欧茨研究评述⋯⋯⋯⋯⋯⋯⋯⋯ 王弋璇 282
　　方法谈：如何撰写综述类论文？⋯⋯⋯⋯⋯⋯⋯⋯⋯⋯⋯⋯ 293
人类世的气候危机书写
　　——兼评《气候变化小说：美国文学中的全球变暖表征》⋯⋯ 袁　源 298
　　方法谈：如何写书评类文章？⋯⋯⋯⋯⋯⋯⋯⋯⋯⋯⋯⋯⋯ 308
跨学科研究：近十年我国外国文学研究的科学知识图谱分析
　　（2010—2019）⋯⋯⋯⋯⋯⋯⋯⋯⋯⋯⋯⋯ 张　琳　王英俊 311
　　方法谈：研究"研究"的数字人文方法⋯⋯⋯⋯⋯⋯⋯⋯⋯ 322
博士学位论文开题报告范例与写作方法⋯⋯⋯⋯⋯⋯⋯ 徐谙律 325
文学批评论文写作的问题与对策⋯⋯⋯⋯⋯⋯⋯⋯⋯⋯ 石　婕 349

后记⋯⋯⋯⋯⋯⋯⋯⋯⋯⋯⋯⋯⋯⋯⋯⋯⋯⋯⋯⋯⋯⋯⋯⋯⋯ 366

# 序：范例之鉴与方法之谈

  论文是一种高层次的学术性论说文体。这种思辨文章基于科学理性，要求严谨、逻辑、深刻的关联性思考和审慎、精确、到位的规范性文字表达。学习外国语言文学的本科生、研究生和从教的教师，都无法绕过论文撰写这一项要求。这对大多数人是一种挑战，对有些人更是一道困难重重但必须逾越的关卡。

  从实用主义的角度来说，论文是职业提升的铺路石，毕业、考博、职称评定、项目申请等都需要论文的铺垫；从理论上讲，高等教育不是职业培训，其要务是培养学生的思辨能力，而学生思辨能力的高下，往往又与教师的这方面能力有所关联。因此，除了贡献新认识之外，论文撰写也是促动书写者更广泛深入地阅读学习、更敏锐地发现问题、更缜密地书写表达的最有效途径。所以每一位在高校学习或工作的人，都需要在自己的专门领域拓宽视野，深入研习。"千淘万漉虽辛苦，吹尽狂沙始到金。"论文撰写不可能一蹴而就，确定论题之后的资料准备和撰写过程，是一个聚焦式的深度思考和严密陈述的过程，需要经历"千淘万漉"的辛苦，但不论是对学生还是对教师，这一过程都能让人受益无穷，可以引向"到金"的收获和喜悦。

  一篇好的论文就像一盘佳肴，可观赏其形色、品味其鲜香，而回家自己把厨尝试，却往往难得要领，色味皆无。如若既有成品展示，又有大厨点拨，两相结合，学艺可能成效更高，事半功倍。写论文无疑要比烹饪复杂得多，因为它远不止于技艺层面，还包含了作料配置和操作要领之外的很多方面，如一个人的思考习惯、分析能力和学术视野等。但学术能力可以通过不断阅读学习慢慢沉淀积累，阅读他人的论文，汲取其中精要，包括他人谋篇布局的方法，也是提高自己的有效途径。

  在鼓励学习论文撰写者深入广泛阅读思考的前提下，《英美文学研究论文写作：案例与方法》独辟蹊径，采用"'菜品'+'厨艺'"的模式编写这本论文写作教材,也即论文案例结合论文作者有关撰写要点和方法的自述。其他学科如法学、商务等,课程中最说明问题、最生动、最让学生明白理解且终身受用的,往往是案例解析。我认为这套文学研究论文写作教程的编写中对案例施教的"挪用"借鉴,也可称为一种创意,给往往乏味枯燥的写作课程带来了别样的体验:一种更加生动活泼的、易教易学的样式。与罗列条文、要素、重点等归纳性的讲解相比,案例是语境化的,具体鲜活,几乎可触可摸,可以让学生在情境中融通规则与要义,体悟论文建构的内在骨骼。

每一个案例之后是该篇论文作者的现身说法,各自在论文后的方法之谈中讲述该篇论文写作的体会。这些论文作者包括盛宁教授、殷企平教授、张和龙教授等名家博导。他们都是外国文学研究和著述的行家里手,他们的经验之谈一定会给学习论文写作的学生和青年教师带来启示和助益。其他入选为案例的,也都是论文中的精品,或至少在某些方面优点突出。这样,前一部分的论文就与后一部分作者自己的解析形成呼应,意在使读者更直接地了解范文作者的意图和方法,并可回看他们的论文构想是如何落实到最终发表的论文文本之中的。由于所选论文大多出自《外国文学评论》和《外国文学》,论文选用了《外国文学评论》的体例作为统一规范。

学术论文不同于散文,强调规范,更需要逻辑上的严谨和体例上的统一,但学术论文不是八股文。本教材所选范例的每位作者都有各自与众不同的论述风格、观察角度、语言特色和阐释方法。他们对各自论文的自我解析,同样风格迥异。比如,盛宁教授的论文起笔于一位作家锁定的某个日期,深度犁耕其背后所指。他的自我讲评在貌似随性的漫谈中点及论述之要义,轻车熟路,游走于纷繁复杂的文化巨变的历史语境中,极具说服力地纠正了文学批评界有关现代主义起点的一个重要时间概念的误读。殷企平教授的论文从两个诗歌意象切入,解剖麻雀,通过文本细读引出对诗人基本观念的不同解读。他的自我点评解析了论文书写的起承转合,并收笔于看似抒情的简短的12字,对论述进行恰如其分的归结。两位论文作者的共同点是从细节入手探幽索隐,折射更宏大的层面。其他范文作者采用各自擅长的有效辨析途径,但殊途同归,通过递进式的一步步的推论,阐发见解,读解隐义,考镜源流,引向某种新的认识。不管采用何种手法、针对何种文类、立足于哪个视角,他们都在论文初始提出问题或描述现象,在论文中间进行充分的推理引证,在论文的末尾或完成解答,或为进一步讨论铺设台阶。这是论文撰写不变的"三部曲"。

本教材共设有四个栏目,除文学理论、美国文学和英国文学三大栏目 17 篇外国文学研究论文外,栏目四"治学集议"还有 6 篇不同类型但常见的外国文学论文或研究性的文本,包括书评、综述、资料梳理、科研指导和课题陈述。与前面的 17 篇一样,入选的论文范例不一定是"公认的"最优秀作品,因为不存在绝对的"公认"标准。可操作的文学评定是相对的,可以见智见仁,这是事情的一方面;另一方面,一篇论文质量的优劣,对其思想观点、文化视野、理论深度、推理逻辑、表述语言等各方面的评价,学者们掂量的结论通常又十分接近。因此,选择不是抽签。本书所选的不是完美无缺的范文,而是编者们认为具有较高质量的论文作品,或者在选题立论、理论框架、谋篇布局、推理解析途径的某些方面具有长处,可供读者触类旁通,成为学习论文写作的参考。

虞建华

2021 年 3 月 25 日

文学理论

# 关于伍尔夫的"1910年的12月"*

盛 宁**

**内容提要**：弗吉尼亚·伍尔夫曾有一句名言："1910年的12月,或在此前后,人性发生了变化。"某些文学史家据此而将这一年份视为现代主义文学时代的肇始,但称"人性发生了变化",在文理上似又有商榷的余地。本文在对伍说的由来进行了全方位的考察后指出,由于人与人之间的关系出现了某种历史性的变化,作为文学家的伍尔夫,便在与传统写实主义论战的过程中,将自己塑造人物形象的新方法作了一次具体而生动的展示。文章认为,伍尔夫之言引起的争论其实已经有了结果：她真正要说的是1910年的12月,或在此前后,是人的形象发生了变化。

**关键词**：伍尔夫;现代主义;人的形象;爱德华时代;乔治时代

论及现代主义或现代派文学,人们多半要追溯现代主义产生的根源,探询产生现代主义思潮的时代的、社会的背景。这时,我们常常会听到引用英国著名女作家弗吉尼亚·伍尔夫的一句名言"1910年的12月,或在此前后,人性发生了变化……",作为时代划分的某种依据。这句话出自现已非常有名的《本涅特先生和布朗太太》("Mr. Bennett And Mrs. Brown")一文,伍尔夫的这篇文章最初写于1923年的12月,是针对阿诺德·本涅特(Arnold Bennet)的一篇批评文章

---

* 原载《外国文学评论》2003年第3期,第25—33页。本书收录时略有修改。
** 盛宁,中国社会科学院外国文学研究所研究员,英语语言文学专业博士生导师,享受国务院特殊津贴,哈佛大学、斯坦福大学高级访问学者,曾担任《外国文学评论》主编。国家哲学社会科学规划(基金)评审委员,中国美国文学研究会副会长,中国外国文学学会英语文学研究会副会长,北京大学欧美文学研究所兼职教授,山东大学人文社会学科一级教授。出版专著七部,主持国家社科基金项目"人文困惑与反思：西方后现代主义思潮批判";在《外国文学评论》《文艺研究》《世界文学》《美国研究》《当代外国文学》等学术刊物上发表论文数十篇。
**联系方式**：中国社会科学院,邮编：100732。Email：shengning@cass.org.cn。

写就,后者从纯文学批评的角度,批评伍尔夫此前不久发表的小说《雅各的房间》(1922),称其笔下人物"不能在读者心中留下生动的印象,因为作者太执迷于玩弄小聪明和独创性",本涅特认为,"好的小说的基础不是别的,仅在于创造人物形象"。伍尔夫对本涅特的观点进行了反驳,并对这篇文章又作了一些增补,于1924年的5月在剑桥大学的"异端邪说学会"(the Society of Heretics)上做了一次讲演。其中即包含我们在此引述的这句话,而"人性"二字,现在看到的正式版本用的都是"human character",但20世纪50年代出版的某些英国小说史中的引文,用的却是"human nature"①。既然作"人性"理解,这段话立刻在文坛引起哗然。一些人认为伍尔夫是突发奇想,故作惊人之语。而这一看法似也事出有因。因为伍尔夫在文字上向来都字斟句酌,她说自己是"冒昧地"(hazard)提出了这个断言,并预料它"或许更会引起争议",可见她确实是有备而来(但她是否是就"人性"之变展开争论却并没有明说)。而随着对现代主义和现代派文学讨论的深化,伍尔夫这篇文章被看成了现代派小说的宣言书,于是更造成了越来越多的人在"1910年的12月前后"这一时段上大做文章,甚至还有人干脆把这一时间标记认定为现代主义之滥觞。

历史的分期通常都带有一定的人为性,将某个特定历史事件的发生日作为一个新时期的始点,例如在中国历史上我们把鸦片战争设定为近代史的开始,或把1919年的五四运动设定为中国新民主主义革命的开始,就都属于这样的情况。然而,我们现在讨论的西方文化史上的这一现代主义运动,则好像不太一样,它其实还算不上是一种社会运动,而只是一股文化思潮,当这股文化思潮最初"起于青萍之末"时,它并没有立刻引起人们的注意,再说其又呈散漫性的多发状态,直到它慢慢聚拢起来、并形成一定的声势时,人们才倏然醒悟,觉得应该给这一思潮一个命名才是。而此时要追溯其确切的肇始——例如像伍尔夫那样,不容分说地将1910年的12月确定为它的起始,则无论如何都让人觉得有点突兀。不过,我们不要忘记,伍尔夫是一个文学家。而文学家在描述一个文化现象或形态的变化时,往往倾向于使用一种以具象点化抽象、宁可具体也不要笼统的表述方式,因而其中即便有点夸张的成分,也可以理解。而且,也唯有这样,她觉得才能让人们认

---

① 例如英国著名文学史家 Walter Allen 在他的《英国小说》一著中即是。见 Walter Allen, *The English Novel*, New York: E. P. Dutton & Co., Inc., p.410. 斯坦福大学的 Peter Stansky 教授在其研究早期布卢姆斯伯里团体的专著中曾说过,伍尔夫所关注的是更为自觉意识的表现——"形象"而非"与生俱来的本性"("character rather than innate nature")——而且是在更新的"现代"意义上的"形象"……,对于为什么是"character"而不是"nature"作了一番他自己的解释,似乎也旁证了有两种文本存在这一事实。参见 Peter Stansky, *On or About December 1910: Early Bloomsbury and its Intimate World*, Harvard University Press, 1996, p.2。

识到：这种变化并不仅仅是一种量变，而是从此以后便截然不同的一种质变。

那么，她又为什么独独要提出1910年这一具体的年份呢？这也只好任凭我们去猜想了。凭着我们事后的聪明，我们或许可以提出无数个理由。譬如，这一年是在位十年的英王爱德华七世驾崩、乔治五世继位之年。作为时代的划分，这当然是再合适不过，但是，认为这一历史事件本身会造成所谓人性的改变，则仍然会让人觉得过于牵强；再说，王位的更迭是发生在5月，显然与伍尔夫所说的12月不符；我们或可把目光再投向那年出版的弗洛伊德的《精神分析的起源和发展》一书，这部在美国克拉克大学的演讲汇集，是这位20世纪大知识权威为普及其精神分析学理论而写给一般听众的数篇导论中的第一篇，其重要性当然无可置疑。可是，纵使精神分析学理论可以被看成是认识和把握人性的一种假说，但它毕竟仍不能被当作是人性发生变化的一个标识。更何况伍尔夫把人性发生变化的时间竟敲定到了某个特定的月份，个中原因于是就更耐人寻味了。

算来算去，1910年的11月至12月间在伦敦发生的文化事件中，最重要的恐怕就应该是罗杰·弗赖（Roger Fry）和戴斯蒙·麦克阿瑟（Desmond MacCarthy）组织的后印象派画展了。对于众多对艺术感兴趣的英国人来说，他们在这个画展上首次看到了塞尚、梵高、毕加索和马蒂斯的作品。这一批画家之所以被称为后印象派，因为他们都奉行这样一个理念，即早先得势的印象派已经死去，现已出现了一个激烈地反对他们的新的艺术派别，这些画家认为，过去的印象派把艺术表现的对象给化解掉了，而他们则试图要从周遭的空气和光线中把被化解掉的艺术表现对象重新再寻找回来。

应该说这是一个与伍尔夫的断言比较契合的理由。罗杰·弗赖是伍尔夫所在的那个布卢姆斯伯里团体的重要成员之一，比伍尔夫年长十几岁，主要从事视觉艺术的研究，在美学理论上也颇有建树。伍尔夫在从事小说创作之前就与他交往，在艺术见解上受到他一定的影响。在伍尔夫看来，各种艺术表现形式至少在根本理念上是相通的[①]。她显然认为，绘画作为一种视觉艺术，其表现形式在

---

[①] 1923年，伍尔夫在写她的那篇《本涅特先生与布朗夫人》的文章之时，正是她埋头写作小说《达罗威夫人》的时候，在此期间，她曾与法国画家雅各·拉韦拉（Jacque Raverat）讨论如何克服小说表现方式的局限，把本涅特、高尔斯华绥那种"铁路式的直线"的表达方式变成像绘画那样，"水花四溅似的"给人以"辐射式"的印象。参见 Quentin Bell, *Virginia Woolf, A Biography*, New York: Harcourt Brace Jovanovich, Inc., 1972, pp.105-107；《达罗威夫人》在英国和美国同时出版问世后，英国评论界一开始的反响并不太好，而在美国却得到出乎意料的好评。英国小说家理查德·休斯开了一个好头，她把伍尔夫的这部小说与塞尚的画进行比较，引起很大的兴趣。参见 Robin Majumdar and Allen McLaurin, eds., *Virginia Woolf: The Critical Heritage*, London and Boston: Routledge & Kegan Paul, 1975, p.18。

一定阶段所产生的变化，从根本上说，就是因为人对这个世界的感觉和对自身的把握发生了变化。伍尔夫如果把这次后印象派画展所表现出的一种新的艺术感觉，看成是人对自身把握的一个划时代的改变，应该说还是有她的道理的。但需要指出的是，画展虽然是在1910年的11至12月间举行，然而出展画家们按照新的艺术理念所进行的探索却早就开始。而且，再深究一步说，他们所信奉的所谓新的理念，也绝不可能成于一旦，而是有一个逐步探索、逐步成型的过程，他们与所由脱胎而出的艺术流派之间，也并不是一个截然对立、不共戴天的关系，如果仔细考察一番，恐怕还必须说是一个藕断丝连、逐步脱离的关系。

即以画展最推崇的塞尚为例。他在年龄上比印象派的主将马内只小七岁，比印象派的另一位主将雷诺阿还要大两岁。塞尚年轻时就参加过印象派的画展，但那时候，印象派受到传统学院派的强烈反对和讥讽，而"印象主义"一词，甚至一度成为"艺术上不入流"的代名词。塞尚对这种风气非常厌恶，但他也没有加入日后所谓拥护还是反对"现代主义"的争论中去。他本人家境富有，因此也并不需要靠卖画为生，他可以有充裕的时间和精力来从事自己的艺术实验，可以完全不受干扰地把自己所崇尚的艺术标准付诸实践。这时，他把目光投向17世纪法国"学院派"大师普桑（Nicolas Poussin，1594—1665），希望能在重现"自然"时达到像普桑那样的一种"奇妙的平衡和完美"。但他又认为，前辈名家是以巨大的代价才取得那样一种平衡和效果的，现在再重复普桑的技法已经不可能再奏效，我们今天从经典名作中所要学习的，是它们的布局，是它们的空间感和立体感。他本人已身在其中的印象派在色彩和造型领域已有许多新的发现，印象主义画家们也堪称是描绘"自然"的大师，但他们那样做就已经完美无缺了吗？在塞尚看来，绘画要表现的必须是"自然中"的东西，而像普桑那样的第一流名画家所特有的那种坚实的单纯性和完美的平衡感，在印象派的绘画中却失去了。

对于像塞尚这样具体的画家来说——对于作家也一样——艺术其实并不是一个理论的问题，而主要是一个实践的问题；很多人都会强调所谓的"艺术感觉"，可真正从事艺术创作的人则会发现，"感觉"其实是一个说不清道不白的一个空词，或者不客气地说，甚至是为掩饰自己审美素养和语言表达力欠缺而诉诸的一个遁词。艺术的真正要害是技巧——艺术表现的能力和手段这一最实在的问题。艺术家最终必须找到一种表现方式，来再现自己在心灵深处所感悟到的那样一种对于自然和人世的印象。他用以再现这种印象的物质材料，对于画家来说，只能是画笔和颜料，是线条和色块；对于音乐家来说，是表现为旋律和节奏的声音;而对于诗人和作家来说,即是语词。所有的艺术家都必须在允许使用的有限的材料范围之内,进行新的表现方式的实验和创造。这种创造不是一种先有了某种现成的标准、然后再按照这种标准去付诸实践,而是一种如同从没有路的地方蹚出一条道路来的创造。因此,从艺术的表现手法上说,这种创造也就不可能是一种对过去传统的断然摒弃,而是一种翻来覆去的尝试,一种有条件的、逐步实现的改善。比方说,印象主义的绘画光辉夺目,但是画面往往显得很凌乱。塞尚很讨厌这种凌乱,但他又不愿使用"组配式"的风景画的办法来达到布局设计上的和谐,他也不想重新使用学院派的素描和明暗程式去制造一种立体感。于是他苦苦地思索着,试验着,试图找到一种更符合他口味的用色方法。他希望使用强烈、浓重的色彩,希望画面呈现出清楚的图案感,印象派画家已经不在调色板上调和颜色,而是把浓浓的颜料一笔一道地涂抹到画布上,他们的画在色调上已经比前人的画要明亮得多,但塞尚仍不满意。他发现,他用纯粹的原色所画出的整块区域,损害了画面的真实感。这样作画,不能使人产生景深感。所以在相当长一段时间里,塞尚自己也感到非常矛盾:一方面,他希望使"印象主义成为某种更坚实、更持久的东西,像博物馆里的艺术";然而另一方面,他更希望的是要绝对地忠实于他自己对于自然的感官印象。那么,这个矛盾是怎么解决的呢?20世纪西方最重要的艺术批评家之一贡布里希(Ernst H. Gombrich, 1909—2001)这样告诉我们:

> 这两个愿望似乎相互抵触,难怪他经常濒临绝望的地步,难怪他拼命地作画,一刻不停地去实验,真正的奇迹是他成功了,他在画中获得了显然不可能获得的东西。如果艺术是一桩计算工作,就不会出现那种奇迹;然而艺术当然不是计算,使艺术家如此发愁的那种平衡与和谐,跟机械的平衡不一样,它会突然"出现",却没有一个人完全了解它的来龙去脉。[①]

贡布里希对塞尚的艺术表现方法实验的描述和归纳,极其准确地阐述了艺术流派更迭时一个带有普遍性的特征,即任何一种新的艺术流派的产生并不是因为事先悟到了某种新的理念,恰恰相反,新的理念则是在艺术家们几乎是悄没声的、暗自琢磨的实践过程中不知不觉地诞生的。

---

① 贡布里希:《艺术发展史》,天津人民美术出版社,1992年,第302页。

梵高(Vincent van Gogh，1853—1890)的情况似更能说明问题。这位英年早逝的绘画天才，是在极度孤独的状态下从事其艺术求索的。当他在1880年正式决定要当一个画家的时候，他甚至从来都没有听说过莫奈、德伽、毕沙罗和马内这些画家的名字①。1886年，经他在艺术商店工作的弟弟提奥的介绍，他才认识了上述这些印象派画家而眼界大开。1888年的冬天，他离开巴黎来到法国南部的阿尔，立志要在这里专心致志地工作上几年，实现自己的艺术梦想。可是不久，他却精神崩溃住进了医院。此后，他一直在时好时坏的精神分裂的状态下不停地作画，我们说他短暂生命的最后三年是他的艺术灵感喷涌勃发、辉煌夺目的三年，然而对梵高本人来说，他是在不停地作画实验过程中度过了这三年。正是他孜孜不倦的实验，结果是我们看到他创作了一大批充分反映他自己的艺术感觉、将所画景物与他的狂放的幻念融为一体的不朽之作。

梵高在给他弟弟的信中曾有许多关于他创作构思的描述。例如，他在从阿尔寄出的给他弟弟提奥的一封信中，是这样描述他对自己卧室那张画的构思的：

> 在这里，色彩将要包办一切了，通过色彩的单纯化给事物以一种更宏伟的风格，而且这色彩总的说来要给人以要休息或睡眠的感觉。总之，这幅画应让人的脑子得到休息，让想象得到休息。
>
> 墙壁是淡紫罗兰色，地面是红砖色，床和椅子的木头是鲜奶油般的黄色，被单和枕头是淡淡的发绿的柠檬色，床单是大红色。窗子是绿色，梳洗台是橙色，水盆是蓝色，门是淡紫色。
>
> 这间窗板关闭的屋子里只有上述这些东西，再没有别的了。家具的粗线条也必须表现出绝对的休息。墙上有肖像，还有镜子、毛巾和一些衣服。
>
> 因为画中一点白色也没有，因而画框将是白色……②

塞尚和梵高的例子说明，画家——其他类型的艺术家其实也不例外——的艺术构思从来都是非常具体的，根本不是一种从某个既定的理念出发，更不会是想好了要与某个特定的艺术流派相左而故意去如此这般地去做。艺术构思从来

---

① See Irving Stone, *Lust for Life*, Garden City, New York: International Collectors Library, 1937, p.235.

② Vincent van Gogh, Letter No.504, "To Theo," in *The Complete Letters of Vincent van Gogh*, Vol.II, New York: Graphic Society, 1978, p.598.

都是在一定的物质条件的限制下所进行的非常具体的企划和构思,大谈抽象理论的对立和差异对具体的艺术创作是无济于事的。何况,即使事先有这样那样的理论构想,一旦落笔于具体的创作,那仍然是要通过实际的操作来实现的。而在具体的艺术表现过程中,出于实际的艺术感觉而对理念进行修改又是司空见惯的事情。所以,在实际的艺术创作过程中,既定的理论究竟有多么重要,其实是大可以怀疑的。

就拿梵高对自己在阿尔的卧室这幅画的构思来说,法国卢浮宫中即收藏了他的这样一幅画。如果与梵高原先的构思作一对照,实际的画作中其实只有墙壁、床、椅子、梳妆台、被单、水盆、门还符合原先构思的色调。而整个画面上最醒目的一块大红色块则给了被面,面积最大的地面颜色变成了淡赭色,梵高原先设想的画面上要有白色,似乎也没有实现。构思时是想把白色留给墙上的画框的,而实际的画面上,画框则被处理成了与床架一样的奶油黄色。画面上椅子的颜色与设想的床架的颜色也有所不同,呈稍稍淡一点的黄色……我们知道,梵高对这幅画的构思是在 1888 年,上面引述的是他那年 7 月间给他弟弟提奥的一封信,而他那幅阿尔卧室画是 1889 年完成的,且不说画家从构思到完成作品这一年多的时间内在思想上会发生什么样的变化,即使是在具体的作画过程中,出于当下的灵感而改变初衷也是完全可以理解的。

我们之所以如此不厌其烦地关注塞尚和梵高的艺术实践与他们的艺术构想之间的巨大落差,目的就是要纠正普遍存在于学界中的一种"理念先行"的误解——以为古往今来包括文学家在内的艺术家在从事艺术创作时都是在为实现某种既定的理念而奋斗,或都是从某种抽象的理论出发来进行创作。歌德不是说"理论是灰色的,而生活之树才是长青的"吗?其实我们也不妨可以套用此话说:理论是灰色的,而艺术实践才是长青的。

一些热爱文学的学生经常会问这样一个问题:这个作家是现实主义的还是浪漫主义的?这个诗人是古典主义的还是现代主义的?似乎只要给这个作家或诗人冠以某某主义的称号,我们就能心安理得地判定和把握了他的创作倾向和形态。殊不知,艺术说到底并不是一个理念,而是一个实践的问题。记得 20 年前我第一次参观纽约大都会艺术博物馆时,一位来自国内的著名画家曾向我叙述了他初次看到米勒的《拾穗者》原作时所受到的精神震撼。他说他站在艺术大师的作品面前久久端详,心中产生了一种禁不住要匍匐在地的冲动,他过去曾仔细地琢磨过这幅画的无数张印刷复制品,而那时候他所得到的印象是那样的浅陋,当他看到这幅画的原作时,艺术大师的神笔何以能达到这样一种他人不可企及的化境,他说德伽所画舞女,大笔草草而呼之欲出,他这才感到,这简直是一种永远无法参透的神秘。是啊,这才是真正的艺术感受——这种艺术感受其实是没有必要用抽象的"主义"来概括,而任何抽象的"主义"也根本无法概括的。

　　当然,我们注意到,伍尔夫在断言"人性发生了变化"之后,紧接着又作了一番她自己的解释。她说这种变化并不是突如其来的,并非像我们"走到外面,走到花园里,一眼就看到玫瑰花开了,或一只母鸡下了一个蛋"那样,而是早有征兆可寻,"最初的征兆在萨缪尔·巴特勒(Samuel Butler, 1835—1902)的书中,尤其在《众生之路》中,在萧伯纳的一些剧本中也有记录"。《众生之路》(*The Way of All Flesh*)是一部前后跨越了四代人的长篇小说,巴特勒从1873年动笔写作,花了十多年的工夫到1884年才完成,但此书直到巴特勒去世后,才于1903年出版面世。需要指出的是,巴特勒的这部小说面世之初并没有多大的反响,直到数年以后,著名剧作家萧伯纳在自己的剧本《巴巴拉少校》(1907)的序言中对巴特勒在宗教、金钱上所表达的观点表示激赏之后,才引起文坛的注意。而到了20世纪20年代,萧伯纳等一批人继续对巴特勒大加推崇,这才引起伍尔夫的共鸣。但伍尔夫所指的人性究竟在哪些方面发生了深刻的变化,她却仍然语焉不详:

　　　　在生活中即能看到这样的变化,我或可用一个家常的比喻,看一家人家厨师的性格,即可看出这样的变化。维多利亚时代的厨师像海上巨兽,他生活在水底,庞然大物似的,沉默不语,隐而不见,深不可测;而乔治时代的厨师,则是阳光和新鲜空气的造物;他在客厅里进进出出,一会儿要借《每日先驱报》,一会儿又来问帽子合适不合适。您还要关于人类力量发生变化的更严肃的例子?……人与人之间所有的关系都变了——主仆之间,夫妻之间,父母与儿女之间的关系都变了。随着人际关系的变化,宗教、行为、政治和文学方面也同时发生了变化。让我们就把这其中的一项变化置于1910年的前后吧。①

　　在这里,伍尔夫显然要说是人与人之间的关系发生了变化。但这究竟是什

---

① Virginia Woolf, "Mr Bennett and Mrs Brown," in *The Virginia Woolf Reader*, ed., by Mitchell A. Leaska, Harcourt Brace & Company, 1984, pp.194 - 195.

么样的一种变化呢？她始终未予明说。这个问题如果拿去问伍尔夫的同代人，如社会政治学者马斯特曼(C. F. G. Masterman，1874—1927)，他或许就会明确地告诉我们说：从19世纪60年代开始的英国工业化、城市化进程，给英国社会带来的最大的变化就是公共领地的日益被压缩，而在人际关系上最大的变化则是一种竞争的伦理把人降格到所谓"经济人"的层面，在这种伦理的影响下，对个人利益的维护，成为处理人际关系的一条基本原则，而谋求个人利益的经济个体之间的随机交往，便成了社会人际关系的不可避免、甚至是唯一的模式①。

可是，伍尔夫毕竟是一个小说家，小说家的特点就是用具体的人或事说话。因而我们略感意外地看到，伍尔夫突然结束了她的议论，代之以一段个人旅行的经历，她说她所叙述的这一轶事，能最好地说明她所谓的"性格"(character)是怎么回事。而我之所以说略感意外，则是因为我们想象不出聪明过人的伍尔夫竟然会想出如此高招，而且，如何把握她的这段叙述，似乎也有点令人费解，因为这段叙述本身，俨然就是一篇结构紧凑、文字又生动传神的虚构小说。伍尔夫似乎在说，你本涅特不是说我笔下的人物不生动、不能给人留下深刻的印象吗？那我立马就给你做一个真格的看看。

于是，伍尔夫侃侃道来：一天晚上，她因为赶火车晚到了，所以只好随便地跳上一节车厢。车厢里已经坐着两位乘客，她为自己的突然出现打断了他们的谈话而略微有点不安。但既然落座，她也就很自然地打量起这相对而坐的一男一女——那男的刚才正专注地说着什么，从他的态度、他脸上的红晕都可以看得出来，但这时却直起身，沉默下来；那女的是一个老妇——权且就称她是布朗太太——看上去则很平和。她衣着虽破旧，却非常整洁，该扣纽扣的地方扣着纽扣，该系带子的地方系着带子……她显然有什么心事，脸上呈现出一种痛苦的表情。伍尔夫能感觉到她无依无靠，事事得自己拿主意。她显然是几年前被遗弃了，或成了一个寡妇，总之过着一种不幸的生活。她或许还得抚养自己的一个独子，而他这时很可能在学坏。伍尔夫说，所有这些都在她惴惴不安地坐下时闪过了她的脑际。她接着又打量那男的，他显然不是这位布朗太太的亲戚，他块头更大，人也更粗鲁，她觉得他是个做生意的，很可能是北面来的小麦零售商，一身上好的蓝色哗叽服，拿着一把折叠刀、一块手帕、一个大皮包。他显然有一件生意上的事，或者是不太愉快的事，要和布朗太太了结。而这件不愉快的事，他们不

---

① 参见 Charles Frederick Gurney Materman, *The Condition of England*, 1909.

愿当着伍尔夫的面谈。那男的——权且称他史密斯——不时冒出几句伍尔夫无法连贯成意思的话,但从他说话的态度,从布朗太太时不时地陷入沉默这一情况看,史密斯显然要比她厉害,伍尔夫只能猜测她很可能是去伦敦签署关于什么财产的文书。不久,史密斯径自下车而去,布朗太太独自留下,她坐在伍尔夫对面的角落里,干干净净,她小小的身躯,显得有点怪怪的,承受着痛苦,这给伍尔夫留下深刻的印象。她不禁陷入沉思,脑海里泛起无数乱七八糟的想法……故事就这样结束了,没有任何的结论。伍尔夫说,她所想说的最重要的一点就是:这个人物是自己跳出来,强加给另一个人的。这个布朗太太让人不由自主地要想写一部关于她的小说……

时隔80年后的今天重读伍尔夫的这段文字,作为一种叙事的手法,我们也许会感到已经习以为常了,殊不知在当时,那却不啻对传统的一个迎头挑战——当时伍尔夫心目中的旧传统,以被她称为"物质主义者"的本涅特、威尔斯和高尔斯华绥等小说家为代表[①],而从时期的划分上看,这几位代表的是结束于1910年的英国爱德华时代的小说传统;她本人则属于新开启的乔治时代,而这个新时代的代表作家则有J. 乔伊斯、E. M. 福斯特、D. H. 劳伦斯、T. S. 艾略特、G. 斯特雷奇等。不过,伍尔夫倒是声明,她并不想把她个人的意见说成是全世界普遍的看法。那么,两个营垒的区别在什么地方呢?伍尔夫认为,就表现在对待"人物形象"(character)的看法上。她通过那个在车厢中的一段小小的经历,要告诉人们小说不仅应该、而且也完全可以有另外一种写法。而所谓的"小说人物",正如伍尔夫所说,它是"把自己强加给另一个人","要人去把它写成一部小说";而这种"强加"又不是像过去那样,完全由作家在那里自说自话,而是在一种"人际的相互关系"中显现出来的[②]。

但伍尔夫告诉我们说,你要在小说创作上另辟蹊径,哪怕是稍稍地改弦更张,那也是一件非常困难的事。而且,这是一种三重的困难:首先是本涅特、威尔斯、高尔斯华绥的巨大身影横亘在他们的面前;其次是他们已造就的写作工具——由他们所形成的写作"程式"(conventions)摆放在后来者的面前;第三,他们已经培养了一批读者,伍尔夫说,英国读者有很大的惰性,往往是你告诉他什

---

① 参见 Virginia Woolf, "Modern Fiction," in *The Virginia Woolf Reader*, p.285。此文最初发表于1919年4月的《泰晤士报文学增刊》上,题名为"Modern Novels",伍尔夫后作了修改,收入1925年结集出版的文集《普通读者》中。

② *The Virginia Woolf Reader*, 1984, p.199.

么他就信什么,现在这些读者已经认同并习惯了本涅特他们所描述的那样一种现实。于是,新一代的作家中的不少人,例如 E. M. 福斯特、D. H. 劳伦斯等,曾一度作出妥协,他们在自己早期的创作中,又捡起了那些老工具,结果,伍尔夫认为,这把他们的创作给弄糟了。而现在,情况正在发生变化。砸烂旧传统的声音已四处响起,从诗歌中、小说中、传记中,甚至从新闻报道的写作中传来。伍尔夫对此感到由衷的高兴,她认为这种声音已成为"乔治时代的主调"。她说,旧的写作程式已经无法实现作者与读者之间的交流,已经成为他们之间的障碍和阻隔。对于这种状况,软弱者感到愤怒,而坚强者则奋起摧毁文学社会的基础和法则。于是,我们看到,语法被破坏,句式结构分崩离析,这情形就像百无聊赖的小男孩在无名业火上来时蹦到花坛里打滚似的。当然,年纪稍大一点的就不会这么乖张,他们非常真诚,也有勇气,但他们也仍然不知到底是该用叉子还是用手指。而正因为如此,我们如果读乔伊斯或艾略特,就会发现前者不雅,而后者含混。可尽管如此,伍尔夫还是为他们辩护说,《尤利西斯》即使不雅,但这也是一种刻意为之的不雅,是为了呼吸新鲜空气而不得不把窗户打破这样一种被逼无奈的做法;而艾略特虽然含混,伍尔夫则仍觉得他写下了一些最好的现代诗句。她说,当她沐浴在艾略特的优美而令人销魂的诗句中,眩晕而危险地在诗行之间跳跃时,她禁不住地要叫出声来向旧日的成规求救,禁不住地会羡慕她的前辈们,他们不需要悬在半空疯狂转圈,而是捧着一本书在阴凉地里静静地做着他们的好梦……①

伍尔夫在这篇《本涅特先生与布朗太太》以及她后来收入《普通读者》中的《现代小说》(*Modern Fiction*)一文中,集中地阐述了她与传统小说决裂的一套全新的小说理念。由于伍尔夫被认为是现代主义小说的最重要的代表人物之一,她的这两篇阐述现代小说理念的论文,就被视为现代主义文学的宣言书而被反复引用,人们于是便产生了一种误解,以为伍尔夫从一开始就确定了这样一种文学的理念、而且是为了这样一种既定的文学理念而进行创作的。其实,这又是本末倒置了。伍尔夫的这两篇论著发表于 20 世纪 20 年代初,那时候正是现代主义文学上升崛起的年代,文章对现代主义思想观念的普及的确产生了极大的推动作用,然而对于伍尔夫本人来说,她的这些思想却是她经过了将近 20 年的反复摸索、思考和实践的结果。

我们知道,伍尔夫与大多数小说家不同,她最初是以她的文学评论文字步入

---

① See *The Virginia Woolf Reader*,1984,pp.207 - 210.

文坛的。早在1904年,她对一位早已被人遗忘的作家的某部小说的评论,匿名刊登在12月14日的《卫士》周刊上,而几乎就在同时,她与《泰晤士报文学增刊》建立了正式的联系,并开始为这份英国最重要的文学园地之一的周刊不定期地撰写书评。① 而她最初的三部小说《出航》《夜与昼》以及《雅各的房间》则分别发表于1915年、1919年和1922年。按照《伍尔夫传》里的说法,她1907—1908年间最重要的事情便是《出航》的雏形——*Melymbrosia* 的诞生。② 这一小说的最初构思或许可以追溯到1904年,据说她整整写了5年,而如果算到出版问世之日,那她的这部处女作前后便一共花了将近10年的时间。从形式上说,这部小说基本上可以说仍遵循了写实主义的传统,尽管其中也多少呈现出一点她日后的小说所具有的抒情诗一般的致密、跳跃的风格。

埃兹拉·庞德说伍尔夫是一个"执意创新"的作家,而对于伍尔夫来说,创新主要就是要找到一种新的形式。伍尔夫的强项是散文随笔,她最初也是以清新活泼的散文随笔步入文坛的。《普通读者》这部散文随笔集的编者安德鲁·麦克尼尔甚至说,伍尔夫的同代读者显然更接受"作为散文随笔作家的伍尔夫"。但是,伍尔夫深知散文随笔形式的边界,并强烈感受到它的局限,她一直试图寻找一种新的散文形式。她曾在自己的日记中透露,她想尝试一种"散文—小说"的形式。③ 我们且不说伍尔夫最终推出的小说能否就叫做"散文—小说",或即使最终把她的小说叫做"散文—小说"也不合适,然而我们都不可否认这样一点,即伍尔夫曾经做过这样一步探索。

而让我们惊叹的是,伍尔夫在她自己的对"现代"小说的艺术探索过程中,甚至也经历了一个与塞尚、梵高等绘画艺术大师几乎一模一样的心路历程。她也曾动过念头,像上一个爱德华时代的前辈们那样去创作,按照本涅特、威尔斯、高尔斯华绥这些作家所设定的程式,尝试着去写一部三卷本的小说,而那样做,她说就得"返回到过去的过去的过去";就得"一会儿试试这个,一会儿试试那个;试试这个句子,试试那个句子,掂量掂量每一个词,看它与自己的想法是否吻合,让它尽可能地严丝合缝……"然而,试验的结果使伍尔夫认识到,她再也不能按那

---

① Quentin Bell, *Virginia Woolf: A Biography*, New York: Harcourt Brace Jovanovich, Inc., 1972, p.93, 104.

② Quentin Bell, *Virginia Woolf: A Biography*, New York: Harcourt Brace Jovanovich, Inc., 1972, p.125.

③ 转引自 Virginia Woolf, *The Common Reader*, First Series Annotated Edition, ed., and intro. by Andrew McNeillie, Harcourt Brace & Company, 1984, p. x.

样的老路走下去,因为"他们的工具不是我们的工具,他们要做的事不是我们要做的事"。伍尔夫说,她"深切地感到了写作程式的匮乏",感到"上一代人的写作工具对于下一代人来说是没有用处的……"于是,她彻底放弃了这一努力,她不能再用那些不适合她的工具了,她终于让那个他们感到真实的布朗太太的形象从自己的指缝间滑淌而过了……①

现在,我们回过头来再看伍尔夫所谓"1910 年的 12 月,或在此前后,人性发生了变化",这句中的"human character"显然就不能再译作"人性",而应该当作"人物形象"来理解。而且只有这样理解,才符合伍尔夫《本涅特先生和布朗太太》一文的立意。因为这篇文章主要讨论的其实只是小说人物的昨天和今天,而通篇都没有涉及所谓"人性"的问题。与"人物形象"相关的最重要的一个意思就是,爱德华时代以前的人物,如维多利亚时期的厨师,他"沉默不语,隐而不见",像这样的人物,那就必须依靠作家作事无巨细地描述才能让他走到前台,呈现在人们面前,而乔治时代以来的人物,他们再也不藏藏匿匿,而是不请自到,用伍尔夫的话说,就是"自己跳出来","把自己强加给另一个人,要人去把它写成一部小说"。两种不同的人物形象,区别到底在哪儿呢? 后来的文学批评家作了更确切的定义,例如韦恩·布斯(Wayne C. Booth)在他的《小说修辞》中便把两种不同的再现方法区别为"讲述"(telling)和"展示"(showing)②。至此,围绕着伍尔夫那句名言的争议,看来也可告一段落了。伍尔夫的意思无非是:1910 年的 12 月,或在此前后,人物形象发生了变化。

**方法谈:**

### 如何延续一段有趣的学术思考?

20 世纪法国的解构大师米歇尔·福柯在一篇题为《话语的秩序》的文章的开头有这样一番话:

> 我希望我能够以一种不为人注意的方式,悄悄地滑入到我今天、以及在

---

① *The Virginia Woolf Reader*,1984,p.207.
② Wayne C. Booth,*The Rhetoric of Fiction*,The University of Chicago Press,1983,p.3.

今后许多年里所必须讲述的话语中。我宁可自己被言语包裹起来,远远地离开那所有可能的开端,也不愿成为始作俑者。我更愿意自己意识到,早在我之前即有一个无名的声音在诉说着,这样,我只需要加入进去,接过已经开始的话头,让自己置身于谈话的间隙之中,而不引起人们的注意,仿佛它稍事停顿,招呼我加入。这样,就不会有任何的开端,不会成为某个话语的发起人,相反,我则完全受一个偶尔开启的、小小的机会的支配,那是稍纵即逝的一个点……①

福柯这篇讲话是他被聘为法兰西公学院(Le Collège de France)教授时所做的就职演讲。法兰西公学院是法国最古老的一所大学,成立于1530年,但它是一个独立于法国基础研究和高等教育之外的学术机构,既不同于一般的普通大学,也不是更高级的重点大学,这里不按预定的教学计划给学生授课,也不颁发任何形式的文凭或证书。它只承担聘请国内外顶级学者来向社会公众传授人类高级知识的使命,数学、物理、化学、生物、医学、哲学、社会学、经济学、史前史、考古学、历史学、语言学等,几乎无所不包,简而言之,就是向社会大众传授最前沿的"知识"(Knowledge)。

福柯这里所说的"话语的秩序",其实是他的"知识考古学"(The Archaeology of Knowledge)理论的另一种表述。他那部"知识论"的奠基之作 *Les Mots et les choses*(《词与物》),其英译本 *The Order of Things — An Archaeology of the Human Sciences*,讲的就是作为人文之"人"(包括我们存在于其中的整个自然和社会),如何成为"认知"的对象,而这种建立在不同历史时期中被视为"真实/真理"这一基础之上的"认知"(*savoir*),则演化成了让一代又一代后人所能接受的"知识话语"(discourse of knowledge)。而这里所谓的"话语",即"知识话语",也就是所谓"知识"的特定"语言表述"。当然,这不是普通意义上的语言表述,福柯称它们是由一系列因袭了一定规则的"话语实践"(discursive practices)所构成的一个个相对独立的知识领域,也即我们通常所谓的各个学科的"学问/学术"。

那么,在对待"知识"这个问题上,福柯为什么"希望以一种不为人注意的方

---

① Michel Foucault, "The Order of Discourse," in Robert Young, ed., *Untying the Text*, Routledge & Kegan Paul, 1981, p.51.

式,悄悄地滑入"他所谓的学术话语之中呢?他这样解释:

> 很多人都有一种规避开端的欲望,以求从一开始就已在话语的另一边。这样便无需再从外部考虑话语的奇特、可怖和邪恶之处。体制对这一常有的愿望却以反讽作答,它将开端神圣化,用注视和沉默将它团团围住,并强加给它某种仪式,仿佛要使它在远处亦能容易地辨认。①

这番话说得有点绕,但意思很清楚。无非就是学术上的"开宗立派"是一件很"可怖"的事,人们总会从外部把一个"开端"说得天花乱坠,"神圣"得令人望而生畏。所以,他有一种"规避开端"的愿望,他希望最好是悄没声地就介入讨论,让自己从一开始就跻身于正在行进中的学术链,发表一点他对既定知识的一己之见。

这里或有两点需要强调:一是"知识"的创新,尤其是在人文思想方面要提出一种前所未有的新见新知,是一件非常非常困难,乃至福柯这样的"藐视既往"者也会望而却步的事情;二是要对某种已有的知识发表一点看法,就必须学会加入既定的学术话语之中,从里面挑出一些堪称"问题"(problematic)的问题,然后发表你不同于前人的看法。而这样的看法,又必须重新被吸纳进既定的学术传统,使得现有的"知识"体系得到更新。

很多年以前,我写过一篇文章《关于伍尔夫的"1910 年的 12 月"》,文章发表后,被一些学术同行认为对"西方现代派文学的起点和发生"作了一番还算是"言之成理的思考和论说",于是赏了一个一等奖。反倒是获奖之后,当我再重读自己的这篇文章时,我对上述福柯关于知识和学术如何更新的论述有了一种更为真切的体认。

伍尔夫那句"1910 年 12 月"的名言,其实在我读研期间做爱伦·坡的研究时就读到过,初读时脑子里就有诸多一闪而过的想法(那时还不能称之为"问题"):为什么说"人性"在"1910 年的 12 月"前后"发生了变化"?"人性"会变吗?伍尔夫所谓的"人性",先用的是"human nature",后来又定为"human character",她说的是一回事吗?为什么要以"1910 年的 12 月"作为一个分界?

---

① Michel Foucault, "The Order of Discourse," in Robert Young, ed., *Untying the Text*, Routledge & Kegan Paul, 1981, p.51.

而爱伦·坡在西方文学批评史上被公推为"现代派文学的先驱",但他在19世纪中叶就去世了,为何现代派的写作会被认为是半个世纪以后才开始的呢?……

所有这些最初都是以"一闪念"的形式冒出来,你若真要对这些问题作出回答,那首先就得追问一下,这些闪念值不值得去探讨,它们是否是文学研究中值得去研究的问题,而研究后得到的回答又能否为学术同行所认可。于是你就去查找是否有学者曾探讨过同样的问题,他们发表了怎样的看法。结果呢,你发现这的确是一个曾经多次被人提起并在一些人的心目中产生过同样疑问和困惑的问题,但他们大多坦然接受了这一断言,未作深究。于是你对伍尔夫最初提出这一断言的历史语境再度回访,看她最初是出于怎样的考虑而提出这一命题,而她又是如何论证的。这样,你就需要重新细读伍尔夫1923年作出这一断言的那篇原文"Mr. Bennett And Mrs. Brown",还要重读收入伍尔夫文集"*The Common Reader*"中的"*Modern Fiction*"。在那篇文章中,伍尔夫详细回顾了她与19世纪末英国文坛上那几位最受推崇的大家之间的争论。而为了对这场争论有一个准确的把握,你不可避免还要细读站在伍尔夫对立面的若干篇什。而经过这样一番东奔西突的考察,你或许终于会发现,伍尔夫尽管最初使用了"human nature"这个字眼,然而她在几次三番的论述中,她真正所关注并论证的,则很可能是再现于作家笔端的一些新的"人物形象"(human characters),而再现这类人物的形式,刻画这些人物形象所用的笔法,则与之前英国文坛上普遍见到的着重写实的文学形象有很大的不同。

在这一番追问盘查的过程中,我们将看到伍尔夫说自己是"冒昧地提出了"这个断言,并预料它"或许更会引起争议"。伍尔夫为什么要以退为进地强调"可能引起争议"?而这样追问下去,可做的文章就大了!

其实,伍尔夫所说将"引起争议"的,还真的不仅仅是"人物形象发生变化"的问题。现在看来,她一开始就用"human nature"——"人性",或许更符合她的原意。当初我在写《关于伍尔夫的"1910年的12月"》一文时,主要受了后来版本("human character"究竟是伍尔夫本人修订,还是编辑所为?已无从判断)的影响,加上又过于拘泥"1910年12月"这个具体的时间点,于是就比较简单地作出判断,认为她着重讨论的是新派——即后来认为的"现代派"——写作问题。而今天回头再看,我那篇文章充其量只能算做了小一半(当然凭当时所看到的材料要证明我现在的想法,也确实有不小的困难)。而现在,在我接触了伍尔夫及其布鲁姆斯伯里密友们的大量新材料之后,那另一半的文章——即认定伍尔夫当时确实认为是"'人性'发生了变化",则又可以接着往下做了。

那么我这个新看法能否得到证明呢?限于篇幅,这里只谈两个小小的证据。首先,来看看伍尔夫写作其第一部小说《出航》(*The Voyage Out*)时所经历的是怎样一种精神磨难。

她这部小说,1910年(注意年份)动笔,1912年完成。但她写完后并没有付梓出版,直到三年后的1915年,此书才首度在英国出版,再过了五年才在美国出版。而据后世学者对该书手稿的研究,伍尔夫写作此书的同时,也是她的女性意识迅速觉醒的过程,其间,她经历了异常痛苦的心理危机,多次面临精神崩溃,甚至到了企图自杀的地步。而回看这部小说,应该说书中已经埋下了她后来所创作的全部小说的"种子"——对女性心理、性征性属以及死亡意识的关注。那么,伍尔夫在这一期间对"女性心理、性征性属以及死亡意识"的发掘和发现,是否就是她所谓的"'人性'发生了变化"呢?我想应该是的。

其次,就在她刚写完《出航》之后,她的密友,同时也是布鲁姆斯伯里圈中从事纯文学创作的同行 E. M. 福斯特,在1913—1914年间也写了一本小说《莫瑞斯》(*Maurice*)。这本小说也没有发表,因为这是一部在当时犯大禁的写同性恋爱的小说。直到过了50多年福斯特去世之后,该小说才得以出版。福斯特在小说的结尾曾专门写了一篇附记,讲述他创作这部小说的原委:起因是他去拜访了当时极其著名的一位空想社会主义思想家、诗人、哲学家爱德华·卡彭特(Edward Carpenter),而卡彭特本人不仅是同性爱的信奉者,而且还是同性爱解放运动的一位先驱。福斯特说,卡彭特"气质之高雅",对于当时正"生活在孤寂之中"的自己,立刻产生了巨大的吸引力,他甚至认为卡彭特是"掌握了一把能解决一切困难的钥匙的人",还把他的住地米尔索普村视为"圣地"。俟后,他又两次去见卡彭特及其同伴梅里尔,福斯特说,正是这次造访"点燃了他胸中的火种",让他产生了创作的动机。

我们知道,在《莫瑞斯》之前,福斯特一共创作并发表了四部小说(他最有名的《印度之行》于1924年出版),这些小说都旨在表现一个重要的人文主题,即人与人之间如何跨越各种阻隔而建立起"联系"。由此我们也就不难理解,他在《莫瑞斯》中要建立怎样的一种"人际联系"。很明显,此刻的福斯特绝不会仅仅是限于"人物形象"的塑造,更是要再现一种他所发现的新的"人性"(human nature)。即福斯特在附记中所说,他"决意无论如何要使两个男人相爱,并在小说允许的范围内让他们的爱情永远延续下去"。

福斯特当然知道他这部小说在当时的英国社会是触犯禁忌的,但他于1914年完成初稿之后,仍"拿给男男女女几位朋友看过",当然,他特别指出,"让谁看,是经过慎重的选择的"。附记中提到他曾征求利顿·斯特雷奇的看法,后者也是一位同性爱者,为此他对书中的情节格外兴奋,他甚至告诉福斯特,他本人就是书中名叫里斯利的那个三一学院本科生的原型。福斯特虽未具体列出还给哪些朋友看过,但既然他承认也给他的女性朋友看过,那十有八九伍尔夫肯定包括在首批读者之中。就此看来,福斯特所表现的这种男人间的同性之爱,会不会也是伍尔夫所说"1910年12月前后,'人性'发生了变化"的题中之义呢?我想肯定也应该是吧。

# 西方文论关键词：媒介生态学*

## 周　敏**

**内容提要**：媒介生态学是20世纪70年代在北美兴起的重要理论思潮，它将媒介作为环境进行研究，旨在考察"文化、科技与人类传播之间的互动共生关系"。本文从技术、文化与符号三个角度探讨了媒介生态学的概念历史和理论目标，辨析了媒介与人类之间的互动所给予文化以特性的方式，同时指出，媒介生态学对媒介结构与过程进行研究的根本目的乃在于一个人文主义的目标，即保持文化象征意义的平衡。

**关键词**：媒介生态学；媒介；技术；文化；符号

## 一、略说

如今，铺天盖地的媒介汇聚成的信息洪流正在重组我们的精神生活和情感生活，我们的各种感觉几乎被无限地延伸。媒介已经不仅仅是信息，比历史上以往任何时候都更甚，它确乎就是我们的日常生活！"媒介生态学"①（Media

---

\* 原载《外国文学》2014年第3期，第105—114,159页。本书收录时略有修改。

\*\* 周敏，杭州师范大学外国语学院特聘教授，博士生导师，西湖学者，上海外国语大学《英美文学研究论丛》副主编，美国 *Explorations in Media Ecology* 杂志编委，英国 Open Humanities Press, Critical Climate Change Book Series 系列丛书顾问，教育部新世纪优秀人才，美国哥伦比亚大学"富布莱特"高级研究学者。近年来，主持国家社科基金、教育部项目等多项，在 *Telos*、《文学评论》、《外国文学评论》等国内外核心期刊发表学术论文50余篇，在国内外出版 *The Transcription of Identities: A Study of V. S. Naipaul's Postcolonial Writings*、《什么是后现代主义文学》、《希利斯米勒选集》等学术专著、译著。

联系方式：杭州师范大学，邮编：311121. Email: mindyzhou@126.com。

① 关于"media ecology"的译法，国内早些时候多据字面将其译为"媒介生态学"，后来多照林文刚和何道宽教授的解释译为"媒介环境学"，旨在表明"media ecology"是把媒介当作环境来研究。本文以为，林、何二位先生的看法是有道理的，但"媒介生态学"可能仍是更加贴切的译法，因为纵然如波兹曼所定义的那样"media ecology is the study of media as environments"，其所张举的正是媒介环境的"生态"目标，即人与媒介环境之间和谐共生的可能性。同时，抛开"媒介环境学"译法中对"生态"一词所包含的整体性、动态性及互动性等的维度的遮蔽，"媒介环境学"之译说也有语意重复之嫌，按照中文的解释就成为"媒介环境学就是把媒介作为环境进行研究"，波兹曼恐怕不会同意这个解释，因为一个概念的界定是要依赖另一个概念来完成的，或许只有上帝才能说"I am I am"。因此，本文采用"媒介生态学"译法。

Ecology)就是在这样一个背景下首先在北美兴起的理论思潮,它将媒介作为环境进行研究,旨在考察"文化、科技与人类传播之间的互动共生关系"①。按照尼尔·波兹曼(Neil Postman,1931—2003)的说法,"把'媒介'放在'生态'的前面是为了说明我们感兴趣的不仅仅是媒介,还有媒介和人类之间的互动所给予文化以特性的方式,或者说帮助文化保持象征意义的平衡。如果把生态一词的古代和现代含义结合起来,它说明了我们需要保持整个地球大家庭的井然有序"②。20世纪70年代以来,媒介生态学不仅成为传播学界与经验主义和批判学派比肩而立的重要学派,更为关键的是,由于媒介在当代政治、经济、文化生活中的核心作用,媒介何以"生态"也成为极具现实意义的重大命题。

## 二、综述

北美是媒介生态学研究的发源地,但早在波兹曼把媒介生态学学科化之前,其基本思想已经开始萌芽、发展。这个学派的思想可以追溯到20世纪初的相对论原理,甚至于19世纪的德国动物学家恩斯特·海克尔、帕特里克·格迪斯等的思想③。媒介生态学发展的过程中有两个重要的阵地,一个是加拿大的多伦多,以伊尼斯(Harold Innis,1894—1952)和麦克卢汉(Marshall Mcluhan,1911—1980)为主要代表人物,尤其是麦克卢汉,被誉为媒介"先知";另一个是美国的纽约,以芒福德(Lewis,Mumford,1895—1990)和波兹曼为代表。"媒介生态学"的概念首先是由美国当代著名教育家、媒介理论家尼尔·波兹曼在1968年提出的。从20世纪70年代开始,波兹曼开始在纽约大学创办"媒介生态学研究"(Media Ecology Program)的博士和硕士学位课程。1998年,"媒介生态学会"在纽约成立。媒介生态学主要探讨媒介环境的结构、内容及其对人的影响,目的在于建立媒介环境和人之间的整体的"生态"(和谐)关系,具有强烈的人文关怀,特别"强调人在媒介研究中的重要作用,重点关怀如何研究人与传播

---

① 林文刚编:《媒介环境学:思想沿革与多维视野》,何道宽译,北京大学出版社,2007年,第1页。后文出自同一著作的引文,将随文标出该著作简称"媒介"和引文出处页码,不再另注。
② N. Postman, "The Humanism of Media Ecology". Keynote speech at the first annual convention of the Media Ecology Association, New York, 2000.
③ 海克尔是首先在现代意义上使用"生态"的德国动物学家,他用"生态"表示自然环境中各种因素的相互作用,特别强调这种互动如何产生一种平衡和健康的环境。格迪斯是芒福德的老师,20世纪初著名的城市研究专家,最早研究了自然环境和人造环境以及人类文化之间的关系,通过生物学类推的方法考察城市有机体的发展和衰退,提出了人类生态的理念。

媒介的关系"(《媒介》：3)，波兹曼把自己在媒介生态学会成立大会上的主题报告旗帜鲜明地命名为"媒介生态学的人文关怀"，他明确指出，我们对媒介的思考应该从这几个方面来进行：第一，媒介在多大程度上能推动理性思维的应用和发展；第二，媒介在多大程度上有助于民主的进程；第三，媒介在多大程度上能够使人获得更多有意义的信息；第四，媒介在多大程度上提升或削弱了我们的道德感和向善的能力[1]。综其四点，无不从"人"的角度出发去考量媒介环境的作用和功能。

媒介生态学所谓之媒介对象并非仅指以书籍、报纸为代表的印刷媒介，或是以电话、电视、互联网等为代表的电子媒介，而是一个大媒介的概念，凡是能够负载信息的都是媒介，口语、货币、法律、数字，甚至高楼大厦都可被视为媒介。这些媒介大大延伸了人类的感觉能力和范围：文字与印刷媒介是视觉器官眼睛的延伸，广播是听觉器官耳朵的延伸，电视则是全身感觉器官的延伸，等等。麦克卢汉曾批评以往的传播研究只关注内容而忽视媒介，媒介的"内容"好比是一片滋味鲜美的肉，破门而入的窃贼用它来涣散和转移看门狗的注意力，这是因为任何媒介都有力量将其假设强加在没有警觉的人的身上。因此麦克卢汉倡议一种整体论的研究方法，反对媒介—内容的两相对立，提出了他那著名的论断"媒介即信息"[2]。必须承认，媒介生态学的研究尚是一片青春的领地，还有许多的理论问题需要厘清和开掘，学派的历史梳理也有待深入。本文拟从媒介与技术、媒介与文化，以及媒介与符号三个方面来考察媒介生态学的概念历史和理论目标。

## 三、媒介与技术

作为人类心灵和外界事物交互作用的场所，媒介为观念的生活世界提供给养和资源，这一切乃是在技术的推动下实现的。正如伊尼斯所言："任何一种传播媒介都对知识的扩散发挥着某一方面的重要作用……只有深入考察媒介的技术特性，方能对媒介的文化功能作出准确的评估。"[3]研究媒介倘若忽视了其背

---

[1] See N. Postman, "The Humanism of Media Ecology", 2000, p.14.
[2] See Marshall McLuhan, *Understanding Media: The Extension of Man*. New York: McCraw-Hill Book Company, 1964, pp.155 - 162.
[3] H. A. Innis, *The Bias of Communication*. Toronto: University of Toronto Press, 1951, p.33.

后的技术因素(甚或我们就可以说,媒介就是技术),就难以抓住媒介的复杂内涵。因为技术并非外在于我们的中立存在,正相反,技术不仅是我们和世界之间的中介,也构成了我们的存在。我们所使用的技术就是我们看待世界的方式,在庄子,这是"有机事者必有机心",在麦克卢汉就是"媒介是人的延伸"。技术与人之间绝非简单的主客对立的二元关系。我们不仅创造技术,也被技术所构造,因为技术以人们无法预测的方式重新定义了我们行为的方式。每一种技术都在一定程度上重组了人类的感性空间和结构,从而改变了主体与客体、主体与主体之间的关系。特别是 20 世纪以来,技术的影响愈发广泛和深刻,作为"一种革命动因"的技术已经渗透到社会的一切制度之中,社会唯有改变才能适应技术的新形式。然而,在传统的传播研究领域,在媒介生态学诞生之前,鲜有对媒介自身的技术特性而开展的研究。但在媒介生态学的传统中,对技术的思考和研究一直都有着重要的位置。国内近年来对麦克卢汉和波兹曼的传播技术思想多有介绍,但对于伊尼斯和芒福德的技术思想则研究不多。

伊尼斯是多伦多媒介学派的开创者,也是北美 20 世纪传播和媒介研究领域最富有原创性、最深刻的思想家之一。伊尼斯从政治经济学领域进入传播研究,早期曾关注加拿大铁路史、大宗商品的贸易等。20 世纪 40 年代,伊尼斯开始关注木材这一大宗物品,在对造纸工业的研究中,伊尼斯看到自己家乡的森林被转变成为纽约地铁上的瞬间阅读,他意识到与经济力量相比,传播方式的改变对文化的变迁、特别是公众思想观念的改变有着更加根本的影响。此后,伊尼斯转向了传播技术与社会变迁的研究。在《帝国与传播》(1950)与《传播的偏向》(1951)中,伊尼斯明确指出,媒介的改变导致了社会变革,技术形式的变化也改变着人类的意识结构。受他的经济史研究模式的影响,伊尼斯把传播的研究也放置在历史发展的语境中,通过考察古埃及、巴比伦、希腊、罗马及英、法的兴衰史,提出了"媒介—行动者—社会制度"的发展模式。伊尼斯发现,文化的变迁来自技术的变迁,因为技术通过改变物质条件,通过改变个人生活和思想的方法、模式和习惯而产生制度后果。在为《传播的偏向》所写的序言中,麦克卢汉指出,伊尼斯把历史环境当作试验场去检验技术在塑造文化中的作用,"他把注意力指向技术的偏向和扭曲力,借以显示如何去理解文化"①。通过这些研究,伊尼斯发现传播媒介具有偏向性,提出了媒介的"时空偏向"说。在伊尼斯看来,媒介是人类思

---

① H. A. Innis, *The Bias of Communication*, p.4.

维的延伸,传播是社会关系的反映,任何一个历史时期的媒介和传播偏向都体现了当时的社会思潮和文化特征。

麦克卢汉的媒介思想国内已多有介绍。麦克卢汉本是文学教授,剑桥大学的博士,他借用伊尼斯的"偏向性"来发展自己的媒介理论,只不过他的重点不在传播与社会组织之间的关系上,而主要集中在传播媒介通过"通感"(synesthesia)对人的感觉的影响之上,这与他在剑桥所受的"新批评"的浸染不无关系。所谓"通感"指感官之间的自由互动,"大脑把一种感知转换成另一种感知的正常机制就是通感的机制"(《媒介》:133)。在《理解媒介》中,他指出媒介是人的延伸,每一个延伸都会使人的感官均衡发生变化,从而产生一个新的环境。以此,麦克卢汉提出了他著名的"媒介即信息"的论断。与伊尼斯对技术民主前景的悲观相比,麦克卢汉相信技术将带来非集中化的民主社会与万物和谐的文明理想。除了伊尼斯以外,麦克卢汉还从刘易斯·芒福德的技术与社会理论中受到很大的启发。

刘易斯·芒福德1895年生于纽约,亲眼目睹、经历了建筑、运输和传播形式的发展如何改变了这个城市的面貌和文化结构。芒福德于1934年发表的《技艺与文明》(*Technics and Civilization*)被誉为媒介生态学的奠基之作。在《技艺与文明》中,芒福德提出文明的不同阶段实际上是机器产生的结果,其中技术的形态是产生结果的原因。芒福德把人类历史视为"一整套技术复合体",并按照技术的发展阶段将人类历史划分为"前技术阶段"(约公元1000年到1750年)、"旧技术阶段"(1750年之后至19世纪)和"新技术阶段"(20世纪至今)。这三个阶段的划分标准是它们特有的能量、原材料和生产方式在多大程度上改变了自然环境和人类生态,其中,"前技术阶段"为水木复合体阶段,"旧技术阶段"为煤铁复合体阶段,"新技术阶段"为电力与合金复合体阶段。这个时期的芒福德对机器表现出一种乐观的态度,因此人们也把他与"技术决定论"联系在一起。事实上,芒福德的技术观点经历了一个变化过程。在《技艺与文明》中,芒福德认为到了新技术阶段,新的技术可以造福于人类,特别是电能。但第二次世界大战的爆发粉碎了他的乐观态度。在其随后的著作《机器之谜Ⅰ:技艺与人类发展》[①]中,芒福德明确指出技术是有机现象的一部分,并且,艺术与技术之间的对立也

---

① Lewis Mumford, *The Myth of the Machine* (V1): *Technics and Human Development*. New York: Harcourt, Brace & World, 1967, p.5.

并非自然而是人为制造的：

> 我们这个时代之前，技术从来就不曾脱离整体的文化构架，人总是在整个的文化体系中活动。古希腊词语"tekhne"的特点就是不把工业生产和"高雅"艺术或象征性艺术区别开来；在人类历史的大部分时间里，人类文化里的这些不同侧面都是不可分割的……在最初的阶段，技术总体上是以生活为中心，而不是以工作为中心，也不是以权力为中心。正如在其他的生态复合体里一样，不同的人的兴趣和目的、不同的有机体需求，使人类文化的任何构成部分都不可能单兵突进地片面发展。①

可见，芒福德并不主张技术决定论，而是倡导一种技术与文化的和谐生态。技术与审美和文化之间的关系并非是势不两立，他所描述的正是"有机力量、审美力量和技术力量之间的平衡"（《媒介》：61）。媒介的发展和传播离不开技术的支持，但技术绝不仅仅是媒介发展的催化剂，那样，我们就会陷入技术决定论的圈套，事实上，在媒介生态学的芒福德、伊尼斯和麦克卢汉传统中，他们都经历了一个对技术之余媒介本质的认识变化过程，即从乐观到悲观和批判的过程。对于技术与媒介的关系，波兹曼有一个经典的比喻："技术之于媒介，就像头脑之于思维"（A technology is to a medium what the brain is to the mind）。就像思维一样，媒介乃是技术的应用，而如何应用，则是媒介生态学深深关切的话题。

## 四、媒介与文化

媒介对日常生活的全面入侵和渗透的一个直接后果就是文化的媒介化，我们几乎很难想象今天有哪一种文化能够与媒介无关。其实，从口传文化开始，特别是从历史进入印刷时代开始，文化与文化的传播就再也不是孤立于媒介而能够实现的了，特别是在电子传媒无所不在的今天，媒介的文化化更直接导致了文化对媒介的直接依赖。虽然对于电子媒介的全部后果我们还不能完全清楚，但

---

① Qtd. in Mumford, Lewis. *The Myth of the Machine* (VI): *Technics and Human Development*. p.9.

毋庸置疑的是，自15世纪古登堡发明印刷机以来，印刷术广泛影响了欧洲的文化发展，促进了文化的普及①。印刷技术所带来的最重要的影响包括诸如学校教育的普及、民族主义的出现、宗教改革的兴起、现代科学的发展、个人主义哲学的诞生、个人主义和资本主义的壮大，以及童年观念的形成，等等。这些变化首先发生在欧洲，随后在北美得到充分发展。(《媒介》：281—296)

然而，电子媒介的迅猛发展正在威胁着印刷文化所带来的这些变革，对此，媒介生态学家表现了深刻的关切和忧虑。尼尔·波兹曼的媒介生态学研究的重点就是捍卫印刷文化的成就。波兹曼创立了媒介生态学，但他首先是一位教育家(他的职业生涯始于小学教师)，是献身语言、文学和印刷文化素养的教育家。他认为"印刷文化是现代教育制度的试金石，而且是文明世界和现代世界许多最光辉成就的试金石"(《媒介》：188)。波兹曼早期的教育学著作《作为颠覆活动的教学》《软性的革命》和《教材：抱怨解读》表面上看与媒介生态学无甚关系，但在这些著作中，波兹曼清晰提出了面对电子革命时，读写文化所遭遇的挑战："即使没有米歇尔·麦克卢汉这个人，电器插头还是存在的。你未必是媒介决定论者、传道的使徒或者诸如此类的人，但你能够指出一个明显的事实：印刷品在我们今天生活中的重要性远不如过去了。"②因此，他要捍卫印刷文化给人类经验所带来的一切有价值的东西，同时还要捍卫印刷文化容许我们所做的一切。(《媒介》：161—166)

从《作为保存活动的教学》(1979)开始，波兹曼接连发表了媒介生态学发展过程中的重要著作《童年的消逝：家庭生活的社会史》(1982)、《娱乐至死：娱乐时代的公共话语》(1985)、《技术垄断：文化向技术投降》(1992)等。在这一系列著作中，波兹曼旗帜鲜明地表达了对电子媒介大规模扩张所造成的对印刷文化以及印刷文化所带给人们的所有美好愿景冲击的忧虑。在《作为保存活动的教学》中，波兹曼提出了教育的"恒温器观点"，认为教育在它所服务的社会和文化中要保持平衡，要成为拯救并维持在主导潮流影响之下失去的东西。他警示人们说："一种文明、文化里的媒介偏向失去平衡时，平衡不可挽

---

① 虽然在欧洲印刷机发明前六百多年中国就有了活字印刷，但却并没有像古登堡的印刷机在欧洲一样得到推广进而产生巨大的文化影响。大部分史学家认为这是因为汉字的数量太过庞大，另外的原因可能也包括儒家思想的影响使人缺乏商业动机，以及来自雕版印刷术的竞争等。林文刚先生曾告诉笔者，汉语的复杂性以及政治力量在知识传播中的影响等都是可能的因素。

② Qtd. in Postman, N., & Weingartner, C. *The School Book: For People Who Want to Know What all the hollering is About*. New York: Delacorte Press, 1973b, p.83.

回地被扰乱之后,文明毁灭的种子就要发芽了。"(《媒介》:170)在《童年的消逝》中,波兹曼指出现有的童年阶段并非一个生理范畴(biological category),而是社会的构建物(social artifact),确切地说,童年阶段是读写能力的产物(outgrowth of literacy),是由印刷文化实现的,因为"在16、17世纪,童年的定义是通过进学校上学来实现的"①。而电子媒介尤其是电视造成了童年阶段的消失,同时消失的还有童年的现代观念和经验。波兹曼非常忧虑当代电子媒介文化对童年的影响,因为童年作为必不可少的阶段继承了代代相传的文化模式,即每一代人都要成长起来进入成人的世界去发扬文明的遗产和印刷文化的文明成果。"我们的文化会忘记它需要儿童的存在,这是不可想象的。但是,它已经快要忘记儿童需要童年了。那些坚持记住童年的人将完成一个崇高的使命。"(Amusing:301)

电子媒介的发展不仅导致了童年的消失,其传播方式也改变了公共领域的内容呈现:"这种转换从根本上不可逆转地改变了公众话语的内容和意义,因为这样两种截然不同的媒介不可能传达同样的思想。随着印刷术影响的减退,政治、宗教、教育和任何其他构成公共实物的领域都要改变其内容,并且用最适用于电视的表达方式去重新定义。"②其后果就是所有的内容都以娱乐的方式表现出来,娱乐成为"电视上所有话语的超意识形态"(Amusing:77),不论是政治、教育还是宗教的严肃问题都可以在电视上以"娱乐"的形式表现出来,然而,波兹曼不无无奈地警告我们,"不是一切都可以用电视表达(着重号为原文所有)的,或者更准确地说,电视把某种实物转换成了另一种东西,原来的本质可能丢失,也可能被保留下来"(Amusing:77)。如果说《童年的消逝》和《娱乐至死》是印刷时代的衰败和电子媒介入侵的现象描述的话,《技术垄断》则是对这些现象所产生的本质原因的思考。在《技术垄断》中,波兹曼通过分析人类文明的演进历程提出我们所经历的三个文化阶段:第一个阶段是制造工具的文化阶段,在这个阶段,工具是服务于人的物质和精神需求的,它们不会侵害它们即将进入的文化的尊严和完整。第二个阶段是技术统治(technocracy)的文化阶段,机械钟表、活字印刷和望远镜的发明是造成技术统治的主要原因,其中最主要的变革动因是

---

① N. Postman, *Amusing Ourselves to Death: Public Discourse in the Age of Show Business*. New York: Viking, 1985, p.203. 后文出自同一著作的引文,将随文标出该著作简称"Amusing"和引文出处页码,不再另注。

② Qtd. in Postman, N. *Amusing Ourselves to Death: Public Discourse in the Age of Show Business*. p.9.

望远镜,因为它摧毁了地球是宇宙中心的观点。在这个阶段"工具没有整合进文化……它们企图变成文化"①。第三个阶段是技术垄断(technopoly)阶段,是我们正在经历的阶段。技术垄断是技术统治失控的产物,是"极权主义的技术统治"②。这是一个生命的世界,它把"宏大的还原主义作为自己的目的,在这个还原的过程中,人的生命必然要到机器和技术里寻找意义",其结果就是"一切形式的文化生活都屈从于技术的王权"③。

与波兹曼的批判情绪并不一样,詹姆斯·凯利(James W. Carey)的媒介研究因其寻求文化平衡的主旨而成为媒介生态学中另外一支重要的力量。凯利坚持主张传播学界应该把传播当作文化来研究。长期以来,在以经验研究为取向的美国传播学界,"意义"并非传播研究的主导性问题,是凯利把传播的"意义"问题放到了传播研究的核心地位,甚至是本体的地位。他认为,传播的本质是"意义"传输,这是凯利对美国经验学派的行为主义和功能主义研究取向的片面性和机械性方法的批判。通过分析美国传播学研究的发展历程,凯利概括指出了美国传播学发展的两大主导倾向,这就是传播研究的"传递观"(a transmission view of communication)和"仪式观"(a ritual view of communication)。凯利主张传播不仅是传递信息的行为,也是指共享信仰的表征,因而传播的仪式功能具有核心地位。他从宏观角度来研究媒介,认为,传播的最高境界应该是"建构并维系一个有秩序、有意义能够用来支配和容纳人类行为的文化世界"④。凯利在对伊尼斯的研究中认识到媒介的偏向所造成的伤害。印刷术和电子媒介的发展造成了空间的偏向,使得少数群体能够公开操作媒介,就会产生知识垄断。但凯利坚决反对把传播简化为意识形态的传输,相反他把媒介问题放在美国民主仪式的大背景下来进行研究。凯利明确将传播重新定位成文化,这与传播的经济学定位截然不同,在凯利看来,"经济和传播构成矛盾的框架……经济是分配稀缺资源的实践。信息传播是生产意义的过程,是绝对不会短缺的资源,实际上它是极端丰富而免费的商品"⑤。但是,凯利也认识到,传播的日益技术化使得它

---

① N. Postman, *Technopoly: The Surrender of Culture to Technology*. New York: Vintage Books, 1992, p.28.
② N. Postman, *Technopoly: The Surrender of Culture to Technology*. p.48.
③ N. Postman, *Technopoly: The Surrender of Culture to Technology*. p.52.
④ J. W. Carey, "Communications and Economics," in E. S. Munson & C. A. Warren eds., *James Carey: A Critical Reader*, pp.60–75. Minneapolis: University of Minnesota Press, 1997, p.7.
⑤ J. W. Carey, "Communications and Economics," pp.63–64.

成为能够拥有最新技术的阶层获得私利的资源,而不是共享的公共领域,这就背离了意义的公共性质。而且,全球化加剧了媒体不平衡的问题,摧毁了长远的历史观,因为全球运作的公司可以在任何地方运营,这种潮流把民族文化撕裂为地方文化和跨国实体。

毋庸置疑,媒介是文化发展的环境。媒介深刻地影响着我们所生活的世界,媒介就是我们的生活世界,影响着我们个人和集体的生活方式。它或许"未必改变我们文化中的一切,但它们必定改变有关我们文化的一切"(《媒介》:193)。媒介生态学警示我们必须理解媒介传播中的偏向,并找到与之抗衡并达到文化平衡的方法。

## 五、媒介与符号

媒介生态学的创始人波兹曼喜欢对学生说媒介生态学学位点的使命之一是探索麦克卢汉的名言"媒介即信息","研究传播媒介如何影响人的感知、感情、认识和价值。它试图说明我们对媒介的预设,试图发现各种媒介迫使我们扮演的角色,并解释媒介如何给我们所见所为的东西提供结构。"[1]媒介能够成为信息并影响我们的认识和判断是因为媒介在技术的推动、文化的包装之下以表征符号的形式对我们的感知经验和情感结构发生影响。符号与媒介的关系是媒介生态学的重要研究对象,林文刚就把媒介划分为"作为感知环境的媒介"和"作为符号环境的媒介"。(《媒介》:27—28)其实,我们对媒介环境的感知是通过媒介符号而实现的,因此,符号之于媒介可谓其根本所在,没有符号,就没有媒介,因为不借助于符号,媒介不可能成为信息,也不可能成为我们感觉的延伸,从而改变我们的经验和情感结构。媒介生态学一个重要的理论命题就是传播不是中性的和价值中立的,媒介的符号形式塑造着信息的编码和传输,因此每一种媒介都会在不论思想情感、时间空间及认识论上等产生偏向。造成这一切的根本原因就是媒介符号的复杂性。

相较技术与文化一维,媒介生态学对于符号之于媒介似乎并没有直接的研究成果。在目前关于媒介生态学最为全面的介绍和总结的《媒介生态学:思想

---

[1] N. Postman, *New York University Bulletin: School of Education*, 1976 - 1977. New York: New York University, 1976, p.114.

沿革与多维视野》一书中,有两章分别论及萨丕尔(Edward Sapir,1884—1939)和沃尔夫(Benjamin Lee Whorf,1897—1941)的语言相对论及朗格(Susanne Katherine Langer,1895—1982)的心灵哲学对媒介生态学的理论贡献。的确,语言以及一切表征经验的符号系统都影响着我们对现实的构建。语言相对论认为:

> 每一种语言背景中的语言系统(语法)不仅是表达思想的再生工具,而且它本身还塑造我们的思想,规划和引导个人的心理活动,对头脑中的印象进行分析,对头脑中储存的信息进行综合。思想的形成不是一个独立的、像过去了解的那种严格的理性过程,而是特定语法的一部分;思想的形成过程在不同的语言里或多或少有所不同。我们用本族语所划定的路子切分自然。……这一事实非常重要……因为它意味着没有人能够对自然进行绝对没有偏颇的描述,人人都受到一些阐释方式的限制,即使他自认为能够自由地表达自己想说的东西。《(媒)：212—214》

正是由于沃尔夫所持的语言决定我们对现实的认识的看法,他被视为媒介环境学的先驱。但我们不能将沃尔夫误认为是"语言决定论"者——尽管很多人对他有此误解,倘若他真是"语言决定论"者,沃尔夫就不能成为媒介生态学的理论来源之一,因为媒介生态学在其理论预设里是相信了一个"生态的"理想媒介环境的可能性的。正如沃尔夫所言:"语言的极端重要性未必就是说,在传统所谓'心灵'的背后,就没有其他的东西。我的研究说明,语言虽然有帝王一样的重要作用,然而在一定程度上,语言是浅表的刺绣,底下是深层的意识过程;在这个基础上,表层的交流、信号和象征等才可能发生。"(《媒介》:239)语言塑造我们对现实的认识,并非中性的容器或传送带,但是,人们不仅生活在语言建构的现实之中,思想和文化的象征环境也构成了人们的客观世界,这些因素会再反过来改变语言。沃尔夫虽然没有直接论及媒介符号(在他的有生之年,广播都还相当新鲜)对现实的重组和塑造是否与语言的机制一样,但他的语言观为媒介生态学的发展奠定了基础,因为媒介符号,如同语言一样,可以塑造我们的现实,而我们也并非没有抵抗这种塑造的可能性。

苏珊·朗格最早意识到了沃尔夫著作背后宏观问题的重要意义,在沃尔夫的语言观及其深层意识过程的启迪下,朗格着手研究符号表征的本质,以及符号表征在各种变化形式里、在人的思想和回应的构建过程中起何作用的问题,这些研究成果集中体现在她的《哲学新解》(*Philosophy in a New Key*,1942)及其续篇《情感与形式》(*Feeling and Form*,1953)中。沃尔夫虽然提出了在浅表的语言刺绣之下还有深层的意识过程,但他并没有给出更加深入的论证。在他的基础之上,朗格提出了无论是语言还是仪式或者舞蹈等形式都不是人类心灵的区别性特征,真正把人类与动物区别开来的是表征性符号(symbol),这些符号抽象经验、表征经验,能够唤起头脑中的观念从而把经验转化为表征性符号。一般性符号(sign)是功能性的,用来表示某种状况的存在。动物只有使用一般性符号的能力,而没有使用表征性符号的能力。比如,黑猩猩高叫的信号在黑猩猩就是向同伴提醒入侵者的来临,而人类听到黑猩猩的高叫则还可以联想到人类的祖先,以及野生动物所面临的恶化了的自然环境等,在黑猩猩就是一般性符号,而在人类就是表征性符号,人类可以用表征性符号对一般性符号做出回应。朗格认为"语言起源时并不是使用信号的产物,语言是人类心灵把经验转换为表征符号的体现"(《媒介》:226)。在朗格看来,语言并非人类构建现实的唯一途径,符号转化的不同系统对人类经验的不同方面进行编码。符号意义总是指向某事物、事件或状况的存在,因此,符号是"可以感知到的表示另一事物、事件、过程或状况的人造物或行为"(《媒介》:246)。

　　沃尔夫的语言相对论以及和朗格的符号学理论让我们看到了语言和符号的复杂性,而语言和符号正是媒介发生作用的关键所在,正是在这个意义上,他们两者的理论被视为媒介生态学的理论基础之一。

　　除此以外,由阿尔弗莱德·柯日布斯基(Alfred Korzybski)所创建的普通语义学(general semantics)也是媒介生态学的重要理论资源,波兹曼生前一直担任《等等:普通语义学杂志》(*ETC: The Journal of General Semantics*)的编辑,这个杂志也是早期媒介生态学者的重要发表阵地。现在媒介生态学界最为重要的学者兰斯·斯缀特(Lance Strate)教授也在致力于发掘柯日布斯基对媒介生态学的理论贡献。柯日布斯基认为人类是"时间联系者"(time-binders),使得我们能够把时间联系在一起的就是符号。符号化的能力依赖于抽象化的能力。在抽象化的过程中我们对现实的细节进行选择、筛除和组织,这样,我们对世界的经验就是模式化和连贯的。比如我们对事物的命名就是一种高级的抽象活动,通过对事件或事物的命名,我们创造出一个生动的、甚至是永恒的世界图景。然而,我们用来勾勒时间的语言,比如"杯子""爱情"等,常常是远离世界自身的。

因此,我们绝不能把他们视为理所当然之物,就像柯日布斯基所说,"无论我们所谓何物,事实并非如此"①。由此可见,普通语义学所研究的语词世界与非语词世界之间的关系对媒介生态学的理论启迪是毋庸置疑的。

## 六、结语

至此,我们从技术、文化与符号三个方面综合考察了媒介生态学的理论目标及现实诉求。在我们试图为媒介生态学绘制的理论谱系中,我们也清楚地看到,媒介生态学仍然缺乏一个相对统一的理论框架,因此也没有系统的方法论。林文刚在《媒介生态学:思想沿革与多维视野》中试图把媒介生态学所研究的媒介环境分为符号环境、感知环境和社会环境,他的这种分法也被不少国内学者所借鉴引用,但我们并没有看到对环境之符号、感知和社会维度的有效分析,而且符号、感知和社会本身也并不能成为同级的逻辑项目。不过,波兹曼在一篇他自己最为看重的文章《作为道德神学的社会科学》中曾经指出,社会科学家与小说家一样都是讲故事的人,只有在没有故事可讲的时候人们才会拘泥于方法。而且,社会科学研究的目的并非只是为了某一领域的贡献,而是要为人类的理解和尊严做出贡献。就像小说家的写作不是为了丰富小说写作一样,社会学家,包括媒介生态学家所关切的也不是提升学术自身,而是为了改良社会生活。因而,媒介生态学家工作主要是出于"教育和道德"的目标。波兹曼特别指出:"媒介生态学的目标就是讲述技术后果的故事;讲述媒介环境如何改变了我们的思考和社会生活组织的方式。"②波兹曼可能没有意识到,"讲故事"本身也是一种方法,是本雅明眼中前现代一种重要的经验传达方式,只不过是一种正在消亡的方式,在这一点上,媒介生态学家们与本雅明是心有灵犀的。

**方法谈:**

## 如何将理论与文本相结合?

在很大程度上,回顾一篇论文的写作方法,就是回到当时的写作现场。发表

---

① N. Postman, *Technopoly: The Surrender of Culture to Technology*. p.141.
② N. Postman, *Technopoly: The Surrender of Culture to Technology*. p.18.

《媒介生态学》的时候,我还在上海外国语大学工作。那时,学校里组织了第一批科研创新团队,我担任其中"战后北美小说研究"创新团队的负责人。说是负责人,其实主要的工作就是和团队的成员们一起组织讲座。我们一方面邀请校外的专家来讲座;另一方面,更为重要的是,我们每个人都要向团队成员分享自己的论文内容。《媒介生态学》这篇论文最早就是在我们团队的小组进行宣讲的。通过这段往事回顾,我想说的是,有时候,写论文还是要有点外部的压力。特别是对于年轻的学者,可能总觉得自己还没有运思成熟,总是迟迟不能或者不敢下笔。殊不知,思想是写出来的。这是我通过回顾拙文写作背景想说的第一点,即,给自己一点压力,开始写作。一旦起笔,很多时候你会发现,很多之前没有的想法,竟从笔下流淌出来了。套用一句时髦的广告词——"Just do it!"

如果说是为了向团队成员汇报,我才开始了这篇论文的写作,那么,这篇论文的选题又是如何来的呢?作为一篇理论论文,我如何从万千理论思潮中选择了"媒介"来进行书写呢?这就不得不回到我当时的研究重点:唐·德里罗研究。在对这位当代美国作家的阅读和思考过程中,我发现在德里罗的众多作品中,不论是《美国志》(*Americana*),还是《天秤星座》(*Libra*)、《白噪音》(*White Noise*)等,媒介都是影响小说人物的行为和命运的一个重要因素。为了更好地分析和理解这些充满了媒介因素的小说文本,我开始阅读媒介理论。正是在对媒介理论的阅读过程中,我发现了自己之前并不熟悉的"媒介生态学"理论,这个20世纪70年代诞生于北美,将媒介作为环境进行研究,旨在考察"文化、科技与人类传播之间的互动共生关系"的媒介理论。确定下选题之后,就要研读相关文献,厘清理论的发生发展、传播过程与应用的范围,明晰其基本的观点、内在的逻辑、优点和不足之处等。其中很重要的一点是不能忘记一个批判的眼光,不能盲目地全盘接受。比如,我在文中指出:"在我们试图为媒介生态学绘制的理论谱系中,我们也清楚地看到,媒介生态学仍然缺乏一个相对统一的理论框架,因此也没有系统的方法论。林文刚在《媒介生态学:思想沿革与多维视野》中试图把媒介生态学所研究的媒介环境分为符号环境、感知环境和社会环境,他的这种分法也被不少国内学者所借鉴引用,但我们并没有看到对环境之符号、感知和社会维度的有效分析,而且符号、感知和社会本身也并不能成为同级的逻辑项目。"

除了对理论本身的批判性接受,我还想谈谈理论与文本之间的关系。在20世纪60年代以后的理论的视角中,文本被赋予了新的价值和意义,以更生动的方式展现出来。借助这些理论,我们开始注意到亨利·菲尔丁的小说家妹妹萨拉,或者范妮·伯尼,同时开始关注简·爱遗产的殖民来源,以及《简·爱》里阁楼上的疯女人伯莎·梅森那张黝黑的克里奥尔人的脸。一时间,我们仿佛感到,没有理论加持,我们就无法解读文本了。很多同学会为自己的文章没有理论感到焦虑和不安。不过,牛津大学的坎宁安(Valentine Cunningham)教授在《理论之后的阅读》(Reading after Theory)中批评了20世纪60年代以后的理论对文本的绝对凌驾霸权行为,他尖锐地指出,理论被普遍地认为对所有人来说差不多就是一切,因此它可以给不同性别、种族和阶级的来自不同背景的人提供他们想要的东西,可以作为所有文本情境、适用于所有季节的分析手段。那些对某种理论批评视角之必要性的宣称,容易被消解为偶然性,消解为在特定阅读情境中什么是有用与便利的问题。便利显然是理论成功的关键。理论打开了文本的大门。各种各样的学生指导手册大多靠的就是这种"试一下就知道了"的方法。无论你是不是女性,你都可以试一下"从女性的视角来阅读",然后你或许会尝试马克思主义的阅读方法,或是这一周你用新历史主义的方法给我写了一篇文章,而再下周你可能会看到一篇令人振奋的拉康化的文章。把文本的解读完全交给理论的裁剪刀,则是对文本最为粗暴的霸凌和虐待行为。

我也一向反对理论先行的文学批评方法。在我看来,正确的批评方法应该是从文本本身出发,在文本中找到打动你心灵的细节,然后再去看看有什么理论可以帮助你更好地分析和解读这些细节。而不是先去拿来一个理论,然后在文本中寻找能够证明那些理论观点的细节。在我的德里罗研究中,我就是从小说中的媒介现象,以及媒介对人的影响的文本现场出发,找到了"媒介生态学""媒介意识形态""媒介日常生活"等角度进行论证和书写。脱离文学谈理论,为理论而理论,只会导致理论的黄昏和空虚,挖空理论大厦的基石。

总结一下,就是这四点:开始写作,从文本出发,批判性接受理论,返回文本。

# 主流或边缘
## ——场域视野下爱默生超验主义再探\*

戚 涛\*\*

**内容提要**：论文借助布迪厄的场域理论，首先分析了爱默生所处话语场域的生态，主张他未在当时任何主要话语集团充当代言人的角色；其次，从爱默生的社会位置、惯习、资本的结构和数量入手，探讨了他未成为主流话语代言人的缘由。在此基础上，论文通过解析爱默生在话语实践中对各种资本的占有情况，进一步证明其超验主义在那个时代并不居于主流地位，而是一种边缘话语。这一发现对较为流行、认为爱默生对其所处时代的社会文化生活施加了重大影响的观点提出了质疑，有助于深入理解当时的话语生态，客观评述爱默生的历史地位；同时，也为文化批评探索了一种新的视角。

**关键词**：超验主义；场域；资本；边缘；爱默生

长期以来，国内学者倾向于将爱默生的超验主义视作美国文艺复兴时期的主流思潮，将其本人奉为美国文化的先哲。这种观点很大程度上受美国一些左派学者的影响。然而事实上，自其诞生之日起，对其地位的质疑声就一直存在，并在20世纪60年代后逐渐增强，如米勒（Perry Miller）在其力作《超验主义者文选》序言中就表示，超验主义对后世的影响微乎其微，虽然当时激起了些许微

---

\* 原载《外国文学》2013年第3期，第103—111页。本书收录时略有修改。

\*\* 戚涛，文学博士，安徽大学外语学院教授、博士生导师，安徽省外国文学学会副会长，美国杜克大学访问学者，美国克拉克大学富布赖特访问学者。主要研究领域为美国文学与文学理论。先后发表学术论文40余篇，其中CSSCI来源期刊论文10余篇，出版著作3部，主持过国家社会科学基金项目"美国文艺复兴与美国民族认同的建构"、安徽省哲学社会科学规划重点项目"他时、他地、异国——认知图式视角下美国主流文学中的怀旧母题(1830—1930)"等。

联系方式：安徽大学，邮编：230031，Email：qitao@126.com。

澜,但美国社会并未受其影响,而是自顾向前①。

历史学家凯珀(Charles Capper)总结认为,难以达成共识的原因,在于一代代学者不断把内心深处的情感、意识形态上的恐惧和愿望,投射到超验主义上面,因而所获结论难免带有主观倾向,也无法与不同的观点沟通对话②。这一判断指出了现有批评视角上存在的误区。

运用关系主义方法论,当代法国社会学家布迪厄(Pierre Bourdieu)的场域理论在很大程度上超越了客观主义的刻板和主观主义的唯心,为社会话语场的研究提供了一个有力的视角。本文力图以该理论为基础,通过分析确定爱默生超验主义在当时话语场中所处的位置,重新审视其历史地位和作用,并为文化批评探索一条新的路径。

## 一、布迪厄场域理论的概要阐发

布迪厄将社会看作一个各种力量竞争的动态场域。这与新历史主义的观点有几分相似,但与后者的经验主义不同,布迪厄主张通过还原各种社会过程中铭写的"独立于个人意识和个人意志"之外的客观关系,即各力量间的博弈关系,来解释它们。

在他看来,为获取社会承认而进行的博弈,是所有社会生活的根本所在。场域的参与者在博弈过程中并非平等竞争,文化资源、社会过程和社会制度的规约作用,让个人与集团逐步形成一种在竞争中自我延续的支配等级关系,而该体系决定着利益的分配。

他用以分析这些关系的四大基本概念是场域、社会位置、资本和惯习。按照他的定义,场域是由不同的位置之间的客观关系构成的一个网络,或一个构造。社会位置由"占据者在权力(或资本)的分布结构中目前的、或潜在的境遇所界定"③。资本是在一个特定的社会领域里有效的资源,是个体因为参与社会领域的竞争而形成的特殊利益④。而惯习(habitus)是一种社会化了的主观性,一个

---

① Perry Miller, *The Transcendentalists: An Anthology*, Boston: Harvard University Press, 1950, p.13.
② Charles Capper, "'A Little Beyond': The Problem of the Transcendentalist Movement in American History" in *The Journal of American History*, 85.2 (Sep., 1998), p.538.
③ 布迪厄:《文化资本与社会炼金术——布尔迪厄访谈录》,包亚明译,上海人民出版社,1997年,第142页。
④ Pierre Bourdieu, "The Forms of Capital" in J. G. Richardson, ed., *Handbook of Theory and Research for the Sociology of Education*, New York: Greenwood, 1986, p.241.

"持久的可转换的潜在行为倾向系统"①,它与现实之间的互动把场域建构成一个充满意义的世界。

其中,资本是布迪厄文化理论的一个核心概念。他将资本划分为四类:经济资本(金钱与财产)、文化资本(文化产品与服务)、社会资本(熟人与社会网络)与象征资本(合法性)。这些资本是一种客观存在,由场域之中的力量博弈所决定,是一种铭写在客体或主体结构中的力量,同时又是一种积累的劳动——需要花时间以客观化的形式或具体化的形式去积累。对资本的占有,"意味着对这个场的特殊利润的控制"②。

鉴于爱默生的超验主义是一种话语,本文所关注的是话语场域。这一场域的特殊利润在于话语权和身份利益。和其他场域一样,这一场域同样是一个有着经过博弈而形成的权力等级体系。要解析爱默生超验主义的影响力如何,就必须还原当时话语场域内的博弈关系和力量对比,例如各话语集团社会地位高低、背后社会机构力量的强弱、认同者人数的多寡、相互间的强弱关系等。在此基础上,确定爱默生话语所处的地位。

## 二、爱默生所处话语场域的生态③

超验主义的活跃期(1830—1850)与杰克逊时代(1824—1850)基本重叠并非巧合,因为后者是美国历史上新旧价值观转换、思想空前活跃的一个特殊时期。19世纪以前,美国的政权与话语权牢牢掌握在特权阶级手中。但在工业化、城市化、世俗化、移民潮的推动下,美国人的生存方式、社会格局在世纪之交发生巨变——以神权、特权为中心的传统价值观,开始被以人和社会契约为中心的现代价值观所取代。

转型期普遍价值标准的真空,造成了普遍的身份焦虑。人们消除焦虑、重塑身份的努力,使得当时的美国成为一个各种话语激烈竞争的"百家讲坛"。人类学家特纳(Victor Turner)称这种现象为"阈限期"④,即新旧价值观交替间隙一

---

① 布迪厄:《实践感》,蒋梓骅译,译林出版社,2003年,第80页。
② 布迪厄:《文化资本与社会炼金术——布尔迪厄访谈录》,包亚明译,上海人民出版社,1997年,第142页。
③ 当时南方与西部社会结构与北方迥异,这里仅探讨爱默生所在美国北方的话语生态。
④ Victor Turner, "Frame, Flow and Reflection: Ritual and Drama as Public Liminality" in *Japanese Journal of Religious Studies*, 6.4 (Dec. 1979), p.465.

个含混、开放、充满不确定的特殊时期。由于各个阶层、族群、甚至个人都争相发出自己的声音,以争取更多的话语资本和更优势的社会位置,社会被撕裂为众多利益集团。对于当时美国的话语乱象,爱默生有过这样的观察:"每一种所谓的'事业'——例如废奴主义或禁酒运动,例如卡尔文主义或唯一神教——都迅速变成一个个小商店,里面的物品……为了适应顾客的需要,如今都制作成了方便携带的小件以供零售。"①足见当时话语市场分化之细、竞争之激烈。他的超验主义正是在这样特殊话语生态下产生的。以下本文将具体分析当时场域中不同话语之间的力量对比。

以美国北方当时社会结构的复杂程度,仅用保守、自由两派,远不能概括全貌。借用布迪厄四象限划分法,可以更有效地说明当时北方的社会分层与话语集团。他用 X 轴代表经济资本,Y 轴象征文化资本。在成熟社会,处在第一象限的是文化、经济资本均富有的统治阶级;第二象限为经济资本较少、文化资本丰富的统治阶级中的被统治阶级;第三象限为两种资本都贫乏的最下层被统治阶级;第四象限为经济资本较多、缺少文化资本的小资产阶级②。由于当时美国处于转型期,情况略有不同,或可将北方当时的话语集团做如下分层:

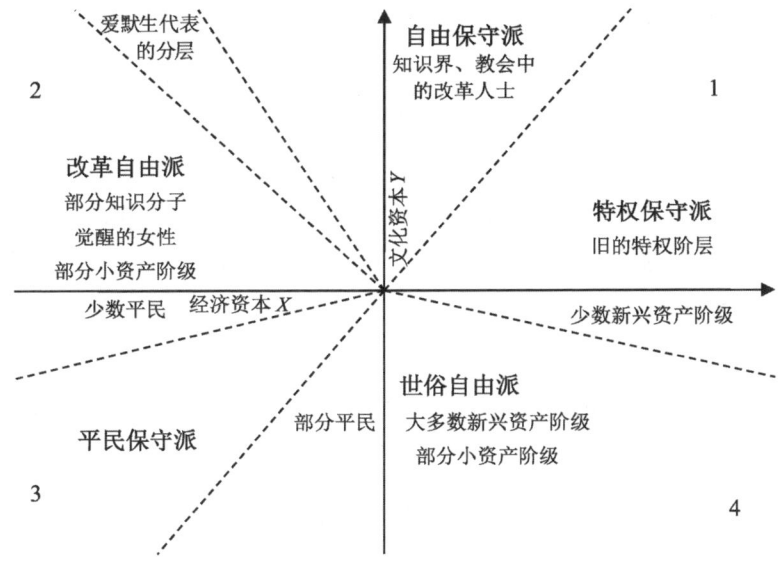

---

① Ralph W. Emerson, *The Complete Essays and Other Writings of Ralph Waldo Emerson*, New York: Random House, 1950, p.98.
② 张意:《文化与符号权力——布尔迪厄的文化社会学导论》,中国社会科学出版社,2005 年,第 216—217 页。

如果说，传统特权社会以神谕、财产、道德为价值尺度，而现代公民社会以法律、普遍意志、个体尊严为价值尺度，主张大规模改良者为自由派，而主张维持现状、反对变革的为保守派，则当时美国北方至少可以划分为五大话语阶层：世俗自由派、改革自由派、特权保守派、自由保守派、平民保守派。

这场博弈主要在代表传统权贵的特权保守派和代表新兴资产阶级的世俗自由派间展开。以杰克逊(Andrew Jackson)为代表的新兴资产阶级，扬民主大旗，借经济和人数优势，拥戴他们在政治上的代表——民主党掌控了政权，获得了话语博弈最重要的资本。随后通过扩大选举权、推行"官职轮换制"、剥夺第二合众国银行的特权等手段，不断削夺传统权贵的特权。从这个意义上来看，杰克逊民主实为美国的资产阶级革命。世俗自由派借此获得了社会资本上的优势。

他们信奉的"极端、肆意的物质主义和个人主义"亦形成一种象征暴力，成为当时社会静默的主流价值观，使得整个社会投机成风、道德沦丧。尽管如此，世俗自由派在心态和话语上依然略显弱势。科尔(Lawrence Kohl)认为杰克逊主义者有种近乎妄想的被压迫被虐待感①。他们应对该焦虑的话语策略主要有三：反权威、平等主义和自立。在他们看来，自己是好人，身上有的缺憾并非自己的过错，而是不公正待遇的结果。所以民主党报刊充斥着对各种权威的批判——教会、政府、法律、银行、公司、海关、欧洲的时尚等，无一幸免。一位保守的诗人德比(John Derby)因此而哀叹："那些古老永恒的真理、原则，一代代人智慧的结晶，而今被羽翼未丰的年轻政客们，唤作蛮荒时代的残余，黑暗时代的谬误。财产权崩塌；自由被认为无需建立在法律和秩序之上；独立的司法体系被认为是国家的罪恶；那些创立美国宪法的爱国先驱们，也被乳臭未干、嘴上没毛的政客贬得一文不值。"②

此外，世俗自由派还主张人权与个人尊严乃天赋，与个人成就大小、是否被他人接纳无关。"它们属于每一个个体，超越人类所有宪章与法律。"民主党把持的《密西西比人报》将民主党人描述为"靠自身勤勉过活，爱独立胜过金钱，不指望任何人帮助，但要求被所有人公正对待"③的人。他们理想的自我，是具有钢

---

　① Lawrence F. Kohl, *The Politics of Individualism: Parties and the American Character in the Jacksonian Era* New York: Oxford University Press, 1989, p.25.
　② J. Barton Derby, *Political Reminiscences, Including a Sketch of the Origin and History of the "Statesman Party,"* Boston: Homer & Palmer, 1835, p.157.
　③ Lawrence F. Kohl, *The Politics of Individualism: Parties and the American Character in the Jacksonian Era*, pp.41-44.

铁意志的 self-made man。而这种理想身份的化身,非当时的大众偶像杰克逊总统莫属。

世俗自由派的话语颠覆了原有的价值体系,其他力量被迫分化重组,重塑话语与身份。特权保守派首当其冲。因其清教及反王权、拥共和的背景,传统社会精英原本倾向于否定奢华的贵族风范,以勤俭、节制的企业家精神为身份诉求。① 随着这种价值观被物质主义、实用主义大潮淹没,特权保守阶层逐渐回归欧洲上流社会的老路,用品味、血统等突出自身的高贵。Thornton(1987)、Broylers(1991)、Pessen(1972)的研究表明,出于重塑身份的需要,北方旧精英阶层从 19 世纪 30 年代起开始借助园艺、音乐、封闭的社交圈——舞会、沙龙、姻亲关系等这些原本他们并不倚重的东西,来强化自身的社会、经济资本,突出其文化资本,将自己与社会大众区隔开来,实现一种高贵的隐退。

也有旧精英不甘失势,借残存的影响力争夺话语权。其核心话语诉求在于道德与传统。对他们而言,民主的泛滥使得多数人堕落到没有品位、不知廉耻的份上。代表人物哈佛校长埃弗雷特(Edward Everett)感叹:"哪个民族如果像我们这样放纵自我,跳舞、饮酒、大笑,违抗权威、道德、正义,只知道挣钱、谋杀,上帝真该屈尊显灵,给他们以重击,好让他们知道自己姓甚名谁。"②因此,他们主张将社会建筑于道德自律、法律规范和对传统的尊重上,投票权应是有产阶级的特权,应该用来推选那些道德高尚的精英分子,反对把当选与选民利益挂钩。

实践上,以教会为首的保守派组织,一方面强化传教,另一方面应世俗化现实,发起各种道德改革运动,如禁酒运动、遵守安息日运动、各类慈善活动等,在相当程度上维持着自身的影响力。

相比之下,平民保守派是保守的弱势群体,为处在社会边缘的部分农民及城市贫民。平等、暴富、安逸等工业化的成果与他们无关。未搭上致富快车的失落、社会变革造成的无序、急功近利者对其利益的侵害,令其深感焦虑。他们人数众多,却无力发出声音,倾向于依附于某种仁慈而权威的道德话语。其结果就是第二次基督教大觉醒。这部分虽然人数较多,但影响力几乎可以忽略不计。

推动此次所谓觉醒的是自由保守派。鉴于清教等强调神威、否定个人价值

---

① T. Plakins Thornton, "Cultivating Gentlemen: Country Life and the Legitimation of Boston's Mercantile-manufacturing Elite, 1785 – 1860," Yale University, 1987, pp.1 - 2.

② Paul Boyer, *Urban Masses and Moral Order in America*, 1820 – 1920, Boston: Harvard University Press, 1992, p.3.

的旧教派已然失势,为争取信众,以查尔斯·芬尼等为代表的自由保守派抛弃了传统教义和布道方式,代之以顺应现代人道德标准与自我认知的新教义,让"人"取代"神"成为身份定义的中心。如新兴卫理公会、阿米尼乌斯派都主张自由选择,即一个人能否得到救赎,在于他是否选择耶稣作为救世主。他们还用新的布道方式点燃听众对纷乱现实的恐惧,然后用仁慈的教义加以安抚,网罗了不少信众。这种改良迎合了开明的保守派、部分新兴资产阶级和弱势大众的口味,19世纪上半叶,教会会员从占总人口5%—10%增加到25%左右,为自由保守派赢得可观的社会资本。

除了三个保守派之外,还有众多既反对神权、世俗特权,又抗拒物质主义、个人主义的改革自由派。这些人多处在社会中层,受过良好教育。他们相信普遍的道德标准,憎恨拜金主义所造成的种种丑恶社会现象,希望通过社会改革,来消除社会的不公①。为弱势群体争取公平权利,成为改革自由派抗拒特权和极端个人主义的着力点,如废奴运动、女权运动、乌托邦试验、普及公共教育运动、监狱和精神病院改革等。这些运动参与较为广泛,有改革自由派,也有自由保守派,并形成一定声势。威廉·加里森领导的"美国反奴隶制协会",5年间发展会员约25万人。而凯瑟琳·毕彻、格雷克姆姐妹等领导的女权运动,与废奴运动相结合,也得到广泛响应。截至1838年,各地女性废奴协会的数量超过100个。此外,各地还出现了上百个乌托邦团体,试图在个人自由与社会公平和道德之间寻找一个平衡点。

上述分析总结了当时话语场域中的主要话语集团之间的力量对比、传播话语的机构、代言人等。其中,世俗自由派和特权保守派握有较多的社会资源,居于优势位置;处在中右的自由保守派、中左的改革自由派,有一定影响力,但话语权有限。但是,没有迹象表明,爱默生在上述任何一个话语集团中扮演着领袖或代言角色。以下本文将通过分析爱默生独特的社会位置、惯习、及所掌握的资本,探寻其话语在当时的客观地位。

## 三、爱默生超验主义在话语场中的位置

爱默生未成为主要话语集团的代言人,与其独特的社会位置、惯习、及所握

---

① Steven Mintz, *Moralists and Modernizers: America's Pre-Civil War Reformers*, Baltimore: The Johns Hopkins University Press, 1995, p.155.

资本结构息息相关。在布迪厄看来，行动者"在游戏中的相对力量、在游戏空间中的地位、取舍游戏策略方面的倾向性，都取决于筹码的总数和他所拥有筹码种类的构成情况，即取决于他的资本的数量与结构"①。

1832年爱默生首任妻子去世留下的遗产让他出离工薪阶层，掌握了作为中产阶级的经济资本；而哈佛文凭、牧师从业资质、经验，及日后的笔耕与演讲生涯，令其掌握了超乎常人的文化资本。因此，就社会位置而言，爱默生兼具"新中产阶级"（new petite bourgeoisie）和知识分子双重属性。布迪厄认为中产阶级有"旧中产阶级"和"新中产阶级"之分②。前者强调经济资本，模仿上层阶级的生活方式；后者强调文化资本，倾向于否定旧等级，试图建立全新的品位等级，为传统文化的挑战者。此外，他还将知识分子惯习概括为"贵族式的禁欲主义"，认为知识分子的资本结构使他们倾向于扬自身文化资本丰厚之优势，追求金钱花费较少，又能得到较多审美愉悦的生活方式。具体到爱默生个人，他在知识分子的圈子中居于挑战者而非守护者的位置，同时在惯习上具有唯心主义的特性。所有这些条件与惯习，转化为象征区隔（symbolic distinction），造就了爱默生话语的独特性、矛盾性和复杂性。

洛厄尔（James Russell Lowell）曾形象地将爱默生比作普罗提诺与蒙田的合体：既是有神论者又信奉人文主义，既是个形而上学的乐天派又是怀疑论者，既是保守派又是乌托邦主义者，既是精英主义者又是民主派③。作为新中产阶级，爱默生倾向于采用反权威和激进个人主义等颠覆性策略。他一生中的两次思想决裂，都是在他与保守派之间进行的：先因不满唯一神教的保守，辞掉牧师职位，与自由保守派决裂；后因其《神学院演说》触动了特权保守派的话语利益，此后很多年再未获邀在哈佛演讲，被动地与特权保守派决裂。

就这一点而言，他与世俗自由派之间存在不小的交集，但爱默生的激进是有限的。他仅谋求颠覆那些否定其中产阶级知识分子身份利益的权威话语，如欧洲中心主义、传统宗教对个人价值的否定等，而对政治、经济等其他领域的不公——银行的垄断、父权、奴隶制等，并不关心。同时，他追求精神价值，贬低经济资本，认为那些追求金钱和权力的人不过是群梦游者。这些使得他与主张打

---

① 布迪厄：《文化资本与社会炼金术——布尔迪厄访谈录》，包亚明译，上海人民出版社，1997年，第144页。
② Pierre Bourdieu, *Distinction*, Cambridge: Harvard University Press, 1984, p.359.
③ David L. Smith, "Representative Emersons: Versions of American Identity" in *Religion and American Culture: A Journal of Interpretation*, 2.2 (Summer, 1992), p.160.

碎一切传统权威、主张极端个人主义的世俗自由派分道扬镳,与保守派和改革自由派靠近。

同为中产阶级知识分子,人们有理由期待爱默生的立场与改革自由派较为接近,但事实并非如此。因其唯心主义惯习,爱默生对头脑以外的事物并不感兴趣。他说:"唯物主义者重视有形实体,社会、政府、社会艺术、奢侈品……唯心主义者另有一种形而上学的尺度,即事物在他意识中的等级,而非它们的外观和尺寸。头脑是唯一的存在,人与宇宙万物不过是它或好或坏的反射体。"①因此,他漠视社会与他人的存在,认为"所有社会都阴谋对其中每一成员的生存状态构成威胁","朋友、客户、孩子、疾病、恐惧、欲望、慈善"都是世界强加给你的"鸡毛蒜皮",没必要为之劳心②。在他看来,革心比革命重要——"纠正一个人错误的认识,比纠正我们社会体制中一两个乃至二十个错误都要重要得多"③。所以,他与绝大多数社会组织都保持一定的距离。在当时的如火如荼的各种社会改良运动中,均难觅其踪影。

而他思想中的精英主义和有神论残余使他更像个特权保守派而非自由派。只是他定义所谓精英的依据不是财富、门第,而是智慧(文化资本)。他按智慧将人类分为三六九等:最高一级为"超灵"——完美无瑕、无声的智慧;居于中间的是他这样的人类精英——拥有大智慧的天才;末端的是四肢发达、头脑简单的普通人——"自身潜能的侏儒","只能算半个人"④。超灵通过天才,将真理普照给芸芸众生。

从上述的分析可以看出,由于独特的位置、惯习与资本构成,爱默生具有明显的否定经济资本、社会资本的价值,强调文化资本的贵族式禁欲主义的价值取向。这种话语特性决定了他的话语在当时的话语游戏中,仅代表了部分中产阶级知识分子这一较小的社会分层,不具备成为主要话语集团代言人的条件。其朋友萨姆纳(Charles Sumner)指出,年长的人没兴趣聆听阅读爱默生的思想,他只在周围年轻人中颇受欢迎⑤,便是例证。这一初步判断可以通过分析爱默生

---

① Ralph W. Emerson, *The Works of Ralph Waldo Emerson*, 12 vols, Boston: Fireside, 1909, 1, p.121.
② Ralph W. Emerson, *The Works of Ralph Waldo Emerson*, 12 vols, Boston: Fireside, 1909, 2, pp.21-27.
③ Ralph W. Emerson, *The Complete Essays and Other Writings of Ralph Waldo Emerson*, New York: Random House, 1950, p.454.
④ Ralph W. Emerson, 1950, p.39.
⑤ Harold Bloom, ed., *Bloom's Classic Critical Views: Ralph Waldo Emerson*, New York: Infobase, 2008, p.7.

所积累的象征资本或社会授权,进一步加以印证。

在布迪厄看来,"象征资本是一种信誉,是赋予那些已获得足够认同之人的一种权力。这种权力使他们处在一个能够强化别人对他的认同的位置上……需要经历一个长期的规约过程才能获得。在这一过程结束时,一个代表将脱颖而出,从这一团体获得组建这一团体的权力"①。这种认同或授权(delegation)主要通过"运动"或"组织"的形式加以实现,是个双向的过程:一方面,因为代言人具有代表性,他所代表的团体因此而存在;另一方面,被代表的团体拥戴其成为代表,从而赋予其代言人的地位。一旦获得授权,代言人便可以集团的名义控制、动员该团体,并对团体的行为加以约束②。例如,安德鲁·杰克逊作为白手起家成功人士的典范,具象地代表了世俗自由派的价值观,而世俗自由派则通过投票拥戴其为代言人。

爱默生在话语实践中,并未领导任何有实力的运动或组织,也未获得任何组织可观的授权。他与保守派的决裂,意味着他被排除在唯一神教及哈佛大学这两个波士顿地区的重要话语阵地之外。他作为核心成员的唯一社会组织——超验主义俱乐部(1836—1840),只有数十名成员,是个"偶尔聚会,成员经常变换"的松散团体。他在其中并未居于代言地位,成员"除了言论自由没有其他任何共识"③。由富勒与他先后担任主编、被视作俱乐部喉舌的《日晷》,每期订阅数仅区区数百份,在惨淡经营了4年多(1840—1844),终因资金困难而停刊。以上种种均说明爱默生掌握的这两个话语阵地,无论是影响力,还是号召力均极为有限。

即便是与他息息相关的唯一神教辩论和超验主义辩论,爱默生也并非主角。前一场论战中,他尚属无名小辈;后一场论战中,保守派代表牛顿(Andrew Newton)的假想敌是超验主义的其他成员——里普利(George Ripley)、布朗森(Orestes Brownson)、皮博迪(Elisabeth Peabody)等,而非爱默生④。这也是他的话语缺乏支持者的迹象之一。按照布迪厄的理论,一个人拥戴者越寡,他遭遇反对的可能性也越小,"没有遭遇任何挑战,实际上是缺乏支持者的表现"⑤。

---

① Pierre Bourdieu, *In Other Words: Essays Towards a Reflexive Sociology*, Stanford: Stanford Unversity Press, 1990, p.138.
② Pierre Bourdieu, *Language and Symbolic Power*, Cambridge: Polity, 1991, pp.207-212.
③ Philip F. Gura, *American Transcendentalism: A History*, New York: Hill and Wang, 2007, p.5.
④ Robert D. Habich, "Emerson's Reluctant Foe: Andres Norton and the Transcendental Controversy" in *The New England Quarterly*, 65.2 (Jun., 1992), p.237.
⑤ Pierre Bourdieu, 1991, p.208.

严格说来,在那个思想家、改革家辈出的时代,将爱默生的公共角色定义为一位知名演说家,而非先哲或民主斗士,更符合历史的客观。

近年一些学者因其演说家身份,主张爱默生深度参与了公共政治,将他奉为美国第一个公共知识分子,如 Richard Teichgraeber Ⅲ(1995)、Peter S. Field(2001、2003)、Lawrence Buell(2003)等。但如果从场域视角出发,审视一下演说厅(lyceum)这个当时北方独特社会空间及爱默生在其中的角色,便会发现这样的论断值得商榷。

首先,当时的演说厅与教会、大学或政治集会的讲堂不同,并非权力话语的阵地,而是个实用主义居主导地位的大众文化空间。在 Wash 看来,其功能首先在于娱乐、非正规教育、社交,其次才是公共论坛①。其背后没有显见的政治议题,而是在自我修养(self-culture)的集体诉求之下,一部分知识分子的社会改良企图与平民大众自我实现的需求共同造就的一种文化市场现象。

受富兰克林(Benjamin Franklin)启发,自我修养作为一种人生理念在当时的美国深入人心。人们相信,用知识武装头脑不仅有助于在激烈的竞争中攀爬社会阶梯,也是修身养性、自我完善的重要手段②。在此背景下,一些社会改良主义者期望通过向城市中下层男性新移民(职员、推销员、簿记员、出纳等)传播实用知识和技能,帮助他们取得世俗的成功,减少社会丑恶现象;另一方面,这些底层职业人士也热切希望用知识改变命运。

演说厅运动于 1826 年前后由霍尔布鲁克(Josiah Holbrook)、史蒂文森(J. Greely Stevenson)等发起,采用出售门票并付费请人演讲的商业化运作模式。到 19 世纪 30 年代中期,几乎所有的北方城市都有了自己的演说厅③。起推动作用的主要是各地文化团体,包括图书馆协会、青年协会、青年商业图书馆协会等。这场运动的代言人并非爱默生,而是富兰克林——这位美国图书馆事业的奠基人与自我修养的成功实践者。"波士顿传播有用知识协会"举办的第一个系列讲座的首讲(1829 年),题目便是"富兰克林的生平"④。为了向这位代言人表达敬

---

① Wach, Howard M. "Expansive Intellect and Moral Agency": Public Culture in Antebellum Boston. *Proceedings of the Massachusetts Historical Society*, Third Series, 107 (1995): 30.

② Wach, Howard M, 1995, 32.

③ M. Kupiec Cayton, "The Making of an American Prophet: Emerson, His Audiences, and the Rise of the Culture Industry in Nineteenth-Century America" in *The American Historical Review*, 92.3 (Jun 1987), pp.604-605.

④ Wach, Howard M, 1995, 33.

意,许多此类演讲虽然内容涵盖自然科学到品格修养等诸多方面,但均被冠以"富兰克林系列讲座"之名。

不是爱默生造就了演说厅文化,相反是演说厅文化赞助了爱默生,赋予他一个自我表达的阵地和演说家的公共身份。演说所得对维持他知识分子的生涯十分重要。同时,由于当时的演说厅是个去政治的娱乐与知识传播场所,作为一个自觉抑或被迫脱离大学、教会等话语权力中心的知识分子,爱默生为这个不存在话语霸权的自由空间而感到欣喜。他说:"演讲这种文学新形式,超脱了所有的传统、时间、地点、场合,面向一群纯粹的人"①,"我本能地奔向这些地方(演说厅)!并总是经不住诱惑想说些能成为这些好青年人生信条的内容","这个独特的职业是我命运中的上上签"。②

研究表明,在爱默生与演说厅文化的互动中,我们看到的是一个热烈拥抱文化市场并因此得以塑造一个公共自我的知识分子,而不是引领、塑型大众价值观的领袖人物。正如 Cayton 所观察的那样,"在他到来很久以前,爱默生的听众就已形成了一种集体身份,聆听他的讲座似乎起到了提升这种集体自我意识的作用"③。这份职业虽为他带来亟须的收入和可观的知名度,但远离议会、法庭、街头运动、教会、大学等权力话语阵地,一个商业讲座演说家的身份并不意味着话语权或政治影响力。

上述分析表明,因其社会位置、惯习、资本结构和数量上的特殊性,爱默生存在否定经济资本、社会资本的价值,强调文化资本的贵族式禁欲主义的价值取向。他在话语实践中被排斥在保守势力之外,同时远离各种自由派的社会改革运动,和世俗自由派的政治漩涡。其话语的新中产阶级知识分子特性及本人对社会话语实践缺乏深度参与,使得他并未从任何重要话语集团那里获得代言身份的授权。他拥有较高话语权的《日晷》与超验主义俱乐部,只是当时复杂话语海洋中的一朵浪花。而他较为深度参与的演说厅运动,代言人是本杰明·富兰克林。他的参与虽然为其赢得了一定的社会资本,就本质而言,不过是强化了之前业已存在的自我修养文化。因此,爱默生超验主义在他的时代,并不居于主流地位,而是一种边缘性话语。这一发现为文化批评探索了一条新的路径,有助于

---

① Ralph W. Emerson, *The Journals and Miscellaneous Notebooks of Ralph Waldo Emerson*, 16vols., in William H. Gilman et al., ed., Cambridge: Harvard UP, 1960-1982, p.224.
② Ralph W. Emerson, 1960-1982, p.49.
③ M. Kupiec Cayton, 92.3(Jun 1987), p.604.

更深入理解当时的话语生态,纠正认为爱默生对其所处时代的社会文化生活施加了重大影响的观点,客观评价爱默生当时的历史地位。

当然,上述结论并不否认爱默生的话语具备一种跨时代的生命力。当时颇富影响的各色主张,时过境迁多已被历史所湮没,而爱默生依然能激发共鸣,不断被挖掘、阐释。更有以布鲁姆(Harold Bloom)为代表的部分知识分子,将其拥戴为"精神之父"(our ghostly father)。本文对爱默生所代表话语分层的研究,亦有助于解释这一值得深究的现象。

**方法谈:**

## 翻案文章的写作心得

该论文为国家社科基金一般项目——"美国文艺复兴与美国民族认同的建构"的阶段性成果。与不少学者印象中一样,申报项目之初,我也认为包括爱默生在内的该时期经典作家,是美国民族认同建构的重要推手。毕竟马尔科姆·考利曾断言,"在惠特曼之前,美国几乎不存在"。然而在实际研究中却发现,这种观点站不住脚。

从历史唯物主义的视角出发,现代工业化社会的生产力、生产关系,以及在此基础上美国大众的生存实践、话语实践才是塑造美国民族认同的真正力量。这一点也得到了相关民族认同理论的支持。例如,安德森认为民族认同是"种种各自独立的历史力量复杂的'交汇'过程中自发地萃取提炼出来的一个结果"。换言之,民族认同在形成之前并无蓝本,而是各种盲目的力量在复杂社会过程中自组织生成。这很容易让人联想到福柯在《作者是什么》中的著名论断,"我们可以很容易地想象出一种文化,其中话语的流传根本不需要作者。不论话语具有什么地位、形式或价值,也不管我们如何处理它们,话语总会在大量无作者的情况下展开"。因此,约翰·布勒伊(John Breuilly)主张:"研究民族情感的发生,必须关注更为复杂的社会变化,而不是某些知识分子对他们所信奉学说的传播。"据此可以推断,美国经典作家的贡献被显著夸大了,因而萌生了重新界定爱默生超验主义在当时所处历史地位的想法。

被夸大的原因或如查理斯·凯普(Charles Capper)所言,"一代代学者不断把内心深处的情感、意识形态上的恐惧和愿望投射到超验主义上面,所获结论难免带有主观倾向"。而同样研究美国文学,外国学者相对本土学者如果有什么优势可言,就只有旁观者清了。身处其社会话语与情感漩涡之外,给了我们相对客观地审视研究对象的可能性。然而,要做到这一点还需找到恰当的理论视角。

跨界接触到布迪厄的理论,纯属机缘巧合。时值 2010 年,研究这位法国社会学大师的热潮当时在中国学界已持续 10 年有余,只是在外国文学界尚默默无闻。布氏的思想体系很庞杂,其中的场域、社会资本、象征博弈等理论,为实现本论文的目标——研究话语场域内的客观支配等级关系,提供了较为有效的分析工具。

由于其理论主要基于唯物、辩证的思维方式,这些理论对从小深受马克思主义熏陶的我们来说,接受起来并不困难,难点在于应用。由于美国学术界缺乏马克思主义视角的社会历史研究,如何确定 19 世纪中早期美国社会话语场域的客观规则,以及不同群体之间的力量对比,成为一个很大的难题。

为此我阅读了不少有关该时期美国政治生态的历史学专著,如 *The Politics of Individualism: Parties and the American Character in the Jacksonian Era*(1989)、*Urban Masses and Moral Oder in America,1820－1920*(1992)、*Moralists and Modernizers: America's Pre-Civil War Reformers*(1995)等,然后以布迪厄的理论为视角,找寻其中的博弈态势,观察力量对比。

目标很明确,就是确定爱默生的超验主义在当时话语场域中占据的具体位置。历史学者通常对社会力量进行的二元划分,如保守派、自由派,并不适用于那个年代。爱默生时代的美国,是个新旧生产方式、价值观念、政治格局转换的关键时期。社会话语力量的多元程度、博弈的激烈程度,远高于社会安定期。

因此我对两个基本派别进行了进一步的细分,总结出五大话语集团:即世俗自由派、改革自由派、特权保守派、自由保守派、平民保守派。然后通过对博弈态势的概要分析,得出各派的力量对比——世俗自由派和特权保守派握有较多的社会资源,居优势位置;中右的自由保守派、中左的改革自由派有一定影响力,但话语权有限。在此基础上,得出阶段性结论——没有史料表明,爱默生在上述任何一个话语集团中扮演着领袖或代言角色。

这些分析白描式地还原了当时美国社会流通的主要价值观以及它们之间的等级关系,也大体否定了认为爱默生是引领时代的思想家的判断。然而,后世部分学者对爱默生极其拥戴,又是不争的事实。为了更准确地揭示爱默生超验主义的群体代表性,我在文章后半部分进一步探讨其主张与各主要话语之间的

关系。

他一生中的两次决裂,让他与特权保守派、自由保守派分道扬镳;置身于绝大多数社会改革运动之外,意味着他与世俗自由派、改革自由派也保持着距离;他对平民的藐视,以及挟抽象知识理念以自重的习性,让他又带有保守派的色彩。他唯一深度参与的社会运动——"演说厅运动",是个游离于社会权力斗争之外的文化自由领地。

由此可以得出结论,他的超验主义是个政治主张介于改革自由派、自由保守派话语之间的边缘性话语。由他的价值取向可以推论,他的拥护者多为那些崇尚个人自由,同时满足于探讨远离社会事务的抽象知识的新中产阶级知识分子。由于这个群体在其后世呈增长态势,他的声誉因而获得了显著提升。

现在反思,论文的主要缺憾在于,因为需要填补对当时社会话语生态分析这一空白(本应由历史学或社会学完成),该选题对于一篇期刊论文而言,有些偏大,致使论证过程略显匆忙,一些部分未能充分展开、说透(遗漏的部分在拙作《防御与建构——爱默生的惯习与思想体系》中进行了补充)。

这篇文章对学术创新有以下两点借鉴意义:其一,学术思想上,未采用现今文学批评中常见的二元对立视角(例如审视超验主义对唯一神教主张的扬弃),或是思想传承的视角(例如从洛克、蒙田或孔子的思想中找寻阐释的线索),而是采用系统辩证法的视角。

其出发点在于事物是普遍联系、互存互动的,一种思想/身份总是在与其他多种思想/身份的协商、博弈中而存在,因此,只有我们确定了它与其他思想/身份之间的关系与边界,才能更准确地定义它的内涵、功能与地位。需要强调的是,这种互动关系不是超时空的拉郎配(例如孔子和爱默生),而是某一个特定场域内部实实在在的互动关系。

这种马克思主义精神,是西方文学批评长期以来缺乏的。受自身动机、情感、思维范式的影响,西方批评界常常带着有色眼镜审视自身的文学、文化现象,情感、政治倾向显著。在此背景下,只要以马克思主义为出发点,我们几乎总可以发现被西方批评忽视乃至遮蔽的关系与意义。问题是我们不能仅仅依靠经典马克思主义。习近平主席"发展21世纪马克思主义、当代中国马克思主义"的号召表明,马克思主义的内涵应当伴随时代的进步,不断发展。因此,我们应当坚持"活的"马克思主义的理念,将其当作一个发展中的开放体系对待。马克思主义的伟大之处,在于认识论、方法论的科学性。我们应当以此为根本,广泛吸收与之协调统一的、新的、先进的方法和理念(包括西方的)。本文采用马克思主义视角与布迪厄社会学理论相结合的方法,就是一种尝试。

其二,在研究方法上,验证了将布迪厄的社会学理论用于研究文学思想、文学潮流的可行性。借助他的场域、社会资本和象征博弈理论,可以有效分析文学思想与其他话语之间的博弈关系,确定它的独特内涵以及在话语场域中占据的独特位置,实现福柯在《知识考古学》中未能实现的话语分析的目标,即"尽可能准确地确定话语的边界,指出一种话语以什么样的方式排斥其他话语,它为什么不可能成为另外一种话语,它究竟在什么方面排斥着其他话语,以及为什么它是独一无二的,为什么不可能出现在别的地方"①。

---

① 米歇尔·福柯:《知识考古学》,谢强等译,生活·读书·新知三联书店,2003年,第28—29页。

# 保罗·德曼的"语法"与"修辞"*

## 申屠云峰**

**内容提要**:"语法"与"修辞"的关系问题是保罗·德曼阅读理论中的核心内容之一,学界对此出现了"统一论""二元对抗论"和"相互消解论"等三种不同的理解。本文认为这三种观点虽然相互抵触,但都预设了"语法"和"修辞"作为两种自我统一的语言功能而能够相互区分这个观点。通过梳理德曼对传统"语法"与"修辞"关系的分析与解构,本文提出德曼的"语法"是语言的存在设定,"修辞"是作为存在者的每位读者所做的意义设定活动,两者关系是德曼对存在与存在物关系的独特阐释。

**关键词**:保罗·德曼;语法;修辞;存在;存在物

如果要为以《阅读的寓言》为代表的保罗·德曼的理论找些关键词,"语法"与"修辞"也许是较为人认可的选项。保罗·德曼"对文本中'修辞'(rhetoric)与语法的矛盾作用有详尽的论证"①,而这些论证显然是其修辞阅读理论不可或缺的部分。所以在此意义上,恰当地理解德曼对"语法"与"修辞"关系的见解是进入其修辞阅读理论的一个入口。本文拟从评析国内学者对此问题的观点入手,梳理德曼对"语法"与"修辞"关系的理论观点,以求深入地把握其阅读理论。

---

\* 原载《外国文学评论》2006 年第 4 期,第 124—132 页。本书收录时略有修改。
\*\* 申屠云峰,文学博士,浙江工商大学外国语学院副教授。主要研究领域为美国文学和英美文论。曾在《外国文学评论》《外国文学动态研究》等期刊上发表论文 10 余篇,出版专著《在理论和实践之间——J.希利斯·米勒解构主义文论管窥》(2011),主持国家社科基金项目和教育部人文社科项目各一项。
**联系方式**:浙江工商大学,邮编:310018。Email:hzcollis@sina.com。
① 郑敏:《解构主义在今天》,《文学评论》2000 年第 4 期,第 111 页。

## 一、对"语法"与"修辞"关系三种观点的评析

德曼对"语法"与"修辞"矛盾关系的论述,给人印象最深刻的要属《阅读的寓言》中出现在《符号学与修辞》这篇文章里的"语法修辞化"(rhetorization of grammar)与"修辞语法化"(grammatization of rhetoric)这两个术语。然而,当人们谈论它们时,出现了这样一个有趣的现象:一方面,在德曼以后的文章中,这对术语销声匿迹了;另一方面,虽然这对术语直观而形象地表明了语法与修辞之间的"矛盾"关系,成为观照德曼理论的一个不错的视角,但是,国内学者们对它们的理解却并不一致。总体来说,人们对此提出了三种见解。

第一种观点可称为"统一论",因为它认为德曼"提出了语法的修辞化和修辞的语法化这一对概念,其实质是用修辞的概念去统一语法的概念"[①]。这个结论似乎颇有道理。因为一般而言,作为确定性规则的语法能产生较为固定的语法意义,而修辞则产生不确定的修辞意义。对于以反逻格斯中心主义和主张意义不确定为特征的解构主义理论来说,以修辞统一语法似乎是符合逻辑的结论。不过,这里有两点仍需考虑:第一,我们知道,德曼继承尼采的语言观,将修辞视为语言的本质,那么,在此意义上说修辞统一语法,就好比说是语言统一语法,这是否恰当呢?第二,如果修辞不是在这个层面上使用,而只是作为与语法同等级的概念,那么当我们说修辞能统一语法时,这岂不是成了德曼所批判的语法统一修辞这一传统模式的颠倒?这似乎不符合德曼的解构思想。

与之相反的是第二种观点,可称之为"二元对抗论",因为此观点认为保罗·德曼:

> 把语法/修辞视为对立双方,并完全同时显现,因为"在符号学中出现修辞语法化的情况下,我们便像在……语法修辞化那种情形一样,在同一种被搁置的无知状态中结束"。保罗·德曼的"不可阅读"指的是文本中语法/修辞二元对抗给读者造成的无知、无解,其学说自然也是二元对抗思维的成果。[②]

---

[①] 泓骏:《从语法分析到修辞阐释——结构主义文论向解构主义文论转换的实质》,《中州大学学报》2004年第1期,第37页。

[②] 萧莎:《德里达的文学论与耶鲁学派的解构批评》,《外国文学评论》2002年第4期,第144页。

这是一个颠覆德曼理论的结论,因为它暗示德曼这位以"解构"形而上学为己任的解构主义大师倒成了自己批判对象最隐秘的盟友。若细加分析,看似严密的逻辑推论背后有些难以自圆其说之处:第一,这个观点虽然注意到德曼曾说"语法/修辞这一对,肯定不是两分对立的,因为它们根本不相互排斥"①,但没有做出进一步的解释。第二,德曼在继续谈到"语法修辞化"和"修辞语法化"这两种阅读都在无知状态中结束时还说:"作为结果的悲伤情感是一种对无知(ignorance)的焦虑或狂喜,这取决于人们即时的心情或个人的性情,而不是对指涉(reference)的焦虑……不是对语言做了什么(what language does)的情感反应,而是对不可能知道它会是什么的这种不可能性(impossibility of knowing what it might be up to)的情感反应"(*Allegories*: 19)。我们认为,德曼所说的"指涉"与"语言做了什么"中的"什么"是对应的,而"无知"则对应于"它会是什么"中的"什么"。所以,很明显,德曼并没有一味地排斥"知",而是将"知"区分为不同的层面。简单地说,一个是在存在物层面上的"知",即作为确定指涉的"知",这是德曼不否认的;另一个是在存在层面上的"知",这是德曼表示怀疑的,因而也是对无知的焦虑情感的来源。存在与存在物的关系决定了这两层的"知"应该是时时相互伴随的。因此,德曼的"不可阅读性"应该同时照顾到这两层比较特殊的关系。换言之,德曼的"不可阅读性"应该是"可阅读性(存在物层面的知)/不可阅读性(存在层面的无知)"这样双重结构的体现。所以,很显然,这样的结构不是用"二元对抗"所能够解释的。

相较于前两种观点,第三种可称之为"相互消解论"的观点则显得比较稳健与客观:

德曼由此提出两种阅读模式:语法的修辞化和修辞的语法化。前者针对语法吞没修辞从而使语法的功能简化为描述现实的作法;后者旨在批判用隐喻来整合思想与现实的思路。当批评家在语法与修辞间建立完美的连续性,并将修辞纳入语法范畴时,德曼建议将这种无所不包的语法修辞化;当有机诗学指望靠隐喻的相似性在行为与思想、自然与主体之间建立某种

---

① Paul de Man. *Allegories of Reading: Figural Language* in Rousseau, Nietzsche, Rilke, and Proust, New Haven and London: Yale University Press, 1979, p.12.后文出自同一著作的引文,将随文标出该著作简称"*Allegories*"和引文出处页码,不再另注。

本质的联系时,德曼又将天马行空的隐喻意象带回严谨的、非个人化的语法模式。①

但是,在看似忠于德曼"原意"的行文背后,这个结论仍有可商榷之处:第一,"提出""建议"等用词都在暗示这两种阅读模式是德曼一贯的主张。那么,正如在前文提到的,为什么德曼后来放弃了这两个术语?第二,这段话里隐藏着一种对称模式:修辞造成的神秘性(mystification)可以用语法来破解,而语法造成的谜思可以用修辞来破解。这种修辞和语法互为"解毒剂"的对称模式骨子里还是"矛"与"盾"的二元对抗的模式。第三,更为严重的是,这段话所蕴含的观点可能歪曲了德曼的意思。先以"语法修辞化"为例。德曼一共举了两个例子来说明"语法修辞化"现象。第一个例子是阿契·班克在回答妻子问他保龄球鞋的鞋带系在上面还是下面时所作的回答:"这有什么不同(What's the difference)?"德曼在分析这句话有语法阅读模式和修辞阅读模式这两种不同的解读后指出:"这一问题的语法模式变成修辞化,并不是我们一方面拥有字面义,另一方面拥有修辞义,而是不可能以语法或其他语言学手段来确定在(可能完全不相容的)两种意义中,哪一种占据主宰地位。"(Allegories:10)我们应该注意到此句中"不可能以语法或其他语言学手段"这个表达,因为它既否定了语法手段的主宰力量也否定了修辞手段的主宰力量,所以不是针对"语法吞没修辞"这个现象。更能够直接证明这个观点站不住脚的是德曼随后举的第二个关于"语法修辞化"的例子。德曼指出,叶芝的诗句"舞者和舞蹈叫人怎能分别?"常被人以修辞模式来解读。很显然,这是"修辞吞没了语法"的表现。而德曼偏偏反其道而行,认为也可将此句视为一个简单的语法问句,以语法模式来得出字面义,从而"解构"了以往评论家们的修辞式解读。可见,德曼提出"语法修辞化"的要义在于表明语法与修辞作为两种模式均无法占据主宰的地位,而并不是"针对语法吞没修辞从而使语法的功能简化为描述现实的作法"。

关于"修辞语法化",该观点认为这是德曼用来"批判用隐喻来整合思想与现实的思路",并建议"将天马行空的隐喻意象带回严谨的、非个人化的语法模式"。的确,德曼在举了普鲁斯特关于阅读的那个经典段落为例后,曾说"对隐喻和所有用相似性来掩盖差异的修辞模式……的解构将我们带回到语法非个人化的准

---

① 周颖:《保罗·德曼:从主体性到修辞性》,《外国文学》2001年第2期,第48—49页。

确性"(*Allegories*:16)。但是,德曼在下文中又说:"看起来似乎(It would seem)我们在说批评就是对文学的解构,就是将修辞的神秘性还原到语法的严谨性……批评与文学可能(would)围绕着区分语法与修辞的认识论之轴相分离"(*Allegories*:17)。显而易见,这两句引文里的"would"具有否定含义,即否认语法与修辞、文学批评与文学的差异。德曼不仅在下文对此进行了充分的论证,而且在文章的结尾处清晰地表明了自己的观点:"文学和批评——它们之间的差异是虚幻的……"(*Allegories*:19)。这明白无误地表明,既然德曼认为文学(以隐喻的神秘性为特征)和文学批评(以语法非个人化的准确性为特征)之间的差异是虚幻的,那么"将天马行空的隐喻意象带回严谨的、非个人化的语法模式"并不是德曼最后的主张,因为德曼认为解构的否定性力量永远不会在某一点上止步。

综观以上三种论点,虽然它们的具体结论不完全相同甚至相互抵触,但是它们有一个共同的预设,即认为在德曼所提出的"语法修辞化"和"修辞语法化"中,"语法"和"修辞"分别作为自我统一的语言功能而能够相互区分。换句话说,三种观点都将德曼的"语法"与"修辞"预设为相互独立的形而上学的"二元"。但正如我们在上文所表明的,德曼在《符号学与修辞》中把最后的结论落在了以修辞为特征的文学与以语法为特征的文学批评之间界限的模糊性上。这只能证明"语法修辞化"和"修辞语法化"所表明的是"语法"与"修辞"之间差异关系的不确定性。遗憾的是,由于德曼并没有直接表述自己对"语法"与"修辞"之间关系的看法,再加上其行文艰涩,往往给人造成误解。在某种意义上说,关于"语法"与"修辞"的关系贯穿了《阅读的寓言》,也因此这一关系成为德曼解构主义理论思想的一个重要内容,所以有必要从正面来梳理德曼对"语法"与"修辞"关系的见解。

## 二、德曼对传统"语法"与"修辞"的描述

众所周知,解构主义批判西方形而上学的要义就在于揭示其根基的不可能性,即本体统一论的虚幻性。这种虚幻性的一个主要表现就是在语言与世界的关系上,即认为语言能够指涉世界真理。所以,德曼将其批判之剑指向"将语言现实与自然现实,指涉与现象性相混淆"[①]这种"美学意识形态"。而要批判这种

---

① Paul de Man, *The Resistance to Theory*, Minneapolis: University of Minnesota Press, 1986, p.11.后文出自同一著作的引文,将随文标出该著作简称"*Resistance*"和引文出处页码,不再另注。

"美学意识形态",就得对形而上学语言的使用进行批判,从根本上来揭示其本体论的虚幻性。那么,具体地从形而上学语言内部的结构入手应该是德曼解构理论的题中之义。总的来说,德曼对形而上学"语法"与"修辞"的使用所做的揭示可以概括为以下两个方面。

(1) "语法"控制"修辞"的等级关系。西方传统中将语言与现实相混淆的做法主要源于对西方传统四学科(quadrivium)与人文三学科(trivium)的关系的认识。四学科由算术、几何学、天文学和音乐组成,是研究非语言的自然现实的科学;人文三学科由语法、修辞和逻辑组成,是研究语言的科学。在四学科与三学科中,数学与逻辑分别被认为是最严谨的。所以,如果语言要能够指涉世界真理,那么这意味着三学科与四学科必须要有紧密的联系。而这个联系就是数学与逻辑的密切关系。于是,形而上学的求真传统就内在地决定了逻辑在三学科中占据着优先地位。与此同时,语法又因为是调控语句内部关系的规则,能起到对语句的控制作用,所以被认为与逻辑彼此契合,表现为"语法服务于逻辑,而逻辑又反过来打开通向世界知识的道路"(*Resistance*:14)。至于修辞,则被认为是劝说的艺术,与虚假相关,若不归附和受控于逻辑与语法,就会成为求真传统打击的对象。所以,三学科内部这种等级关系的建立就使得语言具有稳定的认识论结构,从而确保语言能够传达世界真理,也使得语法成为获得科学知识和人文知识的保障条件。所以从根本上说,西方形而上学客观上要求建立语法控制修辞、修辞辅助语法这样的等级关系。

(2) "语法"与"修辞"之间的界限在形式和功能上的模糊性。从语言形式的角度说,德曼指出语法与修辞的语言形式存在着不确定的关系,体现为修辞格(figures of speech)或转义(tropes)横跨语法与修辞两个领域:"转义过去是语法研究的一部分,但也被视为作为劝说和意义的修辞所实施的具体功能(或效果)的语义手段。"(*Resistance*:14—15)这样,从形式上,语法与修辞的界限便不明确了。从语言功能的角度来看,两者的界限也是不明确的。德曼认为传统的"语法"有两个功能:"在一种完全幼稚的层面上,我们总是将语法体系设想为趋于普遍性和具有纯粹的生成性,即能够从单个模式(它也许能够控制转换之物和派生之物)中派生出无限的版本来,而又不会受到别的模式的干涉,这别的模式也许能够推翻第一个模式。"(*Allegories*:7)很明显,这两种功能即普遍性和生成性,是其形而上学功能的内在要求:普遍性与逻辑相关,借此以指涉普遍真理;生成性则是对语句内部关系的控制,从而服务于普遍性。与之相对应,传统上对修辞功能也有两种认识:一种是将修辞视为转义,另一种将修辞视为劝说。但与语法不同的是,对这两种修辞功能的意见在传统上从未统一过,所以转义与劝说也从未被视为一体而是处于对立状态的。

那么,我们凭什么说德曼暗示传统上"语法"与"修辞"的功能界限有模糊之处呢?在《符号学与修辞》中,德曼曾具体谈到两种将修辞纳入语法之中,在修辞与语法之间建立完美连续性的做法:一种是以巴尔特、托多洛夫、热奈特为代表的形式主义符号学家们的做法,表现为"当语法结构研究被阐释为当代的有关生成、转换和分布语法的理论时,转义和修辞格(这里,'修辞学'这一术语正是这样使用的,而不是在评论、雄辩和劝说方面的引申意义上的使用)的研究,变成了语法模式的单纯延伸,即句法关系上的一套特定的亚类模式"(*Allegories*:6)。另一种体现在言语行为理论中。一些理论家认为,言语行为中的命令、疑问等话语施事行为(illocutionary acts)与语法中的祈使句、疑问句等是相对应的,差别仅在于前者关注的是人际关系,而后者则关注的是语句内部的关系。所以,"既然仅把修辞学视为劝说,视为作用于他人的实际行动(而不是语言内部的修辞格或转义),那么语法的话语施事的领域(the illocutionary realm)和修辞学的话语施效的领域(the perlocutionary realm)两者之间的连续性,就是不证自明的……这种修辞,恰如在托多洛夫和热奈特那里一样,也成了一种新语法。"(*Allegories*:8)在此,德曼很细致地区分出修辞的两种用法——作为转义的修辞和作为劝说的修辞,并将之分别归入两种不同的"语法"中:前者是将作为转义的修辞纳入语法之中,后者是将作为劝说的修辞纳入语法之中。而且,我们还应该注意到这样一个事实,即德曼在其所有的文章中均未直接地"解构"这两种做法,因为这两种操作有其合理性。为什么呢?从德曼的文章中,我们领悟到,所谓语法的普遍性与作为修辞的劝说功能相当,因为语法的普遍性是无法证明的,是人为规定的,承认它就等于接受来自约定俗成规定的力量,这与劝说修辞一样是一种强制性的设定,是一种施为作用(performative);而语法的生成性则控制着句子的转化与派生,这与作为转义的修辞一样都是在相似性的基础上进行的语词间的替换运作。所以,我们可以说,正是因为语法与修辞的功能具有相似处,所以就出现了德曼所描述的这两种将修辞纳入语法中的做法。

## 三、德曼对传统"语法"与"修辞"关系的"解构"

若以上描述合理,那么我们很容易看出形而上学对"语法"与"修辞"的使用面临这样一个问题:"语法"的两个功能被看作是统一的,而"修辞"的两个功能则被看作是分裂而不统一的,那么,一个自我统一之物如何去控制一个自我分裂之物呢?

我们以上的论述表明,形式主义的符号学家之所以能够将修辞纳入语法之中,其根据在于他们只将修辞的转义功能或者说作为转义的修辞纳入语法中;而言语行为理论之所以能够将修辞纳入语法中,其根据在于只将修辞的劝说功能或者说作为劝说的修辞纳入语法中。这显然是对修辞两种用法的割裂和各取所需的操作。这两种操作在理论上不仅预设了语法的自我同一性,也预设了修辞的自我统一性,即修辞被看作只具有单一的功能,要么是转义功能,要么是劝说功能。所以,若认为将修辞纳入语法之中的理论操作成立,其实质就是对修辞两个功能中的一个的排除。而如果要证明这种理论操作不成立的话,其反对的理由也恰恰就是证明这种对修辞中任意一个功能的排除是一种不合法的"盲视"行为。那么,按照这样的逻辑,德曼所要做的就是要论证劝说修辞和转义修辞之间存在着一种特殊的关系,这种特殊关系决定了形而上学的这种操作是错误的。

德曼在《劝说修辞(尼采)》中揭示了转义与劝说之间的特殊关系,即转义与劝说是既相容又相斥的两难关系(aporia)。德曼指出,尼采对形而上学的批判以批判作为形而上学逻辑根基的同一律(A=A)为起点。尼采认为,由于形而上学无法证明这条定律,那么它只不过是一种设定(positing),因而整个形而上学逻辑也不过就是我们人为设定的一套规则,借以认识和把握真实世界罢了。"同一律的说服力量就在于用事物的感知来类比性、隐喻性地替代实体的知识……概念化首要地就是一个语言过程,就是基于用符号学模式替代实质的指涉模式,用表意过程替代占有的一种转义"(*Allegories*:122—123)。换言之,这只不过是一种语言的转义功能。基于此,尼采认为形而上学所谓的描述性语言(constative language)不是对真理的描述,而是一种施为性语言(performative language),是一种以命令的模式实施劝说的言语行为。所以,描述性语言具有转义和劝说两个因素。尼采后来又认为言语行为的主体只不过是来自毫无道理的对因果关系的颠倒,作为思想的行动也是同样毫无道理的用部分取代整体的总体化行为。也就是说,施为性语言也具有转义和劝说两个因素。因此,德曼得出这样的结论:"施为性语言和描述性语言之间的差别(尼采已预见到了)是无法确定的。"(*Allegories*:130)我们应该注意到,施为性语言和描述性语言之所以难以区分是因为它们都包含着转义与劝说这两种模式,而且这两种模式在德曼看来

难以区分出彼此,就好比是组成语言基因的双链缠结在一起而不可分离。因此,德曼做出了以下的论断:

> 被看作劝说时,修辞是施为性的;被看作转义系统时,它解构了自己的行动。修辞是一个文本,它允许存在两个互不相容、相互自我摧毁的视角,因此对任何阅读或理解造成了难以逾越的障碍。施为语和描述语言之间的两难关系仅仅是转义与劝说之间两难关系的一个翻版……(*Allegories*:131)

如果"修辞"的这两个功能具有这种特殊的两难关系,它们就无法被割裂地使用。所以,很自然的,形而上学排除"修辞"两种功能中的一种以便"语法"控制"修辞"的操作就无法成立而被"解构"了。实际上,我们可以从德曼那里得出进一步的理解:出于意义总体化的要求,形而上学用"语法"来统一"修辞",这种做法不只是忽视了修辞内部两难的结构关系,更重要的是,它忽视了语言自身呈现为转义/劝说两难结构关系这个基本事实。因此,转义/劝说结构在根本上决定了"语法"与"修辞"并不能形成形而上学意义上自我统一的"二元",前文所论及的那三种关于"语法"与"修辞"的观点都难以站得住脚。而且,如果说"语法修辞化"给人以修辞阅读模式"解构"语法阅读模式这样的印象的话,我们得明白,语法阅读模式被推翻的真正原因并不是来自它外部的修辞阅读模式,而是因为在它出现的那一刻起,它赖以产生的转义/劝说结构已经将自己"解构"了。

## 四、德曼使用的"语法"与"修辞"

德曼在《承诺(社会契约)》一文中,提出了自己对"语法"与"修辞"的用法。他对"语法"的使用是:"产生文本且独立于该文本的指涉意义而运作的关系体系就是文本的语法。"(*Allegories*:269)具体而言就是:"没有语法就没有文本:语法的逻辑只有在指涉意义缺席时才产生文本,但每个文本产生一个指涉物,它颠覆了文本赖以构成的语法原则。"(*Allegories*:270)我们知道,传统的语法被认为不仅能控制语词间的关系,还能控制语句的意义。哪怕是修辞意义,也被认为是对语法的偏离造成的。与之相较,德曼的"语法"虽然也能生产文本,却完全失去了对意义的控制,甚至反过来,文本意义的产生颠覆了语法。德曼对此的解释是：一方面语法在定义上具有普遍性，即具有未确定的无限的意义潜能；另一方面，指涉意义却是要将这无限的意义潜能运用到个别性上去。这种普遍性与个别性之间的矛盾决定了语法与意义之间的不一致关系。于是，德曼将文本的指涉功能留给了"修辞"："语法与指涉意义之间的差异就是我们所说的语言的修辞（figural）维度。"（Allegories：270）两相结合，德曼便得出了一个新的文本"定义"："我们称任何可以从双重视角来考量的实体为文本：作为一个生产性的、开放式的、非指涉性的语法体系和作为一个被超验指义活动所封闭的修辞体系。这个超验指义颠覆了文本赖以存在的语法符码。"（Allegories：292）这段话可以看作是德曼对自己所使用的"语法"与"修辞"以及两者关系最集中和明确的表述："语法"相当于作为劝说的施为功能，"修辞"相当于转义功能。所以，"语法"与"修辞"的关系仍然是劝说与转义的两难关系。

但是，如果稍微再仔细些分析，我们就会发现，这个文本"定义"比起前面所引"修辞是一个文本"的那个"定义"有所发展。虽然表面上看，两者都是关于劝说与转义的两难关系，但前一个"定义"是对语言双重结构进行的理论上的静态的描述，而没有回答在具体的阅读活动中它们是如何运作的，还留有一些问题：比如为什么会出现这样的两难关系以及这个劝说与转义会不会出现静态的对峙等。而在这个新的"定义"中，德曼构建了一个动态的文本结构：一方面，文本的语法作为法则而无指涉意义；另一方面，读者在具体而个别的阅读中产生的指涉意义使得文本具有了意义但也颠覆了文本的语法法则。很明显，与前一个定义相比，这个"定义"引入了读者个别化的阅读活动，即"一个超验指义活动"。那么，它又是怎样的呢？德曼在《借口（忏悔录）》中提出了从卢梭那里发展而来的"虚构（fiction）"概念："虚构与再现无关，而是表述与指涉物之间任何联系的缺席，而无论这种联系是否是因果关系的，或是已编码的……"（Allegories：292）很显然，这个无指涉意义的"虚构"即相当于无指涉意义的"语法"。而且，德曼还进一步阐述了其"虚构"理论："看起来要分离出虚构独立于任何指意活动的时刻是不可能的了。就在它被设定的那一时刻，在它所产生的那个语境中，虚构就马上被误释为一种限定（determination），这个限定就其本身来说是武断的（overdetermined）"（Allegories：293）换言之，所谓的读者的"超验指义活动"就是一种将虚构误释为确定性意义的活动。那么，这一切都是如何发生的呢？

我们认为可以借助《反讽的概念》一文来理解德曼的意思。在该文中，德曼简单地阐述了他对费希特自我哲学的理解。他认为费希特的自我（self）是由语言绝对无条件地设置的。这是一种词语误用,是语言命名因而设置任何语言愿意设置的东西的能力。当语言设置自我后,又设置了非我,但自我与非我并不像在黑格尔那里一样是正题与反题的关系,因为自我与非我本身都是被设置的,是空无一物的,它们与意识无关,因而无法对其进行认知。但是,虽然自我与非我本身是空无内容的,这一正一负的双方可以通过相互限定和定义来产生关系。通过这种限定和定义的活动,自我与非我便拥有了属性(properties),从此自我就可以做判断行为,因而也就成了主体。接下去主体的认知和判断行为就是"属性的分离与流通"①。德曼认为这种认知和判断行为"就是隐喻的结构,转义的结构",所以可以称之为"转义认识论"(the epistemology of topes)(*Aesthetic*:174)。他总结说,费希特的理论包含两个体系。首先是一个施为体系(the performative system),因为它最初是基于语言误用这样一种语言的设置行为,然后再是转义体系(the tropological system),这个体系是个认知体系(cognitive system)。而且,语言的设置作用是第一位的,因为只有语言设置了属性,自我才能成为主体,才能做以属性的替换为特征的判断行为。

更让人感兴趣的是德曼介绍的费希特对主体判断行动的解释。费希特将判断行动分为两种模式:综合判断和分析判断。前者指的是判断某物与另一物相似的行为;后者指的是判断某物与另一物相异的行为。费希特认为,任何两物若相似必定在至少一个属性上相异;而任何两物相异则必定在至少一个属性上相同。若我们判断 A 与 B 相异(这是一个分析判断),那就说明必定有一个属性 X 是 A 和 B 共同拥有的(这就暗示了一个综合判断);若我们判断 A 与 B 相似(这是一个综合判断),那么这就说明必定有一个属性 X 是 A 和 B 所无法共享的(这就暗示了一个分析判断)。为此,德曼说:"如果我说某物像某物,我不得不暗示一种差异性;如果我说某物与某物不同,我不得不暗示一种相似性。"(*Aesthetic*:174)

根据费希特的理论,任意两个事物间至少有一处相似的属性。那么,"A 是 B 是 C 是……"这样的结构在理论上就可以无限地延伸下去。但是,实际上,我们的释义行为只能用"A 是 B"这样确定的结构来表示,否则便无法理解,这就等于将原先的无限长的替代链条作了中止和截断。那么,一方面由于 A 与 B 必定有一个相同的属性,从此角度说,"A 是 B"这个判断是依据两者共有的相似点所

---

① Paul de Man, *Aesthetic Ideology*, Minneapolis:University of Minnesota Press,1996,p.174.后文出自同一著作的引文,将随文标出该著作简称"*Aesthetic*"和引文出处页码,不再另注。

做的转义行动;但另一方面由于 A 与 B 必定有一个相异的属性,即 A 不能完全与 B 相等,在此意义上,"A 是 B"这个判断中的"是"掩饰了差异性,从而是一个设定的施为(劝说)行动。由此,我们可以得出两点结论:第一,由于任何两个事物间都有相同和相异的属性,任何释义判断必定是转义替代和劝说行动同时进行,因此两者必然联系在一起而又相互拆解。这就是转义/劝说两难关系的根源所在。第二,根据任何两个事物都有相同属性这个理由,在具体的阅读中,读者对文本 A 可以做出"A 是 B""A 是 C"或"A 是 D"等完全不同的解释,只要他能找到这个相似点。这也就是为什么德曼会说:"这个维度(指我们前面所引的修辞维度)解释了这个事实,即两句在词汇和语法上完全相同的表述(可以说一句是对另一句的引文或者反过来)可以不管语境如何而具有完全不同的意义。"(*Allegories*:270)因此对同一个文本,从理论上说,有多少读者就会有多少不同的解读意义。这两点较完整地解释了前面所说的"武断地封闭修辞体系的超验指义活动"。

我们认为,这个指义活动其实就是发生在德曼的"修辞"层面上,即费希特那里的转义认知体系中。德曼的这个"修辞"因而是个别化的读者所做的阅读实践活动。那么,与之相对应的,德曼的"语法"层面就是费希特那里的语言的施为体系。在费希特那里,这两者是紧密相连而成为一个严密的体系。但与费希特不同,德曼认为他的"修辞"(转义认知体系)与"语法"(施为体系)是不相一致却又难以分割的,体现为前面所引的"难以分离出的虚构时刻"。我们理解,德曼的"语法"是语言绝对的设定能力,实质是一种非对象的存在设定,而德曼的"修辞"是读者运用转义与劝说得出的一个固定意义,这是一种对象(客体)设定,或者说是存在物的设定。所以,从这个角度来看德曼的"语法"与"修辞"的关系,我们可以做出以下结论:德曼的"语法"是语言的存在设定,"修辞"是作为存在者的每位读者所做的意义(客体对象)设定活动。如果说德曼的"语法"与"修辞"之间的互动关系构成了他所理解的整个阅读现象的核心内容的话,那么其阅读理论不妨看作他对存在与存在物关系的一种独到的阐释。

方法谈:

## 如何论证大理论家的理论?

鲁迅先生曾说,中国的好作家常悔少作,因为自愧其幼稚与青涩。我不是作

家,更不是好作家,便没有任何负担,反而可以"王婆卖瓜",来与诸君简要分享自己"衔手指的照相"的形成过程与心得。

　　写出好文章,除了要有兴趣和好心态——我对文学理论,特别是解构主义理论有浓厚的兴趣;在准备此文时没有科研考核压力,有近两年的时间可以悠悠哉地细细研读保罗·德曼解构主义的英文原著——最让人头疼的是该如何选题,尤其是研究理论大家,仿佛自己想写的题目前人都研究透了。后来我明白,写研究论文的基本职责就是提出问题和尝试回答问题——也许谈不上最终解决问题,而提出好问题可能更重要吧。那么,凭借什么来提出问题呢?据我浅显的理解,其实问题的来源是三个"圆"相交而成的那个交集点:(理论)背景知识的储备、对研究对象的理解以及对前人研究成果的质疑。在动手写这篇文章时,我对欧美解构主义以及相关理论有所理解,这支撑了我的提问;对德曼的主要作品的观点已经有了较为深入的把握,可以毫不困难地引述他的《阅读的寓言》;非常细致地研读了国内所能收集到的有关德曼的研究论文。我便在这三个"圆"相互之间的叠交处找到了题目:发现德曼在《阅读的寓言》中关于"语法"与"修辞"的关系值得研究。因为这个题目所蕴含的理论思想其实贯穿德曼这本代表作,因而具有理论价值;国内学者对这个题目偶尔触及的论述出现相互抵触的现象,研究这个题目便具有实际价值;他们的观点又与我从阅读德曼中得出的感悟有所不同,这就让我有了问题的"抓手",可以借"题"发挥。这三点促使我带着这个问题又重新反复且专题性地阅读《阅读的寓言》和德曼的其他作品,直到从中思考形成对该问题较为清晰的答案。

　　重读这篇文章,有两点是令人满意的。首先是对问题的分析和提出部分。问题的提出显然采用了"诘难式"的方法。所"攻击"的对象其实都是颇有见地的学者文章中很小之处的观点,有点"寻衅挑事"之嫌。我的"诘难"虽然"鸡蛋里挑骨头",但并非为打靶而树靶子,而是在理解的基础上对疑问进行剖析,所做的反驳也尽量建立在深入思辨与细读共同所用文本的双重基础上;最后对三种不同的观点又做进一步的概括,从而使所提的问题"实"而不"虚","集"而不"散"。与此同时,在论文的中后部,对问题的回答初见分晓时,仍然回头来"照顾"到先前的提问,不仅表明文章开头的讨论不是在虚设"草靶子",更使文章在结构上因遥相呼应而显得紧凑而有说服力。

　　其次是文章的论证部分层层推进,比较有耐心,最终形成一个比较坚固而不失个人化的观点。这一点其实是向既博学睿智,又极其耐心的大师保罗·德曼学习的。因此对"语法"与"修辞"的关系问题,我也效仿他,先从形而上学的视角来描述"语法"与"修辞"的关系,然后讨论德曼对这种关系的"解构",接着阐释德曼对"语法"与"修辞"的使用,尽量将德曼在《阅读的寓言》中关于此问题的观点前后打通并串联起来,最后又从他《阅读的寓言》以外的文本来寻求进一步的阐释而得出初步的结论。这个讨论过程基本上涵盖了德曼著作对这个问题的思考,但同时又受到问题解答内在逻辑的推动,显得扼要而全面。这个过程中有一个"痛并快乐"的体验多年后仍然铭记:在概述德曼理论时,貌似轻松的行文实际上是我这个新手在抛弃十几次甚至是几十次的理论写生草稿而成的,当时折磨人却在事后甘甜如蜜!

  总的来说,这篇少作令人满意的两个方面也同时就是它的青涩生硬之处。首先,从问题的提出部分来看,这篇文章显得"尖锐"有余而"宽厚"不足,即好像问题本身是提对了,但因缺少大的理论或历史背景的参考,也没有将这个问题放到德曼自己的理论体系中加以定位而只是匆匆一笔带过,使得问题显得突兀而没有充分显出其自身的价值来。这一点仍然还是要向大师德曼学习。他的好文章总是从宏观大问题大背景出发,有条不紊地细细道来,最后在不经意间提出一篇文章要解决的小问题,然后尽量从各个方面来充分解答这个问题,就好像在宽厚的地基上建起一座直插云霄的高塔一般,令人叹服。其次,从问题的解决部分来看,这篇文章也显得过于"紧致"而有失"宽弛":一方面问题的解决太囿于德曼自己的文本和思路,既没有引申和对比,也没有鉴别和批判,让论文题目所隐含的批判味道荡然无存;另一方面,作为文学理论研究,太过于哲学理论化而缺少与文学的结合,也让这篇文章的价值光芒稍显暗淡。很显然,这两点不足并非伪装成吹毛求疵式的自谦,无疑暴露了新手在写作理论文章时力有不逮——阅读面过窄和尚待沉潜的理论见识——的表现。不过值得欣慰的是,用鲁迅先生的话来说,这溪水浅是浅了些,但毕竟清澈见底。

美国文学

# 禁酒令与《了不起的盖茨比》<sup>\*</sup>

虞建华<sup>\*\*</sup>

**内容提要**：《了不起的盖茨比》讲述的故事发生在美国短暂实施禁酒令的特殊时期，但菲茨杰拉德在小说中大张旗鼓地描写饮酒作乐，塑造禁酒文化造就的微妙人物。本文将酒精视作文化符号，分析美国社会转型期新消费理念下饮酒狂欢如何构成对传统价值的对抗。论文将讨论置于禁酒令的特殊语境之中，解读这部文学名著中涵容的深刻的历史、文化和道德内涵。

**关键词**：菲茨杰拉德；《了不起的盖茨比》；禁酒令

## 一、禁酒令的历史语境与小说再现

禁酒令（Prohibition），官方名称为弗尔斯泰德法令（Volstead Act），于1919年1月16日美国宪法第十八修正案被批准，一年之后，即1920年1月17日午夜0点开始在全国实施，禁止在美国酿制、运输、储存和销售酒精类饮品。至1933年12月5日宪法第二十一修正案（即禁酒令废除案）获得通过被废止，法令仅维持了14年时间。

菲茨杰拉德（Scott Fitzgerald）正是在实施禁酒令的头几年中创作和出版了长篇小说《了不起的盖茨比》（*The Great Gatsby*, 1925），而故事讲述的也是同时

---

\* 原载《外国文学》2015年第6期，第35—42页。本书收录时略有修改。
\*\* 虞建华，上海外国语大学教授、博士生导师，英国东英格兰大学哲学博士（1991）。担任教育部英语专业指导委员会委员、中国外国文学学会英语文学研究分会会长、上海英汉语比较研究会副会长、全国美国文学研究会常务理事、上海市突出贡献专家协会常务理事、上海作家协会会员、《英美文学研究论丛》名誉主编、《外国语》《译林》《外语与翻译》等杂志编委。出版专著八部，译著五部，主持和参与国家、省部级项目六项；在《外国文学评论》《外国文学研究》《国外文学》《外国文学》《当代外国文学》等学术刊物上发表论文60余篇。
  **联系方式**：上海外国语大学，邮编：200083。Email：yujianhua@shisu.edu.cn。

期发生的事,具体是1922年后的数个月时间。这一点确信无疑,因为小说中叙述者尼克的一张"计划表"上标有当时的日期:1922年7月5日①。笔者对小说中的饮酒场面做了统计,从叙述者出场来到黛西家开始,共有30次,其中醉酒场面7次,详细描述醉酒状态4次(Gatsby:47—48,65,60—70,196)。那么,在这个实施法律禁酒的短暂而特殊的历史时段,被称为"爵士时代的编年史家"的菲茨杰拉德在小说中大张旗鼓地描写饮酒作乐,塑造禁酒语境造就的微妙人物,试图向读者传递什么信息呢?

在历史的不同时段,很多国家有过禁酒法令,但美国的禁酒令具有特殊的解读意义。虽然禁酒令曾与美国历史上的女权运动有关:由于酗酒导致的暴力曾是妇女受到伤害的主要原因,美国女权组织从1895年开始号召禁酒②,但这一动议被20世纪20年代一些保守分子接了过去,用以对抗社会转型期出现的一些新状况。禁酒是一项赌博性的抉择。首先,它打着道德的旗号干涉个人选择自由,与美国宪法宗旨不符;其次,它给推行者自己套上了枷锁,迫使他们改变生活方式。但禁酒令还是得以通过,保守势力取得了一个象征性的胜利,宣布"美德"战胜"颓废"。但令行而禁不止,法律成为空文。禁酒令从一开始就受到了或明或暗的抵制,私酒泛滥,让铤而走险的投机分子发了大财。禁酒令实施10余年后不得不被废除,法律成为儿戏,荒诞色彩尽显无余。

《了不起的盖茨比》从头至尾未提到"禁酒令"一词,也没有直接提及盖茨比挣得万贯家产的营生。但菲茨杰拉德的小说故事是在禁酒令的语境中展开的,适时地触及了禁酒与对抗禁酒的话题。有学者考证,小说主人公盖茨比是基于一个叫麦克斯·格拉齐(Max Gerlach)的私酒贩子为原型塑造的③;另有学者指出,盖茨比的黑社会搭档梅厄·沃尔夫夏姆的原型,很可能是当时最臭名昭著的私酒贩子拉里·菲伊(Larry Fay),论文作者通过菲伊的幸运符和小说中沃尔夫夏姆的护身符,建立了两人之间的关联④。这样的关联性并非臆测,可以在小说

---

① F. Scott Fitzgerald, *The Great Gatsby*, 1925, New York: Charles Scribner's Sons, 1953, p.77. 后文出自同一著作的引文,将随文标出该著作简称"*Gastby*"和引文出处页码,不再另注。

② Horst Kruse, "The Real Jay Gatsby: Max von Gerlach, F. Scott Fitzgerald, and the Compositional History of *The Great Gatsby*," in *The Scott Fitzgerald Review*, Jan. 2002 Vol.1, Iss. 1, pp.45–83.

③ Horst Kruse, "The Real Jay Gatsby: Max von Gerlach, F. Scott Fitzgerald, and the Compositional History of *The Great Gatsby*," in *The Scott Fitzgerald Review*, Jan. 2002 Vol.1, Iss. 1, pp.45–83.

④ Dalton Gross and Mary-Jean Gross, "F. Scott Fitzgerald's American Swastika: The Prohibition Underworld and *The Great Gatsby*," in *Notes and Queries*. Sept. 1994, p.377.

中找到很多支撑的线索。盖茨比"可疑的背景"(*Gatsby*：63)在小说中不断被提及。这位暴发户"不知从何处悄悄漂来，在长岛海湾买下一座宫殿"(*Gatsby*：63)。他向邻居尼克炫耀说："我只用了3年时间就挣下了买房子的钱"(*Gatsby*：114)，尼克问他做何营生，盖茨比一改平时温文儒雅的风度，突然凶神恶煞般答道："这不关你的事！"(*Gatsby*：114) 钱从哪来？贩私酒显然是最符合逻辑的推断。

后来为了感谢尼克帮他安排与黛西的幽会，盖茨比"一阵犹豫、迟疑"之后，答应给尼克一个"机会"："这么说吧，你会感兴趣的。你不用花太多的时间，可能会挣到不少钱。那正巧是一种不太能让别人知道的营生。"(*Gatsby*：105)尼克断然拒绝，意识到这场谈话"可能是我人生中的灾难"(*Gatsby*：105)。这样的对话，只有置于当时私酒泛滥的历史背景中，意义才变得明了。小说中的汤姆·布坎南比较直截了当："我第一眼见到他就认定他是个私酒贩子。"(*Gatsby*：168) 我们发现，不管是故事被省略的前半部分，还是故事的叙事部分，禁酒令都是在背后牵动人物行为的那根绳索。

盖茨比透漏的那个"不太能让别人知道"且能"挣到不少钱"的营生，似乎印证了坊间的"流言"并不是"蜚语"。叙述者、汤姆和黛西之间的谈话，透露出重要信息：

> "那个盖茨比是什么人物？"汤姆突然问道，"大私酒贩子？"
> "你哪儿听来的？"我问道。
> "我不是听来的。我是推测的。很多新暴发户就是些大私酒贩子，你知道的。"
> "盖茨比不是。"我回答得十分干脆。
> ……
> "他拥有一些药店，很多药店，他自己开的。"黛西说。(*Gatsby*：137—138)

黛西向汤姆做出解释的信息来自盖茨比本人。在黛西看来，盖茨比财富的来源有合理的解释。但她的丈夫更加老于世故，明白"药店"的特殊内涵，并悄悄通过他的地下社会关系对盖茨比做了进一步的摸底，发现了后者的"小绝招"。他后来揭露说："我知道你们的药店是干什么的。(他转身面对叙述者)他和那个沃尔夫山姆在这里,还有芝加哥,买下了许多街边药店,在柜台下出售粮食酒。那就是他的小绝招。我第一眼看见他就认定他是个私酒贩子,我没看走眼。"(Gatsby:168)汤姆言词确凿地揭露了盖茨比的非法经营,但后者则满不在乎地反问道:"那又怎么样?"这段对话置于美国禁酒令语境中,能解读出很多关于禁酒时代的信息。第一,私酒营业十分普遍,"药店"是圈内人都知道的酒品门市部;第二,汤姆这类纽约大家族也与私酒关系密切,他是通过自己的"关系"去调查盖茨比财产来源的;第三,盖茨比遭揭底后的反诘"那又怎么样",代表了很多人对待违反禁酒令的态度,包括酒贩子和民众。丹尼尔·奥克伦特在《最后的叫卖:禁酒令兴衰史》中解释道:"现代读者可能不理解汤姆·布坎南的逻辑,但是菲茨杰拉德知道他的同代人会理解。在1925年《了不起的盖茨比》出版时,'药店'的意思就像杜松子酒一样明白无误。"[①]

值得注意的是,《了不起的盖茨比》的故事背景设在纽约。纽约是"禁酒令推动者和极端主义保守分子最痛恨的地方",因为"在大部分美国城市,(禁酒令)是一个笑话,而在纽约则是一个十足的闹剧"[②]。禁酒令生效期间,饮酒往往是反叛的宣言,也是结盟的仪式。比如像格林尼治村这样反传统青年的聚居地,这一法令赋予饮酒以道德对抗的意义,致使饮酒成风。如果我们把禁酒令和《了不起的盖茨比》共同置入20世纪初期的特殊历史语境之中,禁酒和饮酒,以及小说中与此牵扯在一起的人物的行为与道德,就有了指涉更为广泛的文化意义。酒精超越了它自身的物质性,成为文化符号,成为道德宣言,成为能指,为社会转型期的道德风尚和价值变迁做了标注。

## 二、文化对抗:凝视下的狂饮

禁酒令开始实施的1920年,是第一次世界大战结束后突然到来的开放的现代社会的开端。变迁的时代总是由青年一代唱主角,他们也意识到了自己的时代角色。很多人迅速更新了消费观念和生活模式,从教堂转身走向市场,追求金钱、性和酒精带来的新体验。这样的行为引起了传统派的反感和担忧,禁酒令作

---

① Daniel Okrent, *The Last Call: The Rise and Fall of Prohibition*, New York: Scribner, 2010, p.193.
② Jeffrey A. Schwarz. "'The Saloon Must Go, and I Will Take it with me': American Prohibition, Nationalism, and Expatriation in *The Sun Also Rises*," in *Studies in the Novel*, Summer (2001), p.181, 188.

英美文学研究论文写作：案例与方法

为一种反制措施应运而生。英文 Prohibition 原义为"禁忌"，首字母大写后专用来标示为20世纪初美国的"禁酒令"，说明禁酒是道德禁忌的象征。《了不起的盖茨比》使用了许多当代史料，将20世纪20年代喧闹混乱且缺少道德约束的生活再现于读者面前。但小说呈现的不仅仅是一种新旧更替时期的生活风范，而且还表达了这种更替所蕴含的更为深广的文化意义。

盖茨比的宅院是"新时代"引人注目的表征场，具有象征意义。这座豪宅模仿欧洲现代建筑，"俨然诺曼底的豪华酒店"(Gatsby：8)，与代表根基稳固的美国白人统治阶级的"华丽的白色宫殿""遥遥相望"(Gatsby：148)。盖茨比在这里举行奢华的大型周末酒会，主要不是为了摆阔炫富，而是营造一个巴赫金意义上的狂欢场域，"在某个层面提供了不为门外禁酒令所拘束的反文化的狂欢空间"①。狂欢离不开酒精。在酒精欲望的驱策下，"川流不息的晚会参加者，清一色以一种临时的平等身份加入纯粹是展示性质的狂欢之中"，此地"让来访者进入一个无所约束的世界，在那里调情和私酒是人际交流的货币"②。在自己的领地上，盖茨比这位新兴的有产阶级分子，其实是在上演一出文化反叛的活剧。

在盖茨比的情敌汤姆眼中，暴发户盖茨比是个"不知从何处钻出来的鼠辈"(Gatsby：163)。的确，他出生于贫困落后的中西部，没有显赫的家庭背景，在等级社会体系中没有地位。成为新富之后，他极力通过颠覆过去的秩序来建构身份，确立地位。他知道金钱不等于社会地位，内心企望的是后者，即以汤姆为代表的美国上层阶级的权力圈子。对于盖茨比这个没有根基的"鼠辈"来说，花园晚会是他展示实力、宣示身份的场所。他仍然缺乏世故，表现得十分做作、张扬，但狂欢会打破了日常时间和空间的约束，"假想性地毁坏一切并更新一切，暂时摆脱了秩序体系和律令话语的钳制，在假定场景中消弭贵贱上下的森然界限，毁弃一切来自财富、阶级和地位的等级划分"③。

我们领略一下盖茨比周末花园晚会的情景："围着真正铜栏杆的酒吧台立在大厅里，上面放满了杜松子酒、甘露酒和其他久已不见而被人忘却的烈酒"，"酒吧周围十分繁忙，流动的鸡尾酒一巡又一巡，酒香飘散到外面的花园"(Gatsby：51)。"突然间一个吉卜赛女郎模样打扮的姑娘，浑身闪烁着蛋白石装

---

① Philip McGowan, "The American Carnival of *The Great Gatsby*," *Connotations: a Journal for Critical Debate*, Munster：2005/2006, Vol.15, Iss.1-3, p.146.
② Philip McGowan, "The American Carnival of *The Great Gatsby*," p.145.
③ 汪民安主编：《文化研究关键词》，江苏人民出版社，2011年，第174页。

饰,抓住一杯鸡尾酒举在空中一口灌下,显示自己的胆量,然后像名演员一样舞动双手,独自一人跳跃着进入帆布篷的舞池中……晚会开始了。"(*Gatsby*:52)这样的描述中有两个特别值得关注的地方:第一,在全国实施禁酒令的时期,盖茨比的狂欢会能够提供数量充沛的各色美酒,这说明晚会带有蔑视法令和政治现实的色彩;第二,在酒精的刺激下,参会者通过自我展示确立临时身份,社会等级关系被打破,身份因此具有了"民主性"和"表演性"的维度。聚集在盖茨比花园晚会的各色人物,通过纵酒狂欢展示解放的自我,表达一种民主呼吁和权力诉求。

盖茨比的周末园会不仅是一个自我身份表演性塑造的舞台,也是一个消费文化的演示场。罗德·霍顿(Rod Horton)和赫伯特·爱德华兹(Herbert Edwards)在谈到当时纽约青年知识分子时说:"禁酒令为青年人闯入非法领域寻找刺激提供了额外的机会。知识分子涌入格林尼治村狂饮作乐,表达对权威的公开蔑视。这样的行为又被大肆渲染,为他们提供了一种逃避模式和哲学辩解。"[①]的确,及时行乐,醉酒人生,常常是生活形态的"逃避模式",但饮酒又可以超越其本身而成为一种观念的言说,即一种"哲学辩解"。盖茨比的花园晚会是个类似格林尼治村的地方。这里的"表演者"同样期待关注,期待被"大肆渲染",因为这正是表演性行为所期盼的效果。这里的张扬和喧闹,将一种文化信息传递给了现实的或想象中的表演对象,而观众的反应则强化了酒精符号的文化指涉。

饮酒只是"表演"的一个部分。参加盖茨比花园晚会的很多人都是被菲茨杰拉德称为"飞女郎"(Flappers)的"新女性",她们也是文化反叛的积极参与者,通过新潮的服装和反叛传统性别约束的行为进行自我推销,同样带有展示性。比如,小说中的乔丹·贝克刻意显示自己是有别于传统的新一代,模仿男性,穿裤装,剪短发,抽烟喝酒,闯入男性的活动领域,大胆追求性权利和性需求。著名的菲茨杰拉德评论家露丝·普利格兹(Ruth Prigozy)谈到作家笔下"飞女郎"时说:"(菲茨杰拉德)注意到这个作为女性和社会解放的运动,已经变成了个性和风格的一种表象的展示。"[②]这种展示是一种文化诉求的表达:长期被边缘化的

---

① Rod W. Horton & Herbert W. Edwards, *Backgrounds of American Literary Thoughts*, 3rd. ed., New Jersey: Englewood Cliff, 1974, pp.324–325.
② Ruth Prigozy, "Fitzgerald's Flappers and Flapper Films of the Jazz Age," in Kirk Curnutt, ed., *A Historical Guide to F. Scott Fitzgerald*, Oxford: Oxford University Press, 2004, p.136.

女性宣告自己在场，呼吁关注，要求获得与男性同等的权利。

同样，狂饮作乐既是"凝视下的表演"，也是权力的声张，只不过禁酒令的条文使这样的表演更加富有刺激性，更加夺人眼球。盖茨比的晚会参加者中也有记者，写下报道让狂欢场面见诸报端，使更多人"看"到了青年人打破规范和约束的大胆作为，增加了表演的效果。但是这种众目睽睽的"观望"或"凝视"，也可以存在于表演者的想象中——即使没有真实观众，这样的表演仍然可以充满激情。盖茨比笔下不顾禁忌狂饮的青年，其实意识到了"现代社会"到来之际自己所承担的传统文化对抗者的角色。他们需要轰轰烈烈地表演这个角色，需要被凝视，需要"观众"的喝彩，哪怕喝倒彩也是一种对他们站上新时代文化舞台这一事实的认可。

## 三、价值更替与道德真空

塞缪尔·斯特劳斯(Samuel Strauss)认为，禁酒令是该时"带着最明显道德色彩的法令"①。用法律条文和政治运作来管束道德，具有权力越界的嫌疑。难怪有人挖苦说，政府何不造福于民，再通过一项法令，禁止吃变质牛肉②。因此，我们可以把机构化权力实施的禁酒，看成20世纪20年代特殊语境中夸张的文化表态。禁酒令是以法律形式作出的警示性裁断，为克勤克俭的传统道德正名，警示对象是新消费观念怂恿下试图以出格的行为颠覆既定规范的青年一代。被称为"传统派"的人感受到了转型期的道德阵痛，看不惯消费主义刺激下狂饮滥交、无度挥霍的年轻一代，怀念一种正在流失的乡村理想：人们遵从上帝的教导，勤勉自守，循规蹈矩。在传统规范对年轻一代不再有效的时期，他们仍然希望通过禁酒令这样的举措，为传统保驾，给是非划界。

禁酒令并非孤立的个案。当时突然强化的新闻查禁和取缔卖淫等，也是权力机制试图压制带颓废色彩的新文化的举措。被称为"电影道德警察局"的"威尔·海斯查禁办公室"，也几乎是同时成立的，对成为大众文化新宠的好莱坞电影进行严格管控。这种试图"保持道德清洁"("keep it clean")的努力，说明一部

---

① Samuel Strauss, "Things Are in the Saddle," in *The Atlantic Monthly*, Nov. 1924, p.58.
② See Lawrence W. Levine, "Progress and Nostalgia: The Self Image of the 1920s," in Malcolm Bradbury and David Palmer eds., *The American Novel and the Nineteen Twenties*, London: Edward Arnold, 1971, p.47.

分人对价值体系的崩溃、对行为规范的失效、对"新派"的种种作为忧心忡忡。小说中代表既得利益阶级的汤姆,尽管自己是个偷情玩女人、恃强凌弱、无甚道德底线的人,也摆出一副传统卫道士的脸谱对盖茨比表示谴责:"我似乎感到最新的时尚是袖手旁观,让不知从哪钻出来的鼠辈跟你的老婆上床做爱。……现在大家开始对家庭生活和家庭结构嗤之以鼻,再下一步就可以无所顾忌,黑人和白人之间也可以堂而皇之通婚了。"(*Gatsby*:163)这样的谴责中充斥着阶级和种族的偏见,是权力关系中"已确立"优势的一方居高临下对"正谋求"挤入等级社会上层的一方的拒斥,角力的两方分别以汤姆和盖茨比为代表。道德问题不是真正的主题,也不是衡量的尺度,而是较量的筹码。

弗洛伊德的理论从欧洲传到美国后,受到青年人的热捧,被简单化地理解、曲解,致使道德战场出现"攻防转换"。新理论似乎让原先受谴责的出格行为获得了合理性和正义性:精神病态产生于对人性实施的"压制",释放被"压制"的人性,心理和文化健康才能得以恢复。新派青年的行为中,遭受指责最多的正是曾经最受"压制"的两个方面:一是纵酒,一是性开放。酒精与性有相通之处:它们都曾被套上道德枷锁,而现在都成了离经叛道的武器。它们都能给人以活力和激情,都具有很强的狂欢色彩和"表演性"效果,都是吸人眼球的文化符号。酗酒和性开放两种行为与传统训导出入最大,因此也最具有颠覆力量。于是,"愉快的反叛"变成了一种新时尚:解禁道德约束,释放本能,追求物质和肉体的满足,奉行一种快乐至上的哲学。盖茨比的周末园会,是传统"安全域"之外开辟的一个新世界,在那里,旧道德规范被弃之脑后,人们可以尽情地庆祝个性解放。

这种自行其是、不受传统规范约束的风尚,在当时被称为"新道德",其定义因人而异。当时流传的嘲讽说:"所谓的'新道德',就是原来的不道德。"①但是,"对于这些新道德论者来说,遵从传统就如同在前几个十年中恣意挥霍一样可憎,大众文化追求——从游乐场到电影到汽车——就如酒吧一样,对社会机制构成了潜在威胁"②。新道德论者的代表,应该包括菲茨杰拉德和海明威(Ernest Hemingway)这两位年轻一代作家。他们两人都在实施禁酒令的时期一度离开美国,到更开放自由的法国巴黎去生活,被唐纳德·谢尔(Donald Schier)称为

---

① See Glen Love, *Babbitt, an American Life*, New York: Twayne Publishers, 1993, p.5.
② Daniel Horowitz, *The Morality of Spending: Attitudes Toward the Consumer Society in America*, Baltimore: John Hopkins University Press, 1985, p.xxxi.

"禁酒令的逃亡者"①。马尔科姆·考利(Malcolm Cowley)在《花开二度》(*A Second Flowering*)中引述了菲茨杰拉德对当时生活的描述:他们"在餐前像美国人那样喝鸡尾酒,像法国人那样喝葡萄酒和白兰地,像德国人那样喝啤酒,像英国人那样喝威士忌加苏打……这种大杂烩似的混合,就像恶梦中的一杯巨大的鸡尾酒"②。通过媒体,也通过他们自己的书写,菲茨杰拉德和海明威践行的新生活范式得到广泛的传播与效仿,成为时尚,他们两人被追捧为新消费文化的偶像。豪饮成为海明威"硬汉子"风格的商标,而菲茨杰拉德更是无休止地卷进酒精和爱情的漩涡之中,直到44岁因酗酒过度英年早逝。

盖茨比庭院中周末晚会上的狂饮和醉酒,因此可以被看成是"解放了的"青年人的一种默契的集体反叛行为。杰弗里·施华兹(Jeffreg Schwarz)点到了这种行为的文化意义:"许多不愿随波逐流的人认为,在任何可能的场合去触犯这一法令(禁酒令),是他们的道德义务。"③在特定语境下,饮酒成了立场的宣言,是对"违法"的正义性表达集体的认同。菲茨杰拉德在描述参加狂欢会的人群时,写到其中有两个"没喝醉的可怜男人"(*Gatsby*:66)——之所以"可怜",是因为他们游离于一种临时的共同准则之外。这就像出版于《了不起的盖茨比》后一年的海明威的《太阳照样升起》(*The Sun Also Rises*,1926)中杰克说"科恩从来不喝醉"④一样,是一个语带不屑的负面评价。

小说中的两个重要人物,盖茨比和尼克·卡拉威对于酒精的态度非常值得我们注意:盖茨比基本不喝酒,尼克可以把自己灌得烂醉。在比喻的层面上,盖茨比一直处于醉酒状态,沉醉在不现实的追梦之中,但在故事层面,他"养成了远离酒精的习惯"(*Gatsby*:127)。小说中唯一写到他喝酒,是他在情人黛西家遇到她的丈夫时。汤姆"递上放着冰块的杜松子利克酒",盖茨比显出手足无措的慌乱,拿起酒杯,"看上去相当紧张"(*Gatsby*:148)。他是禁酒令造就的另一类人物,贩酒而不饮酒,利用实施禁令的几年时间清醒地运作,从中非法获益,积聚财富。当前来他的豪宅参加晚会的人们大胆对抗传统,豪

---

① Donald Schier, "Drinking and Writing in Paris in the Twenties and Thirties," in *Sewanee Review*, Winter 2009, p.10.
② Malcolm Cowley, *A Second Flowering: Works and Days of the Lost Generation*, New York: Penguin Books, 1980, p.28.
③ See Tom Dardis, *The Thirsty Muse: Alcohol and the American Writer*, New York: Ticknor and Fields, 1989, p.11.
④ Ernest Hemingway, *The Sun Also Rises*, New York: Scribner, 1926, p.152.

饮狂欢时，盖茨比行为诡秘，小心翼翼，清醒地保持着一种对大局的暗中操控。他抱有不同的目的，追求的是挤进原来的等级社会的上层，而不是颠覆这个权力机制，但最终还是事不如愿，死于非命。在这个人物身上，菲茨杰拉德表达了同情的批判。

小说的高潮部分，发生在某一个炎热的下午，在宾馆房间里做好充分准备的盖茨比向汤姆摊牌，宣布黛西将从此离开汤姆，跟他在一起。盖茨比对汤姆说：

> "黛西要跟你分手了。"
> "胡说八道。"
> "我要分手，是的。"说此话时黛西显然做了些努力。
> "她不会和我分手！"汤姆的话突然指向盖茨比，"至少不会和一个骗子去牵手，这种人连戴在新娘手上的婚戒都是偷来的。"
> "我受不了了！"黛西尖叫着说，"我们离开吧。"
> "你到底是什么人，呵？"汤姆咆哮着，"你就是迈耶·沃尔夫山姆团伙中的一个——我碰巧知道你这一点底细。我对你的勾当做了些小小的调查——我明天还要朝深的地方刨刨。"(Gatsby：168)

接着，汤姆又把盖茨比发财的底细抖了出来，揭露他的系列"药铺"是卖私酒的黑店(Gatsby：168)。黛西已经明确表态要与汤姆分手，此时，汤姆亮出撒手锏，揭露了盖茨比的非法活动，扭转局势。黛西犹豫了，动摇了，沉默中悄悄改变了立场。冲突的"高潮"变成"突降"。盖茨比明白他的梦想已经失败。

> 他情绪亢奋，开始不停地对黛西说话，否认所有这一切指控，包括汤姆没提到的方面，为自己的声誉辩护。但是他说的每句话，只让她越来越退缩回自己的内心，于是他只得放弃，随着下午天渐渐溜走，只有已死的梦想仍在挣扎，悲情地，不屈不挠地试图碰触屋子那端那个已无法触及的湮灭的声音。(Gatsby：169—170)

汤姆本人完全无视禁酒令，小说也暗示他与地下走私人员有所牵连。但在最后的关键较量中，手段老辣的他适时地抛出盖茨比私酒发家的底牌，让稚嫩的盖茨比败下阵来。盖茨比的身份也第一次被清楚地揭开。小说家在整个故事情节的编排中,让盖茨比在禁酒令提供的机会中构筑梦想,又让他随着非法敛财的途径被揭露而梦想破灭。可以说,禁酒时代的语境和"酒精"主题,是《了不起的盖茨比》作为一部成功的小说最重要的部分。

叙述者尼克更接近作家本人。他既是狂欢的参与者,又是局外人和批判者;既不顾忌禁令,也不拒绝酒精,同时又可以跳出圈子外对纵酒狂欢的行为及其道德后果做出清醒的评判。这种矛盾态度是20年代文化悖论最典型的一个方面。《了不起的盖茨比》中描写的花园酒会场面让读者印象深刻,似乎20世纪20年代是恣意放纵的年代。但这只是事情的一面,事情的另一面由尼克代表:沉醉中保持几分清醒,对美国社会上泛滥成灾的享乐主义有所警惕,甚至持批判态度。也就是说,一种及时行乐的生活态度,总是别扭地与20年代青年人批判传统的文化态度结伴而行。潜藏在《了不起的盖茨比》文本中,我们可以察觉到一种弥漫在狂欢中的灾难意识。

## 四、小说的历史文化解读

以犹太—基督教为文化本源的美国人肯定清楚,《圣经》中有不少关于饮酒的正面描述,而且美国一直宣称尊重个人自由和个人选择,视其为人权的基本理念。禁酒令本质上是一项违宪的法令,也是一把双刃剑,既指向"新派"文化中的颓废成分,也对支持禁酒运动的既得利益阶级造成"杀伤"。这样的道德禁令显然缺乏文化基础和理性支撑,令人费解。我们说过,禁酒并不是实际意义上的交锋,但我们可以把它看作业已建立的"秩序"对带有颠覆性质的"现状"的一种权力示威。禁酒与饮酒是表面上的冲突,需要在特定的历史语境中进行解码,而《了不起的盖茨比》内置了丰富的文化符码,为我们的解读提供了窗口。

小说的历史背景,即实施禁酒令的时期,美国正处于第一次世界大战结束后的历史转折期,国家正快速从一个以农业为主的社会,转变成一个以城市为中心的社会,正从一个以生产为主体的社会,向以消费为主体的社会转型,被称为"喧嚣的20年代"。伴随着快速的工业化和城市化,美国人的现代意识突然增强,生活节奏突然加快,道德约束突然解开,传统价值体系突然动摇,两代人之间的代沟突然加宽。著名文学批评家马尔科姆·布莱德伯里(Malcolm Bradbury)将这一个十年总结为"一个过去与现在急剧摩擦的时代,一个失去方向的时代"①。消费主义伴着自由经济的迅猛发展乘势泛滥,逐渐成为主导生活模式,引向不断蔓延的物质追求和享乐主义。这种趋势导致了观念碰撞,传统瓦解,矛盾激化。

于是,我们看到了事情的两个方面。一方面,消费文化开始在美国形成,"到了 20 世纪 20 年代,美国企业已经有效地为'欲望的民主化'(democracy of desire)做好了基础铺垫,自那以后,政府和商界致力于推销以繁荣、舒适、休闲为美国经验的理念"②。饮酒只是大众消费观念和行为出现整体转向的一个表征。20 年代末的一份联邦政府报告声称:"生产商和销售商必须让广大的男女公民学会新的品味和新的生活方式。"③在"享受进步"理念的驱动下,在日渐普及的信用消费的推促下,在各色广告的诱劝下,人们对财富、消遣、生产和消费的态度发生了戏剧性的变化。另一方面,这种变化导致了一部分人对生产和销售商操纵人的欲望的担忧,尤其担心"经不住诱惑"的年轻一代,生怕在这一代身上,传统价值观念和业已建立的社会秩序崩解于一旦。乔伊·雷诺德(Joe Renouard)认为,禁酒令表面上针对以狂饮和疯狂消费为特征的颓废的青年文化,而其真正矛头所向,是这类"富裕社会早期症状"背后的推手④——即正在泛滥的消费主义。

冲突不断、矛盾重重的转型期社会,为青年人提供了展示的舞台。他们走到强光灯下,踢开原来的舞台规则,宣告新一代的登场。他们即兴演出自己的节目,高调而激进,煞是热闹,但含义不清,摆脱不了历史语境对角色的塑造,只能笼统地表达对前辈的不满和对个性解放的膜拜。弗雷德里克·霍夫曼(Frederick Hoffman)认为,青年一代表现出一种单纯,导致他们"在这个十年中采取了两种主要形态:一是对当前的极度投入;二是与其他更重大深刻的经历的脱节"⑤。在这个解放道德、张扬个性的年代,年轻人确实更关注自我,对"宏大事业"缺乏兴趣,但是,他们并没有与"重大深刻的经历"脱节。他们被深深卷入了消费社会的时代潮流中,被推涌到了消费文化的前沿,成为新消费观念的推

---

① Malcolm Bradbury, "Style of Life, Style of Art and the American Novelist in the 1920s," in Malcolm Bradbury and David Palmer, eds., *The American Novel and the Nineteen-Twenties*, London: Edward Arnold, 1971, p.12.
② Joe Renouard, "Interwar Intellectuals and American Consumerism," in *The Journal of American Culture*, Mar. 2007, p.55.
③ See Martin J. Sklar, *The United States as a Developing Country: Studies in U.S. History in the Progressive Era and the 1920s*, Cambridge, UK: Cambridge University Press, 1992, p.167.
④ Joe Renouard, "Interwar Intellectuals and American Consumerism," p.54.
⑤ Frederick Hoffman, *The Twenties: American Writing in the Postwar Decade*, New York: The Free Press, 1965, p.448.

销员。消费主义需要涉世不深、行为冲动的青年人打头阵。所以,不管他们多么标新立异,多么自以为是,他们行为中"自主性"选择的成分其实不多,而在消费主义怂恿牵动下不知不觉地走上了新消费品位的T型台,做了新生活时尚的模特,他们的"展示"同时又成了消费文化的广告。

在《了不起的盖茨比》中,我们可以读出现代性在当时历史背景中凸显的困境:一种现在与过去时间上的断裂,一种传统与革新的碰撞,一种认识观念与生活方式的新陈代谢,一种拥抱未来的激奋和失去传统的焦虑交织的进步话语的悖论。现代性物质化的过程,裹挟着所有欢呼者和抗议者,催生了禁酒令这样的"非常"法令,也促成菲茨杰拉德在小说中描写禁令下的饮酒作乐。人们在晚会中狂饮醉酒,一面对抗传统,矫枉过正;一面麻醉自己,掩饰对不确定的未来的担忧。但人人都知道,晚会是要散场的。盖茨比的晚会过后,"明月依旧,而欢声笑语已经从仍然光辉灿烂的花园里消失了。一股突然的空虚此刻好像从那些窗户和巨大的门里流出"(*Gatsby*:71—72)。"愉快的反叛"结果注定不会"愉快"。这种忧心及后来的反思,弥漫在《了不起的盖茨比》和菲茨杰拉德的其他所有作品之中。

**方法谈:**

## 文学论文的"文外研究"与论证

菲茨杰拉德的代表作《了不起的盖茨比》不仅为广大读者所喜爱,也是批评界高度关注和广泛研究的经典,国外还有专门期刊《菲茨杰拉德研究》(*The Scott Fitzgerald Review*),相关论述不计其数。这部作品还有研究的空间吗?当然有。莎翁剧作《哈姆莱特》的研究论文更多,国内外刊物中几乎每年都有高质量的新论刊出,而我们仍可期待更多的新论述、新见解的不断出现。学界常言,"一百个读者就有一百个哈姆莱特"。也就是说,每个时代、社会、个体都可以赋予文学作品以新的意义。一百个读者也可以有一百个盖茨比或其他文学人物。考古学家从几根残骨或几块器皿碎片中,就可以推演出过去历史和生活的某些状况。相比之下,一部长篇小说或剧本所涵容的复杂多元的社会、历史、文化信息,几乎是不可胜数的。

关键在于要有敏锐的学术"嗅觉",要有问题意识和思考习惯。这些可以通过阅读养成,也可以通过论文撰写本身逐渐提高。我的论文命题产生于阅读时脑中突然"蹦出"的一个疑问:"当时不是有禁酒令吗,小说中怎么这么多人喝酒?"这个当时朦胧感到自己可能会有点想法的问题,引出了论文的核心关注,引向对这部文学名著的新解读。接下来是我动笔之前必须做的事:进入专业中外文数据库中进行搜索,以确定是否有人写过同样或接近的论题。虽然《了不起的盖茨比》是热门研究对象,不少论文提到作家暗示盖茨比是私酒贩子,个别甚至提及了禁酒令的背景,但都点到为止。因此,专门研究该课题是可行的。

论文从小说描写的禁令下狂饮这一具体现象切入。我记得有人谈到论文写作时说过,高手一般"小题大做",而新手往往"大题小做"。前者以小见大,以点见面,从具体入手探讨更具普遍性意义的大问题;而"大题小做"难免大而无当,流于空泛。我的论文试图通过小说中饮酒这一行为,放大观察和解析美国社会转型期的道德风尚和文化生态。假如我把论题设为"《了不起的盖茨比》与消费社会初期美国作家的文化道德态度",估计就很难期待写出高质量的论文了,因为这样的"大题"涉及太广,很难聚焦深入并真正说明问题,观点很可能淹没在泛泛空论之中。

设定了论题,进行了初步的可行性论证,接下来就是大量收集学术信息和资料,进行大量阅读,重点著作和论文要做笔记。学术研究不是从我开始,我们总是站在别人的肩上。要充分了解别人"做什么",我们才能"接着做"。有了上述前期准备,我具体撰写的第一步是"头脑风暴",即让自己进入一种思考(狂想)状态,把能想到的都写下来:零碎的、粗浅的、观点上矛盾的想法,尚未考证的相关事实,可用于恰当表述的片言只语,各种他人的观点,历史语境的相关特征等,都快速写下来,让行踪难测的"空中鸟"成为你可以细细考察、品赏的"笼中鸟"。"头脑风暴"刮来的杂乱无章的两三页文字,经过整理补充后,就成了论文的基础。

即使初稿形成后,还有许许多多的事情要做,包括陈述、推论、考证、强化、调整、排除、推翻、重写的多次反复。书写过程往往也是最集中、最有效的思考过程。学界的说法——"论文不是写出来的,是改出来的"——是有道理的。"改"是论文撰写过程中至关重要的一个阶段,对我自己而言,也是耗时最多的阶段。新产生的想法,更有说服力的实例,更恰当的引述,更精确的表达,不断在论文中替换原来的书写,这里一段,那里一页,甚至整个小节或整篇文章,论文质量在不断修补整理、推翻重置的过程中得到提升。我想象一个跟自己过不去的阅读者,抱着鄙夷的态度不断挑刺找茬,提出否定性的批评。在这样充满不屑的目光审视下,我诚惶诚恐,小心翼翼地推敲立论、观点、逻辑、文辞的每个方面,一点点改进完善,让"他"闭嘴。

论文《禁酒令与〈了不起的盖茨比〉》设定了如下基本讨论模式。

(1) 提出问题。在实施法律禁酒的特殊历史时段,素有"爵士时代的编年史家"之称的菲茨杰拉德,为何在小说中大张旗鼓地描写饮酒并同情地塑造违反法令的人物?同时论证小说的时间背景是禁酒时期,并提供小说描写酗酒的数据。

(2) 指出禁酒令和小说的关联。主要人物以私酒贩子为原型(园会中的流言、人物原型考证、盖茨比的"药店");小说的地理背景(禁酒时期的"酒都");作家生平(地下酒庄的常客)。

(3) 揭示小说的历史语境。城市化与价值观念变迁:美国最开放、同时又是最保守的年代,现代社会带来的困扰,美国的保守势力支撑下作为选举策略的禁酒运动。

社会转型期的文化反叛(论述主体)。

(4) 指出小说中饮酒的象征意义。盖茨比的宅院:新时代的狂欢场域;周末酒会细节:对禁酒令的藐视与对抗。

(5) 运用旁证。同时代其他如飞女郎、性开放、电影查禁等类似现象。

(6) 引入社会学表演性理论:凝视下的表演。

(7) 归纳:饮酒是文化反叛的宣言。

(8) 总结:消费主义与"非常"法令。小说人物是进入消费社会的第一代青年;小说的历史文化解读可提供社会变迁引出的文化、道德、经济模式、政治运作、社会风尚等多方面的信息。

文学研究,包括作家研究、作品研究、文学史研究和理论研究,虽然方法各异,但殊途同归,都以提供新的解读、通达更深层次的理解为目的。作品研究可以是"文内"的,也可以是"文外"的研究,即结合历史、社会、文化语境的外延性的解读。即使是"文外"研究,也要时时扣住对象文本,形成一种融合型的讨论,因此文本细读至关重要。本篇论文是比较典型的"文外"研究,但研究主体仍然是小说,而不是禁酒令。论文将小说故事"语境化",让文内文外形成呼应,以凸显作品所涵容的社会和文化意义,揭示小说没有直接言明但无处不在的与"禁酒令"的对抗性对话。当然,好的论文不是在想写的时候下决心、花时间就能写成的。做学术研究需要平时大量阅读的储存,在阅读中发现问题,发现空缺,然后以自己的分析和见解,回答问题,填补空缺,把理解推向纵深。论文写作不可能一蹴而就,需要多实践,多书写。即使被刊物拒绝也不是一无所获,因为书写者在研究中锻炼、提高了自己的思辨能力。坚持阅读、思考、书写,即使尚处于步履艰难困局的人,也可以渐渐进入左右逢源的境地。

# "人为信条"与荒谬感
## ——谈辛格的宗教观*

陈 雷**

**内容提要**：宗教详尽规范了犹太人生活的各个方面，"卢布林的魔术师"雅夏称这些规矩为"人为信条"。经过一场人生危机，他认识到了这些信条的意义：它们是无数根把人与上帝连接起来的纽带；通过谨守信条，人得以将上帝内化为习惯和本能，而这也是犹太信仰数千年不坠的关键所在。不过由于这套信条带有强烈的独断性，犹太少年在被迫学习并接受它时心中难免会伴生一种荒谬感，这种荒谬感往往会以嘲笑的形式宣泄出来，《傻瓜吉姆佩尔》中无所不在的嘲笑便与此有关。

**关键词**：辛格；信条；虚构；犹太性；嘲笑

上帝是不是人虚构出来的？如果是，那么信上帝的人是不是多少都有点傻？而如果一个民族信一个上帝一信就是几千年，那么这个民族是不是整个都有点傻呢？"犹太性"与犹太人延续数千年的一神信仰是密不可分的，去掉宗教因素，犹太性问题便无从谈起了；如此说来，对犹太性的探讨是否可以还原到对一个信仰上帝的傻瓜的剖析？恰好，艾萨克·巴什维斯·辛格（Isaac Bashevis Singer, 1904—1991）以信仰为主题的短篇小说《傻瓜吉姆佩尔》（*Gimpel the Fool*）——它可能也是作者最广为人知的作品——就是以一个 Schlemiel 式的傻

---

\* 原载《外国文学评论》2015 年第 3 期，第 5—20 页。本书收录时略有修改。

\*\* 陈雷，中国社会科学院外国文学研究所英美室研究员，博士生导师。上海外国语大学英文系硕士，剑桥大学英文系博士。研究方向为英美文学与比较文学，目前主要研究兴趣在早期现代英国文学、19 世纪美国文学、思想史，在《外国文学评论》《国外文学》《外国文学》等刊物上发表论文 20 余篇。代表作有《一个新英格兰人在罗马：〈牧神雕像〉中两种宗教文化的碰撞》《鹿厅与中古时代的公共领域：试析〈贝奥武甫〉对社会起源的文学再现》等。

**联系方式**：中国社会科学院，邮编：100732。Email：chenlei211@hotmail.com。

瓜为主角的①,这就给我们通过剖析傻瓜来研究信仰提供了一个很好的切入点。

一

每个隐喻中都包含一个特别的视角,辛格创造出吉姆佩尔这样一个具有隐喻性质的傻瓜("schlemiel as metaphor"),目的显然是要提供一个特别的角度,以便我们从中发现一些在正常角度下不易觉察到的问题。换句话说,这个人物就像是一面特制的镜子,用一种夸张放大的方式把他生活于其中的犹太社区的某些特点凸显了出来。那么这面镜子凸显出来的究竟是什么呢?

吉姆佩尔之所以被称为傻瓜,是因为他总是受骗上当;关于他受骗上当的原因,他自己是这样总结的:"我像一个机器人一样相信每一个人。第一,凡事都有可能,正如《先人的智慧》里所写的一样……第二,全镇的人都对我这样,使我不得不相信!"②镇上的人知道他有轻信的毛病,都喜欢编些谎来寻他开心。当然,这些谎中有些是相当拙劣的,比如"拉比的老婆养孩子了""月亮掉到托尔平去了""弗比斯在澡堂后面找到了一个宝藏"(《辛》:2)之类——即便所有人都在这些事上串通起来诓他,但未曾发生的事再怎么说也不可能成真,因此要戳穿这些谎话倒也并不困难。可有些谎要识破就不那么容易了,比如下面这个:

> 拉比家的女儿叫我上当。当我离开拉比的圣坛时,她说,"你已经吻过墙壁了吗?"我说:"没有,做什么?"她回答道:"这是规矩;你每次来以后都必须吻墙壁。"好吧,这似乎也没有什么害处。于是她突然大笑起来。这个恶作剧很高明,她骗得很成功,不错。(《辛》:3)

这个恶作剧的高明之处在于吻圣坛边的墙看起来确实很像是一个具有宗教含义的仪式性动作。恪守犹太教规的信徒在会堂里祈祷时要穿一种特别的服装并亲吻衣服边上的穗子,他们在进出会堂大门时还要用手指按一按"门柱圣

---

① 意第绪语中"Schlemiel"意为"笨蛋、傻子或倒霉的人"。Schlemiel 是犹太文学中常见的一种类型化人物,详见徐新《犹太文学中的施勒密尔形象刍议》,载《外国文学研究》1986 年第 2 期,第 65—69 页;参见 Sanford Pinsker, *The Schlemiel as Metaphor: Studies in Yiddish and American Jewish Fiction*, Carbondale, IL: Southern Illinois University Press, 1991, pp.59-60.

② 《辛格短篇小说集》,万紫等译,外国文学出版社,1980 年,第 2 页。后文出自同一著作的引文将随文标出该著作简称《辛》和引文出处页码,不再另注。

卷(mezuzah)"并吻一下按圣卷的手指①。尽管在内行眼里后者有多庄重得体，前者就有多唐突可笑，但对于教规方面的门外汉而言，吻墙、吻穗子以及吻圣卷之间却似乎并没有本质的区别；如果看起来都差不多，那么在吻穗子和圣卷之外再吻一下墙"又有什么害处呢"？拉比的女儿想必是耳濡目染，从小就对这些令人困惑的仪式细节了如指掌，所以才想得出如此刁钻的主意来让轻信的主人公出丑。

看到吉姆佩尔再次毫无悬念地掉进圈套，大多数读者估计也都会在心里发出一笑，毕竟，他是一个"傻瓜"，而讥诮傻瓜向来是"我们每个聪明人的本分"②，不过如果我们在讥诮这个傻瓜的时候不假思索地把拉比的女儿以及镇里其他讥笑吉姆佩尔的人都设定为和我们一样的"聪明人"，那么我们自己就很可能不再是聪明的读者了。好读者应该与作品中的每个人物都保持一个批评的距离，即便这些人曾和我们一起嘲笑过一个大家公认的傻瓜。作为一个讥讽者，拉比的女儿真的就免于她所嘲笑的那种缺点吗？细察一下她的恶作剧，我们会发现这一点远非那么确定无疑。

前面我们曾列举过几个幼稚拙劣的谎来和拉比女儿的谎作比照；应当看到，这两种谎固然有精粗高下之分，但它们之间最根本的区别还在于，后者实际上是一种无法通过"核实"来戳穿的谎：月亮有没有落在托尔平、弗比斯的澡堂后面有没有宝藏我们只需到实地去看看就能知道，但关于祈祷的"规矩"中究竟有没有吻墙这一条我们却只能根据别人的说法来进行判断。如果为了把谎撒圆，拉比的女儿联合全镇的人——也就是整个犹太社区——一起骗吉姆佩尔说他必须亲吻墙壁，那么他也只能把这当作规矩来加以接受(accept on faith)。诚然，他还可以亲自到浩瀚的经书中去查考一下究竟有没有这样的规矩，但经书说到底也是从前人那里传下来的；换言之，查经书并不是真正的核实，它只是把"信"(faith)从周围人那里转移到前代人身上而已。经书中的律令条文数不胜数，它们对犹太人生活的各个方面——从礼拜祝祷到节庆婚葬、从衣着食物到发须式样——都作出了详细的规定。这么多规矩当然不可能从来就有，它们只能是一代代人逐步积累增添的结果。有些规矩上一代还没有，到下一代却有了，这期间究竟发生了什么呢？唯一合理的解释似乎是，整个犹太社区一起"发明""虚

---

① 见辛格：《卢布林的魔术师》，鹿金、吴劳译，上海译文出版社，1979年，第73页注释。
② 黄梅：《讥讽者的陷阱》，《读书》1993年第7期，第39页。

构"或"编造"了这些规矩。当然,正统教徒会说,律法不是人的发明,而是上帝对人做出的规定,但在理性主义者看来,不仅仅律法,甚至连上帝本身也都是人的虚构和编造①。如果我们采取后一种看法,那么拉比女儿从小信以为"真"的规矩又何"真"之有呢?如果衣穗和门柱圣卷的神圣性不过是盲信的产物,那么拉比的女儿又有什么资格嘲笑吉姆佩尔在轻信之下亲了圣坛边的墙壁呢?很显然,这两个人都有盲信的毛病(其间或有五十步和一百步的区别),只是拉比女儿的盲信由于已经深度融合到日常生活的习惯性细节之中,因而很难再被她自己以及其他和她分享相同生活方式的人所觉察了。吉姆佩尔看上去像是社区中的一个另类,但在盲信这一点上,他完全可以当整个社区的代表,借用桑·平斯克(Sanford Pinsker)的话,吉姆佩尔实际上就是一个"意第绪版的'人人'"(a Yiddish Everyman)②,在他身上,我们可以看到社区中每个人的影子。

## 二

有评论家指出,辛格在《傻瓜吉姆佩尔》中刻意混淆了"信(faith)"与"轻信(gullibility)"的差别③,可事实上,信与轻信之间的界线本来就是非常模糊的:轻信的人容易受骗上当,就此而言,它当然是个缺点;但反过来说,轻信提示和指向一种信仰的能力(capacity for faith),因而又应当被视作一种积极的力量加以认真对待。信仰的能力在很大程度上就是持守自己信仰的能力。鉴于犹太民族在其几千年历史中克服无数不利因素把自己的宗教信仰和民族身份顽强地保持了下来这一事实,我们有理由对犹太人的信仰能力作出高度评价。那么这种能力究竟是一种什么东西呢?它具体表现在哪里?在现实中它又是怎样发挥作用的?执着于思考何为"犹太性(Jewishness)"的辛格在这些问题上自有他独到的见解。要弄清他在这些问题上的看法,最佳途径当然是直接考察他对犹太人宗教活动的描写。下面引用的这段文字出自辛格专门探讨信仰问题的作品《卢布

---

① 此处"上帝"指的是对特定被选者(the elect)提出具体要求并作出具体许诺的人格神,而非亚里士多德或斯宾诺莎之类的哲学家为解释实存宇宙而设定的形而上学意义上的神。后一类神与理性主义并不矛盾。《卢布林的魔术师》中的雅夏即便在宗教意识最淡漠时也认为如果不设定一个上帝的话世界就得不到一个合理完满的解释,见辛格:《卢布林的魔术师》,第 51—52 页。

② Sanford Pinsker, *The Schlemiel as Metaphor*, p.58. "人人"是英国中世纪道德剧 *Everyman* 的主人公。平斯克在此讨论的是 I. L. Peretz 笔下的人物 Bontscha,但这一说法无疑也适用于吉姆佩尔。

③ See Ruth R. Wisse, *The Schlemiel as Modern Hero*, Chicago: University of Chicago Press, 1971, p.62.

林的魔术师》①，在这里，作者借主人公雅夏·梅休尔这位闯荡世界多年的犹太浪子的陌生化视角为我们捕捉到了犹太人宗教生活中一些非常有趣的特点：

> 上帝保佑，他，雅夏，已经有多久没有进圣殿啦？他样样都感到新鲜：犹太人怎么朗诵祈祷引言啦、怎么披祈祷巾(prayer-shawls)啦、怎么吻有穗子的衣服(fringed garment)啦、怎么戴上护符匣(phylacteries)啦、怎么解开皮带啦。他对这一切都感到陌生，却又亲切。玛格达已经回到大车上去了，好像害怕这里浓烈的犹太气息(intense Jewishness)似的。他，雅夏，愿意再待一会儿。他是犹太人的一分子。他与他们同源。他的肉体上打着同他们一样的烙印。他懂得祈祷。一个老人说："上帝，我的灵魂。"另一个慢腾腾地讲着上帝考验亚伯拉罕、命他献出儿子以撒作为燔祭的故事。第三个拉长了声音朗诵："我们是什么？我们的生命是什么？……在你面前，一切强大的人都微不足道；一切显赫的人虽有若无……"他用悲哀的调子唱着，一边唱，一边望着雅夏，好像看透了他在想什么心思似的。雅夏深深地呼吸着。他闻着牛油、蜡和其他东西的气味，一种腐败物和氨的混合气味，就同他还是个孩子的时候在赎罪节闻到的那种气味一模一样。②

在一般想象中，坚定的信仰总是与某种程度的狂热联系在一起的：英国作家切斯特顿就曾把犹太教称作一种"偏狂的一神教(mono-maniac monotheism)"，并认为正是由于犹太人的偏狂固守，宇宙间只有一个神的观念才得以在古代多神教世界的重重敌意中存活下来，继而为后世的基督教"真理"提供最初的思想火种——"从这个意义上讲，多亏犹太人，我们的世界才拥有了上帝的概念。"③然而在辛格上面这段关于犹太人日常祈祷的描写中，我们却很难感受到任何狂热的情绪。会堂里的气氛是平静而按部就班的。细察祈祷者的行为，我们从中确乎可以发现一些偏执的迹象，但这种偏执所执守的对象与其说是某种抽象而难以捉摸的观念，还不如说是一些具体而易于把握的规则（因此用"拘泥"来形容恐

---

① 值得一提的是，作为陀思妥耶夫斯基和托尔斯泰的崇拜者，辛格的这本小说中明显可以看出《罪与罚》和《谢尔盖神父》（两者都以信仰为主题）的影响。

② 辛格：《卢布林的魔术师》，第72—73页。后文出自同一著作的引文将随文标出该著作简称《卢》"和引文出处页码，不再另注。

③ G.K. Chesterton, *The Everlasting Man*, Mineola, N.Y.: Dover Publications, 2007, p.65, 89.

怕比"偏执"更为恰当)。祈祷是个人与上帝之间的交流,但犹太人却把这种交流转化成了对一套祈祷规则的严格履行。祈祷在这里绝不是任性随意的行为:要祈祷你就必须按规矩"披上祈祷巾""戴上护符匣""系束好皮带""亲吻衣服上的穗子""在头上撒些灰"(《卢》:71);你朗诵的祈祷词也是固定的(会堂执事会为你备好祈祷书)。换句话说,无论你个人对上帝怀着怎样新鲜独特的热情,你的热情都必须借着已被犹太人沿用了数千年的古老文词传达给上帝。固定性甚至还渗透到了会堂的气味之中:"牛油、蜡和其他东西"以特定的方式搭配在一起,散发出一种一成不变的味道。这种气味虽不好闻,但却勾起了雅夏的回忆,让他想起在童年时代自己也曾和自己的社区、宗教有过一种亲密无间的关系。

  小说中,久已疏离犹太社区、甚至认真考虑着改变信仰的雅夏前后共有两次因机缘巧合撞入犹太会堂,这两次经历都出乎他意料地拉近了他与自己犹太身份的距离,并最终促成了他信仰上的回归。在上文描写的这第一次偶入中雅夏并没有参加同胞们的祈祷,他只是作为旁观者带着亲切的陌生感重温了一遍他曾经熟悉的仪式,便悄悄离开了。但不久之后当他在华沙再次闯入当地一所犹太会堂时——此次他是为了躲避警察的追捕慌不择路间闯入圣殿的——由于恐惧和强烈的负罪感,他不由自主地加入了祈祷者的行列中,好像这么多年的疏离根本就没有发生过似的。值得注意的是,作者在描写这次祈祷时,再次用相当的篇幅为我们强调了犹太人对规则的偏执性重视:

> 盛祈祷巾的口袋放在长凳上。雅夏拿出祈祷巾。他把手伸进口袋去摸到了护符匣。他感到好像人人都望着他,等着看他怎么办。……他开始披祈祷巾。他找巾上的绣花或条子,因为这是个标记,表明这一部分应该披在头上,但他什么都找不到。他笨手笨脚地理祈祷巾的穗子。一个穗子扫在他眼睛上。他像一个青春期的少年那样充满着羞耻和恐惧。他们都在嘲笑他。所有在场的人都在他背后格格地笑。他努力想把祈祷巾披好,但它还是从肩膀上滑下来。他把两个护符匣掏出来,不知道哪个该戴在头上,哪个该戴在胳膊上。应该先戴哪一个呢?他在祈祷书里找说明,但字迹开始变得模糊。星星点点的火花在他面前摇晃。但愿别晕过去,他提醒自己。……(这时)一个老人走过来对他说:"喂,我来帮你一把。把袖子卷起来。左胳膊,不是右胳膊。"……他任凭别人由着他们的心意给他披戴,就像一个筋断骨折的人任凭别人给他包扎。那个老人把皮带绕在雅夏的胳膊

上。他背诵祝福词;雅夏像一个小孩子似的重复着念。他吩咐雅夏低下头去,给他按规矩把护符匣缚在头上。他把皮带绕在雅夏的手指头上,绕成希伯来字שדי。(《卢》:161—163)

在精神和道德层面上,此时的雅夏确实可以说正处于一种"筋断骨折"的状态之中。为了弄到一大笔钱与情人在国外开始新的生活,雅夏鬼使神差地潜入到一个守财奴家中去撬保险箱,结果行窃不成反而在逃跑时摔伤了一只脚。他,一个能轻易打开最复杂的锁的魔术大师,一个惯于在很高的地方翻转腾挪的杂技演员,居然先是在一个普通的保险箱上失了手,后又在从一个低矮的阳台跳下来时扭伤了脚——雅夏觉得这显然是上帝对他犯下的罪行作出的惩罚;而现在,这个上帝又把他引进了一所犹太会堂,让他置身于一群虔诚的祈祷者中间,这同样再明显不过是上帝要他赶紧忏悔、痛改前非,免得最后跌入万劫不复的"无底深渊"追悔莫及。(《卢》:165)雅夏迫切地需要跪下身来向上帝求告,然而与这种迫切性形成鲜明对照的是,犹太会堂此时却不紧不慢地要求他遵守每一项与祈祷有关的"规矩",好像这些规矩即便不比忏悔本身更重要,也至少和它同样要紧似的。引文中那位老者对雅夏的帮助在象征意义上可以理解为犹太社区对他的重新接纳,但这种帮助似乎是完全局限在穿戴护符匣这样一个技术性问题上的;雅夏慌乱中感到会堂里所有人的眼睛都盯着他看,而这些人所关注的似乎也不过是他有没有以正确的方式穿戴祈祷巾与护符匣。作者不厌其烦地强调这些细节,其目的当然不是要批评犹太人太过小题大做,而是要为我们突出犹太人宗教生活中一个在他看来至关重要的特点,即对"规矩"的近乎偏执的固守[①]。事实上,这种对规矩的固守也正是我们所要探讨的犹太人持守信仰能力的关键之所在。

前文说过,作为一种纯粹观念,神是虚无缥缈难以把握的,但神为人定下的规矩——从最核心的"十诫"到外围关于祝祷礼拜等的种种规则——却是明白具

---

[①] 在辛格看来,仪式(ritual),亦即祝祷礼拜中的规矩,并非一种站在"实质"对立面的空洞"形式";相反,"执行仪式本身就蕴含着一种精神能量(psychic energy),一起参与某种仪式的人越多,这其中的精神能量就越强,一个仪式越是被经常执行,它就越显得真实。比方说,如果你是个虔诚的天主教徒,那么圣餐仪式对于你来说就是非常真实的。即便外人会有怀疑,但对于从小就习惯于这种仪式的天主教徒来说,它就是真实的。仪式具有一种主观真实性(subjective reality),由于我们实际上无法区分什么是主观什么是客观,这种主观真实性就等同于真实。"See I. B. Singer and G. Farrell, *Isaac Bashevis Singer: Conversations*, Jackson: University Press of Mississippi, 1992, p.195.

体、便于遵行的。仅仅存在于观念中的神很容易被人随时拥抱和抛弃。孤立无援的人最需要上帝的帮助,因此当惊魂未定的雅夏拖着伤腿逃进会堂时,拥抱上帝对他来说是再简单自然不过的事了——"他背诵着十八段祝福词,思索着其中每一个字;早已忘掉的童年的虔诚现在回来了,这是一种不要求印证的信仰、一种对上帝的敬畏、一种对误入歧途的悔恨。"(《卢》:165)然而,当他祈祷完毕,带着稍稍平复的心情重回到会堂外那个喧嚣的世界时,对上帝旧有的怀疑立刻又向他袭来——"干吗要这么兴奋呢? 他心里有个声音质问道。凭什么能证明有个上帝在听你祈祷呢?……不错,你没开成保险箱,而且还赔上老本,扭伤了一只脚,但这能证明什么呢? 只能证明,你心慌意乱,筋疲力尽,头昏眼花罢了。"①(《卢》:168)像这样因一时需求而产生的对上帝的热情注定是不能持久的;要让信仰持久,抽象的上帝还必须转化为对人的行为的具体的规范和约束。以上帝之名建立一条规矩让人服从,实际上就是在原本分离的人和上帝之间拉起一根无形的控制线。这样的线牵得越多,人和上帝的关系就越紧密②。对一条规矩的长期遵守会让这条规矩成为一种习惯,而习惯成自然,当上帝的诸多规矩最终内化为人的"自然"时,上帝就已经渗透到他的血液和骨髓里了。当然,即便如此,人还是免不了有时会对上帝产生怀疑,但怀疑毕竟只是发生在观念和理性层面上的;对于一个把上帝化为习惯、融入身心的人来说,上帝并非只存在于他的理性之中,因此,即便在某个时期他的理性对上帝产生了排拒,上帝依然可以以一种潜在的方式继续存在于他的身体内部;这种存在甚至有可能不为他本人所察觉,雅夏的经历就是个明证:在相当长一段时间里,雅夏自认为已经完全抛弃了犹太人的上帝,但事实上他与这个上帝之间的连线并没有全部被切断;上帝只是被他有意识地拒斥了,而对上帝的亲近依然顽强地存活在他下意识的感知之中;多年后当他再次进入犹太会堂闻到那熟悉的"气息"时,这种下意识的亲近感又重新被他的意识所发现和接纳,并在他随后面临的人生危机中推动他做出了关键的抉择。前文曾指出,信仰能力在很大程度上就是持守信仰的能力。

---

① 神圣的会堂之外就是充满世俗气息的街道,街道上到处是车马、小贩、店铺和作坊。在雅夏看来,"街道同会堂是互相排斥的,如果这一个是真,那么另一个一定是假"(《卢》:167)。但对于久居传统社区、对上帝"习以为常"的正统犹太人来说,两者之间却并不对立。事实上,会堂与街道靠得那么近本身就说明犹太人的神圣感并不依赖于外在空间,上帝是随"规矩"内化于心中的,只要谨守圣书里的规矩,那么哪怕在用餐、谈生意、讨价还价时都不曾离开上帝。(《卢》:169—171,212)这也是辛格强调会堂与街道毗邻的用意所在。在其短篇《市场街的斯宾诺莎》中,西哈德派宗教学堂就设在啤酒店楼上。(《辛》:27)
② 辛格另一部小说《奴隶》中的一个情节可资参考:主人公雅各布打算把《托拉》(Torah,即摩西五经)中的全部613条戒律都刻在石头上督促自己一条条严格遵守。

持守是一种被动的行为，持守者所要做的是挡住敌人的进攻，守住自己的阵地。在信仰这件事情上，终极的敌人当然是对上帝的怀疑。面对怀疑的进攻，人仅仅依靠意愿和热情是很难守住信仰的阵地的，这就好比在真实的战斗中单纯的勇气并不能保证我们取得胜利一样；要打败顽敌，战士在平日里还必须经受最严格的训练，而训练的关键就在于服从纪律。只有通过纪律，容易大起大落的匹夫之勇才能转化为稳定可靠的战斗意志和战斗本能。所谓胜负悬于一线，最终决定胜负的往往不是意识层面上对敌人的恨或对胜利的向往，而是经由训练产生的坚持战斗到最后一刻的盲目意志。雅夏之所以能守住自己的信仰，很大程度上正是仰赖幼时所遵守的清规戒律在他心中种下的亲近上帝的本能。通过对自己经历的反思和对犹太同胞的观察，雅夏在小说接近尾声处也领悟到了这一点，下面这段关于他心理活动的描写可以用来为我们的上述讨论作一个总结，值得注意的是，作者在这里也使用了一连串军事性的譬喻：

> 上帝为什么会需要这些长斗篷（capotes）、鬓角（sidelocks）、无檐帽（skullcaps）和束带（sashes）呢？还有多少代人要为了《法典》争辩呢？犹太人还要拿多少新的清规戒律加在自己头上呢？……上帝是一回事，那些人为的信条（man-made dogmas）是另一回事。可是没有信条，人能够侍奉上帝吗？他，雅夏，怎么落到眼前的困境的呢？如果他穿上一件有穗子的衣服，每天祈祷三回，就肯定不会纠缠在这些男女私情和其他越轨行为中。宗教信仰就像一支部队——必须有纪律才能指挥它行动。一种抽象的信仰不可避免地引导人作恶。教堂就像军营；上帝的士兵在那里集合。（《卢》：214）

说"一种抽象的信仰不可避免地引导人作恶"或许有点夸张，但如果把附着在神身上的信条一一去除，我们最终固然可以得到一个仅仅作为万物之因存在着的纯然"合理"的上帝，但这样的上帝同我们也就没有任何个人关联了。一个不对人提出任何要求的上帝在危急时刻也不会给人提供任何支持。斯宾诺莎或许能满足于这样的上帝，但这样的上帝却不可能成为一个民族集体信仰的基石①。

---

① 此即正统犹太教徒和基督教徒都视斯宾诺莎为异端的原因。见罗素：《西方哲学史》（下卷），马元德译，商务印书馆，1991年，第92—93页。

## 三

　　通过把多得数不清的"规矩"加到自己头上，犹太人成功地让上帝渗透进了他们生活的每一个方面。不过，由于上帝的规矩是如此之多且复杂，生活在这样一个环境里的人又难免会因为不知道怎么做才算符合规矩而时常遭遇相当的困扰。雅夏因不知如何穿戴祈祷巾而陷入尴尬的经历便为我们提供了一个现成的例子。这段描写中一个很值得注意的细节是雅夏的笨拙举动所引来的嘲笑——"他像一个青春期的少年那样充满着羞耻和恐惧；他们都在嘲笑他；所有在场的人都在他背后格格地笑"。细心的读者应该不难发现此时的雅夏与面对拉比女儿时的吉姆佩尔在处境上的相似性：两人都让自己变成了众人的笑柄，而这仅仅是因为他们不够熟悉仪式上的规矩。辛格与雅夏、吉姆佩尔一样成长于传统气息浓厚的犹太社区，他想必是从小就对此类嘲笑有着非常切身的感受，所以才会在作品里几次三番让主人公陷入这样一种窘境。那么这种让作者百般纠结的嘲笑又为我们透露出哪些与犹太人的信仰心理有关的信息呢？

　　嘲笑的产生是需要有前提条件的。当一个人想笑话别人在某件事情上出错丢脸时，他首先必须确认自己在这件事情上没有犯错，而要做到这一点，他又必须掌握一个公认的标准来判断某个行为的对与错。"标准"在此的重要性不言而喻；一旦它发生动摇，对与错之间的界线就会被打破，这时，一个人自然也就不会再有信心和优越感去笑话别人了。回到雅夏和吉姆佩尔的例子，试想，若不是会堂里的信众一致认定只存在一种"正确的"穿戴祈祷巾的方式，他们还会那么兴致勃勃地取笑手足无措的雅夏吗？同样，若不是拉比的女儿确信"正确的"礼拜仪式里绝没有吻墙这一条，她还会编出吻墙的恶作剧来捉弄吉姆佩尔吗？换个角度讲，若不是雅夏和吉姆佩尔心底里都承认确实存在一种权威性的"正确做法"，而自己出于无知对它缺乏了解，他们还会因为别人在背后笑话他们而内心"充满羞耻和恐惧"吗？这些问题的答案都是显而易见的。刚才说过，标准一旦发生动摇，嘲笑产生的前提条件就将不复存在；那么反过来，如果我们发现大家还在开心地嘲笑那些不懂规矩的人，而那些不懂规矩的人还在认真地害怕被大家嘲笑，这就表明，在他们生活的小环境里，那些在外人看来纯属虚构的教规法条依然还享有客观真理般不可动摇的地位。在这个意义上，嘲笑现象其实可以被看作一项指标，能探测出的是一个社区或群体内传统价值观的稳固程度。

不过,嘲笑并非仅仅被动地反映一个社群的信仰状况,在很多时候,它本身就是一种捍卫既有价值观的积极方式①。人自我肯定的方法多种多样,其中非常有效的一种是通过否定别人来肯定自己。嘲笑者否定一个对象的方式是把对象降格为一种滑稽可笑之物。任何事物一旦变得滑稽可笑就很难再让人严肃对待,因此嘲笑实际上从一开始就剥夺了被嘲笑者进行抗辩的机会,就此而言,它又是一种非常蛮横的否定。当然,从另一个角度讲,这种"蛮不讲理"也恰恰是它的好处所在,因为如此一来,否定者与被否定者的正面交锋就被避免了。当区分对错的标准本来就是一种无理可循的独断性教条(dogmas)时,就孰对孰错进行平等辩论只会进一步侵蚀教条的脆弱根基;在这种情况下,不分青红皂白地把被既有标准判定为错的东西转化为滑稽的对象加以嘲笑便不失为一种安全有效的捍卫手段了。不难看出,这样一种自我肯定方式是非常适合用来维护人以上帝之名加到自己头上的那套带有强烈独断色彩的清规戒律的。与国家法律不同,宗教法规中有相当一部分内容我们是无法通过讲理来论证其正确性的。为什么吻穗子和门柱圣卷是正确的仪式动作而吻墙却很可笑?为什么护符匣要这么戴才对而那么戴就是错的?为什么胡子、鬓角和头发要蓄成某个特别的样式?为什么有些肉可以吃而另一些肉却不能吃?②——诸如此类的问题我们可以没完没了地提下去,而再有学问的拉比恐怕也无法圆满地解答其中任何一个。生活在传统社区中的犹太人从小就会被要求遵守这些规矩,但由于说理在此完全行不通,社区赖以约束其成员的手段便只有硬性的强制以及像嘲笑这样较为软性的施压了③。

需要一提的是,除了因为它可以避开讲理,嘲笑在当前情境中之所以特别合用还与它深深契合了人的从众本能有关。同已经熟悉规矩的成人相比,社区中刚开始学习规矩的少年总是处于少数的。一般说来,与处于强势的多数保持一致会给孤弱的个体带来心理上的安全感。当一个人发现自己的言行举止与周围

---

① 可参考 Michael Mangan 关于"笑的惩罚功能"(the punitive functions of laughter)的论述。他讨论的虽然是莎士比亚喜剧中的嘲笑,但他所使用的心理学框架同样也适用于辛格的作品。Mangan 认为嘲笑的社会功能是"捍卫法则、肯定社会价值和常规",因此它本质上是一种"保守性"力量。见 Michael Mangan, *A Preface to Shakespeare's Comedies*, New York: Routledge, 2013, p.41。

② 关于犹太饮食法可参见徐新《犹太文化史》,北京大学出版社,2011 年,第 86—93 页。关于这套复杂的规矩,雅夏曾质疑道:"上帝同屠宰可能有什么相干呢?"见《卢布林的魔术师》,第 169 页。

③ 社会心理学中,这种压力被称为"嘲笑压力(jeer pressure)",它所产生的效果包括"使个人屈从于众人的观点;让人害怕失败和与众不同;鼓励因循守旧,压抑创造性思考"等,见 L. M. Janes and J. M. Olson, "Jeer Pressure: The Behavioral Effects of Observing Ridicule of Others," in *Personality and Social Psychology Bulletin*, 26(2000), p.474。

人都不一样时,伴随安全感丧失而产生的焦虑会驱使他迅速调整自己的行为以便尽快恢复与众人的一致(自我意识初萌的少年尤其如此)。此时,即便周围人并没有真的嘲笑他,他也会把焦虑向四周投射,从而心虚地感到所有人都在以异样的眼光打量自己。对于社会来说,个体的这种反应实际上构成了一个可资利用的心理杠杆;借助这一杠杆,只需施加一些讥嘲的巧力,社会便可不落痕迹地实现对其成员的有效约束。"嘲笑偏离常轨的人是社会控制的一种手段"①,而由于这种控制手段牢固地扎根于人的心理,它的效力无疑也会比简单的强制更为持久。

但这里不可避免地会出现这样一个问题:既然荒谬可笑(ridiculous)的东西免不了要遭人嘲笑(ridicule),那么在社区的无形压力下接受了那么多关于上帝的荒唐信条的犹太人会不会成为自己嘲笑的对象呢? 如果会,那么嘲笑到头来有没有可能竟瓦解掉犹太人自己的信仰呢?

虽然他人内心的真实感受我们作为旁观者很难窥测,但以常理度之,一个人只要具备正常的理解力和自我意识,就不可能不对社会向他强加一套看起来十分荒谬的教条或多或少地产生一些排拒情绪。不过排拒情绪在此并不一定能转化为直接的排拒行动,这是因为,虽然荒谬的信条肯定会让一个人感到不自在,但比起让自己因不服从这些教条而在社会中沦为被众人讥嘲的另类来说,大多数人恐怕还是会选择接受这些教条,并尽可能地把不自在埋藏在心里的。当然,被压抑的情绪肯定会寻求宣泄,荒谬感(the sense of being made ridiculous)也概莫能外。一般说来,人宣泄某种无法直接摆脱的负面情绪的最有效方式是拉更多的人来一起承受这种情绪。就荒谬感而言,既然当事人认为自己迫于社会压力做了一些滑稽可笑的事,那么最直接的补偿办法就是迫使别人也做同样滑稽可笑的事了。落实到具体社会情境中,这种补偿可以通过两条途径来实现:一是向初入社会的新人施加压力,"报复性"地迫使他们也像自己一样接受一代代传下来的荒谬信条(换言之,原来有可能瓦解信仰的荒谬感现在却成了一种维护信仰的力量);二是想出各种办法骗人上钩,用恶作剧来把别人"整"得和自己一样滑稽可笑。前一种补偿方式我们已经非常熟悉,这里无须多谈;后一种由于与《傻瓜吉姆佩尔》的主题有非常紧密的联系,在此我们不妨结合该作品再对它

---

① Judy Little's remark, quoted from Susan Kubica Howard, Introduction, *Evelina: or, A Young Lady's Entrance into the World in a Series of Letters*, by Frances Burney, Peterborough, Ontario: Broadview Press, 2000, p.66.

追加一些说明。

《傻瓜吉姆佩尔》是篇读来会引发许多困惑的小说,这其中最关键的一个问题是,"它究竟是一个关于吉姆佩尔的故事还是一个关于弗拉姆波尔镇的故事?"①而若设作者的侧重点更多在后者的话——这也是本文所持的观点,那么他究竟要从老实木讷的主人公不断受骗上当的经历中反映出犹太社区怎样的特性呢?上文的分析其实已经为该问题提供了解答。弗拉姆波尔镇的居民并非如有些批评家所说的那样是一群疯子或恶棍②,他们之所以处处寻吉姆佩尔开心,说到底只是因为他们心中积累起来的荒谬感需要以愚弄别人的方式来获得宣泄和补偿。换句话说,他们对吉姆佩尔的愚弄事实上是他们自己在宗教信仰方面所受到的"愚弄"的一种夸张变形的镜像。这一镜像虽然夸张,但"现实"的轮廓在其中还是清晰可辨的。在现实中,由于教条无法用常理来解释,因此社区只能以大家众口一词的方式迫使入教的新人接受代代相传的说法;在镜像里,这就成了人们欺骗吉姆佩尔的惯用伎俩:大伙儿众口一词咬定某件荒唐事是真的,说得起初不信的吉姆佩尔最后也不得不信以为真,而后者一旦上钩,大伙儿又立刻翻脸,一起笑话他傻到居然连这种事都相信。有论者曾把吉姆佩尔的性格归纳为"相信别人告诉他的一切,不论这些事有多匪夷所思"③,而这恰恰就是现实生活中每个犹太人在信仰方面都不得不做的事情(在这一意义上,信仰的本质其实就是对荒谬的承受;承受度越高,持守信仰的能力就越强)。镇上人试图让吉姆佩尔相信的奇事大多与宗教没什么关系,也就是说,镜像和现实在一般情况下还是有区别的;但有时候,宗教里的某些话语实在是太适合充当恶作剧的材料了,以至于人们忍不住要直接拿它来测一测吉姆佩尔究竟傻到什么地步——比如下面这一例:

一个犹太教学堂的学生有一次来买面包,他说:"吉姆佩尔,在你用铲子

---

① Janet Hadda, *Isaac Bashevis Singer: A Life*, Madison:The University of Wisconsin Press, 1997, p.124.

② 如 Sheldon Grebstein 就把镇里其他人完全作为吉姆佩尔的对立面来看待,认为前者残酷、疯狂,而后者仁慈、心智健全。参见 Sheldon Grebstein, "Singer's Shrewd 'Gimpel'," in David Neal Miller, ed., *Recovering the Canon: Essays on Isaac Bashevis Singer*, Leiden, The Netherlands:Brill Academic Publishing, 1986, p.641.过于强调吉姆佩尔与弗拉姆波尔的对立,或者把他与社区割裂开来而单纯谈他身上的美德,只会遮蔽吉姆佩尔作为"意绪缓版人人"的典型性和代表性。

③ Edward Alexander, *Isaac Bashevis Singer: A Study of the Short Fiction*, Boston:Twayne Publishers, 1990, p.50.

刮锅的时候,救世主来了。死人已经站起来了。""你在说什么?"我说,"我可没有听见谁在吹羊角!"他说,"你是聋子吗?"于是大家都叫起来,"我们听到的!我们听到的!"接着蜡烛工里兹进来,用她嘶哑的嗓门喊道:"吉姆佩尔,你的父母已经从坟墓里站起来了。他们在找你。"(《辛》:2—3)

犹太教的圣书里不止一处说救世主要来、而他来的时候死人要复活①。这话究竟该不该信呢?每个开始学习自己宗教的犹太孩子恐怕都免不了要这么问自己。圣书是至高无上的权威,是生活中的一切规范的源泉,就此而言,它里面的话当然不会有假。但死人复活是多么不可思议的事!如果这个都信,那么世界上还有什么是不能相信的呢?可如果因为它太离奇而不信,那么圣书里还有很多离奇、无法解释的东西,这些是不是都不该信呢?如果是这样,那么到底还剩下哪些是可信的呢?到头来上帝是不是也不能相信了呢?这类困扰平时或多或少萦绕在每个人心中,如今却在一个宗教生活之外的场合被大伙儿转移到了吉姆佩尔头上。如果他不信,大家就会半真半假地斥责他连圣书都要怀疑;如果他信,大家则又找到了一个新的机会来笑话他傻。从这里我们不难看出,在嘲笑吉姆佩尔时,人们嘲笑的其实是投射在吉姆佩尔身上的每个人自己。

## 四

正如犹太人在社会环境的驱迫下像傻瓜一样接受了很多关于上帝的离奇教条,吉姆佩尔也在弗拉姆波尔镇男女老少的驱迫下做了很多本来绝不可能做的傻事,这其中对他影响最大、也最不可思议的一件便是他的婚姻了。

无论从哪个角度讲,埃尔卡都算不得一个能让人称心的结婚对象:论相貌,她走路一瘸一拐,头上常常散发出一股难闻的气味;论品性,她是个出了名的荡妇,带着个私生子,却谎称是自己的弟弟。镇上人拼命想把她和吉姆佩尔撮合到一起,说到底只是为了看一出免费的好戏。吉姆佩尔对此当然心知肚明,但无奈众人的压力实在难以抵挡:

---

① See Elaine Rose Glickman, *The Messiah and the Jews: Three Thousand Years of Tradition, Belief and Hope*, Woodstock, VT: Jewish Lights Publishing, 2013, p.70.

(他们)跟在我后面,几乎要把我外套的下摆撕下来了。他们盯住我谈呀谈的,把口水都溅到我的耳朵上。……我叫道:"你们是在浪费时间,我永远不会娶那个婊子的。"但他们义愤填膺地说:"你这算是什么话!难道你不害臊吗?我们要把你带到拉比那里去,你败坏了她的名声,你得罚款。"于是我看出来,我已经没法摆脱他们了,他们下决心要把我当作他们的笑柄。不过结了婚,丈夫就是主人,如果这样对她说来是很好的话,那么在我也是愉快的。再说,你不可能毫发无伤地过一生,这种事想也不用想。(《辛》:3—4)

以这样一种方式开始的婚姻照理说是很难持久的,但出人意料的是,在此后的日子里吉姆佩尔对埃尔卡的感情却与日俱增。当然,这并不是因为埃尔卡身上发生了任何向好的改变——事实上,她在婚后丝毫不收敛自己的性情,继续与别人通奸,还生下了一堆私生子,变化的只是吉姆佩尔自己;不知为什么,他被埃尔卡彻底迷住了,以至于对她身上再明显不过的缺点都视而不见了①:

她对我又发誓又赌咒,我没有对她感到腻烦。她有何等的力量!她只要看你一眼,就能夺去你说话的能力。还有她大声说话的样子!油嘴滑舌,出口伤人,不知怎么的还充满魅力。我喜欢她的每一句话,纵然她的话刺得我遍体鳞伤。(《辛》:8)

最后这句话在某种意义上简直就是吉姆佩尔二十年婚姻生活的缩影。在这二十年里,埃尔卡一次又一次做出背叛他的事,把他欺负得遍体鳞伤,而他却一次又一次迫不及待地原谅她,并一厢情愿地相信她养下的四女二男全都是自己亲生的骨肉。当然,埃尔卡临死前亲口把残酷的真相告诉了吉姆佩尔,但即便经历了这样的打击,妻子在他心中的美好形象也没有遭受任何减损;相反,随着时间的推移,这一形象经过他记忆的修饰甚至变成了一种神圣的精神寄托:

---

① 在《卢布林的魔术师》中,辛格把这种状态称为"被催眠"。催眠的实质是一个人"把自己的意志强加在另一个人身上"而另一个人也心甘情愿地接受之(《卢》:143)。催眠的基础是爱(《卢》:97),而一旦被催眠,这种爱会进一步升级强化:此时被催眠者会"不得不爱"并将"永远爱下去"(《卢》:199)。由于催眠大师雅夏是个有上帝般法力的人,辛格似乎是在暗示上帝对人的精神控制其实也是一种催眠。催眠者/被催眠者的关系亦即平斯克所说的主/奴关系(master/slave relationship),见 *The Schlemiel as Metaphor*, p.73.

> 我离开弗拉姆波尔已经好多年了。但一闭上眼睛,我就回到了那儿。你猜我看见了谁?埃尔卡。她站在洗衣盆旁边,像我们初次见面时一样。但是她容光焕发,她那双眼睛像圣徒的眼睛一样神采奕奕。她对我说些稀奇古怪的话,讲些奇异的事情。我一醒过来,就完全忘记了。但是只要梦不断做下去,我就感到安慰,她回答我全部疑问,她的话结果都是对的。我哭着恳求她:"让我和你在一起。"她安慰我,告诉我要忍耐。这日子不会太远了。有时她抚摸我,吻我,贴着我的脸哭泣。当我醒来时,我还感觉到她的嘴唇,尝到她的眼泪的咸味。(《辛》:20)

吉姆佩尔的爱最终上升到了一种准宗教式的崇拜,而他崇拜的对象居然是个一辈子对他刻薄寡恩的荡妇,这恐怕是吉姆佩尔一生留给世人最大的一个笑话了。不过细想一下,这个笑话其实也不像初看起来那样单纯地滑稽可笑。如果说吉姆佩尔深情地爱着一个自始至终欺骗他的女人是件很可笑的事的话,那么犹太人世世代代崇信一个对他们刻薄寡恩的上帝岂不就是一个更大的笑话了吗?这个上帝一次又一次地给犹太人带来灾祸(或者说,一次次对陷于灾祸的犹太民族见死不救),可犹太人依然矢志不渝地爱他崇拜他赞美他,这与吉姆佩尔一次次地原谅埃尔卡的背叛又有什么本质上的区别呢?我们难道不能说,"傻瓜般的犹太人被自己的上帝欺骗了几千年"吗?[①] 小说里被埃尔卡屡屡欺骗的吉姆佩尔在困扰中曾自我安慰道:"今天你不相信你的老婆,明天你就会不相信上帝。"(《辛》:12)在这句话里作者其实已经含蓄地点明了吉姆佩尔的婚姻与犹太人信仰之间的联系。前文曾指出,《傻瓜吉姆佩尔》中的故事可以看作现实生活的一个夸张镜像;作为这一镜像最重要的组成部分,主人公的婚姻所对应的现实当然就应该是犹太人与他们的上帝之间那段持续至今的奇异姻缘了[②]。吉姆佩尔的婚姻一开始不过是哄骗与威胁的产物,但在这一基础上,他心中却逐步生出了对埃尔卡的真爱。同样,我们也可以把犹太人在环境压力下接受的关于上帝的"人为信条"比作将人与上帝初步结合起来的婚姻枷锁;这一枷锁远非婚姻的全部,但缺少了这个基础,人对上帝的爱也就无所依托、无从生长了。

离开故乡小镇后,吉姆佩尔开始在各地云游,在此期间他"听到了大量的故

---

① 乔国强:《辛格研究》,上海外语教育出版社,2008年,第188页。
② 同样,雅夏对犹太教的态度也反映在他对妻子埃斯特的态度上;当他最后重新拥抱自己祖先的上帝时,他也回到了埃斯特身旁。雅夏一度想和信天主教的情人开始新生活,为此他曾打算改信天主教。

事",并且自己也慢慢获得了善讲故事的名声:

> 从这个地方到那个地方,在陌生的桌子上吃饭,我常常讲些永远不会发生的、不可信的故事:关于魔鬼、魔术师、风车之类。孩子们跟在我后面,叫道:"爷爷,给我们讲个故事。"有时候他们指明要我讲一些故事,我尽可能使他们满意。(《辛》:19—20)

吉姆佩尔成了辛格本人这样的故事大师,这看起来有点出人意料,但也并非不合情理:善于讲故事就是善于虚构,一个人既然能把丑陋不贞的悍妻美化为圣徒,他身上的虚构潜质一定非比寻常。当然,作为一个隐喻性人物,吉姆佩尔的虚构能力最终指向的还是犹太民族的集体虚构能力。犹太人集体虚构的产物是一套完整的关于上帝的信条。像任何缓慢形成的复杂事物一样,这套信条从局部看难免会有许多自相矛盾甚至荒诞不经之处,但作为一个整体,它的内在精神却是前后一致的。正如吉姆佩尔对埃尔卡的虚构发自并反映出他对妻子的眷恋,人关于上帝的虚构也发自人对上帝的爱并由这种爱所统摄。在这一意义上,我们其实可以把人为信条称作人对上帝的情感的"客观对应物"(objective correlative)。人对上帝的情感中有多少隐微曲折,关于上帝的虚构中就有多少不可理喻的地方。按照艾略特的说法,客观对应物的功能就是精确地唤起人心中潜在的感情①。要让上帝长存于一个民族的心灵之中,这个民族的每一代新成员都必须在自己的心灵中重新构建上帝的形象和对上帝的情感;在这一过程中,人为信条便是帮助他们重构上帝的线索和指南。

**方法谈**:

## 如何论述同一作家不同作品的共同之处?

我有个硕士生,说论文想写辛格。为了指导时不至于心虚,我也找了本辛格

---

① See T.S. Eliot, *The Sacred Wood and Early Major Essays*, Mineola: Dover Publications, 1998, p.58.

的短篇小说集来读,觉得很有意思,就又读了他的一些长篇。后来这个学生换了选题,没有再研究辛格,我倒是有了些阅读体会。经过一番思考和组织,这些体会便形成了这篇论文。这也可以说是教学相长的一个实例吧。

　　阅读中给我留下最深印象的辛格作品是短篇《傻瓜吉姆佩尔》和长篇《卢布林的魔术师》,这两部小说也被公认为辛格最优秀的作品,我当时考虑,如果要写论文,肯定就从这两篇中找个角度入手。但究竟写哪一篇呢?写论文聚焦于一部作品是最容易也最可靠的选择,次优的办法是以一部为主,兼及其他。事实上,我以前写论文时也基本上都是这么做的。不过这次有了个困难:如果单写一篇小说,文章很可能会有些单薄,而如果把两篇放在一起谈,那么这两篇小说的连接点究竟是什么呢?这两部作品确实都很优秀,但一个作家的两部优秀作品并不一定有很紧密的关系,如果我把它们硬扯在一起,这样一篇论文会不会缺乏说服力和整体感呢?因此,在动手之前,我需要首先考虑这两部作品到底有没有共同之处。

　　从表面上看,这两部作品似乎并没有太多主题上的关联。《卢布林的魔术师》讲的是主人公信仰的回归:雅夏脱离犹太社区已经很久,但中年之后的一些经历却让他对小时候的信仰重新产生了亲近感。另一方面,《傻瓜吉姆佩尔》则是一个民间色彩浓厚的故事,讲的是一个从小被周围人嘲笑的"傻子"坎坷而又离奇的一生。这样两篇小说之间会有什么共同之处呢?为了找到可能的联系,我又仔细阅读了这两部作品,终于想到了这样一个突破口:吉姆佩尔之所以被认为傻,是因为别人随便编一个谎,他都会信以为真。对于他来说,谎话的离奇似乎一点都不成为相信的障碍。而另一方面,让雅夏对传统信仰重新产生亲近感的一个关键因素是犹太教那些复杂的、含有象征意义的仪式,这些仪式在外人看来既烦琐又荒谬,但犹太人几千年来却严格地遵守它们,好像它们的烦琐荒谬一点都不成为恪守笃行的障碍一样。很显然,荒谬是这两部作品共同的主题,而荒谬在此又是与信仰紧密联系在一起的。荒谬与信仰构成了一对富于张力的概念,这对概念完全可以成为我的论文的基础。而且,一旦以此为基础,我在写论文时就可以把两篇小说放到同等地位了,因为它们谈的实际上是一个问题的两个侧面。如此一来,论文的思想和结构问题就都迎刃而解了。

　　找到了主题,接下来要做的是边写边进一步思考荒谬与信仰之间关系的问题。这一思考有两个方面:一是思考这个哲学问题本身,二是把这一思考与小说文本联系起来。脱离作品的思考当然不一定是无益的,但既然是写文学研究

论文,那还是需要落实到作品的具体解读上面来。信仰与荒谬的联系是宗教研究中一个非常重要的话题,我一直对这个话题很感兴趣,此前也有这方面的阅读,所以回过头看,我写这篇论文也是有一些思想准备的。辛格对于我来说是一个新题目,但宗教却不是,可以说,辛格实际上是给我此前的一些思考找到了一个合适的表达渠道。我远谈不上是辛格研究专家,但我有时觉得,只要有兴趣有心得,什么题材都应该可以写。归根到底,文学评论是一门思想的艺术,从业者不应该处处画地为牢,为自己标出一些不必要的界限。

还有一点也值得一提。辛格是一位文风非常活泼的作家,我在写关于他的论文时也竭力想让自己的文风变得活泼灵动一些,也就是说,让我的论文风格尽可能地去适应辛格的写作风格。解读一个活泼作家的论文的文风如果过于死板、过于追求学术性,是不是会对解读本身造成负面影响呢?我觉得会。总的来说,我更希望我的文章是一种轻松会心的"评论",而不是太一本正经的"研究",这也是我在写其他文章时追求的一个目标。

# 美国后现代主义小说与
# 田园话语的颠覆*

戴桂玉**

**内容提要**：美国后现代主义田园讽刺小说中反映的文学生态与"自然写作"中表现的田园场景截然不同。后者沿袭传统田园话语，表现"自然"的和谐、神秘、壮美和统一，激发人们对自然的虔诚、崇敬和敬畏之情，以此来唤起人们保护自然、维护环境的意识。而前者却运用仿拟、置换、戏弄和颠覆的手法，打破能指与所指之间的固定关系，戏仿田园话语的陈词滥调，讽刺传统田园神话，嘲讽自然的纯洁性和有机整体性的假想，反讽美国重获"伊甸园"的理想，旨在动摇美国傲慢自负的田园意识形态嫁接在其上的美国主体性的根基，同时揭露"技术污染"给世界带来的危害和经济理性主义给人们带来的文化泡沫、道德污染和生态掠夺。本文通过分析布罗提根的《美国钓鲑记》、索恩蒂诺的《蓝色田园》和巴塞尔姆的《玻璃山》三篇小说中田园反讽手法的运用，来揭露环境恶化和生态危机给意识形态和生态主体身份造成的恶果。

**关键词**：田园话语；反讽；环境恶化；生态主体性

自从爱默生发表《论自然》（1836）以后，"自然的国家"[①]这种话语就反复出现在人们对"美国"的想象中，通过不断复制和赘述这种美国"田园意识形态"，美

---

\* 原载《外国文学评论》2011年第4期，第76—86页。本书收录时略有修改。

\*\* 戴桂玉，广东外语外贸大学教授，博士生导师。2000年毕业于上海外国语大学英语语言文学专业，获得文学博士学位，英国兰开夏大学访问学者。主要从事英美文学文化研究，主持和完成一项国家级"经典中国国际出版工程"项目、三项广东省哲学社会科学项目和一项广东省"211工程"三期重点学科建设重点子项目。出版专著5部、编著3部，在《外国文学评论》《外国文学研究》《外国文学》《学术研究》《外语与外语教学》《外语教学》等学术期刊上发表论文50余篇。

**联系方式**：广东外语外贸大学，邮编：510420。Email：dgy@mail.gdufs.edu.cn。

① Perry Miller, *Nature's Nation*, Cambridge, Ma：Belknap/Harvard University Press，1967.

国被表现为一个繁茂的、葱绿的、田园的、甚至荒野的国度。这种刻画固然美好，却使美国人在意识形态上受到其先辈们的制约。在寻求爱默生所主张的"保持一种与宇宙的原始联系"①中，美国主流文化的赞同者和反对者都不得不"在历史枯骨堆里胡乱摸索，或者偏要把活人推进满是褪色长袍的假面舞会"②。二战后，美国小说一直受到田园文学持续的影响，其"反复出现的主题之一，就是通过空间运动，即通过空间方式来阻止时钟旋转，在时间上回到过去，以重获天堂"③。不过，田园书写具有非凡的顺应力，在与意识形态的共鸣中，既能呼应也能抵抗既定话语。"自然写作"努力表现"自然"的纯洁、神秘、和谐与统一，旨在激起读者对"自然"的崇敬、敬畏和虔诚之情，并让人们沉浸于虚幻的田园极乐世界中，满足于田园怀旧情怀。虽然这种写作的确有助于巩固生态批评话语中的"道德高地"，即维护自然的纯洁与荣耀；但是，后现代主义田园讽刺小说却通过怪诞离奇的手法，表现在后现代"不确定"的时代里，当传统田园安乐之所面临置换和毁灭之时，强行恢复田园价值的荒诞性和不可行性；同时，这类小说还揭露"技术污染"给世界带来的危害和经济理性主义给人们带来的文化泡沫、道德污染、生态掠夺等，以增强人们的生态危机意识。

本文通过分析美国作家布罗提根（Richard Brautigan）的《美国钓鲑记》、索恩蒂诺（Gillbert Sorrentino）的《蓝色田园》和巴塞尔姆（Donald Barthelme）的《玻璃山》三篇小说，分析环境恶化、生态主体性和后现代主义小说之间的关系，揭露生态危机给意识形态和生态主体身份造成的恶果。

## 一、《美国钓鲑记》

布罗提根的《美国钓鲑记》(*Trout Fishing in America*，1967)一书由 47 篇随笔式散文组成，通过对作者布罗提根童年时生活的美国大西洋北部、成年时生活的旧金山及露营旅行的爱达荷州的描绘，呈现了病入膏肓的美国荒野。从小说反讽的田园悲观主义叙述声音来看，我们可以把该小说理解为对 20 世纪 60 年代反复出现的田园情感神话和语言的反思。

---

① Ralph Waldo Emerson, *Essays*, *First and Second Series Complete in One Volume*. Ed. Irwin Edman, New York: Crowell, 1926, p.1.
② Ralph Waldo Emerson, *Essays*, *First and Second Series Complete in One Volume*, p.1.
③ Frederick R. Karl, *American Fictions 1940 - 1980: A Comprehensive History and Critical Evaluation*, New York: Harper and Row, 1983, p.7.

书中"美国钓鳟"(Trout Fishing in America)这一动名词短语有多重指涉，变化无常：既用来做书名、人名、旅馆名，还用来指钓鳟行为本身。但它表达的不是一个完整的符号系统和意义模式，而纯粹是一个概念，没有真正的谓语"垂钓"和宾语"鳟鱼"，也没有环境词"溪流"。小说主人公在历经磨难、苦苦寻求的过程中多次遭遇的是"鳟鱼"这一能指的空虚，看到的是浮满绿色黏液、黄色浮渣、数条死鱼的池塘，这与浪漫田园景色和生机勃勃的自然格格不入①。"美国钓鳟"一词最终"僵化成一个石化的短语"②，"在寻找原生态自然的真实体验中，小说人物从水里钓上来的只是美国过去的碎石"③。此书与海明威小说《大二心河》(1923)中尼克在溪流钓鳟的场景形成鲜明对照：

> 鱼映着阳光，一派耀眼，尼克定了下神才看清鱼正在凤尾草里欢跳打滚呢……仔细一看，鱼背好深的皮色，遍体的斑点是那么乌黑透亮，鱼鳍的边上更是一派色彩鲜明。那鱼鳍的边缘是白晃晃的，靠里边镶着一道黑线，到鱼腹部分是一片可爱的金色，宛如晚霞一般。
>
> ……
>
> 尼克用左手握住钓丝，把正在疲乏地逆着流水撞击的鳟鱼拉到水面上。它的背部斑斑驳驳，颜色像透过清澈的水望见的水底砂砾，它的肋腹在阳光中闪光。尼克用左胳臂挟住了钓竿，弯下身子，把右手伸进流水。他用湿漉漉的右手抓住了始终在扭动的鳟鱼，解下它嘴里的倒钩，然后把它抛回河里。④

上面场景中，我们看到的是欢跃的鳟鱼、灿烂的阳光、清澈的河流，给人一种舒滑、惬意、怡情和振奋的感觉。尼克可以最大限度地放开感官，用身体去接触自然，用心去感悟自然，用情去爱抚自然。

与海明威这种对大自然抒发爱意和情感的诗性文本不同，布罗提根的《美国

---

① 参见 Richard Brautigan, *Trout Fishing in America*. London: Jonathan Cape, 1967, pp.43-44. 后文出自同一著作的引文，将随文标出该著作简称"*Trout*"和引文出处页码，不再另注。

② Neil Schmitz, "Richard Brautigan and the Modern Pastoral," In *Modern Fiction Studies*, 19.1 (Spring 1973), p.122.

③ William L. Stull, "Richard Brautigan's Trout Fishing in America: Notes of a Native Son," in *American Literature*, 56.1 (Mar. 1984), p.68.

④ 海明威:《海明威文集——短篇小说全集》(上册)，陈良廷等译，上海译文出版社，1995年，第252—253页。

钓鲑记》让我们认识到,这种阳光、流水、鲑鱼组成的诗境般的画面早已成为过去,成为现代人渴望的田园神话。对大自然和高雅户外活动的向往现已成为一种贪欲。通过讲述自己多次在美国钓鲑的经历,《美国钓鲑记》的叙述者以反田园的口气质疑对荒野和户外活动的崇拜,自嘲所谓"自然的国家"的傲慢自负,讽刺美国关于主体性、社会活动和日常习俗的老套主张。"美国钓鲑"这一短语的反讽在于,当自然似乎濒临灭顶之灾时,美国田园话语仍被恶性循环地使用,这暗示出,现存环境状况(其特点是毒气污染、核能辐射、水土流失、物种稀缺等)与美国田园理想之间存在着巨大鸿沟。

"美国钓鲑"作为田园意识形态的一种话语力量,深深扎根于小说叙述者主体性肇端之前的记忆中:"孩提时我是什么时候第一次听到美国钓鲑?是从谁那里听到的?"叙述者模模糊糊想起酗酒的继父曾经谈到"一种珍贵的、聪明的金属","一种来自鲑鱼的钢,用于建造房子、火车和隧道……想象匹兹堡吧……鲑鱼安德鲁·卡内基。"(Trout:3)这种怪异的传说不仅沉淀在叙述者的意识中,也深埋在美国人的主体意识中,成为他们追寻鲑鱼垂钓的动因,也导致美国人造风景的形成。例如,书中后来提到,移植的鲑鱼溪流和瀑布景观被一英尺一英尺地划分出卖,包括树、鸟、花、草和蕨类植物,只是象征性收费。(Trout:104)叙述者对这一事件反响特别强烈,因为他小时候有一次钓鲑,错把一段木梯当作瀑布。(Trout:4)因此,美国钓鲑这一常规田园话语在意识形态和自然景观方面导致的是自然景观的"移植"或自然风景商品化,而不是对"自然"状况本身的关注。作者的"田园书写"明显是在戏弄和颠覆美国传统田园规范。

小说中插话式的叙述看上去毫无目的,随意漫谈,但通过对毁灭的风景、污染的河流、变态的神话、破灭的希望、堕落的价值、死亡的肉体和沮丧的精神的描述,作者暗示,"在人们追求自以为是私人天堂的过程中遭遇的却是某些丑恶和荒谬的东西"①。因此,小说讽刺回归自然的理想,揭露美国田园意识形态中的一种"虚假欲望";理想中的田园只是虚无的存在,"美国钓鲑"已不再是田园享乐,只不过是俗套的美国田园传统的机械性延续,带给人们更多的是欲求的现实,而非需求的满足。把意识形态强加的欲求当作自我个人的欲求去不断地追逐,不仅不能建构人们的生态主体性,反而会使人们在虚假的追求中丧失其生态

---

① Jonathan Raban, *For Love and Money: Writing/Reading/Travelling 1968 - 1978*, London: Picador, 1988, p.244.

主体性,最终成为商品化自然的消费者和原生态自然环境的破坏者。

## 二、《蓝色田园》

跟布罗提根的《美国钓鲑记》一样,索恩蒂诺的《蓝色田园》(*Blue Pastoral*,1983)没有体现任何"自然的荣耀"和"自然生态神奇而壮美"的田园风景,而是表现了与传统田园模式完全不同的当代美国多模态田园形式。小说命名为《蓝色田园》而非《绿色田园》就暗示,如同没有单一的美国声音和视角那样,也没有确定的田园模式。小说中的田园话语表现的是空虚的修辞,或滑稽可笑的政治、经济、性爱的游戏。它讲述了音乐家布鲁辞掉工作,与妻儿追寻虚幻的田园理想的故事。

《蓝色田园》不时流露出反田园倾向,表现老套的、类型化的乡村白痴行为、愚昧观念或性变态[①],使人对乡村概念产生相反的联想。比如,作者把主人公放在"落满树叶的郊区。"(*Blue*:79)但即使在这里,布鲁和海琳也会感受到意识形态的影响:在树林周围的奇怪声音中,他们觉察到一种远处的声音"像弥漫着有益杀虫剂气味的山涧溪流那样变得越来越清晰"(*Blue*:76),那是新闻广播在支持右翼事业,如"支持耶稣同盟会的野生动植物保护"(*Blue*:24)。这种描述起着反田园和反美国官方田园话语的作用,暗示农药污染无孔不入,玷污大好河山;政府对野生动植物保护无能为力,人们只能诉诸宗教事业。当布鲁和海琳偶然来到一个迷人的地方时,他们看到当地推动旅游的宣传册,里面充满"强大和玫瑰色的美国"(*Blue*:260)这类诱人字眼,却都是空洞的许诺或惊人的反讽:

> 空气对于肺病和抗平滑肌抗体非常有好处,只要风不是顺着迅速发展的、骄傲地给沉睡的小村庄带来进步成果的核电厂刮来的。然而电力公司的专家证实,研究表明如果你是顺风,那就不会没有恩惠了,接触一点点空气中的辐射就可以在健康上杀死所有泥土和脏垃圾中的原子,以及蟑螂和蝎子,还有山猫、狼和其他喜欢吃露营者和家养宠物的野兽。(*Blue*:257)

---

① 参见 Gilbert Sorrentino, *Blue Pastora*, San Francisco: North Point Press, 1983, pp.208-214.后文出自同一著作的引文,将随文标出该著作"Blue"和引文出处页码,不再另注。

在这块"迷人的土地"上,贫穷、无聊、不满或智能低下的居民不得不从外面提水饮用。但他们却仍然虚幻地安慰自己,"远离嘈杂的城市多好啊,在城里是不可能抒发情感和描绘壮丽山峦的"(Blue:262)。尽管当地人这样骄傲地自夸,叙述声音却挖苦地说道,"当你观看山峦上的日落时",看到的就像"粗糙土坯墙上闪烁的火光"(Blue:262)。这样的景色没有任何崇高之处。

由此可见,田园修辞所激发的幻想具有反讽和讽刺的特性。这部小说中,田园反讽主要源于"技术污染",即技术弊端给自然和生命带来危害,而小说人物虽身受其害,却不以为意。但读者不得不反思,为什么原来的青山绿水会变成如今的穷山恶水?这不就是"科技""发展"造成的吗?这种以牺牲自然环境和人类健康为代价的"发展"之目的何在?艾比指出,其真实目的有二,一是满足贪欲,二是保持、巩固和强化既得的权势利益①。人类改变、开发和征服自然为的是掠夺资源,获得财富,享受发展、富裕和进步的愉悦。为了追慕奢华、满足欲望,发达地区、富裕阶层、城市居民占用和消耗过多的有限资源,造成资源分配不公和贫富悬殊。同时,不发达和欠发达地区、农民、少数民族、有色人种为了争取社会公正、摆脱种族贫困,也要谋求发展,开发利用资源,参与生态掠夺,结果加剧了全球生态危机。一些寡头政客、银行家、企业家、开发商、地产商更是"为发展而发展;为权力而权力"②,只顾短期利益,根本不考虑自然的承载力和子孙后代的命运。

可是,自然并不是人类政治或意识形态的被动受害者,或沉默无声、丧失主体的人类文化的工具,而是一个随着政治风向和意识形态变化而变化的说话主体和积极行动者。由于人类的干预,自然世界也会在人类领域,甚至在人体内部进行干预③。因此,当技术弊端给空气和水源带来污染时,自然环境就会恶化,就会给人类带来疾病和痛苦;当科技发展干扰自然进程时,物种就会变异,资源就会枯竭,最终给人类带来生存危机。这种对人类的摧残和报复,就是自然对人类社会实施的主体性。因此,人们必须"把对人的福祉的特别关注与生态考虑融为一体","不要再让人类从属于机器,不要再让社会的、道德的、审美的、生态的考虑从属于经济利益"④,而要在尊重大地、谨循自然进程的前提下,更安全、更

---

① Edward Abbey, *The Monkey Wrench Gang*, Philadelphia: J. B. Lippincott Company, 1975.
② Edward Abbey, *The Monkey Wrench Gang*, p.61.
③ See Lawrence Buell, *Writing for an Endangered World: literature, Culture, and Environment in the U.S and Beyond*, Cambridge: Belknap, 2001, p.46.
④ D.R.格里芬:《后现代精神》,中国编译出版社,1998年,第3页。

健康、更闲适、更和美、更诗意地栖居在地球上。如果为发展而发展,去迎合城市化、现代化、工业化的需要,或满足少数群体的权势利益,人类将永远失去从前那美丽、纯洁和宁静的家园。

为了揭露"科技""发展"所带来的恶果,索恩蒂诺在《蓝色田园》中向我们展现的是一幅幅现代田园场景。它们早已失去19世纪浪漫田园风光的生机、美丽、纯洁和浪漫,我们看到是沙漠般色调的景象:"沙丘像法西斯电影明星的牙齿那么闪亮……小山像与石油公司签署的放弃公共领地的合同那样白……白的就像一颗核弹蘑菇云似的。"(*Blue*:276)作者还用一系列颜色来反讽恶化的自然环境和社会状况,如,"钱的甘美绿色"、"辐射损害身体的浅红色"、橙剂、黄色的健康烟雾、褐色的"大草原雾霭"。"无数吨黄油在冷冻库里腐坏";橘子树的阴影像凝固汽油弹似的"快乐地蔓延";"无数橘子被推土机碾烂掩埋,使得黑人无法得到它们"。蓝色的阴影"使人想起象征着我们骄傲的、一本正经的文明东西",如"劳斯莱斯轿车排放出来的芳香尾气";"数吨屎粪从我们城市、乡镇和村庄下面滚滚泻入河流和大海","匹兹堡的上空微光闪烁";还有那"使人想起烟雾、钢铁和战舰"的黑色。①

通过把美国与大规模社会和环境非正义象征性地联系起来,美国传统田园概念被有效地摧毁。索恩蒂诺对田园的讽刺和颠覆还潜藏着一种强烈的批判因素,隐含地谴责烟雾、废气、核辐射、垃圾污染、生态掠夺、种族贫困、社会不公,等等。这说明后现代主义作家已开始把田园手段从纯文学指涉框架转向更广阔的社会和生态语境,去触及和批判一些严重的生态和社会问题。书中还嘲讽田园幻想的制度化和政治化,比如,书中第13章通篇充斥渲染田园幻想的政治演讲,让人们接受这样的意识形态:享受田园风景是每个美国公民的特权,是一种责任和义务。结果导致无数郊区家庭骑着摩托车或驾着豪华拖车去户外垂钓和狩猎。然而,在一个环境恶化、自然风景人工化、田园生活商品化的社会里,自然已经成为一种消费符号;人们更关注的是自然作为能指的符号,而非自然本身;在消费金钱、消费欲望、消费虚荣、消费闲暇的过程中,人们更多寻求的是一种社会认同感和美国身份感,政府则以此对市民社会实现有力的社会控制。因此,《蓝色田园》反映出美国田园"意识形态的多种意义性",即田园隐喻可以在官方层面上用来使某些生活方式、态度、政策和机构

---

① See Gilbert Sorrentino, *Blue Pastora*, pp.276 - 280.

合法化,也可以被人们用来批判它们①。

虽然《蓝色田园》中的田园意象蕴涵着不同的政治和道德观点,但是小说文本并没有给予任何这种提示和凸显,相反,小说通过仿拟、讽刺和反讽,把任何这样的政治观点和"道德高地"的话语基础无情地摧毁。人们很难在这样的文本消遣中察觉一种道德寓意,因为书中到处是片段的语言、省略的句子、混合的概念和多重交错的指涉。但是通过对田园话语的颠覆,作者把已经存在的生态状况加以扭曲和夸张,旨在揭露技术污染、大规模资源消耗和垃圾废气的排出正在给世界带来一种神秘的颠覆:人的主体性、语言和生活本身都在迅速沦丧。总的来说,《蓝色田园》还是一部田园小说,至少是田园形式的多模态反常变化,展现的是一幅幅丧失"纯洁性和有机整体性"的田园风景。

## 三、《玻璃山》

如果说《蓝色田园》中田园话语的能指和所指之间还有一些反常变化的关系,那么巴塞尔姆的小说《玻璃山》("The Glass Mountain", 1970)中田园话语的能指和所指之间的关系就完全模糊、错位或缺失,因为它呈现的是传统田园模式的彻底颠覆:一个充满田园修辞却丧失田园场景的后工业社会,人们身处后现代生存环境中却渴求传统田园世界。小说中戏谑的语言、荒诞的内容、无序的环境、虚无的现实、破灭的理想、绝望的追求有效地揭露了工业文明和技术进步给自然、社会、精神和生态主体性等方面带来的破坏。

这种文明和进步所带来的困境和灾难早在科尔的《美国风景散文》(1836)一书中已有预示,例如:"在俯瞰未经耕作的风景时,想象中看到的是遥远的未来。在这野狼漫游、耕犁闪耀的地方;……在这人迹罕至的荒野,伟大的业绩即将开始;而未出生的诗人将要赞美这片土地。"②这一美国风景表达了一种对即将失去的伟大荒野的怀念和对未来难以抑制的渴望的矛盾情怀。这是19世纪美国人在同时崇拜"自然"和拥抱"发展"的过程中,对美国风景流露出的难以两全的

---

① See Lawrence Buell, *The Environmental Imagination: Thoreau, Nature Writing, and the Formation of American Culture*, Cambridge, Ma: Belknap/Harvard University Press, 1995, p.42.
② Thomas Cole, "Essays on American Scenery," in *The American Monthly Magazine*, New Series, 1 (Jan. 1836), pp.1-12, *Reprinted in American Art 1700-1960: Sources and Documents*, Ed. John W. McCoubrey, Englewood Cliffs, NJ: Prentice-Hall, 1965, pp.98-110.

心态。以"自然的国家"自诩的美国必须同时效忠"自然"和"发展",结果使其效忠一分为二。这就是美国主体自相矛盾的所在。与之相应,田园风景就不是调和"自然"与"发展"的场所,而是论争到底什么是意味着"美国"的场所。这种田园能指的歧义说明美国身份的根本两重性①。

《美国风景散文》中流露的踌躇语气暗示,自然风景的丧失是文明进程的必然后果,是换取进步的合理牺牲。技术进步不可避免地为自然风景、也为人类心灵敲响丧钟,美国的命运可想而知,但是这种显然的命运却一直未受到干预。在不断追求所谓的"发展"中,美国人放弃自然和田园,却仍然沉迷于"自然的国家"的傲慢自负中。从超验主义时期的"自然崇拜",到工业革命后"自然场景的消退",再到后工业化时代的"环境意识"的形成,美国文化身份意识中一直存有一种"田园"情结。

这种"田园"情结在巴塞尔姆的《玻璃山》中得到夸张、扭曲和极端的表现。小说戏仿安德鲁·朗的经典童话《玻璃山》,描绘"我"为了寻找某种象征符号而奋力攀登玻璃山,可最终找到的却是一个美丽的公主,因而愤然把她摔死的故事。小说大量使用传统田园用语,如玻璃山、夜莺、老鹰、城堡、公主,但它们却分别指涉摩天楼、飞机、直升飞机、楼顶、象征物。这些田园话语中的能指与现代话语中的所指之间没有任何逻辑联系,而是一种置换或错位的关系,暗示美国传统田园乐土早已消失殆尽。但是美国意识形态却仍然无法舍弃其俗套的田园修辞,而人们也无法淡忘那过时的"自然的国家"的美国身份。所以,"这个城里的每个人都知道玻璃山。住在这里的人都讲述它的故事",游客们带着田园怀旧冲动,慕名前来观赏"玻璃山"②。虽然这座"山"(摩天楼)已非真实田园世界中的高山峻岭,至少还带有"山"字。

随着故事中心意象"玻璃山"指涉的错位,"山"下的现实世界也完全错位。"数百名年轻人从门道里,从停着的汽车后面涌上街头"(暗示城市车满为患,人口膨胀);"有人因砍伐树木被逮捕。一排榆树拦腰折断,躺在大众汽车和勇士汽车之间",老人们孤独地以狗为伴,人行道上满是五颜六色的狗屎;一群人"在倒下的爵士中穿来穿去,搜寻戒指、钱包、怀表、馈赠女士的纪念品",甚至"从尚未

---

① See Chris Coughran, "Sub-versions of Pastoral: Nature, Satire and the Subject of Ecology," p.16.
② Donald Barthelme, "The Glass Mountain," in *The Norton Anthology of Short Fiction*. Ed. R. V. Cassill, New York: W.W Norton & Company, Inc. 1978, p.43.后文出自同一著作的引文,将随文标出该著作简称"*Glass*"和引文出处页码,不再另注。

咽气的爵士们口中撬出金牙";街上是举止粗鲁的行人、冷血好事的看客、麻木不仁的人群、无所事事的游客。(Glass:43—45)面对这见怪不怪的丑陋、恐怖、荒诞、离奇、冷漠、无聊的现实,主人公"我"手持橡皮吸盘,脚绑登山脚扣,四肢并用,正在攀爬"玻璃山"。"我"何许人也?显然,"我"是一个不满现实,有理想、有追求的脱俗之辈。"我"是一个新来者(文中重复4次),怀着信仰似的渴望前来攀爬"玻璃山",不是为科学,也不是为名利(Glass:44),而是为了自己一直笃信的田园理想,为了重获失去的伊甸园。

但是,任何理想、崇高和神圣都离不开世俗的侵袭和篡改。"玻璃山"再高耸入云,也不过是一座摩天楼,守护山顶金堡(楼顶)的秃鹰也不过是一架直升机(其双眼是由两颗闪耀的红宝石做成);从"我"身边飞过的是一群脚上系着交通灯的夜莺(飞机——暗示所有在传统上象征意义的符号已成为具象的标识);金堡里面美丽迷人的象征物(圣物——激励"我"奋勇攀登的精神支柱)也不过在瞬间变成一个美丽公主(Glass:44—46)(俗物——在现代语境中已丧失其真、善、美的传统象征意义;暗示任何意义都是延宕变化的),而奋勇攀爬"玻璃山"的爵士们也都不过是一群贪色之徒。由此可见,"玻璃山"并不是一块净土,它同样是一个机器主宰、环境污染、道德沦丧的后现代生存环境。"我"笃信的田园世界只不过是虚无的存在,一旦揭开其神秘的面纱和暴露其荒谬的本质,"我"立刻感到自己被理想和信仰捉弄,这就是为什么"我"最后愤怒地把人偶似的公主扔下山崖的原因。

《玻璃山》向我们展现的是一幅自然生态、社会生态和精神生态面临危机的美国后资本主义社会的画面:过去那种"野狼漫游、耕犁闪耀"的"自然的国家",以及那种和谐、安宁、欢乐的田园生活已了无踪影。这就是科技进步为自然风景和人类心灵敲响的丧钟。然而,人们越是意识到这种可怕的生态前景,他们的怀旧冲动就越强烈,就越想强行恢复传统田园价值,结果其生态主体性就变得越荒谬离奇。这就是生态批评解读下《玻璃山》的黑色幽默所在:在全球资本愈加有利可图的情势下,后资本主义社会、政治、经济秩序所造成的经济理性主义(一种最大化的消耗能源的文化教条)只会促使人类更加肆意挥霍,导致文化泡沫、道德污染、生态掠夺和地球热力逐级上升,重返田园生活的理想和行为只会变得更加虚无缥缈和荒诞不经。如果人类不从根本上去质疑、削弱、干预和颠覆既定的后资本主义政治经济制度,人类将永远失去身体和心灵的栖息地,这将是美国和整个世界不得不面对的厄运。

在田园神话一去不复返的时代,唯一坚定的伦理选择就是承认所有无意义的偶然性中发生的生态灾难,无条件地承担责任;无论是谁,都该担负责任。这"与其说是信念的飞跃,不如说是怀疑的飞跃。如果没有反讽意味、幽默感和对语言虚幻游戏的敏感性,我们能成为环境主义者和环境主义作家吗?只要对环境抱有热情,就会有更多的信心去对环境、环境艺术和美学表示真诚的怀疑,而不是执迷于过去的关于自然的信条"[1]。因此,后现代主义写作放弃"自然"的概念,抛开幻想,接受现状,直面未来无法预测的生态灾难,并将其夸大和扭曲,意在醒世骇俗:不能再对生态危机熟视无睹。如果我们能认清当下的生态状况,就有希望,就有所为。

二战后,美国在后资本主义主体性驱动下迅速扩大商品和资本市场。在国外,它不断向第三世界国家进行资本输出、技术侵略和产业转移,为的是调整产业结构,扩大消费需求,赚取更多利润,更主要是利用廉价劳力,消耗他国资源,迁移环境污染,转嫁生态危机。这种"生态自私"必然导致生态非正义[2]。在国内,通过推行富裕文化、消费文化和占有文化来引诱、刺激消费,以保证经济持续增长,由此消耗掉的能源数量庞大,产生的垃圾堆积如山,造成的精神危机前所未有。在这种异化的消费社会里,自然和田园景观也成为文化产业,纳入市场运作。自然风景商品化、田园场景模拟化使自然成为一种消费符号,结果自然变成文化、文化变成商品、商品变成金钱。面对如此荒诞的生态困境,环境文学批评崇尚"自然写作",希望通过赞美自然来寻求虚幻的原始本真,这似乎是在向我们当代恶化的生态状况妥协,而且,即使主流生态批判勉强同意田园修辞中意识形态的歧义,也往往抱着环境温和的态度设法维护美国文学传统。但是,像索恩蒂诺、布罗提根和巴塞尔姆这样的后现代主义小说家,却对传统话语模式表现出极大不满。他们通过黑色幽默、戏谑反讽、仿拟置换等手法,颠覆传统田园话语,打破"舒适的美国场景",即一种根深蒂固的田园价值,在生态学初现端倪之际,就开始触及什么是意味着"美国化"和"美国主体性"等问题。这些作家不仅揭露了美国田园意识形态的傲慢自负,而且直接或间接地质疑和破坏了美国后资本主

---

[1] Timothy Morton, *Ecology without Nature: Rethinking Environmental Aesthetics*, Cambridge, Ma: Harvard University Press, 2007, p.204.
[2] 参见王诺:《欧美生态批评》,学林出版社,2008年,第116—126页。

义主体性。他们的作品鼓励了一种后现代主义"没有自然"的文学生态学①,同时也激发读者对丧失自然的生态困境的深刻反思和醒悟。

 **方法谈：**

## 如何从理论著作中获取论文灵感？

长期以来,国内外学术界对美国后现代主义小说的研究主要局限于探讨其艺术形式、叙事手法、文本模式、语言策略,及其文化、政治潜文本、道德意识、革命性解构本质、现代性批判等;主要涉及其元叙事、拼贴、仿拟、置换、戏弄、颠覆、漫画式人物、黑色幽默等典型手法的运用,旨在揭示其"不确定性"和"内在性"的典型特征。但我在阅读一些后现代主义鼎盛时期的小说时,发现小说家们时常通过黑色幽默、戏谑反讽、仿拟置换等手法,来颠覆传统田园话语。他们是在指涉什么？他们的诉求是什么？其目的何在？我当时不知所以然。后来看了蒂姆·莫顿（Timothy Morton）的著作《没有自然的生态：重新思考环境美学》(*Ecology Without Nature—Rethinking Environmental Aesthetics*),受到了启发,尤其书中的一些概念如"美丽灵魂综合征""生态模仿""生态主体性""生态消费主义""幽暗生态学"让我茅塞顿开,使我认识到原有生态批评中存在的矛盾、困境和不足,重新认识了"环境书写""自然写作"中生态模仿的实质、"自然"概念的虚构性以及美国后现代主义小说的田园话语反讽的特性。可见,阅读一本相关的理论书籍,掌握其中的关键概念,领悟书中的要旨,能让人开阔眼界,活跃思维,产生灵感。

掌握了新的批评理论,研究中就有了新的理论依据和视角,但是在理论的运用中,绝不能生搬硬套;不能只是戴着理论的帽子,喊着理论的口号,却不能把理论融会贯通于文学文本分析中。我在运用理论分析文本时,尽量避免直接套用相关理论和概念,而是把相关概念作为指导思想贯穿于每个层面的分析,就像用一根绳子串联每一个分析环节,使其成为有机的整体。读者可以从具体例证分析中感悟到要表达的概念和思想,这样可以产生一种"随风潜入夜,润物细无声"

---

① See also Timothy Morton, *Ecology without Nature: Rethinking Environmental Aesthetics*, pp.140–205.

的效果。当然,在论述和阐释中不能囿于既定理论,有必要使其延展、丰富和升华,并产生自己的见解。例如,我在运用"生态消费主义"这一概念时,就得出自己的观点:"在这种异化的消费社会里,自然和田园景观也成为文化产业,纳入市场运作。自然风景商品化、田园场景模拟化使自然成为一种消费符号,结果自然变成文化、文化变成商品、商品变成金钱。这不仅削弱和误导了人们的生态意识,而且扭曲和颠覆了人们的生态主体性。"

在梳理好研究思路之后,该如何谋篇布局、如何阐述和论证、是用归纳还是演绎的方法,这些也是论文撰写中必须考虑的问题。我的论文开始采用的是演绎的方法,即先把观点摆出来,然后再从文本中选取例证进行解释。这种方法开门见山、一目了然,而且逻辑性很强,但是太直白,不能引人入胜。因此,我又改用归纳的方法,先摆事实,然后讲道理,做总结,这样会激发读者的思考,让读者参与文本分析,给人一种曲径通幽、柳暗花明又一村的感觉,最后达到意想不到的境地。

论文《美国后现代主义小说与田园话语的颠覆》的论述层次是:

**1. 引言**:阐述美国田园话语的历史渊源及其对"自然写作"生态模仿的影响,以及后现代主义田园讽刺小说与"自然写作"的不同特性。

**2. 正文**:通过具体小说文本分析来阐述后现代主义小说田园话语的反讽特点:

(1)讽刺田园话语作为田园意识形态的一种话语力量,给生态主体性造成的恶果;

(2)把田园书写从纯文学指涉框架转向更广阔的社会和生态语境,去触及和批判一些严重的生态和社会问题;

(3)用田园能指的歧义和错位来指涉美国主体的自相矛盾和美国身份的两重性,以及强行恢复传统田园价值所导致的自然生态、社会生态和精神生态危机。

**3. 结论**:美国后现代主义小说颠覆传统田园话语,打破"舒适的美国场景",即一种根深蒂固的田园价值,在生态学初现端倪之际,就开始触及什么意味着"美国化"和"美国主体性"等问题,不仅揭露了美国田园意识形态的傲慢自负,而且直接或间接地质疑和破坏了美国后资本主义主体性,鼓励一种后现代主义"没有自然"的文学生态学,以激发读者对丧失自然的生态困境的深刻反思和醒悟。

论文撰写给我带来的体会是:文学文本是一个意义版图,具有潜在的爆发意义,要根据相关理论所设定的路线去反复寻找,直至找到有价值的深刻意义。当然,对意义的挖掘需要辩证的思维,要能举一反三,而且在文本分析中要能从具体到抽象,从现象到本质。因此,我在探讨田园话语反讽与环境恶化和意识形态之间的关系时,力图把生态、讽刺、生态主体性、自然主体性、民族主体性联系起来,去揭示一系列相关联的问题,如,意识形态、田园话语、叙述手法的变化对生态状况的映射,生态危机给意识形态和生态主体身份造成的恶果,生态主体性对民族身份的建构产生的影响。这样,可以使研究既有高度也有深度,既有学术价值也有现实意义,同时,也深化了后现代主义田园讽刺小说的社会价值和历史意义。

# 从《泥女人》看欧茨对无意识的探索*

单雪梅**

**内容提要**：美国作家乔伊斯·卡罗尔·欧茨在创作中勇于探索理论与实践的关系，认同荣格的观点，认为无意识在知识分子成长过程中发挥重要作用。其近作《泥女人》是她对无意识理论的实际操练，印证了她的论点，即人通过积极获取自我知识，减少无意识内容，获得幸福感。这一观点体现了欧茨作为美国经验的编年史记录者和人文主义者对人的精神幸福的关注。

**关键词**：荣格；无意识；欧茨；《泥女人》

美国当代文坛常青树乔伊斯·卡洛尔·欧茨(Joyce Carol Oates，1938—  )的创作历程已长达半个世纪，如何在保持高质量的同时另辟蹊径、推陈出新是她面临的巨大挑战。近作《泥女人》(*Mudwoman*)① 依托高校环境，通过描写女知识分子、大学校长 M. R. (Meredith Roth Neukirchen 的简称)近一年间的精神状态变化，展现了她的成长经历与自我实现相互纠缠的心路历程，小说出版后备受批评界关注。李(Hermione Lee)在《纽约书评》(*The New York Review of Books*)上撰文指出，《泥女人》沾满了泥泞般的无意识痕迹，散发着欧茨"笔下的

---

\* 原载《外国文学》2013 年第 6 期，第 147—153 页。本书收录时略有修改。

\*\* 单雪梅，文学博士，新疆大学外国语学院教授、博士生导师，美国杜克大学访问学者、锡拉丘兹大学富布莱特研修学者。主要研究方向为英美文学与文化、英语教育、比较文学等。在《外国文学》等期刊上发表学术论文 10 余篇，出版专著《美国文化视野中的乔伊斯·卡洛尔·欧茨作品研究》(新疆大学出版社，2013 年)，参与编著 3 种，独立译著 3 部。主持国家社科基金项目、教育部人文社会科学研究项目、自治区社科基金项目等。

**联系方式**：新疆大学，邮编：830046。Email：shanxuemei@xju.edu.cn。

① Joyce Carol Oates, *Mudwoman*. New York：Harper Collins，2012. 后文出自同一著作的引文，将随文标出该著作简称"*Mudwoman*"和引文出处页码，不再另注。

女性不得不抵制的被动的惰性和无助感"①。欧茨在接受亚当斯(Tim Adams)访谈时透露创作冲动源自一个可怕的梦:"我之前几乎没有受梦境启发而创作。但是在这个梦里,我看到一个女人坐在一张大桌子旁。她的妆容不得体,很重,都干掉了,像泥巴,颜色比她的头发还要深。我醒了后这个意象挥之不去,于是马上记了下来。它像是给我提供的重要谜团,我必须把它解码,作为背景进行创作。"②以上信息展现了《泥女人》与无意识之间的联系。本文通过解读《泥女人》中M. R.的精神困顿与走出困境的路径,探索欧茨对个人幼年经历和成年后生活、精神状态之间关系的认识,解析她对无意识的探索和悟识,凸显她作为美国编年史记录者和人文主义者对知识分子精神幸福的关注。

## 一、内容与形式的完美结合

《泥女人》的情节和叙述设计体现了欧茨高超的创作技巧。两条叙述线索相互对照,交待M. R.的人生经历。以"泥女孩"为主的线索侧重呈现她的幼年创伤记忆和青少年时期经历,预示她后来的努力和成功。在20世纪60年代宗教回潮的语境中,她的生母玛瑞特·科瑞克把莫赖厄山当作《创世纪》中艾萨克向上帝献祭的莫赖厄,准备把她作为祭品溺死在纽约上州黑蛇河边的泥滩。乌鸦王的叫声吓走了玛瑞特。拾荒人库德门把泥女孩M. R.从泥滩里捞出来后,她被司克德家收养。后来阿加莎和康拉德·纽克青夫妇收养了她,他们把对夭折的女儿莫莉的爱转移给她,关爱她、教育她。M. R.勤奋上进,学习突出,爱好体育。她渴望得到养父母全部的爱,看到他们暗自为莫莉伤怀,不由得嫉妒,感觉"失落、隔绝和孤独"(*Mudwoman*: 299)。18岁的她没听养母的劝,执意远离家乡,报考并最终在康奈尔大学学习。

以"泥女人"为主的线索展现了M. R.成年后的经历。从泥女孩成长为泥女人的她刻意采用缩写自称,一方面,她借此避免因女性化的名字而受到歧视;另一方面,她有意强调自我身份,希望与另一个同名同姓者区别开来。M. R.立志成才,成为新泽西著名的常春藤大学的首任女校长、哈佛博士,是迄今为止欧茨塑造的专业成就最高的女性。她在博士毕业后离开情人、天文学家安德烈·路

---

① Hermione Lee, "The Terrors of the Woman President." *The New York Review of Books* (April 2012).
② Tim Adams, "Joyce Carol Oates: 'I had a dream about a woman whose make-up was dried and cracking, she made a fool of herself,'" *The Observer* 25 (Feb. 2012).

德维克的势力范围,凭借突出的著述,顺利进入这所大学,并在短短八年时间从助理教授一路做到系主任、校长。(*Mudwoman*:98)在 2002 年至 2003 年,"9·11"事件后、伊拉克战争前夕,M. R.备感困顿。她讨厌布什政府将恐怖扩大化,但是面对开战前后校内的主战派,她被迫经受个人政见和公众形象之间的冲突。诬陷她的主战学生司德科自杀未遂,变成植物人,他的家人要和学校打官司。这一事件让 M. R.备受煎熬和自责,意识到自己处事幼稚。(*Mudwoman*:159)她提倡的办学方向也因为她拒绝利益集团洗钱性质的巨额捐赠而被质疑。被压制的童年与少年时期经历,加上现实压力和冲突,导致 M. R.心理失衡,生病入院。在情人的陪伴下,她逐渐情绪稳定,出院后回家和养父康拉德相处三个月。在康拉德的帮助与开解下,她坦然面对过去,去精神病院看生母,去看收养人家的住所和黑蛇河泥滩。她感受到被爱的幸福,逐渐平复心情,重整生活,操心学校事务。安德烈也因妻子摊牌离婚,回来找她。M. R.重拾信心:"明天她的新生活就开始了。她的新生活将与之前的生活截然不同。因为现在她比之前强大了。现在她准备好了,愿意。"(*Mudwoman*:412)在小说结尾处,M. R.在返校途中勇敢地躲开了图谋不轨的年轻人,这预示着她的未来虽有危险和挑战,但是她已经准备直面,而不是躲避或者回避了。

总的说来,M. R.的哲学造诣和专业素养使她养成了思辨、自省和反思的习惯,形成了带有理想主义色彩的行事方式。但是在个人生活和情感上,她极力压制并回避孩提时代、青春期乃至影响到成人阶段的创伤经历。两者间的冲突导致她在近一年间经历了从无所适从、崩溃,到接纳过去、宽恕并采取补救行动的巨大变化。欧茨将叙述时间线性交错,把 2002 年 10 月至 2003 年 8 月十个月间的叙述和 1965 年 4 月起的跳跃式叙述隔章交替展开,使之占全书前三分之二的篇幅,与后三分之一的融合叙述相互对照,从形式上与 M. R.的自我认识瓶颈、精神崩溃和认同过程相一致。

## 二、无意识及其作用

无意识是精神分析学说中的重要概念。荣格(Carl Jung)认为无意识是"精神的一部分"[①],是"所有不具备意识性质的精神现象的总和"。具体说来,无意

---

① Carl Jung, *The Portable Jung*, edited by Joseph Campbell, Penguin, 1971, p.28. 后文出自同一著作的引文,将随文标出该著作简称"*Jung*"和引文出处页码,不再另注。

识是"所有失去的记忆和尚不能进入意识范畴的所有内容。它们是无意识联想行为的产物,也引导做梦。此外,也应该包括或多或少被压制的诸多痛苦想法和感情"(Jung:52)。荣格强调说:"无意识是精神的知性力量源泉,是规范它们的形式或者类别,即原型。历史上最强有力的认识都可溯源到原型。"(Jung:45)就无意识的性质而言,它"从来不是消极不动的,它不停地在对内容进行组合和重组"(Jung:71)。荣格在《未发现的自我》一书中对意识和无意识进行了比较:"与有意识的心灵其主观性相对照,无意识是客观的,主要通过诸多相反的感情、狂想、情感、冲动和梦来展现自己。"(Jung:86)荣格认为通过了解无意识来获得自我知识至关重要。在现实中,人的精神发挥着重要作用:"实际上,每一件事都依仗人的灵魂及其作用。它值得我们全神贯注,尤其是在当今社会,大家都承认,未来是祸是福,不由野兽、自然灾害或者流行病决定,而是完全取决于人的精神变化。"(Jung:84-85)

欧茨比较关注无意识,她在创作《奇境》(Wonderland,1971)时研究过大脑的结构等资料。1973年,她在回复波斯金(Dale Boesky)的书面访谈中写道:

> 没有什么是必须否认、软化或者害怕的;要接受所有的一切。自觉地把无意识当作比自我更智慧、更成熟、更危险、更有特质、更宽容、更有治疗作用的东西。理想的艺术家通过不断减少无意识内容,有望综合生活中表面的各种矛盾,把生活作为浑然一体的整体来对待。①

1982年,欧茨在接受斯乔伯格(Leif Sjoberg)采访时指出:"我发现他(荣格)有关无意识的探索极有吸引力……荣格认为生活的源泉,尤其是创造力,就在于无意识及其诸多功能。"②欧茨在2007年出版的《乔伊斯·卡洛尔·欧茨日记:1973—1982》中多次提及无意识,时常记录自己的梦境来观察无意识痕迹③。

细读《泥女人》可以看出该小说在整体设计、主题、人物塑造以及细节处理上展现了欧茨对无意识的认识。《泥女人》是她结合知识分子的成长道路、联系时代语境提供的个案。

---

① Greg Johnson, *Joyce Carol of Oates Conversations 1970 - 2006*. Princeton: Ontario Review, 2006, p.63.
② Greg Johnson, *Joyce Carol of Oates Conversations 1970 - 2006*, p.210.
③ Hermione Lee, *The Journal of Joyce Carol Oates: 1973 - 1982*, New York: Harper Collins, 2007.

## 三、欧茨对无意识的操练

### （一）引语作为引子

欧茨在小说扉页引用了尼采、惠特曼和安德烈·路德维克的话，作为刻意设计的引子，提醒读者认识小说的不同方面。这一设计反映了欧茨试图从多个层面展现小说思想内容的良苦用心。引语分别涉及人性、意识和时间，结合小说内容来看，它们凸显了意识与无意识之间的关系。

> 尼采：人是什么？一堆很少相安无事的猛蛇。（《查拉图斯特拉如是说》）
>
> 惠特曼：这里有我最脆弱的叶子，也是我最有力、能流传于世的诗行，我在这里乘凉，隐藏思想，并不袒露它们，但是它们却比我其他的诗歌更能呈现我这个人的样子。（《这里有我最脆弱的叶子》）
>
> 安德烈·路德维克：时间就是阻止所有的事马上同时发生的一种方式。（《宇宙的演变：起源、世纪与命运》）

尼采的话有助于我们认识小说的主题。30多年后，当年的泥女孩、41岁的M. R.到精神病院会客室与生母见面。玛瑞特苍老，呆滞，关节肿胀，默不作声，令M. R.想闭上眼睛，就像"童话中孩子面对不该看的东西一样"（*Mudwoman*：382）。玛瑞特盯着她呜咽，想回房间。M. R.的生活轨迹表明，玛瑞特的行为完全改变了母女俩的人生，但是她又是时代的牺牲品。欧茨通过描写玛瑞特的做法及其对女儿的伤害，部分认同了尼采的观点。但是与此同时，她通过揭示M. R.的意识和无意识之间的冲突，描摹她的自我知识获得过程，表达了不同意见，高度肯定了人通过追求自我知识获得精神幸福的能力。

惠特曼的诗行为小说奠定了基调：人的意识与无意识之间的关系极其微妙。其诗行强调人具备自我认识，表达和宣泄是梳理并获得自我认识的重要渠道，但与此同时，宣泄也是无意识的流露。有关M. R.的行为的描写说明，她的哲学追求和服务意识的潜在动因，尤其是被压抑的创伤记忆得以释放，与无意识密切相关。她与无意识达成和解之后才释怀并具备了自我知识。

第三个引语出自M. R.的情人安德烈的论著。一方面，引语展现了故事的时间性。《泥女人》的每一章开头都注明了时间,时间作为物理意义上的存在,跨度近四十年。另一方面,时间作为心理意义上的存在,贯穿始终,突出了时间是治愈伤痛的良药这一认识。两种意义上的时间相互交织,呈现了时间与事件之间的因果联系,突出了创伤的长远影响以及时间愈合伤痛、成就精神幸福的重要性。

(二) 情节与主题拓展

欧茨在情节设计上深化了意识与无意识之间的关系。她通过呈现两条叙述线索及其相交和延续,说明 M. R. 的幼年遭遇和少年经历影响了她成年知性追求的侧重点、情感生活以及生活路径的选择,并在很大程度上对她的精神健康产生了重大影响。欧茨探索了人的成长过程中必需的元素,如亲情、爱情、友谊、知性追求、专业认可和社会地位等,凸显了人的不同层次的需要和欲求,强调了人的精神和道德需要,挖掘了个人命运与人的本性、社会环境和人际关系等因素间盘根错节、相互影响的关系,突出体现了小说题旨,即个人奋斗、成就和幸福与诸多外在因素影响下的个人经历和自我知识紧密相关。

亲情的缺失和不完整给 M. R. 带来了长久的创伤。玛瑞特的精神困顿导致"泥女孩"小小年纪就经受寄人篱下、受人欺负、无人关怀的遭遇。她的情感缺失在养父母的关爱下得到了弥补,但是阴差阳错,受到情感受挫经历的影响,她不理解养父母因夭折的女儿而伤心的举动,也无法体会自己的情感需要,从而忽视并伤害了爱她的养父母和数学老师的感情。欧茨对 M. R. 的爱情经历着墨不多,可以看出,比 M. R. 大十五岁的安德烈对她的影响更多体现在引导和鼓励她的知性追求上,包括他从年长知识分子的角度给她提供的精神支持。然而,婚外情说明 M. R. 对自身认识不足,导致情感偏离,并影响了她和同事奥利佛·克罗尔的关系。

缺失和不完整与 M. R. 在专业成就和社会地位上的收获形成鲜明的对照。成年的 M. R. 在追求专业成功方面投入了大量的时间和精力,但是她的成就是在回避并忽视自身情感需要的基础上获得的。荣格指出:"我们忽视基本事实,社会目标的达成是以减少个性为代价的。"(*Jung*: 12) 换言之,M. R. 在追求专业成绩与社会认可的过程中,压制了个性中的一部分。荣格也曾强调,人的学习能力使他与本能设定的计划相疏离。学习能力促使行为改变,同时它是"造成诸多精神困扰和因为人与其本能的根基不断疏离而招致的困难"的根源[①]。这一

---

[①] Carl Jung, *The Undiscovered Self*. Boston: Little, Brown and Company, 1957, p.80.

论断与 M. R. 的知性成长过程和精神困境相吻合。她自十八岁离家以后,一直以追求知识为目标。但是在个人精神方面,她疏远养父母,切断了继续获得亲情的可能性,不健康的婚外情也无法保证她获得积极意义上的精神满足感。荣格认为女性一般在三十五岁至四十岁之间会经历极为焦虑的困境。(*Jung*:12) M. R. 因为忽视自身情感而在四十岁这个门槛之年不得不面对崩溃。在《寡妇的故事》(*Widow's Story: A Memoir*,2011)一书中,欧茨形容"9·11 事件"后的美国政府是"执意用偏执的爱国主义来鼓噪利用容易轻信的美国大众的政府"[1]。在伊拉克战争前后的时代背景下,M. R. 的个人问题与她在管理过程中经历的挑战,加剧了她的精神困顿,并导致她精神崩溃。

荣格指出:"面对广袤无边、不受有意识批评和控制的无意识,我们往往无助,受到各种影响和心理传染。就像面对危险一样,只有当我们明白是什么在攻击我们,攻击如何、在哪里以及何时会来,我们才能够保护自己、抵御心理传染的危险。"[2]与这一诠释相吻合,欧茨刻意渲染了 M. R. 从缺乏对无意识的认识到对此有所体察的过程,细致描写了她遭受精神困顿、挣扎之后顿悟的片段。M. R. 摔跤后,挣扎着化妆,然后出席招待会。在餐桌上,她的回忆流动,想到司克德家乱糟糟的情景、玩了一周就丢失的洋娃娃、自己的敌人——那些和她意见不合的人。她想起了可怜的司德科,自责没有去爱他。她想起了救命恩人拾荒人,自责没有向他表达感激与爱意。她暗自鼓励自己要坚强,开始改变意识,鼓励 K 女士继续拍纪录片,她哪怕贴自己的薪水也支持。在崩溃前,她觉得累极了,"我想有个家"(*Mudwoman*:205)。为了找写了 K 女士信息的卡片,她到住所一楼,之后在图书室看儿童故事《乌鸦王的故事》。(*Mudwoman*:207)以上信息预示了她的崩溃,也隐含了崩溃的主因,即她遭遇了过去的创伤的侵扰。

荣格指出:自我知识意指了解个人事实,包括"无意识及其内容",蕴含诸多隐藏的、真实的精神事实[3]。他认为"一个人的道德品质促使他或者通过直接承认需要,或者经历痛苦的精神困顿,来与无意识自我融合,让自己完全具备意识。任何沿着这条路进入自我实现的人都不可避免将个人无意识内容带入意识,从而扩展了他的性格维度"。他进一步指出:"这种扩展主要与个人的道德意识和自我知识有关,因为通过分析令人不愉快的内容——这也是为什么这些希望、记

---

[1] Joyce Carol Oates, *Widow's Story: A Memoir*. Princeton: Ontario Review, 2011, p.14.
[2] Carl Jung, *The Undiscovered Self*, Boston: Little, Brown and Company, 1957, pp.7-8.
[3] Carl Jung, *The Undiscovered Self*, Boston: Little, Brown and Company, 1957, p.7.

忆、倾向、计划等被抑制,无意识内容被释放并被带入意识范畴。"(*Jung*:81)其结果是,个人对自我的认识得到进一步增强,"让他更有人性,让他谦卑"(*Jung*:82)。

《泥女人》展现了 M. R.走出精神困顿、获得自我知识的过程,与以上观点相对应。欧茨逐一描写了 M. R.在康拉德的帮助下面对过去的各种伤痛,认识它们的性质,采取措施并汲取能量的细节。康拉德是欧茨笔下乐观向上、具有道德感召力的家长之一。他的点拨和精神支持帮助 M. R.认识到自身不足,体会到被爱的幸福。当 M. R.说阿加莎怨恨她,因为她没听劝告、辜负了养育之恩时,康拉德不让她说妈妈不好,说阿加莎的善良影响了他,让他意识到为别人付出。康拉德在听了她讲述的朋友与安德烈的故事之后,告诉她不要匆忙下结论。他借用阿加莎的睿智判断开导养女:

> 男人老了,健康状况就不好预测。不开心的妻子们会报复他们。"难搞"的妻子、被疏离的妻子不会再爱你的天文学家朋友了。如果如你所说,她比他年轻,她可能厌倦了他。她可能想摆脱他。他可能会突然发现自己漂浮在宇宙中,需要朋友。会发生这样的事儿。(*Mudwoman*:372)

康拉德的开导让 M. R.换了一种方式看待自己和安德烈的关系,并体会到爸爸的睿智。她反思后发现,自己钟情于哲学完全是因为康拉德的影响。(*Mudwoman*:376)康拉德催促并鼓励 M. R.直面管理工作中的困难,告诉她生母的情况,教导她坚持做义工。他说做一下就丢下,像是"好事变成了扎在心头的针"。父女俩成功合作组织了为受伤老兵筹款的野餐。M. R.通过与康拉德交流和做义工,感觉轻松了,"就像一个人坐在需要划桨的船上却没有桨,在和缓的水流中漂移而下,M. R.觉得心境上进入了新的状态,和过去的生活不太一样。她的心跳似乎变慢了,更加有板有眼"(*Mudwoman*:369)。在康拉德的帮助下,M. R.通过重新认识过去和自己,感受爱、同情与理解给予的力量,与过去的伤痛告别,逐渐具备了自我知识。她懂得了感恩,体会到了爱,通过服务他人表达同情和悲悯,从而获得了精神满足感。

(三)梦境与潜在记忆的烘托

荣格认为:"梦是心理自我规范系统的自然反应,本身不单纯指向过去遭遇的危机,而且指向更高的、预示健康的状态。对意识而言,无意识具有补偿性。

如果解读得当的话,它催生的碎片、梦、狂想最终对认识那些向精神施压的作用和原型而言,不仅是矫正性的,而且呈现不同视角,提供线索。"(Jung:xxii-xxiii)

荣格指出,"梦是高度客观、精神的自然产物,我们从中可以获取精神过程中某些基本倾向的标示或者暗示"(Jung:75)。欧茨认可荣格的贡献,也曾经在日记中梳理自己对梦的认识:"梦是艺术品。在一些方面,梦比意识更聪明、更灵巧。在其他方面,它更单纯。人需要这两方面,也一直摆脱不了它们……高度'有意识'的艺术,'无意识的艺术'……"[①]上述引文为欧茨在小说中使用梦境提供了很好的佐证。

欧茨为了烘托主题,突出 M. R.遭受的精神困顿,刻意挖掘了梦境这一无意识内容,展现了困扰她的各种信息与现实的关联。《泥女人》中记录了两个梦境。第一个梦境叙述 M. R.看书时睡着了,她梦见自己去游泳,游泳池里人很少,一个年轻男子接近她,带她到河边空房子,房子里囚禁着很多女人。她梦到自己被强暴,挣扎着,意识到女性身体的脆弱。她后来在泥滩里挣扎,掉落的书把她从梦中惊醒。她安慰自己要坚强:"现在这是我的生活。我要活着过。"(Mudwoman:245)第二个梦境叙述对她的做法持反对意见的教师亨德蒙如何报复她,然后掉下楼梯摔死以及她处理尸体的过程。凌晨时分 M. R.从梦中惊醒,听到乌鸦王的叫声,精神崩溃。

两个梦境都与 M. R.的恐惧有关。前者折射了她封存的儿时记忆和身为女性的现实忧虑,她梦中的表白传达了坚强的生活信念,与她幼年差一点丧命的经历相呼应。后者反映了她作为校长的精神状态。梦境中出现的暴力情形,如被强奸和意外致人死亡,是压抑和暴力引发的情绪反应。实际上,在 M. R.住院期间,亨德蒙送来了花篮表示慰问。欧茨巧妙地设计了梦境。M. R.的无意识比较冷静,告诉她应该直接面对冲突,谋求和解、释怀,以求得解脱,获得新生。她起初在无意识状态中被动经历了这些冲突,在崩溃之后才开始自觉面对内心恐惧,并主动探索出路。

欧茨在小说中充分发挥了潜在记忆的作用。潜在记忆与人的精神历史联系密切。荣格认为"它与自我状态相连"(Jung:xxv)。欧茨多次描写了乌鸦这一

---

[①] Joyce Carol Oates, *The Journal of Joyce Carol Oates: 1973 - 1982*. New York: Harper Collins, 2007, p.291.

意象,相关细节刻画细致入微。每逢 M. R.困顿之时,她就会听到乌鸦的叫声。在生母要把她溺死的过程中,乌鸦王叫个不停。泥女孩的意识模糊之际,乌鸦的叫声如"剪刀在泥滩的空气中作响"(Mudwoman:1)。拾荒人在乌鸦王叫声的引导下发现了奄奄一息的泥女孩。这些细节透露了与 M. R.的身心健康攸关的危机,乌鸦的叫声成为某种意义上的预警和提醒。

成年后,M. R.路过被溺地点黑蛇河边,觉得桥似曾相识(Mudwoman:11)。她让司机停车,自己走下去,感觉像被催眠(Mudwoman:13)。衣着讲究、高挑的她在泥滩上走着,感觉"兴奋、忧虑,好像在接近危险"(Mudwoman:15)。乌鸦的叫声让她惊慌之间几乎扭了脚,但是叫声有"戏弄意味,也好听:奇怪的、狂热的、满怀渴望的召唤"(Mudwoman,19)。她独自驱车再次前往黑蛇河边,碰到前方路断,差一点翻车。她对生母的姓科瑞克没有记忆。在饭馆听到有人说她长得很像那个叫科瑞克的女人时,她直接否认,并暗自想:"科瑞克。她从来没听过这个名字。多么异常、奇怪的名字!"(Mudwoman:51)从以上描写可以看出,M. R.受到莫名情绪的驱使,着迷一般停留并三次前往当年被溺地点,这展现了深藏在 M. R.的无意识中的潜在记忆的力量及其影响。

在长达五十年的创作历程中,欧茨一直关注生活境遇发生过巨大转变的人们。她在 1971 年接受卡津(Alfred Kazin)采访时指出:"人面临的最重要的现实是物质和经济意义上的。生活其他的细微之处随之而来。知识分子们已经忘了,或者从来没有明白,对从低微阶层努力过来的人来说,以粗鲁的方式强调自己的意愿有多难。太难了。你必须经历过。你必须吃苦。"①这番话显示了欧茨对从底层奋斗而来的人们的理解和同情。她关注生活发生巨大变化的人们的精神状态,作家的责任感和使命感驱使她描写他们的困顿经历,诠释困顿原因,并尝试提供走出困境的出路。如《泥女人》所显示的,人们应该直面过去,了解无意识,并逐渐减少无意识的比重,与过去完全和解。欧茨通过这部小说再次彰显了她的艺术观:"最有力量的道德艺术不是讴歌善行的作品,而是反映不同类型的'恶'之令人恶心、有侵蚀后果的作品。"②在《泥女人》中,M. R.经历了死亡的威胁,在不惑之年经历了精神崩溃之后,了解无意识,逐渐具备自我认识,体会到精神幸福。小说的基调乐观,发挥了精神启迪和引领作用,反映了欧茨这一"美国

---

① Greg Johnson, *Joyce Carol of Oates Conversations 1970 – 2006*. Princeton: Ontario Review, 2006, p.13.

② Greg Johnson, *Invisible Writer*, New York: Penguin Putnam, 1999. p.170.

经验的编年史记录者"和人文主义者对知识分子这一群体精神状况的理解,体现了她对人的精神幸福的关注。

**方法谈:**

## 如何从作家关注点中发现论文选题?

如何选题,体现问题意识?

抒怀讲究有感而发,学术论文写作讲究问题意识。提出好问题的前提是拥有相对扎实的积累和相对充分的前期资料储备。换言之,我们需要尽可能多地阅读文献,不断积累相关知识,经常性地关注感兴趣的话题及其最新研究动向和研究成果,由此发现具有研究价值的话题。

2012年至2013年间,我在美国作家乔伊斯·卡洛尔·欧茨的母校锡拉丘兹大学访学,撰写欧茨作品研究专著,在欧茨档案馆查看她的日记,了解到她对哲学情有独钟。在访谈时得知,欧茨本科主修英语,辅修哲学,家里有哲学著作书架,她经常阅读哲学家们的著作,尤其是荣格的作品。当时适逢欧茨的新作《泥女人》(Mudwoman, 2012)出版。这部作品以2003年美国发动伊拉克战争前后的政治语境为背景,塑造了哲学出身的大学校长、女知识分子 M. R.这一人物形象,关注她的心路历程,字里行间不断闪现人物对现实的思考和对哲学的关注。为了丰富人物形象,欧茨在创作中使用了无意识的具象化体现,例如梦境及其补偿性、情结及其成因等。欧茨这一作品的创作目的是什么? M. R.及其创伤的描写与荣格理论之间有无关联? 当时搜集文献未找到相关研究成果。这两个问题萦绕脑海,激发了我探究欧茨对荣格的无意识理论的认识及其应用。

如何运用理论?

文学研究论文一般依托相关理论展开,既包括传统的历史、道德、哲学等维度,也包括当代批评理论。荣格的理论贡献突出体现在心理分析批评和神话原型批评方面。他对弗洛伊德的无意识理论进行了拓展,提出了"集体无意识"这一术语。他对无意识的深入思考集中体现在由约瑟夫·坎贝尔主编的《荣格文集》一书中。

探讨理论与文本之间的联系源自两方面的考虑。首先,了解作家的创作及其关注点与社会思潮、流派和理论家们的联系。据欧茨自述,荣格作品是她的案头必备。《荣格文集》中有关无意识的论述以案例为依托,有理有据,具有较高的参考价值。其次,关注文本彰显的特质,探究理论与文本间相互映射、呼应的内容。欧茨推崇荣格,她的创作应该与荣格理论之间存在借鉴参考的可能性。纵览《泥女人》全书,M. R.的遭遇、成就及精神困顿等都在印证荣格的观点。例如荣格指出:"我们忽视基本事实,社会目标的达成是以减少个性为代价的。"①荣格也曾强调,人的学习能力使他与本能设定的计划相疏离。学习能力促使行为改变,同时它是"造成诸多精神困扰和因为人与其本能的根基不断疏离而招致的困难"的根源。荣格认为女性一般在三十五岁至四十岁之间会经历极为焦虑的困境。以上信息为研究荣格的无意识理论在《泥女人》中的体现提供了有说服力的依据。

如何构思、撰写论文?

论文架构要做到点面结合,理论与文本相互依托,相互观照。已有文献梳理表明,荣格的观点对欧茨的创作具有直接影响,影响她通过文本实践来证明和支持荣格观点的合理性与参考价值。荣格认为,人的精神幸福与直面自己的无意识密切相关,欧茨的创作可以理解成是在提供案例证明荣格观点的合理性和可信度。按照研究假设和中心论点来构思论文架构,应该凸显欧茨在《泥女人》中设计 M. R.这一人物性格的复杂性及其成因、遭遇精神困顿的原因、解除精神危机的方式和方法等方面的匠心,对接以上各方面与荣格的无意识理论之间的关联。

如何实现有效论证,实现理论与文本分析的有机融合?

有效论证的前提是了解所论述文本及理论基础的国内外文献情况,熟悉文本作者的创作风格及创作倾向,能够勾勒所研读文本的特质,熟悉理论依据的关键词。最重要的是,具备综合以上各方面的能力,协力助推有效论证,实现理论与文本分析的有机融合。

在此需要针对学术规范进行明确说明,在论证过程中,要注意凡引必评,不评不引。换言之,文学研究论文是在前人研究基础上产生的,引用并评述他人观点是学术诚信和研究能力的体现和佐证。同时,要避免理论阐述和文本分析两张皮,就像导师在指导博士论文时提醒的一样:不要"两根麻花拧不到一起",理论阐述脱离文本实际,文本分析没有侧重点,停留在描写层面,不观照或者呼应

---

① Carl Jung, *The Portable Jung*, edited by Joseph Campbell, Penguin, 1971, p.12.

理论。

**论文的研究目的**

2013年撰文《从〈泥女人〉看欧茨对无意识的探索》，目的有二：一是推介名家新作，发掘她的创新之处。《泥女人》里的 M. R.是欧茨塑造的众多的女性人物中知识水平最高，也是与欧茨的精神气质比较接近的一位。M. R.通过了解自己的无意识，直面无意识暴露的不堪，琢磨和解与改善，最终走出了精神崩溃状态，成为更好的自己，这是欧茨彰显人性积极向上的可塑性的重要体现，也是她作为人文主义者对人性力量的高度肯定。

二是突出荣格理论对欧茨创作的重要影响。作家的养成很大程度上是终生学习的结果。欧茨自1963年出版第一部作品以来，创作活力绵延，笔耕不辍，与她长期研读哲学著作、关注现实有密切的联系。荣格是欧茨始终坚持阅读的一位理论家，这说明荣格对欧茨具有潜移默化的影响。通过解析《泥女人》，探究欧茨在文本中对荣格理论的实践及应用，是值得研究的问题。

有待提高之处在于，本人对哲学思想的认知有限，对荣格的无意识理论的理解还不够深入，因此在解读过程中，对欧茨在《泥女人》中设计或者投射的哲学思想的认识和把握不够深入，这是后续研究需要重点拓展之处。

# 改革时代与田园牧歌
## ——谈历史语境中的《七个尖角阁的宅子》*

尚晓进**

**内容提要**：纳撒尼尔·霍桑的第二部小说《七个尖角阁的宅子》并非一则简单的加尔文教道德寓言,在追溯品钦家族史的时候,霍桑有意凸显品钦家族与欧洲大陆、旧世界的关联,以家族史的形式呈现资本主义发展所导致的旧经济秩序解体和以阶级矛盾为核心的一系列时代问题。小说折射了美国改革时代驳杂的乌托邦愿景,但霍桑的保守主义立场使他无法认同改革者的理想和举措,面对现代资本主义转型造成的社会弊病,作家借助田园牧歌传统,衔接小说聚焦的阶层问题,实践了一种想象式的解决方案,并重新肯定了传统、制度、惯例和传承的意义。

**关键词**：资本主义；改革运动；保守主义；田园牧歌

《七个尖角阁的宅子》(下文简称《宅子》)的结尾向来为评论者所诟病,被认为是"闹剧式的"。作家试图以"神话"或向"田园牧歌"逃遁的方式解决其作品的内在冲突,而这一解决显然是难以站住脚的[①]。马蒂逊(F. O. Mattiessen)在批

---

\* 原载《上海大学学报(社会科学版)》2009 年第 6 期,第 131—142 页。本书收录时略有修改。
\*\* 尚晓进,文学博士,上海大学外国语学院教授、博士生导师,美国杜克大学、加利福尼亚大学伯克利分校访问学者。主要研究领域为英美浪漫主义文学、美国小说、比较文学。在《文学评论》《外国文学》和《外国文学研究》等核心期刊上发表论文 30 余篇,出版专著《原罪与狂欢：霍桑保守主义研究》《什么是浪漫主义文学》和《走向艺术——冯内古特小说研究》,编著、参编和翻译作品多部。

**联系方式**：上海大学,邮编：200444。Email：sxj@shu.edu.cn。

① 马蒂逊(F. O. Mattiessen)最早指出这一问题,认为解决冲突的方式过于轻率,同时,援引其他评论者认为小说结局仿佛出自某些平庸的、现实主义小说家的手笔,主人公因联姻而继承家族遗产的同时也延续了祖辈的罪恶；托马斯(Brook Thomas)认为小说结尾展示了蔡斯(Richard Chase)所说的美国罗曼司的一种特点,即倾向于以"闹剧式情节"或"田园牧歌"方式解决冲突,但同时认为这一结尾仍具有更丰富的阐释空间,参见 Brook Thomas, "The House of Seven Gables: Reading the Romance of America," in Brian Harding, ed., *Nathaniel Hawthorne: Critical Assessments*, vol. 3, East Sussex: Helm Information Ltd., 1956, pp.347 - 372.

评小说结尾的同时,指出霍桑意欲以菲比与霍尔格雷夫的联姻昭示对"残酷的阶级鸿沟的超越"①。马蒂逊准确洞悉了家族联姻与阶级问题的关联,把家族宿仇看作阶级对立的一种表现形式,但他未能把这一关联放到更广阔的社会和历史语境中加以探讨。笔者认为,《宅子》绝非一则仅仅关涉清教世家罪恶的故事,它更多地聚焦于 19 世纪上半叶的社会状况,其核心关注是"现在",是对"纯粹的现在状况的理解"。简言之,小说折射和探讨的是特定历史境况下的社会问题,即由 19 世纪上半叶资本主义发展所导致的一系列社会问题,其中,尤以旧经济秩序的解体和阶级矛盾的激化为小说的核心关注;另一方面,小说对社会问题的探讨又与作家对改革运动的思考密切相关。南北战争前的 20 年(1830—1850)又被称作改革时代(Age of Reform),作家在小说里再现了时代的改革热潮和狂热的乌托邦信念。从总体上看,作家对改革运动持保守主义态度,这一立场使得他转向田园牧歌传统,寻求一种幻想式的解决方案。

## 一、品钦家族与社会经济结构的变迁

作为一个新兴的民族国家,美国资本主义起源于英国的殖民政策,英国殖民者在北美殖民地开创自由市场,制定了重商主义的经济政策,刺激工业和贸易的发展。独立后,联邦政府通过发行纸币、信贷活动和关税保护等多种措施进一步促进了经济发展,自 19 世纪 20 年代起,工业化进程开始,商业资本主义逐渐向工业资本主义过渡。尽管滞后于英国,美国资本主义依然构成欧洲资本主义体系的一部分,是其在地理意义上的延续。在《宅子》的序言里,霍桑写道:"它试图把过去的时代和正从我们身边飞逝而过的现在连接起来。"②这句话意味深远,因为在确认历史延续性的同时,作家已经挑战了美国文化中关于处女地和新伊甸园的神话,即"美国梦是一种通过割裂现有现实构建一个天真世界的努力"③。对早期殖民者而言,北美殖民地以割裂的空间形式许诺一种崭新的、断裂式的开

---

① F. O. Matthiessen, *The American Renaissance*, New York: Oxford University Press, 1941.
② Nathaniel Hawthorne, "The Text of The House of Seven Gables," in Seymour L Gross, ed., *The House of the Seven Gables: A Norton Critical Edition*, New York: W. W. Norton, 1967, p.11. 霍桑该小说的引文均出自此文集,后文出自同一著作的小说引文,将随文标出该著作的简称"*House*"和引文出处页码,不再另注。
③ Brook Thomas, "The House of Seven Gables: Reading the Romance of America," in Brian Harding, ed., *Nathaniel Hawthorne: Critical Assessments*, East Sussex: Helm Information Ltd, 1956, p.362.

始。这一信念构成了美国文化的一种核心要素。然而,霍桑坚信人类无法逃脱历史,否认历史连续性只能是虚幻的想象,正是基于这一历史主义的洞见。霍桑在追溯品钦家族史的时候,不仅力图贯通其家族清教祖辈的历史,借以说明祖辈罪恶对于后代的影响,更有意将之置于更广阔的时空框架中加以观照,刻意凸显品钦家族与欧洲大陆、旧世界的关联。作家的根本用意在于以品钦家族的衰落折射19世纪上半叶社会经济结构的深刻变迁,揭示人类社会由农耕时代向现代资本主义模式转型的进程。因而,该小说不仅超越加尔文教道德寓言的层面,也挑战了貌似孤立的美国清教历史起源之说。

  品钦家族的贵族身份不容忽略,"在对高贵出身的坚持上品钦家更像是旧大陆的贵族"①。严格意义上说,美国历史上并不存在一个贵族阶层,它"独特的社会形成史决定了它迥异于旧大陆国家的社会阶级构成特征"②,但贵族身份和门第观念随着早期欧洲移民传入北美殖民地。另一方面,英王在北美实行的殖民统治也延续了王室、贵族、血统和门第之类的观念。如维纳大伯所说:独立战争之前,"镇上的大人物一般被称作国王",妻子则被称为"夫人"。(*House*:63)贵族阶层无疑是旧大陆的产物,脱胎于漫长的农耕社会。品钦家族的贵族身份正是英国传统在北美殖民地的遗存。在描写赫普兹芭小姐时,霍桑写道:"这古老的贵妇名号——在大洋此岸已有二百年的历史,而大洋彼岸则有三倍长的历史",换言之,可追溯到欧洲中世纪的封建社会,而与贵族名号相伴随的是"古老的画像、家谱、纹章,家族的历史记载和传说"(*House*:38),即一整套使之合法化的话语、言说方式以及象征之物。更重要的是品钦家族关于土地所有权的传说,这个家族曾拥有一张经议会批准的地契。根据此契约,他们有权拥有东部一块面积超过"公爵的领地、甚至在位君主"的地产。(*House*:18)地契后来不翼而飞,但虚幻的土地所有权一直支撑着品钦家族后人强烈的贵族身份意识。以采邑、庄园等方式占有土地是农耕社会的核心要素,社会学家们往往以"封建制度"一词来指称这一社会模式③。土地所有权维系着封建的等级制度,品钦家族显然明确土地与贵族身份之间的关联。所以,上校去世后三十多年,其孙杰维斯·

---

① Walter Benn Michaels, "Romance and Real Estate," in Brian Harding, ed., *Nathaniel Hawthorne: Critical Assessments*, East Sussex: Helm Information Ltd,1956, p.377.
② 程巍:《中产阶级的孩子们:60年代与文化领导权》,生活·读书·新知三联书店,2006年,第160页。
③ 该词最早出现在17世纪的英格兰,用来指称一种正在迅速消失的土地所有形式,至18、19世纪成为一个社会学语汇,指西欧资本主义脱胎于其中的社会形态。

品钦仍致力于寻找家族失踪的地契,以期获得东部领土,由此提升家族的贵族地位,直到19世纪,这一梦想也还抚慰着在贫困中挣扎的赫普兹芭小姐。

品钦家族的败落是历史的必然。至19世纪上半叶,农耕经济模式业已没落,虽然稍后于英国,美国也处于工业化和市场化的急剧变革中。在小说的结尾,品钦家族的地契虽然失而复得,但早已失去了法律效力。这一细节具有象征意味。地契失效不仅因为政权更替,放在更宽的历史框架中来看,也昭示着封建土地所有制度已不复存在,而它所支撑的一整套等级秩序和人身依附关系也随之消失。如作家指出的,"门第的本质就是粗俗财富和豪宅,这些东西一旦丧失,门第也不再有什么精神上的存在了,只能绝望地随之一起消亡"(*House*:38)。穷困潦倒的赫普兹芭小姐代表的其实是一个没落的贵族阶层,在新的经济秩序下,艰难地求生存。在小说的第三章,作家以赫普兹芭的想象为读者召唤出近代商业社会的影像:食品店、玩具店、绸缎店的橱窗上都镶着巨大的平板玻璃,装饰得富丽堂皇,投入大把金钱的商品琳琅满目,一应俱全;所有这些商店的尽头都装着华贵的镜子,镜子光亮的虚幻映像将店内的财富仿佛又扩充了一倍。街道的一边是繁华的集市,许多身上洒了香水、头发油光可鉴的商贩正在满脸堆笑、点头哈腰地兜售商品(*House*:48)。紧接着,作家将目光转向古宅黯淡的小店和落寞的赫普兹芭小姐:赫普兹芭自己穿着褪色的黑绸长袍,站在柜台后面,怒视着过往的行人,对比鲜明的画面生动地向读者揭示了新旧秩序的对照和社会经济的变革。由此,无视时代的变迁而单从家族的罪恶来阐释品钦家族的困境是难以切中问题的要害的。

如果说赫普兹芭代表着没落的贵族阶层,品钦法官显然是新兴资产阶级的代表。麦克斯指出:"法官更像资本家,而非贵族。"[①]他深谙资本主义经济的运作规律,懂得投资、经营和投机等聚财方式,他拥有城乡的地产、铁路、银行、保险公司的股票以及联邦债券。不仅如此,他也是一个有声望的公众人物,拿到法官头衔后,进入政界,在州议会两院中担任要职,临终前,还预备参加竞选,有望成为马萨诸塞州的州长。这一切都使得他成为新崛起的市民社会中的权势人物。法官置身其中的正是一个以财产私有制、自由市场、法治为基石的近代资本主义社会。另一方面,品钦法官也代表着资本主义经济最恶劣的一面,也正是让霍桑深感焦虑的时代病症,即对金钱的贪欲、尘嚣日上的实利主义。品钦家族的冷酷

---

① Walter Benn Michaels, "Romance and Real Estate," p.376.

意志在法官身上转化为对金钱和权力的强烈贪欲，他是小说中明确无疑的恶人形象——"反精神的、肆无忌惮的、投机主义、世俗狭隘的"，是"经济实利主义和市侩习气"的化身①。

## 二、改革运动与乌托邦幻象

社会学家指出：资本主义在解决问题的同时也制造问题。一方面带来"进步"，另一方面产生"改革"的必要。19世纪上半叶，西欧资本主义的大发展已造成诸如贫困、贫富不均、阶级分化、失业等一系列社会问题。回顾一下，不难记起，这是马克思和恩格斯就阶级问题发表重要著述的年代。这一时期美国也为类似的问题所困扰。面对危机，改革者、文化批评家和知识阶层开始反思美国的社会和经济秩序问题，寻求疗治和改革良方。比如，1840年，布朗森（Orestes A. Brownson）发表论文《劳工阶级》（*The Laboring Classes*），从基督教的角度评述劳工阶层所遭受的贫困和剥削现象。另一方面，19世纪上半叶也是社会主义和乌托邦理论流行的时期，圣西门、傅立叶和欧文等人的理论传播到北美，孕育了大大小小的改革运动和乌托邦社团，史学家把1830—1850年间的20年称作改革时代。

美国的改革运动不仅受欧洲社会主义思潮的影响，更有鲜明的本土特色，即对一种断裂式的、崭新的开始的信念。美国梦以割裂的地理空间承诺重返天真的可能，新世界和处女地意味着一个崭新的、童真的世界。19世纪形形色色的乌托邦计划正是立足这一信念，将革新的希望建立在"割裂的地理而非发展的历史进程上"②。19世纪上半叶的历史语境进一步滋养了这一信念，科学技术的大发展、启蒙主义的进步观、宗教复兴运动、超验主义等主流思想以及形形色色打着科学幌子的催眠术、通灵术等流行事物一起许诺着灵魂新生和社会更新的可能性。一时间，个人、社会和国家的新生似乎指日可待，美国仿佛正站在一个与历史决裂的崭新起点上。在《宅子》中，作家对改革运动和乌托邦梦想的反思主要借霍尔格雷夫和克利福德两个人物展开。

霍尔格雷夫混迹于一群"改革家、号召戒酒的演说家、满脸怒气的慈善家之

---

① Alfred H. Marks, "Who Killed Judge Pyncheon? The Role of the Imagination in *The House of the Seven Gables*," in *PMLA*, 6 (1956), p.369, 355.
② A. N. Kaul, *The American Vision*, New Haven: Yale University Press, 1963, p.318.

类的社团成员和激进分子"之中(*House*：84)，是 19 世纪改革主义者的代表，是激进的改革思想的代言人。他不为陈规定则束缚，不断变换职业和身份，当过乡村教师、店员、编辑、香水推销员、牙医、傅立叶主义者、催眠术的公开演讲者，目前又成了一名银版照相师。他似乎分享了美国这个年轻国度的流动性以及无限敞开的可能，是"爱默生看到的前途远大的美国年轻人"的典型①。值得一提的是，霍桑笔下的改革者与催眠师往往联系在一起，霍尔格雷夫也被赋予了这种催眠能力，但他的美德又在于不随意对他人催眠，正因为如此，他从未成为狂热的改革分子。再者，银版照相术与改革运动的联系也耐人寻味。银版照相术于 1839 年 8 月问世，作为一种新生的、民主的事物，它与改革主义者的身份是相称的，象征着改革者意欲改写现实、影响历史进程的信心。② 霍尔格雷夫完美地传达了 19 世纪改革者与历史决裂的信心。他把过去比作"巨人的尸体"，质疑人们为什么不能摆脱过去，为何要活在死人的阴影里。他的论调与爱默生在《论自立》中提出的与过去、传统和权威决裂的姿态是一致的。霍尔格雷夫借宅子、建筑的意象传达出他最为激进的观点，认为：像议会大厦、政府大楼、法院、市政厅、教堂这样的公共建筑物也许不需要用砖石之类耐久材料建造，最好是每 20 年左右就坍塌掉，以提示人们及时审视和改革它们所象征的社会制度。(*House*：184)。他仿佛是一个预言家，以决绝的姿态预言一个童真时代的开始：这个时代将不同于以往，布满苔藓的腐朽的旧时代行将就木，僵死的旧制度将被推翻、被埋葬，一切都将重新开始(*House*：179)。

如果说霍尔格雷夫代言了改革者与历史决裂的信心，克利福德的火车之旅则让我们洞悉了 19 世纪灼亮的乌托邦幻象。这一幻象是由科学、技术、超验主义、催眠术等五花八门的流行观念和新生事物共同打造的。的确，这个人物看似与改革运动毫无关联，但虚度人生的克利福德同样有新生的渴望，这一渴望因法官的死亡得到突然释放，促使他领着赫普兹芭登上火车，仿佛青春重返，重新卷

---

① F. O. Matthiessen, *The American Renaissance*, New York：Oxford University Press, 1941, p.331.
② 爱默生认为它是民主的，因为和属于贵族消费的画像相比较，银版照相术价格便宜，可以服务于大众。霍姆斯(Oliver Wendell Holmes)把照片看作上帝记录天使之书上撕下的一页，设想天空为一面巨大的凹透镜，可以折射和记录人类所有的活动，成为上帝可以观看的不朽的记录。这一比喻实质上赋予照相术以普罗米修斯式的含义，也暗示着人类创造者的地位，意即人类自己也是记录天使之书的撰写者。霍桑很可能熟悉这些想法，因而将银版照相师的身份赋予他笔下的改革者。但在他这里，银版照相术还有更深一层的含义，后文将进一步讨论。参见 Charles Swann, "The House of the Seven Gables：Hawthorne's Modern Novel of 1848," in *The Modern Language Review*, 86(1991), p.728。

入了生活的洪流。正是在这种激昂的情绪下克利福德发表了一大篇貌似疯癫的谈话,成为进步观念和改革主义的代言人。和霍尔格雷夫一样,他使用了建筑这个意象,声称,"在人类幸福和进步的道路上,最大的绊脚石就是一堆堆用灰泥砌起来的砖头石块以及钉在一起的梁木——所谓的房子和家"(*House*:261),并预言人类将重返游牧时代,也就是一个无限敞开、不为传统和过去所束缚的理想时代。

　　克利福德的长篇宏论内蕴极为丰富,他提到火车、铁路、电、电报、催眠术、通灵术等19世纪的新生事物,而他的见解又扎根于当时的超验主义思想。这番言论首先为读者召唤出一个科技大发展、乐观主义精神洋溢的19世纪社会风貌①。科学技术的力量本身就增强了启蒙运动树立的进步观念,然而,科学与乌托邦幻象之间还有更深层面的关联。这点要从美国改革运动所特有的宗教性和精神性的一面说起。和同时代的欧洲社会批评家不同,美国的改革者们往往受宗教热忱的激励,更多地从基督教的角度阐释和疗治社会病症,在实践社会改革的同时,也更为关注个人灵魂的净化和拯救,将之视为社会新生的根本。1795—1835年间的"第二次大觉醒"宗教复兴运动实际上是内战前改革运动的催化剂,爱默生等人所倡导的超验主义又是改革的重要理论基石,当时很多著名的改革家、社会活动家同时也是超验主义俱乐部的成员。克利福德意识到,19世纪的科学和科技发明似乎从另一个角度应验了超验主义的理论,为抵达精神化和性灵化的存在提供了便利的捷径,风驰电掣的火车、神秘的电流、贯通欧洲和北美的电报线、甚至打着科学旗号的催眠术和通灵术,似乎都在许诺人类可以实现畅通无阻的意识和精神的交流,在超验的、精神的领域中,清除掉个人和社会罪恶的、粗鄙的、物质性的特质,使友爱成为人与人之间的联系纽带。克利福德提到的催眠术和通灵术都是当时的伪科学,它们之所以能够流行一时,在于貌似印证了精神和性灵是真实可感的、并能直接进入的领域。

　　催眠术这类可疑的东西坚定了人们对于精神化的信心,科学和科技发明则以更强有力的方式托起19世纪的乌托邦幻象。科学同样承诺给人们一条道德和精神净化的捷径。坐在火车里,克利福德赞叹道:铁路赋予我们翅膀,消除旅途(pilgrimage)的劳顿和风尘,将旅行精神化了!(*House*:260)英文里

---

　　① 南北战争前,美国经历了一场"交通革命",第一个十年间汽船革新了水路交通,19世纪20年代运河和航道大发展,30年代迎来了火车;伴随交通革命而来的是"通信革命",40年代第一条电报在城市间发送成功,至50年代末电报线已经将美国与欧洲连在了一起。

pilgrimage 一词有宗教意味,做"朝圣之旅"解,这里讽刺意味明显,使读者联系到他的短篇故事《通天铁路》。该短篇嘲讽的正是时代的流行观念,以火车为标志的现代科学似乎把精神之旅简化为一趟轻松快捷的旅行。科学打造的乌托邦幻象在克利福德对电和电报的描述中达到极致:

> 还有电——这天使,这魔鬼,这巨大的物质的力量,这无处不在的意识!克利福德叫道,"难道这也是一派胡言?通过电,物质世界变成了一个巨大的神经系统,瞬息之间就能波动到千里之外,这是事实,还是我的梦想?或者这个圆圆的地球就是一个巨大的脑袋,一个充满智慧的大脑!或者,我们应该说,它本身就是思想,单单就是思想,而不是我们所认为的物质?"(House:264)

这段话明显根植于超验主义的信条,视世界本质为精神的、性灵的存在,"神经系统"和"大脑"之类的比喻,跟爱默生的"眼球"之说也是暗中相通的,肉体的、物质层面的一切似乎都已被抛到身后,科技的力量引领人们直接进入纯精神的领域。克利福德接着畅谈电报这一"精神媒介"的使用,把它与爱联系了起来,认为它的使命是"崇高的、深沉的、快乐的和圣洁的"(House:264)。总而言之,在19世纪上半叶的历史语境下,火车、电和电报等科技成果无一例外地成为一种精神媒介,许诺着一蹴而就的乌托邦梦想。

## 三、霍桑的保守主义:家族、遗产和传承的意义

霍桑同情时代的改革热忱和乌托邦理想,在《宅子》中,借叙事人的声音,他坦承:"年轻人没有这样的理想不如不出生;成年人彻底放弃这样的理想还不如死去。"(House:179)然而他的保守主义也是众所周知的,对改革方案和乌托邦计划向来缺乏热情,对狂热的改革者始终投以审慎的、质疑的目光。霍尔格雷夫和克利福德都放弃了激进的乌托邦理想,立场的转变以建筑意象来传达,前者认为"石砌的建筑物比木结构的房子更合适"(House:314);后者在眩晕的火车之旅后,看到的是古老的教堂和农舍,这一细节象征着对传统和历史的回归。两人的转变,就情节和主题发展而言,也许是突兀的,然而,却是作家保守主义立场的必然选择。

保守主义者认为现有制度和习俗是自然演化的结果,是历史延续性和稳定性的见证,因而,倾向于捍卫传统与遗产的传承。在《法国大革命感想录》中,伯克论述了英国逐渐形成的各项制度的重要性,诸如国教、私有制、世袭制以及立宪制等,认为这些都是"深思熟虑的结果,或者说更是顺乎自然的美妙结果"①,后世应当继承这些遗产。伯克以血缘和遗产为喻象来形容制度和传统层面上的传承关系,霍桑同样以此说明我们与传统和制度的关系。在小说的结尾,法官猝死,克利福德和妹妹成为家族遗产的继承人,小说以遗传和继承这层意思作结,其中自有深意。对于保守主义者而言,继承原则完美地说明了过去、今天与未来的更迭关系,而且,规范并组织从家族到社会肌体的整体秩序。从这个角度反观小说中宅第这个象征,可以看出更多的隐含意味:它不仅是家族和门第的象征,也不仅指向祖上隐秘的罪恶;更重要的是,老宅隐喻了后世对于历史的传承,包括信仰、文化、制度和习俗意义上的传承,这些都是后代赖以栖身的文明根基及制度框架。

另一方面,宅子也象征无法挣脱的历史的重负,品钦家族后裔无法摆脱罪孽的诅咒,在继承历史遗产的同时,其后代也必然面对历史的暗影与罪孽。在品钦家族故事的背后,我们看到作家对断裂式进步论的深刻嘲讽,看到他对历史延续性的坚持。斯特恩以乌托邦保守主义来指称霍桑的立场②,并且,直接将他的保守主义归因于历史观,即认为历史是重复的、连续性的,而非进步论的、可完善的,即便是美国独立战争,也并非一种千禧年式断裂性的发展③。的确,霍桑坚信历史进程是延续性的,过去、现在和未来之间存在一脉相承的关联,而在他的话语体系里,这一信念又转化为基督教的原罪意识,即堕落后的人类无法凭借自身的力量重返伊甸园。莫尔的诅咒其实也是历史的诅咒,品钦家族无法逃脱历史的阴影,19世纪的改革者们也无从挣脱历史框架,以割裂的空间代替连续的历史进程。所以,霍桑无法认同时代的乌托邦梦想,对所有关于断裂式新生的许诺都嗤之以鼻。这一观点在小说里也不时由叙事声音传达出来,比如,在评论霍

---

① 埃德蒙·伯克:《法国大革命感想录》,收入陈志瑞、石斌编:《埃德蒙·伯克读本》,中央编译出版社,2006年,第153页。

② 斯特恩在宽泛的意义上使用乌托邦(utopia)一词,与意识形态(ideology)相对,指批判现实、力求改变现状的一套观念和想法,19世纪的改革运动中,关于新生和变革的信念业已成为时代的主导意识形态,而霍桑的保守主义则是一种思辨性、与主流不同的声音。

③ See Milton R. Stern, *Context for Hawthorne: the Marble Faun and the Politics of Openness and Closure in American Literature*, Urbana: University of Illinois Press, 1991, p.36.

尔格雷夫时叙述人指出：他的错误在于盲目地认定当今时代比过去或将来的任何时代，更有可能看到古老的褴褛袍服将骤然换成新礼服，而不必一针一线地慢慢缝补(*House*：180)。

在《宅子》中，霍桑也以一种人生和历史虚无的意识消解改革运动的意义。"拱形窗下"一章颇为细致地描写了意大利艺人的玩偶哑剧表演，这一场景植入了"浮生若梦"或"人生如戏"的母题。"法官州长"一章继续深化了这一主题，不少评论者注意到该章的笔墨极为铺陈，"似乎完全过头了，更不必说有沉迷之嫌"①。但从人生如戏这个角度来看，大段的铺陈别有深意，作家淋漓尽致地揭示了死亡巨大的消解力量，纵使法官万般要事缠身，甚至即将登上州长宝座，当死亡突然降临时，一切都化作乌有，而身后，生活的洪流一如既往地向前奔涌。这一章写得极有反讽意味。实际上，霍桑也正是本着这样的哲学观去看待如火如荼的改革运动的，放在更广阔的人类历史框架里，一波波的改革浪潮最终都会被时间和历史的洪流卷走，也正是在这个意义上，银版照相师这个身份具有了另一层意味。马克斯指出：在小说中，银版照相术被作家"扩展为一种真相的工具，一种浪漫主义的认识论工具"，能够"呈现永恒之物，排除在浪漫主义者看来是'转瞬即逝(passing)'的东西"②，换言之，是对现象与本质、形式与表象进行区分的工具。相对于永恒的历史和更高的真理而言，风起云涌的改革运动是否可划归转瞬即逝的表象范畴呢？如果答案是肯定的，那么，银版照相师这一身份也预示着向保守主义的转变。可以说，在《宅子》中，霍桑以延续的历史观和历史虚无的整体意识为其保守主义立场做了精彩的注脚。然而，在选择站在传统、遗产和秩序一边的同时，霍桑并未回避尖锐的时代问题，在小说中，他的确以自己的方式对时代问题做出了回应，只是他的回应必然是基于保守主义的一种选择。

## 四、田园牧歌的阶层幻景

回到前面分析的以阶级矛盾为主导的 19 世纪社会问题，田园牧歌传统为霍桑提供了一个不同的思考方向。雷蒙·威廉斯在《乡村与城市》中指出，田园牧歌文学表现出一种回溯性的目光，总是把田园价值搁置在一个刚刚逝去、比现在

---

① Peter J. Bellis, "Mauling Governor Pyncheon," in *Studies in the Novel*, 26(1994), p.206.
② Alfred H. Marks, "Hawthorne's Daguerreotypist," in Seymour L. Gross, ed., *The House of the Seven Gables: Norton Critical Edition*, New York：W. W. Norton, 1967, p.339.

更美好的往昔那里,比如,在谈到圈地运动时他指出:"有序的,也更为快乐的旧日与动荡、失序的现在构成对照。目前的境况和对安定的深切向往催生了一种理想化的倾向,其目的是逃避真切苦闷的时代冲突。"①霍桑也深感于时代的动荡,为这个国家经济和社会流动性所困扰,他在小说里这样表达自己的焦虑:"在这个共和国里,我们波涛起伏、时起时落的社会生活中,总是有人处于被溺死的边缘。"(House:38)史学家认为,19世纪上半叶也是美国市场革命发生的时代,1829—1837年间在任的安德鲁·杰克逊总统在告别演说里,特别提醒美国民众要警惕一个由"货币力量(money power)"主宰的世界,因为它"更容易引发突如其来的剧烈动荡",导致"财产易手,劳工工资波动"②。霍桑写作该书的19世纪50年代正值19世纪美国土地投机高潮,他在"品钦州长"一章也特地提到"邻近的街上有个地产拍卖会"(House:271),土地买卖狂潮引发了"土地归无土地者"运动,并最终催生了1862年的《宅地法》③。如麦克斯指出的,"美国社会令霍桑焦虑的一面正是它的开放性、它对流动性的顺应"④。相对于南北战争前的美国社会而言,霍桑似乎更为怀念相对稳定的、和谐有序的田园景象以及封建等级制所依附的农耕社会模式。在小说的结尾菲比和霍尔格雷夫意外地继承了大笔遗产,和克利福德、赫普兹芭以及维纳大伯一起,搬到乡间别墅,尤其是对维纳大伯而言,一直梦想的"农庄"终于变成了现实。毫无疑问,小说童话式的结尾意味着向田园往昔的逃遁,家族和社会问题并没有获得实质性解决。这一解决与情节和主题的推进无关,完全是作者意图一厢情愿的展现,因而小说体现出一种静止的、舞台造型式的感觉,"更像静止的图画,更非发展的叙事"⑤。在写给出版商的信里霍桑承认:"写到结尾时太阴郁了,不过,我努力洒了点夕阳的余辉。"⑥"夕阳"一词表明作家本人也清楚,田园牧歌以业已消逝的农耕文明为根基,19世纪资本主义的发展已经使之变成了一曲挽歌。至此,也可以更清楚地洞悉作家在一部以新世界为场景的小说中凸显贵族体制的深意了,这并非仅仅

---

① Raymond Williams, *The Country and the City*, New York: Oxford University Press, 1973, p.45.
② Andrew Jackson, "Farewell Address," in *American Democracy: A Documentary Record*, New York: Crowell, 1961, p.374.
③ 1862年5月20日美国总统A.林肯(1809—1865)签署颁布的使西部土地上的垦殖者获得宅地的法案。
④ Walter Benn Michaels, "Romance and Real Estate," p.380.
⑤ Maurice Beebe, "The Fall of the House Pynchon," in *Nineteenth-Century Fiction*, 11(1956), p.2.
⑥ *Nathaniel Hawthorne Letters*, Ohio: Ohio State University Press, 1985, p.376.

因为品钦家族的背景,它体现了作家对新旧社会秩序更替的敏感,在新秩序摧毁并取代旧有的农耕经济模式时,作家对逝去的田园往昔投去回望的目光。

更重要的是,霍桑其实为田园牧歌所隐含的阶级秩序所吸引。尽管在很多研究者看来,这不过是田园传统建构的一种神话,或者说,一种虚假的意识形态[1],其目的是"阻止人们质疑土地所有权所支撑的权力结构和整个社会机制"[2]。但对霍桑而言,田园牧歌首先表现出对阶级分化和社会秩序的敏感,它展现的是一个贵族与平民共处的世界,无论这一文学体裁如何维护或美化阶层秩序,如何扮演意识形态维持现状的功用,它仍召唤出一种不同阶级和平友爱相处的幻象,一种在等级秩序下达到的阶层融合的社会理想。在小说里,霍桑以相当温情的笔触描写了品钦老宅里的花园。花园是自然和乡村的缩影,这个小园地同样存在阶级的分化,作家的阶层类比甚至延伸到花园里的动植物身上。比如,品钦家的鸡被描写为纯种的贵族血统,植物也有高低贵贱之分,花是"贵族的",而蔬菜是"平民的"(*House*:87),然而,名花贱草倒是杂然相处,如梅尔指出的,品钦花园是"'一片光影摇曳的游乐绿地',在这里高贵花、平民蔬菜、杂草和白蔷薇花混杂着生长"(*House*:436)。植物的等级秩序自然是人类社会的投射。作家以花园小聚会来表达田园传统中建立在等级制基础上的和谐的人际关系。他提到每逢周日,花园里会举行一个小型聚会,聚会人包括克利福德、赫普兹芭、菲比、霍尔格雷夫,还有维纳大伯,几个人分别代表了不同的阶层和身份,有没落的贵族、有贵族血统的乡村姑娘、平民改革家以及城市贫民。聚会上,赫普兹芭与周围人表现出明显的主从关系,这种等级秩序在霍桑的笔下又散发出一种和谐美好的感觉,贵族因为自己的内在美德而屈尊,地位低下者顺应她的谦卑,但并不逾越等级的规范。赫普兹芭和维纳大伯之间接近田园文学里的理想的主仆关系,或许正是从这个角度出发,梅尔预言,维纳大伯跟随品钦家到乡间别墅后,将会"成为弄臣(court jester),成为小说里最快乐的人物"(*House*:435)。在霍桑看来,这是比终老养老院更美好的结局,农庄意味着一种温情脉脉的人身依附关系。可以看出,在小说里,田园牧歌召唤的图景始终有一种静态的、停滞于时间之外的画面感,与品钦大街、火车等动态场景相映成趣,两者以不同的方式呼

---

[1] 威廉·燕卜荪在《田园诗的几种变体》中最早指出"老的田园文学给人的感觉是暗示了富者与贫者间的美好关系",继他之后雷蒙·威廉斯进一步探讨了田园传统如何通过遮掩生产关系美化贵族和封建的等级制度。

[2] Terry Gifford, *Pastoral*, London: Routledge, 1999, p.8.

应着霍桑对时代问题的思考。

从整体上看,《宅子》是一部包孕丰富的小说,如作家在序言里承诺的,它联结过去与现在,把当代社会境况置于更广阔的历史框架中加以考察,它凝聚了作家对时代问题的敏感,是作家历史观、哲学观和社会观的集中体现,作家对改革运动的批评与田园牧歌元素的运用相辅相成,体现出政治与神话的完美结合。

 **方法谈:**

## 如何抓住灵感的瞬间?

《改革时代与田园牧歌——谈历史语境中的〈七个尖角阁的宅子〉》(下文简称《改革》)一文发表于十多年前,当初酝酿和写作的过程已不甚清晰,就像化蝶为蛹,蝴蝶早已淡忘当初毛毛虫的岁月了。然而,或许还是有迹可循的,毕竟霍桑研究是我学术生涯中很重要的一段经历,写作该文,也是深入霍桑思想腹地的一次行旅。在霍桑研究上,我采取的是语境化的策略,将霍桑创作置于19世纪上半叶的历史语境中加以考察,探析作家对其所处时代社会与政治问题的深刻思考。20世纪七八十年代之后,霍桑批评逐渐从"清教主义的重负"及罗曼司体裁论这类话语中突围,历史维度的恢复为进一步探讨作家与时代问题的对话关系敞开了丰富的空间。在语境化的同时,我的研究聚焦19世纪上半叶的改革运动,具有文化政治批评的鲜明色彩。《改革》一文是这一研究策略的自觉实践。就《七个尖角阁的宅子》这部作品而言,作家对于改革运动的批评是明显的,需要追问的是:霍桑的政治思想具体内涵是什么?文本中的田园牧歌元素与他对改革运动的质疑又存在什么样的关联?

论文酝酿之初,只有一个模糊的大方向,就像一粒种子,它会如何生长、开出什么样的花朵,其实是未知的,具体的研究很像种子向着花朵迸发的过程。在论文的写作上,我的确更推崇古老的有机论,相信一篇论文会从内部发展出它自身的形式,这也是我与既定的理论范式保持距离的原因,当然,我不反对理论本身,也乐于借助理论的力量披荆斩棘。再者,论文的构思过程也并非是渐进式的,它依赖某些灵感迸发的时刻,可能是瞬间的洞见,也可能是某条关键的线索,使得研究豁然开朗,思维的碎片强力聚合成轮廓鲜明的整体。

研究过程中,一个关键的瞬间在于,我突然洞悉出"贵族"一词原有的社会学含义。霍桑反复提到品钦家族的贵族身份,提到"古老的画像、家谱、纹章、家族的历史记载和传说",提到赫普兹芭小姐的贵族名号:"这古老的贵妇名号——在大洋此岸已有二百年的历史,而大洋彼岸则有三倍长的历史"。灵光闪现之际,我意识到,作家不仅是为反衬品钦家族衰败而强调其先祖的显贵地位,而是真正将之视为贵族这一阶层的代表,由此,将家族的没落与西方社会经济结构的变迁联系了起来。尽管滞后于英国,美国资本主义依然构成欧洲资本主义体系的一部分,是其在地理意义上的延续,经济秩序的深刻变化在欧洲和美国的广袤地理空间中展开,这其实挑战了美国"山巅之城"或美国"卓异论"之类的神话。作家具有深沉的历史眼光,他看到的是历史的延续性,美国的发源并非人类历史上的一个全新事件,而美国的发展也不外在于世界历史。或许,只是电光火石的一瞬,但这足以令我洞彻品钦家族史在道德寓言之外的意味:它折射的是人类社会由农耕时代向现代资本主义经济转型的历史变迁。

家族史的意义一旦明确,整个论文的思路豁然贯通,作家所聚焦的改革运动本身是对资本主义进程的一种回应,而田园牧歌对应的是前现代的社会形态与价值观念。基于这一洞见,再反观文本,一些关键的场景、人物、结构和意象如同河流山脉一样清晰浮现。论文写作者应当拥有一种召唤的神力,在贴近文本之后,又抽身而去,在设定的版图上呼风唤雨,建构属于自己的意义疆域,而非小心翼翼地按图索骥。在沉思文本诸多意象的时候,最为诱惑我的是动与静的这一组对立。动态意象和场景中,最为典型的当属火车和风驰电掣的火车之旅,火车、旅行、电报、流动喧嚣的街景,还有改革者追逐的炙热的乌托邦幻象,它们是这个时代激情、信念与憧憬的具象化表现;而另一面,我们看到田园、家园、大地,还有时光里静止不动的老宅,它们在岁月深处缄默不语。这组对立在思维模式上给我以启发:将静与守旧的愿望相关联,以动对应进步论的改革激情,小说整体上偏向于静的冲动,人物选择拥抱石筑的宅第,又向着乡间和田园逃遁,这些无疑昭示了作家的意识形态倾向。基于此,我提出自己的观点:霍桑的保守主义立场使他无法认同改革者的理想和举措,面对现代资本主义转型造成的社会弊病,作家借助田园牧歌传统,衔接小说聚焦的阶层问题,实践了一种想象式的解决方案。记忆犹新的是小说中的建筑意象,曾经渴望推倒重建的改革者最后放弃了激进的立场,他说,石料比木结构更适合建筑家宅,每代人可根据需要和趣味改变内部陈设,而建筑的外表又因岁月而平添魅力,"给人一种永久的感觉"。作家以建筑隐喻传统、惯例、历史制度和习俗,而这正是保守主义者所捍卫的东西。不能确认霍桑是否读过伯克的著作,但两人在思想上的一致性令人惊讶,他们似乎都将政体、制度和习俗看作先辈馈赠于后人的一份遗产,其中包含着后代与先辈、历史和传统的血脉关联。

2015年,我的霍桑研究专著《原罪与狂欢:霍桑保守主义研究》出版,根据书稿,对本文做了一些改动。总之,论文的写作以学养为根基,灵感和机缘起到触媒的作用,就像艾略特在《传统与个人才能》里提到的白金丝。

# 儒家文化真的影响梭罗了吗？
## ——《瓦尔登湖》对《四书》的引用和悖离[*]

陈广兴[**]

**内容提要**：很多中国学者都认为中国儒家文化对梭罗产生了重大影响，其作品体现出与儒家思想的深度契合。然而有西方学者对此持不同意见，认为儒家思想对梭罗的影响非常有限。要厘清这一问题，就需要进入中英文的具体语境进行考察。梭罗在《瓦尔登湖》中共有十处引用了《四书》，分析《四书》原文和英语引文的内涵和目的，就会发现梭罗毫无例外地抛弃了这些儒家语录原文所携带的儒家思想，而是将其改头换面，用来表达他所主张的个人主义。《瓦尔登湖》的英语引文和《四书》的原文的涵义和目的经常截然不同，甚至完全相反。中国学者往往将梭罗的英语引文默认为《四书》原文，利用自己对中国文化的了解，"脑补"了很多《瓦尔登湖》中并不存在的思想，与只能凭借英语引文的西方学者相比，其结论必然大相径庭。一旦将《四书》引文置于《瓦尔登湖》的英文语境，就会发现梭罗对中国儒家语录的引用，并非为了表达对儒家文化的亲近或认同，而是为了利用中国《四书》古典、异国的情调来达到点缀、修辞和美文的效果。

**关键词**：梭罗；《瓦尔登湖》；《四书》；儒家思想

很多中国学者都研究过梭罗与中国文化的关系，有大量相关的学位论文、期刊论文、文学史论述和专著。比较有代表性的作品有陈长房的专著《梭罗与中

---

[*] 原载《兰州大学学报（社会科学版）》2019年第3期，第75—82页。本书收录时略有修改。

[**] 陈广兴，文学博士，上海外国语大学文学研究院副研究员，硕士生导师，美国科罗拉多大学访问学者。主要研究方向为美国文学、文学理论。在《外国文学评论》等期刊上发表学术论文40余篇，出版专著《约瑟夫·康拉德小说情节研究》（2011年），参与编著《美国文学大词典》等多种，发表译著6部。

**联系方式**：上海外国语大学，邮编：200083。Email：gxccarl@126.com。

国》(1991)、李杰的博士学位论文《论梭罗与中国的关系》(2008)、谢志超的博士学位论文《艾默生、梭罗对〈四书〉的接受——比较文学视野中的超验主义研究》(2006)、刘玉宇的文章《从〈瓦尔登湖〉中的儒学语录看梭罗的儒家渊源》(2009)等。另外梭罗与中国文化的关系也频频出现在一些综合性的论著当中,例如张冲的《新编美国文学史》和刘岩的《中国文化对美国文学的影响》等。这些研究大都倾向于认为,中国古代文化,尤其是儒家文化对梭罗产生了重大影响,其《瓦尔登湖》等作品中体现出与中国古代文化的深度契合。例如陈长房就说:"贯穿梭罗一生作品的思想脉络,基本上实与精深博大的儒家思想冥相契合。"① 谢志超认为:"以爱默生、梭罗为代表的超验主义运动者接受了完全不同于美国基督教文化的儒家思想……补充和发展了超验主义思想。"②李洁认为,在《瓦尔登湖》中,"不言而喻地表达了梭罗对古代中国文化精神的熟稔和认同"③。然而,美国超验主义研究专家阿瑟·克里斯蒂(Arthur Christy)则认为,儒家思想与梭罗的气质和心态全然不同,因此"儒家思想对梭罗的影响甚为有限"④。针对克里斯蒂的观点,刘玉宇认为尽管梭罗在《瓦尔登湖》中对儒家经典有所曲解和误用,但"其中也体现了一定程度的契合"⑤。

《四书》对梭罗是否有真正的影响?他的思想与中国儒家典籍的精神是否真正契合?这两个问题相互关联,如果两者没有一定程度的契合,我们很难说两者之间存在真正的影响关系。要回答这两个问题,我们不能道听途说,泛泛而谈,而是应该进入中英文的各自语境,实地考察中英文的表达内容和表达目的,才能言之有据地判断梭罗与中国儒家思想的关系。很多中国学者,如陈长房等人,为了分析超验主义和中国儒学的关系,经常讨论梭罗和爱默生在超验主义的喉舌杂志《日晷》上刊登的儒学语录。但脱离了表达语境的语录,其意义是模糊的,其表达目的是缺失的,很难真正判断梭罗等人对这些语录的理解和态度。为了真正理解梭罗对中国儒学的态度,我们必须在具体语境中进行考察。《瓦尔登湖》是梭罗的代表作,充分表达了梭罗的超验主义思想,有十处地方引用了儒家经典

---

① 陈长房:《梭罗与中国》,台北:三民书局,1991年,第24页。
② 谢志超:《爱默生、梭罗对〈四书〉的接受——比较文学视野中的超验主义研究》,上海师范大学博士学位论文,2006年,第135页。
③ 李洁:《论梭罗与中国的关系》,复旦大学博士学位论文,2008年,第46页。
④ Arthur Christy, *The Orient in American Transcendentalism: A Study of Emerson, Thoreau, and Alcott*, New York: Columbia University Press, 1932, p.206.
⑤ 刘玉宇:《从〈瓦尔登湖〉中的儒学语录看梭罗的儒家渊源》,载《外国文学评论》2009年第3期,第197页。

《四书》，因此是一个不错的研究对象。根据梭罗研究专家杰弗里·S.克莱默(Jeffrey S. Cramer)考证，梭罗在《瓦尔登湖》中所引用的《四书》内容，都是他本人译自博迪耶(Jean-Pierre-Guillaume Pauthier)的法语译本《孔子和孟子——中国道德哲学与政治哲学四书》(*Confucius et Mencius: Les Quatre Livres de Philosophie Morale et Politique de la Chine*，1841)①。下文将逐条考察梭罗在《瓦尔登湖》中对《四书》的十处引用，分析中文原文和英语引文的内涵和目的，然后根据分析结果，来回答上述问题。

> 知之为知之，不知为不知，是知也。（《论语·为政》）
> To know that we know what we know, and that we do not know what we do not know, that is true knowledge. ②

我们虽然肯定地知道，梭罗引用的就是中国人耳熟能详的这句话，但仔细阅读英语，则会发现，英语和汉语表达的并不是同一个意思。英语的意思是"知道自己仅仅知道自己所知道的，而不知道自己所不知道的，这是真正的智慧"。也就是说，做人一定要明白，自己的知识非常有限，还有很多东西是自己所不了解的。如果这样还不明白英语和汉语的差别的话，只要看看两者的表达目的，其差异就比较明显了。汉语的表达目的是让人要诚恳踏实，不能虚伪骄傲，要勇于承认自己的无知。如朱熹在《四书集注》中如此解释这句话："子路好勇，盖有强其所不知以为知者，故夫子告之。"③其核心意思在于"不要以不知以为知"。而英语则全然不同，其表达目的是让人心思灵活，眼界宽广，不能执着于自己所知道的道理，不能将自己知道的道理视为唯一的道理，而否认其他道理的存在，要勇于超越自我，承认和探索自己所不知道的东西。

《论语》中，这句话是从社会道德角度来说话；而《瓦尔登湖》中，这句话是在个人世界观层面来说话。《瓦尔登湖》全篇，很少关注诚实的主题。尽管梭罗对

---

① Henry David Thoreau, *Walden*, Ed. Jeffrey S. Cramer, New Haven and London: Yale University Press, 2004, p.11.
② Henry David Thoreau, *Walden*, Ed. Jeffrey S. Cramer, New Haven and London: Yale University Press, 2004, p.11.后文出自同一著作的引文，将随文标出该著作简称"Walden"和引文出处页码，不再另注。
③ 朱熹：《四书集注》，李申译注，巴蜀书社，2002年，第770页。后文出自同一著作的引文，将随文标出该著的首字"《四》"和引文出处页码，不再另注。

世人有诸多的批评，但并不包括虚伪或不诚实。而这则引文的上下文也的确说明梭罗的意思无关诚实。这个引文出现在第一章《经济》中，梭罗在开篇第一章重点讲述整部作品的主题，即生活总是有无限可能。梭罗认为"世人都生活在绝望之中"，就是因为"他们坚信其生活别无选择"（*Walden*：7）。这就是为什么梭罗认为人人皆为奴隶，而"奴隶主就是自己本人"（*Walden*：6）。"一个人对自己的看法决定其命运"（*Walden*：6—7）。然而，在梭罗看来，一方面，没有什么知识是一成不变的，另一方面，人的潜力和生活总是充满无限可能。（*Walden*：10）因此，人必须勇于挑战已有的观念，尝试不同的东西，从而改变自己的命运。在这里我们有必要将这句引文之前的两句话引述出来："我们彻底地、真诚地被驱赶着生活，尊重我们当前的生活，拒绝变化的可能。我们说，这是唯一的生活方式；而实际上存在着无数的方式，就像从圆心出发，可以画出无数的半径一样。"（*Walden*：10）承认自己有不知道的事情，就是承认不同生活方式的存在。梭罗引文与孔子原文的意思和目的全然不同。

苟日新，日日新，又日新。（《大学》）
Renew thyself completely each day; do it again, and again, and forever again. (*Walden*: 86)

这则引文的中英文字面意义没有多少出入，都很明朗，都是要人反躬自省，日日更新。但关键是更新什么，达到什么目的。我们先看看朱熹是怎么定义《大学》主旨的。朱熹在《大学章句序》中说："盖自天降生民，则既莫不与之以仁义礼智之性矣。然其气质之禀或不能齐，是以不能皆有以知其性之所有而全之也。一有聪明睿智能尽其性者出于其间，则天必命之以为亿兆之君师，使之治而教之，以复其性。"（《四》：689）意思是，人性本善，但大多泯灭，需要教化，以恢复善之本性。《大学》原文如此："汤之盘铭曰：'苟日新，日日新，又日新'。《康诰》曰：'作新民。'《诗》曰：'周虽旧邦，其命维新。'是故君子无所不用其极。"朱熹对这段话的解释是："自新新民，皆欲止于至善也。"很显然，汤之盘铭号召人们更新的是道德修养，其目的是恢复仁义礼智的本性。

我们再回过头来考察梭罗引用汤之盘铭的意图。重复上面的一句话，梭罗对世人批评虽多，但很少包含道德批判。这句引文出现在《瓦尔登湖》第二章《我在哪里生活，我为何而生活》。这一章的主旨与上一章一脉相承，希望人们打破各种陈规陋习,过上真正自由无碍的生活,"尽可能自由地无羁绊地生活。至于你是被农场羁绊,还是被监狱羁绊,并没有多少差别"(Walden:81)。而事实上,几乎所有人都生活于不自由和羁绊中。梭罗认为这是因为人们总是处在昏睡之中。"成百上千万的人的清醒程度,能够让其胜任体力劳动;百万人中只有一个人的清醒程度,能够让其胜任有效的智力活动;而一亿人中只有一个人足够清醒到能够过上诗性的或神性的生活。清醒即活着。"(Walden:87)而什么是清醒地活着,什么是诗性的、神性的生活?梭罗以自身的追求做了阐释:"我去林中,是因为我想认真地生活,仅仅面对生活的本质,而不是在将死之际,才发现自己尚未生活过。生活如此珍贵,我不想过不是生活的生活。"(Walden:88)因此,梭罗的"日日新"的对象不是《大学》中的道德修养,而是纯粹个人性的对生活的理解,要勇于反思自己的生活,放弃生活中多余的东西,从而过上真正属于自己的生活。

> 蘧伯玉使人于孔子。孔子与之坐而问焉,曰:"夫子何为?"对曰:"夫子欲寡其过而未能也。"使者出。子曰:"使乎!使乎!"(《论语·宪问》)
>
> Kieou-pe-yu sent a man to Khoung-tseu to know his news. Khoung-tseu caused the messenger to be seated near him, and questioned him in these terms: What is your master doing? The messenger answered with respect: My master desires to diminish the number of his faults, but he cannot accomplish it. The messenger being gone, the philosopher remarked: What a worthy messenger! What a worthy messenger! (Walden:93)

这句引文的英语和原文在字面意思上基本一致,没有明显的出入。但梭罗引用这句话的意图很有意思。他认为太阳底下无新事,引文之前梭罗说,"国外并未发生过新鲜事,法国革命也不例外"(Walden:93),所谓的新闻事件,都没有什么真正的价值。而真正有价值的,是每个人的内部世界。紧接着在引文中,梭罗说:"虚假和幻觉被当作真理,而事实却不为人相信。如果人们持续地专注于真实,而避免蒙蔽,生活,用我们所知道的东西作比喻,将会变得像童话和天方夜谭。……但人们选择闭上眼睛,懵懂不醒,任由自己被浮华欺骗,在任何地方都建立并奉行常规和习惯的生活,这种生活依然建立在纯粹的虚幻的基础之上。"(Walden:94)梭罗的引文强调只有自省才是真正重要的事情,这也是《论

语》原文所具有的字面意思。但梭罗引文中的"faults（过错）"，很显然是指不能保持清醒，从而被常规、习惯等外部环境蒙蔽，而无法洞察真实，难以过上诗性的生活。所以这里的 faults 依然无关道德评价，而是表达哲学的、认识论的立场。但《论语》原文中的"过"，很显然就是道德评价上的过失或错误，是对"仁"的违背。梭罗的引文隐含着对社会道德规则的挑战和质疑，因为道德规则总是外在的，往往对个人形成蒙蔽，而《论语》原文则隐含着对社会道德规则的维护和遵守，两者背道而驰。

鬼神之为德，其盛矣乎！视之而弗见，听之而弗闻，体物而不可遗。使天下之人，齐明盛服，以承祭祀。洋洋乎！如在其上，如在其左右。（《中庸》第 16 章）

How vast and profound is the influence of the subtle powers of Heaven and of Earth! We seek to perceive them, and we do not see them; we seek to hear them, and we do not hear them; identified with the substance of things, they cannot be separated from them. They cause that in all the universe men purify and sanctify their hearts, and clothe themselves in their holiday garments to offer sacrifices and obligations to their ancestors. It is an ocean of subtle intelligences. They are everywhere, above us, on our left, on our right; they environ us on all sides.（*Walden*：130）

这段引文孤立地来看，似乎非常契合梭罗和超验主义的思想。超验主义认为，大自然存在一种超验的精神，个人应该竭尽全力去感悟这种精神，从而改变自己。但具体考察，《中庸》原文和英语引文还是有很大的出入。这段话在《中庸》中，其实是对《中庸》第十二章的"君子之道费而隐"的重复，即中庸之道广大精微，无处不在，虽然难以觉察，却不可须臾离开。何谓"中庸"之道，朱熹解释为："中者，不偏不倚、无过不及之名。庸，平常也。"（《四》：710）《中庸》第一章说："喜怒哀乐之未发，谓之中；发而皆中节，谓之和。"其着眼点是人对这一"出于天而不可易"的行为规范的遵守，其关注焦点依然是人的品德。而这句话出现在《瓦尔登湖》中，其"中庸之道"的内容本身消失不见了，只剩下了其"难以觉察，却无处不在"的存在形式，其内容被替换成了某种能够改变自我的超验精神。《中庸》的原文强调永恒不变的规则,而《瓦尔登湖》的引文强调超验精神带来改变的契机,两者从表达目的上来说,是截然相反的。

  德不孤,必有邻。(《论语·里仁》)
  Virtue does not remain as an abandoned orphan; it must of necessity have neighbors. (*Walden*: 130)

  这句引文和上句引文在《瓦尔登湖》的同一页中出现。这句话在《瓦尔登湖》中的意思,与《论语》中的原意,差别巨大。《论语》原文的意思是明白无误、毫无争议的,即朱熹说的,"德不孤立,必以类应。故有德者,必有其类从之,如居之有邻也"(《四》:798)。所谓桃李不言,下自成蹊,有德行的人自有追随者,永远不会独自一人。而在《瓦尔登湖》中,这句话出现在《孤寂》一章中,这一章的中心思想是:与他人的相处并不重要,经常可以舍弃,而真正重要的是能够改变自我的"最高法则",而对这一法则的感悟,往往需要独处。(*Walden*: 130)梭罗在《瓦尔登湖》中多次提到独处比与人交往更有意义。这句引文之前的两句话是:"我们都是实验的对象,我对此兴趣浓厚。在这种情况下,我们难道就不能偶尔脱离那些传递闲言碎语的社会交往,从而享受我们自己的想法?"(*Walden*: 130)之后他又说"交往经常毫无意义","与他人相处,即使和最优秀的人在一起,也很快会变得令人倦怠而浪费时间"(*Walden*: 131)。这句引文的意思经过上下文的语境限定,就变成了:一个人即使独自一人,只要他能够真正拥有自己的想法,他就不是孤独的。说简单点,《论语》原文肯定他人的陪伴,而且将其视为对有德之人的奖赏;《瓦尔登湖》的引文排斥他人的陪伴,认为人际交往浪费时间,阻碍思考。两者的表达目的完全相反。

  子为政,焉用杀?子欲善而民善也。君子之德风,小人之德草,草上之风必偃。(《论语·颜渊》)
  You who govern public affairs, what need have you to employ punishments? Love virtue, and the people will be virtuous. The virtues of a superior man are like the wind; the virtues of a common man are like the grass; the grass, when the wind passes over it, bends. (*Walden*: 167)

季康子问政于孔子："如杀无道，以就有道，何如？"孔子就以这句话来回答。季康子是当时的鲁国权臣，主宰鲁国命运。他所谓的"杀无道"，虽然冠冕堂皇，但实质不是与其他权臣争权夺利，就是血腥镇压老百姓。孔子当然要反对，希望他能够实行仁政，善待百姓。梭罗在《村庄》一章的末尾引用这句话。在前一页他讲述了自己被关进监狱的事情，"因为我拒绝向一个像贩卖牲口一样在议会门口贩卖男人、女人、孩童的政府缴税"（Walden：166）。《论语》原文的意思，梭罗肯定是认可的，即统治阶级自己应该遵守规则，老百姓才会遵守规则。这是理想的状态，但如果出问题了怎么办？在孔子看来，关键是统治阶级要实行仁政，事情才能得到解决。因此孔子是站在统治阶级的立场自上而下地思考问题。梭罗当时的美国政府支持奴隶制，并对墨西哥发动侵略战争。梭罗极为反对这两件事情，他认为面对这样的政府，老百姓应该坚决地不服从，否则就是帮凶。因此梭罗是站在被统治阶级的立场自下而上地思考问题。这也是梭罗闻名世界的《论公民的不服从》及其"非暴力不合作"的主要思想。尽管梭罗引用了这句话，但孔子通过这句话表达的寄希望于统治阶级道德修养的思想精髓，对梭罗没有产生任何的影响。梭罗在其作品中从未对统治阶级的道德品质抱过幻想。他从来都是寄希望于个体的觉醒和自由，从而影响和推动整个社会。

心不在焉，视而不见，听而不闻，食而不知其味。（《大学》第7章）

The soul not being mistress of herself, one looks, and one does not see; one listens, and one does not hear; one eats, and one does not know the savor of food. (*Walden*：209)

这段话出自《大学》第7章，解释正心修身。朱熹将其解释为："心有不存，则无以检其身，是以君子必察乎此而敬以直之，然后此心长存而身无不修也。"（《四》：698）意思是如果不能集中注意力于自身，就不能保持自己的修养。梭罗的引文出现在《更高的法则》一章中，讨论的是一个人如何在没有口腹之欲的情况下从食物中获得满足。他认为："一个能够品尝出食物的真正味道的人，绝对不是一个贪吃之徒；而不能品尝食物真正味道的人则肯定是贪吃者。"（*Walden*：209）清教徒能将黑面包吃得津津有味，就像议员吃甲鱼一样。他认为，一个人不会因为吃了什么而堕落，而会因为口腹之欲而堕落。《更高的法则》一章最大的篇幅讨论的就是人不应该耽于饮食。因此《大学》中的这句强调正心诚意的话，在梭罗笔下的意思,就真的变成了心不在焉者不能品尝出食物的真正味道,从而会成为一个饕餮之徒,难以成为一个超越兽性的人。

  人之所以异于禽兽者几希,庶民去之,君子存之。(《孟子·离娄下》)
  That in which men differ from brute beasts is a thing very inconsiderable; the common herd lose it very soon; superior men preserve it carefully. (*Walden*: 211)

  在《瓦尔登湖》中这句引文紧接上面的引文,强调如何克制自己的兽性,从而塑造自己。《孟子》原文中,这句话后面紧接着"舜明于庶物,察于人伦,由仁义行,非行仁义也"(《孟子·离娄下》)。人之所以为人,就是因为人伦,而人伦是什么?"父子有亲,君臣有义,夫妇有别,长幼有序,朋友有信。"(《孟子·滕文公上》)说白了,人活着,就是要安分守己地遵守等级秩序,不能给别人,尤其是不能给位于等级秩序上面的人添麻烦。梭罗引用"人之所以异于禽兽者几希,庶民去之,君子存之",主要是讨论人应该克制自己动物般的对食物的贪欲,从而追求更高级的精神享受,获得个体生活的自由。从表达目的上来说,梭罗对《孟子》原文强调"人伦"的语言恐怕不仅是不感兴趣,更是会产生极大的排斥。封建制度严格的等级秩序观念,必然束缚自由意志和个性发展,这是梭罗所不能容忍的,也是他在《瓦尔登湖》中所重点关注的主题之一。

  虽存乎人者,岂无仁义之心哉?其所以放其良心者,亦犹斧斤之于木也。旦旦而伐之,可以为美乎?其日夜之所息,平旦之气,其好恶与人相近也者几希,则其旦昼之所为,有梏亡之矣。梏之反复,则其夜气不足以存;夜气不足以存,则其违禽兽不远矣。人见其禽兽也,而以为未尝有才焉者,是岂人之情也哉?《孟子·告子章句上》
  A return to goodness produced each day in the tranquil and beneficent breath of the morning, causes that in respect to the love of virtue and the hatred of vice, one approaches a little the primitive nature of man, as the sprouts of the forest which has been felled. In like manner the evil which one does in the interval of a day prevents the germs of virtues which began to spring up again from developing themselves and destroys them. After

the germs of virtue have thus been prevented many times from developing themselves, then the beneficent breath of evening does not suffice longer to preserve them, then the nature of man does not differ much from that of the brute. Men seeing the nature of this man like that of the brute, think that he has never possessed the innate faculty of reason. Are those the true and natural sentiments of man? (*Walden*: 304)

《孟子》原文的意思是,仁义之心极易丧失,很难保持,因此需要时时警惕,"不可顷刻失其养"(《四》:1182)。孟子在这段话里还提出"夜气之说",夜晚的修养能够滋润仁义之心,而白昼的行为往往损耗仁义之心。只有减少白天的损耗,夜晚的修养才能让人保持良心,从而区别于禽兽。梭罗是在《春天》一章中引用这句话的。梭罗在这一章主要描述春天来临的种种细微的迹象,然后提出,春天来了,万物复苏,人也应该以崭新的面貌重新开始。他认为"人应该永远活在当下"(*Walden*: 303)。春天来了,很多人仍然生活在冬天。在春天,罪恶的人也会告别自己的过失,生出良善之心。监狱也应该在春天的时候释放犯人。梭罗利用了《孟子》原文中人应该时时改造自我的意思,但其重点在于活在当下的生活哲学,而不是培养道德的坚忍不拔。其中孟子核心的仁义之心和夜气之说与梭罗的表达需求更是风马牛不相及。

三军可夺帅也,匹夫不可夺志也。(《论语·子罕》)

From an army of three divisions one can take away its general, and put it in disorder; from the man the most abject and vulgar one cannot take away his thought. (*Walden*: 319)

这句《论语》原文本身是有争议的,争议的焦点在于"夺"字,但现在基本倾向于将其解释为"改变",即军队的首领可以被替换,而人的志向不能被改变。然而中英文对比中的关键词却是"志",即志向或志气,而在英文中变成了thought,即"思想"。这就产生了中英文的差异。《论语》中的原文具有比较明确的道德指向,即要求一个人应该坚毅,能够坚守道德标准,核心在"坚持"上。而在《瓦尔登湖》中,意思就变成了每个人都应该有真正属于自己的想法,而不应该人云亦云,核心在"自己"上。《论语》中需要坚持的东西,是被社会,尤其是统治阶级所接受的伦理标准,其核心内容是"仁"。需要坚持的东西是社会已经给定的,个人所需要做的就是坚持执行。而梭罗用这句话表明的,恰恰是人不能盲从社会观念,而应该拥有自己独特的想法,不能被外在的观念误导,从而迷失自我。因此引文和原文的表达目的基本上正好相反。

对以上分析进行概括,梭罗《瓦尔登湖》中的十条引文,在《四书》原文中全部是关于个人道德修养的,尤其是关于个人如何培养仁义之心的,其目的是塑造具备儒家道德素质的个体。无论梭罗的引文有没有发生字面意思的误解或改变,其表达的内容和目的与《四书》原文均截然不同。梭罗的引文往往无关道德评价,而是用来强调个体独立思考的重要性,其目的是实现独立自由的个人生活。从这十条引文中,我们看不出梭罗对儒家思想的理解和接受,这些儒家语录原文所携带的儒家思想,与梭罗在《瓦尔登湖》中表达的思想毫无关系,而且经常相反。梭罗对这些引文的使用,就像"买椟还珠"一样,丢掉了珠子,留下了盒子,然后在其中塞进自己的东西。梭罗之所以热衷于引用《四书》关于个人道德修养的语录,并非因为儒家的道德标准对他具有吸引力,而是因为其关注个体的表达方式很容易被挪用至他所关注的个人主义。

他所引用的儒家语录还有一个明显的特征,即都不包含儒家思想的具体内容。尽管他选用的语录在《四书》原文中都预设或默认了儒家道德观,而一旦掐头去尾置入完全不同的英文语境之后,让一个不懂中国文化的读者去看,完全看不出背后隐藏的儒家的具体思想,只能看到梭罗通过上下文表达的意思。很多研究梭罗的中国学者并不是通过英文原文来考察梭罗对《四书》的理解,而是假定了梭罗用英文表达的《四书》语录等同于汉语的《四书》原文,然后利用自己对儒学或《四书》的理解,"脑补"了很多《瓦尔登湖》原作中并不存在的思想。他们的研究对象在这一过程中偷偷地发生了置换,从《瓦尔登湖》中的引文变成了《四书》原文。而事实上,这两者截然不同,不可相互替换。例如陈长房将梭罗的引文"Virtue does not remain as an abandoned orphan; it must of necessity have neighbors."完全等同为孔子的"德不孤,必有邻",从中解读出"'独善其身'是不够的;其最根本的目标原在于'兼善天下'"[①]。英语引文其实与这个意思完全相反,他的结论是从《论语》原文得出的。他也将"The soul not being mistress of herself, one looks, and one does not see; one listens, and one does not hear;

---

① 陈长房:《梭罗与中国》,台北三民书局,1991年,第38页。

one eats, and one does not know the savor of food."完全等同为《大学》的"心不在焉,视而不见,听而不闻,食而不知其味",从中解读出"心有不存,则无以检其身,是以君子必察乎此而敬以直之,然后此心长存而身无不修也"①。(陈长房未加引号,但其实是朱熹的原话。)同样,这个意思与《瓦尔登湖》原文完全不同。章义华认为梭罗对"人之所以异于禽兽者几希"的引用,"表明梭罗也赞同儒家所述'人之初,性本善'的观点"②。这种解读也是望文生义的结果,《瓦尔登湖》的引文并未表达这样的思想。这就是为什么西方学者和中国学者在这个问题上出现明显的差异,各执一词,互不相让。西方学者只能专注于梭罗转换后的文字,必然与中国学者通过《四书》原文得出的结论不同。

《四书》中并不缺乏明确阐释儒家思想的内容,这些内容即便转变成英语,也很难消除儒家本来的思想,而梭罗却从未引用过这样的语言。《大学》最核心的思想是"三纲八目",即"大学之道,在明明德,在亲民,在止于至善",以及"物格而后知至,知至而后意诚,意诚而后心正,心正而后身修,身修而后家齐,家齐而后国治,国治而后天下平"。这样的语言,即使翻译成英文,置于另一个语境,也必然能够看出儒家从国家统治者的角度强调个人道德修养的核心思想。而这样的思想与梭罗本人的思想大相径庭。《中庸》的核心精神具体体现为"凡为天下国家有九经,曰:修身也、尊贤也、亲亲也、敬大臣也、体群臣也、子庶民也、来百工也、柔远人也、怀诸侯也",强调社会等级秩序的严格性,同样与梭罗的思想相龃龉。论语的核心思想是"仁",在《论语》中出现一百零九次,可见其重要性,如"克己复礼为仁。一日克己复礼,天下归仁焉。"(《论语·颜渊》)孔子的人生理想就是克己复礼,即克制自己,恢复周礼。克己复礼,关键是消灭个体,服从集体,而这是梭罗绝对不能容忍的,对他来说,没有了独特的个体,生命就没有了意义。而服从于某种权威,则是梭罗所坚决反对的。《孟子》提出"性善"论和"仁政"论,认为人性本善,为政以德,号召统治者要有善心,要施仁政于民,以德服人。"省刑罚,薄税敛,深耕易耨。壮者以暇日修其孝悌忠信,入以事其父兄,出以事其长上,可使制梃以挞秦楚之坚甲利兵矣"(《孟子·梁惠王上》),这里还是对上下秩序的肯定,着眼于统治阶级如何更好地实行统治。这样一些包含具体儒家思想的语言,对梭罗来说是难以消化的,很难像他引用的十句话那样轻易地被改头

---

① 陈长房:《梭罗与中国》,第35页。
② 章义华:《互文视角下梭罗对儒家文化的接受》,《北京第二外国语学院学报》2013年第2期,第32页。

换面，因此只能敬谢不敏。

超验主义反对加尔文主义和唯一神教，推崇个人主义，强调个体的自由和独立，尤其崇尚个人直觉，极大地推动了美国个人主义的发展，为美国在思想上从欧洲独立产生了积极作用。爱默生在其著名的演讲《美国学者》的末尾号召："我们要用自己的脚走路，我们要用自己的手工作，我们要表达自己的观点。"[1]梭罗的个人主义比爱默生更加鲜明，他追求灵魂独立，号召人们不要屈服于任何外在的力量，不管这种力量是政治权威、物质诱惑、老一辈的人生经验、社会的陈规陋习，还是自己的错误观点。梭罗认为人不能向任何东西献身，包括帝王。他认为真正勇敢的士兵，是逃离战场的士兵。真正伟大的人民不是建造金字塔和宏伟纪念碑的人，而是成功地逃脱这种苦役的人。梭罗认为人不能向物质献身，将最好的年华用来挣钱，期望在年老体衰的时候过上好的生活。梭罗认为一代人有一代人的想法，上一代人并不会因为年龄或阅历而有任何值得传授的东西。梭罗认为，人一定不能人云亦云，要有自己的想法。梭罗认为人人都在绝望中生活，是因为相比外在的束缚，人们往往是自己想法的奴隶。梭罗认为人应该清醒地活着。而绝大多数人生活在懵懂之中，让外在的想法、错误的想法、未经思考的想法支配着自己。个人主义强调个人是社会的基础，而儒家则强调人际关系才是社会的基石。儒家虽然也强调自我，但个体独立和自由在儒家思想中并不存在。儒家的个人是伦理关系中的个人。个人的价值并不独立存在，而需要从外界获得。从本质上来说，梭罗的个人主义和儒家思想是相反的。

梭罗在1860年1月5日的日记中说："一个人只会接受愿意接受的，无论是身体的、知识的、还是道德的，就如同动物只能在特定的季节怀崽一样。我们只能听见和理解我们早已有所了解的东西。如果一个东西与我无关，与我不契合，无论根据经验，还是出于天性，我都对此不感兴趣，即使这个东西多么新奇，多么不同寻常，有人将其讲述出来，我也听不见，如果有人将其写出来，我也不会阅读，即使我阅读了，也不会引起我的关注。"[2]梭罗在《瓦尔登湖》中引用的《四书》语句，对中国儒家文化来说，都是"非典型性"的语言，都是可以泛泛而谈、用于其他事物似乎也能行得通的道理。而对儒家最核心的、最独特的、对中华民族的心

---

[1] Ralph Waldo Emerson, "The American Scholar," in *The Norton Anthology of American Literature*, 5th Edition, Volume 1, New York and London: W. W. Norton & Company, 1979, p.1114.

[2] Henry David Thoreau, *The Writings of Henry David Thoreau: Journal XIII*, Boston and New York: Houghton Mifflin and Company, 1906, p.77.

理塑造影响最深远的、最有别于其他民族思想的内容则鲜有提及。梭罗将《四书》的语录总是引向个人主义,而梭罗的个人主义思想,传承自西方悠久的人文主义精神,而不是来自儒家的影响。据此,我们可以得出结论,梭罗在《瓦尔登湖》中对中国古典作品的引用,并非为了表达对儒家文化的亲近或认同,而是为了利用中国《四书》古典、异国的情调来达到点缀、修辞和美文的效果。

 **方法谈:**

## 如何真正吃透文本?

  梭罗是我最喜欢的作家,《瓦尔登湖》是我最喜爱的作品。我每隔一段时间,总会把《瓦尔登湖》从头至尾读一遍,迄今阅读应该不下十遍。我本来没想过写作关于梭罗的文章,阅读梭罗,是纯粹的欣赏,是对每个单词、每个句子的品味和思考。我每年都会以讲座的形式给学生讲《瓦尔登湖》,但也是以内容的分享为主,很少上升到研究的高度。不管怎样,我对《瓦尔登湖》可以说是非常熟悉的。我之所以能够产生写作这篇文章的念头,并比较快速地写出来,就是因为我对《瓦尔登湖》非常熟悉。这也是我的第一点感受,文学研究者必须要对所研究的文本非常熟悉。

  我对《瓦尔登湖》的熟悉,建立在我对这本书的喜爱的基础之上。如果你不喜欢一部文学作品,却要研究它,就非常艰难。例如我在阅读托马斯·哈代的《无名的裘德》的时候,就很痛苦。咬牙坚持看完一遍之后,再也不想看第二遍,甚至都不愿意去回想小说内容,因为小说讲述的故事过于灰暗,从头至尾没有亮色,令人喘不过气来。这种痛苦的体验还出现在我对科马克·麦卡锡的阅读中,因为麦卡锡是一个末世论作家,其作品也非常灰暗压抑。或许有读者对这样的作品有特别的兴趣,但我却不行。最近阅读了刘慈欣的《三体》三部曲,结果让我大病了一场,严重到每天晚上都梦见世界末日。对不喜欢的作品,就很难反复去阅读,也就很难真正熟悉,也就谈不上有什么深刻的见解。我的第二条经验,就是尽量去阅读和研究自己真正喜欢的作品。

  对一个文本的熟悉程度,取决于对细节的把握,这种把握要渗透到单词的层面。中国社科院的陆建德老师曾经提出"有意义的细节"的概念,认为文学的价值不在大框架和大道理上,而在表达的细节上。陆老师这样说,是因为文学和其他任何文体都不同。其他文体都是为了讲道理,也就是明理喻道,一旦道理说明白了,文字就可以弃之不顾,即钱钟书所谓"到岸舍筏、见月忽指、获鱼兔而弃筌蹄,胥得意忘言之谓也"。而文学则不同,其语言本身就是目的,我们不能对文学文本"得意忘言",这也是新批评家的"解释谬误"(paraphrase heresy)思想的依据。因此,从严格意义上来说,文学文本的每一个单词,都是不容更改的,都具有不可替代的作用。只有准确地理解了每一个单词的意义和功能,才有可能真正理解全篇的意思。举例而言,徐迟在翻译《瓦尔登湖》第一段的时候,把"I lived alone"翻译成"孤独地生活着",这就是非常严重的误解,与整部作品的思想相违背,因为《瓦尔登湖》的主旨是个人独立性,推崇离群索居。而且梭罗在下文也提到,他一个人在湖畔结庐而居几乎从未感到孤独。这篇文章完全基于我对《瓦尔登湖》具体字词的理解上。因此,我的第三条经验是,对文本的理解要具体到字词层面。这里的字词,根据"解释谬误"原则,尽量是原文,而不是译文,更不是缩写或概要。

　　对文本整体的理解,离不开对具体词句的理解;而对具体词句的理解,不能脱离对文本整体的理解,上文列举的"I lived alone"与个人独立性主旨之间,就是相互印证的关系,也就是所谓的阐释的循环。文本的理解就在这两者的循环印证中逐渐加深。对文本的整体和细节的理解,都发生在特定的历史背景之下。我读了一些梭罗写作的其他作品和他人写作的梭罗传记和梭罗研究,发现当时是19世纪中期,整个美国,包括梭罗所在的麻省康科德镇正在经历快速城市化和商业化。当时美国正处于两次战争之间:墨西哥战争和南北战争。《瓦尔登湖》的个人主义思想,与这一历史背景密切相关:一方面抵抗商业文化和消费主义,宣扬简单、独立、自由的生活;另一方面反对政府统治,尤其是支持墨西哥战争和奴隶制度的美国政府,强调独立、自由的人格。在特定历史背景下理解文本,是我的第四点经验。

　　一旦真正吃透了文本,研究问题就会自动浮现。因为梭罗在《瓦尔登湖》中引用了十处《四书》的内容,很多中国学者据此得出了一个结论:中国儒家文化极大地影响了梭罗的思想。而美国学界早已形成共识,《瓦尔登湖》是塑造美国精神的最重要的作品之一。将这两个论断简单相加,就可以得出一个判断:中国儒家文化极大地塑造了美国精神。稍微有点常识的人就会发现这个结论很有问题,这中间肯定有哪一个环节出了差错。细究之下,就会发现关键所在,即梭罗在引用《四书》的时候,是否真正地采纳了儒家的思想。这里涉及两个层面的比较：第一，梭罗对《四书》引语的翻译是否准确；第二，梭罗引用《四书》的表达目的与汉语原文的表达目的是否相同。经过分析，发现梭罗尽管对四书五经的翻译有所讹误，但字面意思基本准确，真正的问题只能出现在表达目的上。梭罗引用《四书》的语言来表达个人主义思想，而这些语言在《论语》《大学》等原作中，无一例外都是在表达与个人主义完全相反的思想。中国学者没有细读梭罗原文，而是想当然地将其理解为中国背景下的四书的思想，从而得出错误的结论。基于对文本的透彻理解，提出明确的研究问题，是我的第五点感想。

# 刘易斯和克拉克探险叙述与 杰斐逊"自由帝国"空间生产[*]

郭 巍[**]

**内容提要**：受到孟德斯鸠等人的古典国家理论影响，很多美国人在建国后对国家领土进一步扩张持保守态度。由于美国建国初期不同地域的人文、经济、地理状况差别显著，人们担心领土面积过大会导致国家的分裂和政权性质的改变。杰斐逊总统则提出不同观点，他指出为保障国家的平等和自由，美国应该扩大领土疆域，建立面积广阔的"自由帝国"。杰斐逊竭力促成路易斯安那购地案，使得美国领土翻倍，并于翌年派出刘易斯和克拉克探险队考察新增领土。刘易斯和克拉克的探险叙述促进了杰斐逊"自由帝国"领土空间生产：将西部转化为能被清晰识别的国家领土，驳斥了"美洲退化论"的知识霸权；用"博爱叙述"帮助印第安人建立超越部落族群意识的国家共同体思想；美国新地景有助实现杰斐逊的"农业共和国"构想，地图绘制帮助消除与他国的领土争端。刘易斯和克拉克的探险叙述使美国人了解西部蕴藏的巨大资源，理解了西部对国家的重要战略意义，为杰斐逊赢得了国会的支持，为"自由帝国"领土的继续扩张创造了有利条件。

**关键词**：刘易斯和克拉克；探险叙述；托马斯·杰斐逊；"自由帝国"；空间生产

1803 年，美国新晋总统托马斯·杰斐逊以每平方公里约 7 美元的超低价格

---

[*] 原载《外国文学评论》2019 年第 2 期，第 38—58 页。本书收录时略有修改。

[**] 郭巍，上海外国语大学文学博士，对外经济贸易大学英语学院副教授，主要从事美国文学研究。在《外国文学评论》《外国文学研究》《国外文学》等刊物发表论文多篇，主持教育部青年项目"19 世纪美国文学与国家领土空间生产"。

**联系方式**：对外经济贸易大学，邮编：100029。Email：guoweijane@126.com。

从法国拿破仑政权购得法属路易斯安那地区 210 多万平方公里土地①。这场"成本几乎为零"的交易使得美国国家领土面积翻倍,国家边境向西扩展至落基山脉,其在美国历史上的重要性"可以比肩《独立宣言》和宪法的颁布"②。杰斐逊在翌年五月派出由刘易斯(Meriwether Lewis)和克拉克(William Clark)领军的"探险军团"(Corps of Discovery)对新增领土进行考察。探险军团一行 50 多人,在两年四个多月的时间里从密苏里河河口至哥伦比亚河的太平洋出海口跋涉 13 000 多公里,绘制 140 幅地图,发现了 200 多个新物种,将沿途的地形、地貌、气候、动植物、印第安部落等情况详细记录在多达百万字的日记中。在远征队返回后,《刘易斯和克拉克探险日记》(*Journals of Lewis and Clark Expedition*,1814)得以出版,成为美国政府和民众了解国家新西部的重要信息来源,是美国建国以来最为重要的探险叙述之一③。但由于《日记》篇幅巨大,内容庞杂,并未被《诺顿美国文学选集》(2017)和《希斯美国文学选集》(2005)等美国文学选集收录。而《哥伦比亚美国文学史》(1988)则对其做了简要介绍,《剑桥美国文学史》(1994)更是将其作为美国早期重要探险文学作品进行了重点推介。学界对《日记》的研究多关注其在美国地理学、博物学、人种学等学科方面的贡献,并无学者深入探析《日记》作为美国早期重要探险叙述与杰斐逊"自由帝国"领土空间生产之间的密切关联④。

---

① 路易斯安那地区包括密西西比河流域,南至墨西哥湾,向北延伸至五大湖地区,东起阿巴拉契亚山脉,西至落基山脉,可分为上路易斯安那和下路易斯安那。法国从 1682 年开始拥有路易斯安那地区,法国七年战争结束后签订的《巴黎合约》(1763)中把路易斯安那西部即密西西比河以西地区割让给盟国西班牙,英国获得了法属路易斯安那的密西西比河以东部分。美国独立后,英国在《巴黎条约》(1783)中承认美国拥有密西西比河以东的土地,包括法属路易斯安那的这部分。1800 年,法国的拿破仑政权向西班牙收回法属路易斯安那密西西比河以西部分的宗主权。美国在路易斯安那购地案中获得 827 000 平方英里(2 141 920 平方公里)土地,花费 1 500 万美元,参见 https://www.monticello.org/thomas-jefferson/louisiana-lewis-clark/the-louisiana-purchase/[2018/11/10]。

② Henry Adams, *History of the United States of America During the Administrations of Thomas Jefferson*, New York: Library of America Edition, 1986, pp.334 – 335.

③ 下文简称《日记》。

④ 如安布罗斯(Stephen Ambrose)、艾伦(John Logan Allen)、杰克逊(Donald Dean Jackson)结合 19 世纪初期的历史背景对《日记》中的探险过程进行常识性的解释和介绍,乔伊纳德(Eldon Chuinard)讨论了《日记》中涉及的医学内容,卡特赖特(Paul Cutright)研究了《日记》中的博物学内容,朗达(James Ronda)着重解析了探险队与印第安人的接触和交流。Stephen E. Ambrose, *Undaunted Courage: Meriwether Lewis, Thomas Jefferson, and the Opening of the American West*, New York: Simon & Schuster, 1996. (国内中译本为斯蒂芬·安布鲁斯《美国边疆的开拓:刘易斯和克拉克探险》,郑强译,译林出版社,2017 年)John Logan Allen, *Lewis and Clark and the Image of the American Northwest*, New York: Dover Publications, Inc., 1991. Donald Dean Jackson, *Among the Sleeping Giants: Occasional Pieces on Lewis and Clark*, Urbana: U of Illinois P, 1987. Eldon G. Chuinard, *Only One Man Died: The Medical Aspects of the Lewis and Clark Expedition*, Glendale, CA: A. H. Clark Co., 1979. (转下页)

从罗马帝国时期的普鲁塔克、文艺复兴时期的马基雅维利到18世纪的孟德斯鸠都认为依赖公民美德建国的共和制国家应该保持较小的领土范围，反之则有灭亡的危险①。孟德斯鸠在《论法的精神》(*The Spirit of the Laws*，1748)中认为无节制扩张领土是导致罗马共和国灭亡的原因，进而提出"小国宜于共和政体"，狭小的共和国领土才能保障公民的福利和品德，国家才能长久存在；"大帝国宜于由专制君主治理"，专制权力可使统治者迅速做出政策决定，并在遥远地区得到执行，因此"要维持原有政体的原则，就应该维持原有的疆域，疆域的缩小或扩张都会变更国家的精神"②。孟德斯鸠等人的思想对18世纪美国人的政治观念产生了深远影响。建国初期，美国各个地区的人文、地理和经济情况迥异：北部人文氛围浓厚，东部商业发展迅速，西部边疆仍未开发，而南部仍然保持蓄奴制度。学者考克斯(John D. Cox)指出，美国13个州的历史背景和发展情况不同，彼此之间的关系松散甚至敌对，难以在短时间之内建立统一的国家认同③。在杰斐逊宣誓就职不久，美国副总统阿龙·伯尔(Aron Burr)企图将西部从美国分裂出去，组建一个新国家。因此，为了保持共和制政体、避免国家分裂，很多美国人(尤其是联邦党人)在建国之后对领土扩张持有保守态度④。正如著名反对派人士温斯罗普(James Winthrop)在"阿格里帕信札"("Letters of Agrippa")中写道，"单一体制共和国，一般来说拥有一千英里长、八百英里宽的国土和具有统一道德标准、习惯和法律的六百万白人居民，这种共和国的概念本身就是荒谬的，是违背所有人类经验的。"⑤

但杰斐逊总统认为只有扩大领土范围、建立面积广阔的"自由帝国"才能保

---

(接上页) Paul Russell Cutright, *Lewis and Clark: Pioneering Naturalists*, Lincoln & London: University of Nebraska Press, 1989. James P. Ronda, *Lewis and Clark among the Indians*, Lincoln: University of Nebraska Press, 1984.

① See Gordon S. Wood, *Empire of Liberty: A History of the Early Republic*, 1789-1815, New York: Oxford University Press, 2009, p.8.

② 孟德斯鸠：《论法的精神》(上)，张雁深译，商务印书馆，第124—126页。

③ See John D. Cox, *Traveling South: Travel Narratives and the Construction of American Identity*, Athens: University of Georgia Press, 2005, p.7.

④ 联邦党人极力反对向西扩张国家领土，他们指出美国宪法没有赋予总统扩张领土的权力，并以此为理由阻止杰斐逊购买路易斯安那地区。华兹崔特(David Waldstreicher)指出联邦党人反对购地案的原因除了担心国家分裂和国家政权性质的变化，更隐性的原因是北方联邦党人担心西部拓殖将会加强南方共和党在国会中的势力。详见David Waldstreicher, *In the Midst of Perpetual Fetes: The Making of American Nationalism*, 1776-1820, Chapel Hill: University of North Carolina Press., 1997, pp.264-265.

⑤ James Winthrop, "Letters of Agrippa," http://www.constitution.org/afp/agrippa.htm. [2018/9/10].

障美国的平等和自由。他主张,美国"自由帝国"与英国等以武力和霸权进行殖民扩张的传统帝国主义国家不同,美国的权力源自人民的认同,政权的稳固得益于共和制政体的实施和农业理想国的建立。杰斐逊虽然从来没有系统阐述过自己的"自由帝国"政治理论,但这却是贯穿他执政实践的核心思想,时至今日仍然指导着美国政府政策的制定和执行。路易斯安那购地案是杰斐逊构建"自由帝国"的重要领土策略,刘易斯和克拉克通过撰写《日记》帮助杰斐逊在国家新增领土上实施他的治国理念①。《日记》里翔实的国族博物书写让西部从"未知之地"转化为能被清晰识别的国家领土,驳斥了"美洲退化论"的知识霸权,建立了"自由帝国"领土扩张的合理性和可行性②。《日记》中的"博爱叙述"向西部印第安人告知了国家主权的更迭,促进西部贸易体系的建立,帮助印第安人建立超越部落族群意识的国家共同体思想。《日记》中描绘的美国新地景强化了西部"农耕乐园"意象,有助于吸引东部移民、实现杰斐逊的"农业共和国"构想,而其中的地图绘制明确了西部领土范围,帮助消除与他国的领土争端。刘易斯和克拉克通过他们的探险书写加入"自由帝国"领土空间生产过程中,加速了路易斯安那地区从法国、西班牙殖民地转化为美国国家领土的领域化(territorialization)过程,构建了西部地区的国家领域性(territoriality)③。

---

① 学界对杰斐逊"自由帝国"观阐释的主要著作有 Peter S. Onuf,*Jefferson's Empire: The Language of American Nationhood*,Charlottesville and London:UP of Virginia, 2000(国内中译本为彼得·S.奥努夫:《杰斐逊的帝国:美国国家的语言》,余华川译,华东师范大学出版社,2011 年),Robert T W. Tucker & David C. Hendrickson,*Empire of Liberty: The Statecraft of Thomas Jefferson*,New York, Oxford:Oxford University Press, 1990.美国历史学家伍德(Gordon S. Wood)以"自由帝国"为题目撰写了早期美国历史,Gordon S. Wood,*Empire of Liberty: A History of the Early Republic*,1789 - 1815,New York:Oxford University Press, 2009.

② "未知之地"是地理制图学术语,译自拉丁语"terra incognita",最早出自古希腊地理学家托勒密的著作《地理学指南》(约公元 150 年)。"未知之地"的意思是没有经过测绘或记录的地理空间,是指对于地图勘测和绘制者来说的未知空间。印第安易洛魁、乔克托、那切兹、喀多、阿塔卡帕、图尼卡等部落或部落联盟在 17 世纪以前就已在路易斯安那地区定居,然而法国人在 1682 年依照"发现学说"(Doctrine of Discovery)宣布拥有路易斯安那领土主权,剥夺了印第安人的领土权力。路易斯安那对于久居此地的印第安人来说是熟悉的家园,但对于殖民者来说在很长一段时间内都属于"未知之地"。本文所言的"未知之地"是指路易斯安那在刘易斯与克拉克探险队考察之前对于美国人来说是缺少详细介绍资料和未经深入探查的领土。

③ "领土"(territory)、"领域性"(territoriality)、"领域化"(territorialization)三者的区别在于:"领土"是具体的物质化静态地理分割;"领域性"是以领土为基础的动态空间属性;领土边界明确后,国家的领域性通过多维度的政治、经济与文化实践得以确立,是国家权力渗透到国家领土范围的长期历程,这一过程可被称为"领域化"。路易斯安那购地协议将路易斯安那地区划归美国"领土"只是国家领土空间生产的最初步骤,需要在西部建立美国国家"领域性",勘察新增领土的地形、地貌、物种、资源,界定清晰领土边界,告知西部居民领土主权的更迭,建立居民的国族认同,开始其向美国领土转化的"领域化"过程。人文地理学者萨克(Robert D. Sack)、斯坦伯格(Philip E. Steinberg)、阿格纽(John Agnew)、布伦纳(Neil Brenner)、埃尔登(Stuart Elden)等人对以上概念做过详尽阐述。详见 Robert D. Sack,(转下页)

## 一、国族博物学书写与"美洲退化论"

瑞典博物学家林奈(Carl Linnaeus)的《自然系统》(*Nature System*,1735)和法国博物学家布丰(Georges Buffon)的《自然史》(*Natural History*,1749—1788)等作品引发了一场全球范围的博物学(natural history)革命①。从18世纪下半叶开始,旅行/探险书写开始包含大量的博物学内容,旅行者和探险者争相对异域物种进行测量、注释、保存、绘图和分类。美国学者普拉特(Louis May Pratt)在《帝国之眼》(*Imperial Eyes: Traval Writing and Transculturation*)中分析了旅行/探险书写的博物学内容与欧洲帝国意识形态的紧密关系。博物学家将世界想象为一片混沌,需要人的介入从混沌中创造出秩序。欧洲的博物学家、旅行者、探险者如同救世主一般奔赴世界各地,用"(有文化的、男性的、欧洲人的)眼睛"试图将所有物种/人种从原有的纷繁复杂的自然、经济、文化环境中抽离出来,经过分类和重新命名将其加入全球系统性知识谱系之中。旅行/探险书写中的这些博物学内容在意识形态层面从欧洲视角挪用和重新部署全球领土、自然资源和人口,帮助欧洲进行商业、文化和领土的扩张性发展。这是一种温和、抽象、隐性的空间控制方式,与传统的帝国主义暴力侵略和奴役模式不同,被普拉特称为"反征服"(anti-conquest)②。

刘易斯和克拉克临行前,杰斐逊邀请美国当时最为著名的学者对他们进行植物学、动物学、人种学、地质学方面的专门培训,指示探险队沿途仔细观察并详细记录西部特有的土壤和地貌、植被生长、动物、矿产资源,并探查沿途的印第安

---

(接上页) *Human Territoriality: Its Theory and History*, Cambridge: Cambridge University Press, 1986. Philip E. Steinberg, "Territory, Territoriality and the New Industrial Geography," in *Political Geography*, vol.13, 1(1994): pp.3 – 5. John Agnew, "The Territorial Trap: The Geographical Assumptions of International Relations Theory," in *Review of International Political Economy*, vol.1, No.1 (1994): pp.53 – 80. Stuart Elden, "Missing the Point: Globalisation, Deterritorialisation and the Space of the World," in *Transactions of the Institute of British Geographers*, vol.30, 1 (2005): pp.8 – 19. Neil Brenner and Stuart Elden, "Henri Lefebvre on State, Space and Territory," in *International Political Sociology*, 3 (2009): pp.353 – 377.

① Natural history 又译"博物志""自然志""自然史",该词在国内语境的翻译情况和阐释参见吴国盛:《自然史还是博物学?》,《读书》2016年第1期,第89—95页。

② 玛丽·路易斯·普拉特:《帝国之眼:旅行书写与文化互化》,方杰、方宸译,译林出版社,2017年,第32—49页。

部落情况①。《日记》中大部分内容是刘易斯和克拉克对西部动植物、矿物和印第安人种的调查、分类、探究性的事实性描写,这是一种典型的博物学书写方式。1814年由比德尔(Nicholas Biddle)编辑的《日记》首次公开出版时,其中大部分的博物学内容被删减,全部原始内容直到1904—1905年才得以出版。而现代流传较广的《日记》版本无一例外都是删减版,只保留少量博物学内容。实际上,《日记》的博物学内容中蕴含着刘易斯与克拉克以及杰斐逊总统的国家领土治理意识,这对理解《日记》的意义必不可少。刘易斯和克拉克使用了林奈和布丰的博物学研究方法,《日记》中的博物学内容在美国的语境下具有国家领土建构作用,将混沌的、相对封闭的西部荒野空间表征为可被辨认、理解、描述、管理和开发的开放性美国领土空间,属于"反征服"叙述。

刘易斯与克拉克在西部观察采集动植物和矿物标本,绘制它们的形态特征,记录它们的生长环境、栖息地范围等情况,对它们进行种属划分和命名。刘易斯于1806年6月5日描写了新物种"俄勒冈葡萄"(Oregon Grape):

> 植物的根……在地面上匍匐生长,卷曲成圆形。茎……的长度从一英尺至十八英寸不等,像鹅毛笔一样大;没有分枝,垂直生长。叶子是茎生,包含多片复叶,沿茎两侧生长。复叶中的小叶排列紧密,呈羽状分布,三个叶片一组,叶轴顶端有一个叶片,没有叶柄,叶子根部最宽,到叶尖逐渐变细,最宽处为一又四分之一英寸,长度为三又四分之一英寸。叶子边缘呈圆锯齿状,上面长有锥形的刺或棘……十三个到十七个不等。叶子上有脉纹,光滑、脊状、有皱纹,叶脉倾斜地指向叶柄末端。②

刘易斯在引文中使用了"茎生""复叶""羽状分布"等专业植物学词汇,用精确的测量数字描绘植物的形态、长度、宽度等情况,这是借鉴了博物学家林奈创建的生物分类和描绘方法。林奈系统是依据植物的花蕊和植物的形状、数量、体积、生长位置对植物进行分类的科学系统,随后拓展至为动物、矿物进行分类的

---

① See "IV. Instructions for Meriwether Lewis, 20 June 1803," http://founders.archives.gov/documents/Jefferson/01-40-02-0136-0005.[2017-11-5].
② Edited, with Introduction, Notes, and Index, by Reuben Gold Thwaites, LL.D., *Original Journals of the Lewis and Clark Expedition: 1804-1806*, New York: Dodd, Mead & Company, 1905, V.4, pp.61-62.

相似系统。刘易斯和克拉克使用博物学方法在路易斯安那地区识别出 178 种新植物和 122 种新动物①。《日记》中的博物学内容从语义层面上打破了东部与西部的生态空间阻隔。西部物种从原有的复杂、未知、随意的环境中被抽离出来，编入秩序、统一、明确的启蒙语言知识系统之中。西部物种的经济、医疗、食用等效用被识别出来，自然生物开始获得经济和社会属性，被转化成为可被开发的"国家资源"，为未来东部居民向西部移民提供了物质保障。

除了动植物信息，1804—1805 年刘易斯与克拉克在曼丹堡过冬期间撰写了"东部印第安人状况概要"，用表格记录了落基山脉以东、五大湖地区以西大约 72 个印第安部落和族群的语言、习俗、宗教、人口、居住地、经济、军事等 19 个方面的情况。以下是原表的部分内容②：

| 部落名称 | 使用语言 | 村庄数量 | 战士数量 | 统计人口 | 年消耗商品总价值 | 出产毛皮种类 | 友好部落 |
| --- | --- | --- | --- | --- | --- | --- | --- |
| 大奥萨其 | Osarge | 2 | 1 200 | 5 000 | $15 000 | 小鹿、河狸、熊、水獭皮 | 小奥萨其 |
| 小奥萨其 | Osarge | 1 | 300 | 1 300 | $5 000 | 小鹿、河狸、熊、水獭皮 | 大奥萨其 |
| 堪萨斯 | Osarge | 1 | 300 | 1 300 | $5 000 | 小鹿、河狸、熊、水獭、水牛皮 | 奥托斯和密苏里 |
| 奥托斯 | Missoure | 1 | 120 | 500 | $4 000 | 河狸、水獭、浣熊、鹿、黑熊皮 | 密苏里 |

"东部印第安人状况概要"是刘易斯与克拉克依照杰斐逊总统的指示编制出来的，其中显示了杰斐逊总统现代领土治理思想。统治者并不具备治理国家领土人口的天然权力和能力，对领土人口的认知和统计是统治者制定和实施人口政策的基础③。杰斐逊总统于 1790 年开展了美国第一次全国范围的现代人口普查，从统计学层面上明确了国家人口情况。"东部印第安人状况概要"是

---

① See Paul Russell Cutright, *Lewis and Clark: Pioneering Naturalists*, pp.423, 447.
② See *Original Journals of the Lewis and Clark Expedition: 1804-1806*, 1905, V.6, pp.80-85.
③ 福柯在他的《安全、领土与人口：法兰西学院演讲系列，1977—1978》中对"人口"概念的演化做了阐述，他指出人口概念从 18 世纪开始具备现代政治技术含义，人口不再被视为听命于君主的整体性的"臣民"，人口的"自然性"开始受到重视，人口被视为受到多种可变要素的制约。参见米歇尔·福柯：《安全、领土与人口：法兰西学院演讲系列，1977—1978》，钱翰、陈晓径译，上海人民出版社，2010 年，第 45—73 页。

对1790年全国人口普查的重要补充,首次将路易斯安那的印第安人置入美国人口范畴进行考察。杰斐逊借鉴林奈、布丰等人的博物学方法,关注印第安人作为物理生命的"自然性",把印第安人视为自然界的生物。他仿效动植物学家的做法,敦促刘易斯和克拉克搜集与印第安人生活、狩猎、贸易、文化等方面相关的物品和标本①。他还参照博物学的分类方法,要求刘易斯和克拉克根据印第安人自身生老病死的生理情况、部落的自然环境、人文环境和经济环境等因素对印第安人进行部族划分和描述。通过以上实证方法,笼统、模糊的"西部印第安人"概念被识别并细分为具体、清晰的印第安人部落和族群。杰斐逊将"东部印第安人状况概要"作为年度报告的主要部分递交国会,美国国会随即迅速印制一千份,并在接下来的三十多年时间里反复印制、公开发表。这份文件帮助美国政府清晰了解印第安人人口情况,并开始针对不同印第安部落的情况制定相关军事、贸易和人口政策,成为美国政府进行西部领土和人口治理的重要工具,使国家官僚机构对新增领土和人口的管理更加迅速和有效。

更为重要的是,刘易斯和克拉克《日记》中的博物学书写驳斥了布丰等人的"美洲退化论"(Theory of American Degeneracy),帮助美国人构建了国族空间自信②。美国开国先辈沿用新英格兰的清教叙事将美国人民称为"上帝的选民",他们在神的指引下来到美洲这个"流着牛奶与蜂蜜的新迦南"③。在杰斐逊总统的构想中,美国将摆脱英国君主统治的桎梏,逃离英国腐败政权的武力和恐惧,在"上帝精选的国土"上建立一个与大英帝国不同的"自由帝国"④。这个帝国的领土将不断拓展,美国人民将"把整个美洲(北美和南美)住满"⑤。美国的发展将唤醒和激励其他地区的人们"起来打碎(专制的)锁链"⑥。然而,这种国家发展的伟大愿景受到了欧洲当时流行的"美洲退化论"的冲

---

① 杰斐逊将刘易斯与克拉克从西部带回的印第安人物品和标本、动植物标本、西部地图等收藏在自己位于弗吉尼亚州的蒙蒂塞洛府邸里的私人博物馆中。杰斐逊去世后,根据他的遗愿,这些物品被捐赠给弗吉尼亚大学。
② 卢莉茹也注意到《日记》与"美洲退化论"的关联,讨论了《日记》对美国国族文化建构的贡献。参见卢莉茹:《叙述发现:〈路易斯与克拉尔克的日记〉中之自然史论述与国族文化建构》,收入纪元文、李有成主编:《生命书写》,台湾"中央研究院",2011年,第256页。
③ 关于美国清教叙述对美国民族主义思想的影响,参见萨克凡·伯克维奇:《惯于赞同:美国象征建构的转化》,钱满素等译编,上海译文出版社,2006年。
④ 托马斯·杰斐逊"第一次就职演说,1801年3月4日",收入彼得森(Peterson, M.D.)注释编辑:《杰斐逊集》,刘祚昌、邓红风译,生活·读书·新知三联书店,1993年,第529页。
⑤ 1786年1月25日杰斐逊致函阿奇博尔德·斯图亚特,收入《杰斐逊集》,第935页。
⑥ 1826年6月24日杰斐逊致函罗杰·韦特曼,收入《杰斐逊集》,第1788页。

击。博物学家布丰在其36卷巨著《自然史》中建立起"美洲退化论"的博物学理论研究体系①。他认为,由于美洲的自然环境"缺少活力",因此美洲物种稀少,"仅仅有不足四十种新物种","不足旧大陆的四分之一或三分之一";美洲"所有的动物都比旧大陆小很多",南美最大的四蹄动物的身型"没有六个月的牛犊或者小骡子大";美洲的印第安人在体质和智力远远逊色于欧洲人,他们缺乏男性气概,"没有活力,思维迟缓","冷漠、呆滞","没有联盟、共和政体和国家";从旧世界移植到新大陆的植物、动物和人都会变得发育不良、失去活力②。布丰等学者强调他们应用了"最复杂的数字采集技术",使用了"最严格的科学方法","代表了最新的研究成果"③。"美洲退化论"构建起了庞大的博物学体系,形成了垄断性的知识霸权,在欧洲人头脑中构建了野蛮、落后的美洲地理学空间想象,使他们不愿、也不敢向新大陆移民定居。而建国初期的美国百废待兴,需要大量移民从事工业和农业生产,移民的减少势必严重制约美国的经济发展和领土开发。对于美国人来说,这一理论从根本上否定了他们能够重建家园、安居乐业、迎接美好未来的可能性,使美国民众形成自卑心理,难以形成国族认同。美国也无法塑造自己良好的国际形象,不易与其他国家建立平等外交关系,更无法缔造一个供他国仿效的"自由帝国"④。

杰斐逊深谙"美洲退化论"对年轻美利坚的巨大破坏力,他在自己的唯一的一部著作《弗吉尼亚纪事》(*Notes on the State of Virginia*, 1785)中专门撰写章节反驳这一理论,他用详细表格将美洲动物与旧大陆的比较,指出新大陆的动物数量不少于旧世界,新大陆动物体型不比旧世界动物小,动物的体质没有在新大陆发生退化,印第安人在体力和智力上不比欧洲人差⑤。杰斐逊对"美洲退化论"的驳斥被誉为美国的"第二次独立宣言"⑥。然而,杰斐逊虽然具有一定博物学知识,但并非专业人士。在《弗吉尼亚纪事》成稿之时,美国独立革命仍未结

---

① 布丰在生前出版了36卷《自然史》,后人在他去世后根据他的笔记又整理出版了另外8卷,所以布丰的《自然史》共计44卷。《自然史》出版后,广受欢迎,迅速被翻译成多国语言。
② Count de Buffon, *Natural History: General and Particular*, trans. William Smellie, V. 6, London: Printed for T. Cadell and W. Davies, Strand, 1812, pp.237-252.
③ James W. Ceaser, *Reconstructing America: The Symbol of America in Modern Thought*, New Haven: Yale University Press. 1997, p.20.
④ 王晓德指出,美洲退化论实际上是披着科学外衣的浪漫主义想象,贬低美洲是为了满足了欧洲人的"种族优越心态"。见王晓德《布丰的"美洲退化论"及其影响》,《历史研究》2013年第6期,第148页。
⑤ 杰斐逊:《弗吉尼亚纪事》,收入《杰斐逊集》,第177—211页。
⑥ Lee Alan Dugatkin, *Mr. Jefferson and the Giant Moose: Natural History in Early America*, Chicago: University of Chicago Press, 2009, p.101.

束,西部拓张还未开始,广大西部地区对于美国人来说几乎是一片"未知之地"。杰斐逊对布丰的反驳主要依据他对密西西比河以东地区,尤其是弗吉尼亚州的了解。此外,《弗吉尼亚纪事》中相关章节的篇幅短小、影响力有限,与布丰等人广为传播的鸿篇巨著相比差距甚远。刘易斯与克拉克在《日记》中记录的大量博物学内容为杰斐逊在《弗吉尼亚纪事》中陈述的观点提供了翔实的证据,共同抵制了"美洲退化论"的知识霸权,建立了国人的地理优越感和民族自信。《日记》的出版促进了系统、全面的国族博物学知识谱系的形成,美国不久便迎来了博物学的快速发展。"费城博物学院"(Philadelphia Academy of Natural Sciences)建立后出版了大量博物学研究成果,涌现了格雷(Asa Gray)、奥特朋(John Audubon)、纳托尔(Thomas Nuttall)、麦克卢尔(William Maclure)等著名博物学家。美国博物学的迅速发展打破了欧洲博物学家的知识垄断地位,进一步探明了国家丰富的领土资源和人文情况,促进了国家领土化的发展,为杰斐逊的"自由帝国"打下了基础。

## 二、"博爱叙述"与国家命运共同体

探险军团每次都要通过翻译向沿途所遇印第安部落进行例行演讲。1806年7月26日,克拉克在《日记》中记录了他为黄石地区印第安部落准备的演讲稿:

> 孩子们,我挽起你们的手,你们是伟大父亲的孩子,他就是美国总统——全体面朝旭日的白人的伟大首领。
> 
> 孩子们,这个仁慈的、公正的、智慧的、慷慨的伟大首领派我和他的另外一个官员……来到密苏里河流域的红皮肤孩子这里……了解他们的需求,并在我们返回时向他报告。
> ……
> 孩子们,我们到访的目的不是带给你们伤害,而是为了你们的福祉。全体白人的伟大首领掌控的资源超过你们营盘所有,他派我来了解你们的需求,以便满足你们,希望所有红皮肤孩子都能幸福。
> 
> 孩子们,你们的伟大父亲——白人的首领——计划修建贸易商栈,你们在那里可以用你们猎获的动物皮毛以低价换取日常所需。他让我询问你

们,在哪里修建这样的商栈最为合适、你们修建商栈需要何种物资,以便我返回时他能立即将这些材料运送给你们。

孩子们,我们国家的人像你们平原上的青草一样多得不计其数,他们也富裕而慷慨,也爱他们居住在密苏里水域的红皮肤兄弟。

……

……[对于那些不]听从他的建议[的部落],他不再与他们往来,不会带给那些红皮肤印第安人任何货物和枪支。但是对于听从他建议的部落,他会将他们所有需要的东西运往他们的领地,并且建立他们随时可以前往、获得补给的商栈。

孩子们,你们的伟大父亲——全体白人的伟大首领——指示我告知他的红皮肤孩子彼此之间和平相处,也与前往你们领地的那些受到你们伟大父亲保护的白人和平相处。他们……是好人,不会伤害你们。

……

孩子们,那些居住在你们伟大父亲附近的红皮肤孩子已经听从了他的建议,他们富裕而幸福,已经拥有大量马匹、奶牛、家猪、家禽和面包等,他们住在舒适的房子里,夜里睡得很香。如果那些住在密苏里河流域的红皮肤孩子听从我的指示、遵循他们伟大父亲——美国总统——的建议,他们也会在几年时间里像那些人一样幸福。①

克拉克在演讲中运用家庭关系隐喻向印第安人宣传杰斐逊的印第安"博爱政策"(philanthropy plan),形成了"博爱叙述"(philanthropy narrative)。杰斐逊政府的印第安"博爱政策"主要包括三个方面:将不同印第安部落纳入美国政府的统治和保护之中;在西部建立贸易商栈,白人和印第安人进行自由贸易往来;通过贸易往来,使印第安人逐渐接受白人的生活方式,从游牧生活转向农牧生活②。克拉克在演讲中向印第安人宣传,美国政府将帮助他们修建贸易商栈、建构西部贸易体系,以便他们能够用"猎获的动物皮毛以低价换取日常所需"。克拉克还进一步建议,西部印第安人如果放弃游牧生活,从事农业耕种,将会很快

---

① *Original Journals of the Lewis and Clark Expedition: 1804-1806*,1905,V.5,pp.299-301.
② 对于杰斐逊总统印第安"博爱政策"的详细阐述参见奥鲁夫:《杰斐逊的帝国:美国国家的语言》,第52—59页。Bernard Sheehan, *Seeds of Extinction: Jeffersonian Philanthropy and the American Indian*, Williamsburg: University of North Carolina Press, 2014.

像东部印第安人一样"富裕而幸福","拥有大量马匹、奶牛、家猪、家禽和面包等,他们住在舒适的房子里,夜里睡得很香"。克拉克在演讲中采取排比格式,演讲的每个段落都以"孩子们"这个呼语开头,将杰斐逊总统称为印第安人的"伟大父亲"。"孩子们"在不足千字的演讲稿中出现了 27 次,而"伟大父亲"也出现了 11 次。克拉克仿效了杰斐逊总统本人使用的修辞方式,杰斐逊在演讲、书信和很多政府文件中都自诩为保护印第安人的"父亲",称呼印第安人为"孩子"或"兄弟"①。亲属关系是印第安部落成员关系和权力组织的基础,家庭关系隐喻将美国人与不同部落印第安人置入家庭私域,建立起了情感认同和利益连接,使他们更易接受美国政府的"博爱政策"。

"博爱叙述"具有重要政治意义,帮助美国将印第安人同化为美国国民,增强西部领土安全。路易斯安那购地案曾遭到部分联邦党人的激烈反对,他们指出"美国领土扩展已超出自然赋予之疆界",购地案可能导致国家的分裂②。从美国地缘政治角度审视,路易斯安那地区的领土面积与原有国土面积相当,而该地区的领土主权历经数次更迭。英、法、西班牙都难以派遣足够军队和行政官员对这里进行深入探索并实施有效领土管理。这导致这一地区长期处于不同势力纷争之中的阈限空间,难以形成清晰的、排他的、同质的国家领域性。印第安人是路易斯安那地区的主要居民,他们被很多美国人视为西部领土安全的主要威胁。如果不能处理好与印第安人的关系,西部的领土化进程势必困难重重,甚至有可能导致美国领土的分裂。但在杰斐逊看来,只要实施完善的共和制政体,在自治原则上建立起"情感的联盟"和"利益的共同体",美国就能够建立起领土广阔的"自由帝国"③。杰斐逊对印第安人怀有好感和同情,认为他们具有"敏锐"的感受力、对子女的爱、保持"强烈和忠诚的"友谊的能力以及单纯的"道德观念",他们在没有高压统治的情况下维持了社会秩序④。在他看来,"博爱政策"能够把印第安人纳入美利坚的国家命运共同体之中,向西部扩展美国的共和制政体,保

---

① 杰斐逊的印第安人演讲:"To the Chiefs of the Cherokee Nation", Washington, January 10, 1806;"To the Wolf and People of the Mandan Nation," Washington, December 30, 1806, http://libertyonline.hypermall.com/Jefferson/Indian.html, [2017/11/26].克拉克和杰斐逊使用的家庭关系隐喻在美洲殖民早期就已出现,西班牙、法国、英国等殖民国家在针对美洲印第安人的外交话语中都将自己国家的君主称为印第安人的"伟大父亲"或"伟大母亲",而将印第安人称为"孩子们"。
② David Waldstreicher, *In the Midst of Perpetual Fetes: The Making of American Nationalism, 1776 - 1820*, pp.264 - 265.
③ 奥鲁夫:《杰斐逊的帝国:美国国家的语言》,第 1 页。
④ 《弗吉尼亚纪事》,《杰斐逊集》,第 198、235 页。

障"自由帝国"广阔领土的安全和统一。

  克拉克在演讲中提到的"贸易商栈"是美国政府与印第安人进行贸易的重要方式。美国政府在"商栈制度"(factory system)中委派官员或商人在固定商栈开展并管理与印第安人的贸易往来,在交易中给予印第安人一定优惠,试图建立与印第安人排他性的长期联系,从而把他们牢牢地和自己的利益联系在一起。刘易斯在给杰斐逊的探险报告中写道:"密苏里河及其所有自夏延地区而上的支流流域都有着大量的海狸和海獭,其数量超过了地球上所有河流流域中的,尤其是它们位于落基山脉中的那部分。……假如政府只是援助一下其公民的事业,哪怕只是极小的援助,我相信我们都会从这个地区中获利最丰的贸易中受益,而且在10到12年内,个人也将可以经由以上提到的路线横穿大陆,其安全性就如同我们现在横穿大西洋一样。"①在1808年呈交给政府的印第安政策文件中,刘易斯进一步提出促进西部贸易的具体做法,政府应该在河道沿岸——特别是沿密苏里河沿岸的各个合适地点建立由士兵把守的要塞,同时作为皮毛商栈为商人和印第安人提供服务。(《美》:502)刘易斯清楚地意识到美国在西部开展贸易的巨大经济利益和领土战略意义,他关于西部贸易资源和环境的详细报告有利于国家建立皮货商栈,加强与印第安人的联系,巩固对西部领土的管理和控制,增强领土的安全性。

  刘易斯关于西部皮货资源的描述被众人引述,吸引了大量东部商人来到西部。(《美》:461)然而,刘易斯仅支持商人,而不是普通移民进入西部。他认为大量移民涌入将会破坏皮货资源和贸易,并引发与印第安人的战争。刘易斯还考虑到美国政府印第安政策的一致性,"当那些印第安人看到他们的森林里遍布着大量从事捕猎活动的白人,而我们的政策却要他们放弃这种狩猎生活时,我们可以对那些我们希望教化的印第安人说,相比于狩猎,农耕是更加安逸、更能带来财富和舒适的生活吗?"(《美》:502)刘易斯赞同杰斐逊的观点,农耕生活比游牧生活更加适合印第安人。杰斐逊在称赞印第安人的同时,也相信人类是从野蛮逐步迈向文明状态的。他认为印第安人处于人类发展的"孩提时代"(infancy),如果他们不接受白人的文明,逐渐"成长",步入"成熟"的文明状态,那么,他们就会止步于野蛮的"孩提时代",并最终消失,被淘汰②。因此,杰斐逊积

---

  ① 转引自斯蒂芬·安布鲁斯:《美国边疆的开拓:刘易斯和克拉克探险》,第461,462页。后文出自同一著作的引文,将随文标出该著作简称《美》和引文出处页码,不再另注。
  ② 1824年9月6日托马斯·杰斐逊致函威廉·勒德洛,收入《杰斐逊集》,第1761页。

极对印第安"孩子们"进行家长式规劝,希望他们能够放弃游牧生活、从事农业耕种,因为这种生活状态不仅可以使他们人口快速增长、带来和平与更加舒适的生活,还能提升他们的心智和道德规范①。杰斐逊认为,只有当印第安人从事农业活动时,他们的社会才能进步,实现与白人的种族融合,成为美国国家命运共同体的一部分。

当四处迁徙的游牧印第安人转变为寒耕暑耘的农民时,他们将有大量富余土地。根据美国国会于 1784 年在纽约斯坦尼克斯堡与印第安人举行的谈判中提出的"征服理论"(Conquest Theory),独立革命期间与英国人结盟的印第安部落将失去在美国境内的任何合法权利②。征服理论企图剥夺印第安人的领土,这导致印第安与白人之间的冲突不断升级③。杰斐逊没有使用直白的霸权殖民语言,而是借助"博爱叙述"安抚印第安人,试图消除与他们的矛盾,促使他们出让部落土地。杰斐逊建议印第安人将土地卖给联邦政府,强调土地出让将给部落带来诸多好处。他指出获得的收益可以用于购买农具和家畜,增加土地的产出,改善生活④。杰斐逊坦言土地交易也使白人获益,"我们的人民繁衍如此迅速,因此你们希望出售多少土地我们就买多少土地,这符合我们的需求"⑤。他声称美国的法律也保护印第安人的土地财产,白人和印第安人的土地交易应该都是"自愿和公平的"⑥,但很多印第安人是为了还债被迫出卖土地。杰斐逊主张加强与印第安人的贸易往来,让印第安人为了购买生活所需而负债,使他们不得不出卖土地来偿还债务⑦。

奥鲁夫(Peter S. Onuf)认为杰斐逊对于印第安人有强烈情感,他并非有意欺骗印第安人⑧。凯勒(Christian B. Keller)也指出杰斐逊的确希望维护印第安

---

① 1805 年 3 月 4 日托马斯·杰斐逊第二次就职演说,收入《杰斐逊集》,第 556 页。1802 年 11 月 3 日,托马斯·杰斐逊致函汉萨姆·列克兄弟,收入《杰斐逊集》,第 594—595 页。1803 年 12 月 17 日,托马斯·杰斐逊致函巧克陶部落的兄弟们,收入《杰斐逊集》,第 598 页。1806 年 1 月 10 日托马斯·杰斐逊致函切洛基部落酋长们,收入《杰斐逊集》,第 600—602 页。1806 年 12 月 30 日托马斯·杰斐逊致函曼丹部落的酋长和人民,收入《杰斐逊集》,第 604 页。
② 参见奥鲁夫:《杰斐逊的帝国:美国国家的语言》,第 45 页。
③ See Daniel K. Richter, *Trade, Land, Power: The Struggle for Eastern North America*, Philadelphia: University of Pennsylvania Press, 2013, p.218.
④ 1802 年 11 月 3 日杰斐逊致函汉萨姆·列克兄弟,收入《杰斐逊集》,第 594—595 页。
⑤ 1805 年 3 月 7 日杰斐逊致函我的孩子们,契卡索(Chickasaw)族、Mingkey、Mataha 及 Tishohanta 等部落首领。转引自奥鲁夫《杰斐逊的帝国:美国国家的语言》,第 55—56 页。
⑥ 1802 年 11 月 3 日杰斐逊致函汉萨姆·列克兄弟,收入《杰斐逊集》,第 594 页。
⑦ 1803 年 2 月 27 日杰斐逊致函威廉·H.哈里森州长,收入《杰斐逊集》,第 1287 页。
⑧ 奥鲁夫:《杰斐逊的帝国:美国国家的语言》,第 56 页。

人的利益,但另一方面他也想要满足开拓者对土地日益增长的需求,这导致了印第安博爱政策的矛盾性①。但从根本上说,杰斐逊并不认为印第安人拥有北美土地的主权。杰斐逊的领土观源自英国政治家约翰·洛克(John Locke)的思想。洛克在《政府论》(*Two Treatises of Civil Government*,1689—1690)中提出私有财产权概念,他认为自然状态下的人对自己的人身享有所有权,因此他们对渗入自己劳动的所得物和土地也同样享有合法的所有权②。杰斐逊借助洛克理论建构独立革命的合理性,主张美国人在美洲大陆上的劳动使美国人拥有美洲领土的自然权力,美国人有自己管理土地、决定国家政治形态的权力,不需要听命于英国皇权③。这种立国思想也成为美国人剥夺印第安人领土的工具。杰斐逊认为,由于印第安人始终处于游牧状态,他们没有对土地的精耕细作,因此他们不拥有美洲土地的主权④。无论杰斐逊的博爱思想是否真诚,他的"博爱叙述"实现了赤裸裸的掠夺性"征服理论"话语所无法达到的效果。在仁慈、自愿、平等、互利等冠冕堂皇词汇的遮掩下,印第安人的领土主权被逐渐剥夺。

为了强化"博爱叙事"的效果,显示美国人的慷慨善良,探险军团送给沿途所遇印第安部落火药、威士忌、服装、布料、工具、装饰品等东部特产作为礼物,探险队还用他们的医疗知识和携带的药物帮助印第安人治疗疾病。为了在印第安人心中深化超越部落族群意识的国家共同体思想,探险队向印第安人分发国旗、军人制服、和平徽章、委任状等象征国家主权的物品,并要求印第安人签署和平协议,保证不向其他印第安部落发动战争。为了让印第安人接受美国人的建议、相信美国的强大实力,探险军团向印第安人展示美国当时最先进的武器来震慑他们⑤。探险队在《日记》中记录,印第安人听完演讲之后,都会"赞同演讲的内容,

---

① See Christian B. Keller, "Philanthropy Betrayed: Thomas Jefferson, the Louisiana Purchase, and the Origins of Federal Indian Removal Policy," in *Proceedings of the American Philosophical Society*, Vol.144, 1(2000), p.44.

② 约翰·洛克:《政府论》(下篇),叶启芳、瞿菊农译,商务印书馆,1996年,第18—33页。

③ See Morag Barbara Arneil, "'All the World was America': John Locke and the American Indian," London: University College London, 1992, p.362.

④ Morag Barbara Arneil, doctor thesis, "'All the World Was America': John Locke and the American Indian," p.365.关于洛克对杰斐逊和美国政治的影响还可参见 A. Whitney Griswold, "The Agrarian Democracy of Thomas Jefferson," in *The American Political Science Review*, 40.4(1946), pp.657-681.

⑤ 探险军团购买了可以向任何方向发射实心铅弹、火枪弹的高效重型杀伤性武器"回旋式加农炮"和利用空气压力作为动力的无烟雾噪声气动步枪。刘易斯写道,这些气动步枪让印第安人"大为吃惊","他们不能理解气枪为什么不用火药却能如此频繁发射,认为步枪里面装上了无所不能的神秘'药物'"。参见 *Original Journals of Lewis and Clark Expedition 1804-1806*, 1905, Vol.4, p.10.

并保证遵循(政府)的建议和指导来生活,他们开心地发现他们有可以依靠的父亲了"①。学者隆达(James Ronda)指出,刘易斯和克拉克都有"一种天真的乐观,……(他们)相信,他们可以轻易地改变上密苏里的现状,使其符合他们的希望。……事实上所有的印第安部落都证明了他们拒绝改变,而且他们都怀疑美国人的动机"②。不可否认的是,探险队与西部曼丹等部落的印第安人交好,从一定程度上影响并改变了印第安人的生活和贸易方式,与他们建立起了长期的往来关系。但探险队的描述显然包含夸张成分,因为杰斐逊的"博爱政策"存在诸多问题,不可能获得印第安人的广泛认同。根据凯勒的研究,大部分印第安人对旧有部落文化和游牧生活方式的固守使他们难以彻底接受白人的农耕生活;边疆白人对印第安人野蛮残忍的刻板印象难以化解,这让他们始终对印第安人怀有敌意;政府无法阻止边疆白人对印第安人生活和领地的侵蚀和破坏,他们用威士忌等酒精饮料非法骗取印第安人的土地和金钱,使印第安人酗酒而变得精神萎靡;白人带来的天花和麻疹让印第安人大量死亡③。由于以上原因,杰斐逊逐渐放弃了将印第安人融入白人社会的想法,转而计划实施印第安人迁移政策,将印第安人迁入与白人隔离开的印第安保留区内,进而避免进一步的冲突和矛盾④。

## 三、美国新地景与帝国制图术

《日记》中有大量文学化地景(landscape)描写,记录了探险队所到之处的地貌特征。"地景"一词源自日耳曼语,指称"地区"或"环境"。17世纪的荷兰绘画艺术家赋予此词以"风景"的含义,并将其引入英语⑤。科斯格罗夫(Denis E.

---

① *Original Journals of Lewis and Clark Expedition 1804−1806*,1904,Vol.1,p.98.后文出自同一著作的引文,将随文标出该著作简称"*Original*",不再另注。
② Ronda,*Lewis and Clark among the Indians*,p.55.
③ See Christian B. Keller, "Philanthropy Betrayed: Thomas Jefferson, The Louisiana Purchase, and the Origins of Federal Indian Removal Policy," in *Proceedings of the American Philosophical Society*,Vol.144,No.1,Mar.,2000,pp.39−66.
④ 安德鲁·杰克逊执政期间贯彻实施了杰斐逊的印第安迁徙计划,他于1830年签署的《印第安人迁移法案》(Indian Removal Policy)迫使上万名东部印第安人放弃家园,迁往密西西比河以西的印第安人保留地。遥远的路途和艰苦的条件使大量印第安人因为疾病、劳累和饥饿在途中死亡,因此迁移路线被称为"血泪之路"(Trail of Tears)。
⑤ See Marc Antrop, "A Brief History of Landscape Research," in Peter Howard et al. eds., *The Routledge Companion to Landscape Studies*,London:Routledge,p.12.

Cosgrove)认为地景与历史、社会和经济紧密相关①。在刘易斯和克拉克的笔下,西部地区土壤肥沃、物产丰富、景色优美,如同广阔花园②。克拉克在格兰德河(Grand River)与密苏里河(Missouri River)交汇处的山顶见到"广阔草原上周边的美丽景色"(*Original*:47-48)。附近不远的地区同样"景色美丽,右舷方向树木茂密。一片繁盛的草原已经延伸两英里,草原中散布着小树林。……在水源充沛的河边有众多的鹿、麋鹿和熊"(*Original*:51)。河流两侧植被繁茂:低洼地带生长着棉花和柳树,地势稍高一些的肥沃土壤上生长着棉花、核桃、朴树果、桑葚、无花果等植物,高地上生长着不同种类的橡树、青木、核桃树等多种树木。(*Original*:54)密苏里河流域矿产资源丰富,河岸上有大量的盐,"密度很大,河岸看上去全白了",还有花岗岩、燧石、石灰石、石化木、木炭、油石等。(*Original*:329)刘易斯在写给母亲的信中更是表达了对西部的热情,"我们还没有开始逆流而上的这条大河灌溉了地球上最远的地区之一,我不相信在这个宇宙中还有哪片地区和这个地区一样肥沃、一样丰饶、一样由无数可通航的水道所交织"③。类似的描述在《日记》中俯拾即是,rich 和 fertile 这两个形容土壤肥沃的词分别出现了 150 次和 99 次,而 barren 这个形容土壤贫瘠的词只出现了 13 次④。

然而,在很多 18、19 世纪的探险家笔下,西部却是自然条件恶劣、不适合农业耕种和居住的"美国大荒漠"(great American desert)。加拿大探险家麦肯齐(Alexander Mackenzie)认为西部内陆地区的气候和土壤都无法"使地球上的果实变得成熟"⑤。探险家派克(Zebulon Pike)认为:"西部的这些大平原也许会变得与非洲沙漠齐名";地理学家詹姆斯(Edwin James)断然指出:"这里几乎完全不适合耕种,那些依靠农业为生的人当然也不适合在这里居住。虽然在这里

---

① See Denis E. Cosgrove, *Social Formation and Symbolic Landscape*, Madison, WI: University of Wisconsin Press, 1984.
② 对《日记》中西部地景的详细分析,参见 John Logan Allen, *Lewis and Clark and the Image of the American Northwest*, pp.184-201.
③ 此信是刘易斯在 1804 年 3 月 21 日探险的途中写给母亲的。*Letters of the Lewis and Clark Expedition, with Related Documents: 1783-1854*, Donald Jackson, ed., 2nd ed., Urbana: University of Illinois Press, 1978, Vol.I, pp.222-223.
④ 此数据是利用美国内布拉斯加大学建立的刘易斯与克拉克探险日记研究网站的搜索引擎得出,搜索仅限于刘易斯和克拉克两人所写日记内容,不包括探险队其他成员的日记内容,参见:https://lewisandclarkjournals.unl.edu/,[2017-11-23].
⑤ Alexander Mackenzie, *Voyages from Montreal Through the Continent of North America to the Frozen and Pacific Oceans in 1789 and 1793*, Vol.II, Toronto: The Courier Press, Limited, 1911, p.344.

偶尔也有肥沃的土地,但几乎处处都缺少林木和水源,这将是在这里定居的不可逾越的障碍。"①虽然西部密苏里河流域等地区灌溉情况良好,但广大草原地区缺乏燃料和木材,这对于19世纪初期的美国人来说是一个严重缺陷。另外西部还有大片沙漠地区,那里的地质状况恶劣,无法进行开垦。迈尼希(Donald W. Menig)指出:"景观不仅由我们眼前的景物所构成,还由我们头脑中的思想所构成。"②艾伦指出,探险军团对西部肥沃土壤和丰富自然资源的强调与他们肩负的政治使命密不可分③。他们笔下的美国新地景正是杰斐逊总统"自由帝国"构想中的农耕乐园,《日记》中的宣传是为了吸引更多东部美国移民到西部来进行农业耕种。

杰斐逊是重农主义者,他的"自由帝国"是以农业立国、以自耕农(yeoman)为公民主体的田园牧歌式农业共和国。他在《弗吉尼亚纪事》中指出农业耕种滋养公民道德,"在土地上劳动的人们是上帝的选民,……上帝有意使这样的选民的胸怀成为特别贮藏他那丰富而纯真的道德的地方。……耕种土地的广大群众道德腐化的例子在任何时代任何国家都没有过。"④而那些在工业社会中工作的人们"为了维持自己的生活,不像农民那样尊重上苍,尊重自己的土地和尊重自己的劳动,而是依靠偶然性和顾客的反复无常的性格的人们,才会走向道德的腐化。依靠心理会产生奴性及贪财之心,会扼杀道德的萌芽,并且为野心家的阴谋提供适当的工具"⑤。杰斐逊认为欧洲国家的土地或者已经被开垦了,或者是被封锁起来不让使用,他们不得不依靠制造业维持人民的生活,这必然导致这些国家的道德腐化。但是美国与那些国家形成比对,拥有广阔的西部自由土地,可以使美国东部居民向西部移居,成为拥有自己土地的独立自耕农,他们能够抵御外敌侵扰、避免政府腐败、保护公民和国家的自由、保障共和体制的长久健康发展⑥。杰斐逊坚信,西部的土地像密西西比河东岸的一样肥沃,甚至"不比世界

---

① Qtd. Donald W. Meinig, *The Shaping of America: A Geographical Perspective on 500 Years of History*, V.2: *Continental America*, 1800 - 1867, New Haven: Yale University Press, 1993, p.76.

② Donald W. Meinig, "The Beholding Eye: Ten Versions of the Same Scene," in Donald W. Meinig, ed., *The Interpretation of Ordinary Landscapes*, New York: Oxford University Press, 1979, p.34.

③ See John Logan Allen, *Lewis and Clark and the Image of the American Northwest*, pp.110 - 111.

④ 杰斐逊:《弗吉尼亚纪事》第19章,收入《杰斐逊集》,第311—312页。

⑤ 杰斐逊:《弗吉尼亚纪事》第19章,收入《杰斐逊集》,第312页。

⑥ See Jefferson to George Rogers Clark, 25 December 1780, https://founders.archives.gov/documents/Jefferson/01-04-02-0295,[2018/5/3]。

上任何地方的土壤质量差","这里的土地可以自然出产大量生活所需,几乎都是自然生长,仅需少量人工耕种。"①探险军团在《日记》中塑造了美国新地景,这些描写迎合了杰斐逊总统对西部自然状况的推断,使得《日记》成为宣传西部开发的政治工具,帮助杰斐逊推进国家西部领土政策。

除了文学性地景描写,《日记》中还有大量翔实的地理数据和地图。这些数据和地图帮助美国明确了新增领土边界与面积,减少了领土争端。1803年美国与法国签署购地协议时并未明确标明法属路易斯安那地区的具体边界。美国人声称新领土从密西西比河延伸到落基山脉,东南部直到格兰德河和西佛罗里达地区,而西班牙人坚持认为路易斯安那地区只包含从密西西比河到新奥尔良和圣路易斯城之间的地区②。在这之前的两百多年时间里,法国、西班牙和英国都曾派出过探险团队绘制路易斯安那地图,与密西西比河下游地区相关的地图和图表就多达数百份③。购地协议签署后,杰斐逊并没有完全依照这三个国家绘制的地图进行领土边界划定和领土主权论争,而是派出美国人自己的探险团队绘制西部新增领土地图。这是因为地图绘制并非中立、客观的科学表征,而是受制于文化、历史、政治等因素的主观叙述。地图的内容选择、表征符号和风格都是对人类世界的某种"构想、表达和建构";不论勘探员宣称制图目的是科学考察还是政治宣传,制图过程必定包含特定政治体系的权力部署(power deployment)和领土首要关切(territorial imperatives)④。虽然法国、西班牙和英国的地图可以提供大量关于路易斯安那地形、地貌、水文、交通等地理信息,但国家殖民扩张的帝国主义内在动力驱使制图员尽可能地将更大的地理空间绘入各自国家的权力范围之内。显然,杰斐逊只有派出美国自己的考察队才能更好地探明西部地理情况、绘制出相对客观的西部地图,进而解决与西班牙之间的领土纠纷,更好地管理西部领土。

杰斐逊对制图学十分重视。杰斐逊的父亲就是制图学专家,曾在北美土地

---

① Thomas Jefferson, *An Account of Louisiana: Being an Abstract of Documents*, in the Offices of the Departments of State and of the Treasury, Philadelphia: William Duane, 1803, p.10.
② See Robert V. Haynes, *The Mississippi Territory and the Southwest Frontier, 1795-1817*, Lexington: University Press of Kentucky, 2010, pp. 115-116. Pekka Hamalainen, *The Comanche Empire*, New Haven: Yale University Press, 2008, p.183.
③ 参见美国国会图书馆网站: https://www.loc.gov/collections/louisiana-european-explorations-and-the-louisiana-purchase/articles-and-essays/the-cartographic-setting/#fn18[2018/11/10].
④ J.B. Harley, "Maps, Knowledge and Power," in Denis Cosgrove and Stephen Daniels eds., *The Iconography of Landscape*, Cambridge: University of Cambridge Press, 1988, pp.278-280.

公司担任土地勘探员,探查了弗吉尼亚—北卡罗来纳边界线,绘制了重要的弗吉尼亚州地图①。杰斐逊本人在独立革命后出版了阿拉贝尔玛尔和伊利湖区的地图,多次组织勘察密西西比河以西地区的探险活动。杰斐逊在自己位于蒙蒂塞洛的图书馆中收藏了当时世界上最多的北美大陆地理学资料,他允许刘易斯自由阅读其中的图书和地图,并教会他使用六分仪和赤道经纬仪等地图测绘工具②。杰斐逊指示探险队,"从密苏里河河口开始,你要非常仔细地记录下河流上所有重要节点的经纬度,尤其是河口、急流、岛屿以及其他可辨别的、稳定持久的自然标记和特征"③。因此,刘易斯和克拉克每到一处,必然使用精密仪器测绘此处的经度和纬度,计量每日所走方向、距离和时间,详细描述其地貌特征。探险军团总共绘制了140幅地图,记录下国家边界和具体领土特征,明确了国家的主权管辖范围。他们使用欧洲启蒙时期的科学地理方法,运用经度和纬度数值将抽象、模糊、异质性的路易斯安那地区转化为映射于图纸之上的具体、准确、同质化的表征空间。美国政府借助这些地图通过法律、军事、行政、教育等措施管理领土内的人口流动,维护领土内的稳定和安全,逐渐实现路易斯安那地区的领域化,将其真正纳入国家版图。正如鲍德里亚所言,"领土不再先于地图而存在,也不会比地图存在得更久远。……是地图先于领土——拟像在先,是地图生成了领土"④。

为了绘制完整西部地图,探险军团在行程中借鉴了30多幅印第安地图⑤。与现代地图不同,印第安人用木炭在动物皮革上绘制地图,他们用制图人行进时间标记两地距离,用太阳的位置标记方向,用动物与房屋图画标注狩猎地点和村庄位置,用印第安字符为地点命名⑥。在刘易斯和克拉克的地图中,印第安人"一天"的距离被翻译为"25英里","日出方向"和"日落方向"被标记为"东方"和"西方"⑦;印第安地名和图画也被新的英语名称所取代,蒙大拿州区域地图

---

① See Peter J. Kastor, *William Clark's World: Describing America in an Age of Unknowns*, New Haven: Yale University Press, 2011, p.31.
② 安布罗斯:《美国边疆的开拓:刘易斯和克拉克探险》,第69页。
③ 安布罗斯:《美国边疆的开拓:刘易斯和克拉克探险》,第89—90页。
④ Jean Baudrillard, *Simulacra and Simulation*, Ann Arbor: University of Michigan Press, 1994, p.1.
⑤ See G. Malcolm Lewis, "Indian Maps," in *Old Trails and New Directions: Papers of the Third North American Fur Trade Conference*, ed. Carole M. Judd and Arthur J. Ray, Toronto: University of Toronto Press, 1980, p.11.
⑥ See G. Malcolm Lewis, "Indian Maps," in *Old Trails and New Directions: Papers of the Third North American Fur Trade Conference*, ed. Carole M. Judd and Arthur J. Ray, Toronto: University of Toronto Press, 1980, pp.18 - 19.
⑦ John Logan Allen, *Discovering Lewis and Clark*, http://www.lewis-clark.org/article/1263. [2017/9/10].

上148个地名,除了20个保留了原有印第安名称的英语音译或意译,其余全部由探险军团自行命名[①]。印第安地图受到制图人的行进速度、观测方法、制图季节、制图语言等因素的影响,具有较强的主观性。而刘易斯和克拉克运用现代制图法,结合自己的地理知识和实际勘察使印第安地图信息转化为可测量的、便于美国人识别和记忆的地理数据,使其融入自己绘制的现代地图之中,成为探险队地图的有益补充。与此同时,印第安制图法所体现出的印第安人理解和呈现世界的方式也被探险队的现代空间观所取代。印第安地图再现了与印第安人生命体验、社会生活、自然现象、多元部落语言密切相关的百姓"生活空间"(lived space),而探险队地图将其抽象为由经度和纬度等数字组成、用单一语言标识的国家领土"构想空间"(conceived space)[②]。福柯指出:"观看者的凝视即是主宰者的凝视。"[③]探险队对西部土地的观察和测绘改变了领土的权力关系,印第安文化对土地的影响被逐渐擦除,美国人获得领土操控的权力。

## 四、结语

探险军团的西部之旅刚刚结束时,美国不同党派还在为路易斯安那购地案的合法性和必要性争论不休。西部自然环境尚未探明,贸易体系还未建立,白人与西部多个印第安部落仍然交恶,东部居民不愿前来定居和垦荒,美国与其他国家的边界争端亟待解决。虽然1812年的英美战争使得《日记》的整理和出版一再推迟,但《日记》的最终出版使得路易斯安那购地案的重要意义逐渐彰显。《日记》使美国人首次了解到了西部地区蕴藏的大量自然资源,明确了路易斯安那地区的边界、地貌和人口等信息,帮助凝聚西部不同部落的印第安人,吸引东部移民来到西部进行农业耕种,这将增加国家领土的安全性,加快国家领土主权的确立。《日记》的出版使美国领土扩张思想开始深入人心,美国人慢慢摆脱孟德斯鸠的古典国家理论的束缚,开始将视野投向西部,关注西部的发展。华盛顿·欧

---

① 这些地名或以探险队员和他们朋友、总统和其他重要政治人物命名,或是像"饥饿营溪"(Hungry Camp and Creek)这样以探险队经历的特殊事件命名,或是如"牛奶河"(Milk River)这种以地貌特征进行命名。https://www.lewis-clark.org/article/3141#Sub2[2018/12/20].
② "生活空间"和"构想空间"两个概念出自 Henri Lefebvre, *The Production of Space*, trans. Donald Nicholson-Smith, Cambridge: Basil Blackwell, 1991, p.53.
③ Michel Foucault, *The Birth of the Clinic: an Archaeology of Medical Perception*, trans. A.M. Sheridan Smith, NY: Vintage Books, 1994, p.39.

文借助《日记》在他的《阿斯托利亚》(Astor，1836)等作品中描绘了中西部人文地理景观，表达了他对西部开发的关切和信心①。詹姆斯·库柏虽然从未深入西部，但借助《日记》，他创作出了有关密西西比河以西地区的畅销小说《大草原》(The Prairie, 1827)②。爱伦·坡更是直接将《日记》中的人物、地名、自然景观、生物种类等信息移植进他的连载小说《朱利斯·罗德曼日记》(Journal of Julius Rodman, 1840)中③。人们为刘易斯和克拉克将军竖立雕像，无数的美国城镇、郡县、学校和街道都以他们的名字命名④。《日记》帮助杰斐逊向国会证明了路易斯安那购地案的正确性，成为杰斐逊的重要的政治资本，为他赢得国会的支持，为美国继续向西、向南扩张建立跨越美洲大陆的"自由帝国"创造了有利条件。杰斐逊的政治继任者麦迪逊、门罗和杰克逊总统继承了"自由帝国"政治理念，并发展出了"门罗主义""天定命运"等领土扩张思想。正是在这一系列政治思想的作用下，美国逐步完成了在北美大陆的疆土扩张，继而吞并了夏威夷等海外领土。然而，美国在领土扩张过程中显露出了霸权主义思想，对其他国家领土主权的侵犯和资源的掠夺使美国也成为受人诟病的"帝国主义"国家。这与杰斐逊最初的治国理念背道而驰，成为对"自由帝国"思想的莫大讽刺。

方法谈：

## 如何使论文具有时代精神？

本论文运用列斐伏尔的国家空间理论，挖掘文学作品与国家领土之间的

---

① 欧文在《阿斯托利亚》的作者介绍部分坦言刘易斯与克拉克的《日记》对他创作产生重要影响，见 Washington Irving, "Introduction", in *Astoria*, Vol.1, London: Richard Bentley, 1836, p. vii.

② 《日记》对库柏创作《大草原》的影响详见 E. Soteris Muszynska-Wallace, "The Sources of *The Prairie*," in *American Literature*, Vol.21, No.2, May 1949, pp.193-200.

③ 《日记》对爱伦·坡的小说《朱利斯·罗德曼日记》的影响详见 John Carlos Rowe, "Edgar Allan Poe's Imperial Fantasy and the American Frontier," in *Literary Culture and U.S. Imperialism: From the Revolution to World War II*, New York: Oxford UP, 2000.

④ 直至晚近几十年，美国人对刘易斯与克拉克"日记"的热情仍未消退。安布罗斯(Stephen E. Ambrose)的传记作品《无畏的勇气》(*Undaunted Courage*, 1996)荣登当年《纽约时报》畅销书榜首，美国 PBS 电视台的纪录片《路易斯与克拉克：探险军团之旅》(*Lewis & Clark: The Journey of the Corps of Discovery*, 1997)也博得众多关注，美国 HBO 电视台目前正在筹划关于路易斯和克拉克探险的连续剧集。200多年来，《日记》影响了美国文化的诸多方面，已经成为国族记忆中不可或缺的一部分。

关系,尝试通过研究文学文本来深入理解与美国领土扩张有关的国家领土策略、国家政策制定、国民认同形成等问题。在撰写论文时主要有以下三点体会:

第一,关注社会现实问题。

我在构思论文时着重留意社会现实问题,因为文学研究不只是仰望星空的哲学思考,还需要有脚踏实地的现实关注。在当今社会中,领土问题事关重大。在我们每天看的新闻中、在我们阅读的历史材料中,我们都会发现领土问题是造成国家冲突和地区政局动荡的最主要原因之一。巴以冲突、纳卡冲突、印巴冲突、南海问题……这些与领土矛盾和争端有关的信息充斥在现代社会的各种媒体之中。在维基百科中搜索"世界主权争端领土列表"词条,词条加起来共有 136 条(2020 年 12 月 6 日检索)。究竟是什么原因导致世界上如此众多的领土问题? 现代国家领土是如何形成的? 国家领土政策是如何制定出来的? 领土的变化与国民身份认同的关系是怎样的? 国家权力如何在国家领土上得以实施? 由于文学在反映人思想情感的同时,也折射了社会变迁和时代变化,因此,在文学中能够找到上述问题的答案。

由于领土问题过于宽泛,我需要将研究对象缩小到可操作范围之内,于是我聚焦于反映领土问题的美国 19 世纪文学作品。美国领土面积居于世界第四,但现代美国领土并非在建国时就已成形,而是在建国后逐渐扩张获得。1776 年美国宣布脱离英国殖民统治时领土只有大西洋沿岸的 13 个州,1783 年《巴黎条约》的签订使美国领土翻倍,美国在接下来的一个多世纪时间里通过购买、兼并和占领等方式获得了 700 多万平方公里的土地,成为世界领土大国。在国家领土迅速扩张的大环境中,刘易斯和克拉克通过探险叙述参与到国家政治话语之中,我希望通过研读他们的作品讨论美国国家领土的领域性和领域化过程。

第二,以历史史料为基础。

在本论文中我选用刘易斯和克拉克的作品为研究对象。虽然刘易斯和克拉克是探险家,并非传统意义上的文学作者,但他们的作品在多部美国权威文学史中都有收录。他们的作品撼动当时的美国政坛,并且影响了欧文、爱伦·坡、库柏等人的文学创作。在选择作品时,我考虑的是与美国具体领土扩张事件紧密关联的文本。选择了这样的文本,我可以有效利用与这些历史事件有关的史学资料,让这些资料成为我分析作品时使用的论据。这些扎实厚重、取之不竭的历史资料能够减少文学分析中虚无缥缈的主观臆断，增加表述中的逻辑性和真实性，使说理更加可信。

借助史料研究文学文本，我发现了文学作品中蕴含的历史性，了解到文学作品在国家领土变迁过程中起到的作用。美国建国早期，很多美国人受到孟德斯鸠等人的古典国家理论影响，担心国家领土太大可能导致国家政权变化，因此对国家领土进一步扩张持保守态度。但是杰斐逊总统认为，只有扩大领土面积才能维持国家的自由和安全，因此不顾保守派的反对从法国手中购入路易斯安那地区。随后派遣刘易斯和克拉克率队对新增领土进行考察。刘易斯和克拉克撰写的探险日记体现了杰斐逊总统"自由帝国"的治国理念，加速了路易斯安那地区从法国、西班牙殖民地转化为美国国家领土的领域化过程。

第三，以学术理论为指导。

在撰写论文时，我感受到学术理论对文学批评实践起到重要引导作用。选择合适的理论分析文学作品如同站在巨人的肩膀上，会让论文写作者看得更远，让论文更加具有学术深度，也更容易实现学术创新。学术理论的选择不能只拘泥于文学理论，作者需要有开放包容的精神，可以从社会学、心理学、政治学、地理学、传播学等学科中选用恰当理论。本论文中使用了国家空间理论。加州大学洛杉矶分校教授阿格纽（John Agnew）在1994年发表的论文中提醒学界关注国家权力与国家领土之间的复杂关系，不能将国家领土视为固定不变的"主权空间"。在此基础上，纽约大学的布莱纳（Neil Brenner）和爱尔登（Stuart Elden）教授提议用法国哲学家列斐伏尔（Henri Lefebvre）的空间理论来审视国家、空间与领土之间的关联。基于列斐伏尔、布莱纳、爱尔登等人的理论和研究成果，我将"领土""领域性"和"领域化"进行区分。"领土"是划分国家领土边界的物质化静态地理空间分割，是国家领土空间生产的最初步骤。国家政府的规章制度、民族文化、法律政令等并不能随即自动弥漫至国家新增领土，边疆空间的"领域性"要通过多维度的政治、经济与文化实践得以确立，权力渗透到边疆领土范围需要长期的、动态的"领域化"空间生产历程。正是在国家空间理论的指引下，我分析了文学作品中涉及的国家领土实践、领土表征和表征的领土，发现了文学与国家领土空间生产的双向互动关系。虽然理论通常深奥难懂，需要反复阅读才能深刻理解，但理论学习对论文撰写非常有益，需要长期坚持。

综上所述，我认为文学研究需要具有现实关怀，要将学术研究与社会实际相结合，要充分借助已有的学术资源和历史资料挖掘作品中的深层含义，不受学科约束选择合适的学术理论指导论文的撰写。我认为以上三点中的第一点尤为重要。现代社会快速发展，人民生活和文化水平提高的同时还存在着诸多亟待解决的问题。文学作品不应被视为脱离现实的阳春白雪，从中还应可以寻找到解决社会问题的方法，这样能够让文学研究满足社会的需求，从而更加具有时代精神。

# 莫里森笔下城市新黑人的转型焦虑*

## 荆兴梅**

**内容提要**：托妮·莫里森总是将历史真实和诗意虚构融合在一起,从而彰显历史的多元化阐释视角。本文立足于其作品的历史解读,来探索美国城市黑人移民的转型焦虑及其文化根源:《最蓝的眼睛》中的三位沉沦女性嬉笑怒骂却笑中带泪,她们与民间英雄迪林杰等人的个体历史具有同构性,讽刺了以胡佛联邦调查局为代表的官方意识形态;《所罗门之歌》中的派拉特是单身母亲,折射了新黑人单亲家庭普遍存在的美国社会现实;《爵士乐》中的种族暴动是白人至上主义者对新黑人的政治清洗,其中的暴力行为尤其对黑人孩子造成创伤,使他们的成长之路困难重重。通过对黑人风尘女子、黑人单亲家庭和黑人儿童创伤的特别关注,莫里森揭示了城市新黑人的转型焦虑。

**关键词**：托妮·莫里森;《最蓝的眼睛》;《所罗门之歌》;《爵士乐》;转型焦虑

托妮·莫里森(Toni Morrison)善于抓住黑人民族的重要文化事件,来呈现它在美国社会的生存和发展历程。发生于 19 世纪末、20 世纪初的美国城市化运动,为大批黑人提供了从农村移民到城市的契机,也为他们埋下了转型焦虑的伏笔。莫里森笔下最能体现这一文化事件的小说当属《最蓝的眼睛》(*The Bluest Eye*, 1970)、《所罗门之歌》(*Song of Solomon*, 1977) 和《爵士乐》(*Jazz*, 1992)。

---

\* 原载《外国文学》2019 年第 4 期,第 32—39 页。本书收录时略有修改。
\*\* 荆兴梅,上海外国语大学文学博士,苏州大学特聘教授,博士生导师,研究方向为英美文学和西方文论。出版专著 3 部,在《外国文学研究》《外国文学》《国外文学》《当代外国文学》等期刊发表论文 30 余篇,主持国家社科基金 2 项,教育部人文社科基金项目 1 项,江苏省社科基金项目 1 项。

**联系方式**：苏州大学,邮编: 215006。Email: 1143941993@qq.com。

在文化批评的范畴内,"转型焦虑"话题一直受到学界关注。它可以追溯至穆勒(John Stuart Mill)和阿诺德(Matthew Arnold)等人表达他们对于现代工业文明的焦虑。威廉斯(Raymond Henry Williams)的《文化与社会》(*Culture and Society*,1958)同样认为,重大社会变迁莫过于农业社会向工业社会的转型,它带来的观念变革和身份焦虑前所未有。近年来,我国学者对"转型焦虑"的文学解读和文化探索方兴未艾。殷企平考察了英国文化观念流变中的伊丽莎白·鲍温(Elizabeth Bowen)及其《心之死》(*The Death of the Heart*,1938),表明其中人物的转型焦虑引发伦理危机①。高晓玲指出:英国浪漫主义诗人和维多利亚批评家运用诗性真理,来消解社会转型时期的文化困境②。高晓玲还特别阐述了乔治·艾略特(George Eliot)的转型焦虑(责任焦虑、同情焦虑、认知焦虑),强调文学创作是作家舒缓文化焦灼和精神压力的有效策略③。赵晶对 T.S.艾略特《荒原》中的转型焦虑颇感兴趣,认为它书写了 20 世纪初英国社会转型及其引发的文化共同体瓦解,致使传统秩序遭遇破坏、工业技术受到滥用,从而引发广大民众的焦虑④。文化学者们对转型焦虑的研究主要集中于英国现代化时期,这为其他国别文学中的社会工业化特征留下了阐释空间。本文将莫里森小说中黑人移民的文化心理作为个案,追踪美国城市化进程中人们的思想蜕变,以此拓展转型焦虑的研究边界。

## 一、《最蓝的眼睛》：笑中带泪的黑人风尘女子

霍米·巴巴(Homi Bhabha)在论及后殖民时期的移民问题时,论述了农民和土著居民的社会大变迁⑤。在众多移民书写中,女性劳工其实受到普遍忽视,至于那些以出卖肉体为生的女性形象,更是移民写作和研究中鲜少涉及的区域⑥。莫里森却在初始之作《最蓝的眼睛》中隆重推出三个黑人移民妓女,她们虽然在文本中所占篇幅并不多,却成为其中的亮色。她们与小说主人公佩科拉

---

① 殷企平:《转型焦虑:文化观念流变中的〈心之死〉》,《外国语》2018 年第 3 期,第 99—106 页。
② 高晓玲:《诗性真理:转型焦虑在 19 世纪英国文学中的表征》,《外国文学研究》2018 年第 4 期,第 47—57 页。
③ 高晓玲:《乔治·艾略特的转型焦虑》,《外国文学评论》2016 年第 1 期,第 172—188 页。
④ 赵晶:《〈荒原〉中的社会转型焦虑》,《外国文学》2017 年第 3 期,第 64—71 页。
⑤ Homi Bhabha, *The Location of Culture*, London: Routledge, 1994, p.4.
⑥ Laura Agustin, "A Migrant World of Services," in *Social Politics*, Vol. 10, No. 3 (2003), pp.377-396.

相邻而居,对这个处处遭受歧视的黑人小女孩十分友好。这三位沦落风尘的黑人女子性格各异,波兰沉默忧郁,芝娜言辞尖刻,唯有玛丽最口无遮拦。玛丽从美国西部小镇杰克逊移居到中东部的俄亥俄州,先在辛辛那提市打工,后到洛林市从事当前的营生。作为出卖色相的黑人移民,玛丽等人仿佛整天笑语喧阗,然而她们的插科打诨中却透露出丰富的历史和文化信息,显示出的真相远非这么简单。

联邦调查局局长埃德加·胡佛(Edgar Hoover)和银行抢劫犯约翰·迪林杰(John Dillinger),都在美国历史上确有其人,都成为玛丽等普通民众津津乐道的话题:

"玛丽小姐,你很富有吗?"
"小布丁,我有的是钱呐!"
"你的钱从哪里来?你从来不工作呀!"
"是呀,"芝娜说,"你的钱来自哪里?"
"胡佛给我的,我曾经帮过他一个忙——帮过联邦调查局的忙。"
"你是怎么做到的?"
"我帮胡佛忙了。你瞧,他们想抓住那个叫乔尼的骗子,他们说他是人渣……"
……
"但你的钱究竟怎么来的呢?"
芝娜嘲讽道:"她把自己弄得跟告发迪林杰的红衣女郎似的。迪林杰才不会靠近你呢,除非他在非洲打猎时把你当作河马来猎杀。"①

这段对话发生在佩科拉、玛丽、芝娜之间,貌似戏谑和玩笑,其中的"胡佛""联邦调查局""迪林杰""红衣女郎"等却直指美国的社会现实。迪林杰是美国大萧条时期的劫匪头目,胡佛将他列为"头号公敌",曾在芝加哥悬赏1万美元捉拿他。然而官方叙事却被民间叙事所颠覆,他在人们心中是劫富济贫的绿林好汉,是罗宾汉(Robin Hood)式的英雄。1934年,一个名叫安娜·萨吉(Anna Sage)的妓女向当局告发了迪林杰,说她的室友正是迪林杰的女朋友,次日他们三人将一起

---

① Toni Morrison, *The Bluest Eye*, London: Vintage, 2007, pp.53-54.

去看电影,届时她将穿上醒目的红裙子。就这样,迪林杰殒命在了联邦调查局的枪林弹雨中。迄今为止好莱坞已经拍了至少3部叫做《迪林杰》的电影,在洲际公路80号的印第安纳接待站(Indiana Welcome Center on Interstate 80)建有迪林杰博物馆①。胡佛的形象也在宏大叙事和私密叙事之间左右摇摆,呈现出虚构和真实的悖论性。他于1924年掌管美国联邦调查局(Federal Bureau of Investigation,简称FBI),整整在位48年,受到杜鲁门(Harry Truman)总统和艾森豪威尔(Dwight Eisenhower)总统的器重和嘉奖。在公众眼里,他执行禁酒令,反对同性恋者和纳粹党人,在20世纪30年代赢得"盖世英雄"的美名。然而在1971年3月8日,据说位于宾夕法尼亚州梅地亚小镇的联邦调查局办公室失窃,一些绝密档案交付到记者手中,胡佛不为人知的另一面得以曝光:他组织人员非法窃听和监视非裔美国人、反战分子和名人政要,迫害美国共产党人,操纵好莱坞等媒体机构,还是隐秘的同性恋者②。

官方眼中的迪林杰和胡佛都属于不可靠叙事,表明书中的虚构痕迹不止一处,比如玛丽等街头女郎的表象之下也隐藏了不为人知的事实。她们看似对眼前生活心满意足,实则深陷转型焦虑。其一,都市泯灭了她们原先对男性的幻想,令她们当前的感情世界一片荒芜。玛丽14岁时与杜威·普林斯坠入爱河,在一起度过三年甜蜜时光。如今玛丽成了城市里的卖笑女郎,她认为那些寻欢作乐的男人50个加起来都抵不上杜威的一根踝骨,可见纯真初恋给她留下多么难以磨灭的记忆。玛丽、芝娜和波兰对找上门来的男人切齿痛恨,一边赚他们的钱,一边对他们肆意辱骂、戏弄和嘲讽。比如,她们曾经一拥而上掏光某个男人的口袋,再集体把他从窗口扔了出去。在她们看来,自己之所以过得这么屈辱并且毫无未来可言,罪魁祸首就是逢场作戏的男人们。玛丽一再强调1927年之后小伙子就已绝种,声称人们一生下来就已变老。1927年极有可能是她生命中不同寻常的分水岭,她或许在这一年与初恋挥手别离,或许在这一年移民城市并开始接客。无论如何,她的心已经变老、变冷漠,变得对男人心如死灰,这是不争的事实。在这样的前提下,玛丽的敌视和嘲弄直指胡佛,因为他不去惩治寻花问柳的男人,却对行侠仗义的绿林好汉大动干戈,其"盖世英雄"之名多么经不起推敲。

---

① Peter Carlson, "Public Enemy's Keystone Cops," in *American History*, 44.3 (2009), pp.34–39.
② Petty Medsger, *Burglar: The Discovery of J. Edgar Hoover's Secret FBI*, New York: Alfred A. Knopf, 2014, p.226.

其二，都市泯灭了众多黑人妇女的就业之梦，让她们品尝到种族歧视的切肤之痛。胡佛在约翰逊总统(Lyndon Johnson)的要求下答应与马丁·路德·金(Martin Luther King)会面，他傲慢无礼地表示：黑人之所以找不到体面的工作，是因为他们自身的教育程度太低，比如联邦调查局要求警员具有大学文凭，它绝不会为黑人降低应聘条件[①]。作为白人至上主义者，胡佛忽视了这样的社会现实：由于政府资源分配不公，黑人的教育程度相对而言较为有限；由于种族偏见在就业市场阴魂不散，黑人被雇佣的概率大打折扣。玛丽之类的黑人女性假如固守乡村，也许在自给自足的生活方式中比较容易生存。但她们被社会思潮裹挟到了都市，面临无学历、无技能的尴尬境地。《最蓝的眼睛》中的波琳代表了城市黑人女佣群体，她们向白人中产阶级出卖体力而获得报酬。玛丽等则将身体当作商品，在都市浪潮中随波逐流。她们敬重笃信基督教的黑人妇女，痛恨所有白人女性，因为后者在她们看来是背叛者，红衣女郎萨吉就是如此。她们也怨恨胡佛这样的白人男性官僚，因为她们在万劫不复的深渊里挣扎，至少部分原因来自就业无门，而这又与种族偏见不无关系。

玛丽等在文化转型之际沦为风尘女子，一方面获得消费心理的虚假满足，另一方面遭受异化和创伤而顾影自怜。这几个黑人姑娘并非天生自甘堕落，而是本性纯洁无瑕：玛丽在从事目前的行当之前，根本意识不到出卖自我还能挣钱；波兰在姨妈的教唆下开始接客，在对方身上分文未取。她们与物质主义价值体系结成联盟，是遭遇都市文化冲击所致。城市的种族主义依然强势，令黑人女性很难在就业市场获得一席之地。城市的美味佳肴、美容美发、好看的衣服似乎都是女人的必需品，都需要金钱来支撑。玛丽等人不是红衣女郎萨吉，更没有通过向官方告密而获取钱财，她们所做的就是榨取男人。这样的生活貌似衣食无忧，实则味同嚼蜡，难怪波兰自始至终唱着悲伤的歌曲，尽显笑中带泪的生存本质。

## 二、《所罗门之歌》：城市中的黑人单亲家庭

在移居城市之后，黑人女性往往与单亲家庭模式形影相随。中产阶级居住在富人区，社会底层人士拥挤于贫民区，两者在空间分布上泾渭分明，在价值体

---

[①] Peter Carlson, "J. Edgar Hoover Lectures Martin Luther King," in *American History*, 45.1 (2010), pp.18-19.

系上截然不同,处于互不渗透的隔离状态。对于经济富裕的中产阶级来说,稳定的婚姻和家庭关系比较重要。而对于隔都区(ghetto)的贫困黑人来说,单亲家庭反而是他们乐于接受的伦理模式。很多黑人男性的就业之路常常一波三折,他们在养家糊口时难免力不从心。贫穷导致黑人家庭暴力时有发生,黑人女性因此对婚姻充满恐惧,却把生儿育女当作情感寄托和自我实现的出路。如此一来,由黑人母亲主导的单亲家庭便出现了增长趋势。

美国黑人单亲家庭的普遍存在,不仅引发了社会关注,还令学界展开系统性追踪。《美国单亲家庭研究的理论与方法评述》认为,黑人单亲家庭的存在状况具有代表性,其研究经历了三大发展阶段:第一阶段是20世纪初到60年代,以"病理—解组观点"(pathology-disorganization perspective)为主,强调黑人家庭自身的病态结构;第二阶段为60年代至80年代中期,人们对黑人家庭持"坚强—坚韧观点"(strength-resilience perspective),弘扬单身母亲的自我力量和社会的帮扶作用;第三阶段是80年代中期至今,主要在研究方法上向客观性突破,以历时、实证、数据统计等策略,来超越之前追求"政治正确"而导致的保守性和偏颇性[1]。笔者倾向于客观审视美国黑人单亲家庭何以举步维艰的历史语境,力图呈现莫里森小说文本内和文本外信息的交汇。

在《所罗门之歌》中,派拉特家是典型的黑人女性单亲家庭,其生存境遇早已危机四伏。派拉特居住在密歇根市的贫民窟,独自养大女儿丽巴,而丽巴又以未婚身份生育了女儿哈格尔。这类家庭若想摆脱窘境,一般要依靠三种经济来源:工作薪水、亲朋援助、社会福利。而派拉特家偏偏无缘于所有这些生存方式,所以日常生活捉襟见肘:"她家没有电,因为她不想付电费,也没有煤气。晚上她和女儿用蜡烛和煤油灯来照明,用木柴和煤炭来取暖和做饭。她们从井里接一根管道,用水泵把水抽到厨房里,引流到一个蓄水的池子里。他们生活得如此窘迫,就仿佛进步只是一个词汇,意味着沿街走得更远一点而已。"[2]派拉特是跟随移民潮离开乡村的女性,她家祖孙三代所面临的挑战,在城市新黑人中具有典型性。首先,许多黑人单亲家庭缺乏固定工资。当时北方城市黑人男性的就业形势非常严峻,黑人女性若想在劳动力市场上分一杯羹,更是难乎其难。而且,"值得关注的是,美国女性单亲家庭的贫困状态具有跨代特征。女性单亲家庭中的

---

[1] 刘耳:《美国单亲家庭研究的理论与方法评述》,《学术交流》2009年第9期,第125—128页。
[2] Toni Morrison, *Song of Solomon*, London: Vintage, 2004, p.27.

儿童在学校中的表现普遍难如人意，未婚生育的概率较高，多数在高中辍学，入大学深造者极少，成年后无业者甚多"①。派拉特、丽巴和哈格尔拥有黑人女性和单亲家庭的双重标签，都身无一技之长，在竞争激烈的从业之路上几乎无立锥之地。

其次，黑人单亲家庭并非总有亲友资助。派拉特的哥哥梅肯是个成功商人，住在同一城市的富人区。兄妹俩咫尺天涯，不但分属两个截然不同的社会阶层，连价值观也南辕北辙。在多年前那个令他们分道扬镳的日子里，梅肯执意要夺人性命以取得财富，而派拉特却坚决阻止他这么做，于是他们各自踏上了移民城市的路程。多年来他们老死不相往来，梅肯非但没有给予派拉特经济资助和感情交流，而且还在人前人后鄙视和贬低她。帕吉特（Deborah Padgett）指出：当黑人族裔处于非洲和美国南方农村时期，社会援助现象司空见惯，它不仅仅在于血亲之间的相助，还在于朋友之间的实物馈赠和情感救助②。而当城市的消费主义和利己主义扑面而来，街坊邻里互帮互助的现象变得稀缺，于是很多黑人移民只能如浮萍一般漂流在偌大的都市。除了梅肯一家之外，派拉特家三位女性在所居之地举目无亲，根本不可能得到友情赞助，因而这个单亲家庭愈发显得形影相吊。

再次，社会福利制度严重倾斜令众多黑人单亲家庭孤立无援。"对未成年子女家庭的援助计划"（Aid to Families with Dependent Children，简称 AFDC），是美国政府于1935年到1996年间设立的社会福利项目，资助低收入或零收入家庭的孩子。此项援助最大的受益者是白人女性单亲家庭，因为政府眼中的黑人单身母亲不配享有这种福利待遇。一直到民权运动时期，这一保障体系才惠及少数黑人妇女，而受它福泽最多的依然是白人③。《所罗门之歌》的主要故事情节发生于20世纪30年代到60年代，正是美国"对未成年子女家庭的援助计划"大规模实施之际。然而，诸多黑人女性单亲家庭却被排除在外，派拉特家就是其中之一。在梅肯看来，派拉特是个"穿得破破烂烂的卖私酒的女人"④，足见她维

---

① 吕洪艳：《20世纪60年代以来美国女性单亲家庭变迁初探》，《世界历史》2011年第3期，第66—78页。
② Deborah Padgett, "The Contribution of Support Networks to Household Labor in African American Families," *Journal of Family Issues*, 18.3 (1997), pp.227-250.
③ Dorothy Roberts, *Killing the Black Body: Race, Reproduction, and the Meaning of Liberty*, New York: Pantheon Books, 1997, pp.202-245.
④ Toni Morrison, *Song of Solomon*, London: Vintage, 2004, p.20.

持生计是何等艰辛。

在缺乏就业机会、亲友资助和社会救援的情况下,黑人单亲家庭会在城市中面临深度转型焦虑。从农村移民城市之后,他们原本鸡犬相闻的邻里关系烟消云散,代之以实用主义处世之道,人与人之间的交往越发疏远和冷漠。派拉特的孙女哈格尔常常抱怨在家吃不饱①,有可能是家中男性角色缺场造成她心理空虚和饥渴,更可能是家庭贫困、无依无靠导致她生理上的饥饿。她后来不仅渴求物质消费,而且还是爱情关系中贪婪的索取者,并最终沦为失败者走向毁灭。丽巴又何尝不是呢?她的智商低得可怜,却是个人尽可夫的女性,在男女关系中如饥似渴。她巴结所有的男人,即使他们对她暴力相向,她也唯有讨好和哀求。可见,黑人单亲家庭的转型之路无比艰难,正如拉姆(D. Lam)所说:这类家庭因缺乏社会关怀而危机重重②。

## 三、《爵士乐》:种族暴动中黑人孩子的创伤

如果说中外学者对《爵士乐》中"哈莱姆文艺复兴""爵士时代"等多有探讨,那么1917年的东圣路易斯市种族暴动则很少被深入挖掘。比如在《托妮·莫里森的〈爵士乐〉和城市》中,帕克-德里斯(Anne-Marie Paquet-Deyris)就一语带过此事:"黑人示威队伍涌向曼哈顿市中心,抗议惨痛的1917年东圣路易斯市白人暴力行径,瞬间改写了城市景观,禁忌被打破,边界被穿越。"③一些文献即使提及该事件,也只是表明:小说中的多卡斯和乔之所以陷入不伦之恋,乔的妻子维奥莱特之所以原谅多卡斯,是因为这场运动带给多卡斯丧亲之痛,从而令黑人个体惺惺相惜。笔者意欲聚焦《爵士乐》中种族暴动对儿童多卡斯造成的创伤,探析这次暴动的深层原因、具体场景、惨烈后果,来审视它对城市新黑人子女成长之路的负面影响。

《爵士乐》用模棱两可的手法来表述这起事件的原因。"有些人说暴徒是心怀不满的退伍士兵。他们曾经在各种族士兵俱全的部队(all-colored units)里作战,却被各地的基督教青年会(Young Men's Christian Association,YMCA)拒

---

① Toni Morrison, *Song of Solomon*, London: Vintage, 2004, p.48.
② Lam D, "Parenting Stress and Anger: The Hong Kong Experience," in *Child and Family Social Work*, 4/4(1999), pp.337 – 346.
③ Deborah Padgett, "The Contribution of Support Networks to Household Labor in African American Families," in *Journal of Family Issues*, 18.3(1997), pp.227 – 250.

之门外。回到家乡后,他们又发现白人暴力比他们入伍时更猖獗,美国本土的内部冲突既无情又毫无荣誉感,完全不像他们在欧洲打仗时那样。另一些人说暴徒是白人,他们被涌进城市的南方移民潮吓坏了,因为那么多的新黑人在寻求工作和住所。也有少数人思考再三之后说:控制工人是多么完美的事情,没人(就像桶里的蟹,不需要盖子和棒子,甚至不需要监视)会爬出桶外。"①黑人移民进入城市后对就业和住房的大量需求,让白人居民产生严重的危机感,使得原本就紧张的种族关系陷入剧烈冲突——人们普遍认为这才是导致本次暴乱的缘由。然而,《美国大屠杀:东圣路易斯市种族暴动和黑人政治》(*American Pogrom: The East St. Louis Race Riot and Black Politics*)一书却指出,黑人和白人的这次激烈冲突,源于双方在政治话语权上的殊死搏斗②。非裔美国人逐渐获得政治领导权并发起新黑人运动(New Negro Movement),给白人政体造成巨大压力和威胁,他们唯恐东圣路易斯市会被黑人接管。为了将当选的黑人官员清除出各类要职,为了将大批黑人驱逐出城市,白人政府官员也加入这场种族暴动中,实施了清洗黑人的暴力谋杀案③。将政治角力视作这次杀戮的最大诱因,在《爵士乐》中是有迹可循的:第一,多卡斯的父亲是个私人业主,没有与白人形成就业上的竞争关系,却被暴徒们活活打死;第二,很多黑人的房屋被点燃,他们呼叫救护车却石沉大海,致使多人葬身火海,多卡斯母亲就是当中的受害者,可见公共服务机构已经被政治机器所掌控。美国当局在撰写这段历史时,用了"种族暴动"(Race Riot)来加以定位,以此掩盖蓄谋已久的政治意图。

在东圣路易斯市种族暴动中,黑人小孩遭遇白人暴徒毒手的情况不止一例。卢拉·柯克斯(Luella Cox)曾受访于全国有色人种促进会(National Association for the Advancement of Colored People, NAACP)主办的杂志《危机》(*The Crisis*),讲述她亲眼见证的事实:一个白人妇女抢过襁褓中的婴儿,把它扔进一座正熊熊燃烧着的建筑④。而安德森(Paul Anderson)也奉献了第一手资料和证

---

① Toni Morrison, *Jazz*, London: Vintage, 2004, p.57.
② Charles Lumpkins, *American Pogrom: The East St. Louis Race Riot and Black Politics*, Athens: Ohio University Press, 2008, p.9.
③ Charles Lumpkins, *American Pogrom: The East St. Louis Race Riot and Black Politics*, 2008, p.127.
④ Martha Gruening & W. E. B. Du Bois, "The Massacre of East St. Louis," *The Crisis*, (September 1917), p.228.

据：他曾看见疑似妓女的白人暴徒袭击黑人女性，并毒打她和她怀中的婴儿①。在《人群中的女性：性别和 1917 年东圣路易斯种族暴动》("Women in the Crowd: Gender and the St. Louis Race Riot of 1917") 一文中，麦克劳夫林 (Malcolm Mclaughlin) 认为：白人妇女在种族冲突中展开疯狂杀戮，是被白人至上主义思想异化的结果；而白人妓女攻击黑人小孩、撕碎黑人妇女的衣服等行为，意在摧毁黑人良家妇女的尊严，因为这是妓女们所缺乏和痛恨的②。种族争斗中的白人妇女尚且如此激进，白人男性的凶残就更毋庸讳言，因为他们一直将种族主义和男性气概等同起来，连罗斯福总统都支持这种观点③。

有些黑人小孩见证了亲人死于非命，从而形成永久性焦虑和创伤。《爵士乐》中的多卡斯就是这样一个女童，当东圣路易斯市的种族暴动夺去她双亲的性命时，她正在马路对面最好的朋友家睡觉，"但是她一定看到了熊熊火焰，一定看到了，因为整个街道都处于人声鼎沸中。她一言不发，始终沉默不语。她在五天内出席了两个葬礼，却始终不发一语"④。多卡斯的沉默胜过千言万语，她无声地控诉那恐怖场面，言说她作为黑人孤儿的无助和绝望。当父母的悲剧发生时，多卡斯由于不在他们身边而幸免于难，其感受却与那些处于风暴中心的孩子一样。即使身处火光冲天的危险境地，黑人母亲也与儿女形影不离，孩子由此见证了她们还击暴徒的壮举，却也见证了她们在暴力下的悲惨情景。比如，白人追赶逃跑的黑人妇女，扒光她们的衣服，再用拳头、鞋子、石头和棍棒来殴打她们的脸和胸部。另有新闻记者目击了一位黑人老年妇女的屈辱：三个白人妓女用酒吧啤酒泵的阀门来击打她，令她毫无招架之力⑤。当眼前的亲人或同族人被凌辱到体无完肤，黑人小孩的震惊和悲痛无以言表，他们将这一幕深深烙印在脑海里。他们的成长之路可能会偏离正轨：既可能长成《所罗门之歌》中的吉他，是"以牙还牙"的黑人种族主义者；也可能长成《爵士乐》中的多卡斯，及时行乐、胆大妄为，是社会规范和家庭伦理的僭越者。

---

① Paul Anderson, "24 Negroes Killed in East St. Louis," *St. Louis Post-Dispatch*, July 3(1917), p.2.
② Malcolm Mclaughlin, "Women in the Crowd: Gender and the East St. Louis Race Riot of 1917," *Studies in the Literary Imagination*, 40.2(2007), pp.49-73.
③ Gail Bederman, *Manliness and Civilization: A Cultural History of Gender and Race in the United States, 1880-1917*, Chicago: University of Chicago Press, 1995, p.197.
④ Toni Morrison, *Jazz*, London: Vintage, 2004, p.57.
⑤ Carlos Hurd, "Post-Dispatch Man, An Eye-Witness, Describes Massacre of Negroes," *St. Louis Post-Dispatch*, July 3 (1917), p.2.

种族暴乱带给黑人孩子的创伤尤其巨大,他们也许终其一生都会在身份焦虑中沉浮。黑人族裔移民北方城市的初衷之一,是逃离令人发指的南方私刑制度,然而城市的种族纷争与私刑何其相似,令多少黑人家庭分崩离析。孤儿经历使得多卡斯在感情中逢场作戏,最终死于情杀,谱写了又一曲社会转型时期的新黑人悲歌。

在莫里森的笔端,黑人进入城市以后遇到了形形色色的生存危机。由美国城市化引发的黑人移民潮,带动人们远离经济困顿、文化落后的南方农村,继而一脚踏入急速变革的都市空间。他们在城市消费浪潮中迷失,在种族和阶级矛盾中无所适从,变成了典型的他者形象。《最蓝的眼睛》中的玛丽等人沦为街头卖笑女郎,她们用嬉笑怒骂的形式来倾诉心酸历程。《所罗门之歌》中的派拉特家庭三代女性同堂,她们那由于男性缺场引起的身份危机随处可见。《爵士乐》中的种族暴动造成巨大破坏力,让多少黑人孩子当场惨死或无家可归,其心灵创伤始终无法愈合。莫里森对转型时期的美国社会制度予以犀利批判,对弱势群体的身份焦虑感同身受,彰显了一名公共知识分子的道德良知和社会担当。

**方法谈:**

## 如何在前人的研究基础上进行创新和延伸?

记得十几年前,我就博士论文议题与导师展开商讨。我对托妮·莫里森很感兴趣,但鉴于已有的相关文献较多,便向导师讨教如何在莫里森研究中进行创新和延伸。导师说:在现有研究的基础上实行突破,可以通过多种途径,比如:有些文献对某些观点点到为止、一带而过,没有深入挖掘和详细铺展,但它们又很具有探索价值,那么就可以从这些方面大做文章;抑或参加研讨会与其他学者进行学术交流,或者聆听学术讲座,都有可能获得意想不到的灵感,从而拓展目前的研究维度。导师的教诲令我屡屡受益,论文《莫里森笔下城市新黑人的转型焦虑》就是典型一例。那是在几年前的学术会议上,某位学者做了关于英国维多利亚时期小说转型焦虑主题的发言,我深受震撼和启发,对莫里森研究生出新的想法:第一,相较于新世纪刚开始时莫里森其人其作炙手可热的研究效应,其时学界对她的关注度已经有所下降。但作为超越时空限制的经典作家,莫里森的阐释空间和阐释价值依然十分巨大,关键在于如何创新;第二,我本人专注于莫里森研究已有近十个年头,博士论文、主持的教育部人文社科基金项目、省社科基金项目均聚焦于莫里森作品,主持的国家社科基金项目将莫里森视为重要组成部分,她一直是我论文和专著当仁不让的绝对主角。但我深知,与莫里森和非裔美国文学研究的资深学者相比,我依旧是个稚嫩的摸索者,还有很多处女地等待我去挖掘;第三,"转型焦虑"在美国文学研究中尚不多见,而莫里森笔下的非裔美国人在20世纪初顺应"黑人移民潮",大规模地从南方农村向北方都市迁徙,其后经历身份错位和精神失落等种种危机,正是转型焦虑的最好写照。由此可见,转型焦虑主题与莫里森研究可谓一拍即合。

　　确立论文架构并进行文本分析,是接下来要做的主要工作。莫里森一生著述颇丰,仅长篇小说就有11部,而且部部都是精品,获得包括诺贝尔文学奖和普利策奖在内的众多奖项。如果对她所有的作品概而论之,无疑并不具有可行性,原因在于:其一,涉及每一部作品,会显得重点不突出,容易陷入杂而不精的尴尬境地;其二,她的系列小说写作侧重点各有不同,比如《宠儿》和《慈悲》侧重描摹奴隶制时期的黑人遭遇,《爱》偏重于呈现民权运动时期的历史语境,《家园》倾向于朝鲜战争时的美国国内种族纷争;其三,尽管黑人城市化和移民潮历史进程也散落在莫里森的其他小说中,但唯有《最蓝的眼睛》《所罗门之歌》《爵士乐》最集中体现了这一历史背景。于是,论文的框架基本有了着落。然而一部长篇小说拥有那么多故事情节、人物和场景,怎样选择论据才能具有典型性又让人耳目一新呢?这也是需要慎重考虑的事情。就《最蓝的眼睛》而言,主要人物都已经在各种文献中被分析过许多次,而书中那三位嬉笑怒骂的黑人风尘女子是次要人物,虽然被一些文献提及,却极少浓墨重彩地进行深入阐述。而且,她们代表了一个被侮辱与被损害的群体,尤其体现了社会动荡、价值观分流的情形。三位风尘女子何以会迁移到北方城市并以卖笑为生?书中很少论及她们的前尘往事,但通过一遍遍细读她们那貌似轻佻随意的大段对话,丰富而深邃的信息就会被发掘出来。这牵涉到胡佛所代表的美国政府机构,以及迪林杰所代表的民间绿林好汉,经由话语分析揭示社会转型时期的意识形态和权力关系,进而传达出黑人风尘女子被边缘化的社会缘由。黑人单亲家庭陷入困境,也是黑人移民潮引发的另一现实问题,这在《所罗门之歌》中得到生动刻画。纵观已有的文献资料,鲜少有人对这一议题进行社会学和文学的跨学科研究。我在搜寻资料的时候,特别关注转型期城市黑人单亲家庭的社会成因,在文本内和文本外架起沟通和对话的桥梁。《爵士乐》的文本分析虽然从"东圣路易斯市种族暴动"切入,但主要剖析种族暴动中黑人孩子的创伤,这也是以往相关研究中所没有触及的。我整理了大量关于黑人孩童在种族暴乱中遭受戕害的文献资料,发现黑人城市化和移民潮加剧了种族矛盾,就业和住房的竞争关系愈演愈烈,令白人和黑人水火不容,两者间的争端一触即发。黑人儿童要么在暴乱中丧生,要么失去父母,从此与创伤如影随形,成为美国种族问题中最无辜的牺牲品。

当我回首这篇论文的诞生过程,对学术的敬畏之情又加深了几分。仅就这篇论文而言,我得到了诸多中肯的修正意见,在一稿又一稿的修改中领悟学术的严谨,在一字一句的思索中坚定学术的方向,正如导师所言,"好的论文是修改出来的",正是在一遍遍的润色修改中,论文写作逐渐走向成熟。

# 摇滚的"自我之歌"
## ——山姆·谢泼德戏剧的大众文化符号解析*

姜萌萌**

**内容提要**：自20世纪70年代起，美国当代剧作家山姆·谢泼德戏剧中出现了多种大众文化符号的杂糅，例如，西部牛仔、好莱坞影星与摇滚英雄等。谢泼德对摇滚文化的符号功能情有独钟，由此将众多摇滚音乐元素融入其创作中。他运用赋有节奏感的语言叙述抒发情感，以另类的表演倾诉古老的西部文明与当代都市文化的矛盾以及自我身份失落的困境，更以浪漫英雄的身份重新谱写了摇滚的"自我之歌"，融合了牛仔神话、西部边疆梦想与美国的民族精神。

**关键词**：山姆·谢泼德；摇滚；符号；"自我之歌"

山姆·谢泼德（Sam Shepard，1943—2017）被誉为"继尤金·奥尼尔（Eugene O'Neill）、阿瑟·米勒（Arthur Miller）与田纳西·威廉姆斯（Tennessee Williams）之后又一位伟大的剧作家"[1]。美国评论家休伊（Don Shewey）认为谢泼德虽然是位剧作家，但他最喜欢的职业，至少在20世纪70年代早期是"摇滚明星"[2]。卡德瓦拉德（Cadwalladr）在采访谢泼德时指出"他为摇滚而生"[3]。谢泼德将戏剧艺术植根于大众文化的土壤中，让摇滚文化成为其灵感源泉，创作了

---

\* 原载《当代外国文学》2012年第4期，第97—104页。本书收录时略有修改。

\*\* 姜萌萌，文学博士，四川外国语大学英语学院教授、硕士生导师，美国杜克大学与华盛顿大学访问学者。主要研究方向为英语戏剧、性别身份等。在《外国文学评论》《外国文学》《当代外国文学》《亚洲妇女》（*Asian Women*）等学术期刊上发表SSCI与CSSCI论文30余篇，出版专著《地球村中的戏剧互动：中西戏剧影响比较研究》（第二作者，上海三联书店，2007年）。

**联系方式**：四川外国语大学，邮编：400060。Email：monaginger@hotmail.com。

[1] Leslie A. Wade, *Sam Shepard and the American Theatre*, London: Greenwood Press, 1997, p.1.
[2] Don Shewey, *Sam Shepard*, New York: Da Capo Press, Inc., 1997, p.47.
[3] Carole Cadwalladr, *The Observer*, Sunday 20 March 2010, Boston http://www.guardian.co.uk/stage/2010/mar/21/sam-shepard-interview[2012-04-08].

一系列摇滚风格剧。

20世纪70年代以后,谢泼德的戏剧语言如摇滚歌词般支离破碎,主人公被赋予了摇滚明星鲍勃·迪伦(Bob Dylan)一样的天赋与秉性,舞台上的表演也像摇滚现场演出一样,给予观众最为直接的感官刺激。美国学者格拉西克(Theodore Gracyk)认为:"历史地看,摇滚乐是美国特产"①,直接指出了摇滚乐作为大众文化的艺术价值和审美价值。作为一种文化活动,摇滚不仅包括音乐,而且包括与它联系在一起的其他形式和行为②。它以其特有的方式,言说了表演者的"自我",或者说帮助观众释放了"自我"。更重要的是,作为一种大众文化,摇滚乐书写了美国的当代精神。谢泼德在戏剧中运用赋有节奏感的另类叙述抒发情感,以直喻的方式倾诉古老的西部文明与当代都市文化的矛盾以及自我身份失落的困境,谱写出融合了牛仔神话、西部梦想与美国民族精神的摇滚的"自我之歌"。

## 一、摇滚式叙述

谢泼德戏剧中独抒性灵的独白类似于爵士乐的即兴重复段与祈福的灵歌(soul),错位、断裂的对话犹如摇滚歌词的语言游戏或富有符号象征的现代诗歌,其字词仿佛音符的跳动,既充满了音乐的节奏感,又具有浪漫的抒情风格。这种语言模式已从人们熟知的符号代码链中脱离出来。观众无需理解对话或独白本身的意思,只需从节奏、韵律、意象中去发现人物的内心感受,体味其中所承载的精神世界。正如摇滚乐的歌词一样,它们"不仅仅是音乐的一种表达。在各自的情境里,即使不能马上明白它们的意义,它们也都对演出的意义做出贡献"③。其实,戏剧语言从根本上来说是对话式的,甚至在独白中也是如此④。对话的交流方式已经是一个允许人们构建意义且本身具有意义的符号。谢泼德戏剧语言的符号性特征与摇滚歌词的象征性存在着明显的相似性。歌词并非是摇

---

① 西奥多·格拉西克:《阿多诺、爵士乐、流行音乐的接受》,见王逢振主编:《摇滚与文化》,天津社会科学出版社,2000年,第1页。
② 大卫·R.沙姆韦:《摇滚:一种文化活动》,见王逢振主编:《摇滚与文化》,天津社会科学出版社,2000年,第58页。
③ 大卫·R.沙姆韦:《摇滚:一种文化活动》,见王逢振主编:《摇滚与文化》,天津社会科学出版社,2000年,第64页。
④ 安娜·于贝斯菲尔德:《戏剧符号学》,宫宝荣译,中国戏剧出版社,2004年,第226页。

滚音乐的决定性因素，却是一条重要的美学原则。它起音乐的作用，是一种叙述方式。同样，谢泼德戏剧的摇滚歌词式对话与独白虽不存在交流的"平行"，但其中具有多重意义的符号代码依然传递着一种似是而非、模棱两可的感觉。要理解这些语言只能依靠其本身所具有的停顿、强弱、急缓的节奏以及语无伦次的形式所传达的某种感受。谢泼德一方面以独立于剧情之外的语言毫无顾忌地言说自己的个人隐私，将自我的身份焦虑与精神迷茫完全暴露出来；另一方面则以语言逻辑的无序展现着现实社会的凌乱与矛盾，留给观众自由发挥的想象空间。

在《饥饿阶级的诅咒》(*Curse of the Starving Class*，1978)一剧中，儿子韦斯利叙述父亲深夜归家情形的独白就好似一段完整的爵士乐即兴演唱，同时又有着节奏摇滚(rhythm rock)的风格。其节奏在开始时是行板，到高潮时就成了快板，在尾声时又渐渐变为慢板，而断断续续的叙述更像是摇滚演唱中的随意停顿与脱音，通过打断观众习以为常的戏剧语言连贯性而产生布莱希特式的间离效果：

……货车尖叫着停在街边……狗叫声四起……脚步在移动……敲门……踢门……男人的声音，爸爸的声音，父亲叫嚷着妈妈……踢门，更加猛烈地踢门，木门被劈开，男人的声音……猛烈地踢门，一只脚跨进了破裂的门，瓶子的哗啦声，玻璃碎了，拳头穿过了门，男人的咒骂，男人疯了，手在打门，脚在踢门，头在撞门，男人在咆哮，肩在撞门，整个身体在撞门。女人的尖叫，妈妈在尖叫……男人穿过了门，男人来到客厅。妈妈打电话报警。爸爸冲出门外……车轮刺耳的尖叫声……车轮尖叫着冲下了山坡……车消失了，声音也消失了。没有声音，没有叹息……心跳声……妈妈轻声的抽泣、抽泣……静无一声。然后又是妈妈的抽泣……①

这种摇滚乐节奏的叙述模式将父子之间的紧张关系与矛盾冲突表现得淋漓尽致，同时也让观众随着主人公断断续续的叙述身临其境，融入从恐惧、愤怒到忧伤、同情等多重情绪的变化中。在普利策奖作品《被埋葬的孩子》(*Buried*

---

① Sam Shepard, "Curse of the Starving Class," in *Seven Plays*. New York: Bantam Books, 1981, pp.137–138.

*Child*，1978)中，获知家族罪恶的文斯面向家人展开独白时也仿佛陷入了迷幻摇滚(psychedelic rock)的梦境中：

> 我看到自己的脸，自己的眼睛。我研究自己的脸，仿佛在看另外一个人……然后那人的脸变成父亲的脸，同样的轮廓，同样的眼睛，同样的鼻子，同样的呼吸。然后父亲的脸变成祖父的脸，就这样不停地变化。①

这段运用反复、排比的叙述犹如迷幻摇滚乐队"大门"(the Doors)的那首长达12分钟的"末世"(*The End*)。主唱吉姆·莫里森(Jim Morrison)在这首半吟半唱、半即兴的自由体叙述诗中表现了一个充满阴暗意象的噩梦。正当观众们在迷幻摇滚中昏昏欲睡时，莫里森则以爆破之音喊出了那句潜意识中杀父娶母的言语："父亲，是的儿子，我想杀死你；母亲，我想睡你。"②显然，文斯的这段独白也是全剧的高潮，他用没有声调起伏、有点木讷的语言叙述出家族中阴暗的乱伦之罪以及父子之间不可避免的矛盾冲突与身份的遗传性。谢泼德通过对摇滚歌词(或者说是摇滚诗歌)中时常出现的反复、排比、拟声、头韵、尾韵、停顿等修辞手法的运用，将观众带入到某种循环轮回的情绪中，言说出父子身份周而复始的延续。因此，无论是文斯机械重复的独白还是韦斯利自由即兴变化的语言节奏都揭示了人物潜在的情感感受，同时也让观者审视自我，去探究身份的真实性。

当摇滚语言形式被运用到戏剧对话中时，更表现为对话错位、前言不搭后语、语意消解的荒诞性。在《罪恶的牙齿》(*The Tooth of Crime*，1972)中，谢泼德将摇滚乐的言说方式发挥到极致。他巧妙地将摇滚乐与戏剧融为一体，甚至连语言也变成了流行摇滚乐(poprock)风格的说唱(rap)和嘻哈音乐(hip-hop)形式。剧中两位摇滚歌手——老一代歌星霍斯与新一代歌星库罗之间的决斗不再是快马利剑或是拳打脚踢，而像一场街头艺斗(battle)。在音乐的伴奏下，从歌手嘴里快速进出的具有乐感、韵律的即兴话语充满了跳跃、讽刺与隐喻。谢泼德曾直言不讳地指出"言语是行动中的意象工具"，因此他尝试了一种特殊的暴力：

---

① Sam Shepard, "The Buried Child," in *Seven Plays*. New York: Bantam Books, 1981, p.58.

② 大门乐队(The Doors)是1965年于洛杉矶成立的美国摇滚乐队，乐风融合了车库摇滚、蓝调与迷幻摇滚。主唱吉姆·莫里森模糊、暧昧的歌词与无法预期的舞台人格，使大门乐队成为音乐史上颇具争议的乐团。"末世"(*The End*)是发布于1967年的一首12分钟长的单曲，其中最为著名的一句歌词是"Father, yes son, I want to kill you, Mother … I want to … fuck you …"

"节奏感的口头攻击"①。该剧几乎囊括了这一类作品的所有主题：艺术形式的迅速变换、流行文化的僵化、艺术家的困境、摇滚乐的救世希望、父子间的对立冲突，等等。《真正的西部》(*True West*，1980)与《情痴》(*Fool for Love*，1983)两剧出现了停顿和长时间的沉默，对话也处于动与静、快与慢的鲜明节奏对比中，正如谢泼德所说："节奏是空间最及时的描绘，但它只有在沉默中才产生意义。"②因此，剧中对话的停顿一方面暗示了人物之间的交流障碍，另一方面也创造出不加任何解释却能让观众所感知的人物内在对抗性和戏剧的张力。

在各种大众文化、电子文化里，语言不再是表征现实的中性工具，语言本身变成了重构的现实③。谢泼德清楚地把握到语言在大众文化中的作用，热衷于开发语言的符号和代码功能，醉心于探索新的语言艺术，并试图通过语言自治的方式使作品成为一个独立的"自身指涉"和完全自足的语言体系。这样，戏剧语言几乎丧失了流动性，成为一种赤裸裸的交际模式，向观众呈现了一个多语杂陈的现实世界，并"通过消费大众文化符号，对自我进行建构与解构、定义与去定义"④。谢泼德在摇滚诗化语言的叙述中，通过综合其符号性、表演性而形成一种潜在文本，向观众呈现了一个经拼贴、剪裁的真实自我。

## 二、摇滚式表现

谢泼德在戏剧实验中将摇滚文化的功能性发挥到极致，不仅用摇滚歌词般的语言创造出新的叙述模式，还塑造出摇滚英雄人物，并通过狂野的摇滚表演形式来表现自我身份认同的困境。谢泼德往往将摇滚音乐家作为戏剧中的主人公，无论是《牛仔嘴巴》(*Cowboy Mouth*，1971)中被绑架困住的摇滚歌星萨勒姆，《罪恶的牙齿》中新老两代摇滚歌王，还是《被埋葬的孩子》一剧中的孙子文斯，都表现为背着吉他，身穿皮夹克、牛仔裤，四处流浪漂泊，寻找精神家园的摇滚歌手。摇滚音乐家的形象本身就被阐释为20世纪六七十年代反文化、反越战

---

① Robert Coe, "Images Shots Are Blown: The Rock Plays," in Bonnie Marranca ed. *American Dreams: The Imagination of Sam Shepard*. New York: Performing Arts Journal Publication, 1981, p.61.
② See Stephen J. Bottoms, *The Theatre of Sam Shepard: States of Crisis*. New York: Cambridge University Press, 1998, p.189.
③ 马克·波斯特：《第二媒介时代》，范静哗翻译，南京大学出版社，2001年，第87页。
④ Konstantinos Blatanis, *Popular Culture Icons in Contemporary American Drama*, Madison: Fairleigh Dickinson University Press, 2003, p.57.

影响下的嬉皮士。他们已成为一种文化符号象征,是"垮掉一代"的代表。摇滚乐被赋予了反叛的时代精神和创新的时代意识,是当时西方文化与嬉皮士精神的一个独特的载体。"整整一代具有反叛倾向的年轻人借助摇滚乐来体现自己、表现自己、宣泄自己,这本身就具有政治的和社会的意义。"①谢泼德的摇滚英雄就成为男性身份信仰的表现。

谢泼德与朋克摇滚女诗人及歌手帕蒂·史密斯(Patti Smith)合作的《牛仔嘴巴》就像是一首摇滚长诗,描绘了被大众文化所营造出的摇滚神话所绑架并失去自我的摇滚基督形象。在这部作品中,摇滚被当成一种宗教形式,一种通过表演而达到逃避和超越的方式②。事实上,西部牛仔的当代对应物就是摇滚明星,也即"站在这个世界——系统之外的男性——牛仔嘴巴的摇滚基督。这里的牛仔代表着存在于谢泼德戏剧作品中心的一种渴望,渴望英雄或者说是英雄行为,也即美国西部神话的核心"③。

然而,仅仅在舞台上展现摇滚英雄人物并不能完全将摇滚乐作为一种大众文化的精髓表现得淋漓尽致。法国哲学家米歇尔·福柯(Michel Foucault)曾指出:"摇滚乐紧张、强壮、生动、充满'戏剧性'(摇滚总是把自己弄得多彩多姿,听摇滚是一个事件,而且发生在舞台上),这种音乐本身是贫弱的,而倾听它的人却能从中达到对自己的肯定;但是,在那种复杂的音乐面前,人们感到脆弱、遥远、充满了问题,好似被排斥在外。"④福柯通过摇滚乐本身的表演性与戏剧性而洞察到其时代意义与积极的社会功能。因此,谢泼德不仅把摇滚乐的现场演出效果糅合到戏剧表演中,更让演员与观众如摇滚乐的演奏者与观众一样共同参与到作品的演绎中,将重金属摇滚(heavy metal rock)、硬摇滚(hard rock)、乡村爵士乐(country jazz)、朋克(punk)、说唱、嘻哈等风格融入戏剧语言和表演中,由此戏剧作品犹如五彩斑斓的画卷、激情澎湃的摇滚演唱会,又犹如由萨满(巫师)带领下共同参与的宗教仪式。事实上,摇滚乐本身就是一种"有组织宗教——不仅是音乐和语言,而且也是舞蹈、性和毒品的枢纽,所有这一切集合而成一种独一无二的自我表现和精神旅行的仪式"⑤。谢泼德的摇滚风格戏剧与阿尔托残

---

① 许平、朱晓罕:《一场改变了一切的虚假革命》,上海人民出版社,2004年,第47—48页。
② Konstantinos Blatanis, *Popular Culture Icons in Contemporary American Drama*, pp.26-27.
③ Carol Rosen, *Sam Shepard: A "Poetic Rodeo"*, New York: Palgrave Macmillian, 2004, p.29.
④ 米歇尔·福柯:《权力的眼睛——福柯访谈录》,严锋译,上海人民出版社,1997年,第95页。
⑤ 莫里斯·迪克斯坦:《伊甸园之门——60年代的美国文化》,方晓光译,译林出版社,2007年,第197页。

酷戏剧的诗化观极其相似,通过仪式性表演揭露隐藏的罪恶,洗涤心灵。

美国的六七十年代文化是表现主义的、浪漫的和自由的。摇滚乐的倡导者曾撰文写出这样的认识:"摇滚音乐既代表了一种颠覆性的社会群体(把反传统的青年的声音公众化),也表现了复杂的个人梦想和情感。摇滚乐不仅可以打动观众,使其投入,而且还是一种马上就可以体验的刺激。"[1]这种艺术的标志是活力和激情。显然,它是一种符号系统——或许是多个多种系统的聚合——同时又是一种活动;它是符号学的一种形式,又是演奏者和听众共同参与的活动[2]。正是由于这种共同参与,摇滚忽略了演奏者与听众之间的主体/客体的二元对立,重视两者的相互作用与影响,同时也因为摇滚的表演性和参与性,表演者与观众都在其宣泄式的浪漫活动中成就了自我潜意识中的英雄情结,完成了摇滚英雄的自我身份认同。在古老的西部神话与新兴的都市文明、美国民族精神与当代精神荒原的矛盾冲突中,谢泼德的"摇滚英雄"以浪漫诗人的激情和酒神狄奥尼索斯的疯狂反抗一切陈规,从而也延续了西部牛仔放纵不羁的反英雄形象与男性气质。

此外,作为一种消费文化,摇滚乐"创造出虚伪的个性化'旋律',以及不间断的新奇幻象"[3],并以其另类的语言模式重构了现实。作为一种音乐形式,摇滚的音乐风格与戏剧艺术有着千丝万缕的关系。作为一种大众文化,其符号象征、消费功能均与戏剧艺术功能相契合。戏剧艺术因具有阅读性与表演性的双重文本功效,从而本身也具有了符号学的意义。谢泼德不仅塑造出摇滚英雄的形象,运用摇滚诗歌的言说方式,让赋有音乐节奏感的独白渲染戏剧的气氛、增强戏剧的表现力;更重要的是,当摇滚活动的表现性融入戏剧作品中时,观众与演员也打破了二元对立的界限,在共同的表演与体验中迸发出生命的激情,获得心灵的共鸣。

## 三、摇滚式浪漫

传记作家苏格曼(Sugerman)认为,美国加州的"枪炮与玫瑰"演唱组(Guns

---

[1] 西蒙·福里斯:《摇滚与记忆中的政治》,见王逢振等主编:《60年代》,天津社会科学出版社,2000年,第66页。
[2] 莫里斯·迪克斯坦:《伊甸园之门——60年代的美国文化》,第59页。
[3] 陆扬、王毅主编:《大众文化研究》,上海三联书店,2001年,第216页。

N'Roses)"以酒神重现的狂暴声音"①为特色。当人们尊重浪漫派诗人拜伦、华兹华斯,尊重作曲家肖邦和李斯特时,这个重金属摇滚乐队也获得了相同的尊敬②。卡米尔·帕格里亚(Camille Paglia)的《两性面貌》(*Sexual Personae*,1990)也指出我们"仍旧生活在浪漫主义时代","滚石"(The Rolling Stones)乐队就是"性情暴躁的柯勒律治的后裔"③。其实,很多当代知名摇滚乐队名都出自浪漫派诗歌,例如,迷幻摇滚乐队"大门"的乐队名就源自布莱克的诗文"如果知觉之门得到净化,万事将层出不穷"④,而其主唱吉姆·莫里森本身也是位摇滚诗人。迪克斯坦(Morris Dickstein)也在评价鲍勃·迪伦的演唱时指出"那种咆哮、哀鸣和拖长音的演唱具有多么强的表现力。这是丑陋美学的一个完美例证,这种美学是自华兹华斯和柯勒律治以来每一个现代先锋派艺术的秘诀"⑤。

其实,摇滚乐不仅仅是一种通俗音乐形式,还传播着生活的理念和生活的态度。它是一种轻松、愉悦、激情、乐观、叛逆与自我的生活态度。正如福柯所说:"摇滚音乐(比爵士乐从前的情形更厉害)不仅是许多人生活中不可分割的一部分,而且是文化的一种推动力:喜爱摇滚,喜爱这一类而不是那一类摇滚,这也是一种生活方式,一种对生活做出反应的态度,这是一整套的趣味和态度。"⑥在摇滚乐中,当代美国青年不只是获得了感官上的愉悦、情感的宣泄,同时也得到了一种精神的升华。摇滚已经作为一种符号象征、一种叙述模式、表演形式和一种生活方式融入谢泼德的戏剧中,并形成了具有浪漫诗歌风格的摇滚的"自我之歌"。《牛仔嘴巴》《罪恶的牙齿》等剧中的摇滚音乐家就以喧嚣嘈杂的伴奏、抑扬顿挫的声调高声宣布解构的"自我",以浪漫主义诗人的狂热歌唱着发自肺腑的"自我之歌"。

然而,摇滚文化中所承载的美国民族精神、国家形象、自我身份与惠特曼的《自我之歌》(*Song of Myself*)中所抒发的独立、自由与民主的美国形象相去甚

---

① Danny Sugerman, *Appetite for Destruction: The Days of Guns N'Roses*, New York: St. Martin's Press, 1991, p.47.详见西奥多·格拉西克:《把摇滚乐浪漫化》,见王逢振主编:《摇滚与文化》,第110页。

② 西奥多·格拉西克:《把摇滚乐浪漫化》,见王逢振主编:《摇滚与文化》,第110页。

③ Camille Paglia, *Sexual Personae*, New York: Vintage Books, 1990, p.358.参见西奥多·格拉西克:《把摇滚乐浪漫化》,见王逢振主编:《摇滚与文化》,第110页。

④ The Doors 的名字取自 1954 年春天 Aldus Huxley 出版的一本名为 *The doors of perception*(《知觉之门》)的介绍麻醉剂的书,该书源自英国诗人威廉·布莱克的诗句"当知觉之门被打开,人们就能看清事物的本来面目,无穷无尽"(*The Marriage of Heaven and Hell*: "If the doors of perception were cleaned, everything would appear to man as it is, infinite.")。莫里森把 The doors of perception 浓缩为 The Doors,寓意通过音乐之门来寻找一切事物的答案。

⑤ 莫里斯·迪克斯坦:《伊甸园之门——六十年代的美国文化》,第198页。

⑥ 米歇尔·福柯:《权力的眼睛——福柯访谈录》,第95页。

远,正如古老的西部牛仔神话一样,传统的西部文明已经远去,今天的神话是以电子媒介传播的大众文化。其实,谢泼德的摇滚剧一直都在探讨艺术与商业、传统文化与当代大众文化的冲突,并将社会现实语境与大众文化虚拟的语境重叠起来,思考什么才是真正的现实。在古老的西部与新兴都市的对立、西部牛仔形象与现实中男性身份的矛盾中,谢泼德以浪漫主义的摇滚英雄形象和多语杂陈的摇滚叙述模式倾诉了另一个"自我"。谢泼德认为,美国"暂时的文化"被定义和局限为所有的表演形式,并强迫自我以一种认真的自由形式去表演这种有限的身份,而摇滚就提供了与自我肯定相反的风格,摇滚英雄也因其勇敢的反叛精神被赋予了男性气质的象征[1]。因此,摇滚就是剧院,"在剧院中的整整一代人都在清晰地扮演着相同的文化幻想的破灭"[2]。在《牛仔嘴巴》《罪恶的牙齿》与《真正的西部》等作品中,谢泼德就运用摇滚乐所具有的大众文化符号特性探索了艺术家自我身份的矛盾。这种矛盾源自大众文化所塑造出的程序化、理想化的艺术家形象与美国自由民族精神中所追求的个性化自我的冲突。

如果长诗《自我之歌》是美国浪漫诗人惠特曼的狂想独唱,那么谢泼德摇滚风格剧中承载着这种节奏传奇的人物则以戏剧的形式歌唱着当代的"自我之歌"[3]。《自我之歌》在开篇就歌颂自我:"我赞美我自己,歌唱我自己,我所讲的一切,将对你们也一样适合,因为属于我的每一个原子,也同样属于你。"[4]在这首长诗里,惠特曼认同、肯定与赞颂了美国特有的移民历史以来形成的自我意识,一种以自我作为内在动力的永无止境的、执着的拓荒勇气以及生生不息的美国精神。这种精神植根于民族心理与美国梦中,世代相传,从而形成了美利坚民族的内核与特质。它源于生活,充满浓郁泥土芬芳和粗鲁汗味儿的开拓意识,正是美利坚民族的精髓之所在。同时,这种殖民与拓荒过程也形成了美国特有的"边疆男性气质",它结合了"男性殖民者的职业文化、高度暴力和自我中心的个人主义",并再造成为"当地文化传统——美国西部牛仔"[5]。因此,西部牛仔、边疆神话、美国经验、美国精神与美国梦都成为一种集体无意识的"自我"表现。然

---

[1] See Robert Coe, "Images Shots Are Blown: The Rock Plays," in Bonnie Marranca ed. *American Dreams: The Imagination of Sam Shepard*. p.58.
[2] Robert Coe, "Images Shots Are Blown: The Rock Plays," in Bonnie Marranca ed. *American Dreams: The Imagination of Sam Shepard*. p.59.
[3] Bonnie Marranca, "Alphabetical Shepard: The Plays of Words," in *American Dreams: The Imagination of Sam Shepard*, p.29.
[4] 沃尔特·惠特曼:《自我之歌》,姜焕文译,收入《草叶集》,四川文艺出版社,2012年。
[5] Raewyn Connell, *The Men and the Boys*, Cambridge: Polity, 2000, p.277.

而，与美国拓荒历史所形成的传统文化与民族精神相较，当代的美国文化与自我身份的建构显得尤其格格不入，这个曾经被无限放大、顶天立地的"自我"形象也在谢泼德的摇滚式解构中变得支离破碎。其实，谢泼德的摇滚风格剧是一把双刃剑，不仅揭示了自我身份认同的困境，同时也以酒神狂欢的表现形式延续了美国民族精神中对个性自由的永恒追求。一方面，它以错位、零乱、撕裂的语言和摇滚演出活动的方式探究自我身份的不确定性以及现实的真实与虚假；另一方面，其表现风格所体现出的浪漫艺术性以及对传统的反叛勇气则继承了美国边疆神话的开拓性与桀骜不驯的牛仔精神，重写了当代美国的"自我之歌"。

## 四、结语

进入 20 世纪 70 年代，摇滚乐的发展更为多元化，表现为多种音乐元素的融合。因此，谢泼德创作于 20 世纪 70 年代的戏剧作品中大量运用了乡村音乐、爵士、摇滚、说唱等元素，而从 70 年代末开始创作的家庭剧则回归了一种民谣式、返璞归真的田园风格。在 1985 年创作的《心灵的谎言》(*A Lie of the Mind*)中，谢泼德摈弃了重金属摇滚中那爆炸式、震耳欲聋的叙述模式，也未延续迷幻摇滚似的令人耳膜麻木的幻想曲；而运用了一种最质朴的草根音乐——蓝草(Bluegrass)的表现方式。这种音乐形式糅合了苏格兰、英格兰、威尔士以及爱尔兰的传统音乐，同时又吸收了美国黑人的爵士乐元素，时而是多种乐器的轮流演奏，时而又在合奏中形成新的乐章。《心灵的谎言》由此具有即兴演奏、多旋律杂陈的复调特色。谢泼德戏剧作品中音乐风格的转变是从即兴片段的爵士乐到极端、酒神般宣泄的摇滚乐再向自然、原初的民间音乐的回归，反映在其戏剧作品中，体现为对现实主义传统的重视与回归，但又不同于传统现实风格，正如蓝草音乐并非是一种严肃音乐形式，它仍然是流行音乐的一种，并受爵士、摇滚等多种音乐风格的影响。作为当代美国最杰出的剧作家之一，谢泼德在对自我身份的不断追寻中也成为美国典型男性身份的原型象征，并被贴上了"一位真正美国英雄"的标签。从 20 世纪 60 年代的反文化叛逆时起，谢泼德"无疑已经成为一个大众文化符号"①。谢泼德所言说的"美国"是一个夹杂着身份危机、生存困

---

① Jane Moore，*Buried Child Study Guide*，2008. http://www4.nac-cna.ca/pdf/eth/0809/buried_child_guide.pdf［2012-04-06］.

境与民族自豪感的复杂综合体,而他始终承载着强烈的民族感,用诗一般的语言叙述着美国的"自我之歌",正如休伊所评价的那样:"作为一位真正的美国艺术家,谢泼德一直在寻根。就像过去的美国人一样,他看着西部,看着拓荒的先驱,看着荒原与边疆,他渴望能在当中找寻到家园,找寻到自我。"

**方法谈:**

## 如何探寻文学中的大众文化?

《摇滚的"自我之歌"——山姆·谢泼德戏剧的大众文化符号解析》这篇文章写作的初衷是想探寻精英文化与大众文化、经典文学与通俗文学、高雅艺术与流行艺术之间的关系。大学一直以来被看作是文学艺术的殿堂,大学教授们也致力于经典文学的研究与教学。然而,年轻人中真正喜欢阅读莎士比亚,热衷于听莫扎特、肖邦古典音乐的并非主流,大众文化的狂欢更能吸引年轻人的参与。如何解读当代严肃文学艺术作品中的大众文化元素,又如何理解大众文化符号为文学艺术以及普通消费者服务,就成为我最初选题的思考方向。

谢泼德一直被誉为美国剧坛的神话式偶像人物,同时也被美国剧评界公认为是最有才华和最重要的剧作家之一,一生多次获得普利策戏剧奖、托尼与奥比奖,被选入了美国戏剧名人殿堂。与此同时,他还是摇滚乐明星、浪漫诗人、好莱坞影星、电影编剧与导演。谢泼德不只是一位受人崇敬的作家,他的形象已具有了符号性的象征,成为西部牛仔的化身、白人男性神话的英雄和美国大众文化的偶像。他拥有多重身份,和他的戏剧作品一样,体现着经典文学与通俗文学、高雅艺术与波普艺术的后现代杂糅。从谢泼德的戏剧中,我们不仅能读出现实主义家庭剧的传统、荒诞派戏剧对语言的超越、布莱希特式的间离和阿尔托残酷戏剧的仪式性,也能发现大众媒体文学的各种素材,如商业电影、庸俗的电视节目、广告、快餐食品、歌星影星、卡通、漫画等人们所熟悉的大众文化意象。谢泼德获得了严肃文学与商业推广的双丰收,而他的成功到底是媚俗还是当代大众社会的诉求?他又如何在艺术与商业的矛盾中获得平衡?基于这个问题,我以谢泼德戏剧中的摇滚乐元素为研究对象,去探讨其戏剧中的摇滚文化符号如何为其戏剧主题服务,如何以普通大众能够接受的方式去表现美国男性身份的欺骗性以及美国民族精神在当代的变化与冲突。

格拉西克在《把摇滚浪漫化》一文中认为,把摇滚乐看作是酒神式狂欢,把摇滚明星看作是反叛英雄夸大了摇滚的浪漫主义精神。他认为摇滚乐也是一种妥协,一种在艺术与商业矛盾中的妥协,同时也批判了把摇滚乐高雅化的不切实际。然而,谢泼德不仅将摇滚乐元素融入戏剧创作中,更让摇滚作为一种符号象征,一种独立于戏剧文本之外的表现策略,揭示出艺术追求与商业期望、精英文化与大众文化、西部神话与东部文明以及自我身份的矛盾。这种融合不仅没有让其戏剧作品成为低等的大众文化消费品,相反,更加清晰明白地折射出当代美国的身份问题。为了更好地诠释谢泼德戏剧中摇滚文化的符号功能以及对作品主题的影响,本文从三个方面进行逻辑论证。首先探讨了作品的摇滚歌词(诗歌)语言风格,分析反复、排比、拟声、头韵、尾韵、停顿等修辞手法如何创造出一种摇滚乐式的语言节奏,并以此独抒性灵,以语言自治的方式叙述身份的焦虑。其次,解析作品中的摇滚英雄人物如何以浪漫诗人的激情和酒神狄奥尼索斯的疯狂反抗一切陈规,并通过摇滚乐的表现形式以及观众的共同参与而创造出集体的共鸣,让全体参与者体悟到矛盾重重的身份危机。最后,比较摇滚乐与浪漫主义诗歌的联系,诠释谢泼德戏剧如何利用两者的共同点将大众文化与严肃文学艺术进行糅合,并重塑自我身份。同时,也指出摇滚式的"自我之歌"与浪漫主义时期的《自我之歌》已不可同日而语,发现的也是自我身份的不确定性以及美国精神的变迁。

通过分析谢泼德戏剧中摇滚式叙述、摇滚式表现以及摇滚式浪漫,最后总结出摇滚乐所代表的大众文化与严肃文学创作结合的意义,并对后现代文学中多元文化元素的杂糅展开了进一步思考。事实上,谢泼德从戏剧实验初期就将大众文化元素融入戏剧文本中,并从摇滚音乐、好莱坞电影、电视、漫画以及美国快餐文化与西部神话中提炼出各种意象符号,以多语杂陈的方式让观众最为直观地去理解自我的多重身份、美国民族精神的变化,并思考现实与虚构界限的模糊性。

本文不仅解析了谢泼德戏剧中的摇滚文化符号,也由此回答了一开始提出的问题。大众文化常被定义为"由居于从属地位或被剥夺了权力的人群所创造"[①],是被很多人所广泛热爱与喜好的文化。"大众文化"不仅被看作是除了"高雅文化"之外的其他文化,是一个剩余的范畴、一种低等文化,而且与后现代

---

① 约翰·菲斯科:《解读大众文化》,杨全强译,南京大学出版社,2006年,第1页。

主义还有着紧密的联系。正是基于这种误解,包容大众文化元素的后现代文学往往被排除在经典文学之外。其实,大众意象不仅能作为一个出发点、一种灵感源泉,而且还能作为从音乐到建筑所有艺术形式的目的和需要而形成被反复循环使用的物质,这种物质能被无限次虚构、投资、评估,同时被戏拟、讽刺与嘲讽[①]。当代的美国戏剧就与大众文化之间有着独有的、特别的联系。随着大众文化的繁荣,当代美国戏剧更体现出超语言、超文本的特征。斯图亚特·霍尔(Stuart Hall)指出:"消费者是大众文化的积极响应者,而不是媒体操纵的消极牺牲品。"[②]持相同观点的批评家在消费行为中也发现了创造性的东西,他们强调选择对自己有意义的媒介信息并将其根据自己的需要"重新利用"[③]。因此,所有的大众文化元素都可以被作家所利用,在真实与虚构的矛盾对比中将戏剧的终极意义交给观众来阐释,把现实的真实性交给当代年轻人自己去思考与探索。

---

[①] Konstantinos Blatanis, *Popular Culture Icons in Contemporary American Drama*, p.13.
[②] Michael G. Kammen, *American Culture, American Tastes: Social Change and the 20th Century*, New York: Knopf, 1999, p.210.
[③] 梁茂信:《美国社会发展与中美交流》,中国社会科学出版社,2003年,第112页。

> 英国文学

# 夜尽了,昼将至:《多佛海滩》的文化命题*

殷企平**

**内容提要**:认为阿诺德是借《多佛海滩》倾泻悲情,可以说是形成了一种思维定式。如果我们细细揣摩《多佛海滩》中的两组中心意象,即"海潮"意象和"夜战"意象,并顺势挖出其背后的文化命题,就不会简单地给阿诺德贴上"绝望"的标签。在潮涨潮落的节奏中,我们可以听到对如下文化命题的追问:什么是进步?什么是幸福?什么叫有质量的生活?诗中"夜战"意象的含义也必须放在文化批评的语境中来审视,必须结合"海潮"意象来审视,还必须结合该诗与阿诺德其他作品的互文关系来审视。

**关键词**:文化命题;阿诺德;《多佛海滩》

在马修·阿诺德(Matthew Arnold,1822—1888)的诗歌作品中,《多佛海滩》(*Dover Beach*,1867)是流传最广、影响最深的一首。国内外对该诗的研究热似乎从未消退过。以我国为例,过去十年里涉及该诗的研究成果就不下十余种,大都把兴奋点集中在"阿诺德的悲观"这一话题上,而对《多佛海滩》的文化命题未能深究。可以说,新近的研究依然沿袭了当年吴宓先生如下评论所遵循的

---

\* 原载《外国文学评论》2010 年第 4 期,第 80—91 页。本书收录时略有修改。
\*\* 殷企平,杭州大学/英国苏塞克斯大学联合培养博士,杭州师范大学外国语学院教授。现任学术委员会主任,兼任浙江大学英语语言文学专业、世界文学与比较文学专业博士生导师,浙江省外文学会会长,国家社会科学基金学科规划评审组专家,中国外国文学学会英国文学分会副会长等。主要从事英语语言文学教学,主要研究方向为英国小说、英国文化和西方文论,在相关领域共发表专著 6 部、译著 4 部、译文 3 篇、教材 5 部,在 *Cambridge Quarterly* 及其他国内外权威或核心刊物发表论文 160 余篇。近年来主持国家社科基金项目 5 项,其中重大项目 1 项,重大项目子项目 2 项,并获国家出版基金项目 1 项。

**联系方式**:杭州师范大学,邮编:311121。Email:qipyin@hotmail.com。

思路:"安诺德深罹忧患而坚抱悲观,然生平奉行古学派之旨训,以自暴其郁愁为耻,故为文时深自敛抑,含蓄不露。所作者光明俊爽,多怡悦自得之意,无激切悲伤之音。惟作诗时,则情不自制,忧思劳愁,倾泻以出。"① 当今学界大都沿着这条思路,认为阿诺德是借《多佛海滩》倾泻悲情,可以说是形成了一种思维定式。例如,《英国19世纪文学史》中对《多佛海滩》作了这样的解读:"信仰和怀疑、希望和绝望之间的斗争是阿诺德忧郁的源头,也是他对他的时代做出极端悲观的描述的原因。"②

《多佛海滩》仅仅是倾泻悲情吗?依笔者之见,如果我们细细揣摩该诗的两组中心意象,即"海潮"意象和"夜战"意象,并顺势挖出其背后的文化命题,就不会简单地给阿诺德贴上"绝望"的标签。

在分析"海潮"和"夜战"这两个意象之前,我们有必要澄清一下"悲观主义"这个概念。在西方文学中,"悲观主义"并不是一个简单的、消极的概念,因而不能简单地跟"沮丧绝望"和"灰暗色调"画等号。尼采就曾经这样发问:"悲观主义一定是衰退和堕落的标志吗?一定是失败的标志吗?一定是疲惫而羸弱的本能的标志吗?"③他还提倡"一种有力量的悲观主义(pessimism of strength)"④。我们不妨借用尼采的口吻提问:《多佛海滩》是否也传达了一种有力量的悲观主义呢?当它与文化命题交织在一起的时候,是否尤其如此?

## 一、潮起潮落为哪般?

"绝望论"往往依据诗中关于海潮的描写,引用得最多的是下面这一诗节:

> 信仰之海
> 也曾有过满潮,像一根灿烂的腰带
> 把全球的海岸围绕。

---

① 吴宓:《吴宓诗集》,中华书局,1935年,第65页。
② 钱青:《英国19世纪文学史》,外语教学与研究出版社,2006年,第179页。
③ Friedrich Nietzsche, "An Attempt at Self-Criticism," in Oscar Levy, ed., *The Birth of Tragedy or Hellenism and Pessimism*, *The Compile Works of Friedrich Nietzsche*, Vol.3, translated by WM. A. Haussmann, Edinburgh: T. N. Foulis, 1910, pp.1–19, 2.
④ Friedrich Nietzsche, "An Attempt at Self-Criticism," in Oscar Levy, ed., *The Birth of Tragedy or Hellenism and Pessimism*, *The Compile Works of Friedrich Nietzsche*, Vol.3, translated by WM. A. Haussmann, p.2.

但如今我只听得
它那忧伤的退潮的咆哮久久不息,
它退向夜风的呼吸,
退过世界广阔阴沉的边界,
只留下一滩光秃秃的卵石。①

确实,此处"信仰的海洋已经退潮"②,使得许多学者都从中找到了阿诺德"悲观"的原因。安德森(Warren D. Anderson)就曾经根据诗中"潮水起伏循环的意象",强调"这首诗因其悲观主义而独步一时"③,而对其"悲观主义"的内涵则未作深入的分析,对"海潮"意象的其他含义更没有顾及。伊莎贝尔·阿姆斯特朗(Isobel Armstrong)也认为,阿诺德"哀叹基督教神话的消失,就像《多佛海滩》中'信仰之海'退潮那样"④。2010 年出版的《剑桥英国文学指南:1830—1914》(The Cambridge Companion to English Literature,1830—1914)中的一篇文章,也仅仅指出"《多佛海滩》讨论的是退潮的'信仰之海'"⑤。不能否认,诗中的"海潮"意象的确是指涉"信仰之海"的退潮,指涉达尔文的"进化论"以及科技发展给宗教信仰带来的打击,但是众所周知,文学意象的意蕴远非一对一的指涉关系所能涵盖的,这里的海潮也不例外。

"海潮"意象在诗中出现过多次。除了上举引文以外,它还分别出现在第二和第三小节。在第三小节中,我们看到(同时也听到)"索福克勒斯很久以前/在爱琴海边听到的/引起他内心共鸣的人类苦难的/浑浊的潮落潮起……"(Sophocles long ago/Heard it on the Aegean, and it brought/Into his mind the turbid ebb and flow/Of human misery …)⑥在第二小节中,我们看到海浪"涌

---

① 阿诺德:《多佛海滩》,《英国维多利亚时代诗选》,飞白译,湖南人民出版社,1985 年,第 184 页。后文出自同一著作的引文,将随文标出该著作简称"《多》"和引文出处页码,不再另注。
② 钱青:《英国 19 世纪文学史》,第 179 页。
③ Warren D. Anderson, *Matthew Arnold and the Classical Tradition*, Ann Arbor: The University of Michigan Press, 1971, p.70.
④ Isobel Armstrong, *Victorian Poetry: Poetry, Poetics and Politics*, London and New York: Routledge, 1993, p.173.后文出自同一著作的引文,将随文标出该著作简称"*Victorian Poetry*"和引文出处页码,不再另注。
⑤ Andrew Sanders, "Writing and Religion", in Joanne Shattock, ed., *The Cambridge Companion to English Literature*, 1830-1914, Cambridge: Cambridge University Press, 2010, pp.205-221, 217.
⑥ Matthew Arnold, "Dover Beach", in Beverly Lawn, ed., *Literature: 150 Masterpieces of Fiction, Poetry and Drama*, New York: St. Martin's Press, 1990, pp.392-393, 392.

起,停息,再涌起"(Begin, and cease, and then again begin)①。以笔者之见,这反复出现的潮起潮落,不光在哀叹"信仰之海"的退潮,更重要的是意味着维多利亚思想史上的一次范式转换。

这次范式转换的端倪表现为隐喻转换,即从"钟摆"或"车轮"的隐喻向"潮汐"的隐喻转换——先前用"钟摆"或"车轮"来形容人类社会的总体进程,此时则改为用"潮汐"来形容。奥尔悌克(Richard D. Altick)曾经对此有过这样的叙述:在维多利亚时期,一些有识之士(包括阿诺德)开始把社会历史的变迁比作"潮落与潮涨、命题与反题、腐败—死亡—新生的循环轮回,而这在先前则被比作钟摆或车轮,后者的运行方向非左即右,非上即下,因而用以判断人事时,其寓意总是非好即坏,两者只能取其一"②。笔者认为,这一隐喻的转换,其实意味着向当时"进步"话语的挑战:19世纪,流行着一种令无数英国人陶醉的进步观;英国因其工业、科技和军事上的实力而成为世界霸主,麦考莱(Thomas Babington Macaulay,1800—1859)等人大肆传播"进步"学说,致使许多人抱有一种"认进步为不绝的和必然的事情之信仰"③,尤其是许多资本家"把自己的好运气看作自然规律,并且认为这种好运气会永远延续下去"④。支撑这种进步观的就是以"钟摆"——更确切地说,是以"直线"——为核心隐喻的思维范式。英国举国上下,无不痴迷于一种宏伟的构想,即人类社会因财富的无限增长而直线式地、无止境地朝着幸福状态进步。当此之际,阿诺德的"潮汐"隐喻对所有做着这一美梦的人来说,不啻为当头棒喝。

在当时社会,"潮汐"隐喻崛起的背后,还有一个重要的"历史大发现":通过对出土文物和史前洞穴的研究,当时的考古学家们发现,以往几千年的人类文明并非遵循了一个由低级到高级的直线发展轨道,而是在历史的长河中,众多文明几度兴盛,几度衰亡,就像海潮的起伏波动。这一发现,对当时踌躇满志的英国人来说,几乎是颠覆性的,因为他们引以为荣的"古希腊和古罗马文明远非最早的伟大文明,无论是在此之前,还是在此同时,都出现过成就堪与比肩的其他文

---

① Matthew Arnold, "Dover Beach," in Beverly Lawn, ed., *Literature: 150 Masterpieces of Fiction, Poetry and Drama*, p.392.
② Richard D. Altick, *Victorian People and Ideas*, New York and London: W. W. Norton and Company, 1973, pp.110 - 111. 后文出自同一著作的引文,将随文标出该著作简称"*Victorian People*"和引文出处页码,不再另注。
③ 罗伯特·路威:《文明与野蛮》,吕叔湘译,三联书店,1984年,第73页。
④ A. L. Morton, *A People's History of England*, London: Lawrence & Wishart and International Publishers, 1979, pp.398 - 406.

明,出现的地点不仅在地中海周围和近东,而且在亚洲和中美洲。这些文明个个都一落千丈了"(Victorian People:111)。这一史实对把英国吹嘘为"有史以来最伟大、最高度文明的民族"①的麦考莱等人构成了极大的讽刺,也使阿诺德的"海潮"意象具备了深厚的意蕴。对此,奥尔悌克有过如下评论:"阿诺德的《多佛海滩》中的'潮落潮起'意象是一个特别合适的象征,它象征着那些较为敏感的维多利亚人的一种意识,即每一英里的进步,都很可能会有一英里的退步来抵消它。"(Victorian People:111)当然,我们不必完全同意奥尔悌克的说法,因为凡是象征,都具有多义性,"海潮"意象完全可以不局限于"进步"和"退步"相抵消的含义。然而,向"进步"话语提出质疑,这无疑是"海潮"意象的蕴涵中极其重要的部分。

《多佛海滩》全诗的内容和行文节奏都可以用一涨一落的海潮来形容。仅以诗歌的首节和末节为例:两者之间的互动和对比恰似潮水的涌起和低落。首节是宁静而甜美的梦幻开局:

> 今夜大海平静,
> 潮水正满,月色朗朗,
> 临照海峡,——法国海岸上
> 微光渐隐,而英国的峭壁高竖,
> 在宁静的海湾里显出巨大模糊的身影。
> 到窗边来吧,晚风多么甜!
> (《多》:183)

末节则揭示这一切全是虚幻的表象:

> 啊,爱人,愿我们
> 彼此真诚! 因为世界虽然
> 展开在我们面前如梦幻的国度,
> 那么多彩、美丽而新鲜,

---

① 转引自 Walter E. Houghton, *The Victorian Frame of Mind: 1830－1870*, New Haven and London: Yale University Press, 1957, p.39.

实际上却没有欢乐,没有爱和光明,

没有肯定,没有和平,没有对痛苦的救助;

……(《多》:184)

两相对比,分明是潮水的一涨一落:首节中是朗朗的月色、宁静的海湾、甜美的晚风和满满的潮水,其美妙已经不言自喻;可是末节笔锋突转,指出在"多彩、美丽而新鲜"的背后,实际上"没有爱和光明",甚至连"对痛苦的救助"都没有,这跟潮水的低落又十分合拍。

在这潮涨潮落的节奏中,我们似乎可以听到对如下文化命题的追问:什么是进步?什么是幸福?什么叫有质量的生活?奥尔悌克曾经指出,人民大众的生活质量问题,在维多利亚时代首次成了"文化"命题:

在维多利亚时代,人民大众的生活质量第一次成了紧迫的社会问题,引起了关注。由工业化及其相关的社会发展造成的巨变促人思考这样一个问题:社会该怎样改造并装备自己,才能给社会成员带来最大的内心满足,帮助他们充分发挥自己的才能?

有人认识到,英格兰希望建成的美好社会有赖于某种叫做"文化"的东西。"文化"一词在19世纪上半叶经历的这种意义上的演变,表明社会思想领域出现了一种新的观念。(*Victorian People*:238)

《多佛海滩》中的潮汐似乎正好跟这生活质量有关:首节中貌似甜美的海景恰好与维多利亚社会的表面繁荣暗合,而末节潮水的低落则表明,维多利亚式的文明并非真正的进步,并没有带来真正的幸福,并没有提供品质良好的生活。诚然,得益于工业革命和军事掠夺,19世纪英国的GDP和贸易总量远在其他国家之上:它的工业生产约占世界的三分之一,铁和煤的产量占世界的二分之一,贸易总额占世界的四分之一;而且,"英国商船的吨位高居各国首位。伦敦成为世界唯一的金融中心"[①]。然而,这一切只是《多佛海滩》首节中表面的甜美,其本身不能构成欢乐、爱和光明,因而不能给人民大众带来内心的满足,不能让他们全面施展自己的才能并展示自己的禀赋,也就是不能提高他们的生活质量。当然,

---

[①] 余开祥:《西欧各国经济》,复旦大学出版社,1987年,第187页。

把上述一切当作进步、幸福和高品质生活的维多利亚人不在少数,他们自信满满,就像《多佛海滩》首节中的"潮水正满"。正因为如此,阿诺德要用末节中的无情潮水冲走那表面的繁荣。这潮水卷走了那"多彩、美丽而新鲜"的"梦幻国度",同时也卷走了那自欺欺人的"进步"话语。从这一角度看,"海潮"意象何尝不具有积极意义?

"海潮"意象的积极意义还由索福克勒斯这一形象得到了加强。我们在前文中已经引用以下诗行:"索福克勒斯很久以前/在爱琴海边听到的/引起他内心共鸣的人类苦难的/浑浊的潮落潮起……"此处,我们在字面上看到和听到的虽然只是"人类苦难",但是海潮的旋律把索福克勒斯所代表的希腊精神①烘托到了全诗的顶点。就在阿诺德和索福克勒斯一起聆听的那一刻,时空的超越得以完成,世界的完整图景得以观照,就像尼采在谈论"悲剧文化"时所说:

> 这种文化最重要的标志是,智慧取代科学成为最高目的,它不受科学的引诱干扰,以坚定的目光凝视世界的完整图景,以亲切的爱意努力把世界的永恒痛苦当作自己的痛苦来把握。②

除了把握痛苦以外,索福克勒斯及其希腊与悲剧精神还强烈地暗示着一种形而上的慰藉以及坚不可摧的生命和欢乐。这一点也不妨用尼采的话来说明:"每部真正的悲剧都用一种形而上的慰藉来解脱我们:不管现象如何变化,事物基础之中的生命仍是坚不可摧和充满欢乐的。"③这生命,这欢乐,是否也奏响在海浪与索福克勒斯组成的交响曲中呢?

## 二、夜尽了,昼将始

"绝望论"的另一个重要依据是诗中的"夜战"意象。"夜战"的伏笔早在首节中就已埋下:"……那一条长长的浪花线/传来磨牙般的喧声。"(《多》:183)在本文上一小节开端处所引的那几行诗句中,"退潮的咆哮""夜风的呼吸"和"广阔阴

---

① 阿诺德十分推崇希腊精神(Hellenism),他在《文化与无政府状态》中曾专辟一章来阐述希腊精神和希伯来精神。
② 尼采:《悲剧的诞生》,周国平译,生活·读书·新知三联书店,1986年,第78页。
③ 尼采:《悲剧的诞生》,第28页。

沉的边界"也都预示着一场"夜战"的来临。终于,在诗歌的最后三行里,"夜战"意象达到了高潮：

> 我们犹如处在黑暗的旷野,
> 斗争和逃跑构成一片混乱与惊怖,
> 无知的军队在黑夜中互相冲突。(《多》：184)

全诗在"混乱"与"惊怖"的夜战中结束,这在一些人看来,似乎印证了阿诺德的"悲观绝望"。然而,问题并没有那么简单。本文上一小节的分析已经表明,《多佛海滩》的背后有一个文化批评的语境。所以诗中"夜战"的意象,也必须放在这一语境中来审视,必须结合"海潮"意象来审视,还必须结合该诗与阿诺德其他作品的互文关系来审视。

要理解"夜战"意象的含义,首先要弄明白上引诗行中"无知的军队"的意思。对此,中外评论界仁者见仁,智者见智,不过最典型的要数下面这一解释："'无知的军队'是指1848年的欧洲革命和法国军队1849年对罗马城的围攻,但是它也指意识形态的冲突。"① 跟这种解释相比,阿姆斯特朗的解释更令人信服。她认为此处的掌故至少有二：一指修昔底德(Thucydides,公元前460—400)笔下的埃皮波莱战役(the battle of Epipolae),二指纽曼(John Henry Newman,1801—1890)于1839年的一次布道中提及的当时思想界的论战。在修昔底德所记载的那场战役中,雅典人因黑夜而分不清敌我,结果互相厮杀,不过这对《多佛海滩》来说,只起到了形容作用。跟本文所说的文化命题更加相关的是纽曼的那段话：

> "……论战没有在天国主人们……和邪恶势力之间进行……而是变成了一种**夜战**(按：黑体为笔者所加),敌友无法分辨,人人只为自己而战。"(qtd. in *Victorian Poetry*：175)

令阿姆斯特朗特别感兴趣的是,纽曼此处"惊人地搬用了经济学那咄咄逼人的语言以及热衷于自由竞争的个人主义者惯用的语言,来描述他所处时代的精神生

---

① 钱青：《英国19世纪文学史》,第177页。

活"(*Victorian Poetry*:175)。阿姆斯特朗特的观察确实非常敏锐:阿诺德笔下"无知的军队"原来是以当时走红的政治经济学("进步"话语的一部分)为武器、狂热地从事自由竞争的个人主义者和自由主义者。

值得注意的是,纽曼和他所批判的自由主义同样出现在阿诺德的另一经典之作《文化与无政府状态》中:

> 纽曼博士所看到的自由主义、这个让牛津运动折损的自由主义究竟为何物?它其实是伟大的中产阶级自由主义。这自由主义所信奉的基本信条,从政治上说是1832年的国会选举改革以及地方自治;在社会领域,是自由贸易,无制约的竞争,办工业发大财;在宗教上,就是"力陈异见,固守新教"。①

在《文化与无政府状态》中,阿诺德明确地把自由主义者称为文化的"敌人",因为后者只专注于"办工业发大财",这种"某一种能力过度发展,而其他能力则停滞不前的状况,不符合文化所构想的完美"(《文》:11)。

跟《多佛海滩》末节海潮低落和远退一样,《文化与无政府状态》中的"无知大军"及其"自由主义蔚为大观了",而"牛津运动夭折了,败阵了,四处的海面都漂浮着我们的残骸"(《文》:24)。问题是:阿诺德沮丧了吗?绝望了吗?我们的回答是——

在《文化与无政府状态》中,他没有。相反,他认为牛津运动虽败犹荣:

> 我们对优美温雅的热爱,对丑陋粗鄙的憎恶,我们的这般情怀,才是我们靠拢许多失败了的事业、也是我们反对那么多成功了的运动的根本原因。这感情是虔诚的,它从来没有被整个地摧垮,它虽败犹荣……我们已于不知不觉中对国人的思想产生了影响,我们培育起的感情洪流冲蚀和削弱了对手们似已占领的阵地,我们保持着同未来的沟通联系。(《文》:24—25)

而且确信最终会取得胜利:

---

① 马修·阿诺德:《文化与无政府状态:政治与社会批评》,韩敏中译,生活·读书·新知三联书店,2002年,第24页。后文凡出自同一著作的引文,将随文标明该著作简称《文》及引文出处页码,不再另注。

纽曼博士的牛津运动培育的感情洪流,这运动所滋养的追求美与雅的愿望,它所表露的对中产阶级自由主义之苛刻庸俗的反感厌恶,它那照得中产阶级新教教义的丑恶怪诞无处遁迹的强光——在引发秘密的不满大潮,从而暗中损毁30年来自信的自由主义的地基、为之突然崩溃和被取而代之铺平道路的过程中,所有这些起了多大的作用,谁可以予以评说?牛津的美与雅的情操正是以这样的方式取胜的,而且还会继续长期地取胜!(《文》:25)

在《多佛海滩》中,他也没有。虽然全诗在"混乱"与"惊怖"的夜战中结束,但是海潮背后的文化洪流,是否也跟《文化与无政府状态》中的"感情洪流"一样,"于不知不觉中……冲蚀和削弱了""无知大军""似已占领的阵地"呢?我们前面的分析已经表明,《多佛海滩》末节中的潮水象征着对表面繁华的冲击,对"进步"话语——也就是"无知大军"所信奉的话语——的冲击。我们前面还提到,无论从诗歌的内容来看,还是从节奏形式来看,首节和末节的互动都宛若海潮的一涨一落:首节如潮涨,末节如潮落。"无知的军队",还有那"混乱""惊怖"的夜战,都将随着落潮被卷走,其中岂无深意?

诗歌中还有一个细节不能不提:全诗最后以"黑夜"(night)一词结尾——"无知的军队在黑夜中互相冲突"这一诗行的原文为"Where ignorant armies clash by night"。乍一看去,用"黑夜"来压轴,这好像是悲凉到了极点,然而,我们似乎可以从中读出另一层意思:night一词放在诗的尽头,难道这不意味着黑夜已经走到了尽头?

借用语言学中的概念,我们可以把"黑夜"及其所占的位置看成一种"型式化"(patterning)。它是语篇凸显的部分,是语篇前景化的部分,用以突出语篇要传达的主要信息,或者说为我们探索主题提供基础[①]。那么,"黑夜"的"型式化"究竟为我们提供了怎么样的信息呢?依笔者之见,它提供了积极的信息。黑夜被推向极致,这恰恰反衬了对光明的呼唤。在诗中,光明的确还未到来——"光明"(light)一词分别出现在首节和末节(我们前面已经引用了译文),第一次它微微闪动,便渐渐隐退:... on the French coast the light/Gleams and is gone ...;第二次干脆以缺席的身份出现:Hath really neither joy, nor love, nor light.

---

① 任绍曾:《语篇中语言型式化的意义》,《外国语》2000年第2期,第110—116页。

唯其如此,更显诗中对它的期盼。应该说,"光明"在诗中也构成了一种"型式化",它与"黑夜"的型式化两相呼应,似乎在传达这样的信息:黑夜到头了,光明还会远吗? 由此,我们不由得会想到雪莱当年洒下的诗句:"冬天来了,春天还会远吗?"当然,我们也不能简单地在两者之间划等号——阿诺德不是雪莱那种类型的乐观主义者。在一篇专论中,阿诺德曾经称雪莱为"美丽而无效的天使,徒劳地在虚无中拍打着发光的翅膀"①。也许,我们可以把阿诺德划入悲观主义的范畴,但是他所信奉的至少是尼采所说的"有力量的悲观主义"。这种力量来自他的执着和勇敢。在另一篇文章中,他曾经把海涅跟雪莱和拜伦等人相比较,并指出海涅比后者的高明之处,在于他能真正地融入歌德所代表的"现代精神"(the modern spirit),即"跟非利士主义②展开生死搏斗"③。海涅也许没有像雪莱那样乐观,甚至有些悲观,但是在阿诺德的眼里,他是一位真正意义上的"人类解放战争中的勇敢战士"④。阿诺德之所以赞扬海涅,是因为他身处茫茫黑夜,却永不放弃对光明的追求。在《多佛海滩》中,阿诺德呼唤的也是这种精神。

在《文化与无政府状态》中,光明与黑夜之间的关系也极其相似。该书的第一章以"美好与光明"为题,其呼唤光明的热情跃然纸上,但是它同时又承认光明的缺席:"长期以来,光明无以穿越,我们头上无光,于是也就无从谈起使行动适应于光明了。"(《文》:8—9)不过,光明尚未来到,并不意味着不会来到。"美好与光明"的结束语借用了圣奥古斯丁的语录,来点明"夜"与"昼"之间的辩证关系:

> 我们不会让你独自保留创世的秘密,如你在开辟天地、分出光暗之前所做的那样;让你的放置天空的神灵之子发出光来,普照大地,分出昼与夜,宣告时光的流转;因为旧的秩序过去了,新的秩序已出现;夜尽了,昼将始;你派耕者去收获他人播种的庄稼;你派出新的耕者劳作在新的播种季节,而收获时节尚未到来;你这样做的时候,是为岁月赐大福了。(《文》:32)

---

① Mathew Arnold, "Shelley," in S. R. Littlewood, ed., *Essays in Criticism: Second Series*, London: Macmillan & Co. Limited, 1951, pp.121-147.
② 阿诺德在许多作品中都用了"非利士人"(Philistines)一语来指称中产阶级,并且把后者的信念、主张和价值观统称为"非利士主义"(Philistinism)。
③ Mathew Arnold, "Heinrich Heine," in R. H. Super, ed., *Lectures and Essays in Criticism*, Ann Arbor: The University of Michigan Press, 1962, pp.107-132, 111.
④ Mathew Arnold, "Heinrich Heine," in R. H. Super, ed., *Lectures and Essays in Criticism*, p.107.

这段话中最让人回味的是"夜尽了,昼将始"这一句。这难道不是与《多佛海滩》中的"潮落潮起""黑夜"与"光明"形成了呼应吗?

还须说明的是,阿诺德追求"文化之光",但是并不过于急切。他在《文化与无政府状态》中对"文化"和"行善的热情"作了如下区别:

> 行善的热情很容易过于急切……它迫不及待地要披挂上阵;这种热情又很容易将自己的构想和计划当成行动的基础,而因为这些构想是当前发展阶段的产物,故具有与此相适应的一切不完善、不成熟之处。文化同行善的热情之区别,就在于文化既具有行善的热情,也具有科学的热情……因此即便是为了纠错解惑和排忧解难的伟大目标,它也不会急于在思考之前就采取行动、着手规划;它会牢记,如果我们不了解该做什么以及怎样做,那么行动和规划就没有多大用处。(《文》: 8)

这也许是《多佛海滩》中没有出现"披挂上阵"的"光明战士"的原因。为此阿诺德曾备受指责,被说成"选择了逃避和哀叹"[①]。不仅如此,"阿诺德的诗歌……作为一个病态社会的病态心灵的记录,的确反映了维多利亚社会的心绪走向和发展主线。……但是,作为一个诗人,他仅仅反映这个现实,并没有试图为这个病态寻求一个良方。他把这个任务和使命推迟到了后期,推迟到了他完全放下了诗歌创作的笔之后。"[②]这种说法不那么准确。如前文所说,《多佛海滩》的潮水意味着对"进步"话语的冲击,这显然是寻求良方的努力的一部分。诗中没有匆忙披挂上阵的战士,却不乏催人深思的浪潮,这未尝不是采取行动、着手规划前的准备。阿诺德的其他不少诗歌也是如此。在《海涅之墓》中,他奉劝国人不要"整天愚蠢地奔忙,/全为那机械的商务,却让/荣誉、天赋和欢乐/逐渐从生命中消亡"[③]。在《吉卜赛学者》中,主人公虽然暂时远离尘嚣,却有一个远大的抱负,即"在学成之后,向世人传授艺术的奥秘"[④]。这一切都反映了阿诺德一以贯之的文化思想:在行动之前,先要有思想的高扬;可以不要惊天动地的业绩,却不

---

[①] 钱青:《英国 19 世纪文学史》,第 180 页。
[②] 钱青:《英国 19 世纪文学史》,第 181 页。
[③] Matthew Arnold, "Heine's Grave," in *The Poems of Matthew Arnold*, Kenneth Allott, ed., London: Longmans, 1965, pp.472–473.
[④] Matthew Arnold, "The Scholar-Gipsy," in *The Poems of Matthew Arnold*, p.339.

可以不期待"在未来结出果实"①。

让我们再回到前面有关牛津运动的那段引文：阿诺德于失败的牛津运动中看到了一种"照得……丑恶怪诞无处遁迹的强光"，这是一种文化之光，它正在"引发秘密的不满大潮"。这强光，这大潮，是否也孕育在《多佛海滩》中呢？

潮落了，潮将起。夜尽了，昼将至。

 **方法谈：**

## 学术论文的"起承转合"

我写《夜尽了，昼将至：〈多佛海滩〉的文化命题》（下文简称《多佛》），因循了古人"起承转合"的笔法。元代范德机在《诗法》中说："作诗有四法：起要率直，承要舂容，转要变化，合要渊永。"学术论文与写诗不同，但不外乎起笔、承接、转折和结尾这四大要素。

学术论文的"起"，有其特殊性，即必须做好选题，而选题的前提有二：第一，一手资料的完备；第二，二手资料的穷尽。就《多佛》一文而言，一手资料是阿诺德的名诗《多佛海滩》（主要研究对象），而二手资料则指有助于研究《多佛海滩》的任何文献，尤指前人的相关研究成果。要写好学术论文，一手资料是根本，二手资料是关键。此话怎讲？所谓"根本"，您若不对一手资料烂熟于胸，那就根本写不好文章。所谓"关键"，文章题目的选定取决于您对二手资料的把握。很多新手往往错把"一手"当"二手"，结果栽了跟斗。以《多佛海滩》为例，您或许能倒背如流，而且颇有心得，但是这不足以作为选题的依据，原因是您的选题可能已经被人做过了——即使再有心得，也可能是重复劳动。因此，选题要从二手资料中去找，也就是要从 the on-going debates（当下有关热点的争论）中去找，这样才能形成跟学界的对话，才有可能发人之所未发，见人之所未见。一言以蔽之，别人的研究终点，是您的研究起点。《多佛》一文的起因，是我发现先前研究大都沿袭了当年吴宓先生的思路，即认定阿诺德是借《多佛海滩》倾泻悲情。这跟我阅读一手资料的心得不符，因此产生了对话的动机，也有了对话的必要性。

---

① 刘意青：《评阿诺德"去个人好恶"的文学批评原则》，《英美文学研究论丛》（第 11 辑），上海外语教育出版社，2009 年，第 313 页。

接下来就是"承"了，即承接"起笔"，指出"悲观绝望"论应予修正，提出自己的看法。要写好驳论，最好的办法是从对方的论据着手，即所谓釜底抽薪。纵观"悲观绝望"论的"海潮"意象和"夜战"意象，两者组成了《多佛海滩》的中心意象。先说"海潮"意象：它的确指涉"信仰之海"的退潮，但是我通过文本细读，指出文学意象的意蕴远非一对一的表象所能涵盖，进而举例说明潮水卷走的是"进步"话语。从这一角度看，"海潮"意象具有积极意义，绝不只是宣泄悲观绝望情绪。再说"夜战"意象：全诗在"无知的军队""混乱"与"惊怖"的夜战中结束，这似乎可以印证阿诺德的"悲观绝望"，可是我通过文本细读，证明诗歌的节奏形式意味着"黑夜"/"夜战"将随着落潮被卷走，而这也显然具有积极意义。

再就是"转"了。就《多佛》而言，"转"与"承"不能是截然分开，而是互相交织的。上文提到了"细读"，后者并非像很多人误解的那样，仅是仔细阅读而已，而是指运用新批评 close reading 的理论和方法。换言之，是要关注文本的"张力"(tension)、"反讽"(irony)、"含混"(ambiguity)、"悖论"(paradox)和意义的"多元性"(multiplicity)等。《多佛》全文虽未搬出这些术语，但是它们的影响却体现于实际行文过程。例如，文中把诗歌首节和末节作对比，意在彰显诗歌的张力：首节潮水满满，末节潮水消退，正好形成了一种张力，其中既有反讽的力量，又有含混的力量，还有悖论的力量；这些力量在那里"缠斗"，呈现出一个硕大的阐释空间。更具体地说，首节是宁静而甜美的梦幻开局，而末节却指出在"多彩、美丽而新鲜"的背后，实际上"没有爱和光明"，甚至连"对痛苦的救助"都没有，这其实是一种戏剧反讽(dramatic irony)——笃信"进步"话语的维多利亚人满以为自己活在一个繁荣进步的国度和时代，殊不知这只是表面的繁荣。如此看来，诗中的"多彩""美丽"和"新鲜"等许多词语都具有歧义，因而涵义颇为含混。至于悖论，《多佛》中对"黑夜"(night)一词在诗中位置的分析就是一例：night 一词放在诗的尽头，恰恰意味着黑夜已经走到了尽头；黑夜被推向极致，恰恰隐含着对光明的强烈呼唤。可见，"细读"过程充满了转折，至少是语义的转折。

不仅如此，《多佛》除了需要在"细读"层面讲求"转折"之外，还在另一层面的"转折"上颇为着力，即所谓做"语境化处理"(contextualization)，也就是把所有的文本细节放在文化语境(包括政治、经济、社会和历史语境)中审视，然后加以阐释。这种处理要求把一手资料和二手资料结合起来，要求把《多佛海滩》跟阿诺德的其他作品(如《文化与无政府状态》)，以及同时代人的相关言论(如纽曼对自由主义的批判)和前人的研究成果(如奥尔悌克对维多利亚文化思想史的研究、阿姆斯特朗对维多利亚诗歌的研究)结合起来解读。通过这样的交叉和转折式阅读,我们可以于"黑夜"/"夜战"中看到维多利亚思想范式的转换,可以于潮涨潮落中听到阿诺德对如下文化命题的追问:什么是进步?什么是幸福?什么叫有质量的生活?

最后自然是"合"了。合即结尾,即总结。《多佛》以12字合之:"潮落了,潮将起。夜尽了,昼将至。"在我发表的论文里,这篇的结尾是我最满意的,而且似乎"得来全不费工夫",其实是水到渠成。回想起来,当时是顺势而为:文章自发端始,就咬住主旨不放,虽行文迂回曲折,却不离文化命题,且都顺着潮起潮落、昼夜交替的节奏,于是功到自然成——打字的键盘响至尾声处,那12个字自然涌现,恰好与文章的题目形成了围合。这让我想到朱光潜先生说过的一句话,大意是写作者应把重点完全摆在主旨上,在这上面鞭辟入里、烘染尽致,这样便能攻坚破锐。

# 论《旧衣新裁》中的"衣服"与"裁缝"*

孙胜忠**

**内容提要**：托马斯·卡莱尔的《旧衣新裁》因其奇特的结构形式、迂回曲折的说理方法以及通篇充斥着"浪漫反讽"等特点而被称为"最具原创性"的"奇书"。这种挑战性的文风既给读者提供了广阔的阐释空间，也使文本成为一个闪烁不定的难解之谜。本文结合18世纪末和19世纪初欧洲尤其是英国的历史和文化语境，在细读文本的基础上围绕"衣服"和"裁缝"这两个中心议题，试图探讨如下几个问题：《旧衣新裁》所作何为？衣服是什么？它为什么要重新裁剪？什么样的衣服才合身？谁是裁缝？谁又是那个新裁缝？等等。

**关键词**：托马斯·卡莱尔；《旧衣新裁》；成长小说

作为卡莱尔（Thomas Carlyle，1795—1881）唯一的"虚构作品"[①]，《旧衣新裁》（*Sartor Resartus: The Life and Opinions of Herr Teufelsdröckh*，1833—1934）被认为是"现代文献中最有生命力、意味深长的著作"，其结构和形式也是"最具原创性"的[②]。作者在行文中不但没有采用人们"熟悉而明确的教诲式说服方法"，而且通篇弥漫着"浪漫反讽"，加之卡莱尔本人对启蒙运动以降过分强

---

\* 原载《外国文学研究》2016年第2期，第94—103页。本书收录时略有修改。

\*\* 孙胜忠，文学博士，上海外国语大学英语学院教授，博士生导师，美国伊利诺伊大学香槟分校高级访问学者。主要从事英美文学、西方文论研究。在《外国文学评论》《外国文学研究》《外国文学》《当代外国文学》《国外文学》《外国语》和《中国翻译》等学术期刊上发表学术论文40余篇，出版专著《西方成长小说史》（商务印书馆，2020年）、《西方成长小说文本解读》（商务印书馆，2020年）和《美国成长小说艺术与文化表达研究》（安徽人民出版社，2008年）等，主编和参与编著8种，独立译著3部。

联系方式：上海外国语大学，邮编：201620．Email：sszhong@shisu.edu.cn。

① Roger Lüdeke, "Contingencies of Comparison: The Impossible Coordinates of a World Literature System," in *European Journal of English Studies*, Vol.13, No.1, (2009), p.46.

② 威廉·亨利·赫德森：《导言》，收入托马斯·卡莱尔：《拼凑的裁缝》，马秋武等译，广西师范大学出版社，2004年，第1页。

调理性这一传统的厌恶和他广为人知的"反逻辑"的倾向①,这一切使《旧衣新裁》成了一部"奇书"②。它存在着巨大的阐释空间,令人有常读常新之感,至今仍留有未解之谜。要弄清这部著作的"真义",还原其"独创性",或许需要一个"陌生化的过程",因为这部富有想象力的小说"要求得到更加敏感、复杂的反应"③。这是由它独特的创作方法所决定的,"既关涉它自身也关涉阅读它的体验"④。为此,本文试图在细读文本的基础上,结合18世纪末,尤其是19世纪初英国乃至欧洲的社会、历史和文化语境,即小说创作的历史背景,围绕着"衣服"和"裁缝"的曲折所指就如下问题展开讨论:《旧衣新裁》所作何为?衣服是什么?它为什么要重新裁剪?什么样的衣服才合身?谁是裁缝?谁又是那个新裁缝?等等。

## 一、《旧衣新裁》所作何为?衣服是什么?

《旧衣新裁》是通过假托一位英国编辑整理一位名曰托尔夫斯德吕克(以下简称为"托氏")的德国教授的生平和他的"衣服哲学"来曲折地反映卡莱尔本人的心路历程和观点的,因此,他的感受和对事物的看法要么通过编辑和托氏之口直抒己见,要么利用两者之间观点的对峙,采用反讽的方式来表达。关于创作目的,他借编辑之口明言,希望通过评论托氏的衣服哲学和为其写传记给英国人传递信息:"我们受完成评论和写传记任务的驱使",把信息"传递给明智些的英国人"⑤。卡莱尔不仅说明了他创作《旧衣新裁》的时代紧迫性,同时也坦承他的灵感得益于德国的思想。借助托氏,卡莱尔想表达的是他自己关于"激进的精神改革"的主张,即思想上的革命,其实,他与托氏一样都是精神革命者。通过衣服和裁剪这些隐喻,卡莱尔探讨的是政治改革的问题。在书的第一部他通过各种方式将这些隐喻用来影射当时的激进政治和改革政治,以此诊断社会问题⑥。例

---

① Lee C. R. Baker, "The Open Secret of *Sartor Resartus*: Carlyle's Method of Converting His Readers," in *Studies in Philology*, Vol.83, No.2 (1986), pp.218, 220 - 221.
② 钱青:《英国19世纪文学史》,外语教学与研究出版社,2006年,第214页。
③ McSweeney, Kerry and Peter Sabor, "Introduction," *Sartor Resartus* by Thomas Carlyle, Oxford: Oxford University Press, 2008, p. viii.
④ McSweeney, Kerry and Peter Sabor, "Introduction," p. xix.
⑤ 托马斯·卡莱尔:《拼凑的裁缝》,马秋武等译,广西师范大学出版社,2004年,第60页。后文出自同一著作的引文,将随文标出该著作简称《拼》和引文出处页码,不再另注。
⑥ John B. Lamb, "'Spiritual Enfranchisement': *Sartor Resartus* and the Politics of *Bildung*," in *Studies in Philology*, Vol.107, No.2, (2010), p.273. 后文出自同一著作的引文,将随文标出该著作简称"*Spiritual*"和引文出处页码,不再另注。

如,在该部第五章"服装的世界"中,他直接将"裁剪"与"立法"相提并论,认为两者均"靠思维神秘运行机制的引导",其中都隐藏着一种"建筑思想"(《拼》:33)。

与激进的托氏并置的是那位保守的英国编辑,这一并置提供了"自我教育(Bildung)①和精神改革的教育效果十分倚重的政治上的对比"。编辑对托氏的衣服哲学基本上是持褒奖态度的,因为他认为衣服哲学反映了自我教育政治,似乎也捕捉到了"自我教育乌托邦式的冲动"(*Spiritual*:272—273)。在他看来,"这个衣服哲学,尽管看似狂妄,但如果我们能理解它的真正意义,就很可能透露出新时代到来的信息,使人看到世界史中更高尚的时代第一批模糊的萌芽和已经破土而出的种子"(《拼》:76—77)。在这里,卡莱尔再次借编辑之口明白无误地说明他的创作意图就是要向英国传输德国的思想。为了达到这一目的,他必须要采取迂回曲折的方法,因为"19世纪二三十年代对那些希望借助幻想和直觉这种伟大的浪漫主义积极力量来反对日益占主导地位的理性科学思维以及实用主义思想和情感模式的作家来说是困难的时期"②。

通过托氏与编辑,卡莱尔对当时泛滥一时的科学主义、物质主义和哲学理性主义大加鞭伐。小说开篇就指出,科学之火到处燃烧,且有愈燃愈烈之势,然而,令人吃惊的是,"迄今为止,不管是在哲学还是在历史学上,都没有人或很少有人以衣服为主题写出深刻的文章"(《拼》:3)。这样,作者很自然地将话题引向他要探讨的关于衣服哲学的话题上。

《旧衣新裁》表面上是以衣服为话题,将衣服上升到哲学的层面来探讨其起源及影响,但这一"小题大做"的表象掩饰不住作者的真实创作意图——教育他的同胞。正如贝克所说的,"卡莱尔创作《旧衣新裁》的目的就是要使英国读者转而信仰衣服哲学"③。他在书中所要传达的重要信息正是"衣服哲学"或被他称为"自然的超自然主义",即"上帝不是在这个世界之外,而是在其内部,整个宇宙是他的衣服而每个人是他荣耀的一种表现"。卡莱尔是带着圣经中的先知在荒野中呼号般的热情来宣告他的教义的,因为在他眼里,他那个时代的英国、一个

---

① 关于"自我教育"的由来及其内涵,详见拙文《论成长小说中的"Bildung"》,《外国语》2010年第4期,第81—87页,这里不再赘述。
② McSweeney, Kerry and Peter Sabor, "Introduction," p. xxxi.
③ Lee C. R. Baker, "The Open Secret of *Sartor Resartus*: Carlyle's Method of Converting His Readers," p.218.

"无神论和物欲横流的社会",就如同"需要改造和更新的荒野"①。细读文本,读者不难发现卡莱尔在书中以衣服为切入口,无处不在针砭时弊,向他的同胞发出时代的呼喊。他在批判当时流行的科学主义、物质主义和理性主义的同时,呼吁英国人应像德国人那样,具备抽象思维的能力,注重个体的内在修养,放弃激进的改革政治,转而改良自己的内心世界。

那么,卡莱尔的"衣服"到底指什么? 他是如何借此阐述上述社会问题的呢?

首先必须指出的是,卡莱尔是从唯心主义的立场来认识自然、人和社会的。他认为自然"不过是我们自身内部力量的反映,是我们梦中的幻想;……是上帝那件充满生机、众人看得见的外衣"(《拼》:53),而衣服是"精神现实的物质表现"。小而言之,"衣服反映了穿衣人的精神状况",大而言之,"整个自然秩序都穿着'上帝活生生的外衣',反映时代精神上的正义或邪恶"②。进而言之,衣服就是法律、习俗和惯例等一切牵着我们鼻子走的外在力量:"穿衣服是人类堕落的一个结果。"(《拼》:57)托氏洞察到服装"鲜为人知、几乎是神秘的性质"和它的"全能的功效"。服装将人分为三六九等,例如,一个"穿着精美的红衣服"的人之所以能下令绞死一个"穿着粗俗褴褛的蓝衣"的人,就是因为衣服不同——红衣表明他是一名法官(《拼》:58)。正是在这个意义上,托氏说:"社会是建立在布料之上的","人是灵魂被不可见的结合力和所有人捆绑在一起的;……衣服是那一事实的可见的象征。"(《拼》:58)接着他不无嘲弄地想象出"大公、显要人物、主教、将军和国王自己,每个凡是娘生的人"都一丝不挂的情景。假如这种情景在现实中真的发生,那么,照此推论探究下去,"法典……,连带法典的整个政府部门、立法机构、财产、警察和文明社会,都在呻吟和哀号中消失得无影无踪"(《拼》:59)。

卡莱尔意在表明,衣服是法律、政府机构和一切文明的象征;人的一切差别皆由衣服造成,褪去衣服,所有人不分彼此,皆为凡夫俗子。而按照他唯心主义的观点来看,没有前者,后者自然也就不复存在。但一旦着了装,情况就大不相同了,即便是"稻草人,作为一个着装的人"都是"财产的保卫者,用法律的恐怖武装着的君主"(《拼》:60),令人心生畏惧。卡莱尔极具讽刺意味地试图说明,人

---

① Mildred D. Harding, "Thomas Carlyle's *Sartor Resartus*: The Secret Doctrine in a Western Mode," in *Journal of Religion and Psychical Research*, 22.1 (1999), p.16.
② Greg Sieminski, "Suited for Satire: Butler's Re-tailoring of *Sartor Resartus* in *The Way of All Flesh*," in *English Literature in Transition*, 1880 - 1920. 31.1 (1988), pp.30 - 31.

本无贵贱之分,赤裸的国王和货车搬运工都一样:他们有同样多的需要,同样的贪婪(《拼》:61)。他进而一针见血地指出:"他们不可言表的差别从哪里来?从服装中来。"(《拼》:62)卡莱尔借助衣服这一隐喻极其深刻地揭示了社会等级的本质特征。

不仅如此,卡莱尔的"衣服"还有更直接的社会针对性,它实际上还指18世纪晚期和19世纪早期欧洲的政治和社会现实。结合当时的时代背景来看,它一方面指的是社会制度和政治体制,因为当时旧的社会制度和政治体制正在逐渐消失,就如同破旧衣服终将褪去一样,因此,他在书中一再强调一切衣服都会磨损,都会变得破旧。另一方面,"衣服"又指当时的革命和激进政治,这在他看来都是不合身的或应该被摈弃的衣服,因为他目睹了革命和激进政治的兴衰及其带来的威胁。由此看来,他的衣服哲学实际上是他对革命年代改革政治的评价。

## 二、为什么要重新裁剪衣服?什么样的衣服才合身?

托氏抑或卡莱尔一方面承认衣服的用处——它不仅仅能帮我们遮风避雨,而且是"艺术战胜自然"(《拼》:57)的表征,但另一方面,衣服又给他带来畏惧感:"想到它如何束缚(tailorizes)并败坏我们",他就有"某种恐惧"(《拼》:54)。这说明,托氏并非是个"裸体主义者",而是担心衣服的"束缚"和"败坏"功能:"如果服装'这样束缚和败坏我们',没有什么救赎价值,难道就不能把它们改变得好一点吗?难道就必须抛到垃圾堆里去吗?"(《拼》:58)这里的关键词是"改变"(altered),即小说题目中的"新裁"(Resartus),亦即"重新裁剪"(retailored),因为小说原题"Sartor Resartus"就是"the Tailor Retailored"的意思[①]。这样,我们就可以把"重新裁剪"与上文中的所谓"束缚"联系起来,其实,"束缚"是"tailorize"一词的意译,本意就是"裁剪""给人当裁缝,做衣服"的意思。

因此,小说的核心议题是"重新裁剪",重新裁剪的原因有两条,一是旧衣服"束缚"了我们,二是它"败坏"了我们。从隐喻的角度来说,衣服的束缚主要指的是社会制度,尤其是等级制度给人带来的严重制约甚至戕害。就在编辑解读的那个问题的下文,作者举了一个红衣人下令绞死蓝衣人的例子(《拼》:58)。显

---

[①] Mildred D. Harding, "Thomas Carlyle's *Sartor Resartus*: The Secret Doctrine in a Western Mode," p.16.

然,这里的红衣和蓝衣分别是统治者和被统治者两个不同社会阶层的象征。这样的衣服当然严重地束缚着人们。而衣服的"败坏"功能主要指当时的暴力革命和激进的社会改革,因为这在卡莱尔看来会导致无政府主义泛滥,给社会带来危害。最极端的情况是"裸体状态下的社会",他认为革命的社会就如同没有衣服的世界,"在没有服装的世界中","最少的礼貌,政治组织,甚或警察"将不复存在,"整个军队"和"整个民族"都可能陷入混乱的"泥沼"中(《拼》:62)。因此,"裸体主义"和"激进共和主义"都不可取,唯一的途径就是要将不合身的衣服重新裁剪,而不是裸体。卡莱尔在他的《法国大革命》(*The French Revolution*,1837)中重申了这一观点:当旧的"社会衣裳"磨破并最终不能穿的时候,新的衣裳,"新的模式和规则"必须取而代之(*Spiritual*:271)。

既然衣服"束缚和败坏"了我们,那么,"我们的社会和政治制度这件保护性的,但却腐败的织物"就必须要改。但对于如何改,托氏却遇到了难题:"一个国家的制度如何改变而不至于造成加剧革命的情势。"(*Spiritual*:274)这里涉及社会与个人的关系问题。社会需要秩序,那么,它就得加强对个体的管理,而个体从本质上来说需要自由,这样两者不可避免地要产生矛盾。这种矛盾与自我教育观内部的张力类似:自我教育的理想一方面主张个体自由而充分地展示自己独特的个性;另一方面它要求个体必须遵从政治制度和社会习俗,在某种意义上说,是社会决定了个体存在的本质。问题是,既然社会决定人的生存状态,那么,人的自由从何谈起?如果没有个体的自由,哪来独特的个性?

于是,《旧衣新裁》的第二部以托氏的成长经历回答了这些问题,即演示了怎样的衣服才合身的问题。实际上,这部分也可以被视为镶嵌在书中的成长小说,作者似乎要将改革政治这个社会问题投射到一个个体的成长故事中。这是主人公"皈依"的过程:"成长,纠纷,没有信仰,几乎是堕落,进入到某个更为光明的境界。"(《拼》:183)最后,"托尔夫斯德吕克的精神成熟期开始了:从今以后,我们就要看到:他怀着人的精神和清晰的目标,'干得很好'"(《拼》:184)。作者以这一个案来演示走向"精神解放"的自我教育过程,说明这个过程是个体回归社会的"必要前奏"(*Spiritual*:275)。

从某种意义上说,这个自我教育的过程是个体从内外两个方面进行"裁剪"的过程,其目的是要缝制一件内外都合身的"衣服"。这本来应该是个异常痛苦的过程,因为在此期间成长主体内在的自由意志必然会与外在的社会客观要求发生激烈的冲突。但在愿意顺应社会要求、把服从社会视为自己的内在要求的托氏看来,"孩童时代"是"幸福的岁月",而且他认为服从能"使我们获得自由"(《拼》:89)。这种信念和性格倾向决定了托氏的"裁剪"过程必然是个自我约束和自我修炼的过程,是一个自我向社会妥协,并把外在需要视为责任的过程。

托氏把社会的需要当成自己义不容辞的责任,甚至是整个生命意义之所在,"服从是我们的普遍责任和命运,谁不愿意弯腰就必须破头。我们不会过早地就太彻底地懂得,在我们的这个世界里,愿意对应该来说只等于零,甚至对必须来说,大部分情况下也是最微不足道的一点点。借此为我奠定了世俗判断,而且是道德本身的基础"(《拼》:97)。由此可见,托氏信奉"宁弯不折"的人生哲学,因为"谁不愿意弯腰(bend)就一定会折断(break)"。在他看来,与"应该"(Should)和"必须"(Shall)相比,"愿意"(Would)无足轻重,即他的自由意志几乎完全让位于社会要求。从此,这成了他世俗判断的基础和道德本身的标准,换言之,这成了他"裁剪衣服"的一把标尺。

与"服从"这一总要求相匹配的辅助标准还有"良好的被动""开放的意识""深沉的性情""天真的好奇""深层热诚"以及"敬畏"这个"人类最神圣的感情"(《拼》:96—97)。这些在他人生的学徒期培养出来的品性引导他走出"持久的否定"这个泥沼,到达"持久的肯定"这个人生的高度,从而完成了他的精神革命,终于使他成为一个和谐的整体,穿上了合身的衣服。这个和谐而合身的外衣就是消灭自我:"第一条预备性的道德法令,毁灭自己,就这样愉快地实现了;我的心灵的眼睛现在揭去了封条,它的双手也已除去手铐。"(《拼》:174)通过对托氏成长过程的描述,卡莱尔似乎在告诫人们,只有抛弃个人的欲望和政治诉求,服从社会的需要,人才能获得精神上的自由。这种遏制自我欲望以适应社会要求的衣服才是合身的。

小说在讲述托氏成长经历,阐明个体通过克制自我欲望给自己裁剪了一套紧身或合身的衣服之后,转向与此相关的另一话题——"社会的新生"(《拼》:202),在这个部分,卡莱尔给社会重新绘制了一幅乌托邦式的愿景。如果说第二部探讨的是个体的人穿怎样的衣服才能适应社会的话,那么,第三部从一个层面来看讨论的就是社会如何更换新衣才能适应人及社会自身的生存与发展。在卡莱尔看来,一切可见的事物都是象征,或衣服。像衣服和各种程式一样,象征"既引导也控制着一个国家的公民"。第三部涉及的就是19世纪选择"遵从和崇敬的象征"(*Spiritual*:278)。这些象征符号实际上就是社会衣服,

"人正是自觉不自觉地在象征里或通过象征生活、工作,并且拥有自己的存在"(《拼》:207)。但托氏认为,随着时间的推移,"象征像世上所有的衣服一样,也渐渐变得破旧"(《拼》:209)。而且透过对19世纪早期国家和政治的考察,他发现"那些过时的、不能再用的象征的破布烂衣……在四处纷纷落下"。他进而警告说,如果"你不把它们抖落到一旁",它们"会越积越多","导致窒息"(《拼》:210),从而威胁个体和社会的生存。因此,那些过时的社会衣服——象征——必须被能代表新的社会思想的新的象征所取代。

那么,18世纪末和19世纪初欧洲社会的象征或社会衣服到底如何呢? 托氏认为当时的社会处于"普遍性的民族战争、国内战争、家族战争和个人战争"的边缘,只靠"群居的感情和古老的习俗"在维系着(《拼》:216)。这样的社会已不能被称为社会,它实际上"已经死亡",因为"在那里,不再存在任何的社会理念,也不存在共同家园的观念","一度神圣的象征,现在成为空洞的装饰,……世界渐渐脱去了衣裳(a World becoming dismantled)"(《拼》:216—217)。在这里卡莱尔可谓一语双关,"dismantle"既指脱掉人的衣服,也暗指废除象征着国家权威和责任的"朝服"。这个"已死或奄奄一息的社会"从其衣裳或社会理念中清晰可见。而现存仅有的"社会理念"似乎就是"放任自流"(*Spiritual*:278)。这种以"放任自流"为特征的社会思潮或社会衣服显然不合时宜,需要重新裁剪。裁剪的基础首先是恢复"社会理念"和"共同家园的观念",并重新树立"神圣的象征"——宗教。

裁剪的第二原则是处理好以敬畏为特征的服从与自由之间的关系。值得注意的是,卡莱尔并非否认自由的重要性,他只是对自由及其实现途径有不同的理解:"自由源于上天,且为通向天堂之路,且对于我们大家是性命攸关"的,但自由未必来自"投票箱"(《拼》:233),亦即自由不是通过"普选"或"一人一票"的选举得来的,没有服从,自由是不可能实现的:"假如你的上级们值得治人,你值得服从,那么尊敬他们甚至是你唯一可能的自由"(《拼》:218)。他是这样看待服从、自由和平等的:"不论是谁,凡不能服从人者,就没有自由,更不能忍受统治。他并不比任何人低下,就不能比任何人优胜,也不能跟人等同。"(《拼》:234)卡莱尔的这种观点具有很强的现实针对性,也十分耐人寻味。比如,当时人们争取的普选权意味着一个人"并不比任何人低下",但按照他的逻辑,这样的人不仅"不能比任何人优胜",而且还"不能跟人等同"。如此看来,这样的人不仅无法获得他梦想的自由,甚至连"平等"地位都失去了(*Spiritual*:279)。要避免这种具有讽刺意味的尴尬局面,除了要有上述社会和家园的理念,人还必须信奉友爱和敬畏,从而避免"反抗性的独立"所带来的"痛苦"。

卡莱尔上述独特的自由观有其深刻的思想基础,即是精神而非物质维护着人的身心和谐与社会的稳定。在他看来,当时的社会正濒临死亡,其灵魂,或"灵魂政治",如宗教,已逝去;其肉体,即代表现存制度和惯例的"国家"——一种物质形态——依然存在,但功利主义者和自由主义者正在大肆进行破坏活动,"分裂并摧毁社会大多数现存的惯例"(《拼》:218)。而要想使社会复活,使其充满活力,从旧的已死的社会废墟中崛起,首先要在"灵魂政治"中改革。改革的"比较聪明,而且算是最好的"方法就是"我们向不可避免的、不可阻挡的事让步"(《拼》:219)。这个让步是基于他对社会的信念,即坚信社会像凤凰涅槃,浴火重生:"社会是凤凰;从她的灰烬中,将飞出一个天生的新凤凰!"(《拼》:221)社会新生要经历一个变化或更换新衣的过程。首先要更换的就是宗教——灵魂——的新衣:"宗教正在为自己编织新衣服"(《拼》:220),因为在他看来,宗教即灵魂。由此不难看出,卡莱尔所谓更换社会新衣与他更换个体衣服是紧密相连的,因为社会衣服的更新关键还在于个体灵魂的改造。

对人的心灵的塑造自然使人联想到自我教育,因为自我教育观主张个体通过自己的行动与社会接触,达到身心和谐,成为生活的艺术家。而这种艺术家的生成需要合适的社会氛围,或曰社会衣服,即要求全社会形成服从和敬畏的良好社会风气。就这样,卡莱尔曲折而令人信服地缝制了一件他认为合适的社会衣服。这件衣服与以自我教育理想为"图纸"而缝制的个体衣服相结合才能确保社会和个体的安宁与发展。这或许就是卡莱尔心目中合身的衣服。

## 三、谁是裁缝？谁又是那个新裁缝？

就"旧衣新裁"或"拼凑的裁缝"这个题目而言,小说中应该有两个裁缝——裁缝和裁缝的裁缝,即为裁缝做衣服的人。

赫德森指出,从那位英国编辑介绍《论衣服的起源与影响》的内容以及拼接该书作者的生平故事这一点来看,那位德国"衣服哲学家"就是裁缝,而拼接者是那位英国编辑,亦即卡莱尔本人[①],汉译书名之一——"拼凑的裁缝"——或许由

---

① 威廉·亨利·赫德森:《导言》,第2页。

此而来。表面看来,赫德森的上述观点不无道理,即托氏是个裁缝,因为英国编辑或卡莱尔拼凑了托氏的生平和观点,那么,这个被拼接的裁缝当然非他莫属,而且我们据此可以推断,拼接者——英国编辑或卡莱尔——就是裁缝的裁缝,即那个新裁缝。这种纯粹从书的叙事结构或虚拟的成书过程所作的简单分析虽言之成理,但不免流于肤浅。笔者认为这仅仅是表象,实际情况要比这复杂得多,必须从不同的角度来甄别,而且角度不同,所指各异,意义迥然。

首先,每个人都是自己的裁缝,而社会是那个新裁缝。卡莱尔将裁缝这一隐喻推广至普通人和社会。他首先以马为例,然后指出人与马在这方面的相似之处:

> 我所骑的这匹马有它自己的全套装备:卸去我套在它身上的肚带、踏板和体外的坠垂,这匹高贵的生物不仅是自己的裁缝、织布工和纺纱工,还是自己的鞋匠、珠宝工和男式衣服用品工;它一年四季身上穿着那件防雨的礼服,在山谷间自由地跳跃;这衣服温暖、舒适、合身到了极致;……而我呢?天哪!——用死羊毛、菜皮、虫肠、牛皮、兽皮毡披盖全身,到处走来走去,宛如一块移动着的破布拼成的屏风,……日复一日,我必须给自己覆盖些新东西;日复一日,这可鄙的覆盖物变薄一层;扯脱、穿掉的某层,必须掸进贮灰坑,垃圾堆,直至整件逐渐地掸进那里为止。我,这个垃圾制造者,这个获专利的破布研磨者,就去找新材料来磨下去。哦,等而下之的野蛮!可耻!荒唐之极!因为我不是也有或黑或白的一张皮吗?这张皮结实,覆盖全身。(《拼》:53—54)

从卡莱尔曲折的讨论中我们不难作出如下推断:人和马一样,我们就是自己的裁缝,或者说我们生来就有一副完美的皮囊,它不仅舒适、合身而且美丽,但就像我们给马套上马具一样,我们给自己披上了称之为衣服的覆盖物。这样看来,裁缝就是我们自己,我们生来就已经为自己做好了一套非常合身的衣服——与生俱来的一副皮囊,而新裁缝就是后来给我们拼凑覆盖物——我们称之为"衣服"——的人。因此,小说题目"Sartor Resartus"的字面意思就是"被重新缝制了衣服的裁缝"。在卡莱尔看来,我们人类对这个浅显的道理视而不见,没有认识到我们是赤裸的动物,"是那种神秘中无法说出的神秘"(《拼》:55)。"我们那披盖的服装"其实是不必要的,或者说是外部强加给我们的,人原本是赤裸的:

"不管是披金披风的王子,还是身着紧身衣的土气的农民,他的衣服和他自己都不是一体的,都不是不可分的;没有事先缝制好的衣服……,他是赤裸裸的。"衣服实际上"束缚并败坏我们"(《拼》:54)。换言之,我们都是自己的裁缝,因为我们一生下来就为自己缝制好了一套合身的衣服,即我们的肌肤。但我们来到这个世界之后,社会又给我们重新缝制了衣服,于是,社会就成了那个"新裁缝",我们就变成了"被重新缝制了衣服的裁缝",即"拼凑的裁缝",或"着新衣的裁缝"。

其次,托氏既是裁缝也是那个新裁缝。像普通人一样,托氏首先是自己的裁缝——生来为自己缝制了一套衣服。以弃儿之身来到这个世界上之后,社会赋予他新衣,但这件衣服显然不合身,因此,他经历了从"持久的否定"到"冷漠的中心",及至"持久的肯定"(第二部第七至九章)这一漫长的自我教育过程,最后他自己通过与社会的交往,从信仰失落走向信仰重拾,终于为自己重新缝制了一套合适的衣服。从这个意义上来说,托氏既是裁缝又是新裁缝。

不仅如此,从卡莱尔对托氏的形象塑造和角色定位来看,他还是一位引领大众洞穿事物本来面目的"裁缝",即为他人和社会缝制衣服的新裁缝。在卡莱尔眼中,他是个英雄,肩负着作家这一神圣的职业——"好像就预先被指派来阐述衣服哲学的"(《拼》:190)。他在作品中所传递的讯息十分紧迫,"因为有可能即将发生社会动荡"。因此,他有能力,也必须在"花花公子们"的那些花哨的衣服还没有被"苦力派"从背上扯下来之前,向他们展示重新裁剪的必要性[①]。这样看来,托氏既是替别人做衣服的裁缝又是为自己缝制衣服的裁缝,因为他的人生经历使他改变了自己。这表明他既是裁缝又是新裁缝——替自己也为他人和社会缝制新衣,这就构成了他的双重身份。

再次,社会是裁缝,卡莱尔立志做新裁缝。读者不难发现卡莱尔对以衣服为隐喻的文明时常持否定态度,因为这种体制化的文明就像衣服一样遮蔽了事物的本来面目,并束缚了人们的手脚。那么,缝制这种文明衣服的裁缝是谁呢?文本表明那就是社会,即教堂、政府和立法机构等一切对宗教、社会习俗、道德风尚和法律法规等具有操控能力的机构和群体。在卡莱尔看来,这个社会"裁缝"缝制的衣服非常不得体,需要重新缝制。

卡莱尔赋予这样的新裁缝以极高的地位,认为他是创造人的人:"裁缝不仅

---

① Greg Sieminski, "Suited for Satire: Butler's Re-tailoring of *Sartor Resartus* in *The Way of All Flesh*," p.32.

是人,而且是某种创造者或圣人。"他能"将人新创成一个贵族"(《拼》:270)。从比喻的意义上说,"一切诗人和道德导师"都是裁缝。从卡莱尔论述的衣服与管理的关系来看,裁缝是政体、国家乃至人类的组织者:"裁缝不仅用羊毛为人缝制衣服,而且用尊严和神秘的支配力包裹人,我们凭借社会本身的美好织物,及其所有皇室的外罩和教皇的圣衣,就从赤裸裸和四肢不全状态组织成各种政体,各个国家,组织成合作的人类。"(《拼》:270)在19世纪二三十年代的改革危机,乃至维多利亚时代最初几十年当中,社会管理和个体的自我管理都出现了尖锐的矛盾,而两者之间的矛盾又交织在一起。于是,各色政治家和人文学者纷纷就如何塑造个体的性格和维护社会的秩序展开了广泛的论战,但总体慑服于法国大革命的威胁,立场趋于保守,多半认为个体服从社会是确保两者健康发展的有效途径。正是在这一背景下,卡莱尔受德国自我教育理念的影响,在《旧衣新裁》——"普遍被认为是卡莱尔与德国唯心主义接触的最高峰"①——中以文学的形式给人们绘制了一幅避免为争取个人自由而导致血腥革命的乌托邦式的图景。

在小说中,卡莱尔或许想表达的是,暴力革命和激进的改革于事无补,德国式的唯心主义哲学所发出的超验主义和普适性的声音也许是一剂救世的良药。这种趋于保守的温和立场与德国突出美学修养的自我教育理念十分贴近,因为"这一双重视野,既是美学的又是政治的,汇聚在自我教育观念中"②。从上述意义来看,卡莱尔所谓的"旧衣新裁"就是要重新"裁剪"暴力革命和激进改革这件"旧衣",即调整原来社会变革的激进方案,由外部革命转向个体内在修养的提升。正如兰姆所说的:

> 在《旧衣新裁》中,通过处理人格的内在形式,卡莱尔调整了改革和解放的政治进程,将其变成个人的心路历程,在此过程中,外在的强制力现在成了一种内在的推动力,法律规则被个体欣然强加在自己身上。如果自我教育的理想是一种"非常聪明的思想,纯净得与其自身和谐",那么,它的终极目的就是要使一个国家的国民可控。如果自由只能在顺从中得到,那么,卡

---

① Tom Toremans, "Sartor Resartus and the Rhetoric of Translation," in *Translation and Literature*, 20(2011), p.62.
② Tom Toremans, "'One Step from Politics': Sartor Resartus and Aesthetic Ideology," in *Studies in the Literary Imaginations*, 45.1(2012), p.29.

莱尔就像在他之前的德国作家一样,在灌输一种政治福音,其中一种"精神的激进改革"有可能使现代国家的保守趋势合法化。(*Spiritual*:282)

由是观之,《旧衣新裁》中的"新裁缝"就是卡莱尔本人,或者说是他的代言人托氏。从这个意义上说,小说中的旧衣服指的是暴力革命,如法国1830年爆发的七月革命,以及激进的改革方案,如英国1832年的改革法案(Reform Bill of 1832)①。卡莱尔既反对暴力革命也反对议会改革,认为这些都是不合身的旧衣服,而主张将诸如法律等外在的强制力量内化为个体的冲动,以使国家恢复秩序与和谐,这才是他心目中的新衣服。这与歌德在《威廉·麦斯特的学习时代》(*Wilhelm Meisters Lehrjahre*,1795—1796)中表达的自我教育观何其相似!如此,卡莱尔借助他的衣服哲学为英国勾勒出一幅全新的政治进程。与此前的德国作家一样,卡莱尔的政治和美学理想也源于"对物质主义、实用主义,和现代欧洲文化中的极度个人主义的蔑视",以及"对由革命和发展中的资本主义所引起的社会分化的恐惧"(*Spiritual*:262)。因此,他拥抱德国的歌德和席勒等人文思想家关于自我教育的理想,把美学教育视为抵制暴力革命这种破坏性力量和防止个体异化和社会分裂的唯一途径。

卡莱尔"具有挑战性的创作风格"至今为人们所公认②,他在《旧衣新裁》中所传递的信息是"复杂而多维的",因此,按照惯常的"逻辑和线性"③思维方式来读解它很难奏效。读者只有紧密联系当时的历史和文化语境,深潜文本,仔细体味他所采用的多重反讽,在各种意象和象征的引导下不断挖掘,才有可能从作者闪烁不定、迂回曲折的论述中窥见其真意,不断扩展文本的阐释空间。

其实,这种穿透事物的表象,在曲径通幽处洞悉复杂事物本真的方法正是卡莱尔所提倡的。面对物质至上,科学和理性大行其道的现实,卡莱尔忧心忡忡,呼吁人们要回归精神世界,凭借直觉洞悉事物的本真。这不仅与当时西方社会对冰冷的理性思维方式整体性的反思潮流相契合,也是贯穿《旧衣新裁》全书的主题思想。卡莱尔反对逻辑推理:"统治我们的王,并不是我们的逻辑推算能力,

---

① 1832年5月英国首相格雷建议英王威廉四世授权加封50名或更多的自由党人为贵族。同年6月这一方案在上院通过,成为法律。这一切正发生在卡莱尔创作《旧衣新裁》期间。
② Patrick J. Welch, "Thomas Carlyle on Utilitarianism," in *History of Political Economy*, 38.2(2006), p.378.
③ Lee C. R. Baker, "The Open Secret of *Sartor Resartus*: Carlyle's Method of Converting His Readers," p.222.

而是我们的想象力"(《拼》：206)，认为逻辑推理和经验式的观察使复杂的事物简单化，而主张通过"对整个系统领域做形象的直观"，直抵"迷宫"似的"崇高的复杂"性，从而窥见"我们的实际视野可及的地平线的最边缘处"那"若隐若现的陆地"。也就是说，我们只有通过直觉和想象才有可能抵达"新幸运岛"或"尚未发现的美洲大陆"(《拼》：50)。通过对《旧衣新裁》中的衣服和裁缝等作抽丝剥茧式的层层追问，笔者奢望也能抵达"幸运岛"，发现"新大陆"。

 方法谈：

## 文学研究中的问题意识与文本细读

无论是撰写学位论文还是其他学术论文，写作者首先要有问题意识。问题意识不仅是发现问题的原动力，也是论文的灵魂，可以说它是发现和提出问题的必备条件。只有发现了问题，才有可能分析和解决问题。因此，问题意识是论文选题的前提，也决定了选题的质量。这个问题意识是通过阅读和思考等各种途径逐渐养成的，难以尽言，但最关键的是作者要有质疑乃至批判精神，这就要求我们在阅读前人的成果时必须做到不盲从，不轻信，始终抱有怀疑的态度，哪怕文献出自公认的大家或权威之手，也要进行批判性阅读。对于学界尚未解决或存疑的问题，那么，我们就可以直接奔着问题去。

本文的选题兼有这两个方面的特征。卡莱尔的《旧衣新裁》是有名的"奇书"，它属于那种似乎人人都知道，却鲜有人真正读过的名著，国内研究界也很少有人问津，因此留下了许多难解之谜，连作品的类属(它到底是小说、哲学还是自传?)和书名的含义(是"旧衣新裁"还是"拼凑的裁缝"?)都存疑。因此，本文选取该著作的两个紧密关联的核心议题——"衣服"和"裁缝"——展开研究，力图体现选题的学术性、创新性和研究意义。学术论文虽篇幅有限，但它必须围绕一个独立的命题展开比较全面的研究，论者必须要有宽广的学术视野，将中心论点分解成若干分论点，而每个分论点又直接支撑中心论点，围绕中心命题在较大的范围内选取有说服力的论据，层层论述，这体现的是论文的系统性。本文将上述两个核心议题分解为：《旧衣新裁》所作何为？衣服是什么？它为什么要重新裁剪？什么样的衣服才合身？谁是裁缝？谁又是那个新裁缝？目的在于对所选命题展开系统研究。

论文选题相当于提出问题，而问题的提出往往基于研究假设。本研究的一个基本假设就是，《旧衣新裁》广征博引和迂回曲折的文风背后一定隐藏着卡莱尔特定的创作目的，而并非只是"掉书袋"。发掘出卡莱尔的创作动机，破解书中的谜团就有了抓手，困扰读者的许多问题也就会迎刃而解。卡莱尔的这部著作通篇都是闪烁不定的表达，鲜有直呈心意之处，因而常令读者陷入云山雾海，而最大的迷思就是所谓的"衣服哲学"。难道真的如他所说，他要填补哲学和历史学上的空白，来写一部衣服哲学或衣服发展史？显然不是，我们假定他一定是言有所指。那么，他文中的"衣服"和"裁缝"到底指的是什么呢？回到他的创作语境，我们发现他当时正在翻译歌德等德国人文学者的著作，对德国人的抽象思维欣赏有加，对英国的实用主义和"文明的进步状态"痛心疾首，面对此景，他认为"德国，博学、孜孜不倦、思想深邃的德国可以助我们一臂之力"。因此，我们假定《旧衣新裁》的创作与当时英国的社会和历史语境密切相关，这就是本文将作品置于18世纪末和19世纪初欧洲，尤其是英国的历史和文化语境中来考察的缘由。

　　如果说论文选题设定了要研究的问题，那么研究假设就基本上确定了研究思路，完成了论文的整体设计，接下来就是如何论证的问题了。我一贯主张，文学研究，尤其是对文学作品的研究，一定要从文本出发，再回到文本。脱离文本，信马由缰，看似"高大上""很学术"，但实际上已偏离了文学研究的轨道，它可以是哲学的、历史的、文化的、政治的，诸如此类，但绝不是"文学的"。因此，这样的研究违背了文学论文写作，特别是文学学位论文写作的首要判断标准——专业性。这样的学位论文既丧失了专业特点，也与培养目标不符，是"在别人的地里种自己的菜"。所谓跨学科研究，其出发点也是为了更好地研究本学科，而不是相反。鉴于此，本文虽然将《旧衣新裁》置于大的历史和文化背景中考察，但研究的立足点还是文本本身。《旧衣新裁》之所以晦涩难懂，就在于它"反逻辑""意味深长"，通篇充满着"浪漫反讽"，这些皆为该作品的独特魅力所在，因此，它需要一个"陌生化的过程"，需要呈现读者的阅读体验。这一切从哪里来，当然来自文本，所以，论者必须对文本做精细的分析，细心考察文本是如何呈现的。文学作品重在展示，通过一个个具象来曲折地反映作者意欲表达的思想，而不是陈述。例如，卡莱尔描写一个"穿着精美的红衣服"的人下令绞死一个"穿着粗俗褴褛的蓝衣"的人，一个着装的稻草人的恐怖形象等，都是意在表明以衣服为表征的社会等级和衣服的特殊社会功能，进而推导出"社会是建立在布料之上"这一结论的。再如,为了表达反对暴力革命和激进改革的主张,卡莱尔描写了主人公如何从"持久的否定"到"冷漠的中心",及至"持久的肯定"这一心路历程,从而暗示社会改革之途在于个体的"内在改革",即精神革命。这些解读都是通过文本分析来实现的,因为作者并未明言,而是调用各种文学手法来曲折表达的。当然,这些阐释还可以依托作者的生平经历和社会背景,因为它们可能会为文本分析提供依据和线索,但这些因素就文学研究而言都是外在的,文学研究的出发点和归宿还是文学自身,舍此,它便成了无源之水、无本之木。需要特别说明的是,本人并非反对跨学科研究(本文也借鉴了历史和文化等研究方法),而是强调其他学科的知识和方法都是"他山之石",是用来"攻"文学之"玉"的。

  一篇好的论文在框定选题、提出假设、经过论证后,还要以简洁而明晰的语言得出结论。由于本文是将命题分解为若干问题来展开讨论的,结论便随问题的解答而自然得出了。当然,若非篇幅所限,在结尾处再次做更高层次的提炼则更佳。

# 作为"生产者式文本"的女性主义通俗小说[*]

梅 丽[**]

**内容提要**：本文借鉴文化研究理论家约翰·费斯克的"生产者式文本"这一概念，考察女性主义通俗小说的文本特征、写作策略和微观政治意义。女性主义通俗小说通过对传统通俗小说进行挪用和戏仿，传播女性主义思想，具有灵活、开放的文本特征。与先锋文本所拥有的特殊文本力量和陌生化效果形成对照，女性主义通俗小说以大众"生产者式文本"的姿态，鼓励读者在已经掌握的传统话语技能的基础上进行"生产者式"阅读，在阅读过程中提高辨识力和创造力，从而产生积极的微观政治意义，成为女性激发自省、重塑自我的有效途径，同时推进女性文学自身的建构以及当代文化的民主化进程。

**关键词**：女性主义通俗小说；费斯克；"生产者式文本"

在传统文学批评领域，通俗文学是肤浅和保守的代名词。虽然通俗小说一贯被人诟病，被认为具有模式化的故事情节，宣扬保守的意识形态，维护主流的价值观念，但20世纪七八十年代的英国和美国，却见证了代表着时代进步思想的女性主义向通俗小说的大规模渗透，出现了女性主义通俗小说的发展高潮。女性主义通俗小说是女性主义作家通过对传统通俗小说的挪用和戏仿，传播女性思想、颠覆父权意识的一种文学形式，主要有女性主义侦探小说、言情小说、乌

---

[*] 原载《外国文学评论》2011年第2期，第204—213页。本书收录时略有修改。

[**] 梅丽，上海外国语大学教授，博士生导师，英语语言文学博士。主要从事英美文学、文化研究，出版个人专著两部、译著一部，在《文学评论》《外国文学评论》《外国文学研究》《当代外国文学》《外国文学》《国外文学》等核心期刊上发表多篇学术论文。近年来主持多项国家社科基金和教育部基金项目。主持和参与多项英语文学线上与线下课程建设，以及英语文学辞典、英语字典和教材的编写工作。

**联系方式**：上海外国语大学，邮编：200083。Email：1649@shisu.edu.cn。

托邦小说、童话故事等。自70年代起,包括水中仙女出版社(Naiad Press)、潘多拉出版社(Pandora Press)、女英雄出版社(Virago Press)在内的女性主义出版社,都相继出版了多个系列的女性主义通俗小说,吸引了大量的读者。

在文化研究领域,进入20世纪60年代和70年代以后,西方学术界对通俗文化的研究逐渐重视起来,文艺批评家和学者感受到了流行文化的繁荣和活力,开始在理论上探讨包括通俗文学在内的各种大众文化的价值和影响。而其中最有影响力的人物之一就是约翰·费斯克(John Fiske)。费斯克为大众文化辩护,强调大众的主动性及其文化辨识力、生产力和创造力。他充分肯定了大众文化的积极功能,特别是其在创造意义、快感和社会认同中的作用,并纠正了理论家抬高先锋文本并极力贬低大众文本的做法,分析了大众文本的"生产者式"(producerly)特征,对通俗小说给予了积极的正面评价。

费斯克对通俗文化提出的辩护理论,尤其是他提出的"生产者式文本"(producerly text)这一概念,为我们理解女性主义向通俗小说渗透这一现象以及分析女性通俗小说的性质提供了一个独特的分析视角。费斯克认为,大众文本是可以利用的资源,某些文本会被大众选择而变成大众文化,而有些则被大众抛弃:"大众对文化工业产品加以辨识,筛选其中一部分而淘汰另一部分。这种辨识行为往往出乎文化工业本身的意料,因为它既取决于文本的特征,也同样取决于大众的社会状况。"①他明确指出,那些"生产者式文本"具有积极的社会意义,而这样的文本必须"同时包含宰制的力量,以及反驳那些宰制力量的机会"。女性主义通俗小说在对传统通俗小说兼收并蓄的基础上,积极颠覆其中蕴含的父权社会意识形态,与费斯克"生产者式文本"的内在要求相互呼应,成为张扬大众文化积极力量的一面旗帜。本文借用"生产者式文本"的概念,从女性主义通俗小说的特征、写作策略和微观政治意义,剖析其在政治和文化上的先进性和实践性。

## 一、灵活与开放:"生产者式文本"的特征

费斯克的"生产者式文本"这一概念,建立在罗兰·巴特(Roland Barthes)对

---

① 约翰·费斯克:《理解大众文化》,王晓珏、宋伟杰译,中央编译出版社,2006年,第154页。后文出自同一著作的引文,将随文在括号内标出该著作简称《理》和引文出处页码,不再另注。

文本性质的分析基础之上。罗兰·巴特区分了"读者式"(readerly)文本与"作者式"(writerly)文本,并考察了两种文本所引发的不同阅读实践①。他认为,"读者式文本"设定了一个固定实体的存在,同时假设自身是对这一实体的描述,它吸引的是本质上消极的、接受式的、被规训了的读者。这是一种相对封闭的文本,只倡导单一的意义,易读易懂、清晰明了。与此相对应的则是"作者式文本"。它并不提供一个静态的实体,而是邀请人们去生产无数的实体,不断地鼓励读者重新书写文本,并从中创造出意义。"作者式文本"是丰富的、多义的、充满矛盾的,反对一致性与统一性。它的代码中没有孰优孰劣之分,也不承认话语的等级结构,它是开放的。"作者式文本"凸显了文本本身的"被建构性",它邀请读者像作者一样或者和作者一起建构文本的意义。

与罗兰·巴特的概念既相联系又相区别,费斯克的"生产者式文本"这个范畴是用来描述"大众的作者式文本"的。它具有"读者式文本"的通俗易懂性,即使是那些已经充分融入主流意识形态的读者,也可以轻松地阅读这种文本。同时,它又具有"作者式文本"的开放性,但是表现的方式有所不同。"作者式文本"的开放性体现在那些以作者为主导的先锋派作品,往往会追求文本的"陌生化"效果,不断破坏人们的常规反应,使人们重新调整心理定式,去感受对象的生动性和丰富性,从而重新唤起人们对艺术的原创性的感知。这种先锋派作品会使读者惊讶地认识到文本内的新的话语结构,并"要求读者学会理解新话语的技能,以便使他们能够以作者式的方式参与意义与快感的生产"②。而"生产者式文本"并不像"作者式文本"那般产生"陌生化"的效果,"它并不以它和其他文本或日常生活间的惊人差异来困扰读者。它也不将文本本身的建构法则强加于读者身上,以致读者只能依据该文本本身才能进行解读,而不能有自己的选择"(《理》:128)。"生产者式文本"的不受规训,是日常生活的不受规训,这是人们相当熟悉的,因为这是权力等级社会中的大众体验所具有的一个不可避免的要素。因此,"生产者式文本"的开放性呈现出不同的特点,它并不要求那种"作者式"的主动阐释行为,也不设定规则来控制它,它所依赖的只是读者早已掌握的话语技能,仅仅要求他们以对自己有利的、生产者式的方式来使用它。费斯克说:"毋宁说,生产者式文本为大众创造提供了可能……它包含的意义超出了它

---

① 详见 Roland Barthes, *S/Z*, London: Cape, 1975, p.4.
② John Fiske, *Television Culture*, London and New York: Methuen, 1987, p.95.

的规训力量,其内部存在的一些裂隙大到足以从中创造出新的文本。它的的确确超出了自身的控制。"(《理》:112)与先锋文本所拥有的特殊文本力量和陌生化效果形成对照,大众的"生产者式文本"鼓励大众进行不受文本控制的自由的社会体验,寻找文本与社会关系的交接处,并且驱动大众从中生产出自己的意义、快感和社会认同。

从上述"生产者式文本"的特征可以看出,女性主义通俗小说正是"生产者式文本"的一个范例。女性主义小说家们挪用广大读者耳熟能详的传统通俗小说的某些写作模式,目的是吸引和鼓励尽可能多的大众积极地投入到文本的阅读之中。这与纯粹的先锋派作家采用艰深晦涩的创作模式以寻求小范围内的读者共鸣,甚至排斥大众理解的意图是截然相反的。女性主义通俗小说家认为文本是大众可以利用的资源,但同时也意识到并不是所有的文本都能够成为大众利用的资源。一个文本必须具备多义性与开放性的特征,才可能受到欢迎。因此,女性主义通俗小说所采取的策略是以传统通俗小说为外壳,并注入新鲜、进步的女性主义思想,与传统文本和社会关系拉开距离,形成裂缝,而这个裂缝正是读者所能进行自由体验的空间,也是读者所能创造的意义。女性主义通俗小说不是为了吸引本质上被体制规训了的读者。恰恰相反,是为了将代表时代进步意义的女性主义思想传播到读者之中。它们采取了最有时效的策略,首先将读者邀请到文本的阅读之中,为读者提供尽可能大的阅读空间和参与空间;然后随着阅读的深入和拓展,激发读者参与意义的建构,其最终目的,是为读者提供提高辨识力和创造力的阅读实践。女性主义通俗小说所具有"生产者式文本"的特点,就表现在它既像"读者式文本"一样具有灵活易懂性,又像"作者式文本"那样具有丰富性、矛盾性和开放性。它们将传统的通俗小说变成了一个意义的潜在体,鼓励阅读群体从自身的日常生活出发,积极地对文本进行解读,从中生产与他们的社会体验相关的意义。这样,女性主义通俗小说作为一种大众文本,就同时包含了"宰制的力量以及反驳那些宰制力量的机会"。

## 二、戏仿与浅白:"生产者式文本"的意义生成策略

包括通俗小说在内的大众文化往往被贬斥为鄙俗(vulgar)、过度(excessive)、浅白(obvious)等。对女性主义通俗小说的批评也往往集中在它内容浅薄、陈词滥调等方面。其实,这样的评价凸显出两个问题。

第一个问题是对阶级利益的诉求。那些对大众文本加以贬斥的人恰恰表明了他们的传统身份、传统利益正在遭受大众生产力和辨识力威胁。正如布尔迪厄所阐明的，日常生活各个领域的文化实践和符号交流，都或多或少地表达或泄露了行动者在社会生活中的位置、身份和等级。鉴赏者在区隔对象的同时也往往区隔了自身，文化从来都不可能断绝与社会支配权力之间的姻亲关系[①]。费斯克也说过："那些所谓绚丽的、过度的、无品位的文本，为我提供了快感……这些快感之所以有快感可言，部分原因在于它们冒犯着那些阶级标准及其意识形态，它们是运作着的民粹主义形式。"（《理》：72）在他看来，自以为趣味高雅的批评，其描述虽然可能是准确的，但其作出的评价往往是错误的。

第二个问题是忽视了阅读本身具有的能动性。对阅读这一概念的重新界定，是语言领域的重要革新。读者反应批评理论的代表人物斯坦利·费什（Stanley Fish）批评了一切将文本看成是自足体系、将意义视为读者可以通过相同的普适过程就能够从意义的贮水池中进行提取的这种观念。费什认为，意义总是根据作者的意图和此后读者的反应来确定的。阅读是一种运动的艺术，文本自身是不确定的，意义要通过读者的理解和叙述被重新设立。文本的连带性与其说源于自身，不如说是读者的意识、观点、过去的经验和未来的期望被施加于文本材料上的结果[②]。这就表明，作为活的文本，意义发生的过程是作者的文本与读者的经验相遇的结果。费斯克提出对"生产者式文本"进行积极的、"生产者式"的阅读，显然是与文化理论注重阅读能动性的研究一脉相通的。那么，在女性主义通俗小说中，作者采取了什么策略去召唤大众的"生产者式"阅读倾向呢？

费斯克承认过度与浅白是"生产者式文本"的主要特征。但这些特征并非"生产者式文本"的缺陷，反而恰恰是它的优点，它提供了创造大众文化的丰富和肥沃的资源。浅白意味着大众文本充满裂隙，它刺激"生产者式"的读者得出自己的意义，从中建构自己的文化。过度则意味着意义挣脱控制，挣脱霸权式意识形态规范的控制或任何特定文本预设的要求。他说："过度是语义的泛滥，过度的符号所表演的是统治意识形态，然后去超出并且摆脱它，留下逃脱意识形态控

---

[①] 详见 Pierre Bourdieu, "The Production of Belief: Contribution to Economy of Symbolic Goods," in R. Collins, ed, *Media culture and Society Reader*, London: Sage, 1986, pp.116-130.

[②] 详见奈杰尔·拉波特、乔安娜·奥弗林：《社会文化人类学的关键概念》，鲍雯妍、张亚辉译，华夏出版社，2005年，第271页。

制的过度意义,这些意义也可以被自由地用来抵抗或逃避统治意识形态的控制。"(《理》:123)那些被过度超出的规范因此失去了其隐形性,失去了它们作为自然而然的常识状态,从而被导入到开放的议程之中。

在费斯克看来,"过度"中的一个重要因素是戏仿(parody)。戏仿是一种进步的文化实践,以滑稽的方式去重复那些占统治地位的文化观念和规范,在重复之中创生差异,在差异之中体现重复,从而催生一种自由批判的意识模式。正因如此,过度包含戏仿因素,戏仿使我们能够嘲笑常规,逃脱意识形态的侵袭,从而使传统规范自相矛盾。

戏仿的这种文化策略在众多女性主义通俗小说中得到了有力的体现。女性主义通俗小说不断地戏仿传统通俗小说,对其承载的父权社会意识形态进行有力的质疑。女性主义科幻小说仍然采纳传统科幻小说在其他星球建立新型社会的模式,不是为了歌颂男性所设想的传统乌托邦蓝图,而是表达对解脱男性束缚的渴望。女性主义童话小说依然采用白雪公主、小红帽等传统童话形象,不是为了支持父权制社会对女性的驯化,而是把她们当作新女性意识的载体。女性主义侦探小说在传统侦探小说模式的基础之上,描写女性的智慧、展现女性对社会不公的洞察、对真相的揭露和对正义的追求。正是通过这些戏仿,女性主义通俗小说家既有的象征体系中,通过利用它们的能指、拒绝和嘲笑它们的所指,证明了自我创造意义的能力。

"生产者式文本"的另一个特点是浅白。能够被大多数人阅读的简单文本常常被一些批评家指斥为简单浅薄,因而难以获得积极的文学价值和社会价值。许多大众文本是简单的,它对人物关系、心理等内容,可能仅仅以最粗犷的笔触加以描述。大众文本通过展现而非倾诉,用简笔素描而非工笔,将自身向各种各样的社会关系敞开。诉说或揭示隐藏在表面下的真相,是封闭的、规训式的文本的特征,这样的文本需要的是解码而非解读。解码需要训练和教育,而训练和教育则是由控制语言系统的社会力量组织的,它是同一权力的策略性运作的一个组成部分。训练和教育的功能使读者从属于权威文本,从而臣服于该权威文本所代表的权力系统。解读所强调的是实践,而不是结构。它所关注的是文本在日常生活中的使用,而不是其系统性或者规范性。

女性主义通俗小说的文本在更大程度上需要的是解读,尽管它所展现的看似是浅白的东西,但内在的则未被言说,未被书写。它在文本中留下裂隙与空间,使"生产者式"读者得以填入自身的社会体验,从而建立文本与社会生活之间的关联。拒绝文本的深度和细微的差别,相当于把生产这些深度与差别的责任移交给读者;而且,至少有一部分读者所做的,正是对文本深度与差别的生产。女性主义通俗小说借用读者所熟知的传统通俗模式和内容,让读者自然、积极地投入到对文本的阅读和讨论之中。它并不需要读者接受文学史和文学批评的系统训练,而是唤起读者最深刻最细微的感性经验,这不但是读者获取独立文本意义的最佳途径,也符合女性主义提倡的建立新的女性阅读经验和女性文学的目的。在一些评论家眼里,读者阅读大量某种通俗小说的行为常被认为是他们完全缺乏判断力的表现,因而成了文本主导阅读的证据。但同时值得注意的是,阅读大量同一通俗类型小说会使普通的读者对通俗小说变得非常熟识,因此他们能够对与传统通俗小说不同的任何特殊文本做出自己的判断。莎利·蒙特说:"女性主义读者会很活跃地质问她们所看到的文本,就好像这些文本是她们自己所作,以此来证明她们对亚文化的信念以及对理想的探索和传播。"①

在当代文化情景之中,作者与读者的身份被重新界定,创作与接受、阅读与交流形成了动态、开放的关系,女性主义作家自觉地意识到并采取了这种复杂的策略来实现通俗小说的转型,这也是与读者共同经历的转型过程。

## 三、"生产者式文本"的微观政治

费斯克认为大众文化的颠覆性并不表现为直接的政治行动,而是主要表现在微观政治领域。在他看来:

> 大众文化是进步的,而不是革命性的……在适合的条件下,它能赋予大众以力量,使他们有能力去行动,特别是在微观政治的层面,而且大众可以通过这种行动,来扩展他们的文化空间,以他们自己的爱好,来影响权力在微观层面的再分配。(《理》:169)

大众文化的进步作用使它能够对社会变革起到推动作用。费斯克认为,有两种不同的社会变革模式,分别是激进模式和大众模式。激进的社会变革模式

---

① Sally Munt, *Murder by the Book? Feminism and the Crime Novel*, London: Routledge, 1994, p.199.

也就是革命,而大众模式是一种持续进行的过程,旨在维系体制中大众自下而上的权力。"它缓和了权力激烈的两极对立,使弱势者获取一定的权力,并维持他们的自尊与身份认同。它是进步的,但并非激进的。"(《理》:196)

费斯克认为通俗文学具有微观政治的革命性的观点,与利维斯的文化精英主义以及法兰克福学派的马尔库塞等人对通俗文学的批判视角正好截然相反。利维斯认为文化始终是少数人的专利,大众文化对精英文化的侵蚀,只能造成文化的衰败。利维斯主义的拥趸们认为通俗小说带给读者的仅仅是一种虚假的心理安慰:"这种心理安慰……是创造力的对立面,因为通俗小说并不会使读者精神焕发、热爱生活,相反,却让他们对生活更加不适应。读通俗小说的人往往逃避现实,拒绝面对生活的真相。"[1]

利维斯夫人指责通俗小说的读者为"沉溺于谎言的瘾君子",而言情小说会滋生一种"做白日梦的习惯,并导致真实生活的失调"。读这些小说是自轻自贱的行为,而更为糟糕的是这种成瘾性"营造了一种对志向高远的少数人极为不利的社会环境……真实的感受和富有责任心的思考受到了阻碍"[2]。

当利维斯主义在哀叹文化精英的衰落时,法兰克福学派的马尔库塞则认为大众文化体现了大众对权力的遵从,阅读通俗文学的大众成为文化工业所操纵和蒙蔽的对象,"因此就产生了一种单向度的思维与行为模式,那些试图超越既有话语和行为范畴的观念、愿望和理想,要么被摒弃,要么被纳入现存的体系"[3]。

不管是利维斯的文化精英主义论调,还是马尔库塞认为文化工业阻碍了政治理想的观点,都是带有道德和主观色彩的批判,而不是一种历史的描述和客观的研究。也正是这种客观性和历史性的缺乏使他们很少正面和客观地描述和定义文化。在《解读大众文化》一书中,费斯克把"文化"理解为"生产关于来自我们的社会经验的意义的持续过程,并且这些意义需要为涉及的人创造一种社会认同"[4]。文化是感觉、意义与意识的社会化生产与再生产;而且文化总是处于生成的过程中,是将经济领域与政治领域联系起来的意义领域。

当代西方资本主义社会的统治方式已经不再是通过暴力,而是通过宣传、通

---

[1] F. R. Leavis and Denys Thompson, *Culture and Environment*, Westport Connecticut: Greenwood press, 1977, p.100.
[2] Q. D. Leavis, *Fiction and the Reading Public*, London: Chatto and Windus, 1978, p.74.
[3] Herbert Marcuse, *Negations: Essays in Critical Theory*, Boston: Beacon Press, 1968, p.27.
[4] 约翰·费斯克:《解读大众文化》,杨全强译,南京大学出版社,2001年,第1页。

过其在精神和道德方面的领导地位,让广大民众接受一系列的法律规定或者世界观来达到其统治的目的,这就是安东尼奥·葛兰西(Antonio Gramsci)所说的"文化霸权"。在葛兰西看来,新的统治集团要维持统治,不能依靠暴力,也不能依靠一方对另一方简单的强制性灌输,而是必须行使建立在市民社会基础之上的意识形态和文化的领导权,依靠教育、宣传等手段,逐渐地改变群众的心理结构,用思想改造思想,各个击破、瓦解原有的统治阶级的文化,才能为夺取最后胜利创造必要的前提和基础。通俗文学具有易懂性、时代性以及制造幻想、平稳心理等特点,具有不可忽视的文化学、社会学和社会心理学的价值和意义。通俗文学通过大量刊发、广泛传播的形式,能够占据阅读市场、吸引为数众多的读者,为意识形态的转变创造坚实的群众基础。因此,葛兰西认为通俗文学是新文学的极其重要的组成部分,是精神、道德革新的表现,只有从通俗文学的读者当中,才有可能挑选出为建立新文学的文化基础而必备的足够数量的公众,在这块最能影响广大群众的思想和心理的领域中除旧布新,推翻资产阶级的"文化霸权"。整体地看,这个理论将传统文化评价体系中的等级观念消解、悬置了,文学的价值评判标准从对文学本身的格调、品位、素质转移到了关注文学的社会功能,把文学作为社会实践的实验场域,使文学成为政治的策略通道。

费斯克的文化理论借鉴了葛兰西的"文化霸权"思想,并强调了微观政治的社会变革潜能。他认为,即便是最微观的微观政治,比如在内心的幻想世界中逃避意识形态的殖民势力,也会起到社会变革的作用。它们虽然不能导致宏观或微观层面的社会行动,但却会建构这种行动所必需的心理与思维基础。费斯克甚至认为,同先锋艺术在宏观层面的政治效果相比,大众文化在微观层面的进步性效果要显著得多,这一论点得到了许多评论家的认同。伊安·昂指出:"读者阅读时产生幻想,而幻想的游戏性和试用性,使其具有产生虚构的自我的潜能。制造和消费幻想要求与现实做游戏,人们可以感觉到幻想是'自由的',因为它是虚幻的,而不是真的。在幻想的游戏中,我们可以装扮各种角色而不用担心它们的'现实价值'。"[①]

反观女性主义运动的历史,当女性主义运动进入第二次浪潮之后,妇女所要求的不再是通过社会革命的激烈方式来实现女性的权利和自主。从 19 世纪晚

---

[①] Ien Ang, *Watching Dallas: Soap Opera and the Melodramatic Imagination*, London: Methuen, 1985, p.132.

期持续到20世纪20年代的女性主义运动第一次浪潮的核心,是女性要求获得与男性平等的选举权、受教育权和财产权,而第二次浪潮则冲击了女性生活的更多层面,"女性的生育、性、子女抚养、家庭角色分工和家庭暴力等新私人生活方面的问题都被纳入了女性主义讨论的议程,其探讨的主题包括重塑历史、尊重人类生活及其尊严、否定特权等级的观念以及珍视女性视野和女性经验等"①。与第一次浪潮相比,女性主义者所关注的问题更个体化、精神化,因此她们表达女性思想的方式就更多地表现在微观政治方面。其中的一个途径,就是借助通俗文化的影响力,传播女性主义思想。在1980年的一个访谈中,马克思主义者和女性主义者米歇尔·巴雷特(Michele Barrett)说,"女性主义者试图影响大众传媒,以获得更广泛的拥护"。她反对精英主义把大众媒体看作是保守的逃避主义的看法,并提出两方面的进展:一是女性主义先锋作家努力创造女性语言,二是女性主义者朝大众文化进军,"相对而言,一个大范围内的小变化和一个小范围内的大变化有同样重大的意义。电视肥皂剧催生变化的可能性至少和政治教育剧催生变化的可能性一样大"②。

正如安·克兰尼·弗兰西斯(Cranny-Francis)在《女性主义小说:女性主义者对通俗小说的应用》(*Feminist Fiction: Feminist Uses of Generic Fiction*)中所总结的那样,"女性主义为什么要选择通俗小说为操作对象的原因,和人们形容这类小说的词汇有关——大众化"③。对一名女性主义宣传者来说,运用一种已占有巨大市场的小说形式是明智而有效的行为。女性主义通俗小说家的共同目标,就是为通俗小说的传统读者群提供一个全新的阅读视角,使女性主义能够进入更多读者的视野,从而以微观政治的途径改变女性的生存境遇。

## 四、结语

在文化的民主化进程中,女性主义者认为她们有发表观点、改变文化的需要,而尝试挪用通俗文化和通俗小说作品是其策略的一部分。当我们把女性主

---

① Janice McLaughlin, *Feminist Social and Political Theory*, New York: Palgrave Macmillan, 2003, p.1.
② Michèle Barrett, "Feminism and the Definition of Cultural Politics," in Rosalind Brunt, ed, *Feminism, Culture, and Politics*, London: Lawrence and Wishart, 1982, p.37.
③ Anne Cranny-Francis, *Feminist Fiction: Feminist Uses of Generic Fiction*, New York: St. Martin's Press, 1990, p.2.

义通俗小说放入当代文化发展背景中进行考察,就可以发现它已经超越了作为文化形态的传统定义,成为社会意识形态、权力结构、话语制度的文化创造和表达的新方式——那就是以灵活开放的方式改造传统文化和传统价值观念的单一通道,从而致力于自由、平等和多元的当代文化和当代政治命题。作为一种"生产者式的文本",女性主义通俗小说不仅在作者身上体现了进步性和创造性,并且通过改变读者的阅读内容或阅读习惯激发读者重塑自我,使女性主义通俗小说在推进女性主义文学本身建构的同时,利用大众的阅读趣味,侵袭和干预传统文化生态,改变单一的父权文化的生态格局,从而对未来文化产生影响,至少是想象性地开辟出新的文化生存空间。

 **方法谈:**

## 选题背景与写作要点

我在 2008 年前后,对女性主义通俗小说(又称女性主义类型小说)这个题目产生了比较浓厚的兴趣,有好几个原因:第一是我和朋友曾对女性为何爱看言情小说这个问题产生过争论;第二是我在美国加州大学伯克利分校访学期间,曾参与女性文学的研讨会,对美国女性文学发展的历史给予了较多关注;第三是当时国内关于这个题目的学术论文和著作比较少,这促使我开始搜集和阅读国外相关研究资料。

女性主义类型小说是英美文学界中颇具革新精神的领域,于 20 世纪七八十年代在美国和英国得到大规模发展。当时女性主义小说出现了探索通俗类型小说的分支,通过对传统类型小说进行挪用和戏仿,引发了具有自我觉醒风格和反叛意识的女性主义言情小说、侦探小说、乌托邦小说、童话故事的创作浪潮。在几种分支当中,我最初感兴趣的是革命性和颠覆性最为明显的女性主义科幻小说。由于真正的两性平等还未实现,女性主义者在理论上和小说中建构没有性别压迫的理想社会模型。随着女性主义运动第二次浪潮的高涨,女性主义乌托邦小说达到了前所未有的兴盛期,出现了许多具有广泛影响力的作家和作品,而研究这些小说中的性别建构,能够比较全面地反映女性主义的理论和主张。同时,我发现在中国现当代文学发展历史上,并没有像在美国那样出现相当数量的女作家积极创作乌托邦小说的现象。这种差异性,也是激发我进一步探究的动力。

我撰写的第一篇关于女性主义科幻小说的论文完成以后,得以顺利发表,这让我备受鼓舞,于是我开始更为全面地考察女性主义类型的发展情况。《作为"生产者式文本"的女性主义通俗小说》这篇论文,是我对女性主义类型小说的理论价值和文化价值进行批判性思考的成果。我注意到学界很多人对类型小说持否定态度,他们的主要理论资源是法兰克福学派对文化工业的批判。法兰克福学派将类型小说看成是大众文化工业的产品,认为其内容保守、俗套,迎合消费市场,维护现有秩序,无法承担艺术对现实的超越功能。然而,也有一些学者对上述观点提出过质疑,反对以精英主义和文化贵族的心态去看待大众文化。在众多反对法兰克福学派的声音中,约翰·费斯克的理论是最为突出的。作为20世纪80年代在大众文化研究方面最有影响力的人物之一,他尝试重新理解、描述大众文化的运作方式,建立不同于法兰克福学派的大众文化理论。我在分别梳理了学界对类型小说的否定性理论和肯定性理论之后,发现费斯克本人并没有对女性主义类型小说进行过论述。那么,我是否可以借鉴他的观点,去分析女性主义类型小说的特殊表现形式和文化价值呢?这成为我写作此篇论文的灵感。在阅读费斯克的专著时,我不断寻求他的理论与女性主义类型小说之间的关联与契合之处,拟定了论文提纲,并提醒自己在论文写作中尽力做到以下几点。

第一是主题要有新意。从费斯克的理论看待女性主义类型小说,是一个新的话题。

第二是内容要反映时代发展趋势。打破文化的高低界限,是后现代文化的一个重要特征;而女性主义类型小说,是女性主义思潮与后现代主义文化相结合的产物。在20世纪七八十年代,随着女性运动的深入开展和后现代主义文化的广泛影响,类型小说这种被传统的文学批评所排斥,特别是被左翼文学贬低为大众化、保守化的文学形式,开始被女性主义者重视和运用,并蓬勃发展为一个重要的文学类型。

第三是论点要有一定的启发性或者颠覆性。与法兰克福学派采用的文化精英主义立场不同,费斯克在一定程度上站在了大众一边,更侧重于从抵抗的角度去论述包括类型小说在内的大众文化的颠覆功能。他反对文化精英主义者们把群众视为缺乏头脑的、被操纵的、被麻醉的"文化笨蛋"的态度,突出地强调了大众的主动性以及文化辨识力、生产力和创造力。而女性主义类型小说家有意识地借用类型小说所具有的大众性躯壳,采用创新性的写作手法传播女性主义思想,为传统类型小说注入了时代性和反叛性,成为非常适合女性主义的一种政治策略。

第四是论文探讨的问题要有实践意义。对女性主义作家来说,运用一种已经占有巨大市场的小说形式,是一种明智而有效的行为。女性主义通俗小说家的共同目标,就是为通俗小说的传统读者群提供一个全新的阅读视角,使女性主义能够进入更多读者的视野,以微观政治的途径改变女性的生存境遇。

文学论文写作是一个厚积薄发的过程,我的体会主要可以归纳为以下几点。首先,要有积极的、批判性的思维习惯。如果始终保持鲜活的思想状态,那么生活中的每一次阅读和讨论都可能成为激发自己写作灵感的一个小火花。同时,要对任何一种学术观点都保持警惕,尽量辩证地、全面地分析问题。其次,对一个问题的思考要由浅入深、由点到面,渐成体系。经过一段较长时间的浸入式研究之后,就会有柳暗花明之感,从而开启新的视角,有时甚至会有意外的惊喜和收获。最后,对文字要有敬畏之心。论文初稿完成之后,需要反复、细致地修改论文的每一处细节和措辞,使论文言之有据、表达贴切。

# 生活首先必须关注心智

## ——《瑟尔萨》中的文化之旅\*

应 璎\*\*

**内容提要**：在英国19世纪后期作家乔治·吉辛的小说《瑟尔萨》中，男主人公似乎颇受批评家的青睐，而小说题目所指的女主人公瑟尔萨·特伦特却未能得到足够的重视。这似乎与吉辛以瑟尔萨作为小说题名的初衷相悖。如果我们细考小说中多处出现的瑟尔萨的面貌描写，就可对吉辛的初衷了然不惑。小说旨在将瑟尔萨的容貌变化作为小说结构的一条主线，充分展现其心智发展过程和生活状态，从而质疑工具理性主宰下的现代生活。该主线与以男主人公为中心的另一条主线交织在一起，从文化的视角揭示生活必须关注心智培育，并且向我们提供了一幅美好的生活愿景。

**关键词**：《瑟尔萨》；乔治·吉辛；容貌；心智；生活

在新近问世的一部传记中，保罗·戴勒尼指出乔治·吉辛（George Gissing, 1857—1903）小说《瑟尔萨》(*Thyrza*, 1887) 的题目取自拜伦的诗歌《致瑟尔萨的挽歌》(*Elegy to Thyrza*)。戴勒尼此说有待进一步商榷[①]。不过，他首次就小说题目提出了一个重要问题：吉辛为什么要选择女主人公瑟尔萨·

---

\* 原载《外国文学研究》2016年第1期，第100—118页。本书收录时略有修改。

\*\* 应璎，文学博士，杭州师范大学外国语学院教授、硕士生导师，剑桥大学访问学者。主要研究方向为英美文学与文化。在《外国文学研究》等期刊上发表学术论文十余篇，出版专著《现代化进程中的作家生存危机：乔治·吉辛小说研究》（中国社会科学出版社，2019年）。主持国家社科基金项目2项。

联系方式：杭州师范大学，邮编：311121。Email: yingying@hznu.edu.cn。

① 保罗·戴勒尼称，吉辛不可能知道瑟尔萨的原型是拜伦在剑桥读书时爱上的一个男孩，以为是一位美丽温柔却不幸早逝的姑娘，所以借用瑟尔萨的名字来作为小说题目（参见 Paul Delany, *George Gissing: A Life*, London: Weidenfeld & Nicolson, 2008, p.111, 391）。由于尚未有证据表明吉辛是否了解拜伦诗歌原型一事，所以上述解释有待证实。

特伦特的名字作为小说的题目？或者说，为什么瑟尔萨是小说的中心人物？令人费解的是，已有研究很少将瑟尔萨视为小说的中心人物，反而着重关注男主人公沃尔特·爱格蒙特①。即便在论及瑟尔萨时，批评的焦点也往往转向其与男主人公之间的爱情②。当然，从小说的表层结构上看，注重男主人公的做法似乎并无不妥。自小说第一章起，爱格蒙特就已露面，而且小说亦是在其言谈中结束，确实是一个贯串整本小说的人物。反之，瑟尔萨则未能自始至终地出现在小说中。迟至第四章，她才正式登场；更加出乎意料的是，在倒数第二章中，她就早早地离别人世，貌似小说中的一个匆匆过客。

然而，吉辛对小说题目的选择绝非随意之举。从他的家书中看，他在写作过程中对小说题目做出了反复调整。在写小说的第一部分时，他就写信告诉妹妹玛格丽特，小说将取名"瑟尔萨"③。三个月后，在另一封家书中，他透露新书可能被叫做"理想主义者"（*Collected Letters*：59）。等到小说第二部分快完成时，他写信给他的另一个妹妹爱伦，声称小说的题目将定为"瑟尔萨"（*Collected Letters*：66）。由此可见，在创作过程中，小说的重心曾一度转移到爱格蒙特这位"理想主义者"④身上。但是，作者最终还是将女主人公的名字定作小说题目。正如戴维·洛奇所说，"给作品选定一个书名是创作过程中一个重要的步骤，因为这个书名可以精练地把小说的内容提示出来"⑤。《瑟尔萨》也不例外。作者亦是通过为小说命名来提示读者，瑟尔萨才是小说的首要人物。如果我们从小说中反复出现的瑟尔萨的面貌描写入手，就会发现整本小说确是围绕瑟尔萨而展开的。小说旨在通过瑟尔萨的面貌变化，充分表现其生活状态，质疑工具理性制约下的现代生活。换言之，容貌变化构成了小说中的另一条结构主线。它与以爱格蒙特为中心的主线交织在一起，深刻揭示心智培育与生活质量的关系。

---

① 相关的论述可见 *The Paradox of Gissing*，*Gissing in Context* 等书。其中最具代表性的论述有两个：该小说就是"爱格蒙特的故事"（参见 John Goode, *George Gissing: Ideology and Fiction*, London: Vision Press, 1978, p.100）；"位于《瑟尔萨》中心的是爱格蒙特本人"（参见 John Halperin, *Gissing: A Life in Books*, Oxford: Oxford University Press, 1982, p.91）。

② 参见 John Sloan, *George Gissing: The Cultural Challenge*, New York: St. Martin's Press, 1989, p.69. John Sloan 认为，两者的关系反映了"阶级间不可逾越的差距和永久的差距"。后文出自同一著作的引文，将随文标出该著作简称"*George Gissing*"和引文出处页码，不再另注。

③ George Gissing, *The Collected Letters of George Gissing*, vol. 3, Athens: Ohio University Press, 1992, p.39. 后文出自同一著作的引文，将随文标出该著作简称"*Collected Letters*"和引文出处页码，不再另注。

④ 小说中，爱格蒙特的教育计划过于理想化，因而被他的朋友称作"理想主义者"。

⑤ 戴维·洛奇：《小说的艺术》，卢黎安译，上海译文出版社，2010年，第230页。

## 一、从"病态"的"甜美"到"无法言说的甜美":瑟尔萨的生活旅程

弗朗西斯科·玛洛尼曾指出,《瑟尔萨》一书呈现一种三重结构,反映了瑟尔萨的"存在旅程"(existential journey),即从"天真"到"体验"再到"赎罪"的存在过程①。小说中有三处瑟尔萨的面貌描写,恰好也反映了其存在状态的转变。它们看似孤立无涉,却都侧重描述瑟尔萨的精神状态,从精神生活的层面来体现她的存在旅程。不过,与玛洛尼的说法不同,瑟尔萨的存在旅程并非一味走向"赎罪",而是一个生活质量不断得到提高的过程。

在初次露面时,瑟尔萨给人留下的印象是"病态"的"甜美"②。一方面,叙述者精心描绘了她容貌的"甜美":她"脸上的每一根线条都显得精致、协调和甜美"(*Thyrza*:58);另一方面,叙述者用了更多的笔墨刻画了瑟尔萨"稍显病态的面相"(*Thyrza*:58)。在这段面貌描写中,首先提及的是她"无事可做"(*Thyrza*:58)地坐在家中的样子。玛洛尼注意到,瑟尔萨此时处于一个"封闭空间"之中,并且指出,作为一种"生存范式",该空间"含蓄地设定了女主人公处于一种不满足与焦躁的状态中"("*Thyrza*":8)。"不满足"和"焦躁"二词准确地定位了瑟尔萨"病态"的症状,并且揭示瑟尔萨的"病态"并非来自肉体,而是与她的精神状态有关。而且,从整段面貌描写来看,我们还可以进一步推断,叙述者意图凸显的是产生"病态"面容的原因——瑟尔萨空虚乏味的生活现状。她全然没有"对生活的自发的愉悦",既"没有要参与任何活动的念头",也"没下过决心去做什么事情"(*Thyrza*:58—59)。玛洛尼认为,此时的瑟尔萨处于"天真"(innocence)阶段,即"接受兰贝斯地区③贫穷现状"的阶段("*Thyrza*":7)。当然,从瑟尔萨的年龄来看,她当时尚不满 17 岁,的确还算是处于"天真"阶段。但是,在整本小说中,瑟尔萨从未对尚欠富足的物质生活感到过苦恼。其"病态"实乃延续了约翰·斯图亚特·密尔在 20 岁时所遭遇的困境。她似乎也在自问

---

① Francesco Marroni, "'Thyrza': Gissing, Darwin and the Destinies of Innocence," *The Gissing Journal* 3(1998), p.7. 后文出自同一著作的引文,将随文标出该著作简称"Thyrza"和引文出处页码,不再另注。

② George Gissing, *Thyrza*. Brighton: Victorian Secrets Limited, 2013, p.58. 后文出自同一著作的引文,将随文标出该著作"*Thyrza*"和引文出处页码,不再另注。

③ 小说中瑟尔萨居住的地区。

同样的问题——"如果生活中所有的目标都实现,……这是巨大的喜悦和幸福吗?"①她的精神困境令其面容中缺失了花季少女应有的生气和活力。因此,她的生活质量并没有随着物质生活的改善而提高,反而令人担忧。

后两处的面貌描写相继出现在瑟尔萨不幸去世之后,折射出截然不同的生活质量。首先,在她刚去世以后,小说中有一段简短的面貌描写。她的脸上"没有丝毫的痛苦",只见一种"安宁的、没有瑕疵的美"(*Thyrza*:520)。此处叙述者除了依旧赞赏瑟尔萨的美貌,更加关注的仍然是她的精神状况。"安宁"一词提示,她在去世前不再"焦躁"和"不满足",而是摆脱了起初那种精神"病态"的生活。之后不久,在爱格蒙特观看瑟尔萨的遗像时,又有一处容貌描写。这是一幅知名画家在瑟尔萨刚去世时为其画的遗像。叙述者似乎全然无视瑟尔萨的美貌,而是着力渲染了遗像中所透露的生机。最概括的一句就是:"在寥寥几笔的粉笔线条中,瑟尔萨活过来了"(*Thyrza*:531),展现了遗像中虽死犹生的魅力。可见,瑟尔萨并非如帕特里克·布里奇沃特所言,"最终否定了生命意志"②,而是洋溢着生命与希望。所以,叙述者最后告诉读者,瑟尔萨的脸上有着一种"无法言说的甜美"(*Thyrza*:531)。它与瑟尔萨第一次露面时的"甜美"形成强烈反差。后者是一种外在的形态美,属于"典型的美"③;前者"无法言说"的特征则表明它已经超越了外在的美,进入了内在精神层面,是一种内外结合的完美。总之,无论是"安宁的美"还是"无法言说的甜美",瑟尔萨的遗容都揭示了这样一个事实:在她短暂的生命中,她的精神生活得到了充实,整体生活质量因此得到了显著提高。

上述三处瑟尔萨的容貌描写实际上构成了小说结构的另一条主线,既揭示了她的"存在旅程",也反映了她从空虚走向充实的生活状态。而且,生活状态的转变隐含了一个重要的文化命题,即精神生活与生活质量的关系。从小说的创作年代来看,关于该命题的探讨有着积极的社会意义和文化意义。

其一,叙述者在瑟尔萨的面貌描写中植入了现代社会关于生活质量的转型焦虑。作为构成生活质量的一个组成部分,精神生活是当时的一个重要社会问题。据理查德·奥尔提克考察,"在维多利亚时代,人民大众的生活质量首次成

---

① John Stuart Mill, *Autobiography*, Rockville: Wildside Press, 2008, p.89.
② Patrick Bridgwater, *Gissing and Germany*, London: Enitharmon Press, 1981, p.54.
③ 约翰·罗斯金:《现代画家2》,赵何娟译,广西师范大学出版社,2005年,第178页。

为一个紧迫的社会问题"①。自启蒙运动以来，工业化的发展对人们的生活产生了巨大影响。到了维多利亚时代，工业化极大地改善了人们的物质生活条件。但是，机器生产的浪潮同时也推动了工具理性的蔓延。当理性蜕变成工具理性时，它排斥人文理性，鼓吹狭隘的实用和物质至上的教条，反而囚禁了人类的精神生活，由此引发了社会对人类总体生活质量的普遍关注。在此背景下，瑟尔萨生活质量的改变就具有了非同寻常的社会意义。一方面，在这本吉辛自称是"包含伦敦工人阶级生活的精神状况的书"（*Collected Letters*：48）中，关于瑟尔萨和她周围的工人们的生活描写以吉辛的长期观察为基础，真实反映了当时工人的生活质量。随着物质生活条件的提高，他们的精神却愈加贫乏。在空余时间里，他们要么去酒吧喝酒消磨时间，要么翻看一些低俗读物，过着空虚的生活。当有机会参加免费的文学讲座时，他们或是断然拒绝，或是勉强参加。虽然瑟尔萨没有参与上述活动，但是她无所事事的"病态"面容也同样是精神空虚的表现之一。借用托马斯·卡莱尔的话说，他们"不仅双手变得机械，连头脑和心灵亦是如此"②。换言之，他们的生活染上了机械病，陷入精神异化的生活之中。另一方面，瑟尔萨"病态"面容所隐含的"不满足"则对整个现代生活质量提出了质疑。即使是瑟尔萨最亲密的姐姐利迪娅也认为，瑟尔萨的精神诉求"缺乏生活所要求的实用特性"（*Thyrza*：72）。虽然利迪娅也是一名女工，但是她的看法反映了包括工人阶级在内的整个社会对精神生活的普遍态度。约翰·斯洛恩就指出，与吉辛的另一本工人阶级小说《德莫斯》（*Demos*，1886）不同，《瑟尔萨》"不再把物质唯上和工业主义的出现归罪于工人大众"（*George Gissing*：69）。小说中大部分中产阶级在评论爱格蒙特的文学教育计划时，也发出了与利迪娅相似的声音。他们利欲当先，认为实用性可以凌驾于一切生活之上。一如约翰·海尔佩林所言，小说"大量讲述了城市生活质量的问题"③。因此，瑟尔萨对莉迪娅针锋相对地反问："生活从来没有任何变化。你怎么可能日复一日地如此快乐？"（*Thyrza*：75）这一问无疑是在斥责工具理性苛求下的现代机械刻板的生活，并且宣告无视精神追求的生活不可能是高质量的生活。

其二，容貌描写中对"甜美"一词的强调，彰显了瑟尔萨生活质量提高的文化意义。如果说其生前的外貌"甜美"属于"天真"的存在阶段，那么其死后"无法言

---

① Richard Altick, *Victorian People and Ideas*, New York：W. W. Norton, 1973, p.238.
② Thomas Carlyle, *Selected Writings*, London：Penguin Books, 1971, p.67.
③ John Halperin, *Gissing: A Life in Books*, Oxford：Oxford University Press, 1982, p.93.

说的甜美"则远非玛洛尼所称的"赎罪"阶段,而应如约翰·古德所言,是"神化"(apotheosis)阶段①。这种内化的"甜美"令人联想起马修·阿诺德的"光明与甜美"一说。事实上,小说中就直接地提到了"光明与甜美"。在介绍另一工人乔·伯恩斯时,叙述者就指出,对于这位饱受"时代精神"所毒害的人而言,"非实用的甜美与光明是一剂无力的解药"(*Thyrza*:193)。正像玛洛尼所说,这里提及阿诺德的光明与美好"并非巧合"("Thyrza":17)。"非实用"一词与上述利迪娅等人对生活"实用特性"的膜拜形成呼应,既指出实用至上的观点盛行一时,更强调只有对像瑟尔萨一样注重精神追求的人来说,"光明和甜美"才是时代的解药。此处实用的"时代精神"指向盛行于19世纪英国的功利主义。它源于理性之畸变,推行"幸福微积分"的概念②,认为人类幸福同样具有物质性,可以精确测量。上述工人们的业余生活表明,此等机械幸福观渗透于社会生活的各个层面,使人们身处物质陷阱中而不知自拔。瑟尔萨脸上的"不可言说的甜美"则暗示,她秉承了阿诺德在《文化与无政府主义》中倡导的"光明与甜美"的精神,拒绝尾随众生,欲与物质唯上的时代精神相抗争。该书中有一个关于文化的定义,即"世界上最优秀的思想和知识"③。它注重"心智和精神的内在状况"④,与机械和物质文明相对峙。据此,瑟尔萨对"甜美和光明"的追求也就有了阿诺德式的文化意义。更重要的是,它超越了文化作为"心智的普遍状态或习惯"⑤这一层面的内涵。这是因为到了瑟尔萨所处的19世纪后期,文化又获得了一种新的含义,即"包括物质、智性、精神的整体生活方式"⑥。她的"不可言说的甜美"是外貌"甜美"与内在"甜美"的综合体,体现了上述三个方面的生活方式。亦可说,瑟尔萨精神追求的文化意义在于它既挑战了整个时代将实用奉为唯一行事原则的生活方式,也深化了如何应对文化危机的思考。

## 二、瑟尔萨的眼睛:"永久的书"与生活

瑟尔萨的容貌变化不但直接反映其生活质量提高的事实,而且提示了一个

---

① John Goode, *George Gissing: Ideology and Fiction*, p.102.
② Roland Stromberg, *An Intellectual History of Modern Europe*, Englewood Cliffs: Prentice-Hall, 1975, p.253.
③ 马修·阿诺德:《文化与无政府状态》,韩敏中译,生活·读书·新知三联书店,2002年,第31页。
④ 马修·阿诺德:《文化与无政府状态》,第11页。
⑤ 雷蒙·威廉斯:《文化与社会》,高晓玲译,吉林出版集团,2011年,第4页。
⑥ 雷蒙·威廉斯:《文化与社会》,第4页。

更加重要的文化问题，即她的生活质量是如何提高的，或是如何从外貌"甜美"抵达整体"甜美"的。这个问题涉及玛洛尼所说的瑟尔萨"存在旅程"中的第二阶段——"体验"的阶段。它关乎生活的具体过程，比最终的结果更具现实意义。不过，戴安娜·莫尔兹把瑟尔萨的胜人之处归结于生物学的原因，即她的母亲曾是一名教师①。但是，在上述容貌变化中，至少有两处细节表明，生物遗传远非影响瑟尔萨生活的主要原因。它们分别是她的眼睛和嘴唇，在小说中多次出现，与上述结构主线暗中应和，共同揭示心智培育实乃促使瑟尔萨生活质量提高的根本原因。

在小说首尾两处，瑟尔萨的眼睛透露出不同的神情。初次露面时，瑟尔萨拥有一双"充满光泽的大眼睛"(*Thyrza*：58)。不过，只需对照她的整体"病态"面容，我们就不难发现，她眼睛里的光泽只是一种表象。她的脸上不但缺少生气，而且使人觉察到她有一种说不出的烦恼。当被问及究竟是什么困扰着她时，她就回答"我感到无聊"(*Thyrza*：60)。虽然她一再表示，她"应该去看看新的地方"，"想了解一些东西"(*Thyrza*：75)，但是，"无聊"一语表明，即便她渴望摆脱僵化的生活，她还是找不到未来生活的方向。由此可见，她眼神迷茫是有深刻原因的。与之相反，她的遗像却呈现出截然不同的眼神。她的眼睛"热切地"看到了"一些能够剧烈唤起她的存在的东西"(*Thyrza*：531)。此处的"存在"既是海德格尔所寻求的人的存在意义，亦是沃特·佩特(Walter Pater)所说的"生活的目的"②。显然，瑟尔萨在临终前已经找到了改变生活的途径，同时也重新获得了少女的生机和活力。

那么，瑟尔萨眼中看见的到底是什么呢？小说中间还有多处关于眼睛的描写。它们与上述两处的眼神变化相呼应，揭示那种"剧烈唤起她的存在的东西"正是心智的培育。当瑟尔萨的眼睛看见邻居吉尔博特·格雷尔家中的书橱时，她开始萌发心智培育的意识。格雷尔的起居室里摆放着一个六英尺高的书橱，里面装的不是一般大众阅读的廉价书刊，而是历史、传记、诗歌和小说等方面的书籍，传递着阿诺德所说的"世界上最优秀的思想和知识"③。它们"给她留下强烈印象"，"在她眼里，这些书就是一个不同寻常的图书馆"(*Thyrza*：83)。对

---

① Diana Maltz, *British Aestheticism and the Urban Working Classes, 1870-1900*, New York: Palgrave Macmillan, 2006, p.189.
② Walter Pater, *Appreciations, with an Essay on Style*, Rockville: Arc Manor, 2008, p.38.
③ 马修·阿诺德：《文化与无政府状态》，第 31 页。

于 19 世纪七八十年代的女工瑟尔萨而言,上述反应正是"强调了她缺少教育"[①]。受益于 1870 年教育法案,这个时代的工人大都能够识字。但是,该法案仍然是工具理性的产物,其目的是培养能够操作机器的工人,让英国跟上世界工业竞争的步伐。根据 1872 年《教育法规修订本》中列举的教育标准,此类教育仅涉及阅读、写作和算术三个方面。阅读的最高标准只是能够流利朗读报纸上或其他现代记叙文中的一小段文字[②]。这种教育制度教授的是作为科技交流工具的语言,却忽视了心智的培育。当瑟尔萨的眼睛在书间移动时,她的心中产生了"一种敬畏的感觉"(Thyrza:83)。换言之,这些传递着"诗意语言"的书籍如同阿诺德笔下的雷电[③]激发了瑟尔萨的"存在意志"[④]。她的眼神表明,她开始意识到在书中有着"某些远离单调生活的东西"(Thyrza:72),能够改变她的生活方式。随后,在格雷尔的引导下,她通过阅读"永久的书"[⑤]这一心智培育行动来充实生活,提高生活质量。从此,瑟尔萨进入了"存在旅程"的第二阶段——"体验"("Thyrza":7)的阶段。

与瑟尔萨的眼睛形成鲜明对比的是其他几双陷入精神沉沦的眼睛。以参加爱格蒙特文学讲座的工人们为例。唯利是图的工头鲍尔的眼睛"又小又精明"(Thyrza:106)。在听讲座时,他的眼睛却瞪得跟猫头鹰一般大(Thyrza:109),清楚地表明他无法理解讲座的内容;约瑟夫·伯恩斯的眼睛同样透露出他在理解文学作品方面的困难;其他的几双眼睛则要么鬼鬼祟祟地偷看手表,要么在教室里漫无目的地扫动(Thyrza:107)。这些眼神一致表明,虽然当事人接受了教育法案推行的教育,但是仍然处于"半文盲"(George Gissing:69)阶段。1870 年教育法案在 20 世纪前培养了大量能够读写的人,其人数在总人口中所占的比例超过了英国历史上的任何时期[⑥]。在 19 世纪后期的教育家眼中,这种普遍教育将会"对整个民族的文化转变产生不可思量的结果"[⑦]。但是,上

---

① Gillian Tindall, *The Born Exile*, New York: Harcourt Brace Jovanovich, 1974, p.91.
② 详见 Elementary Education Act 1870, http://en.wikipedia.org/wiki/Elementary_Education_Act_1870#Effects_of_the_Act (accessed 20/07/2012).
③ 马修·阿诺德在《被埋葬的生活》(*The Buried Life*)一诗中描写了一种诗性感受:"一道霹雳回击我们的胸膛,/情感的脉搏重新开始跳动。"
④ Roland Stromberg, *An Intellectual History of Modern Europe*, p.463.
⑤ 约翰·罗斯金:《芝麻与百合》,翟洪霞、余艳译,外语教学与研究出版社,2010 年,第 17 页。后文出自同一著作的引文,将随文标出该著作简称《芝》和引文出处页码,不再另注。
⑥ P. J. Keating, *The Haunted Study: A Social History of the English Novel 1875-1914*. London: Secker & Warburg, 1989, p.40.
⑦ P. J. Keating, *The Haunted Study: A Social History of the English Novel 1875-1914*, p.4.

述工人们听讲座的态度显示,就作为"整体生活方式"的文化而言,这种貌似进步的转变却利弊交杂。此类教育只重实用价值,传授的价值观念仅仅重视那些可以衡量和计算的东西。它工具理性唯上,压抑智性,封闭心灵。小说中大多数的工人仍然属于"未受教化"的人(*Thyrza*:213),"正从机器操作者沦为机器本身"①。面对失掉价值尺度的世界,他们的生存意义模糊,意识不到心智发展可使他们再次找到生活的意义。他们很快就退出讲座,重回以往的空虚生活。伯恩斯就不加辨别地把世俗化的宗教册子带回家,并给自己的孩子看;拒绝参加讲座的鲁克·阿克罗尔德则走到极端,只愿意购买机械类书籍,排斥文学,甚至还认为爱格蒙特的文学讲座是另一种"镇压工人运动的保守疗法"(*George Gissing*:71);其他女工则痴迷于一些廉价的低俗杂志。总之,他们或是割裂传统,失去精神依托,或是沦为科技理性的附庸,抑或是成为工具理性蔓延后高涨的低俗趣味的俘虏。可以说,他们的眼睛处于柯尔律治所描述的那种精神麻痹的状态:"有眼睛,却看不见";他们的生活则深陷"有心灵,却捕捉不到感受和理解"②的状况。

值得注意的是,上述关于眼睛的描述与男主人公爱格蒙特的教育计划同时展开,揭示了心智教育对生活的重要性。爱格蒙特援引了约翰·罗斯金的名著《芝麻与百合》作为他的教育计划的指导思想,在工人中开展文学讲座,倡导心智培育。瑟尔萨的积极回应恰好契合了罗斯金在此书中所倡导的"提高人生品质"(*Thyrza*:79)一说。她通过在业余时间阅读"永久的书"(《芝》:17),拥有"强大的心灵和心智"(《芝》:79),领悟人生,实现提高人生品质这一目标。如果说那些机械的眼睛说明此类教育计划难逃失败的厄运,那么瑟尔萨满怀敬畏的眼睛则表明她不但间接介入了爱格蒙特的计划,而且为实现他的理想提供了一种可能。从此,她的"存在旅程"开始启航,驶向"光明与甜美"的彼岸。

## 三、瑟尔萨的歌声:音乐与生活

瑟尔萨面容中另一个值得关注的细节是嘴唇。在她去世后,叙述者首先提

---

① John Ruskin, *On the Nature of Gothic Architecture: and herein of the Functions of the Workman in Art*, London: Smith, Elders, 1854, p.9.

② Samuel Coleridge, *Biographia Literaria, or, Biographical Sketches of My Literary Life and Opinions*, Princeton: Princeton University Press, 1983, p.7.

及她的嘴唇,"(她的)双唇自然闭合,似乎还要张开歌唱"(*Thyrza*:520)。这一细节看似轻描淡写,可是在简短的遗容描述中显得格外醒目。它既表现了瑟尔萨对音乐的热爱,又与她生前此起彼伏的歌声互相交织,展现其生活变化和心智发展的另一方面——音乐才能的培育,再次展示她抵达"不可言说的甜美"境界之历程。

首先,瑟尔萨的歌声经常伴随着她的生活变化而出现。随着歌声的不断响起,她的生活质量一直在得到提高。在第四章中,正为枯燥生活而怨叹的瑟尔萨偶然进入一个工人慈善聚会,并被邀请演唱。她虽然心中有不少顾虑,但是在张嘴歌唱时,竟然陶醉于其中,逐渐进入忘我的境地。她蓦然发现,音乐能够帮助她获得无功利的快感,使她从单调的机械生活中得到解脱。恰如这一章的标题"瑟尔萨歌唱"所示,歌声是她生活中的一个重要部分。

在第十三章"瑟尔萨再次歌唱"中,瑟尔萨的歌声与生活再次联系在一起。在走进爱格蒙特出资建造的免费图书馆中时,她低声哼唱着"完全发自内心的音乐"(*Thyrza*:174)。玛洛尼注意到这一情节。不过,他关注的是瑟尔萨单独参观图书馆的行为,认为其背后有一种无意识的动机,该动机标志着她可以摆脱社会规约及姐姐利迪娅和格雷尔的监管("*Thyrza*":18)。然而,上述情节是以爱格蒙特的视角展开的。在听到歌声之前,他既没有见过瑟尔萨,也不知道瑟尔萨独自前往图书馆。可能的情况应该如古德所认为的那样,"把爱格蒙特吸引到瑟尔萨身边的是她的声音"①。故而,这段情节的重点应是瑟尔萨的歌声。歌声充满由衷的喜悦。这种无意识的流露既与她的生活现状有关,又源自对未来生活的憧憬。一方面,阅读"永久的书"充实了她的精神生活;另一方面,她即将成为图书馆的女主人,将有机会栖居于"诗意语言"的寓所中,进一步发展心智,不断提高自己的生活质量。

当瑟尔萨的歌声在第十六章"大海的音乐"中再次响起时,她终于实现了去海边看看的梦想。对于饱受机械生活压迫之苦的瑟尔萨而言,这次海边之旅"扩大了她对世界的认识","在她的成长过程中是一个重要的时刻"("*Thyrza*":20)。更重要的是,它标志着瑟尔萨新生活的开始。在旅行中,考虑到婚期将至,又来不及赶回工厂上班,她决定辞去工厂的工作。如果说利用业余时间阅读是她为提高生活质量做出的第一次人生选择,那么辞工是她又一次为寻求存在价

---

① John Goode, *George Gissing: Ideology and Fiction*, p.102.

值做出的自由选择,象征着她彻底告别原来的机械生活,全面开启新的生活。

其次,瑟尔萨的歌声还反映出,生活质量的提高与心智发展有着密切关系。瑟尔萨在图书馆中的欢唱表明,她的心智在阅读过程中得到发展,帮助她寻找生活的意义,不再为机械的生活而感到窒息。一个典型的例子就发生在"大海的音乐"一章中。一听到海斯廷斯(Hastings)的地名,她马上联想起历史上著名的海斯廷斯战役;遥望大海对面的法国,她随即想起诺曼征服和来自法国的威廉大帝。显然,"诗性语言"的学习使瑟尔萨能够赋予无意义的世界以价值,让她从身边枯燥的事物里找到生活的乐趣。可见,良好的心智发展让她的生活状态得到改善。更加重要的是,在这次海滨旅行中,她开始萌发了另一种心智培育的决心。在听到优美的钢琴演奏后,她的目光中充满"仰慕和喜爱"(*Thyrza*:213)。对于喜爱音乐的她来说,美好的音乐向她的生活注入更多的生机和活力。这一发现不亚于她看到格雷尔书橱时所感受到的震撼,促使她开始对音乐孜孜不倦的追求。同格雷尔书架上的书一样,音乐作为另一种"诗性语言"也有助于心智培养。难得的是,即便在爱格蒙特完全放弃了他的教育计划之后,瑟尔萨依然坚持声乐学习。如戴维·格莱尔斯所言,当前者在倒退时,后者却在提高自己①。她实际上是在"追求一种自我文化的计划"②。"诗性语言"渡她于漫漫苦旅,并且赋予生活更多的文化意义。

与小说中其他人物对音乐的态度相比,瑟尔萨对音乐的追求有着特别重要的生活意义。莉迪娅和奥蒙德夫人是两位与瑟尔萨接触最多的人物。前者素来反对瑟尔萨在大庭广众之下唱歌,这正是造成瑟尔萨在聚会演唱之前顾虑重重的原因。在得知瑟尔萨当众演唱后,利迪娅大发雷霆,认为唱歌没有任何实用价值,并且要瑟尔萨保证以后不再在公众场所唱歌。奥蒙德夫人也并未真心支持她学习声乐。她是一名慈善家,专门收留穷人的孩子。她知道瑟尔萨热爱音乐,但表现冷淡,从不鼓励她学习音乐。她的这种态度很好地代表了当时中产阶级对生活的普遍态度——只知物质满足,摒弃精神诉求。可以说,无论是莉迪娅还是奥蒙德夫人,她们都是现代工具理性体系的拥趸。然而,瑟尔萨却不同,她一直对音乐表现出强烈的热情。"音乐总是震撼着她的心灵,使她渴望歌唱的欢乐。"(*Thyrza*:66)也就是说,对瑟尔萨而言,音乐是一种发自内心的体验。在

---

① David Grylls, *The Paradox of Gissing*, London: Allen & Unwin, 1986, p.145.
② Constance Harsh, "George Gissing's *Thyrza*: Romantic Love and Ideological Co-conspiracy," *The Gissing Journal* 1 (1994), p.2.

她的初次演唱中,她就体验到了音乐对生活的意义,即找到机械生活中没有的欢乐。她满腔热情,"纯洁又甜美"的声音"深深地打动了听众",让他们"沉浸在享受美好事物的气氛中"(*Thyrza*:67)。歌声颇具冲击力,言说生命的意义,呼唤人们心中久经压抑的生活激情。这种心醉神迷的体验有着酒神音乐般的力量,让她不再畏惧莉迪娅功利性的控制,在聚会上接连歌唱。从此,瑟尔萨死水微澜般的生活发生转机,久违的年轻活力被唤醒。在之后的声乐学习中,她进一步领悟到音乐与精神生活的关系,认识到"每个音符的源泉是灵魂"(*Thyrza*:431)。罗伯特·塞利格将这个学习过程视为"一个关键性的转变",并称瑟尔萨被赋予了一个"艺术家的灵魂"①。这种灵魂充满生机,充分调动她的生命力和想象力。即使生活遭遇种种坎坷,她依然能发出来自内心的歌声。她的歌声代表一种"喜悦的智慧"②,唤醒被理性世界所压抑的生命力,令美好生活成为可能。

同样需要注意的是,瑟尔萨是在爱格蒙特的教育计划失败后开始音乐学习的。她对音乐的追求依然蕴含了"提高人生品质"的动力,实际上延续了爱格蒙特那夭折的教育理想。她在音乐中进入了纯粹的审美状态,成为"一个理想化的审美天使"③。这也是爱格蒙特在文学讲座中期望的结果。她坚持不懈的审美体验让她感受到生命力的丰盈,成为她"灵魂深处的秘密"(*Thyrza*:531)。这种体验矛头直指缺乏审美的现代机械式的生活,让她超越工具理性的束缚,抵达"光明与甜美"的目的地。因此,她那张充满强烈歌唱欲望的遗容散发着俄耳浦斯④般的魅力,用歌声感染周围的人们,共同追求美好的生活。

## 四、结语:瑟尔萨的文化之旅

帕特里克·布里奇沃特曾对瑟尔萨作出如下评价:"瑟尔萨是一位叔本华式的女英雄。她的确是一个圣人,因为她最终否定了生命意志。她始终美貌,却只有在死亡中才能获得完美,而且她所受的苦难直接造就了她的完美。"⑤但是,上述容貌描写表明,虽然瑟尔萨的早逝令人惋惜,但她远非叔本华式的英雄。与爱格蒙特昙花一现的文学教育计划相比,她的生活表现出强烈的生命力。如果说

---

① Robert Selig, *George Gissing*, Boston:Twayne, 1983, p.31.
② Roland Stromberg, *An Intellectual History of Modern Europe*, p.372.
③ Robert Selig, *George Gissing*, p.31.
④ 俄耳浦斯是希腊神话中的著名歌手,能用歌声使顽石点头、猛兽俯首。
⑤ Patrick Bridgwater, *Gissing and Germany*, p.94.

爱格蒙特的失败是"一场美好意图的悲剧"①，那么瑟尔萨则虽败犹荣。她的心智发展过程既伴随爱格蒙特的教育计划展开，又在该计划失败后继续深入。它不但延续了爱格蒙特所推行的罗斯金式的教育理念，而且将心智培育的范围从罗斯金提倡的阅读扩展到音乐艺术，发扬了阿诺德所提倡的对"世界上最好的思想和言语"的追求。面对失去精神支柱的现代生活，她大发杞忧，竭力突破工具理性的封锁。即使毫无胜算，也要显示出凤凰涅槃的勇气。她的遗容昭示：她已然成长为一名"既具有文化又举止优雅的女性"②。她直面人生，又超越了人生；她的精神选择最终打动了奥蒙德夫人，后者主动邀请著名画师画下瑟尔萨的容貌。如果说爱格蒙特是"阿诺德式的文化使者"(George Gissing：80)，发起了一场"文化之旅"(George Gissing：72)，那么瑟尔萨则是坚定的文化实践者。她通过心智的培育，不断提高自己的生活质量。可以说，小说展示的既是瑟尔萨的"存在旅程"，也是作为"整体生活方式"的"文化之旅"，并且宣告生活必须关注心智培育。或许正是这一原因，吉辛才把瑟尔萨作为小说的题目，并且视其为他"曾经拥有过的或应该拥有的最美丽的梦想之一"(Collected Letters：76)。

 **方法谈：**

## 如何阐释细节？

本论文的研究对象是一些读者不太熟悉的文本，因此需要特别体现研究价值，最重要的是突出文本的现实关怀意识。正如克罗齐的名言"一切历史都是当下史"所示，文学批评体现的也是当下的关照。这种关照可以借助理论得到深化。本文运用了文化批评的理论，提炼出文本的现实意义在于对生活质量的思考，并且在论文题目中加以彰显。

文本意义的体现需要由细节来支撑。首先，从细节中发现研究问题。这里的细节包括文本的细节和研究文献的细节。这些细节之间的张力往往能够引发出一些有价值的研究问题。本论文在作品、传记、书信中发现相互抵牾之处，继而提出研究问题。以细节带动的问题意识也可有效规避理论预设式的写作模

---

① David Grylls, *The Paradox of Gissing*, p.44.
② Lewis D Moore, *The Fiction of George Gissing: A Critical Analysis*, Jefferson：McFarland, 2008, p.83.

式。其次，从细节中寻找论据。优秀的作家往往在细微之处颇费心思。如果将这些细微之处加以综合考察，我们不难识辨出其中丰富的意蕴。以本文为例，由于研究问题是为何作品以女主人公命名，所以就需要关注与女主人公相关的细节。本文着重分析的人物面容就是一个重要细节。而且，当对面容的解读深入到更微小的细节（眼睛和嘴唇）中时，文本的意义也逐渐丰厚起来。

　　细节意义的丰厚离不开历史语境意识，这也是新历史主义理论的实践应用。我们需要悬置自身的价值判断和主观偏见，还原历史，根据当时的社会文化观念，揭示出文学作品的历史维度。本论文主要从两方面进行还原和分析：一方面，将文本细节置于19世纪关于生活质量问题的社会辩论的背景之中，借助相关的历史语境知识来深化细节意义，如19世纪英国的基础教育状况、工人阶级生活状况、中产阶级生活理念等，指出当时的物质生活水平已经有了明显提高，提高生活质量的重点在于心智层面。另一方面，英国文化批评传统提供了为文本意义赋能的语境，彰显文本的文化意义。语境知识的积累则对阅读的广度提出了要求，需要在研究过程中有意识地开展多层面的历史文献阅读。

　　对细节的阐释还需要对话意识，即与前人研究成果的互动。这些成果包括正反两方面：有助于立论的正方成果和与自己论点不完全契合甚至相左的成果。对于后者，不可刻意回避，以免造成立论基础不扎实和学术观点不公允的状况。例如弗朗西斯科·马洛尼提出的"存在旅程说"与本论文的观点不符。如果避而不谈，则全文的论证就留下了明显的漏洞。反之，如实引述，并加以辩驳，论文的说服力则会得到增强。

　　除了重视细节，论文的整体框架建构同样重要。如何在众多的细节中整理出一条论述主线不亚于解答一道数学难题。这时需要逻辑思辨，在论文各大部分之间形成合情合理的论述流程。论文各节之间的关系一般有两种：平行逻辑和递进逻辑，分别有助于提升研究的广度和深度。本论文兼用了这两种逻辑。第一节与后两节之间是递进逻辑。在阐明女主人公生活质量提高的事实后，作者追问过程，即生活质量是如何提高的。后一问更具现实意义，因而提升了作品的研究价值。同时，第二节与第三节之间采用了平行逻辑，分别论述了女主人公生活质量提高的两个途径——经典阅读和音乐才能，充实了研究的内容。此外，逻辑思辨还需有效的文字呈现。在行文过程中注意起承转合，避免上下文断裂或文意偏差。

　　囿于作者的学术水平，本论文还有需要改进和深入的地方。第一，文献资料

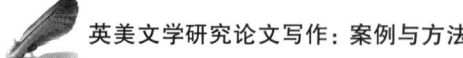

可能有补充的空间。虽然作者在国内外知名图书馆搜集了多年,但难免挂一漏万,在日后的研究中也许还会有更新。第二,文化语境需要进一步明晰。"心智培育"是英国文化观念史中的一个重要概念,但不熟悉这个文化语境的读者可能会不清楚它的内涵,因而有必要加以界定。英国文化批评传统中的"心智培育"主要包括三方面:点燃想象力的文化火炬,消除西方文明进程中出现的种种弊端;关注社会肌体的健康,即以智慧之光引领社会全面而均衡地发展;致力于人的全面均衡发展,反对畸形发展,进而从根本上遏制社会畸形发展的趋向。第三,历史语境也有可以进一步丰富的地方。如果将女主人公的生活历程置于19世纪英国女权运动的语境中,作品的文化意义将得到更充分的发掘。第四,除了文化语境和历史语境外,还可更充分地运用文本语境。将作品放在相关的文学文本和文学史中加以审视,有助于拓展视野,加深对研究问题的认知。相关文学文本包括作者的其他作品和同时代其他作者的相关作品,如哈代、威廉·莫里斯、亨利·詹姆斯等人的作品中都有关于生活质量的探讨。

治学集议

# 作品阐释与理论运用：
# 问题、迷误与对策[*]

张和龙[**]

**内容提要**：在当下外国文学研究中，存在着一种常见的批评模式，即从某个特定的理论视角出发对具体的作家作品进行分析与解读。本文对这一批评模式中常见的问题进行归纳与分析，并思考了理论与批评之间的关系，试图探讨批评实践中的各种理论迷误，以及理论"运用"中的应有态度和对策。

**关键词**：批评理论；批评模式；作品阐释；迷误；对策

## 一、批评实践中的"理论"问题

在当下外国文学研究中，存在着一种常见的批评模式，即从某个特定的理论视角出发对具体的作家作品进行解读。在这一批评模式中，经常出现对理论生搬硬套或者把理论与作品强行撮合的现象。不少研究者对理论囫囵吞枣，食而不化，用之于作品解读时，生拉硬扯，牵强附会，对具体问题的阐发或失之粗疏，或以偏概全，甚至还出现了有违学术规范与涉嫌抄袭的现象。这些"理论"问题

---

[*] 原载《外语研究》2013年第1期，第99—105页。原题是《理论如何运用？——对一种批评模式的思考与分析》。本书收录时略有修改。

[**] 张和龙，上海外国语大学英语教授、博士生导师，上海外国语大学哲学博士，剑桥大学英文系访问学者。现任上海外国语大学文学研究院副院长、上外英美文学研究中心主任、外国文学学会英国文学分会副会长、上海市外国文学学会秘书长、上海翻译家协会理事，《英美文学研究论丛》副主编。出版专著《战后英国小说》《后现代语境中的自我——约翰·福尔斯小说研究》《英国文学研究在中国》《批评理论如何运用？》；译著《另一个国家》《黑暗昭昭》《致悼艾米丽的玫瑰》《毛姆经典短篇集》《面纱》等；在《外国文学评论》《外国文学》《外国语》《国外文学》《当代外国文学》《外国文学研究》《中国比较文学》、*Irish Studies Review*、*Persuasion* 等国内外学术刊物上发表论文70余篇。

**联系方式**：上海外国语大学，邮编：200083。Email：zhanghelong@hotmail.com。

归纳起来大致有以下几种：

第一，生搬硬套类。由于理论的先入为主，某些批评者带着"理论先见"或"理论情结"，将某一个时髦的批评理论生搬硬套在某个具体作品的解读中，或推移嫁接，穿凿附会，或只顾一点，不及其余。例如，在硬套女权主义批评理论时，经常重复一些固定的套路及毫无新意的观点，即某某作品充满男尊女卑的男权意识形态，或某某作品充满颠覆父权文化的女权思想；或某某作家受到男权意识形态的影响，是一个厌女主义者，或某某作家不是厌女主义者，而是对女性充满同情和尊重，等等。在生搬后殖民主义理论时，则无外乎借助于某部作品来重述有关文化霸权主义或东方主义的观点，反而忽略了作品中可能存在的反殖民主义话语。曾有学者指出，国内学界在解读康拉德的名作《黑暗的心灵》时，就存在"生搬后殖民主义批评"和"硬套女权主义批评"的现象①。

第二，印证式，即对具体作品的阐释与分析，最后演变成了对某个已知理论观点的求证和说明。对某部作品进行后殖民主义、女权主义、新历史主义或弗洛伊德主义的解读，是因为理论与作品之间可能存在着某种内在的契合或对应关系。而"印证式"研究的全部目的似乎只是在用作品中的例子来证明某个批评理论的"真理性"。与"生搬硬套"类问题相比，"印证式"研究则完全背离了文学批评与作品阐释的初衷，即对作品本身应发表原创性的洞见。比如，从精神分析学的角度来解读托尼·莫里森的小说，批评者应该基于具体的理论视角，如无意识、性本能、恋母情结说、人格结构等，通过对具体作品的分析与细读，在作品的主题内涵、艺术风格或创作手法等方面提出自己的学术创见，而不是一味地用小说中的情节、内容或细节来"验证"或"证明"弗洛伊德理论的正确性。否则，文学批评就变成了弗洛伊德理论毫无意义的注脚。

第三，"A＋B"式，或曰"拉郎配"。所谓"A＋B"，即将某个理论与某部作品进行算术式的叠加和组合。与"生搬硬套""印证式"相比，"A＋B"式则等而下之了。此类研究的前半部分，作者往往大谈批评理论，作品不着一字；后半部分对作品进行分析时，又忘掉了前面的理论，让人不知所云，不得要领。即使间或提到了某个理论，也只是对他人的理论观点进行重复或赘述而已。在这样的研究中，所套用的理论与所分析的文本完全脱节，牛头对不上马嘴。这种情况曾被人

---

① 殷企平：《〈黑暗的心脏〉解读中的四个误区》，《外国文学评论》2001年第2期，第144页。

形容为"打着理论的灯笼戴着有色眼镜东张西望拉郎配,让作品与理论强行撮合"①。更有意思的是,现实中还出现了一些不读作品的"论师"。也就是说,论者一味从"理论"到"理论",对所讨论的作品不甚了了,完全靠道听途说或二手材料,凌空蹈虚,漫不着调,以己昏昏,使人昭昭。

第四,填充式,或曰"乾坤大挪移"。这一模式是将前人研究的理论思路、结构框架与论证过程全盘借用,只是将原来的 A 作家或 A 作品替换成了 B 作家或 B 作品。例如,在叙事学理论的影响下,"某某某的叙事艺术"是一个非常流行的研究题目。这里的"某某某"可以是莎士比亚、狄更斯、乔伊斯或福克纳,也可以是《哈姆雷特》《双城记》《尤利西斯》或《喧哗与骚动》。此类研究袭用完全相同或相近的结构分章,如第一章是"叙事视角",第二章是"叙事结构",第三章则是"叙事风格"。此类文章虽然在具体的论证时略有不同,文字表述也能自成一体,但这样的"乾坤大挪移"做法显然缺乏应有的学术创意,更不会产生令人印象深刻的学术新见。

更为极端的是,有些研究不仅将别人的理论框架与研究思路据为己有,而且还将别人的文字表述全盘接收,在闪转腾挪的移植过程中,娴熟地玩起了"文字替换"的填充游戏。例如,某高校学报上刊登的一篇论文《乘上"进步"的车轮》,即是对《在"进步"的车轮下》一文的"巧妙"的"大挪移"。原文对《玛丽·巴顿》的重读被替换成了对《愤怒的葡萄》的重读,"盖斯盖尔夫人"被替换成"斯坦贝克","19 世纪末英国"被替换成"20 世纪初美国","约翰看橱窗一幕"被替换成"丰收一幕"。在另一部作品的语境下,这种充满"智慧"的"学术填充"似乎也能自圆其说,但这样的"巧妙"做法不仅缺乏学术创见,而且也有违学术规范。

当然,如果是对别人的研究进行戏仿或戏说,则另当别论。例如在美国发生的"索卡尔后现代理论造假案"中,纽约大学理论物理学家索卡尔教授在《社会文本》杂志上所发表的论文《跨越边界:试论量子引力转换阐释学》,声称 20 世纪的理论物理学完全印证了后现代理论。后来作者本人撰文披露了这场"诈文"的真相:他在后现代主义与当代科学之间故意捏造所谓的"联系"来蒙骗杂志编审,其目的是要通过这样的恶作剧来戏要一下编辑们的学术偏见。不过,尽管如此,这样的"伪论文"也是没有多少学术价值的。

---

① 秋叶:《西部、青年学者与英国文学研究》,《中华读书报》2002 年 6 月 19 日。

## 二、理论之于作品阐释的功能与意义

张隆溪先生认为：人文研究是一种艺术，它不是一种机械的或是遵从一定的步骤就能演算出来的东西，不是1+1等于2的东西①。批评实践中所出现的各种"理论"问题，源于对理论与批评关系的认识模糊，源于对理论功能的误读。

从词源学上看，"理论"（Theory，Theoria）一词来自希腊语，它是动词Theorein(观看)的阴性名词形式。因此，理论的本义是观看或观赏。"理论"一词于16世纪末传入英语，在很多词典中被定义为"一种观看行为"（a looking at），或"沉思默想状态与思考过程"（contemplation，speculation），现在则是指对事物或事实进行观察与思考，通过演绎、抽象或综合而形成的完整观点与看法。文学研究中，有"文学理论"与"批评理论"两种说法。前者是指关于文学创作活动的系统思想和认识；后者源自德国的法兰克福学派，是指关于批评与阐释活动的系统思想与认识。在批评实践中，人们往往混淆使用这两个术语，经常统称为"理论"。在中文语境中，"批评理论"亦简称"文论"。有人认为中国的"文论"与西方的"诗学"是"不可通约"的②。但是在批评实践中，很多人往往不太对"文论"与"诗学"作严格的区分。

此外，广义上的"理论"概念超越了学科界限。乔纳森·卡勒在《文学理论简介》认为："理论是跨学科的——是一种具有超出某一原始学科作用的话语。"③吴元迈先生认为："目前文学研究中的理论并不是关于文学的理论，而是一种纯粹的'理论'；它具有无所不包的特征，涵盖了社会学、哲学、人类学、伦理学、政治学、语言学、心理学、电影研究等。"④对这种消弭学科界限的做法，吴元迈先生不以为然，认为卡勒"抹杀了文学作品和非文学作品的区别，也抹杀了文学研究和非文学研究的界线。而其目的在于以文化研究代替文学研究，以包罗万象的理论代替文学理论"⑤。这样一个无所不包的"理论"的出现，也是引起我们"理论"

---

① 详见张和龙：《对学术要有一种爱——张隆溪教授访谈》，《英美文学研究论丛》2011年第1期，第1页。
② 详见余虹：《中国文论与西方诗学》，生活·读书·新知三联书店，1999年，第7—8页。
③ Jonathan Culler, *Literary Theory: A Very Short Introduction*, Oxford: Oxford University Press, 1997, p.14.
④ 吴元迈：《关于当前外国文学研究的几点思考》，《中国社会科学院院报》2006年4月27日。
⑤ 吴元迈：《关于当前外国文学研究的几点思考》，《中国社会科学院院报》2006年4月27日。

困惑的根源之一。

什么是"批评"？从词源学上看，英语的"批评"（Criticism）一词，以及欧洲各主要语言中的"批评"一词，如意大利语的Critica，德语的Kritik，都来源于希腊语中的Krinein，意为"文学的评判"。文学评判包含有文本阐释、作品欣赏、价值判断等诸多含义。艾布拉姆斯在《文学术语汇编》中指出："批评，具体地说，文学批评，是指对文学作品的界定、归类、分析、阐释与解读。"①"批评"也有广义与狭义之分。在《近代文学批评史》中，韦勒克所使用的就是广义上的"批评"，其涵义不仅包括"对个别作品和作者的评价"等，而且也包括"文学的原理和理论，文学的本质、创作、功能、影响"，等等②。但是在后来的著作中，韦勒克一直"呼唤作为判断的原始含义的批评的回归，作为评价的批评的回归"③。学界更多的时候是在狭义的层面上使用"批评"一词。狭义的批评即是对具体作品的阐释与评价，其功能在于"引导和评说作品的价值"，"构建和丰富作品的价值，赋予作品以创造性的附加价值"④。

理论与批评是相互联系、相互渗透与相互包容的，经常"你中有我，我中有你"。如果把"批评"理解成狭义的批评，即作品阐释与文本解读的话，那么，理论与批评之间的关系是什么？我们不妨考察一下几类代表性的观点：

（1）"指导论"。这是我们非常熟悉的马克思主义观点，即理论来自实践，并且可以用来指导实践。童庆炳在《文学理论要略》中认为文学批评"必须以文学理论所阐明的基本原理、概念、范畴和方法为指导"，如果离开了这种"指导"，"文学批评就失去了活的灵魂，成为一堆混乱的材料的堆砌和随心所欲的感想的拼凑"⑤。其实，理论的"指导"只是宏观上的指导，而不是微观上的指导；是总体的指导，而不是具体的指导；是文学认识上的指导，而不是实用方法上的指导。文学理论或批评理论一般具有认知价值，而非实用价值。人文学科的认知价值远远大于实用价值。

（2）"应用说"，即理论可以应用于批评实践中。例如，艾布拉姆斯认为："理

---

① M. H. Abrams, *A Glossary of Literary Terms*, Beijing: Foreign Language Teaching and Research Press, 2004, pp.49-50.
② Rene Wellek, *A History of Modern Criticism 1750-1950*, Cambridge: Cambridge University Press, 1981, p. v.
③ Rene Wellek, *A History of Modern Criticism 1750-1950*, p.48.
④ 张荣翼：《文学批评学论稿》，云南人民出版社，1995年，第19页。
⑤ 童庆炳：《文学理论要略》，人民文学出版社，1995年，第5页。

论批评提出明确的文学理论,涉及基本原则,以及一系列的术语、概念区分与范畴,可以用来对文学作品进行鉴定与分析;其标准(或准则、尺度)可以用来对文学作品进行评价。"① 艾布拉姆斯所使用的"理论批评"(Theoretical criticism)即是广义上的"批评"概念,实际上指的是批评理论。艾布拉姆斯所表达的意思是指在具体的文学阐释与评价过程中,理论是不可或缺的,是可以发挥重要作用的。但是理论"运用"于作品的分析和评价,不是简单的1+1等于2的数学运算,也不是工厂流水线上的装配作业。文学批评是一个复杂的过程,每个人的理解、思考与表达都各不相同,各有特色,而文学批评的价值和意义亦即在于此。

(3)"反实用方法说",即批评理论对作品阐释活动并不提供直接的实用方法。如乔纳森·卡勒认为:理论"并不提供一种方法,一旦用于作品阐释,就可以产生新颖而意想不到的意义"②。王逢振先生认为:"大多数理论是抽象的,不直接为探讨文学文本提供一种方法。"③ 在急功近利与学术量化的年代,许多人急于寻找一种进行"规模生产"的简单、有效的实用方法,于是"硬套"理论来分析作品成为比较流行的批评"模式",也成为文学批评中某种僵化的"思维定式"与固定不变的呆板套路。这样的批评很难给读者以有益的思想启迪。

(4)"功能说"。张定铨教授认为,文艺理论具有三项功能,即构建功能、分析功能、美学功能,可以从三个方面使我们受益:帮助我们建构知识,促进我们进行批判性思维,提升我们理解与分析文学作品的能力④。"功能说"告诉我们:现实中并不存在为某个具体的文本而专门设计的理论,但理论可以提升研究者的知识水准、理解能力、分析能力、鉴别力、判断力等,即综合的批评能力,可以为具体的阐释活动提供间接或潜在的帮助,因此对于文学批评活动具有不可忽视的重要意义。

## 三、批评实践中的理论迷误

通过对当下批评实践的观察,可以发现人们对理论的功用存在不少认识上

---

① M. H. Abrams, *A Glossary of Literary Terms*, pp. 49 – 50.
② Jonathan Culler, *Structuralist Poetics: Structuralism, Linguistics and the Study of Literature*, London: Routledge, 2002, p. xiv.
③ 王逢振:《为理论一辩》,《外国文学》2001年第6期,第7页。
④ 详见张定铨:《文学理论的功能》,《英美文学研究论丛》2010年第1期,第291页。

的迷误,其中主要有理论至上主义、理论教条主义、理论实用主义、理论无用论、理论泛化倾向、理论循环论证等。

(1) 理论至上主义。"理论至上"是指在文学文本的解读过程中,将是否引入某个时兴的批评理论作为研究是否深刻的评判标准,即文学研究的深度取决于有没有某个特定的"理论"。理论决定一切或理论重于一切,是理论至上主义的典型特征。在作品阐释中,理论至上主义者不是以具体作品为探讨对象,而是把理论推演当作最根本的出发点和落脚点。这种迷误以理论为本位,以理论为主导,而本应成为研究重点的作品分析反而成了无足轻重、或有可无的点缀物了。理论至上主义者以理论为主、以作品为次,这种重理论、轻作品的做法其实也是一种理论本位主义。

(2) 理论教条主义,即把书本中的理论,甚至导读类著作中的批评理论,当作教条,当作金科玉律,不加区分地进行套用。教条主义者大多脱离批评理论所产生的历史语境,一切从僵化的、干巴巴的理论要点出发,生搬硬套原理、概念、术语,不对具体的文本作具体的分析,因此也不可能对批评实践中的具体问题提出深刻的见解。对此,张隆溪有非常深入的剖析:

> 理论系统当然有其长处,因为一种理论要成为周密的系统,其组成部分就要相互联系而不能自相矛盾,于是各个部分都必须经过细致分析和周密思考,各部分与整体之间也必须配合得当,互相支撑,才成为一个完整的体系。……可是理论发展到系统化的程度,有了宏大的结构,离开了最初产生理论的具体环境就愈来愈远。不仅如此,理论体系有了一套复杂的术语和包罗万象的解释方法,对任何问题都按照系统的理解去回答,而不顾实际情形和需求,以不变应万变,就往往成为理论的教条,失去理论最初产生时的合理性和解释力量。[①]

(3) 理论实用主义。理论实用主义者强调理论的使用目的,认为理论可以提供直接用来阐释作品的具体操作方法。实用主义者们在自以为掌握了某个批评理论后,便会迫不及待地将之套用到某部作品的批评实践中,希望通过此举来发现文学作品中的"真义"。但正如"主题先行"难以产生文学佳作一

---

① 张隆溪:《中西交汇与钱锺书的治学方法》,《书城》2010年第3期,第9页。

样,"理论先行"也是难以产生任何学术新见的。研究者手握一套自以为无所不能的批评理论,然后试图从具体作品中的细节中寻找印证的材料,作品最终只能成为理论的附庸或下脚料。这种"印证式批评"是实用主义时代急功近利思想的产物。正如殷企平先生所说,"那种一味用具体作品来印证某种理论的文学批评论著大都有一个弱点:人们不用看完全文就知道会有什么样的结论"①。

(4)理论无用论。理论无用论者认为,既然理论不能提供实用的批评方法,在文学研究中学习理论是毫无必要的。无用论者鄙视理论,甚至公开反对理论,因而走上了另一个极端。虽然与实用主义者的观点截然相反,但两者背后的功利与实用主义思想如出一辙。其实,对具体作品的阐释是不可能没有理论的,尽管有些批评没有明显的批评理论的痕迹。即使只是从感觉、体验和印象出发来解释作品,但其中仍然会隐含着一定的理论前提。正如王逢振先生所说:"在文学研究中,那些常常被视为'自然的''常识性的'方式,实际上靠的是一套理论指令,对批评家而言,这些指令已经融化在血液中,落实到行动上,无须在自己的实践中再做证实。"②英国批评家李维斯专注于从事文学批评,从事具体作品的阐释,曾被冠上"反理论"的桂冠,但是李维斯"不是没有理论,不是真的要反理论",他的批评见解中已经包含了他的理论立场③。

由于缺少理论视野与理论思辨的能力,一些研究者在作品阐释时,沉湎于故事情节的复述与人物关系的梳理中,文本的分析难以达到理论的高度与思想的深度。在2009年全国英国文学学会的年会上,赵一凡先生说,英文系的师生喜欢做文本细读与内部分析,按照中国传统的学术分类来说,是"小学"。而学术发展到今天,文学研究仅仅做"小学"是远远不够的,是功夫不到的表现,因此一定要大、小学兼顾。赵一凡所说的"大学",即是"上至笛卡尔、下至德里达广阔的学术场与思想史",它们"对当下的英国文学研究具有重要的意义"④。可以说,如果缺乏宽广的理论视野与很强的理论思辨能力,文学批评将难以达到应有的深度。

(5)理论泛化倾向。近30年来,自然科学、社会科学以及其他人文学科的

---

① 殷企平:《由〈黑暗的心脏〉引出的话题》,《外国文学》2002年第3期,第66页。
② 王逢振:《为理论一辩》,《外国文学》2001年第6期,第6页。
③ 张和龙:《理论与批评的是是非非——〈黑暗的心脏〉争鸣之管见》,《外国文学》2003年第1期,第103页。
④ 秋叶:《从"小学"走向"大学"》,《中华读书报》2009年6月3日。

理论,如控制论、系统论、语言论、人类学、符号学、后殖民主义、新历史主义、结构主义、解构主义等,不断"侵入"到文学研究领域。这些理论"并不是来自文学实践,也不是专为文学研究而创立,却广泛地被运用于文学研究,并力图与文学研究的对象平分秋色"①。虽然它们能给文学研究带来活力和启示,但外部理论的"入侵"带来了文学理论与文学研究的"泛化"现象,最终导致文学研究的"质变",变成了与文学毫无关系的行当。不可否认,外来理论的引入给文学研究提供了全新的视角和丰富的资源,但是外来理论如果脱离了具体的文学语境,脱离了具体作品的阐释行为,就超出了文学研究的范畴。当文学作品中的细节只是外来理论的印证材料,文学也就变成了脱离文学语境的"文化研究",或社会学研究,或心理学研究,成了其他学科研究的附庸和下脚料。跨学科研究的目的是打破画地为牢的学科壁垒,拓宽研究者的视野、思路和方法,但文学研究者不能放弃以文学作品为支撑点的学术本位。在现代学术分工的大背景下,具有整合性的跨学科研究固然不可缺少,但学科内部的精细耕作仍然是文学研究的根本。任何跨学科的"理论"研究,最终还是应该回归到文学或文学作品本身。

(6)理论循环论证。理论建构于或来源于文本批评的实践,再反过来用理论来分析具体的作品,容易出现"循环论证"或"循环阐释"的问题。文学理论是对文学实践的概括和总结,其"真理"或真理性已经或者能够得到文学作品的证明;而文学作品意义的"真理性"反过来又需要普遍性理论的证明或支持。在很多情况下,理论与作品阐释形成相互印证,或互相"包庇"的现象。理论至上主义固然不可取,完全以作品为中心并借此反对理论也未必妥当。但是在同一批评语境中,用理论解读出作品的意义,然后又用作品来反证理论的"真理性",这种"循环式论证"或"自证式研究"并不衍生新的意义,因此也是批评实践中容易滑入的误区。

## 四、关于"理论运用"的思考

文学批评离不开理论,但理论并不提供直接而具体的实用方法,而且也不会派定特定作品的意义。正如卡勒所言:"与其说理论可以发现和派定意义,不如

---

① 吴元迈:《关于当前外国文学研究的几点思考》,《中国社会科学院院报》2006年4月27日。

说它旨在确定意义产生的各种条件。"①理论只是对释义过程的阐释,是对批评实践的总结和概括。它有助于形成对作品的认知,以及对批评活动的认知。学习批评理论,虽然不会获得直接而实用的批评方法,但却有助于积累、储备和建构知识,开拓视野,启迪思维,提高分析判断力与审美思辨力,培养发现意义的敏锐性和敏感性,提升审美意识与审美自觉,使文学研究者获得阅读、阐释或文学批评的巨大"能力"(literary competence)。与自然科学和社会科学相比,人文学科的认识价值远远大于实用价值。文学理论或批评大多具有认知价值,而非实用价值。也就是说,理论大多提供文学认知上的指导,而不是提供实用方法上的指导。因此在批评活动中,要摆正理论的位置,排除实用主义"理论观"的干扰,避免陷入种种"理论"的迷误之中而不能自拔。以下是批评活动中"理论运用"的个人思考。

首先,在具体的作品阐释中,应祛除"理论先行"的思维定式,形成以作品细读为基础的良好批评习惯。对前人的思想或理论不可小视,要有所敬畏,但也不必缩手缩脚,过于"神化"。要了解理论产生的前因后果,对理论的学习要联系具体的历史语境与文学实践,理解每一个理论流派的长处和不足。让前人的理论或思想为己所用,成为自己立论的根据,或引证的材料,或化为自己的血液,使之在自己的研究中发生潜移默化的作用。在文本的阅读过程中,要有自己独立的思考,养成良好的思维习惯;要善于发现问题,提出问题,并试图回答问题,解决问题。在文本细读中,不断收集各种相关信息和材料,进行分析、比较和选择,发现有价值的意义线索,然后进行串联和汇总,构建自己的阐释文本和意义场域。文学作品的意义具有未定性、开放性以及多种可能性,其意义的线索有显性的和隐性的,有表层的和深层的,有单向的和多元的,它们只会向有充分学术准备的人敞开。学术创见既可以因为受到理论的启迪而形成,也可以通过与作品的深度对话而产生。

其次,应克服"理论焦虑症",避免硬套或乱戴理论的帽子。对理论要精读原典,融会贯通,将理论化为自己的血液。在实践中,应融会贯通,由此及彼,举一反三,不要硬给特定批评戴上理论的高帽子、大帽子,随意扯起理论的大旗作虎皮,或者给自己的批评贴上一个毫不相干的理论标签。我们给自己的批评所贴

---

① Jonathan Culler, *Structuralist Poetics: Structuralism, Linguistics and the Study of Literature*, p. xiv.

上的理论标签,实际上与我们所进行的作品阐释活动毫无关系。我们把某某理论的概念和术语与作品的内容、细节加以组合和包装,然后再贴上某某理论的标签。这种方式解读出来的作品"意义",实际上都是大家已经知道的某某理论的观点,并不是我们从作品中解读出来的原创思想。不存在一个为某个具体文本而设计的批评理论,也不存在一个放之四海而皆准的批评理论。"作家并不是为某种理论而进行创作的……文本始终存在于理论之前,是独立的、不受理论制约的。"①我们可以为某一双特定的脚而定制一双合脚的鞋,却无法为某一个具体文本而定制一个批评理论。一切批评的前提必须是从具体的文本出发,从具体的现实出发,而不是依赖或倚重僵化、教条的理论框框。前人的理论和思想可以为我所用,但不能成为教条,不能成为"先见",否则,本应给人以启迪的理论就会变成原创性思想的巨大障碍与制约力量。

再次,"学会在不同文类的文本中穿行的本领"。盛宁先生在评析德里达的解构批评时所引述的法国学者高宣扬的观点,对于作品阐释具有同样重要的启示意义。盛宁先生认为:"要学会一种在不同文类的文本中穿行的本领,把古往今来的各种各样的文学文本当作自己思想和创作的一片'田野',我们从特定的文本中获得某种启示和灵感,对所要面对的现实问题进行反思,通过对文学文本的释读来提出和表达自己对这些问题的新的见解。"②所谓"各种各样的文学文本",既包括作品与理论,也包括作品与理论之外的文本。"在不同文类的文本间穿行",就是要博览群书。也就是说,既要认真仔细地阅读文学作品与理论文本,同时也要尽可能地广泛涉猎其他学科的文本,让一切可能的文本成为文学研究的丰富资源,以及思想迸发的重要源泉。在文本阅读中获得知识,获得启迪,获得判断,获得愉悦,获得审美,然后把它们当作自己批评的重要基础,在互文性的语境中形成自己的原创性思想,然后建构成新的文本,以表达新获得的原创性思想。任何理论和学说只能成为论述问题、阐发观点的视角、思想资源或论证材料,而不应该成为有待证明或印证的对象。

第四,克服"思辨缺席症",不断提高理论的思辨能力。文学批评不仅仅是评论某个作家、某个作品或某个流派,而是要寻找和思考有价值、有意义的问题,探讨与我们的生存,与我们的现实紧密相关的问题。因此在文学批评中,问题意识

---

① 薛春霞:《独立思考,探寻新意,树立文学批评的主体意识——黄源深教授访谈录》,《英美文学研究论丛》2008年第1期,第3—4页。
② 盛宁:《"解构":在不同文类的文本间穿行》,《外国文学评论》2005年第3期,第125页。

与思辨力尤为重要,而理论可以直接提升我们的问题意识和思辨力。面对形形色色的理论,我们应该具有辨别能力,对具体的学术问题应该有辩证的眼光;注意把握和开拓理论的积极意义,警惕理论中的消极因素。英国马克思主义批评家伊格尔顿在《理论之后》中提到,一些"文化研究"学者热衷于时髦的"身体"研究,在他们的"理论视角"下,身体只是充满淫欲的身体,而不是食不果腹的身体,只是进行交媾的身体,而不是辛勤劳作的身体;而一些中产阶级学生在图书馆里钻研诸如吸血鬼、色情电影等耸人听闻的课题①。因此,个人的研究课题不能严重脱离社会现实,不能无视具体的人类问题,更不能误入怪癖、抽象甚至低俗的理论死胡同。

最后,在学习理论时不要被理论的所谓"价值中立"所蒙蔽,人为搁置或放逐价值判断。对一个文本进行多层次、多维度的阐释正是经典形成的原因,而"经典"文本的存在又为我们提供了多层次、多维度阐释的可能性。从阐释和接受的角度出发,对一部作品的解读,尤其是一些经典作品,必然会出现"仁者见之谓之仁,智者见之谓之智"的情况,有时还会得出截然不同或完全相反的观点。然而,由于学术水平的高低与价值立场的差异,不同的解读和评价在理论与思想层面仍然存在高下优劣之分,不可避免地交织着阐释主体或褒或贬的价值判断,或亲或疏的情感态度。因此,我们可以从多个层面、多个角度对经典作品进行解读,但任何层面和角度都不能失去自身的文化立场与价值立场。理论总会隐含着一定的价值观,具体的阐释活动也必然会隐含着一定的价值判断。任何情况下,阐释主体都不应丧失独立的评判能力和自身的价值立场。

理论从来都不是"价值中立"的,其背后隐藏着强烈的意识形态特性。学界流行的批评理论大多来自西方,它们并不是透明的、中立的,而是渗透了西方的意识形态与价值观。在批评实践中,不能一味地人云亦云,盲目地跟在理论的后面,或拾人牙慧,或老调重弹。对西方理论照搬硬套,不加批判地接受,不仅使学术研究缺少原创性之火花,而且容易丧失文化主体性,甚至陷入"政治不正确"的泥坑。例如,有些学者完全不顾不同文化的客观实际,在国内鼓吹"文化全球化"的理论,这是对充满意识形态的批评理论不加选择全盘接受的典型。

---

① Terry Eagleton, *After Theory*, Allen Lane: Penguin Books, 2003, pp.2-3.

方法谈：

## 论文写作要有一定的"问题意识"

本文写作源于一个讲座，该讲座是上海外国语大学研究生学位基础课"文学研究方法"的一讲。这门课是十多年前查明建教授策划的一门"拼盘课"，也是系列讲座课。该课程全部由上外文学研究院的老师主讲，每人一讲。他联系我的时候，我马上想到了外语专业研究生普遍感到困惑、困扰甚至很头疼的问题，即"理论"的问题。具体来说，研究生同学在论文写作中该如何"运用理论"的问题。当时我给讲座拟定的题目是："批评理论与作品阐释：问题与对策"。这个讲座我陆陆续续在一些高校讲过，听讲座的对象不光是研究生，还有不少青年教师，他们对批评实践中的"理论运用"问题也有很多困惑。

在每次讲座开头，我都要提一提2001年至2003年学界关于"批评理论"与"作品阐释"的那场争鸣。殷企平教授最先在《外国文学评论》2001年第2期上发表《〈黑暗的心脏〉解读中的四个误区》一文，对外国文学界生搬硬套理论的现象提出尖锐批评。随后，王丽亚教授在《外国文学》杂志上刊文提出商榷，殷企平教授又撰文作出回应。我当时作为"第三者"也写了一篇小文，发表在《外国文学》上，就相关问题提出了一点陋见。此后，《外国文学》杂志还专门开设笔谈栏目，邀请盛宁、刘意青、王逢振等学界名家，就"理论"问题、"理论与作品关系"问题各抒己见，各人所持观点各不相同。

以上交代本文写作背景，旨在说明论文写作都要有一定的"问题意识"。本文尝试讨论的"问题"首先是一个普遍存在的现实问题。国内从事外国文学研究的队伍主要有两支：一支来自外文系，另一支来自中文系。一般认为，中文系的老师和学生都具有一定的"理论功底"，而外文系老师和学生则将大多数时间和精力投入到外语技能学习或教学中，学术研究的深度不免受到影响，因此写出来的文章往往被指责为"缺少理论深度！"职是之故，不少老师和学生便把目光转向国内一度盛行的形形色色的"理论"上，于是将某个具体理论生搬硬套在具体作品上的做法屡见不鲜。我在英美文学学位论文的指导、评阅与答辩中，在《英美文学研究论丛》来稿的审读中，对这一现象更是见怪不怪了。因此，本文第一部分即是对现实中的这些"理论"问题所作出的归纳与

概括。

其次,本文中的"理论"问题也是一个如何认识"理论"功能的理论性问题。文章第二部分指出:"批评实践中所出现的各种'理论'问题,源于对理论与批评关系的认识模糊,源于对理论功能的误读。"因此,本文梳理了"理论"与"批评"各自的内涵及相互关系,并对"理论之于作品阐释的功能与意义"作出梳理和分析。第二部分既是对第一部分"问题"的解析,也是对"理论"问题本身的理论性分析。第三部分则分析批评实践中的"理论迷误",即不少人对理论的作用和功能存在的认识误区。这是"理论运用"中所反映出来的较为深层次的思想根源问题。有了问题意识,然后对相关问题进行学理分析和探讨,可能是大多数学术论文的写作路径。在分析问题之后,本文第四部分还提出了"理论"对策。这些对策实际上只是对理论运用的一些个人思考,是与理论运用有关或不太有关的读书方法或研究方法。

回头看来,触发本文写作的契机有很多:如参加过百余次硕士、博士论文审阅与答辩,学术期刊审稿与编稿的经历,参与"理论"之争时的阅读与思索等。本文还引用了张隆溪先生的一句话:"人文研究是一种艺术,它不是一种机械的或是遵从一定的步骤就能演算出来的东西,不是'1+1=2'的东西。"这句话出自我对他的一次访谈。2009年,我与张隆溪先生坐火车从上海去杭州参加会议,聊到"理论"问题时,他兴致盎然,于是在会议间隙,我对他做了一次学术专访。张隆溪教授是改革开放之初西方文论的盗火先驱之一。他在《读书》杂志上发表过系列文章,纵论中西,深入浅出,在学界产生过很大影响。这些文章后来结集为《20世纪西方文论述评》。这本著作固然不是告诉读者该如何"运用"理论,更不是用来指导具体的论文写作,但是对于理解文学与文学研究意义非凡。

记得多年前一位硕士生问我:老师您写一篇论文需要花多长时间?这个问题其实是很难回答的。究竟是从动笔的时候算起,还是从打腹稿的时候算起?或者从"问题意识"萌芽的时候算起?本文从动笔到定稿可能要花两三个月,但是从"问题意识"的萌发算起,其间可能经历了十年或八年的前期积累。尤其是 2003 年的那篇小文《理论与批评的是是非非》,已经为它做了很多铺垫。当时围绕康拉德《黑暗的心灵》展开争鸣时,我正好为上海外语教育出版社做了这本名作的英文注释本,对小说内容十分熟悉,同时还写过五六千字的作品导读,对有关问题已有一定思考。

时至今日,"理论"问题并未终结,相关命题仍有很多值得探讨的空间。几年前,张江先生提出"强制阐释论",一定程度上是对"生搬硬套"的理论化演绎。近年,汪介之、刘意青等专家继续对外国文学界的"理论"乱象提出批评。前者将18、19世纪的西方文学批评著作视作典范,后者对所谓的"理论框架"提出质疑,有兴趣的读者不妨查阅之。

# 国内乔伊斯·卡罗尔·欧茨研究评述*

王弋璇**

**内容提要**：乔伊斯·卡罗尔·欧茨是多次获得诺贝尔文学奖提名的美国当代著名作家。她的作品创作方法多样，题材深刻，受到中外学界越来越多的关注和认可。近30年来，国内对欧茨的研究日益呈现出如火如荼的态势，其作品的深刻思想性吸引了更多的学者对其人其作进行深入的研究。本文从国内学术界对欧茨作品的翻译和研究的整体状况出发，对30多年来中国学者对欧茨作品的译介和研究状况进行总结和评述，并指出了研究中所存在的问题及其发展方向。

**关键词**：乔伊斯·卡罗尔·欧茨；研究；翻译；中国

乔伊斯·卡罗尔·欧茨（Joyce Carol Oates，1938—　）是美国当代极负盛名的女作家、戏剧家、评论家和诗人，她用极其娴熟的写作技巧为人们勾勒出美国20世纪30年代以来史诗般的人间众生图。在美国作家中，欧茨可以说是最为多产的一位，自1963年发表处女作《北门边》以来，欧茨迄今已出版53部长篇小说、8部中篇小说、27部短篇小说集、6部青年小说、3部儿童小说以及其他多部诗集、戏剧、评论集、回忆录等。经过近半个世纪的勤奋笔耕，欧茨凭着作品中深刻的主题和精湛的文风赢得评论界的广泛赞誉，并获得包括美国全国图书奖、

---

\* 原载《郑州大学学报（哲学社会科学版）》2014年第2期，第143—146页。本书收录时略有修改。

\*\* 王弋璇，上海外国语大学文学研究院副研究员，文学博士，《英美文学研究论丛》编辑部副主任，哈佛大学英语系富布赖特项目高级访问学者（2016—2017），上海市浦江人才计划学者，上海市外国文学学会副秘书长，主要从事英美文学、文学理论和比较文学研究。在《外国文学研究》《当代外国文学》《英美文学研究论丛》等刊物上发表论文20余篇，出版专著《乔伊斯·卡罗尔·欧茨小说的空间性和身体美学》（人民出版社，2017年）。主持并完成国家社科基金项目"乔伊斯·卡罗尔·欧茨小说研究"（结项等级：良好）、"浦江人才"计划项目及上海市决策咨询重点课题两项等。参与编著5部，译著多部。

**联系方式**：上海外国语大学，邮编：200083。Email：spring823@126.com。

欧·亨利短篇小说成就奖、马拉默德笔会终身文学成就奖、英联邦杰出文学贡献奖等在内的诸多奖项,还多次获得诺贝尔文学奖的提名。欧茨的作品题材丰富,兼有现实主义、自然主义、超现实主义、现代主义的风格,这为评论者和读者提供了广阔的分析和阐释空间。国内学界对欧茨的翻译和研究始于20世纪70年代,这个契机同当时的时代变化和政治气候是分不开的,而国内美国文学研究正是从这一时期开始大规模展开,欧茨研究恰逢其时。到了90年代中期,国内学者对欧茨的译介和研究开始"百花齐放",从单纯的译介转向以主题入手对欧茨作品进行呈现和分析。而后,随着《欧茨文集》(2006)的出版以及相关博士论文的出现,国内欧茨研究开始从文内研究转向文外解读,从对作品的主题研究走向更加深入的理论分析。

## 一、"犹抱琵琶半遮面":早期的译介与研究(1974—1994)

国内对欧茨的翻译始自1974年刘以鬯翻译的长篇小说《人间乐园》(*A Garden of Earthly Delights*),这本在香港出版的作品开启了国人认识欧茨的历程。大陆学界对欧茨的研究和翻译则受政治气候的影响,始于1979年。这个契机源自"四人帮"刚刚倒台后的1978年1月,山东大学吴富恒校长召集国内美国文学界的学者齐聚山大洪家楼共同商议对美国文学作品的翻译和研究,会上"确定了美国文学研究11个方面和重点作家,分工到一些高校和研究所进行专题研究,并建议翻译出版《第22条军规》等一批经典作品"[①],全国美国文学研究会也是在这次会议上成立的。政治上的解冻使国内美国文学研究重获生机,欧茨作品的研究者和译者也随着这股复苏的风潮踏上征程。1980年南京的外国文学出版社推出了宋兆霖等翻译的长篇小说《奇境》(*Wonderland*)。接着,江苏人民出版社1982年推出了由李长兰、熊文华、樊培绪、陈可森翻译的《他们》(*Them*)。一年后,台北尔雅出版社印行出版了景翔翻译的《他们》,而译本采用的译名为"云泥"。1991年,由庄彦翻译的《玛丽亚娜和她的情人》(*Marya: a Life*)在长春的时代文艺出版社出版。

1979年以来,欧茨早期的短篇小说相继被翻译出版。一部分发表在国内各

---

① 详见王弋璇《中国美国文学研究的回顾与展望——郭继德先生访谈》,《英美文学研究论丛》2009年第2期,第1—8页。

个刊物中①,而另一部分则收录在短篇小说集中,这其中包括欧茨在1967年获得欧·亨利奖第一名的短篇小说《在冰山里》和1985年获得欧·亨利奖的《似水流年》等名作;80年代中期以后,台湾和大陆分别翻译出版了欧茨的一部短篇小说集②,1985年,《当代外国文学》第3期刊载了桑福德·平斯格所做的对欧茨的一篇访谈《乔伊斯·卡洛尔·欧茨访问记》的译文,其中提到了欧茨小说中常以高等院校为背景的问题。这一系列翻译活动的开展,都极大地推动了早期欧茨研究在中国的兴起,而此时的研究还处于起步阶段,其功用主要是向中国读者介绍欧茨。发表于1980年的《乔伊斯·卡·欧茨的崛起》一文是中国最早介绍欧茨的评论文章,文中第一次提出了评论界指责欧茨作品中暴力情节过多的问题,并引用欧茨的话进行回应:"我并不是凭空臆造底特律的街道的。当我写一个人谋杀或者自杀时,我的思想是从哪儿来的呢? 是从数百个不同的例子中汲取的,是从我们民族的暴力和玩世不恭的性格中汲取的。"③而后其他相关文章陆续发表④,其中女性问题开始进入欧茨研究者的视角。1987年,燕萍在《外国文学评论》第4期发表的《J. 欧茨的〈冬至〉对女性心理的新探索》分析了欧茨的早期小说《冬至》中以两个女性朋友的情感和友谊为叙述对象这一独特视角,并援引弗吉尼亚·伍尔夫的观点表明欧茨在女性心理叙述上的创新性。

---

① 详见吴克明译:《迷路的孩子》,《译林》1979年第1期;丁少良译:《幽会》,《外国文学》1981年第1期,第54—62页;梅绍武译:《私生活》,《译海》1981年第2期,第50—61页;李佳俊译:《这年秋天》,《江南》1981年第4期,第192页;王小莹译:《在那个秋天》,《外国文学》1981年第11期,第57—68页;屠珍译:《如愿以偿》,《美国文学丛刊》1982年第1期,第10—22页;陈冠商译:《在那一年的秋天》,《外国文学报道》1982年第3期,第10—73页;戴侃译:《海滨的姑娘》,《小说界》1982年第4期,第244—253页;吕明译:《四个夏天》,《芙蓉》1984年第1期,第224—234页;林霏译:《第三者悲哀》,《外国小说》1985年第9期,第17—26页。蒋跃译:《珍贵的情感》,《外国小说》1986年第1期,第17—22页;林霏译:《流浪孩子》,《当代外国文学》1986年第2期,第116—128页;冯亦代译:《似水流年》,《外国文学》1986年第3期,第34—45页;甄春亮译:《四夏》,《外国文学》1986年第6期,第50—58页;甄春亮译:《河畔》,《外国文学》1989年第3期,第34—45页。武俊平译:《太太们,先生们》,《译林》1992年第4期,第161—166页;赵光新译:《礼物》,《外国文学》1994年第5期,第42—50页;常晓梅译:《酷暑》,《外国文学》1994年第5期,第51—55页;蓝纯译:《放鹅姑娘》,《外国文学》1994年第5期,第56—61页;孔保尔译:《约会》,《延河》1994年第8期,第75—80页。
② 1985年,台北皇冠出版社推出施寄青翻译的欧茨的短篇小说集《感伤的教育》(*A Sentimental Education: Stories*);1989年,欧茨的短篇小说集《爱的轮盘》(*The Wheel of Love and Other Stories*)出版,这是大陆出版的第一部欧茨短篇小说集。
③ 转引自朱世达:《乔伊斯·卡·欧茨的崛起》,《读书》1980年第12期,第141—142。
④ 详见张德中:《一本发人深思的美国现代小说——评析欧茨的〈奇境〉》,《杭州大学学报(哲学社会科学版)》1984年第1期,第82—90页;叶子:《欧茨的自传性小说》,《读书》1986年第8期,第139—142页;仲子:《欧茨〈乌鸦翅膀〉》,《读书》1987年第3期,第150—152页;萍:《罗莎蒙特·史密斯——乔伊斯·欧茨发表新作》,《外国文学评论》1988年第3期,第24页;康建秀、贾桂珍:《生活中的插曲——欧茨的〈内罗比〉赏析》,《名作欣赏》1992年第6期,第103—109页;冯亦代:《欧茨新作〈黑水〉》,《读书》1992年第12期,第133—136页;蓝纯:《乔伊思·卡罗·欧茨其人》,《外国文学》1994年第5期,第39—41页。

这一批早期的评论文章常以清新隽永、自然流畅的语言将欧茨其人其作生动呈现在读者面前,引发了读者对作家作品的深切关注。虽然是浅显的介绍,却不落俗套、颇具风格。这可以说是早期文学评论文章的一个特点,而这些学者的开拓性探索也为后来的研究埋下了伏笔,比如在上述文章中,学院小说、暴力和女性的主题就已经被学者发现和提出,这些研究思路在后来的评论中一直延伸下去,至今还备受重视。如果把作家的写作和批评家的评论看作是互动的两个文本体系,中国早期对欧茨的译介和研究同欧茨本人的写作是同步进行的——欧茨在海的那边笔耕不辍地写作,中国学者在海的这边孜孜不倦地引介。而这时国内读者看到的欧茨正"犹抱琵琶半遮面"地向中国读者演奏出美国精神之歌。这首歌究竟是悲歌还是赞歌? 90年代中期之后的研究开始就这一问题所涉及的欧茨思想内核进行了更深入的分析。

## 二、"千树万树梨花开":作品主题及作家创作观的呈现(1995—2005)

20世纪90年代中期是国内欧茨研究的一个分水岭,在此之前的翻译活动还比较零散,自从《光明天使》(*Angel of Light*)的译本[1]推出后,欧茨的作品在中国渐入外国文学翻译的主流,人民文学出版社在2003年至2005年间连续出版了三部译作:《浮生如梦:玛丽莲·梦露文学写真》(*Blonde: A Novel*)、《中年——浪漫之旅》(*Middle Age: A Romance*)和《我带你去那儿》(*I'll Take You There*)[2]。与此同时,台湾地区也翻译出版了两部译作《野兽》(*Beasts*)和《强暴:一个爱的故事》(*Rape: a Love Story*)[3]。一系列短篇小说也相继发表[4],而此时译者也不再仅仅隐匿在译文之后沉默不语,而是表达出自己的审美判断。在《光

---

[1] 谢德辉译:《光明天使》,百花洲文艺出版社,1996年。
[2] 欧茨:《浮生如梦:玛丽莲·梦露文学写真》,周小进译,人民文学出版社,2003年。欧茨:《中年——浪漫之旅》,李尧译,人民文学出版社,2004年;欧茨:《我带你去那儿》,顾韶阳译,人民文学出版社,2005年。
[3] 欧茨:《野兽》,刘芳助译,台北:二鱼文化出版社,2004年;欧茨:《强暴:一个爱的故事》,廖婉如译,台北:二鱼文化出版社,2005年。
[4] 欧茨:《雅鲁镇》,张礼龙译,《当代外国文学》1996年第2期,第88—96页;《裸露》,石雅芳译,《当代外国文学》1998年第2期,第100—109页;欧茨:《模特儿》,尹礼荣译,《当代外国文学》1998年第3期,第47—73页;欧茨:《你会永远爱我吗?》,汪静评,《世界文学》2000年第2期,第201—227页;欧茨:《相识不晚》,《世界文学》2000年第2期,第227—232页;欧茨:《预感》,林斌译,《名作欣赏》2006年第17期,第12—19页。

明天使》中,译者在序言《疯子带着瞎子走》中分析了"欲望"这一贯穿小说始终的内在驱动力,通过探讨《光明天使》中人物的悲剧命运进而指出:"人类的诸种残疾中,疯和瞎最致命。前者完全诉诸知觉和肉体,后者彻底转向理性和精神。……疯是理性的爆炸,行为上的偏执;瞎是理性的盲目,行为上的阳痿。"①这一论断直指欧茨思想谱系的内在逻辑——理性与非理性的交错与矛盾。在欧茨作品中,人物施与或是遭受的暴力和侵害,都离不开理性和非理性的纠结。90年代中期以后,随着翻译活动的全面推进,评论界对欧茨的研究开始夹叙夹议,深入探究作品张力背后的驱动力。一篇从标题上看起来是纯粹介绍性的文章《乔伊思·卡罗·欧茨其人》也蕴藏了很多作者的所思所感以及颇有启示意义的信息。文章除了详细介绍作者生平之外,还介绍了欧茨作品中频频出现的"吓坏了的女人"(Terrified Women)形象以及作家就评论界对其作品过于暴力、过于多产这两点指责所做出的回应。这种带有深度解析意义的介绍性文字为拓宽欧茨研究的视野起到了积极的作用。以此为契机,好文章开始层出不穷,《美国人的心理——读欧茨的新作〈僵尸〉》和《人生的探索,艰难的历程——读欧茨的小说〈奇境〉》②就是一个良好的开端,两篇文章都在细致的文本分析中逐渐推演出作品内在张力背后所蕴藏的美国文化阴暗暴力的实质。冯亦代先生在介绍新作《花痴》时也就这一问题表达了他的看法:"欧茨不断在美国社会、家庭及个人生活中寻找爱与暴行相互交叉的故事,并无情地剖析暴行之倾向,认为这种暴行并不是由于社会状况或心理创伤所挑起。在她看来,暴行本身就是一种社会状况,是美国人性格中与生俱来的一种向性(Tropism)。这种向性根据历史和环境用不同的形式显现出来。这种暴行掩盖和粉碎了爱与家族关系,而这是欧茨小说想表现的潜在的事实。"他接着借用了劳伦斯的观点进一步指出:"在美国经典文学里,美国人'蓄意的自觉'说得那么郑重和平顺,而在下意识里却是'穷凶极恶的',因为下意识里则是在大叫'毁灭,毁灭,第三个还是毁灭!'"笔者接着赞言:"很少有几个美国作家在记录这一主要的美国多声部音乐时,能像欧茨那样忠实地写出这一多重而又不和谐的曲调。"③按照冯先生的分析,欧茨笔下的暴力的起因不在社会,而是人性的残暴劣根性所致,于是欧茨眼中的和谐景观之下总是

---

① 谢德辉:《疯子带着瞎子走(代译序)》,《光明天使》,百花洲文艺出版社,2006年,第1—12页。
② 张群:《美国人的心理——读欧茨新作〈僵尸〉》,《外国文学》1996年第4期;汪海如:《人生的探索,艰难的历程——读欧茨的小说〈奇境〉》,《解放军外国语学院学报》1996年第6期。
③ 冯亦代:《欧茨的新作〈花痴〉》,《读书》1998年第1期。

蕴藏着层层危机，这也正是作家所要揭示的美国精神的阴暗一面。

欧茨善于在小说中借用深沉但又平静的内心独白倾泻出令人战栗的情感风暴，而在作者所描述的表面平缓却暗藏杀机的美国社会中，女性的生存状况是欧茨十分关切的问题。女性问题从始至终都没有离开国内评论者的研究视野。在国内研究欧茨作品的160余篇期刊论文中，从女性视角来评价欧茨作品的文章共27篇，占16.9%。评论界从一开始就对欧茨是否女权主义者这一问题存在分歧，秦小孟认为：欧茨作品中的女性常常是受害者，因此"奥茨（即欧茨）不是一个女权主义者"[①]。也有评论者认为，"奥茨是否是女权主义者并不重要，重要的是她以自己的作品反映当代女性的困厄与悲哀"[②]。单雪梅则提出了不同的观点，她在博士论文《从乔伊斯·卡洛尔·欧茨小说看其女性主义意识的演进》中分三个阶段细致梳理了欧茨小说中女性主义意识的发展，进而指出：欧茨是一位有女性主义意识的作家，"她的女性主义意识是对女性自身的独立人格、独立的存在价值、创造能力及其优势的肯定，是对以男性为中心的文化对女性歧视与贬抑的否定"[③]。欧茨所呈现出的女性形象"性格各异，既有对外界茫然困惑初涉尘世的少女和易受伤的年轻女性，又有坚强能干乐观的母亲型女性和有文化但又囿于传统性别角色、悲观的家庭主妇以及单身的知识女性"[④]。通过动态展现欧茨笔下的女性形象，并结合女权主义发展的历史语境，单雪梅梳理出欧茨在性别创作上的转变，这体现在她"从对男性文学主流的规范的内化、反省和反思到向女性主义文学主流的倾斜。这并非指欧茨对两种文化传统的态度从一端直接跳到了另一端，而是指她不断吸收各自的优势并摒弃不足之处来完善自己的创作"[⑤]。同时期，关于欧茨作品中女性问题的研究文章不断出现[⑥]，大多数评论者认为欧茨并非女权主义者，而她独特的女性视角真实反映了女性的生存状况并揭示出女性悲剧的根源。还有评论者常将女性与暴力结合在一起进行

---

① 朱蓝星：《女性悲剧的反思：奥茨小说〈如愿以偿〉浅析》，《外国文学研究》1998年第4期。
② 单雪梅：《从乔伊斯·卡洛尔·欧茨的小说看其女性主义意识的演进》，上海外国语大学博士论文，2000年。
③ 单雪梅：《乔伊斯·卡洛尔·欧茨小说世界中的女性群像》，《四川外语学院学报》2003年第4期。
④ 单雪梅：《乔伊斯·卡洛尔·欧茨小说世界中的女性群像》，《四川外语学院学报》2003年第4期。
⑤ 单雪梅：《乔伊斯·卡洛尔·欧茨小说世界中的女性群像》，《四川外语学院学报》2003年第4期。
⑥ 顾玲：《评欧茨小说创作中的女性视角》，《河南师范大学学报》（哲社版）2003年第3期，第82—83页；朱荣杰：《〈他们〉中的她们——乔伊斯·卡洛尔·奥茨笔下的女性与暴力》，《解放军外国语学院学报》2003年第4期，第83—87页；曾凤英、王敏玲、窦秋萍：《寻找母亲的花园——浅析欧茨〈查尔德伍德〉中的女性主义意识》，《山东文学》2005年第4期，第67—69页；杨华：《论欧茨小说女性塑造的独特视角》，《求索》2005年第5期，第158—159页。

论述,因为"在欧茨看来,暴力本身就是美国的一种社会状况,而女性是暴力的最大受害者,对暴力的描写是欧茨创作中女性意识表达的特殊视角"①。

欧茨作为女性作家,对女性命运的关注是一种自然流露,但她的创作并不拘泥于女性,而是将人类和整个世界纳入自己的文本体系中。她的身份也是多重的,既是作家也是文学评论家,这两种身份使得欧茨可以自由穿梭于作品内外,以局外者的眼光对自己的创作方法和艺术观进行反观。因此欧茨的创作轨迹带有十分清晰的层次感,她的叙述也体现出作家创作观的转变和递进。针对这一点,评论界也做了深入的研究。徐俪娜的博士论文②以欧茨两部作品为样本系统分析了作家的叙述技巧和特点;林斌的文章《超越"孤立艺术家的神话"从〈奇境〉和〈婚姻与不忠〉浅析欧茨创作过渡期的艺术观》详细分析了欧茨在 1971 年到 1973 年这段创作转型时期的艺术理念,文章以《奇境》和《婚姻与不忠》两部作品为蓝本,表现欧茨对美国文化中"孤独自我的神话"及其派生的"孤立艺术家的神话"的深刻剖析和批判,从而体现出"作家强烈的社会道德责任感和文化传统意识"③。

欧茨的对社会文化的深刻认识建立在她的批判性立场之上,在欧茨的笔下,一首表面上的美国赞歌以暴力事件为转机,忽然演变为一曲悲歌或绝唱。评论者准确把握了欧茨作品反讽批判的精神,用犀利深刻的笔触揭示出现实与想象之间的冲突和张力。

纵观这一时期国内的研究成果,评论者准确把握了欧茨的反讽批判精神,不再仅仅对作家作品进行引介,而是尝试对作品所蕴含的各个主题进行挖掘,揭示出情节冲突背后的内在张力。欧茨作品本身的丰富性和深刻性使得评论者大有可为,欲望、暴力、女性等多个主题线索得以被发现和展开,国内欧茨研究开始呈现出"千树万树梨花开"的兴盛之况。

## 三、"他山之石可以攻玉":理论视角的引入(2006—2012)

借助译者和评论者的大力推介,欧茨的许多大部头的作品也逐渐从学者的

---

① 杨华:《暴力下的女性天空——论欧茨小说中女性意识表达的独特视角》,《湘潭大学学报(哲学社会科学版)》2005 年第 4 期,第 116—118 页。
② 徐俪娜:《经验即现实:欧慈〈他们〉及〈我心深处〉叙事技巧之研究》,台北:台湾科技大学博士论文,1999 年。
③ 林斌:《超越"孤立艺术家的神话"——从〈奇境〉和〈婚姻与不忠〉浅析欧茨创作过渡期的艺术观》,《当代外国文学》2003 年第 1 期,第 147—155 页。

书柜中走进了寻常百姓家,中国读者开始希望可以更多地了解这位外表看起来有些腼腆,作品中却充满激情、暴力和反思的"神秘"作家。2006年以后,翻译界适时加大了对欧茨的推介力度。2006年,长江文艺出版社推出了《欧茨文集》①,其中涵盖五部译作,集中反映了欧茨20世纪90年代至2005年的长篇小说创作、富有怪诞惊悚色彩的短篇小说创作以及欧茨身为评论家"对文学、尤其是小说的坦率观点以及对文坛和文化现象的看法"②。之后,人民文学出版社又重点推出了欧茨2008年出版的两部新作:一部短篇小说集和一部长篇小说③。这一系列译介活动的开展全面推进了欧茨研究走向深入。

欧茨丰富独特的创作技巧时刻吸引着评论界的关注,她善于对美国生活进行细致的观察,这让她的作品呈现出现实主义与超现实主义色彩相互交错的特点,她细腻温婉的叙述风格将现实主义推向人的精神世界,十分真实鲜活地呈现出了美国精神的状况,被评论者称为"心理现实主义",评论界也常常将她的作品同威廉·福克纳、斯坦贝克、尤多拉·韦尔蒂、奥康纳和德莱塞的作品进行比较分析。然而,她在创作手法究竟属于哪一种"主义"?国内外评论界对这个问题始终莫衷一是。就此,有国内研究者认为"欧茨不举史实,不交代来龙去脉,只是通过人物的所思所感,折射出人物背后的时代变迁,与狄更斯或者斯坦贝克等作家笔下的现实主义有着明显的差异","欧茨的现实主义……是对传统现实主义的修正与发挥",与此同时,"欧茨不会被动地沿袭传统,同样也不会全盘否定后现代主义写作,她所否定的只是完全'个人中心主义'的写作态度",因此可以说,"欧茨笔下的后现代主义不是一种文学流派或者创作思想,而是一种文学手法,一种可以纳入作品总体框架中的叙事技巧"④。这种理解契合了欧茨兼收并蓄的创作理念,为读者理解作家的创作手法开辟了一个新视角。

---

① 刘硕良、王理行主编:《欧茨文集》,长江文艺出版社,2006年;郭英剑译:《大瀑布》(*The Falls*),长江文艺出版社,2006年;石定乐译:《妈妈走了》(*Missing Mom*),长江文艺出版社,2006年;左自鸣译:《鬼魂出没》(*Haunted Tales of the Grotesque*),长江文艺出版社,2006年;闻礼华、金林鹏译:《狐火:一个少女帮的自白》(*Foxfire: Confessions of a Girl Gang*),长江文艺出版社,2006年;徐颖果主译:《直言不讳:观点和评论》(*Uncensored: Views and Reviews*),长江文艺出版社,2006年。

② 王理行:"总序",《欧茨文集》,刘硕良、王理行主编,长江文艺出版社,2006年,第1—10页。

③ 樊维娜译:《狂野之夜!爱伦·坡、狄金森、马克·吐温、詹姆斯和海明威最后时日的故事》,人民文学出版社,2011年;刘玉红、袁斌业译:《我的妹妹,我的爱:史盖乐·蓝派克秘史》,人民文学出版社,2012年。

④ 周小进:《传统构架下的后现代主义手法——评欧茨的〈浮生如梦〉》,《英美文学研究论丛》2010年秋季号,第313、313、318、311页。

对欧茨小说的研究在2006年之后呈现出更加多元化的趋向。博采众长的创作必然带来多元杂糅的文本世界。欧茨曾说过,"我有一个巴尔扎克式的野心,想把整个世界都放进一部书里"①。作家开阔的创作视野及其深厚的哲学素养也使得评论界的研究思路随之不断拓展。国内欧茨研究开始突破以往对欧茨作品中女性形象、悲剧性及艺术风格等主题的研究范式,从文内研究过渡到文外解读,借用哲学视角和文学理论对欧茨作品进行再关照,从而进一步深化了对欧茨作品的认识。王弋璇在她的博士论文《暴力与冲突——乔伊斯·卡罗尔·欧茨小说中的空间性》中借用列斐伏尔和福柯的空间理论,"以评论界广泛关注的欧茨小说中的暴力现象为切入点,在空间转向的社会背景下探讨作品中暴力情节的根源",揭示出小说冲突背后蕴藏的空间权力机制,从而得出结论:"暴力和冲突现象来源于现实中的抽象空间现状以及权力化的空间构型所带来真实与想象的分裂"②。论文以福柯和列斐伏尔的理论为视角,将文学作品中的暴力现象同哲学领域中的空间转向潮流有机结合起来。借用理论关照欧茨作品分析的新趋向为读者呈现出一个更加深刻多元的欧茨作品世界。随后评论界也涌现了一系列以空间理论为视角,透视欧茨小说背后社会权力机制的文章③。还有评论者发现了欧茨小说中隐含的生态观,对欧茨作品的生态思想进行了系统研究。杨建玫的博士论文以生态伦理学中非人类中心主义学派的相关理论为框架,选取欧茨的9部具有代表性的小说,对其中所展现的人与自然的关系和生态语境下人与人之间的关系进行探讨,梳理出欧茨小说的生态之维④。与此同时,作家本人的犹太身份问题也受到了评论者关注⑤。

欧茨兼具诗人、剧作家、评论家、编辑和大学教授等多重身份,关注社会现实和底层人物,吸纳了众多文学大师和流派的思想内涵,经过不断地探索和创造,

---

① Clemons, Walter. "Joyce Carol Oates: Love and Violence in the Head." *Newsweek* 11 (Nov. 1972): pp.69-80, 72.
② 王弋璇:《暴力与冲突——乔伊斯·卡罗尔·欧茨小说的空间性》,上海外国语大学博士论文,2008年。
③ 王弋璇:《空间与权力——欧茨小说〈狐火:一个少女帮的自白〉的"圆形监狱"》,《美国文学研究》第5辑,第225—239页;王弋璇:《暴力与浪漫——乔伊斯·卡罗尔·欧茨小说〈他们〉的空间维度》,《社会科学》2010年第6期,第179—186页;刘玉红:《从福柯的空间理论解读欧茨小说中的异质空间》,《广西师范大学学报》(哲社版)2011年第5期,第53—57页。
④ 参见杨建玫:《超越人类中心主义的樊篱——乔伊斯·卡罗尔·欧茨小说的生态伦理思想研究》,中央民族大学博士论文,2010年。
⑤ 林斌:《乔伊斯·卡洛尔·欧茨的犹太寻根》,《中华读书报》2006年9月20日;林斌:《大屠杀叙事与犹太身份认同:欧茨书信体小说〈表姐妹〉的犹太寻根主题及叙事策略分析》,《外国文学》2007年第5期,第3—10页。

形成了自己鲜明的风格。她致力于描写世界的复杂性,关注下层人的苦难生活,把现实的丑陋描写得淋漓尽致,并以多产著称,"也许正是由于她的多产和多面,人们始终觉得她难以捉摸和定位,诺奖的两次落榜从侧面反映出学界对其作品的严肃性存在争议。提起欧茨,评论界常将她的名字与暴力相连,甚至认为她对暴力有一种病态的嗜好,或者索性将其作品列入通俗小说"①。针对这种误解,有评论者强调说:"欧茨给自己的作品披上这类通俗小说的外衣后,加上她的许多小说都很畅销,许多没能细心去欣赏、体会她的作品的读者就真的把她的小说误认为是通俗小说了",实际上,她的"作品题材丰富,广泛触及了美国的社会生活,细腻地描摹美国的社会问题,进而提出了整个美国的前途和命运问题","她这么一位严肃作家的严肃文学作品,经常像许多后现代主义作家那样,采用诸如凶杀、强奸、暴力、偷情、走向堕落等题材和侦探、推理等通俗小说的形式来表达自己对人生、对社会、对美国、对人类命运的严肃思考","具有罕见的深度和力度"②。评论者开始尝试以更加深刻的理论思考,从不同角度入手展现出海纳"整个世界"的欧茨创作全景图,从而凸显其作品的严肃性和现实性。首先有学者谈到,"评论界一向把欧茨描绘成'暴力和黑暗的专业写手',却忽视了欧茨作品中所传达的悲悯和关怀,而其'学院小说'是这一主题的有力注脚"。我们看到,"欧茨小说所呈现的不是理想中的象牙塔,而是大学内部的尔虞我诈。她的小说中,大学已不是一片净土。这里同样涌动着文化的激流以及政治的漩涡。但她的作品没有仅仅停留在揭露和批判的层面,而是旨在呼吁建构一种和谐的校园文化和人际关系"③。

针对欧茨作品中暴力情节过多的问题,国内评论界从一开始就十分关注,欧茨本人也备受评论界这一质疑的困扰,她经常被问到这样的问题:"为什么你的作品如此暴力?"就此,她在1981年写了一篇以这个疑问为标题的文章发表在纽约《时代周刊》上,并指出这个问题带有男性至上主义的色彩,因为从来没有人指责过男性作家的作品太过于暴力。她谈道:"仅就我写出的作品以及贯通于其中的'暴力'实践而言,在该词任何有意义的概念上,我非常怀疑我会是一个描写暴力的作家。真实的人生实在比我所描绘的更混乱、更充满了血腥的暴力。"她接

---

① 刘英、栾红敏:《学术竞争与群体关怀:乔伊斯·凯洛·欧茨的"学院小说"主题探究》,《外语教学》2008年第3期,第3页。
② 王理行:"总序",《欧茨文集》,刘硕良、王理行主编,长江文艺出版社,2006年,第1—10页。
③ 王弋璇:《暴力与浪漫——乔伊斯·卡罗尔·欧茨小说〈他们〉的空间维度》,《社会科学》2010年第6期。

着强调说:"我的作品事实上并不特别狂暴,只不过多数牵涉到某些暴行的现象及其后果,所取方式也没有超过希腊悲剧……不过是反映现代社会而已"①虽然作家明确阐明了自己的创作态度,然而她的解释终究缺乏理据,也未能使争论偃旗息鼓。2006年之后,国内评论界从多个角度对"暴力"这一理解欧茨作品的关键问题进行深入探究。刘玉红也在她的论著《乔伊斯·卡罗尔·欧茨的哥特现实主义小说研究》中将暴力同哥特小说创作结合起来,揭示出被誉为"女福克纳"和"哥特小说女王"的欧茨在创作中借用传统哥特小说的技巧,关注生活中暴力的一面,并赋予其现实的风格与内涵,以此来实现揭露和批评美国社会与文化的种种弊病这一创作意旨②;王弋璇在《暴力与浪漫——乔伊斯·卡罗尔·欧茨小说〈他们〉的空间维度》一文中,将暴力情节同小说《他们》中的烈火意象相联系,揭示出小说中的暴力同列斐伏尔理论体系中"空间的生产"概念内涵之间的同一性,进而突出了作家希望通过张扬非理性从而使现代人摆脱社会空间束缚的创作意旨③;而在《暴力与欧茨的悲剧创作》一文中,作者将暴力和悲剧联姻,进而指出:"欧茨笔下的暴力绝非如某些批评家所言,是吸引大众的噱头。从社会文化批评的角度来看,这种每时每刻围绕在每个人身边的暴力恰恰反映了当代人在残酷现实面前惨遭蹂躏劫掠的生存困境,而欧茨用文字真实地将这种困境赤裸裸地展现在读者面前,是用最振聋发聩的声音警醒混沌懵懂的现代人。"④这一系列研究的开展使欧茨作品中暴力情节问题得到了学理性的分析和阐释。国内欧茨研究也在这些问题的导向下,以理论性的分析为依托,开始走向更加广泛深入的全面发展阶段。

## 四、欧茨研究近四十年之总结

自1974年开始,欧茨开始走进中国读者的视野,国内学者和译者对欧茨的研究和翻译活动总体上呈现出逐步深入和细化的特点。从1974年到1994年

---

① Joyce Carol Oates. "Why Is Your Writing So Violent?" *New York Times Book Review* 29 (Mar. 1981):15.
② 刘玉红:《乔伊斯·卡罗尔·欧茨的哥特现实主义小说研究》,苏州大学出版社,2011年。
③ 王弋璇:《暴力与浪漫——乔伊斯·卡罗尔·欧茨小说〈他们〉的空间维度》,《社会科学》2010年第6期,第179—186、192页。
④ 王静、王腊宝:《暴力与欧茨的悲剧创作》,《中南大学学报(社会科学版)》2012年第4期,第202页。

的20年间,早期的研究虽然停留在翻译和介绍的层面上,却蕴含着许多可待挖掘的研究主题和分析视角,并为下一阶段的研究奠定了坚实的基础。到了1995年之后,评论者展开了对欧茨作品中诸如暴力情节、女性形象、创作方法等多个主题的研究,并深入探讨了欧茨在过渡时期的创作观。纵观1995年至2005年这十年的欧茨研究和翻译,打破了过去单纯的引介加浅析的范式,开始过渡到更加开阔和深入的主题研究,但这一阶段的研究还难以摆脱主观性的局限,个别评论者有时会随手拈来一个主题,并按照自己对作品的理解,做出假设、分析并得出结论。这一类的评论文章所得出的结论难免有失偏颇,作品本身的魅力可能受评论者分析视角的影响而没有得到充分呈现,某些"一厢情愿"的主题分析往往让人读后有"只见树木不见森林"之感。而到了2006年之后,随着欧茨进入外国文学翻译界的主流以及我国文学评论总体水平的提高,这种主观性较强的文章渐少,更多具有全局观和理论洞见的评论文章和论著开始出现。评论者以自己对欧茨作品的深刻理解,并结合20世纪哲学、社会学等学科的发展,对欧茨作品展开了多维度的研究,欧茨创作的空间之维、生态之维以及作家本人的创作观都得到十分深刻的解析,欧茨创作中一些备受争议的焦点问题也得到了深入的理论性探讨。2006年至今虽然只有7年时间,但评论界对欧茨的研究却发生着重要变革,虽然重复性和浅析类的文章依然层出不穷,但可喜的是诸多让人读后备受启发的创新成果开始涌现,这些成果建立在对国内外研究现状的充分把握基础上,或带有跨学科特点,或旁征博引国内外文献,融会贯通,主题突出,契合现实,必将为未来的欧茨研究提供不竭的动力。

 **方法谈:**

## 如何撰写综述类论文?

这篇论文是本人的国家社科基金青年项目——"乔伊斯·卡罗尔·欧茨小说研究"的阶段性成果。欧茨这位多产的美国女性作家在她的作品中史诗般记录了美国人在充满躁动的文化语境中的挣扎与抗争,其作品张力的外在表现形式为暴力冲突,而内在表现形式为对畸形羸弱的人物个性的描写。在阅读相关文献的过程中,笔者发现,很多评论者对欧茨作品中的暴力情节提出质疑,即"为什么欧茨的作品如此暴力?"找到了评论界对作家定位的争议点,也就抓住了研究的切入点。细读作品和相关评论后,我们看到,作家对"世界本体之谜"的探索在作品中一以贯之,而国内外学界对欧茨作品的主要围绕以对作品中的女性悲剧主题进行呈现和解读、对作者采用的艺术手法进行探索和研究、对小说的悲剧和暴力主题以及对作品中的自我意识进行理论性探究的范式展开研究,而对暴力情节背后的根源进行学理性探索的成果还没有出现,课题在前人研究成果的基础上,突破以上主题范式,分别呈现欧茨作品中的空间权力机制和受虐的身体意象,研究目的是通过文化史论和文本分析的方法,梳理出欧茨作品中蕴藏的美国文化的脚印,审视文本与文化之间的互动关系,探索欧茨反复尝试暴力主题的社会文化根源。为了解决这一问题,需要大量的相关文献作为素材依据,这也就有了以上这篇综述性的论文。也就是说,研究问题是从文献中来,而解决问题也要重新回溯到文献中去,人文社会科学研究的起点都是从文献梳理开始的。

谈到综述类的论文,总是感触颇多。这篇论文的写作开启了整个课题研究,也帮我找到了新的研究视角。文学研究不同于理工科等实验学科,我们依据的素材别无他物,只有文献资料。所谓"万丈高楼平地起",文献如同盖房子、打地基所用的水泥、砖瓦,只有充足的材料才能保证楼房的地基扎实、立场坚定。几年前,我曾投稿给国内的一个文学类核心刊物,之后收到了主编的修改意见,其中提出,高级别刊物格外注重考查投稿作者对该领域国内外权威文献的掌握程度,所以在论文的第一部分建议增加对国外权威文献的介绍。笔者给上海外国语大学英美文学方向的硕士生开设了"英美文学论文写作规范"课程,期末布置的论文就是撰写一篇文献综述,中英文皆可:中文写成后可以发表,英文写好后则可以作为硕士论文的一部分,一文多用。笔者期望同学能够利用这样一篇论文的写作,夯实对素材充分掌握的基本功,为随后的硕士论文写作或发表奠定基础。

综述类论文写作的几个环节简述如下。

一、如何选题?

综述论文的选题不同于一般的学术论文,需要找一个视角对作品进行分析,相同之处在于同样需要对相关论文进行充分的调查研究,了解前人针对该领域的综述文章涵盖了哪些方面。有学生在撰写我布置的综述论文作业的过程中,提出了一个问题,如:是否可以只写一部作品的综述?我回答,如果是只为学位论文写文献综述部分,当然是可以的。但如果为了发表,一部作品的综述略显不足,大多数研究者会选择以作家国内或国外研究的状况进行综述;还有一个问题是:学生研究的作家已经有相关文献综述类论文在刊物中发表,该如何撰写发表用的综述类论文？我答道：如果为了投稿，不能重复前人撰写过的内容，但假若已发表论文选取的是某个时间段，我们可以回避前人已经综述过的时间阶段，选取未被介绍的时间段来进行综述。因此选题阶段需要对相关领域的综述文章进行详细的调查，对文献有大致的了解，在此基础上选定一个时间阶段（如，20世纪以来的研究状况）或范畴（如，国内研究、国外研究或国内外研究）。

二、如何搜集、整理文献？

文学论文的写作都建立在全面的素材基础之上，所谓"知己知彼，百战不殆"，只有全面了解文献，才能找到恰当的研究问题。题目选定后，需要围绕题目搜集相关文献。随着电子数据库的发展，大部分论文资料都可以在数据库中检索得到，常用的数据库包括 Ebsco、Proquest 数据库、读秀数据库等，其中 Proquest 学位论文数据库中的博士论文对读秀数据库所具备的全文检索功能撰写综述论文中起到重要作用，我在撰写博士论文过程中就利用了读秀数据库检索，最大程度上找到了国内欧茨研究的文献，包括专著中提到欧茨研究的某个细节信息，精确到著作中所在的页码。这是电子数据时代给人文社会科学研究带来的便利，可以让我们自信地说在文献检索方面基本做到"穷尽"二字。撰写综述文章的同时，整理出了欧茨研究在国内的完整索引目录，对自己和其他学者都有一定的帮助参考作用，这个索引也成为我在博士论文答辩中的加分项。回想刚踏入学术大门，准备着手撰写硕士论文《约翰·厄普代克小说中的女性形象》的时候，导师告诉我，写硕士论文之前的第一步可以先写一篇综述类的论文，于是我和同学一起来到北京，住在国家图书馆附近的地下室，在国图和北大图书馆中检索了所有关于约翰·厄普代克的资料，根据人大复印资料中的索引信息，查找的范围包括现刊和过刊库等，全面覆盖了厄普代克自从被译介到中国以来的所有文献。在这期间，我对高引文献做了标记，准备回头重点看，一般这类文献会有我们需要的很多引用信息。

三、综述论文如何写？

综述类论文一般包括题目、摘要、引言、正文、结语及参考文献几个部分。首先要起好题目，论文的题目不宜太长，一般不超过 25 个字，而综述类论文的题目都会更加简洁，需准确清楚地表达全文的主要内容。文学研究方向的综述类论文则要凸显综述对象的范畴，如果是仅对某一作家国内状况的综述可用"某作家研究在中国"的标题，其中也包括了作家作品在中国译介的情况；如果是对某一作家的国外研究状况的总结，可用"某作家国外研究综述"等标题；如果综述的范畴限制在某一时间阶段,则需要注明时间阶段,如"新世纪以来某作家国内研究状况综述"。其次,摘要如何写?论文中文摘要字数一般要求 250 字左右,内容上要求言简意赅地总结全文主要研究思路和方法,表明观点和结论,确保语言简洁流畅,通顺严谨、语言规范。综述类论文则需要清晰介绍该论文的主要思路和结构,而非对作家、作品进行介绍,也就是说摘要中不应出现信息介绍性的内容。再次,引言部分需要介绍全文的背景、总体研究概况和写作模式,综述类论文的写作模式大致可分为两种:一种方式是按照时间的顺序,从最早期的研究开始一直贯穿到对当下研究状况的综述,我们可以在梳理文献过程中找到研究的"转折点",可以是某一重要的文化事件所带来的转折,也可能是一系列研究成果的涌现所带来的新的研究阶段。找到了转折点就可以将研究状况按照事件进行分期综述,正如前文中的分类方式一样。这种写作模式的好处在于清晰了解研究的时间脉络,呈现出当下研究所处的位置,以便对未来研究进行展望。另外一种方式就是将所有的研究文献根据研究视角或研究方法的不同总结成几种范式,以不同的研究范式进行总结梳理。这种方式的优点在于可以清晰了解到研究的现状,并尝试探寻新的研究视角。为了让读者了解作者的写作思路,需要在引言部分对此做出介绍。

接下来就进入正文的写作,正文中每个部分的标题的拟定都很关键,有时候我会选择用主副标题的方式,这样可以兼顾标题应囊括的信息,也就是这部分内容的具体范畴和该阶段的总体特征,正如论文第一部分的标题"犹抱琵琶半遮面:早期的译介与研究(1974—1994)"标题前半部分是该阶段的特征,后面是具体研究的范畴,而随后的标题都可以尽量同这样的结构呼应。由于笔者平时担任编辑工作,选稿的时候常常会有一个"不好"的习惯就是"标题和摘要定终身",往往在时间有限的情况下,摘要和标题的精当与否就直接决定了论文能否被录用。因为自己有这个习惯,也鞭策着我在写论文的时候会花很多的时间放在标题的推敲和摘要的修改上。这是论文的门面。正文的写作可从文中看出思路,不必赘言。而正文的最后部分则需要在总结前人研究状况的基础上,回归过往研究的利弊,展望未来研究的方向。这也是综述论文的目的所在,因此只梳理是不够的,所谓"综述"是需要综合汇总后的述说,是高屋建瓴的展望,对今后的研究有导向的目的。在这样的基础上,再去进行研究,如同站在巨人肩头,可以拥有俯视的视角,敏锐地抓住具有深刻意义的研究视角。这篇论文也为我做博士论文找到了空间性和身体维度这一在当时具有前沿性的视角,从而助力后来国家社科基金项目的顺利立项。

如今这个项目已经结项四年多了,回顾欧茨研究的历程,我依然十分感恩我的两位导师帮助我培养出的研究之前必先综述的研究习惯。正因为占据了广阔浩瀚的文献,仿佛占据了战略高地,美好风光尽收眼底,自然也会有信心在文学研究中取得成就。

# 人类世的气候危机书写
## ——兼评《气候变化小说：美国文学中的全球变暖表征》*

袁　源**

**内容提要**：20世纪90年代以来，气候变化小说（Cli-Fi）蓬勃发展，成为人类世环境话语中的新兴文类。德国学者安东尼娅·梅纳特的学术专著《气候变化小说：美国文学中的全球变暖表征》梳理当代美国12个气候变化叙事文本，分析其中的时空变换、风险意识及伦理维度，突出小说家环境正义诉求的文化政治逻辑，彰显气候危机在美国社会的具象化过程。哲学家、小说家、批评家共同探讨人类活动对地球运行系统的负面影响，呼吁全球读者及评论界增强"危机意识"、重视"环境伦理"、理性应对"全球气候危机"，有力助推了新世纪生态批评的"星球转向"（planetary turn）。

**关键词**：人类世；环境人文主义；生态批评；气候变化小说；安东尼娅·梅纳特

气候变化小说（Climate Change Fiction），又称气候小说（Climate Fiction，简称 Cli-Fi），以直接叙述气候变化或气候危机场景为主要特征，是环境危机话语中出现的新文类。作为一个新兴的文类，它经历了自身的发生发展过程。1962

---

\* 原载《外国文学》2020年第3期，第165—172页，本书收录时略有改动。
\*\* 袁源，文学博士，上海理工大学外语学院副教授，美国加州大学伯克利分校英语系访问学者，美国现代语言协会（MLA）会员。主要研究领域为文学中的城市、气候变化小说、科幻小说等。在《外国文学》《外国文学研究》《英美文学研究论丛》等期刊发表论文多篇，出版专著《都市　漫游　成长：E.L.多克托罗小说中的小小都市漫游者研究》（上海交通大学出版社，2017年）。承担教育部人文社科青年项目"21世纪美国气候小说研究"（20YJC752024）等。

**联系方式**：上海理工大学，邮编：200093，Email：yyuan@usst.edu.cn。

年,卡森(Rachel Carson)的非虚构作品《寂静的春天》(*Silent Spring*)在美国出版,以美国"钢铁工业城市"匹兹堡的一个小镇"被神秘地消声"引起美国乃至全世界对环境问题的关注,开创了环境人文主义研究新局面。同年,首部气候变化小说,英国作家巴拉德(J. G. Ballard)的《沉默的世界》(*The Drowned World*)出版,描写全球变暖、冰盖融化后被洪水淹没的伦敦城。20世纪90年代英语世界相继出现了不少优秀的气候小说作品:布林(David Brin)的《地球》(*Earth*)、斯特林(Bruce Sterling)的《沉重的天气》(*Heavy Weather*)、巴特勒(Octavia Butler)的《播种者的寓言》(*Parable of the Sower*)等。21世纪以来,加拿大作家阿特伍德(Margaret Atwood)、英国作家麦克尤恩(Ian McEwan)、美国作家弗兰岑(Jonathan Franzen)、麦卡锡(Cormac McCarthy)、金索弗(Barbara Kingsolver)、罗宾森(Kim Stanley Robinson)、巴奇加卢皮(Paolo Bacigalupi)、斯迈利(Jane Smiley)和里奇(Nathaniel Rich)等都出版了气候变化主题小说作品,且大都获得布克奖、美国国家图书奖、普利策小说奖、雨果奖和星云奖等,或曾畅销,使气候变化小说这一文类成为21世纪世界文学发展进程中的一匹黑马。气候变化小说的迅速发展反衬出新世纪全球气候困境:变暖加剧、灾难频发、环境恶化、地球家园多处被毁、气候难民人数剧增。正如齐泽克(Slavoj Žižek)所言,生态危机是可能导致全球资本主义毁灭的四驾马车之一[①]。正当科学家、哲学家、社会活动家、作家等众多知识分子高呼拯救地球时,2016年美国特朗普当局却宣布退出《巴黎协定》,以"振兴美国经济"为由否认美国在控制温室气体排放方面应该承担的历史责任;在2019年的政府财政预算中,环保投入更是缩减了近30%。这些不但导致美国国内环保人士及众多知识分子的强烈抗议,更使全球在应对气候危机方面困难重重。美国政府当局在气候危机问题上的不作为助长了"气候怀疑论"的气焰,一定程度上刺激了气候变化小说在新世纪的蓬勃发展。小说家们通过想象气候灾难带来的资源短缺、政治腐败、伦理涣散、物种灭绝等场景,介入环境政治、呼吁环境正义,积极回应"文学无力应对气候危机"的论调。与气候小说蓬勃发展相对应,英语世界气候书写批评也方兴未艾,美国批评家海瑟(Ursula Heise)、科恩(Tom Cohen)、科尔布鲁克(Claire Colebrook)、米勒(J. Hillis Miller)、莫顿(Timothy Morton),英国生态批评家约翰斯-普特拉(Adeline Johns-Putra)、特克斯拉(Adam Trexler)、克拉克(Timothy Clark),加拿大生态

---

① Slavoj Žižek. *Living in the End Times*. London: Verso, 2010. p.x.

批评家加勒德(Greg Garrard)等纷纷著书撰文讨论全球气候危机及文学作品中的气候变化主题。剑桥大学出版社、帕尔格里夫麦克米伦出版社、开放人文出版社及各大文学期刊相继出版或刊登了与气候小说研究相关的专著与文章。这些研究具有一个共同点,即在传统生态批评的基础上突出"气候变化"主题,从对"地方与环境"的关注扩展到对整个地球未来命运的探讨。

在生态批评的"星球转向"(planetary turn)大潮中,德国学者梅纳特(Antonia Mehnert)的《气候变化小说:美国文学中的全球变暖表征》(*Climate Change Fictions: Representations of Global Warming in American Literature*,以下简称《气候变化小说》)是专门研究美国气候小说的第一部专著,于2016年由帕尔格里夫麦克米伦出版社出版。该书是继英国生态批评学者亚当·特克斯拉的专著《人类世小说》(*Anthropocene Fictions*,2015)之后西方评论界研究气候小说的又一力作。梅纳特的专著聚焦美国气候叙事文本,是因为美国是当今世界碳排放量最大的国家之一,而总统和国会在应对气候变化方面的诸多分歧,不但使小说内部富于张力,且凸显出气候问题的严重性和紧迫性。梅纳特选取12个美国小说及电影文本,结合全球气候变化语境,考察社会政治、环境话语及文学的关系、气候小说中的时空变换及气候文本如何参与呼吁环境正义等,对战后尤其是20世纪90年代以来出现的美国气候小说文本进行梳理,对后续研究具有很好的启发性。

## 一、人类世的气候危机书写

自农业诞生伊始,人类"破坏"自然环境的行为便一发而不可收。诺贝尔化学奖获得者克鲁岑(Paul Crutzen)2000年首次提出用"人类世"(Anthropocene)来指称我们当今所处的地理纪元。"人为"原因导致地球运行系统的变化是人类世的显著特征。工业革命加速了人类的大发展(Great Acceleration),同时也使近两百年的温室气体排放量逼近过去几百万年的排放量。随着全球变暖的加剧,海平面上升、生物圈系统紊乱等随即而来。"气候变化叙事"不同于文学中传统的气候主题书写,而是以人为导致的气候变化为叙述中心,勾勒出这一前所未有的环境危机所带来的伦理困境及社会变化。梅纳特著作中所选择的气候变化叙事文本旨在探索气候危机如何在美国社会具象化,对我们深刻理解"人类世"危机的深层影响具有重要的作用。正如特克斯拉所言:气候小说试图展现更深层次的"复杂性",探析人们对"冰山溶解、化石能源危机、碳交易、航空旅行"等问题的各种"美学和心理学反应",而这些是"非虚构作品和其他艺术形式难以描述的"①。在梅纳特看来,气候小说是作家帮助大众认识气候危机的"文化政治策略"②。他认为气候小说显然挑战了"科学即客观事实"这一论断,从而迫使我们思考什么是真实,什么是建构出来的真实。拉图尔(Bruno Latour)和伍尔加(Steve Woolgar)在其著作《实验室生活》(*Laboratory Life*)中指出科学家在实验室所获得的研究发现并非是关于自然的"真实",而是一种关于真实的"拟象";只有通过社会互动和阐释才能获得最终的"真理"③。人们往往认为全球气候问题只存在于科学话语中,但科学家难以准确预测人类的未来,因为这一切取决于人类自身的行为,正如德国社会学家贝克(Ulrich Beck)所说,"最终没有人能确切知道风险的真正面目,如果这意味着亲身经历风险的话",因此,现代社会"风险意识并不取决于二手经验(second-hand experience),而是来源于二手非经验(second-hand non-experience)"④。梅纳特认为气候小说所提供的正是这种"二手非经验",在科学话语力所能及的范围之外,在普通民众尚未意识到气候危机严重性之前,给予其美学刺激及情感共鸣,从而激发他们应对气候危机的风险意识(*Climate*:6)。气候小说及气候批评旨在让大众意识到,仅凭科学的力量难以从本质上缓解人类世的内在矛盾,而是需要人类在"可持续发展"目标的指引下,集合人文社会科学以及自然科学的力量,共同应对这一危机。这是气候危机书写的哲学动因,也是进行气候小说研究的逻辑前提。

环境危机不再是遥远的未来,它就是我们当下的生活常态⑤。自20世纪60年代以来,卡森的环境警示和斯坦福大学厄利希(Paul Erlich)教授夫妇的人口爆炸论引发了人们强烈的末日感和求生欲,自此,美国末世论中自19世纪中期才带有的环境元素借助各种灾难叙事(catastrophic rhetoric)通过多种媒介放大呈现于大众面前。这些作品往往会想象某种危机场景,如环境恶化到极点、世界

---

① Adam Trexler. *Anthropocene Fictions*. Charlottesville: University of Virginia Press, 2015, p.14.
② Antonia Mehnert. *Climate Change Fictions: Representations of Global Warming in American Literature*. Switzerland: Palgrave MacMillan, 2016, p.4.后文出自同一著作的引文,将随文标出该著作简称"*Climate*"和引文出处页码,不再另注。
③ Bruno Latour and Steve Woolgar. *Laboratory Life: The Construction of Scientific Facts*. 2nd ed. Princeton: Princeton University Press, 1986, p.243.
④ Ulrich Beck. *Risk Society: Towards a New Modernity*. Trans. Mark Ritter. London: Sage, 1992, p.72.
⑤ Frederick Buell. *From Apocalypse to Way of Life: Environmental Crisis in the American Century*. New York & London: Routledge, 2005. First published in 2003, p. xiv.

范围的瘟疫、外星人入侵、人类自我灭绝等,体现出人类对自我生存环境及未来的深层忧虑,并在此基础上形成启示录文学(Apocalyptic literature)及后启示录文学(Postapocalyptic literature),以世界末日或末日后的生活场景为叙述旨归。梅纳特在著作中分析了末日叙事的诸多局限性,并特意选择运用各种创新形式书写气候危机的文本以避开末日叙事,旨在探讨气候危机中地球生物生存形态缓慢变化的过程。她在对比分析两者的基础上指出气候小说与传统末日叙事有三大差异:其一,因为全球变暖会带来多重危机,从而引发多重气候灾难事件,因而气候变化小说的叙事中心并非像传统的末日叙事那样聚焦于某一个灾难性事件;其二,气候危机的起因复杂,因此气候小说叙事进程相比传统末日叙事更注重"现代风险社会中施害者和受害者的复杂关系"(*Climate*:33),而不是停留在道德层面的"敌我对立";其三,末日叙事的社会动机各异,而气候小说的重要功能在于通过反讽呼吁环境正义,凸显环境伦理,从而介入环境政治,参与历史建构(*Climate*:225)。这是这部著作在文类特征归纳方面的主要贡献,对研究美国气候小说的叙事策略及社会功用具有开拓性意义。

## 二、《气候变化小说》的学术贡献及不足之处

西方气候小说兴起是生态文学发展的最新动向①,但相应的气候书写批评存在一定的滞后现象。其原因有二:一是传统生态批评并不涉及"文类研究"(genre study),而气候变化小说往往被认为是"类型小说"(genre fiction),因此导致众多生态批评学者没有对其在 20 世纪末 21 世纪初的蓬勃发展给予足够的重视;二是由于进行气候小说创作的作家中有相当一部分长期从事科幻小说或幻想小说写作,如罗宾森、巴奇加卢皮和勒古恩(Ursula K. LeGuin)等,而这些作家往往被认为是"畅销书"作家而非"严肃"作家。传统的生态文学批评重"严肃"作品,轻"畅销"小说,从而导致作品一大堆、理论不成型的现象。直至 21 世纪伊始,国外生态批评家才纷纷著书发文讨论这一重要的文学现象。据笔者研究发现,迄今为止在气候小说批评方面,英国学者研究成果最为丰硕,涌现出约翰斯-普特拉、特克斯拉、克拉克等重要的气候小说批评家,但有意思的是其研

---

① 李家銮、韦清琦:《气候小说的兴起及其理论维度》,《北京林业大学学报》(社会科学版)2019 年第 2 期,第 98 页。

究的文本有70％左右来自美国作家的小说文本和电影文本。美国气候变化叙事的兴盛也是德国慕尼黑大学卡森研究中心的学者梅纳特选择美国气候小说作为研究对象的重要原因。正如上文所言,梅纳特的著作是聚焦研究美国的气候变化叙事的第一本学术专著,对气候小说批评理论建构提供了很多新的思路。她不但在选择文本时特意避开末日叙事,还尽量兼顾文本的多样性,包括长篇小说、短篇小说、电影短片等,既关注已成名的作家如博伊勒(T.C. Boyle),也兼顾文学界的新人如阿姆斯特丹(Steven Amsterdam)。著作中的文本分析分为以下五个部分:

第一部分剖析气候变化小说中"空间"意识的演变。以阿姆斯特丹的《始料未及》(*Things We Didn't See Coming*)和金索弗的《逃逸行为》(*Flight Behavior*)两部小说为主要研究对象,结合全球化理论和海瑟的"生态世界主义理论"(Ecocosmopolitanism),分析小说如何展现气候变化所带来的全球性变化,指出阿姆斯特丹的小说侧重体现的是"无根性"(uprootedness),而金索弗的小说则更侧重体现"连接性"(connectedness)。梅纳特认为两部小说在展现气候危机下的风险景观(riskscapes)时有诸多差异,但都旨在强调世界"万物互联"的理念,强调气候变化对全球的"去领土化"(deterritorialization)威胁(*Climate*:53)。

第二部分研究气候变化小说中的"时间"意识流变。通过分析小说《地球的朋友》(*A Friend of the Earth*)和《爱冰者》(*The Ice Lovers*)中呈现的"时景"(timescapes),梅纳特结合詹明信的"未来考古学"(archaeologies of the future)理论,认为小说作者旨在突出气候危机的持久性,阐明"利益是眼前的,但风险是潜在的",批判人类的短视思维以及长久以来统治西方社会的时间观,因而警醒人们应把"现在"作为"过去"和"将来"的连接点,以变化发展观审视人类行为对自身所处环境的不可逆损害。梅纳特认为气候小说所呈现的是一种人类施加于自身的"慢性暴力"(slow violence),在"慢性暴力"积累到一定程度,即可转化成"急性暴力"(*Climate*:113),如气候灾难。

第三部分探讨小说如何呈现气候危机的不确定性、风险及安全问题。以里奇的小说《明天的赔率》(*Odds Against Tomorrow*)为主要的研究文本,批判美国社会将"风险"商品化,揭示权力机制及生产结构中暗藏的危机。梅纳特指出气候危机的不确定性不能成为气候危机怀疑论或否定论的理由,从而忽视气候危机的存在。他认为里奇深知美国国内关于应对气候危机的分歧,因而从"不确定性"(uncertainties)入手,呼吁小说读者思考怎样才能降低风险,使自己所处环境获得稳定性,而采取行动应对气候变化成为必要的途径(*Climate*:146)。

第四部分讨论气候小说如何警示人类建立可持续发展环境。梅纳特在细读罗宾森的"首都的科学"三部曲(*Forty Signs of Rain*;*Fifty Degrees Below*;*Sixty Days and Counting*)基础之上,认为罗宾森将气候变化视作一个"混杂性实体"(hybrid entity),从而展现自然与文化之间的复杂联系。他认为这三部曲是一种"气候文化"(climateculture)产品,因为罗宾森深刻描摹了"气候文化"体系复杂而多变的运作机制(*Climate*:169)。如果说罗宾森的"火星"三部曲(Mars Trilogy)旨在使火星地球化以达到适宜人类居住(terroforming)的目的,那么"首都的科学"三部曲则重在强调居住在地球上的人类应共同承担起保护它并使之可持续发展的责任。梅纳特总结出罗宾森作品的三个特点:其一,凸显"跨学科"解决气候危机的必要性,即突破自然科学与人文学科的界限,从多学科视角讨论气候危机问题;其二,突破自然(nature)与文化(culture)的二元对立,关注自然与文化如何共同形塑城市生态;其三,关注我们如何适应气候变化,探索使地球继续"宜居"的途径。他认为罗宾森的作品不同于一般的末日叙事,而是通过科学乌托邦的建构"在气候危机时代提供了星星点点的希望"(*Climate*:152)。

第五部分从伦理维度论述气候小说的社会责任意识。气候小说对美国的弱势群体,如非法移民、流浪者、低收入人群在气候危机来临前及来临时的日常生活多有关注,因此成为平衡美国族裔差距、弘扬环境正义、抵制道德滑坡、重建美好家园的重要媒介。梅纳特在本章分析巴特勒和巴奇加卢皮等人的作品时,着重关注作品中所表征的在拯救地球大环境时的资源分配不均,如"牺牲区"(Sacrifice Zone)问题。由于经济、种族及社会地位差异,弱势群体在气候危机中显得更无能为力。梅纳特在著作中对公共话语中有可能被忽视的"最易受伤害"的人们给予特殊的关注,挖掘出气候小说在寻求环境正义方面不可或缺的作用。

美国国内权力机构在应对气候危机方面总是存在诸多分歧。吉登斯(Anthony Giddens)在《气候变化的政治》(*Politics of Climate Change*,2009)一书中总结道:"在美国气候政策推行多年受阻的主要原因有三:一是总统与国会之间的相互牵制;二是气候怀疑论对众多国会议员的影响;三是关于气候变化的政治分极。"① 奥巴马的气候措施在特朗普上台后被一一废黜。特朗普作为一

---

① Anthony Giddens. *Politics of Climate Change*. Cambridge:Polity, 2009, p.89.

个气候危机怀疑论甚至否定论者,打着"振兴美国经济"的旗号,在气候危机及整个环境问题上政治不作为,因为温室气体排放和经济发展速度直接挂钩。作为气候小说创作的重要背景,梅纳特在专著中鲜有提及上述政治语境的变迁,更没有将其与气候小说文本中的"抗议"性联系起来解读,因此该专著中关于环境正义的评述缺乏一定的时效性和针对性,没有在历史的流变中看待美国普通民众、两大党派及环保人士气候理念及其环境诉求的演变。这是这部专著的第一个不足之处。

第二,梅纳特评述12个文本时没有关注人们在气候灾难来临前的各种忧虑以及灾难来临时的各种复杂心理。正如凯普兰(E. Ann Kaplan)在《气候创伤》(*Climate Trauma: Forseeing the Future in Dystopian Film and Fiction*,2015)一书中所写,关于气候灾难的小说和电影文本已构成人们的创伤记忆,在"9·11"之后美国恐怖文化发酵的大背景中,人们形成了各种"创伤前综合征",认为自身已成为世界毁灭进程的目击者[1]。梅著中的文本分析重气候危机中地球生物形式的缓慢演变过程,却忽视了气候危机阴云笼罩下普通民众的焦虑、恐慌甚至绝望的心理特点,以及在各种心理变化影响下的行为特征,例如在分析小说《明天的赔率》时,对海平面上升带来的纽约市民大恐慌并没有给予足够的关注。克拉克在《生态批评前沿》(*Ecocriticism on the Edge: The Anthropocene as a Threshold Concept*,2015)一书中专辟一章讨论"人类世障碍"(Anthropocene disorder)这一概念,认为"随着生物圈的进一步恶化,越来越多的人会陷入焦虑与恐慌";不但如此,还可能对浪费化石资源的人群,如 SUV 的拥有者形成敌视态度,造成人际关系的进一步恶化[2]。截至2010年,全球气候难民人数超过了5 000万,而据联合国预测,2050年这一数字将上升至2亿,世界人口将因为气候变化而进行地域性重组,生态圈的恶化可能造成人类对土地及其他资源的恶性抢夺,甚至成为"国家和地区冲突升级的理由"[3]。可见生态批评者须自觉关注气候变化对人们的心理及情感带来的威胁,引导全球民众理性看待气候危机和危机叙事,在批评时突出"全球"意识和"共同体"理念,避免新形式的恶性

---

[1] E. Ann Kaplan. *Climate Trauma: Forseeing the Future in Dystopian Film and Fiction*. New Brunswick: Rutgers University Press, 2015, p.21.

[2] Timothy Clark. *Ecocriticism on the Edge: The Anthropocene As a Threshold Concept*. London: Bloomsbury, 2015, p.140.

[3] Mike Hill. "Ecologies of War: Dispatch from the Aerial Empire." *Telemorphosis: Theory in the Era of Climate Change*. Vol.1. Ed. Tom Cohen. Ann Arbor: Open Humanities Press, 2012, p.264.

竞争。

第三,梅著重环境正义语境中的"道德"批判而轻"伦理"层面的深度剖析。在专著后三分之一,作者试图在气候小说文本分析过程中凸显伦理维度,但其着力点在于呼吁社会关注弱势群体在气候灾难中的生存困境,对于气候危机中的家庭伦理演变并没有太多关注。例如,在评析金索弗的小说《逃逸行为》时,没有从女性的家庭及社会角色视角审视母亲与孩子、妻子与丈夫、媳妇与公婆之间的关系在气候危机中的变化过程,没有关注女性对环境危机的认识如何影响其个人成长以及其与恋人、家人、朋友、社群及其他物种的关系演变,可见梅著关于气候小说的伦理批评部分还有待拓展。相比而言,约翰斯-普特拉的专著《气候变化与当代小说》(*Climate Change and The Contemporary Novel*,2019)则着力探讨了《逃逸行为》等10部当代英语小说中的"后代伦理"(posterity ethics)[①],强调"对后代负责"是缓解气候危机、走出伦理困境的重要途径,可视为对梅著气候伦理批评部分的重要补充。

## 三、新世纪气候小说批评理论建构及发展趋势

人类正以前所未有的速度"影响"着我们赖以生存的地球环境。气候小说不但诞生于"人类世",而且直接书写人类世的各种危机。新世纪全球气候灾难多发,如印尼海啸、德国东南部洪灾、美国飓风卡特琳娜和澳大利亚山火等,不但造成重大人员伤亡,而且严重影响了人们的生产生活秩序,同时给幸存的人们造成诸多心理阴影。休姆(Mike Hulme)呼吁人们重新认识关于气候变化的各种争论,应该将人文研究与科学研究同时纳入关于气候危机的大讨论中来[②]。在新世纪,随着气候危机的不断加剧,作家书写这一危机的内驱力也不断增强,作品数量和质量都有很大提升。但是,要很好地把握气候危机书写的发展趋势,除了关注作家作品,更需要建立系统的气候小说批评理论。迄今,美国已出现了由科恩创立的气候批评研究院(Institute of Critical Climate Change)这样的研究重镇,涌现出海瑟、科尔布鲁克、莫顿等重要的气候批评理论家,著名文学理论家米

---

① Adeline Johns-Putra. *Climate Change and The Contemporary Novel*. Cambridge & New York: Cambridge University Press, 2019, p.161.

② Mike Hulme. "Four Meanings of Climate Change." *Future Ethics: Climate Change and Apocalyptic Imagination*. Ed. Stefan Skrimshire. London: Continuum, 2010, p.39.

勒也积极撰文，呼吁文学批评应重视气候危机这一关乎全球未来的重要议题。英国、欧陆及加拿大的生态批评家也积极参与创建气候批评理论话语，如约翰斯-普特拉、特克斯拉、克拉克、梅奈特、冯·莫斯纳（Alexa Weik von Mossner）、加勒德等。吉登斯、齐泽克、哈拉维等西方重要理论家都纷纷呼吁应对气候变化。国内生态批评学者韦清琦、朱新福、闫建华、姜礼福、谢超、金秋荣等也都开始关注英语文学中的"气候变化"书写，将西方这一领域的最新研究动向译介至中国，并相继发表了一系列颇有见地的文章。然而我们应认识到，气候危机不仅仅是温室气体排放导致全球气温升高的问题，它是一个系统性问题，涉及生物多样性、种群发展、资源利用、城市空间布局、能源经济发展、人际关系变革、心理创伤治疗等方方面面，需要众多人文学者和科学家共同参与解决，需要全球在建立"人与自然生命共同体"的框架中合力应对。此外，还需要打破人类中心主义，在物种与物种之间建立和谐共生的关联。所有这些都对新世纪气候小说创作与批评提出新的挑战，同时也带来诸多创新契机。著名生态批评家布伊尔（Lawrence Buell）指出，自19世纪以来，美国经典文学作品，如《瓦尔登湖》《白鲸》及《人与自然》就开始具有了"全球生态关照"（ecoglobalist affects）[1]，而海瑟的"生态世界主义"理论更是凸显了生态批评的"全球"视角。在全球变暖的大背景下，德国学者梅纳特的这部著作应运而生，进一步将生态批评的视角从对"地方"与某个环境问题的关注转向对整个地球运行系统的关注，不但能够推动"气候变化小说"这一文类的研究，也有利于创建更加和谐的文学和文化生态，从而助推生态批评的"星球转向"。当然，有学者批评气候变化小说过于依赖末日场景（apocalyptic scenarios），认为过多的环境说教抹杀了其美学效果[2]。加勒德还警示道："生态批评不是联合国政府间气候变化专门委员会（Intergovernmental Panel on Climate Change）的文学部门"[3]，阅读气候小说未必就一定能够促使读者采取行动应对气候危机。可见21世纪气候小说批评任重道远，须重新思考并跨越科学与人文社会科学之间的界限，突破传统生态批评的框囿，从美学、叙事

---

[1] Lawrence Buell. "Ecoglobalist Affects: The Emergence of U. S. Environmental Imagination on a Planetary Scale." In W.C. Dimock & L. Buell. Eds. *Shades of the Planet: American Literature as World Literature*. Princeton: Princeton University Press, 2007, p.241.

[2] Martin Ryle. "Cli-Fi? Literature, Ecocriticism, History." *Climate Change and the Humanities: Historical, Philosophical and Interdisciplinary Approaches to the Contemporary Environmental Crisis*. Eds. Alexander Elliott, James Cullis and Vinita Damodaran. London: Palgrave Macmillan, 2017, p.143.

[3] Greg Garrard. "The Unbearable Lightness of Green: Air Travel, Climate Change and Literature." *Green Letters: Studies in Ecocriticism*, 2(2013), p.186.

学、伦理学、心理学、媒介学等多视角进行探讨,从"人类世"的本质特征和根本矛盾出发,从文类发展史及社会影响力诸角度关照气候小说写作、建构气候小说批评理论框架。

 **方法谈:**

### 如何写书评类文章?

　　这篇文章的选题得益于我在加州大学伯克利分校访学期间的合作导师斯奈德(Katherine Snyder)教授对我的启发。斯奈德教授主要研究当代美国文学,特别是"9·11"之后的小说叙事。2018年9月,她第一次见到我,告诉我她最近在思考小说对"气候变化"的表征问题。两个月后,北加州山火严重,整个天堂镇被烧毁,空气中烟尘弥漫,各大药店口罩脱销,伯克利也因此停课一周。我恍然领悟,想起斯奈德教授所说的气候变化小说,就此展开了思考与探究。由于此前我一直专注于文学空间批评及文学中的城市书写研究,虽然对生态批评有所了解,但对于它在 21 世纪第二个十年的最新发展动向并不清楚。当我以"climate change fiction"为关键词在伯克利图书馆网站搜索时,竟出现了二三十部小说,上百篇研究论文。我还惊喜地发现,亚马逊网站刚刚推出了"更暖集 Warmer Collection"免费听书,是非常著名的美国作家(如 Jane Smiley 等)写的气候变化主题的短篇小说。文学与气候的关系不算是一个新的研究话题,以往我们在阅读莎士比亚的《暴风雨》、狄更斯的《雾都孤儿》等经典作品时也都有所提及,但是,专门书写气候变化及由此引发的区域或世界危机的小说对我来说显得十分新鲜。我敏锐地感觉到,这将是一个非常好的研究方向。

　　我在访学的第二个学期选修了斯奈德教授的课程"Post-Apocalypse Now",在课上与伯克利的学生一起讨论了麦卡锡的小说《路》(*The Road*)、阿特伍德的小说《羚羊与秧鸡》(*Oryx and Crake*)、《疯狂的麦克斯——狂暴之路》(*Mad-Max Fury Road*)系列电影、瓦特金斯(Claire Vaye Watkins)的《金光闪闪》(*Gold Fame Citrus*)等作品,并选修了夏季学校的"Climate Fiction"课程,这些都进一步加深了我对气候变化小说这个新兴文类的认识。此时,我面对的问题有两个:一是作品和研究资料多得目不暇接,我该从哪里入手呢?二是把之前的文学空间批评几乎完全搁置,而转向气候小说批评这个全新的领域,真的值得吗？正在我犹豫彷徨之际，我的师姐来伯克利小住，我借机请教了师姐，她十分赞成我研究气候变化小说，认为这是具有国际前沿价值的研究课题，还向我介绍了开放人文出版社（Open Humanities Press）出版的由纽约州立大学教授科恩等主编的"气候变化批评 Critical Climate Change"丛书，并告诉我这些书的 PDF 版本都可以免费下载，周敏教授也是该丛书的编委之一。在她给我吃了定心丸之后，我几乎把所有的时间都用来搜集、阅读、整理和气候小说相关的资料。2019 年夏回国后，便立即投入教育部人文社科项目申请书的撰写，并以"21 世纪美国气候小说研究"为题成功获批了 2020 年的青年项目。

如上所述，在项目正式立项前，我已经开始阅读、整理相关的文本及研究资料。受到一位学者发表在《外国文学》2019 年第 3 期上《数字化时代的创伤叙事》一文的启发，我想，何不先写一篇书评，练练笔呢？此前我从未发表过书评，也算是一种自我学术训练。

我坚信，论文应该为某一家期刊而写作。首先定位自己想要发表的期刊，然后仔细研究这一期刊相关栏目的特点，认真阅读近三至五年发表过的相关论文，确认和自己原来所构思的论文内容比较契合之后，再开始写作。比如，我在发表《文学空间批评与教学：罗伯特塔利访谈录》这篇文章时，就先研究了《外国文学研究》以往五年所发表的各类访谈，具体设计问题时，既忠实于这一栏目的大致框架，又超越它的程式化设定。经过前期搜索和研究，我将关于梅纳特著作书评的发表目标定为《外国文学》。于是，我下载了《外国文学》近三年发表的所有书评并认真阅读分析，不但学习书评的写作方法，更需要从编辑及审稿人的视角思考，如何凸显文章的新意，增加录用概率。

书评的结构相对比较简单：一般在开头简介著作的成书背景、主要的学术观点和学术贡献，再介绍每个部分的主要内容和创新点，最后指出该著作的不足之处，最好能提供补充性的参考文献或研究方法。书评的语言要尽量客观，从第三方视角评述。此外，虽是在评介一本著作（有时也可能是一个系列著作），实际上可能涉及若干相关著作，因此不能简单停留在所评著作的文本内部，而是要把视野扩展到整个相关的研究领域，在动态的学术发展进程中审视该著作的价值，可谓大处着眼，小处着手。

在投稿之后两个多月，我收到了《外国文学》的外审结果和修改意见，主要有两点：第一，我的原题是"气候危机与美国文学：评《气候变化小说：美国文学中的全球变暖表征》"，外审专家认为正标题和副标题存在重复；第二，外审专家认为我所投书稿不像书评,信息太过繁杂,远远超出梅纳特著作本身的内容,建议我更好地凸显该专著的学术精髓。我将原稿读了再读,做了多处细微的修改,将题目改成"人类世的气候危机书写:评《气候变化小说:美国文学中的全球变暖表征》",但还是不满意,便请我的同事金文宁帮我再看看,该怎么处理外审专家提出的修改意见。她说:"是否在副标题前面加上一个'兼'字?"这样,原论文的体量不用缩小,读者也能够接受在书评之外的其他内容。我当时真有醍醐灌顶之感,立即听从她的建议对副标题做了修改,并发回编辑部,最终该文发表在"文化研究"专栏。

　　回望这篇文章的发表过程,我总结出撰写书评类论文的几点心得:第一点,选题,最好选择近三年内发表的具有国际前沿价值的专著;第二点,细读,必须对所评专著进行文本细读,细读时须做笔记,写作过程即是对笔记内容的有机编排和重组;第三点,思辨,归纳所评专著的主要学术观点及创新之处,辨析其理论和现实意义、不足之处和可能的解决方案;第四点,写作,使用上述书评的基本框架,运用思辨性语言,切忌散文化;第五点,修改,将所评著作置于相关学术发展史的动态进程中考量,投稿之后仍需结合审稿意见,多次修改,并请同门、同事、同学甚至圈外人阅读批评,以臻于至善。可以说,小书评,大世界。刚刚进入文学研究领域的青年学者不妨从撰写书评开始,慢慢提升自己的学术写作能力。

# 跨学科研究:近十年我国外国文学研究的科学知识图谱分析(2010—2019)[*]

张 琳 王英俊[**]

**内容提要**:对我国外国文学文献进行信息挖掘,有利于掌握我国外国文学研究的现状和发展动态。本文借助 CiteSpace(5.5. R2)科学知识图谱计量软件,以 CSSCI 数据库中六种外国文学学术期刊收录的 5 146 篇论文(2010—2019)为研究对象,从文献共被引和关键词共现两个层面对我国外国文学研究近十年经典文献和热点主题进行可视化分析,由此深入探究外国文学学科的知识结构以及外国文学研究的发展动态。

**关键词**:外国文学研究;科学知识图谱;经典文献;研究热点

## 一、研究背景及研究目的

在科学探索中,每个学者最关注的莫过于在自己的专业领域,从海量文献中了解到自己最感兴趣的主题和文献,找到其中最关键的有效信息,弄清其发展历程,识别最活跃的研究前沿和发展趋势[①]。面对海量文献,传统的定性分析方法

---

[*] 原载"中国社会科学网",2020 年 12 月 15 日,http://www.cssn.cn/wx/wx_yczs/202012/t20201215_5233005.shtml。本书收录时略有修改。

[**] 张琳,文学博士,曲阜师范大学外国语学院副教授、硕士生导师。主要研究方向为美国文学。在《外国文学研究》《当代外国文学》《英美文学研究论丛》《山东社会科学》等期刊上发表学术论文 10 余篇,出版专著《苏珊-洛莉·帕克斯戏剧的后现代历史书写》(中国社会科学出版社,2018 年)。王英俊,曲阜师范大学硕士研究生。

**联系方式**:曲阜师范大学,邮编:273165。Email:fffzl@163.com。

[①] 李杰、陈超美:《CiteSpace:科技文本挖掘及可视化》,首都经济贸易大学出版社,2017 年,第 2 页。

难以全面、客观地呈现某一学科领域的整体脉络与发展趋势,也无法快速识别领域内的研究热点和前沿演进。而大数据时代的来临和数字技术的兴起则为文献梳理工作提供了一种快速、便捷的定量分析方法,使研究者能够从海量数据中提取有效的关键信息。特别是在可视化软件的辅助下,获取的关键信息被编译成科学知识图谱,进而能够更加直观地呈现学科现状和发展趋势,为后续研究提供参考。借助科学知识图谱软件,系统梳理近十年我国外国文学研究相关论文的刊发情况,分析我国外国文学研究领域的经典文献和热点前沿,不仅有助于把握我国外国文学研究的发展现状、厘清外国文学研究领域的变化规律,也可以为接下来的研究提供参考和借鉴。

为了系统梳理近十年我国外国文学研究相关论文的刊发情况,本文运用CiteSpace(5.5. R2)科学知识图谱软件,以 2010—2019 年 CSSCI 期刊数据库收录的六种外国文学期刊(《当代外国文学》《国外文学》《外国文学》《外国文学评论》《外国文学研究》和《俄罗斯文艺》)所刊论文为研究对象,重点分析文献共被引和关键词共现,尝试对外国文学研究的经典文献和热点主题进行定量和定性的考察。

## 二、研究方法与数据来源

本研究采用美国德雷塞尔大学陈超美(Chaomei Chen)博士开发的科学知识图谱可视化软件 CiteSpace(5.5. R2)。"CiteSpace 着眼于分析科学文献中蕴含的潜在知识,是在科学计量学、数据和信息可视化背景下发展起来的一款多元、分时、动态的可视化分析软件。"[①]针对某个学科或知识领域,CiteSpace 能够从海量文献中提取关键信息进行可视化分析,使其发展历程和前沿演进跃然纸上。

本文数据来源为 CSSCI 中国社会科学引文索引数据库,检索字段选择"期刊名称",检索框输入"当代外国文学",匹配方式选择"精确",时间跨度为"2010—2019"。检索完成后,按以上步骤,其他检索条件保持不变,检索框依次输入"国外文学""外国文学""外国文学评论""外国文学研究"和"俄罗斯文艺",分别对另外五种期刊进行检索。数据显示,六种学术期刊共检索到 5 378

---

① 李杰、陈超美:《CiteSpace:科技文本挖掘及可视化》,首都经济贸易大学出版社,2017 年,序言,第 2 页。

篇期刊文献(检索日期为2020年3月30日)。清洗数据后,共获得5 146篇有效文献。

## 三、我国外国文学研究动态分析

（一）2010—2019年外国文学研究的经典文献分析

一个学科领域中的高被引文献往往被视为此领域内的经典文献,主要因为"一篇文章的被引频次可以在一定程度上反映该文献的影响度"[①]。本节将绘制2010—2019年CSSCI外国文学类期刊文献共被引图谱,呈现近十年外国文学研究高频次被引文献。具体操作如下：将Node Types设为Cited Reference,Time Slice设为1,Top N设为50,即把2010—2019年划分为10个时间分区,选取每个时间切片内被引频次最高的50篇文献,用Pathfinder修剪网络,最后得到节点数为120、连线数为59的文献共被引知识图谱(图1)。

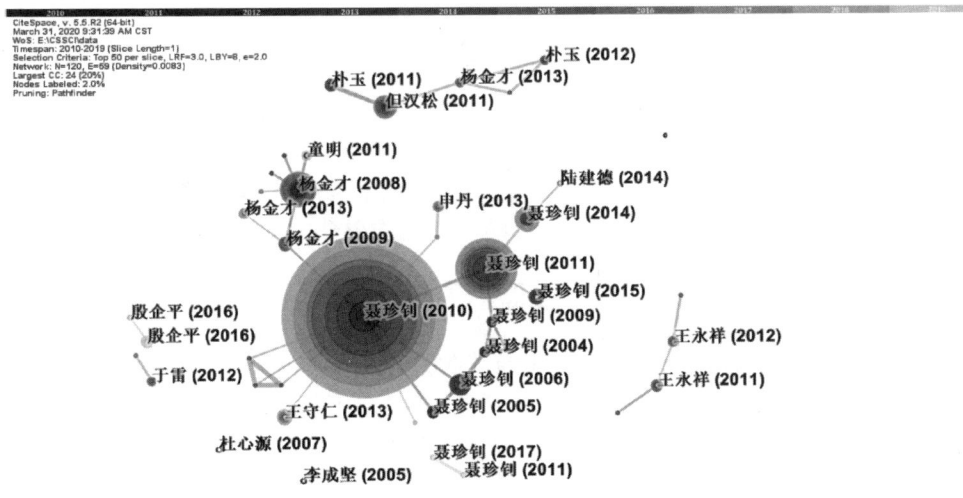

图1　2010—2019年CSSCI外国文学类期刊文献共被引图谱

如图1所示,在文献共被引图谱中,每个节点代表一篇被引文献,节点大小与文献被引频次成正比。节点由不同颜色和不同厚度的年轮构成。年轮的颜色代表相应的引文时间(单位为年),年轮的厚度和相应引文时间内该文献被引用

---

① 刘则渊、陈悦、侯海燕等：《科学知识图谱：方法与应用》,人民出版社,2008年,第143页。

的频次成正比。节点之间的连线代表文献共被引的强度,而连线的颜色对应该共被引关系第一次发生的年份。从图1以及由图1整理出的高频被引文献(表1)看,共被引次数前15篇文献最早发表年份为2004年,最新发表时间为2016年。其中,位于图谱中间、最显著的节点是聂珍钊发表的《文学伦理学批评:基本理论与术语》,该论文是近十年CSSCI外国文学类期刊引证频次最高、中介中心性①最大的文献。同时,在排名前15的被引文献中,聂珍钊是发文最多的作者。根据15篇高被引文献的研究内容,我们可以初步概括出近十年来我国外国文学研究所涉及的几类经典文献,即文学伦理学批评、族裔文学、"9·11"文学和叙事学。

表1　2010—2019年CSSCI外国文学类期刊前15篇被引文献

| 序号 | 频次 | 作　者 | 年份 | 篇　　　名 | 期刊名称 |
| --- | --- | --- | --- | --- | --- |
| 1 | 72 | 聂珍钊 | 2010 | 文学伦理学批评:基本理论与术语 | 外国文学研究 |
| 2 | 28 | 聂珍钊 | 2011 | 文学伦理学批评:伦理选择与斯芬克斯因子 | 外国文学研究 |
| 3 | 16 | 杨金才 | 2008 | 当代英国小说研究的若干命题 | 当代外国文学 |
| 4 | 11 | 聂珍钊 | 2014 | 文学伦理学批评:论文学的基本功能与核心价值 | 外国文学研究 |
| 5 | 10 | 但汉松 | 2011 | "9·11"小说的两种叙事维度——以《坠落的人》和《转吧,这伟大的世界》为例 | 当代外国文学 |
| 6 | 10 | 聂珍钊 | 2006 | 文学伦理学批评与道德批评 | 外国文学研究 |
| 7 | 7 | 聂珍钊 | 2015 | 文学伦理学批评:人性概念的阐释与考辨 | 外国文学研究 |
| 8 | 7 | 王守仁 | 2013 | 国家·社区·房子——莫里森小说《家》对美国黑人生存空间的想象 | 当代外国文学 |
| 9 | 6 | 聂珍钊 | 2005 | 关于文学伦理学批评 | 外国文学研究 |
| 10 | 6 | 殷企平 | 2016 | 西方关键词:共同体 | 外国文学 |
| 11 | 6 | 杨金才 | 2009 | 当代英国小说的核心主题与研究视角 | 外国文学 |

---

①　中介中心性是测度节点在网络中重要性的一个指标,CiteSpace 中使用此指标来发现和衡量文献的重要性。具有高中介中心性的文献通常是连接两个不同领域的关键枢纽。

续表

| 序号 | 频次 | 作者 | 年份 | 篇名 | 期刊名称 |
|---|---|---|---|---|---|
| 12 | 6 | 朴玉 | 2011 | 从德里罗《坠落的人》看美国后"9·11"文学中的创伤书写 | 当代外国文学 |
| 13 | 6 | 王永祥 | 2011 | 语言符号学：从索绪尔到巴赫金 | 俄罗斯文艺 |
| 14 | 5 | 聂珍钊 | 2004 | 文学伦理学批评：文学批评方法新探索 | 外国文学研究 |
| 15 | 5 | 申丹 | 2013 | 何为叙事的"隐性进程"？如何发现这股叙事暗流？ | 外国文学研究 |

（1）文学伦理学批评。文学伦理学批评是中国学者聂珍钊在借鉴西方伦理批评和中国道德批评的基础上创建的文学批评方法，揭示文学在本质上是关于伦理的艺术，强调文学的教诲功能以及文学批评的社会责任。同时，文学伦理学批评也是对我国文学批评失语和文学批评远离文学等问题的正面回应。① 在七篇高被引的文学伦理学文献中，《文学伦理学批评：文学批评方法新探索》（2004）发表时间最早，作者开创性地提出了文学伦理学批评方法，并对其理论基础、研究内容及其思想与文学渊源进行了深入讨论。随后，《关于文学伦理学批评》（2005）一文进一步从研究方法、思想基础、现实意义等方面对文学伦理学批评进行了补充论述。针对学界对文学伦理学批评和道德批评的混淆，聂珍钊在《文学伦理学批评与道德批评》（2006）一文中阐释了两个概念的关联与区别，强调文学伦理学批评的基础是辩证唯物主义和历史唯物主义，文学伦理学批评需要基于客观历史语境分析文学作品中的道德现象。《文学伦理学批评：基本理论与术语》（2010）和《文学伦理学批评：伦理选择与斯芬克斯因子》（2011）是七篇文学伦理学批评文献中被引频次最高的两篇文献，文章指出文学伦理学批评是一种从伦理的立场研究文学以及探究与文学有关的问题的文学批评方法，并分别对文学伦理学批评的核心术语如伦理禁忌、伦理意识、伦理环境、伦理身份、伦理选择和斯芬克斯因子做出了详细阐释。围绕文学的基本功能，聂珍钊在《文学伦理学批评：论文学的基本功能与核心价值》（2014）一文中阐明文学的基本功能是教诲，文学的核心价值是为人类提供教诲以及为人类文明提供道德指引。

---

① 苏晖：《学术影响力与国际话语权建构：文学伦理学批评十五年发展历程回顾》，《外国文学研究》2019年第5期，第35页。

在最新发表的《文学伦理学批评：人性概念的阐释与考辨》(2015)中，作者进而指出人性是在后天的伦理环境和道德教诲中形成和完善的一种道德属性，在人性形成过程中，文学发挥了重要的德育作用。

通过分析上述经典文献，我们发现，聂珍钊逐步建构起文学伦理学批评的理论体系和话语体系，形成了"具有中国特色的文学批评模式"①。根据表1，仅在2010—2019年CSSCI收录的外国文学期刊范围内，聂珍钊的文学伦理学批评系列论文总被引高达139次。这些数据表明文学伦理学批评受到了学界的广泛关注，并吸引诸多学者参与到文学伦理批评的理论构建和批评实践中来，同时也彰显了作者极大的学术影响力。作为具有中国特色的文学批评理论和方法，文学伦理学批评不仅"为文学研究提供了新的研究路径和批评范式，具有重要的学术价值"②；还极大地推动了中国学术国际话语权的建构，增强了中国学术的国际影响力。

(2) 族裔文学。族裔文学是全球化进程不断加快的文化产物。由于国际政治、经济、文化格局发生了极大变化，世界各个国家和民族也处于空前碰撞、交汇和发展时期，族裔文学研究在此背景下也呈现出更加多元的趋势，其中美国非裔文学、犹太文学、华裔文学、拉美裔文学，英国、加拿大、澳大利亚等少数族裔文学越来越成为研究的热点。中国学界一直以来对族裔文学尤为关注。近十年来，我国学界连续举办了七届族裔文学国际研讨会，追踪国外族裔文学研究成果，吸收其可借鉴之处，并在此基础上不断探索和开辟新的研究视角、路径和方法，为族裔文学研究源源不断地注入新活力。结合图1和表1，我们可以发现，王守仁的《国家·社区·房子——莫里森小说〈家〉对美国黑人生存空间的想象》(2013)是族裔文学研究中被引频次最高的一篇文献。该文章聚焦黑人的生存空间，指出充斥着种族主义的国度是黑人受辱的流放地，而重视黑人传统文化、主张种族认同的社区和家园则是黑人安放心灵的港湾。该文在近十年CSSCI收录的六种外国文学期刊中有七篇施引文献，这七篇相关文献主要从黑人文化身份认同、黑人战争书写、创伤伦理、跨种族关注等角度聚焦族裔文学研究。我国学界注重族裔文学研究，不仅凸显了我国外国文学研

---

① 刘建军：《文学伦理学批评：中国特色的学术话语构建》，《外国文学研究》2014年第4期，第18页。

② 苏晖：《学术影响力与国际话语权建构：文学伦理学批评十五年发展历程回顾》，《外国文学研究》2019年第5期，第46页。

究的全球视野,而且充分体现了我国学者对社会边缘群体的关注,彰显了我国学者的人道主义立场和现实关怀。

(3)"9·11"文学。"9·11"文学是在和平时代由恐怖主义催生的一种文学类型。作为迄今为止最为骇人的恐怖主义事件,"9·11"事件不仅给美国人民留下了永久的创伤印记,也给全人类留下了无法磨灭的共同记忆。诸多作家"以文学特有的方式面对、思考、阐释和再现'9·11'事件"[1],"21世纪的美英两国文坛由此诞生了一个独特的文学类型——'9·11文学',国内外学界也经常称之为'后9·11文学'"[2]。自"9·11"文学作品问世之后,"9·11"文学研究在我国外国文学研究中也一直占据着比较重要的位置。结合图1和表1可以发现,图谱最上方的4篇文献构成了一个有关"9·11"文学研究的文献共被引网络,除了表1中的两篇高被引文献:但汉松的《"9·11"小说的两种叙事维度——以〈坠落的人〉和〈转吧,这伟大的世界〉为例》(2011)和朴玉的《从德里罗〈坠落的人〉看美国后"9·11"文学中的创伤书写》(2011),另外两篇分别是朴玉的《多重记忆书写——论约瑟夫·奥尼尔的〈地之国〉》(2012)和杨金才的《关于后"9·11"文学研究的几点思考》(2013)。但汉松从叙事学角度探讨了《坠落的人》和《转吧,这伟大的世界》的叙事美学,从"悼歌"和"批判"两个叙事维度探究人们的创伤记忆和心灵救赎;朴玉从跨文化视角论述了小说《坠落的人》和《地之国》的创伤书写和记忆书写;杨金才全面梳理了国内"9·11"文学研究现状,并提供了相关研究的新视角和新方法。根据上述经典文献的内容可以发现,我国学界聚焦"9·11"文学的创伤叙事,关注灾难事件及其产生的深远影响,积极反思现存的世界格局和秩序,展示了我国学者的世界视野和命运共同体意识。但需要强调的是,我们应当从自身价值立场出发,在探讨其作品积极内涵的同时,也要探究这一灾难事件的前因后果,防止落入西方中心主义的圈套[3]。

(4)叙事学。叙事学研究长期以来都是我国外国文学研究的重点领域。近十年来,我国学界在关注经典叙事理论的同时,也在不断探索新的理论前沿,如非自然叙事、叙事的隐性进程等。其次,我国学界注重叙事学和其他学科之间的

---

[1] 杨金才等:《新世纪外国文学发展趋势研究》,杨金才、王守仁主编:《战后世界进程与外国文学进程研究》第4卷,译林出版社,2019年,第324页。
[2] 张和龙:《"9·11"文学:新世纪美英文学的审美转向》,《深圳大学学报(人文社会科学版)》2014年第2期,第20—21页。
[3] 张和龙:《"9·11"文学:新世纪美英文学的审美转向》,《深圳大学学报(人文社会科学版)》2014年第2期,第23—24页。

关联性，强调叙事学研究的跨学科性。此外，学界还注重运用叙事理论对经典文学进行重新解读。根据表1，在排名前15的高被引文献中，有两篇关于叙事研究的文献位列其中，分别是申丹的《何为叙事的"隐性进程"？如何发现这股叙事暗流？》(2013)和但汉松的《"9·11"小说的两种叙事维度：——以〈坠落的人〉和〈转吧，这伟大的世界〉为例》(2011)。申丹从叙事学理论出发，提出"隐性叙事进程"这一全新概念，重点探讨如何发掘情节背后的叙事"隐性进程"；但汉松则从特定小说文本入手，阐释两部小说中创伤记忆书写的叙事维度。由此看来，我国学界的叙事学研究从理论建构到批评实践全面开花，这一研究热潮不仅为构建中国特色叙事理论体系贡献了学术智慧，同时有助于推动更多中国学者参与到全世界范围的叙事学研究进程中。

### Top 6 References with the Strongest Citation Bursts

| References | Year | Strength | Begin | End | 2010 - 2019 |
| --- | --- | --- | --- | --- | --- |
| 聂珍钊, 2006, 外国文学研究, V0, P2 | 2006 | 3.0358 | 2010 | 2013 | |
| 聂珍钊, 2005, 外国文学研究, V0, P1 | 2005 | 3.0066 | 2010 | 2011 | |
| 朴玉, 2011, 当代外国文学, V0, P2 | 2011 | 3.0347 | 2012 | 2013 | |
| 聂珍钊, 2011, 外国文学研究, V0, P6 | 2011 | 4.0164 | 2013 | 2014 | |
| 聂珍钊, 2014, 外国文学研究, V0, P4 | 2014 | 4.0845 | 2015 | 2017 | |
| 聂珍钊, 2015, 外国文学研究, V0, P6 | 2015 | 2.8778 | 2016 | 2019 | |

图 2　2010—2019 年 CSSCI 外国文学类期刊文献共被引突现图谱

鉴于以上数据分析，我们可以看出：第一，我国外国文学研究近十年引用最多的是有关文学理论的文献，主要包括文学伦理学批评、叙事学、后现代等理论，这显示了理论研究的蓬勃生机和巨大空间，是对20世纪80年代以来"理论终结"论断的有力反拨。第二，文学伦理学批评的论文被引频次最高，成为近十年外国文学研究经典文献。同时，根据图2呈现的图谱，即借助 CiteSpace 的突发性探测①功能得到的文献共被引突现图谱，由被引文献的突现强度和突现时间可预测聂珍钊 2015 年发表的《文学伦理学批评：人性概念的阐释与考辨》一文也将成为被引用的热点文献，这就意味着会有更多学者参与到文学伦理学的理论构建和批评实践中来，一批新的相关学术成果将随之涌现出来。第三，通过

---

① 突发性探测(Burst Detection)可以探测某个学科或领域内研究兴趣的激增，由此预测此研究领域的前沿趋势。

对2010—2019年CSSCI外国文学学术期刊文献的共被引聚类进行观察,我们发现聚类参数Silhouette值[①]低于0.5,聚类内部同质性较低,聚类特征不明显。另外,共被引知识图谱的节点数为120,连线数为59,节点多,连线数少,文献之间共被引的次数少。以上两种现象均表明,目前我国外国文学研究领域所关注的主题相对广泛,对某一领域研究的专注度亟待提高。

(二)2010—2019年外国文学研究的热点主题分析

期刊论文主题往往通过关键词呈现,关键词是对文章核心内容的提炼与浓缩,并体现论文的研究方向,特定时间范围内出现频次较高的关键词可以看作该时间段该领域的研究热点。本节通过绘制2010—2019年CSSCI外国文学类期刊文献关键词共现图谱,呈现近十年我国外国文学研究领域的热点主题。在CiteSpace中,将Node Types设为Key Word,Time Slice设为1,Top N设为50,选取每个时间分区内出现频次最高的50个关键词,用pathfinder修剪网络,最后得到节点数为294、连线数为310的关键词共现知识图谱(图3)。

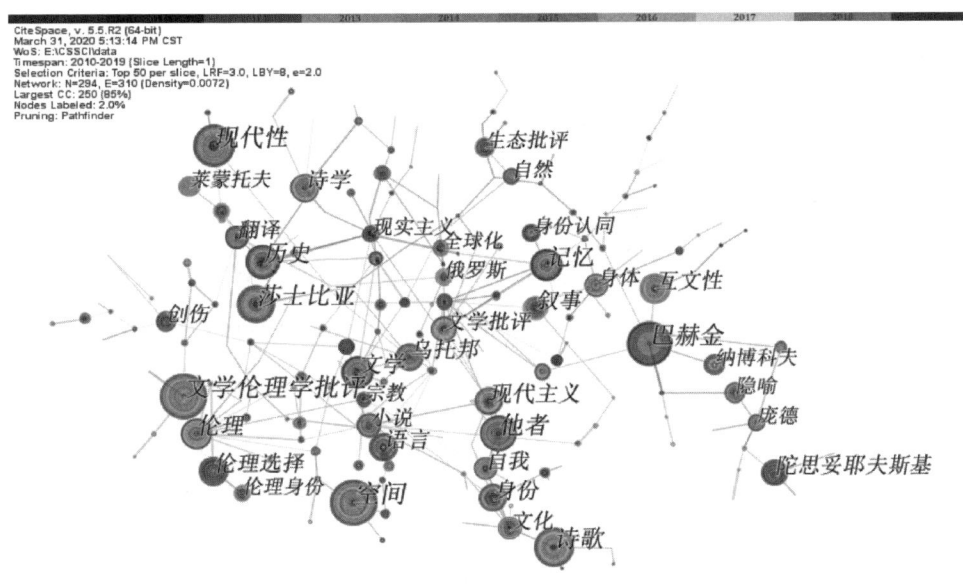

图3　2010—2019年CSSCI外国文学类期刊文献关键词共现图谱

---

① Silhouette值是通过衡量网络同质性来评价聚类效果的参数,Silhouette值越接近1,反映网络同质性越高,在0.5以上,可以认为聚类结果是合理的,为0.7时,聚类结果具有高信度。

图3中每个节点代表一个关键词,节点大小与关键词出现的频次成正比;节点由不同颜色和不同厚度的年轮构成,年轮的颜色代表关键词首次出现的时间,年轮的厚度和相应时间分区内该关键词出现的频次成正比。节点之间的连线代表关键词共现的强度,连线的颜色代表该共现关系首次发生的年份。表2列出图3出现频次最高的30个关键词。结合图表可以发现,近十年我国外国文学研究关注的重点领域总体稳定,多数高频关键词在2013年之前已经出现。通过对高频关键词进行分析,我们发现近十年我国外国文学研究热点主题大致分为两类,即对文学经典的研究和文学的跨学科研究。

表2　2010—2019年CSSCI外国文学类期刊前30个高频次关键词

| 序号 | 频次 | 关键词 | 出现年份 | 序号 | 频次 | 关键词 | 出现年份 |
| --- | --- | --- | --- | --- | --- | --- | --- |
| 1 | 54 | 空间 | 2011 | 16 | 34 | 乌托邦 | 2011 |
| 2 | 53 | 文学伦理批评 | 2012 | 17 | 34 | 现代主义 | 2012 |
| 3 | 50 | 现代性 | 2010 | 18 | 34 | 身份 | 2010 |
| 4 | 49 | 巴赫金 | 2012 | 19 | 33 | 陀思妥耶夫斯基 | 2012 |
| 5 | 47 | 诗歌 | 2010 | 20 | 31 | 叙事 | 2010 |
| 6 | 46 | 莎士比亚 | 2010 | 21 | 30 | 翻译 | 2010 |
| 7 | 44 | 他者 | 2011 | 22 | 30 | 文学批评 | 2011 |
| 8 | 41 | 历史 | 2010 | 23 | 30 | 身体 | 2010 |
| 9 | 38 | 文学 | 2010 | 24 | 30 | 小说 | 2010 |
| 10 | 38 | 记忆 | 2012 | 25 | 28 | 自我 | 2012 |
| 11 | 38 | 伦理 | 2011 | 26 | 27 | 文化 | 2011 |
| 12 | 36 | 互文性 | 2011 | 27 | 26 | 创伤 | 2011 |
| 13 | 36 | 诗学 | 2011 | 28 | 25 | 隐喻 | 2011 |
| 14 | 36 | 语言 | 2011 | 29 | 25 | 生态批评 | 2011 |
| 15 | 35 | 伦理选择 | 2013 | 30 | 25 | 纳博科夫 | 2013 |

(1) 对文学经典的研究。具体来说,对文学经典的研究集中在对文学经典进行阐释与再阐释。文学经典包括经典的文学理论、文学术语、文学理论家、作家和作品等。根据图3和表2,就经典文学理论和文学术语而言,其具体内容涵盖了现代性、他者、互文性、诗学、现代主义、叙事、文学批评、现实主义等热点主

题。以上主题之所以成为我国学界近十年的研究热点，一是由于学者们对经典理论本身进行了新的探索，旨在发掘其在新的社会语境中凸显出的研究价值；二是学者们借助这些经典文学理论对新的文学作品进行解读，致力于更全面深刻地理解作品蕴含的思想内涵。就经典文学理论家和作家而言，巴赫金、莎士比亚、陀思妥耶夫斯基、纳博科夫等都是近十年我国外国文学研究的热点。通过分析相关文献的内容可以发现，经典具有永恒性和无限的再阐释空间，成为我国外国文学研究领域永不衰竭的研究热点；同时，我国学者对经典研究所注入的强大学术能量也加强了经典传播的力度。

（2）外国文学的跨学科研究。文学的跨学科研究的要旨是，文学研究能够把任何学科知识的思想资源、学理依据、阐释技术凝聚为一个特殊的阐释视界，以此对文学进行阐释[①]。结合图表（图3和表2），我们发现在排名前30的高频关键词中，空间、历史、记忆、伦理、语言、伦理选择、乌托邦、身份、文化、创伤、隐喻和生态批评等热点主题都体现了文学研究的跨学科性。以关键词"空间"为例，空间位于图3的中间下方，是图中最大的节点，即出现频次最高（54次）的关键词。通过分析相关论文发现，学者们主要通过城市空间、空间叙事和空间图像等视角对文学文本进行跨学科研究。这样跨学科的研究视角有助于打破学科壁垒，促进研究者观念与方法的创新，由此丰富作品的阐释维度，引导读者更深入地理解作品的意义和价值。同时，追求跨学科研究和构建新的学科体系也契合当下我国人文社会科学界的学术新趋向[②]。

## 四、结语

本文通过知识图谱工具CiteSpace从文献共被引和关键词共现两个维度呈现了2010—2019年我国外国文学研究的经典文献和热点主题。本文发现：第一，近十年我国外国文学研究涉及的几类经典文献主要由文学伦理学批评、族裔文学、"9·11"文学和叙事学构成。文学伦理学相关论文产生的强大学术影响彰显了我国学者积极构建中国特色文学理论和话语体系、主动参与和国外学界对话的决心和信心。同时需要注意的是，我国外国文学研究关注的主题热点相对

---

① 冯黎明：《文学研究的跨学科性》，《湖北大学学报（哲学社会科学版）》2018年第1期，第64页。
② 蒋承勇：《跨学科互涉与文学研究方法创新》，《外国文学研究》2020年第3期，第62页。

广泛,对某一领域研究的专注度和深度需要进一步提高。第二,我国外国文学研究所关注的热点主题可以大致分为文学经典研究和文学跨学科研究两类。对经典的阐释与再阐释,一方面有助于促进经典文学的多路径研究,另一方面有利于巩固经典的经典化。跨学科研究是当下我国外国文学研究的新趋势。跨学科研究有助于催生新的研究视角和研究方法,但同时也应当注意,"文学研究在吸收其他学科的成果和方法时必须坚守文学的本位"①,回归到文学家园中来。

方法谈:

## 研究"研究"的数字人文方法

《近十年我国外国文学研究的科学知识图谱》一文融合了文学文献研究和数据挖掘技术,是数字人文研究方法的一个具体实践。这篇论文旨在借助可视化计量软件 Citespace 挖掘近十年我国外国文学研究的经典文献和热点主题,从而把握外国文学研究的现状和发展趋势。笔者之所以考虑借助 Citespace 软件梳理文献,主要由"需"和"供"两点促成。就"需"而言,文献综述是每个学科拓展研究的必要前提,科研起步往往建立在文献梳理基础之上;研究者只有通过梳理相关领域已有的研究成果,才能发现该领域存在的盲点或不足,并能够进一步确认自己的问题假设是否合理、是否具有独到的学术价值。本论文全面梳理近十年我国外国文学研究的经典文献和热点主题,有利于帮助研究者掌握我国外国文学研究的基础、及时捕捉研究前沿,并预测未来一段时间内的研究发展趋势。然而,知识生产的加速在推动学科发展的同时也使文献呈井喷式激增。在处理海量文献的过程中,传统的定性分析方法愈来愈显现出自身的局限性;它既难以全面、客观地呈现某一学科领域的整体脉络与发展趋势,也无法快速识别该领域的研究热点和前沿,加大了文献梳理工作的难度和强度。为解决海量文献处理难的问题,美国德雷塞尔大学陈超美教授开发了 Citespace 软件,这是"一款着眼分析科学文献中蕴含的潜在知识,并在科学计量学数据和信息可视化背景中逐渐发展起来的一款多元、分时、动态的引文可视化分析软件"。这一软件能够帮助

---

① 胡乃麟、申富英:《新世纪国外文学研究:热点、方法、立场》,《山东社会科学》2019 年第 5 期,第 168 页。

研究者在海量文献中提取关键的有效信息,并将其绘制成可视化科学知识图谱;同时,基于科学知识图谱的定量分析,研究者辅以个性化的定性分析,确保从定量和定性两个方面对文献数据进行研究。Citespace 软件提供的技术支持为文献梳理工作提供了新方法、新路径,大大提高了文献梳理的效率及准确性。因此,笔者尝试借助 Citespace 软件、运用定量和定性研究方法对近十年我国外国文学研究的文献数据进行研究。

论文旨在回答两个问题:第一,近十年我国外国文学研究的经典文献/高影响力文献有哪些?第二,近十年我国外国文学研究的热点是什么?经典文献/高影响力文献是指被引频次较高的文献。"一篇文献的被引频次可以在一定程度上反映该文献的影响度,而影响度的大小又在一定程度上反映了该文献质量和水平的高低。"通过分析我国外国文学研究的经典文献,研究者既能够了解我国外国文学研究的基础,也能够掌握我国外国文学研究的演进过程和发展趋势。分析经典文献主要借助 Citespace 的文献共被引分析功能。针对外国文学研究热点的研究主要依靠挖掘文献中的热点主题得以实现,而热点主题往往集中在论文的关键词部分。

关键词是对论文主要内容的提炼与概述,"如果某一关键词在其所在领域的文献中反复出现,则该关键词所表征的研究课题是该领域的研究热点"。通过分析我国外国文学研究的热点主题,既能了解该学科研究的最新动态,也能描述该学科领域的演变与发展。捕捉热点主题(论文关键词)需要借助 Citespace 的关键词共现分析功能。

再者,如何进行研究在本文中具体表现为采用何种研究方法,如何搜集数据以及处理数据。本文聚焦经典文献和热点主题决定了该研究主要借助科学知识图谱可视化软件 Citespace 的文献共被引和关键词共现两个功能。鉴于可视化计量软件不同版本功能的略微差异,本文选取了当时较新的软件版本 Citespace (5.5.R2)。因为本文立足分析近十年我国外国文学研究的经典文献和热点主题,所以选取 CSSCI 数据库中六种比较有代表性的外国文学学术期刊(《当代外国文学》《国外文学》《外国文学》《外国文学研究》《外国文学评论》和《俄罗斯文艺》)近十年(2010—2019)收录的期刊论文作为研究对象。在分析之前,需要对数据进行预处理:第一步,数据的过滤与除重。在搜集数据的过程中会发现一些重复文献以及一些与此次研究无关紧要的文献,如会议纪要、通知等,这就决定了软件去重和人工除重相结合的重要性。经过数据清洗,共得到有效数据5146篇论文。第二步,数据转换。将得到的数据转换成Citespace能够运行的数据格式。之后便可对数据进行文献共被引和关键词共现分析。

最后,对研究结论的分析。上述每一步都为得出的研究结论奠定了基础。在分析的过程中,研究者一定要注重在科学知识图谱的基础上,通过描述图谱反映的内容,继而对其进行客观、理性和深刻的分析,将结论变得有理有据。否则,如果只对图谱所呈现的内容进行简单描述,不辅以学科背景和具体的文献内容,那么这篇研究论文就变成了简单的数据堆砌,无法称之为研究。如果过于强调学科背景和具体的文献内容,论文的结论与图谱关系不大,那也就失去了文章研究的意义了。

# 博士学位论文开题报告
# 范例与写作方法

徐谙律*

开题报告,英文通常称为"research proposal",是研究者在即将开始一项课题研究前,对课题的选题缘由、研究意义、可行性、研究方法、研究思路与框架等进行具体设计和论证的计划书。博士论文开题报告是博士论文写作的开端,其要素通常包括但不限于以下几项:课题名称,研究目录,研究时间计划安排(下文省略),研究背景、目的和意义,国内外研究文献综述,研究内容(主要研究目标与拟解决的问题),研究方法、思路及框架,预期观点,参考文献列表等。以下为本人在2012年为博士学位论文《"美国印第安文艺复兴"小说的部落语言政治:以莫马迪、希尔科、韦尔奇、格兰西为例》撰写的开题报告,部分内容较原始版本略有删减。

**Politics of Tribal Languages in Fiction of Native American Renaissance:
N. Scott Momaday, Leslie Marmon Silko, James Welch and Diane Glancy**

**Table of Contents**

**Acknowledgements**

摘要

**Abstract**

**Abbreviations**

---

\* 徐谙律,文学博士,上海外国语大学国际关系与公共事务学院讲师、硕士生导师,上海市"晨光学者"。主要研究方向为当代美国文学、美国印第安文学与文化等。在《当代外国文学》《国外文学》等期刊上发表学术论文十余篇。主持上海市哲社青年课题、上海市"晨光学者"计划项目、中国博士后科学基金面上资助项目、上海高校青年教师培养资助计划项目等。2013年至2014年以联合培养博士生身份在美国佐治亚大学印第安问题研究中心访学。

**联系方式**:上海外国语大学,邮编:200083,Email:anluxu@shisu.edu.cn。

**Introduction**

0.1 Four Novelists and Four Decades of Native American Renaissance

0.2 Native American Language Ideology

0.3 Working Definition for "Politics of Tribal Languages" in Native American Fiction

0.4 Literature Review

0.5 Organization of the Dissertation

**Chapter One  "Use the English, and Save the Tribe": English as Political Construct to Recollect Tribal Languages**

1.1 Momaday's Dissipation of White Men's Language Phantasm

1.2 Silko's Syncretization with White Men's Language Application

1.3 Welch's Deterritorialization of White Men's Language Model

1.4 Glancy's Juxtaposition of White Men's Language Symbols

**Chapter Two  "The Voice Back from the Margin": Storytelling as Political Construct to Reconstruct Tribal Voices**

2.1 Storytelling Language as Power of Creation and Re-Creation (*HMOD*)

2.2 Storytelling Language as Filament of Grandparent-Grandchild Tie (*C*)

2.3 Storytelling Language as Fuel for Tribal Masculine Maturity (*FC*)

2.4 Storytelling Language as Force of Reversing Native-White Hierarchy (*PB*)

**Chapter Three  "Changing is Not Vanishing": Cultural Translation as Political Construct to Recuperate Tribal Experiences**

3.1 Textualization of Intangible Tradition: Adaptation for Continuance

3.2 Amalgamation with White Men's Language: Soft Power for Development

3.3 Crescendo of Historical Embedment: Resilience for Reminiscence

**Chapter Four  "We Speak, Who Listen?": From Language Politics as Strategy to Language Politics as Power**

4.1 Theorization of Blood Memory via Native American Audience

4.2 Reception of External Recognition via Non-Native Readership

4.3 Language Shift: Moderate Manifesto of Tribal Language Revitalization

**Conclusion**

**Works Cited**

## (1) Significance of the study (选题意义)

The issue of language is essential in the study of Native American literature since language, deemed by Native Americans as fountain of reality and power, is an eternal theme in the life of Native Americans. Compared with non-Native Americans, the language ideology of Native Americans is of more complex properties. Other than the property as carrier of specific culture that is commonly mentioned in the study of relationship between language and culture, language is, according to Momaday, to Native people "a creator of reality ... It is the miracle of language that enables us" (qtd. in Weaver, 81). However, what is interesting and worthy of being looked closely into is that most tribal writers write their works not in their own tribal languages, but in the "language of the Other," mainly in English. Native American literary works in English is so paradoxical that they have aroused the discussion of "authenticity" among scholars of Native American studies and yielded diverse viewpoints.

This project intends to study the politics of tribal languages in the fiction of four Native American writers — N. Scott Momaday, Leslie Marmon Silko, James Welch and Diane Glancy, one novel by each author selected as exemplification of the issue of politics of tribal languages in each decade since the 1969 Renaissance. **The project will probe into the ways in which these writers take to demonstrate their conceptions of tribal languages at two different layers — spiritual and material — in their novels, and to convey their maneuver and conviction in inheriting and preserving tribal languages. It differentiates its approach from other studies about language issues of Native American novels in that it attempts to take the context, in particular the legal and politic context concerning tribal languages, into consideration, to investigate the interaction between Native American writing and the federal policies and laws, as well as to find out the influence, either direct or indirect, of such literature on the external social and historical milieu.**

The four novelists and their works are influential and representative in each of the four decades since the Native American Renaissance. Momaday is regarded and known as the founding author of Native American Renaissance. His novel *House Made of Dawn* (1968), published amid the waves of American Indian Movement, re-awakes the creation and publication of Native Americans that have comparatively remained silence since the 1940s. Silko, almost contemporary with Momaday, is another key figure in the first wave of Native American Renaissance. Her first novel *Ceremony* gains instant and constant critical acclaim, and has laid solid foundation for Silko's ascending reputation among the literary arena and also her motivation for both creative and theoretical writing. *Fools Crow* (1986) by James Welch, pioneer of contemporary Native American literature, is one of the early historical novels in Native American literature. Unlike his predecessors who tend to write the experience of contemporary characters, James Welch sets his story in a fairly remote historical background and brings to readers an unfamiliar historical event — the massacre of Blackfeet people in 1870. Diane Glancy is widely acknowledged as she accumulates literary awards ranging from American Book Award, Oklahoma Book Award, to Native American Prose Award, for her writing of different genres. Glancy's historical novel *Pushing the Bear: A Novel of the Trail of Tears* (1996) unveils the Cherokee people's ordeal along the journey of removal during 1838 and 1839. The recuperation of that specific historical event from the tribal people's perspective makes the novel influential.

Apart from the importance of these writers and the chronology of these four works, there is also geographical concern. The tribes mentioned in these four novels, as well as the tribal affiliation of the writers, almost cover the entire districts of the tribes in the United States. Momaday is of Kiowa and Cherokee ancestry, and his novel deals with the Navajo, Kiowa and also Jemez Pueblo, which represent the Southwest and Southeast parts respectively; Silko is from the southwest Laguna Pueblo, and she also sets *Ceremony* in the Laguna place; Blackfeet novelist Welch mostly sets his *Fools Crow* in northwest — Montana Territory, and mainly deals with the life of the Blackfeet and their interactions with other northwest tribes; Cherokee writer Glancy saliently describes the removal experience of the southeastern "Civilized Tribes." Although not including all parts and all tribes, the characteristics and philosophies of these novels and writers under research of this project can to some extent represent the general situation of contemporary Native American literature. Thus it is safer and more reasonable for this project to find out some commonalities of politics of tribal language and make generalized conclusion for the fiction of Native American Renaissance.

**"Politics of tribal languages" is an original term coined by the author of this dissertation based on theories of "Native American language ideology" and "politics of language." It is rectification and innovation upon the existing points of view. There have already been studies on the fiction of Native American Renaissance from the perspective of language, but to date there is yet a systematic study on the politics of tribal languages. "Politics" in this project is theorized at dual levels — politics as strategy and politics as power. Therefore, this project will start from the study of language politics as a strategy to reverse the English-dominant situation through English writing and end up in the study of reclaim of power and reiteration of preservation of tribal languages underneath the English writing. Craig Womack argues that "Native artistry is not pure aesthetics, or art for art's sake" (16 - 17). Rather, Native literature, for most of the time, is highly political. This project will place its emphasis on the historical and social context by further studying the interaction between literary works and the external milieu, especially the counter-influence of the literature on the tribal reality and development, social policy and history.**

By providing a relatively new perspective for the study of contemporary Native American fiction, this project aims to deepen readers' understanding of these four works, which can also be extended to other works by contemporary Native authors. The author of this dissertation hopes that this project can enlarge, to some extent, the room for literary interpretation and arouse more interests in and attention to Native American works. In this way, the author anticipates that this project can shed some light on the study of Native

American literature, as well as delineate an objective situation of Native American languages and culture in contemporary time.

本部分阐述了选取四位作家、四部作品和语言问题为研究对象的理由,以及定义关键概念"部落语言政治"的出发点,论证了论文的选题意义。首先,论文选择四部美国印第安小说的语言书写特征为切入点,原因在于部落作家选用英语为创作语言,但使用英语解构白人的英语书写,这与印第安部落将语言视为现实与力量的源泉的语言观密不可分;其次,论文研究的四位作家和四部作品在美国印第安文学史上有着鲜明的代表性,四位作家分别代表了"美国印第安文艺复兴"以来的 20 世纪 60、70、80、90 四个年代,同时,作品书写的部落对象,在所属地理上也具有代表性,从东南部、大平原,到中西部印第安部落,基本上涵盖了美国主要的印第安部落所在地区;最后,介绍了作者创立"部落语言政治"概念的理论基础是既有的"部落语言观"和"语言政治"概念和理论,指出论文的理论框架是对原有概念和理论的修正与推进,从而成为本研究的理论框架。

## (2) Literature review(文献综述)

Studies on the four writers and their works, and contemporary Native American literature at large discussed in this project mount year on year, with critical viewpoints covering diversified areas and referring to various theories. These studies can be divided, roughly, into six categories.

**1. Studies on the relationship between Native Americans, Native landscape and ecological philosophies.**

Research in this category focuses on Native Americans' link to land and nature in the novels, and seeks to uncover the significance of the landscape and natural depiction. Robert M. Nelson's monograph *Place and Vision: The Function of Landscape in Native American Fiction* can be regarded as a representative study of this concern. In his study of three novels — Momaday's *House Made of Dawn*, Silko's *Ceremony* and Welch's *The Death of Jim Loney*, he explores the role of physical landscape as both source and shaper of individual and cultural identities and the way geographical realism functions to verify and validate the creative visions informing these works. Nelson demonstrates that place "has the power to shape the identities of the People, individually and collectively, whose lives take place there" (130). While Paula Gunn Allen in her article "The Feminine Landscape of Leslie Marmon Silko's *Ceremony*" conducts a micro and character-centered study on Silko's work. She studies characters' relationship with the landscape, the return of their identity, the humanity of the landscape represented in this novel. Allen views *Ceremony* not only as a tale about male protagonist Tayo but also a tale of "two forces" — the feminine life force of the universe and the mechanic death force of the witchery (233), and proposes that the earth — the "mother earth" — is "the source and the being of the people, and we [Native people] are equally the being of the earth" (233).

With the emergence of eco-critical studies in literature in the late 1980s and early 1990s, Native American literature has also "found a place and outlet" in it (Schweninger 30). A growing number of studies on the land-people/nature-people relationship in Native American literature, especially the works of the four authors discussed in this project, have been conducted with reference to theoretical framework of eco-criticism.

Although research on relationship between Native Americans and the land and ecology is listed as a single category, it is issue and concern permeated in almost all other studies due to the indispensability of land in Native people's physical and mental life. The studies categorized here are ones that mainly deal with this topic.

**2. Studies on the tribal religious traditions, cosmology, and shared cultural knowledge and value.**

Studies in this category mainly highlight the cultural and religious philosophy, time and space values, as well as mythology and oral stories included in these novels. Cultural and religious elements in the literary works are put to prominence in the scholars' interpretation. Some studies make comparison and contrast between Native and non-Native cultures, religions and philosophies.

John Scenters-Zapico studies importance of shared Native culture to Native

Americans in Momaday's novels. In this study, he discusses the relationship between shared experience, shared cultural knowledge and shared identity under the framework of enthymematic premises. He views the absent, unexpressed cultural knowledge in Momaday's novels as knowledge and experience shared by tribal people, which can be filled in by characters in the "enthymematic processes that are involved when connecting broad historical experiences with particular experiences" (501). Scenters-Zapico argues that both oral and written texts in Momaday's novels "create enthymemes" (501). Anne Van Dyke studies both Silko's *Ceremony* and Paula Gunn Allen's *The Woman Who Owned Shadows* (1983), and takes a close look at how Silko and Allen use their cultural traditions of Laguna Pueblo in their novels. She argues that "The Pueblo world view, like that of other tribal cultures, is based on the concept that all things inanimate and animate are related and are part of the whole" (13). Liu Kedong conducts a general study of the traditional Native American culture in Native American literature, with analysis of Momaday's *House Made of Dawn*. Elements such as oral storytelling, the number "4," and the circular structure are studied. He states that traditional Native American culture is not only re-presented in the contemporary Native American works, but also exert profound influence upon the way of thinking as well as narrative style of contemporary Native American authors.

Studies on Native American religion, culture and philosophy in the novels after Native American Renaissance are not limited to the ones mentioned above. There are far more scholars interested in this topic. Apart from the above mentioned ones, articles by Nora Berry, Christopher R. Nelson, Kathryn Shanley Vangen, Amy J. Elias, Valerie Harvey, etc., also investigate the Native cultural, religious and philosophical elements either in single work or in works at large from the perspective of time, mythology, and oral traditions.

**3. Studies on "homing," cultural identity and postcolonial writing.**

Research of this category is inclined to place the works by the four authors and also other contemporary Native American authors in the postcolonial context and attempt to analyze topics such as "homing", loss and return of Native cultural identity, Native Americans' third space as delineated in contemporary Native American works. Williams Bevis's "Native American Novels: Homing in" is a widely anthologized and highly alluded article dealing with this issue. Taking six contemporary Native American novels including *House Made of Dawn* and *Ceremony* into consideration, Bevis proposes his idea that contrary to the popular thematic concern of "leaving home" in non-Native American literature, Native American writing is mostly concerned with "homing," and emphasizes that the significance of questing for the "self" is a transpersonal behavior which reconnects the self with the past, his or her community and land. Similar study is also conducted by Ye Rulan in her dissertation, focusing on the identity collision and fusion in the writing of Silko. She argues that Silko's works reflect the identity crisis that Native Americans are confronted with in modern society and conveys the aspiration of a return to Native traditions and regain Native American cultural identity.

Sean Kicummah Teuton in his *Red Land, Red Power: Grounding Knowledge in the American Indian Novel* revolves around the Native American writing including works by Momaday, Silko and Welch under the influence of Red Power Movement, to study the writing's connection with the quest for ancestral cultural identity. He proposes "a literary anthropology" to study "the role of identity in the practice of Indigenous criticism" (23). Teuton launches the discussion of "tribal realism" in the interpretation of a renewed understanding of cultural identity as well as the political awakening of the Native people, and argues that such tribal realism lies in the community's preservation of land, oral traditions, culture and history.

Postcolonial studies tend to place their emphasis on the cultural and identity hybridity in the works by these authors. Pasty J. Daniels in the dissertation *The Voice of the Oppressed in the Language of the Oppressor: A Discussion of Selected Postcolonial Literature from Ireland, Africa, and America*, with her study of Silko's *Ceremony*, induces a pattern in the "postcolonial writers," arguing that such writing "creates a hybrid culture, a blend of dominant and marginalized cultures, in order to find a public space from which to speak. Their writings in the language of their oppressors inspire others from their colonized cultures to also find a speaking voice" (5). Zou Huiling's dissertation conducts an overall macro study on the phases of post-colonial writing and their characteristics. She takes a series of contemporary Native American writers into her lens, and approaches their writings with postcolonial literary theory. Her dissertation arrives at the conclusion that along the development of Native American literature written in English, Native writers "appropriate the white form of the colonizer for their quest of racial/cultural identity" (209).

**4. Studies on history, post-war trauma, and cultural memory.**

Some scholars focus on the sufferings and reactions of the Native characters in the novels, in which they refer to the history of the tribes that are concerned and the experience of the Native Americans during particular period and events. They mostly conduct their research from the perspective New Historicism, traumatic theory as well as theory of memory.

Sarah Martin studies James Welch's rewriting and revealing of Blackfeet history in *Fools Crow* by discussing the ways this novel represent the 19th century Blackfeet experience and the effect of the writing of the past upon current reality. By adopting Foucault and Benjamin's theory of memory and history, as well as Homi Bhabha's notion of "projective past," Martin argues that "the past is strong in *Fools Crow*," which both empowers and "inspires the politics of the present" (100). Bette Weidman also studies the influence of historical writing in *Fools Crow*, but this study finds its conclusion in the novel's standing in literary history, as well as its affection in the shaping of literary canon. Weidman argues that this novel "explores the gap between official national histories, earlier canonized novels by Euramericans, and the hitherto only partially expressed point of view of Native Americans on the history of their conflict with the colonizers" (91).

Beth Vanrheenen's dissertation examines the trauma in identity formation in ethnic novels written by American writers from four different ethnic groups, with Silko's *Ceremony* as exemplification for Native American literature. It proposes that there are some shared features in the demonstration of trauma as well as gothic literary conventions in these works — "loss, identity disruption, and supernatural intervention" (229), and suggests that "the protagonists make new connections to their ethnic communities, providing a sense of communal identity that their trauma had previously denied them" (230).

Other scholars dealing with similar issues concerning the four authors include Aaron Derosa, Michelle Satterlee, Karen DeMester, Zhang Huirong, etc. They approach trauma represented in these works from different perspectives, but tend to arrive at similar conclusion that through tribal rituals and healings, or by returning to the land and traditions, these traumatic characters will recover and become re-membered into their tribes and Native culture.

**5. Stylistic and narratological studies.**

Besides the above-mentioned categories of thematic study of the novels by the four writers, there are also other articles, dissertations and monographs that give heed to the artistic style and narrative strategies of their works.

Zhu Wanze studies the relationship between space and Native American ideology in *House Made of Dawn* by employing the theory of spatial narratology. Cai Xia in her inquiry into the narrative strategies of *Ceremony*, makes a comparison between Silko's novel and Chinese novel *A Dream of Red Mansions*. She studies three narrative strategies shared by both works — multiple narratological frameworks, compound arrangement of plots and diverse layers of narration. Janette Moser's dissertation chooses novels by Momaday, Silko, Welch, as well as other contemporary Native American writers — Louise Erdrich and Paula Gunn Allen — as object of study, taking a close look at the spatial concepts that inform the distinctive textual and narrative strategies. Moser's study combines Bakhtin's methodology of discourse analysis, Joseph Frank's "principle of reflexive reference" and ideas of ethnographic studies together to study the stylistic choice, character design, physical description and narrative development in the novels by these Native writers. The study manifests the importance of spatial categories to the narrative strategies of contemporary Native American writing.

### 6. Studies on language issue.

When it comes to the language issue, previous studies have already been aware the language of, as well as issues of language represented in, the works under discussion. Jace Weaver emphasizes the significance of language and story consisted of language to Native Americans, arguing in *That the People Might Live* that "language and narrative have tremendous power to create community" (40). Native writers' attachment to language is evident in their works. In the article "The Mystery of Language: N. Scott Momaday, An Appreciation" that was published years after the previous monograph, Weaver further presents a thorough review and evaluation of studies on the role of language in Momaday's fictional and nonfictional writing.

Blanca Schorcht's monograph revolves around the storied voices in Native American texts. Schorcht studies the gap between the Native language and the English language in which Native American writers mostly take to write their novels, and it also probe into the ways in which these writers attempt to fill in the gap and the significance conveyed through the gap. *Fools Crow* is under discussion in this study. Schorcht argues that in this novel there exists "complex relationships between Native story, history and language" (18), and that Welch "incorporates the language and worldview of the Blackfeet and their traditional oral stories into a historical novel" and articulates the "connection to, and continuity between, older storytelling traditions and newer literary forms" (80).

Lawrence J. Evers carries out a detailed textual analysis of *House Made of Dawn* in order to study the relationship between language and cultural landscape, arguing that words and cultural landscape serves as the bridge to connect the alienated tribal people to their culture. While Linda Hogan's article "Who Puts Together" centers on the healing and balancing power of chanting language in *House Made of Dawn*, arguing the potential of language "to restore [Native people] to a unity with earth and the rest of the universe" (142). Dee Horne studies Native American writers' choice of writing language from the perspective of postcolonialism, and argues that the writers use the "colonizer's language" as subversive strategy in narrative, to form hybridity and "subversive mimicry" in the purpose of creating a "third place" for political change. Similar study can be found in Barbara Marie Reid's dissertation discussing language and sovereignty in Native American literature. She argues for the importance of establishing relationship with, rather than theorizing differences between, languages (words) in the literature by Native writers for survival.

Previous studies have already been fruitful and extensive. However, the author of this dissertation finds room for expanding the scope of research and interpretation in the four writers and their works. **First of all**, the number of existing studies on Diane Glancy are comparatively small, especially that of her novel *Pushing the Bear: A Novel of the Trail of Tears*. Researchers of Diane Glancy focus more on her poetry and drama, while this novel does not receive due attention. **Second**, studies on the novels appear to be microscopic and obsessed with the texts proper, but the interaction between texts and contexts are for most of the time overlooked by scholars. **Thirdly**, most studies on language are confined to mere interpretation of texts and based largely on the spiritual aspect of language in Native Americans perception. However, attributed to federal government's policies concerning tribal languages, the linguistic landscape among Native tribes have changed, thus the study on language in Native literature cannot be confined to the language within the texts. It is necessary to expand the study concerning language issue by taking historical, social and political context into consideration.

The issues overlooked by previous scholars make it possible and feasible for the author to conduct this project. This project emphasizes the context, especially legal and politic context concerning tribal languages to investigate the interaction between Native American writing and the federal policies and laws, as well as to find out the influence, either direct or indirect, of such literature on the external social and historical circumstances.

本部分综合针对被研究的四位作家和四部作品以及印第安文学中的语言

问题梳理了已有的研究文献,将文献按照研究视角与切入点分为六大类,包括作品与印第安人生态观、土地观的关系;作品对印第安信仰、文化、传统习俗的书写;作品的后殖民、文化身份书写;作品中的历史、战后创伤和文化记忆书写;作品的文体和叙事风格研究和作品对语言的疗愈功能的书写研究等。论文作者从每个研究视角的代表性文献及其相关的研究结论,回溯了前人针对四位作家、四部作品尤其是对语言问题研究的学术史,文献涵盖了国内外研究学者的论文、专著等,并对前人研究作了批判性分析。在已有研究的基础上,论文提出了四部作品在语言问题上有待进一步挖掘的方向,提出本研究的可行性。

## (3) Research questions of this project(基本内容)

This project is devoted to finding out the ways in which Momaday, Silko, Welch and Glancy take to demonstrate their conceptions of tribal languages and to convey their maneuver and conviction in inheriting and preserving tribal languages; it will further study the significance and effects of their works on the social, political and historical context. The author of this dissertation creates the term "politics of tribal languages" to summarize the ways to be explored, as such ways are not limited to literary texts, but have positive effects to "make do." The dissertation studies two levels of language as realized by English writing of Native American authors — the material language of logic and the spiritual language of myth.

At the first level of material language, it studies the English in these four novels' used by the writers and the ways how these novels differentiate the English from non-Native's white English. The second level of spiritual language connects the language as unit to the language as discourse. For the oral stories recorded and textualized in these novels, English language is transformed into storytelling language that helps the tribes to make their voices, both contemporary and ancestral, heard. Chapter Two is to explore how English as storytelling language functions in each novel in the reconstruction of tribal voices. It is salient that tribal voices and tribal languages are recalled and reconstructed by English texts, either in the small language unit at material level or in the larger storytelling discourse at spiritual level. This dissertation views the English writing as cultural translation in which there is a hue of strategy and politics. Chapter Three is to probe into the concrete issues embodied in such cultural translation and to inquire its role in the recuperation of tribal experiences. Chapter Four is to study the readership and potential functions of these novels on readers; the extent to which these Native writings counter-influence the social, political and historical context in terms of revitalization of tribal languages is also to be explored.

本部分根据作者创立的"部落语言政治"的概念及其框架，确定了论文研究的总体结构，介绍了论文每个部分计划撰写的内容。论文作者从部落语言观念中语言的物质层面和精神层面，以及英语书写部落故事作为一种实现部落语言复兴的"政治"途径，阐述了四个章节安排的内在逻辑，即立足文本阐释，从文本中的个体的语汇元素，到成篇的口头故事，再到小说实现的部落——白人之间的文化转译，最终借助作品的阅读到达读者，这种"从小到大""从文内到文外"的线索，探析部落作家的英语小说创作实现部落语言政治的范式。

## (4) Methodology and theory adopted in this project(研究方法)

This project conducts a contextual study on the basis of close reading of literary texts of the four novels, adopts the methods of historical and cultural study, and employs theories of linguistic anthropology, politics of language and politics of literature. With reference to the historical, political and social context, the dissertation tries to explore the manners in which the novelists endeavor to form the politics of tribal languages, and to investigate he interaction between language, both tribal languages and the "enemy's language" English, and the federal governments' policies concerning Native American tribal languages represented in the novels.

In defining "politics of tribal languages," this dissertation borrows while at the mean time rectifies and develops Kenyan writer Ngugi wa Thiong'o's theory of "politics of language." My definition of "politics of tribal languages" in this project is different from wa Thiong'o's in that I view such "politics" not as fierce and direct conflict and resistance, but as a strategy and wisdom of Native American writers to form a "soft power" in their inheritance and preservation of tribal languages through English writing. I argue that such soft power, aiming at retrieving the position of tribal languages, directs Native writers firstly to use English writing to make themselves heard among contemporary tribal people, then among non-Natives, especially the policy-makers. Only in this way can Native people express their ideas and appeals, and then regain the power of discourse of their own language. While "politics" is also strategy that Native writers manipulate the English language in their novels. They are not exerting the language exactly as it is, but making subtle adjustments to differentiate, defamiliarize and deterritorialize the English language from its original White Men's pattern. Such tactics are adopted by Native writers as politics of language to retell the stories that are familiar with Native people and unfamiliar with the non-Natives, to symbolically reshape the tribal languages and recuperate the cultural, historical and political experience of the tribes from Native American perspectives, in the hope of reawakening contemporary Native Americans' memory of the tribe. Such tactics then ascend to the level of politics as power to deconstruct and reconstruct the historical, cultural and politics of narration originally dominated and directed by the discourse of the White Men. Such politics of tribal languages in the texts of Momaday, Silko, Welch and Glancy, as well as many more Native American writers can be interpreted as their efforts in preserving and then developing tribal languages in the long run. In this dissertation, the rectified theory of "language politics" will be employed as the major thread connecting the arguments in the four chapters.

As to Native American language ideology, this study is to adopt the ideas from Field and Kroskrity in their characterization of Native American language ideology. In the introduction of the anthology *Native American Language Ideologies: Beliefs, Practices, and Struggles in Indian Country*, they define Native American language ideology as "diverse beliefs, however implicit or explicit they may be, used by speakers of all types as models for constructing linguistic performances, conducting evaluations and assessments, and otherwise engaging in communicative activity," as well as "beliefs about the superiority or inferiority of specific languages" (11). Field and Kroskrity present four characteristics of language appreciated by Native American language ideology in comparison with the Euro-American language ideology. First, in Native Americans' mind, language bears the aesthetics of interpersonal communication, which is the ideology for language socialization. It is argued that in many Native American communities such ideology of interpersonal communication "are used in conjunction with other distinctive cultural values as resources for constructing indigenous identities in opposition to 'white,' Euro-American, hegemonic 'others'" (10). Second, traditional narratives are greatly valued in Native American language ideology by emphasizing the significance of storytelling as well as listeners of the stories. Third, in Native American language ideology, language is changing over the time with its contact and interaction. Fourth, language has power and it tends to be performative and creative. Field and Kroskrity's definition and characterization of Native American language ideology are to be employed in the analysis of both the material and the spiritual aspects of language in the writers' writing, as well as the interaction between the context and language issues refracted by their novels.

In the final discussion of the relationship between the four novels and political and social context, Deleuze's concept of "deterritorialized language" and "collective assemblage of enunciation," as well as Jacques Rancière's ideas of "politics of literature" are to be employed. In Deleuze and Guattari's study on minority literature, they have proposed both concepts listed above in the interpretation of Kafka's works. They have argued that language in minority literature has been affected by a high coefficient of deteritorialization (Ronald 95). Writers in their works thus operate via a "collective assemblage of enunciation" to express their ideas (95). Bogue Ronald, expert on Deleuze's philosophy, points out that "with the inculcation of a language comes the organization of reality according to a dominant social order" (98). Language itself is a maneuver to shape the structure of power. Therefore, the "deterritorialized language" is a political effort of the minority writers. Such deterritorialized language is ubiquitous in Momaday, Silko, Welch and Glancy's novels, as well as other Native American novels. Therefore, By employing Deleuze's theory of minor literature, it is reasonable to study the effects and purposes lying underneath the writers' deterritorialized writing. What's more, Rancière also argues for the political effects of literature. He points out that literature is "involved in this partition of the visible and the sayable, in this intertwining of being, doing and saying that frames a polemical common world" (10). It is with these theories as guidance that this dissertation seeks to explore how these novels "do" politics, to what extent these novels influence political and social situations of tribal languages, and to investigate if there is any difference made by these Native American novels that are supposed, by no means, to be "art for art's sake."

　　本部分介绍了论文采用的研究方法。基于"语言政治"和"美国印第安语言观"的理论和观点，提出"部落语言政治"概念。论文认为，对于当代美国印第安文学中的部落语言和创作问题，"政治"的意义主要体现在两个方面：第一是作为策略的政治，"政治"本身具有策略的含义，指文本中折射的当代美国印第安作家保护和延续部落语言的写作策略；第二是作为权力的政治，指美国印第安作家使用英语创作的策略背后对部落语言权力的诉求，其最终指向是对部落语言的保护、延续和发展。该概念是对目前存在争议的美国印第安文学语言"纯正性"研究的回应，更是对现有理论观点的修正、推进与创新。本论文在细读四部小说的基础上，着重考察四部作品中的部落语言观，及其与美国历史、社会、政策和法律的互动关系，探寻以这四部作品为代表的当代美国印第安文学在繁荣发展的过程中，在部落语言的保护与发展方面对美国的政策、法律的影响。本论文综合美国印第安语言观、语言人类学、德勒兹关于小众文学及其语言的论点，联系美国印第安政策与法律，结合作品创作语境，挖掘部落语言政治的文学再现方式，从而超越文本阐释，走向对社会、历史和政治语境的研究。结合相关理论观点，论文的研究路径层层推进，研究对象由小说最小的语言单位扩大至作品中的故事语篇，走向作品呈现的文化转译，从而探究作品对读者和社会、政治和历史的影响。

## (5) Arguments and originality of this project（主要观点）

The major arguments of this dissertation are as follows:

**1. At the level of material and logic language, writers' English writing serves as a strategy, rather than acceptance of the cultural dominance of English and cultural extinguishment of tribal languages.** It is through literary creation that these writers directly or indirectly manage to appeal their cling to tribal languages and cultural traditions in a way that political statements and resistance fail to.

**2. At the level of spiritual language, the four writers demonstrate the tribal conception of language not only as symbols that carry meanings, but also as source and power of creation and cultural inheritance.** This is theorized by means of the storytelling language in each novel, which conveys the emotions of the tribal people and reconstructs their seeming lost voices.

**3. The English writing by these Native American writers plays a role of cultural translation that is conducive to recuperate the tribal experiences.** Although the ostensible situation is that Native writers tend to use English rather than their tribal languages, there are still growing phenomena in their works to differentiate their use of English from the normal model, and some even use the symbols and vocabulary directly from their own tribal languages.

**4. The readership can be perceived as wisdom and strategy of these four novelists in their English writing, since it will engender different influences on the tendency and fate of tribal languages.** The born nature of being political makes Native American writings more significant, and it contribute, more or less to the language shift to tribal ones among the Native groups. Last but not least, this dissertation views such shift to tribal language not as regression or return, but as a development and inheritance, moving spirally towards a more vital and sustainable future.

本部分简述了论文预期的研究观点。论文认为,在语言的物质层面上,四部小说的英语语言写作均呈现出策略性。美国印第安作家通过文学创作，在一定程度上产生政治论述、抗争中无法产生的效果：消解和抨击白人用语言符号形成的幻象；将部落语言同英语融合，表达部落语言观念；用"脱离疆域""陌生化"的英语表达形式使其文本和观念得以进入英语世界。在语言的精神层面上，四部小说的作家发挥故事语言的功能，将其作为传递部落声音和阐述部落观念的策略。作家在各自作品中以不同方式展现部落语言观：创造与再创造现实和世界，联通祖辈与孙辈之间的关系与文化血脉，助力男性主人公成熟、获得阳刚气质。在创作语言与故事语篇的基础上，当代美国印第安文学通过文本的媒介，上升到文化层面，其英语创作呈现出"文化转译"的特征。论文认为，当代美国印第安文学的英语创作不仅不会使部落语言消失，反而在一定程度上能够帮助人们形成保护和延续美国印第安部落语言的意识。美国印第安文学通过英语表达，借助"暂时生存"的方式以加大作品在读者中的影响力。当代美国印第安作家借助英语写作，结合部落语言观念对作品语言形式加以调整和改变，使用物质文化转译非物质文化传统，因而这种调整非但没有消解非物质传统，反而达到了保护、延续与继承的目的。

## (6) Works cited（引用文献）

Alberts, Crystal. "In the Talking Leaves: Diane Glancy's Reclamation of Voice and Archive." *The Salt Companion to Diane Glancy*. Ed. James Mackay. Cambridge: Salt Publishing, 2010. 114-134.

Allen, Paula Gunn. "The Feminine Landscape of Leslie Marmon Silko's *Ceremony*." *Critical Perspectives on Native American Fiction*. Ed. Richard F. Flick. Washington, D.C.: Three Continents Press, 1993. 233-239.

Bevis, Williams. "Native American Novels: Homing in." *Critical Perspectives on Native American Fiction*. Ed. Richard F. Flick. Washington, D.C.: Three Continents Press, 1993. 15-45.

Dennis, Helen May. "Diane Glancy's Flutie: Living on the Edge of Enormous Quiet." *The Salt Companion to Diane Glancy*. Ed. James Mackay. Cambridge: Salt Publishing, 2010. 81-101.

Elias, Amy J. "Fragments that Rune Up the Shores: *Pushing the Bear*,

Coyote Aesthetics, and Recovered History." *Modern Fiction Studies* 45.1 (1999): 185-211.

Evers, Lawrence J. "Words and Place: A Reading of *House Made of Dawn*." *Critical Perspectives on Native American Fiction*. Ed. Richard F. Flick. Washington, D.C.: Three Continents Press, 1993. 114-133.

Glancy, Diane. *Pushing the Bear: A Novel of the Trail of Tears*. San Diego: Harvest American, 1996.

Harvey, Valerie. "Navajo Sandpainting in *Ceremony*." *Critical Perspectives on Native American Fiction*. Ed. Richard F. Flick. Washington, D.C.: Three Continents Press, 1993. 256-259.

Hogan, Linda. "Who Puts Together." *Critical Perspectives on Native American Fiction*. Ed. Richard F. Flick. Washington, D.C.: Three Continents Press, 1993. 134-142.

Lincoln, Kenneth. "N. Scott Momaday: Word Bearer." *American Indian Culture and Research Journal* 33.2(2009): 89-102.

- - -. *Native American Renaissance*. Berkeley: University of California Press, 1983.

Martin, Sarah. "Reading the Historical Novel: Reworking the Past and the Relation of Blackfeet History in James Welch's *Fools Crow*." *Journal of American Studies* 43.1(2009): 89-100.

Momaday, N Scott. *House Made of Dawn*. 1968. New York: Harper Perennial, 2010.

- - -. *The Man Made of Words: Essays, Stories, Passages*. New York: St. Martin's Press, 1997.

Moser, Janette Irene. *Balancing the Workd: Spatial Design in Contemporary Native American Novels*. Diss. The University of North Carolina at Chapel Hill, 1992.

Nelson, Robert M. *Place and Vision: The Function of Landscape in Native American Fiction*. New York: Peter Lang, 1993.

Ortiz, Simon. "Towards a National Indian Literature." 1981. Rpt. in *American Indian Literary Nationalism*. Eds. Jace Weaver, et al.

Albuquerque: University of New Mexico Press, 2005. 253 – 260.

Reid, Barbara Marie. *re-wor(l)ding indian survival: Language and Sovereignty in Native American Literature*. Diss. University of California, Berkeley, 1999.

Ruoff, A. LaVonne Brown. *American Indian Literature: An Introduction, Bibliographic Review, and Selected Bibliography*. New York: The Modern Language Association of America, 1990.

Schiff, Sarah Eden. "Power Literature and the Myth of Racial Memory." *Modern Fiction Studies* 57.1(2011): 96 – 122.

Schorcht, Blanca. *Storied Voices in Native American Texts: Harry Robinson, Thomas King, James Welch and Leslie Marmon Silko*. New York and London: Routledge, 2003.

Schweninger, Lee. *Listening to the Land: Native American Literary Responses to the Landscape*. Athens: The University of Georgia Press, 2008.

Silko, Leslie Marmon. *Ceremony*. 1977. New York and London: Penguin Books, 2006.

---. "Language and Literature from a Pueblo Indian Perspective." *Yellow Woman and a Beauty of the Spirit*. New York: Simon and Schuster, 1996. 48 – 59.

Teuton, Sean Kicummah. *Red Land, Red Power: Grounding Knowledge in the American Indian Novel*. Durham and London: Duke University Press, 2008.

Van Dyke, Annette Joy. *Feminist Curing Ceremonies: The Goddess in Contemporary Spiritual Ceremonies*. Diss. University of Minnesota, 1987.

Velie, Alan R., and A. Robert Lee, eds. *The Native American Renaissance: Literary Imagination and Achievement*. Norman: University of Oklahoma Press, 2013.

Waniek, Marilyn N. "The Power of Language in N. Scott Momaday's House Made of Dawn." *Minority Voices* 4.1(1980): 23 – 28.

Weaver, Jace. "The Mystery of Language: N. Scott Momaday, an Appreciation." *Studies in American Indian Literatures* 20.4(2008): 76 – 86.

- - -. *That the People Might Live: Native American Literatures and Native American Community*. New York and Oxford: Oxford University Press, 1997.

Weidman, Bette. "Closure in James Welch's *Fools Crow*." *Studies in American Indian Literature* 18.3(2006): 90-97.

Ye, Rulan. *Homing in and Reconstructing Native American Identity: Identity Collision and Fusion in Leslie Marmon Silko's Writing*. Diss. Fudan University, 2009.

Zou, Huiling. *A Postcolonial Study of American Indian Literature Written in English*. Diss. Shandong University, 2005.

蔡霞(Cai Xia).异曲同工:叙事透镜中的深邃主题——印第安裔小说《仪典》与《红楼梦》叙事策略比较.解放军外国语学院学报,2004(6):101-104.

刘克东(Liu Kedong).印第安传统文化与当代印第安文学.英美文学研究论丛,2009(2):38-44.

秦苏珏(Qin Sujue).当代美国土著小说中的生态整体观探悉.当代文坛,2011(6):113-116.

——.当代美国土著文学中的自然观探析——以斯科特·莫马迪的自然书写为例.四川师范大学学报(社会科学版),2013(3):126-131.

文献列表是开题报告必不可少的组成部分,它在一定程度上可以反映出学位论文的研究水平、作者的研究视野、学术规范和治学的态度。通常,列表中的文献可采取"引用文献"(Works Cited)或"参考文献"(References/Bibliography)这两种形式之一。两者的区别在于,引用文献为论文作者在文中直接引用过的文献,以及作者在文中没有直接引用,但参考过观点或方法,并用解释性、归纳性的语言间接引用过的文献;参考文献的定义比较多元,但它不完全等同于引用文献,其范围更广,它既可以包括论文引用的文献,也可以包括与论文研究相关且有参考价值的文献。在中国的期刊和书籍中,这两类不同的文献有时都会被笼统地称为"参考文献",但对于学位论文撰写者而言,要将两者严格区分开来,尽量避免混合罗列。文献列表需体现论文作者对于所研究领域的代表性文献和课题的学术史有全面的把握,体现其对研究领域的相关文献进行了充分梳理。列表中的文献数量没有硬性的规定,但绝对不是越多越好。所列文献既要回溯研究的源头,又要体现研究的时效性,尤其是近期相关研究成果需占有一定比重;文献的类别要广泛,中文和外文的期刊、论著、学位论文、论文集、传记、访谈、书评等按需要呈现,尽量避免特别偏重某一种类的文献;同时,该领域的权威学者、被同行认可的权威文献均应在列表中按需要罗列出来。最后,所列文献信息和格式要准确、统一、规范,并要与正文呼应,避免遗漏。

# 文学批评论文写作的问题与对策

石 婕*

作为文学批评者,面对文学文本的解读,常常需要在客观性、学术性和创新性方面花费诸多功夫。文学批评论文是作者基于科学理性的思考,经过阅读、分析和论述之后的智慧结晶,体现了作者的学术能力与素养。"学术论文的书写要求逻辑清晰、结构连贯,参考文献的引用符合学术研究、论文撰写与成果发表的规范。"[①]而在论文写作的实践中,许多从事文学批评的初学者经常在一些基本问题上存在困惑或认识模糊之处,例如:如何选题、如何开篇、如何将理论探讨与文本分析有效结合、什么是好的论据与论述、如何体现论据间的逻辑关系、如何规范文学批评论文的语言、结论可否重复正文中的主要观点以及初稿完成后,如何定稿、修改论文、把握文章的整体逻辑关系等问题。鉴于此,本教材编写团队采取了带有问题意识的编写思路,以范例入手,展现优秀论文的写作方式,并以作者现身说法的方式讲解论文写作之道,使读者更加直观地了解文学批评论文写作的路径与方法。笔者有幸加入《英美文学研究论文写作:案例与方法》的编写者队伍,在借鉴权威文献和著名学者的授课经验基础上,梳理和探析论文写作中存在的困惑与问题,并尝试呈现对策,期望为同样在文学研究道路上探索的研究生和青年学者点亮一束灯火,共勉前行。

本文的要点主要参考和借鉴了上海外国语大学虞建华教授所授的英语语言

---

\* 石婕,对外经济贸易大学讲师,上海外国语大学文学博士,加州大学洛杉矶分校富布赖特项目联合培养博士,主要从事美国文学研究。发表论文有《何谓美国人——论〈典型美国佬〉中的模范少数族裔的坚守和妥协》(载《英美文学研究论丛》第32期)《2019年"美国国家图书奖":聚焦现代社会问题》(载《文艺报》2019年12月13日)等。

**联系方式**:对外经济贸易大学,邮编:100105。Email:Sherleenshi@163.com。

① The Modern Language Association of America, *MLA Handbook*, 8th edition, New York: The Modern Language Association of America, 2016, p. v.

文学博士课程"文学研究方法"(Literary Scholarship)①中的要点,并结合拜罗伊特大学西尔维亚·梅耶教授②(Sylvia Mayer)所授的语言和文学专业研究生课程"文学理论"(Literary Theory)的要求③,同时参考《文学研究的艺术》(The Art of Literary Research)④、《研究是一门艺术》(The Craft of Research)⑤以及《给研究生的学术建议》⑥等相关著作,从问题出发,以对比的方式将论文写作所提倡和反对的写作模式陈列开来,期望借助这样有的放矢的梳理工作,为从事文学研究的研究生和青年学者提供借鉴与参考。

## 一、如何撰写标题、摘要和关键词

标题、摘要与关键词作为论文的开篇,是以语句、段落和词汇的形式对文章的高度概括,可以给读者留下第一印象。"题目是读者最先阅读,是作者最后拟定的。"⑦根据虞建华教授的授课思路,标题撰写应从小的视角出发,聚焦论文的主题,又称"小题大做"。学界有言:人文研究方面,"能者小题大做"。取其字面含义,"小题大做"即以小见大,从微观入手探析宏观,让一滴水折射太阳的存在。例如:"海明威短篇小说中的老年形象分析"从小处切入,聚焦小说中的老年角

---

① 本文的部分要点和例句来自虞建华教授多年来为上海外国语大学英语语言文学专业博士生及硕士生开设和讲授的中英文课程"文学研究方法"及"文学研究方法"拼盘课中的资料,收集资料前争得虞教授授权同意并由本人整理和汉译。在此向虞建华教授致以诚挚的敬意和感谢,感谢虞教授的精心指导与慷慨授权。此外,本文在写作完善过程中,得到本书主编曾桂娥教授、副主编王弋璇副研究员与袁源副教授的全程指导,没有她们精当的学术建议和反复多次的修改意见,本文无法呈现出如今的面貌,在此向三位学者致谢。

② 西尔维亚·梅耶教授(Sylvia Mayer),德国拜罗伊特大学教授,担任欧洲文学、文化和环境研究协会咨询委员会委员,拜罗伊特美国研究所主任,慕尼黑蕾切尔·卡森环境与社会中心副主任,拜罗伊特大学语言和文学系主任(2106—2020)等。曾获美国富布莱特基金会高级研究学者奖学金(1999)。出版学术专著两部,在《英美语言、历史、文化研究季刊》(*Zeitschrift für Anglistik und Amerikanistik*)、《英语语言学杂志》(*Zeitschrift für englische Philologie*)等学术刊物上发表论文 30 余篇。

③ 部分要点来源于笔者在 2016 年春季学期赴德国拜罗伊特大学攻读硕士学位时,梅耶教授为该校语言和文学系本科生与研究生所开设课程"文学理论"中的资料,在此向梅耶教授致谢。

④ Richard D. Altick,*The Art of Literary Research*,New York:W.W. Norton & Company,1975. 后文出自同一著作的引文,将随文标出该著作简称"*Art*"和引文出处页码,不再另注。

⑤ Wayne C. Booth,Gregory G. Colomb and Joseph M. Williams,*The Craft of Research*,3rd edition,Chicago:The University of Chicago Press,2008. 后文出自同一著作的引文,将随文标出该著作简称"*Craft*"和引文出处页码,不再另注。

⑥ 戈登·鲁格,玛丽安·彼得:《给研究生的学术建议》,彭万华译,北京大学出版社,2009 年。后文出自同一著作的引文,将随文标出该著作简称"《学术建议》"和引文出处页码,不再另注。

⑦ Kate L. Turabian,*A Manuel for Writers of Research Papers,Theses,and Dissertations: Chicago Style for Students and Researchers*,7th edition,Chicago:The University of Chicago Press,2003,p.108.

色,是谓"小题"。作者以作家笔下六个"文本化"的老人形象为考察对象,力求从中找出具有普适性的内容,这种抽象层面的提升,便是一种"大做"。从小的主题入手,提炼出抽象性、普适性的内容,使"大题"变为"小题",便是"小题大做"。

标题的拟定应尽量避免题不达意,避免因追求当下学术研究的热点而在标题中使用非论文主要观点的概念。例如,笔者的硕士论文原标题为"人类命运共同体:《追日》中的后现代科学的不确定性",主标题是论文探讨的重点,但通篇内容只是套用"人类命运共同体"的概念,并没有论述《追日》如何通过后现代科学的不确定性体现人类命运共同体的思想。论文主体从三方面探讨了科学研究的不确定性对宏大叙事的挑战。根据文章的内容和主旨,试将标题修改为"后现代科学的不确定性:论《追日》对宏大叙事的挑战"。修改后的标题切合文意,体现了作者的主张。

标题应符合文学批评论文标题的规范。"学术论文标题的语言结构在长期发展过程中形成了自身的规律和特点,语言平实、逻辑严谨,一般不用完整的句子而用短语,习惯采用偏正式和并列式结构,也用含有论、议、谈、说、读、析、评、驳等字的动宾结构,其他结构形式很少使用。"[①]例如,"E. L. 多克托罗小说中的纽约城书写研究""从生态批评的角度探析《愤怒的葡萄》"采用含有动词的名词短语,在凸显研究的对象与主题的前提下,体现了作者的探究之意。相比之下,标题"《白噪音》中的后现代科学"只标明了作品中关于后现代科学的内容,缺少分析、论述意味,难以看出作者的观点,不完全符合标题的要求。若将题目修改为"谈《白噪音》中后现代科学的伦理意义",则能突出作者论述的着力点所在。

另一种主标题与副标题相结合的标题形式亦具有其优势,能够有效、具体地展现论文的观点与框架,这也是芝加哥指南推荐这种标题形式的原因[②]。例如,"族裔身份的失落与重构——从后殖民主义视角探析小说《圆屋》",主标题过于宽泛,指涉过大,副标题则通过限定研究的范围与视角,使题目更加具体,读者能够通过阅读标题知晓论文的关键词,进而了解论文的主要概念。

"摘要是以提供文献内容梗概为目的,不加评论和补充解释,简明、确切地记

---

[①] 韩星:《学术论文标题常见问题辨析》,《中国编辑》2010年第6期,第50页。
[②] See Joseph M. Williams and Gregory G. Colomb, *Style: Toward Clarity and Grace* (*Chicago Guides to Writing*, *Editing and Publishing*), Chicago: The University of Chicago Press, 1990, p.110. Kate L. Turabian, *A Manuel for Writers of Research Papers*, *Theses*, *and Dissertations: Chicago Style for Students and Researchers*, 7th edition, Chicago: The University of Chicago Press, 2003, p.108.

述文献重要内容的段落。"①一般来说,期刊文章的摘要字数在200到300字之间,包含三方面内容:研究背景、主要观点与研究意义。各部分可用一到两句话进行说明,三者缺一不可。此外,摘要也可提及研究问题。值得注意的是,摘要不是读者的阅读指南,不建议简单地罗列小标题,而是要尽力体现论文的浓缩与精华,完整呈现出论文的主要内容,使读者即使不阅读全文也可以获得必要信息;摘要应客观总结论文观点,不涉及论文以外的内容和结论,自己或他人之前的研究成果不应出现在摘要中;摘要不建议对论文涉及的研究对象进行常识性介绍,介绍某作家或作品;摘要应确保内容完整、明确、观点清晰并有效呈现研究意义。

在语言层面,摘要需要简洁练达。"受篇幅限制,摘要应该用最简洁、精练的文字概括出全文的主要观点和内容。这就要求必须讲究语言的锤炼,做到字字、句句认真推敲、斟酌。切忌出现与原文主要观点和内容关系不大的细节或冗长的语句、模糊不清的言辞。"②同时,建议多用判断、肯定的陈述句式,避免使用疑问句与感叹句;在逻辑层面,摘要需体现出论文各部分间的逻辑关系。可以利用关键的过渡词,诸如"本文研究了""此外""最后"等指明文章各部分之间的逻辑关系。另外,摘要中无须注明文献引用信息,中文摘要不出现作家、作品的英文名。

试以论文"杰克·伦敦北疆小说中的生态意识"的摘要为例,说明摘要内容、语言和逻辑的规范。以下是修改前的摘要:

> 在他的有生之年,杰克·伦敦曾经是美国最引人注目的作家,被称为文坛"灰姑娘",是美国自然主义文学的代表。虽然后来批评界对他的兴趣渐渐冷却,但他仍然是个值得关注的作家。他的很多早期作品以阿拉斯加荒原为背景,其中表达了一种超前的生态意识,强调人与自然的和谐共存,强调自然的修复功能。这些思想对于今天我们认识人类社会仍然具有启迪意义,他的作品因此具有持久的价值。

在这个版本中,较多篇幅用于介绍作家而非研究背景,前两句的表述没有体现文

---

① 该定义来自全国信息与文献标准化技术委员会发布的《中华人民共和国国家标准(GB 6447—86)文摘编写规则》,1986年6月14日发布,1987年6月1日实施。
② 张积玉:《论学术论文摘要的写作编辑规范》,《吉林大学社会科学学报》1993年第5期,第96页。

章的实质性内容,而是做空泛议论,铺陈了对作家常识性的介绍信息,对杰克·伦敦的生态意识即论文的主要观点阐释不足,论文的逻辑含混不清,最后的结论也浮于"作品具有恒久价值"的表层论述,并未点明杰克·伦敦北疆小说的真正研究意义。

以下是虞建华教授的改写(方括号中注明了每句话的功能与逻辑关系所在):

> 【引入/内容】杰克·伦敦在其以阿拉斯加为背景的早期小说中,表达了一种超前的生态意识,在多方面探讨人与自然的关系,凸显人与自然和谐共存的基本理念。【步骤1】作家渲染大自然的力量,告诫人们不能凌驾于自然之上,而对自然要有一种敬畏;【步骤2】他强调人的适应力,而不是改造力;【步骤3】他宣扬一种"荒原"道德观,批判正在快速工业化的美国文明的种种弊端;【步骤4】他认为回归自然是一种精神理疗,可以治愈在城市文明中枯萎的人的精神。【总结/意义】这些认识与今天的生态观不谋而合,具有恒久的价值。

与修改前的版本相比较,该版本删去了对作家的评注,增加了文章的四个主要观点,详细说明杰克·伦敦的生态意识,并改写了原来的结论,更加凸显研究的具体意义。

在摘要之后,还要明确论文的关键词。关键词的主要功能是索引,所选关键词应满足搜索的技术需要,具有可操作性,利于其他学者从海量的文献中搜索并引用此篇文章。关键词的选择应具有全局观,不必体现论文的所有分论点,细节内容不用纳入关键词。一般来说,关键词是文章中出现频率较多的概念,从题目、摘要、小标题和结论中锁定。关键词的顺序应先宽泛后具体,"先宽后专"[1]。例如,首先是诸如美国文学、英国战后文学等指代范围较宽的研究方向,其次是作家姓名,最后是论文的研究对象和研究内容。例如:美国小说;杰克·伦敦;北疆小说;生态批评。关键词通常使用实词。"或者""和""但是"等连词,"在""在……里""关于""为"等介词,或是"一个"等不定冠词或定冠词不可用作关键词。关键词切忌使用意义宽泛的动词,例如"发展""评价"等。不可选用所指不

---

[1] "先宽后专"的概念及之后的关键词选取标准与示例来自虞建华教授的"文学研究方法"课堂。

明确的词汇或一般名词作为关键词,例如"趋势""影响力""道德""宽容"等。最后,英文关键词的首字母应大写。英文学位论文中,每个关键词之间用分号间隔,也要避免使用缩写,例如用 CHN 指代 China。

## 二、如何撰写绪论与结论

绪论或引言是文学批评论文及学位论文正文的第一部分,其作用是向读者揭示论文的主题、意义和总纲。"好的开始是成功的一半",绪论的质量直接决定了整篇论文的成败。绪论需要言简意赅、条理清晰,以最精练的语言说明研究的背景、探讨的问题,全面概括该领域过去和现在的研究状况,强调研究的必要性和意义,介绍相关的理论依据,尽量准确、清楚地限定所探讨问题的本质和范围。同时绪论也需要避免过于简洁。在写作中,可选择令人印象深刻的引文作为绪论的开头。例如孙胜忠教授的论文《霍桑的〈红字〉:传奇面纱后的历史小说》的第一句话引用萨克凡·伯克维奇对《红字》的评价:"纳撒尼尔·霍桑的《红字》(*The Scarlet Letter*, 1850)是'一本把解释者引入迷宫的书,扑朔迷离','在批评的术语中没有一个词比含混跟《红字》关系更密切的了'。"[①]引文既引出了研究的主题,也凸显了论文的学术价值。此外,绪论最好不要引用辞典的定义作为开头,"例如《韦氏大辞典》将伦理学定义为……。如果关键词或学术概念足以重要需在学术研究中加以界定,那么辞典的定义是远远不够的。"(*Craft*:245)研究背景的表述尽量不要含糊、过度铺垫或夸大其词。类似"几个世纪以来,莎士比亚的研究都是英美文学研究的重中之重"的语言铺垫显得夸大了研究的重要性,有"用力过猛,不够客观"的印象。

在说明论文的研究意义时,作者应在概括评述前人研究的基础上,指出本研究与前人研究的联系与不同,说明本论文的创新性与作者的贡献,这种对以往文献的概括与述评便是文献综述。文献综述不是简单的对过往文献的堆砌与罗列,而是对相关文献的总结、述评与梳理。文献综述具有三重目的:

> 首先,文献综述总结了与自己课题相关的研究成果,包括研究涉及的问题、研究方法与研究结果等;其次,作者会通过文献综述将不同研究与整个

---

① 孙胜忠:《霍桑的〈红字〉:传奇面纱后的历史小说》,《外国文学评论》2020 年第 1 期,第 220 页。

文献相关联,并且对各个文献加以述评,找出文章的贡献与缺陷;最后,文献综述通过对相关文献的回顾,梳理过往研究的框架。通过这个框架,读者可以清晰地了解作者所要进行的研究对于该领域的重要性与贡献。文献综述就像是一幅地图,它将文献中的相关研究纳入这张图中,通过这张图,作者描绘了文献中每个研究所处的位置,与其他研究的关系,并标注自己研究的意义。[1]

这三重目的涉及文献的搜集与整理、评价与论述、框架梳理三方面内容。在找寻文献资料时,"为了对相关文献情况有初步的了解和整体的把握,可以先从一些初步的文献例如教科书和过往学者的文献综述中,得到有价值的线索"[2],并搜集相对权威、引用较多的文献资料。文献综述中提及的文献应与所写主题相关,无关的部分不用提及。文献综述的重点在于"整合"与"论述"。"文献综述不同于文献回顾,不是对文献的简单汇总",而是带着"批判的声音"分析过往文献的价值与局限(《学术建议》:83)。在文献梳理层面,切忌孤立地总结相关文献,应将文献从主题的角度分为不同的类别,文献按照层层递进、指涉范围由大到小的方式排序,明确本研究所处的学术史坐标位置。文献综述的最后指明本论文的研究与前人研究的不同与发展,强调将要进行的研究的意义[3]。

经验丰富的学者总是会提醒我们,首先,结论部分需要完整地概述研究的结论。特别要避免的是,观点总结的重复表述——结论不可简单地重复正文中已经表述过的研究结果,或重复绪论(引言)或论文其他部分已使用的措辞。例如,引言部分已出现论文核心观点或假设,结论部分不可采用倒推的方式抑或是使用相同的措辞,重述已说明的研究背景、问题、方法和结论。结论也不应出现引用文献。引用文献通常用于论述新观点,而结论部分旨在对全文进行总结,不可出现新的观点。其次,结论的作用在于说明研究的意义。"切忌过度延伸或夸大研究意义,以致偏离主要论点"(*Craft*:245)。再次,结论可陈述研究的局限性。通常,硕士与博士学位论文的结论需要包含批判性反思部分,但"研究不足"不能成为理由。例如,"笔者意识到调查问卷设计得很糟糕,如果可以重来的话,笔者

---

[1] 张黎:《怎样写好文献综述——案例及评述》,科学出版社,2008年,第6页。
[2] Robert B. Burns, *Introduction to Research Methods*. London: Sage, 2000, p.283.
[3] 以上提到的绪论与文献综述的写法主要针对学位论文,考虑到字数等其他原因,在期刊发表论文的写法有所不同。

会在这部分多花一些精力","这样的表述的潜台词可能是:我是一个彻彻底底的业余人士,懂的很少也不自信,我的研究一无是处。"(《学术建议》:78)这种过度的自我批评会削弱论文的学术价值。如果论文的确存在原则性或根本性的问题,只能说明论文未达到学术标准。最后,结论部分还可提出未来的研究方向,为后续相关研究提供启发。在论文写作的过程中,作者可能会对一些问题进行思考但无法深入探究,结论部分便可以提出与结果相关、有待进一步解决的关键性问题。"有经验的学者会利用这一部分简要描述自己未来的研究计划和课题,为自己即将进行的研究抢得一块地盘"(《学术建议》:77)。

## 三、如何行文与修改

正文要对绪论中提出的观点进行论证,论证过程体现了作者的思考与辨析、知识储备的广度与深度、论文整体的逻辑结构以及学术语言的规范。本部分从论述与论据、引文、逻辑关系与语言表达四个层面归纳与总结行文规范,说明文学批评论文语言的特点:思辨性。

论证由论据和论述两部分构成。论据最好事实明确,避免常识性、主观性、无事实依据和不相关的论证。信仰、情感和态度等常识性陈述带有个人主观的情感倾向,缺乏学术依据,最好不要用作论据支撑论点。常识性论据包含情感类论据,例如:"外婆一定疼爱孙子";信仰类论据,例如:"好人死后一定进入天堂";观点类论据,例如:"对女性来说,家庭就是她生命的全部,但对男人来说,建立丰功伟业则更加重要",等等。

论证是论述与论据的结合,只论不述或只述不论都不是好的论证。论述尽量避免无根据的假设或未经论证的观点。例如:"Ernest Hemingway's best novel, *The Sun Also Rises*, is a reflection of the widespread spiritual disillusion of the post-war generation." 这句话提出了四个主张:《太阳照常升起》是海明威最好的小说、小说反映了精神幻灭、战后一代人面临精神幻灭的危机、幻灭在人群中普遍存在。这四个观点过于绝对,如不进一步解释则会存在争议。以下是虞建华教授的改写:"*The Sun Also Rises*, <u>arguably</u> Hemingway's best novel, <u>can be seen as a</u> reflection of the widespread spiritual disillusion <u>among intellectuals, young writers in particular</u>, in post-war <u>America</u>."与修改前的版本相比较,修改后的论述增加"可以说"和情态动词"可被看作是",通过承认观点尚存争议,论述具有

推测的意味,不再过于绝对。修改后的第三、四个表述则强调了精神幻灭的具体人群,限定了幻灭发生的地点(美国)。通过明确论述的时间、地点和人物等范围,缩小论述的范围,为进一步开展相关探讨留下余地。

又如:"The written history, though objective, is inherently limited because of its causality. Literary writing, on the opposite, incorporates the unreal and fanciful to give a picture of life truer than historical writing can claim."该句包含五个观点:历史是客观的;历史因强调事实的因果关系而具有局限性;文学写作与历史写作相反;文学写作包含不切实际和富有想象力的元素;相较于历史,文学作品能够更加真实地描绘现实生活。以上表述过于绝对,提出的五个观点目前仍旧存疑,亟待进一步论证。以下是虞建华教授的改写:"The written history, though <u>often seen as being</u> objective, is inherently limited because of <u>its nature as language representation</u> and <u>its interest</u> in causality. Literary writing, <u>on the other hand</u>, <u>can incorporate</u> the unreal and fanciful to give a picture of life <u>that is often truer in essence</u> than historical writing can claim."修改后的版本在论述方面,增加了对"历史客观性和因果关系"间的论述,强调了书面历史的语言表征本质以及对因果关系的关注,进而梳理清晰历史局限性的原因,通过进一步解释让论据变得充分、合理。在语言表达方面,增加副词"通常",观点不再绝对。在逻辑关系层面,利用连词"另一方面"引出文学写作的特点,修改了原文中文学与历史的对比关系,既引出文学与历史在真实性上的对比,也不会因错误的逻辑关系而使论述变得无依据可循。

再看以下例句:"The <u>most</u> distinguishing feature of her postmodernist art is that it <u>does not seem</u> to make the novel abstruse or perplexing""Sontag's life has been one with <u>apparent</u> contradictions. She <u>could be very highly serious</u> in intellect, a typical trait <u>common to</u> the Jewish writers.""我们将运用成长小说的相关理论分析《人间天堂》,<u>试图</u>为解读菲茨杰拉德的令人困惑的处女作提供全新的视角。"这三个例句在语言表达上都使用了尝试性语言。除以上例子中画线部分的词汇外,善用其他表达程度的词汇,例如动词"看起来"(appear)、"表明"(suggest)、"指出"(indicate)等;情态动词"也许"(may/might)、"可能"(can/could)、"将"(will/would)等;表达可能性的副词"也许"(possibly)、"大概"(probably)、"很有可能"(likely)、"当然"(certainly/definitely)等;频率副词"总是"(always/usually)、"总体上"(generally/on the whole)等,可尽量避免表

述过于绝对或论证没有根据。

论述要尽量客观,多用陈述句,避免带有主观情感色彩的表述。例如:"小说《觉醒》(The Awakening)1899年出版后,引起了轩然大波,被查封禁读。更何况作家还是个女人!千百年来男人都带有陈腐的偏见。肖邦(Kate Chopin)是有思想的,可是在当时谁会理会,谁会接受?"画线部分的表述暗含作者对作家的同情,具有强烈的个人情感倾向,不宜出现在文学批评论文中。修改后的表述为:"小说《觉醒》1899年出版后,引起了轩然大波,被查封禁读。作为女作家的她很难避免千百年积淀下来的陈腐偏见。肖邦是有思想的,但她的观念被当时社会习惯性地忽视了。"对比画线部分的表述,我们会发现,具有感情色彩的叙述既无法传递信息,也暗含了作者的感情倾向,无法体现论述的客观性。

论文中尽量不要出现不相关的信息。例如:"圣路易斯哲学协会只有男性会员,爱默生演讲的听众中肯定没有一位女性。但这次演讲影响很大,当时住在圣易热大街1118号的凯特·肖邦听说过此事或在报上读过演讲内容,则是完全可能的。"肖邦的地址与她了解此次演讲并无直接关系,是论述中的无用信息,可略去不提。

文学批评论文的论述需要简洁、凝练,不必进一步解释众所周知的概念,避免改述或总结引文。例如:"黑人女性,黑人种族中不可分割的一部分"中不需要再解释黑人女性之于黑人种族的重要性。另例:"然而,值得注意的是,诗歌可以有多种含义。正如罗伯特·迪亚尼(Robert DiYanni)所说,'诗歌可以从多个角度解释,不止一种方式来解读诗歌的含义'。""诗歌可以有多种含义"是对迪亚尼表述的重复,在论文中可以省略。在完整准确表达观点的基础上,论文要尽可能简练,避免长篇大论、重复或离题。尽量选取表述精准且具有侧重的词汇。

除了上文提到的论证标准外,文本分析应尽量避免过度阐释。尽管文学文本欢迎不同解读,但对文本的阐释必须是合理的。只有当解读被多数读者接纳,论点才具有说服力。例如:"女人坐在窗边阅读,黄昏时,她打开了灯。"如果这样阐释:"女人坐在窗边的行为是对自由的渴望,书本象征了新知识,引文说明了人物女性意识的觉醒",解读夸大了人物日常行为的意义,有过度阐释之嫌。

慎重赋予普通事物特殊含义。玛丽·克拉格斯(Mary Klages)在《文学理论:困惑者指南》(Literary Theory: A Guide for the Perplexed)中以艾略特的购物清单为例,说明对普通食物进行诗意的解读曲解了原文的意图。原文:"Two pounds ground meat, seedless grapes, loaf bread."试看解析:"'两个'含有双重的意义,但两重性被动词'连续重击'的第三人称单数形式削弱。此外,

'连续重击'与暴力相关,第一个单词'两个'代表了争斗的双方。争斗与第三个词'地面'相关,说明这种争斗是面对地面的。'地面'与'重击'同押尾韵。牛肉是肉类的一种,与人的物质组成相关,'牛肉'也有争论的含义,与重击地面的暴力形象吻合。葡萄的意象令人想起酸葡萄,表达了求而不得的愤怒。'面包'的发音与生育相似,暗示没有子嗣是争吵的原因。引文利用葡萄、牛肉、面包的意象说明了两人的争论以及争论的原因。"①这种阐释夸大了普通名词的含义,如此解读脱离了文本,研究失去了意义。

如果权威性的引文可以支撑论点,作者可以直接引用或转述引文,强化观点,增强论文的学术性与权威性。引文须符合引用规范②。首先,引用他人观点时,必须明确引文来源。例如,"最近的一项研究发现""有一些可以证明它的轶事"等不指明具体文献的表述无法体现学术严谨性(《学术建议》:130—131)③。其次,避免堆砌引文。好的论文无须通过大量的文献引用来体现文章的权威性,如果作者能够用自己的语言简洁明确地表达相同的观点,引用并非必需。最后,合理引用参考文献,确保"内容恰当、标示合理、文末引用正确"④。引文首选公开出版的、高质量的文献。网络文献不属于公开出版物,其正确性与实效性有待考证,因此尽量不要选择博客、电子公告等网络资源,百度百科、维基百科等也不可作为学术研究论文的引用文献。参考文献应适量,"以质量最优、作用最佳和成果最新"⑤为原则选择参考文献。

论文中对二级文献的引用尽量不要过多。细微的差别会歪曲引文作者的立场和观点。为确保引文的正确性,引用要准确表述引文的含义,并说明引文内容涉及的前提条件和细节。最好一字不差地引用原文,转述和简述都可能曲解原文的含义。此外,慎用脚注。脚注有两大功能:其一,可用于记录非作者原创性的观点以及这些观点的来源文献。倘若读者质疑脚注提及的观点,他们可自行查阅文献原文,脚注中标注的文献也为其他学者提供了研究方向,建议将此类记录性质的脚注融于正文之中;其二,脚注可用于陈述与正文相关但联系并不紧密

---

① Mary Klages, *Literary Theory: A Guide for the Perplexed*, New York: Continuum International Publishing Group, 2006, p.140.
② 具体的引用规范参考 MLA 手册第八版。
③ 参见《给研究生的学术建议》中罗列的好的与模棱两可的论文表述的表格。
④ 李瑛,金林祥:《研究生学术论文写作中参考文献的合理引用——以适于"学术不端文献检测"为视角》,《研究生教育研究》2013 年第 3 期,第 60 页。
⑤ 李瑛,金林祥:《研究生学术论文写作中参考文献的合理引用——以适于"学术不端文献检测"为视角》,《研究生教育研究》2013 年第 3 期,第 60 页。

的观点,这样既可以表达观点也不会打断叙述的进程。

论据与引证侧重论文的内容层面,逻辑关系关乎论文的结构与框架。论文的逻辑关系表现为纵向逻辑关系与横向逻辑关系。从整体出发,纵向逻辑关系关注章节间的逻辑,强调论点之间的逻辑顺序。纵向逻辑关系包括平行、递进与因果等关系,体现了论文的整体性与结构的严谨性。横向逻辑关系关注句子与句子、段落与段落间的逻辑关系,可细分为论点与论据、观点与引文间的逻辑关系。论文应条理清晰,句子、段落、观点之间具有连贯性,尽量避免转折生硬或逻辑关系不明,不要让读者猜想观点间的联系。

无论是纵向还是横向逻辑关系,逻辑关系词应与前后句的逻辑关系保持一致。例如:"但是《20世纪美国文学史》中提出,弗罗斯特绝非是哲学诗人,<u>相反,他是具有诗意的文体家</u>。""具有诗意的文体家"和"哲学诗人"并非逻辑上相反的表述,逻辑连词"相反"使用不当。又如:"由于罗伯特·弗罗斯特(Robert Frost)比斯奈德(Gary Snyder)早56年出生,因此对弗罗斯特的评述远多于对斯奈德的评述。"出生日期的早晚与评论的数量并无因果关系,逻辑连词"因此"使用不当。尽管逻辑关系词能够很好地体现横向逻辑关系,但论文书写更加提倡依靠严谨的思维与明确的观点展现句子、段落与观点间的逻辑关系。作者在论文写作时应慎用逻辑关系副词或连词。

除了论述与逻辑,一篇好的文学批评论文还要求语言表达凝练、清晰。表述避免拐弯抹角,尽量不使用俚语、行业术语、口语或歧视性语言。"切忌过度追求语言的学术性,好的学术写作与好的英文写作并无明显区分。"(*Art*:183)论文的表述尽量避免以下形式:词汇的缩略形式,例如:I'll, I can't 等等,而应该使用 I will, I cannot;慎用拟人化表述,诸如"theory tells us," "the question raised above asks," "society approves," "norms expect"等;不用第一人称,诸如我(I)与我们(we)。在极少数情况下,倘若在文本的特定位置第一人称单数"我"的表述十分合适,则可使用。论文的语言应符合学术论文表达的范式①。

---

① 更多学术论文的表述规范可参考《风格》的第2、7章,《书写科学》的第11、12、15、16章以及《芝加哥写作手册》。Joseph M. Williams and Gregory G. Colomb, *Style: Toward Clarity and Grace* (*Chicago Guides to Writing*, *Editing and Publishing*), Chicago: The University of Chicago Press, 1990; Joshua Schimel, *Writing Science: How to Write Papers that get Cited and Proposals that Get Funded*, New York: Oxford University Press, 2012; Kate L. Turabian, *A Manuel for Writers of Research Papers*, *Theses*, *and Dissertations: Chicago Style for Students and Researchers*, 7th edition, Chicago: The University of Chicago Press, 2003.

## 四、警惕论文写作的"陷阱"

在论文写作的不同阶段,作者都会遇到种种误区。例如,写作前始终觉得准备不够充分而迟迟没有动笔;写作中过于强调理论而陷入重理论、轻文本的误区;成文后则认为论文的撰写已经全部结束,不再润饰与修改。以下将从提笔、选题、理论运用、论述与修改等方面探讨文学批评论文写作可能存在的问题,尝试指出一条回避写作"陷阱"的"平坦大路"。

选题尽量避免过大或过小。选题过小会导致文章的篇幅不足、不具有太大的研究价值,例如"柯勒律治诗歌中的附注形式"。选题也不能盲目求大,忽略选题的针对性、可行性与自身学术能力的局限性,例如"莎士比亚戏剧再研究"研究范围太过宽泛、研究重心不明;"西方小说在20世纪的演变"时间跨度过长,很难在短时间内全面搜集掌握涉及的资料;"现实主义文学思潮在各国的旅行"空间过大,涉及多国语言与文字,对作者的语言能力要求较高[①],短时间内很难全面考察。选题也不提倡一味求新,学术研究的前沿性与创新性并不意味着盲目地标新立异。遵循创新性与可行性相结合的原则,选题可对前人的研究提出不同的观点,也可挖掘时下研究热点,也可从已有的课题中延伸,挖掘新的研究方向。

除了选题,写作的第二个误区便是犹犹豫豫、拖延动笔的时间。受"第一段阻碍"的心理学症状影响,作者容易陷入犹豫、不愿开始的陷阱。"'第一段阻碍'的心理学症状往往出现在论文写作的开头。这种症状源自于作者潜意识中的不自信,担心前期准备不够充分,或是害怕即将要做的事情。"(Art:239)克服心理障碍的最好方式是:立即动笔。即使所写段落不会出现在正式文稿中,也要马上着手论文写作。这样,作者就可以在写作中逐渐进入状态,克服迟迟无法动笔的问题。

刚刚进入学术研究领域的硕士或博士研究生要警惕理论运用的四重陷阱。首先,在理论运用中,避免生搬硬套。一字不差地复述理论原文是对理论的套用,既无法体现作者对理论家观点的理解,也无法阐释理论在作品中的运用。对一个关键概念或理论问题的阐释,可追根溯源式地考证,梳理出一条清晰的发展

---

[①] 上述题目过大、过小的例子来自上海外国语大学王弋璇副研究院员的研究生课程"英美文学论文写作规范"。

脉络。论文理论部分的书写不应是对理论的概括性讨论,而应明确区分理论家对论文核心理论问题的不同解读,这要求我们充分理解理论家思想,并对其进行辩证性解读。要理解不同理论家提出观点的动机与前提,并区分不同理论家对同一理论问题阐释的异同。倘若不做区分,论文的主要概念可能会存在歧义,理论部分的写作也很容易从理论的运用转向对理论的探讨。在进行理论阐释时,作者应用专业词汇探讨理论家的立场,准确定义每一个专业术语,切忌假设读者已熟知专业术语。

其次,对理论的阐释不可过犹不及。除纯理论思辨型的论文之外,解读理论是为了更好地分析文本,而不应让理论阐释成为论文的重点,避免重解读方法而轻文本。针对具体作家作品的文学批评论文重点在于文学文本的分析,而非对理论等解读方法的论述。假如作者花大量篇幅讨论哲学、心理学、女性主义、语言学或数字人文等研究方法,只为表现其对理论的精通,便可能偏离这类文学研究的目的。

再次,理论的运用与文本分析应有效融合,切忌将理论论述与文本分析割裂。文学研究始于文本且忠于文本,理论框架与文本分析不可分开阐述。概括性和抽象性的理论论述应与具体的文本相结合,在文学理论所提供的指导方针与框架下,展开文本的探讨。理论应用于文本,理论并非论文写作的必要前提或是为了彰显论文学术性的"装饰"。

最后,理论运用绝非"掉书袋",切忌为了提升论文的深度假博学,或略提诸多相关研究的学者姓名。初写论文者常常担心论文的论据不够充分,为了增加论据的分量、体现论文的学术性,总是有意提及著名思想家,诸如德里达、克尔凯郭尔、萨特或当下评论界的知名人士。如果著名思想家的观点与论据无关,引用不仅不能提升论文的深度,反而会显得唐突,打断叙述的连贯性。

在论述中,还要警惕学术傲慢和自我肯定的写作陷阱。学术傲慢指的是对论文提出的观点过于自信,否定之前学者的研究,用居高临下的表述质疑读者的能力,或是认为自己的论文是"最完善、最全面、最具学术价值"的。例如:"这是一个之前学者<u>从未关注过的领域</u>""<u>只有少数经验丰富的读者</u>才能发现文本中的讽刺""我的研究是<u>迄今为止</u>对贝克特小说<u>最完整</u>的研究"。自我肯定是指作者过分肯定论文中提出的论据、观点、分析等。诸如,"以上观点<u>充分证明了……</u>""我对他艺术创作<u>公正</u>的分析为<u>完整全新</u>地理解……<u>铺平了道路</u>""<u>有理有据</u>的分析揭示了《尤利西斯》中的对话与狂欢化的艺术特征""<u>具有说服力</u>的论述充分说明了小说在实验性与创新性上的艺术价值"等论述是作者的正向自我评论,论文中应避免此类表述。避免学术傲慢和自我肯定的黄金法则是:始终尊重被批驳的学者、潜在读者以及其他评论家。表述要留有余地,善用试探性语言,为进一步研究留下空间:允许不同解读以及不同研究方法的存在;始终认为潜在读者与作者一样,充分了解研究的主题。

论文初稿完成后,要警惕快速定稿的陷阱。作者需要反复修改论文,初稿即是毕业论文定稿或被期刊直接录用的情况较为少见。"修改文章就是修改思想,要它想得更正确,更完美。"①思想依傍于语言,尽管在写作前,作者已查阅好大部分资料并形成观点,但仍需在写作中组织句子和语篇,呈现逻辑关系,使读者能够更好地理解文章中的观点。写作与修改的过程便是思考的过程。"许多作家承认,最困难和最富有成效的思考是在写作中完成的。只有在写作中,作者才能看出文章整体的逻辑,并且意识到论证与论据的不足之处。"(Art:189)因此,论文初稿完成后,一定要反复修改文章,进行"装瓶前的陈酿"(Art:193)。

葡萄酒在装瓶前会在木桶中放置一段时间用于陈酿。与葡萄酒相似,文章也在"沉淀"后更加"香醇"。写作的"陈酿"指的是,完成写作后不再思考或修改文章,等待几天、几个星期、几个月甚至几年后,当再次审视文章时,会有新的视角、更好的论证、更深刻的观点。倘若允许"陈酿",大部分书籍和文章的质量都会有所改善。学术批评与写作的一个重要规则是:警惕自己的第一热情。作者往往在初稿中释放这种热情,但随着时间的推移,重新阅读原稿时会发现,当初信心满满写下的观点、句子也许并不准确,也许夸大了事实、忽视了重要信息,甚至结论也值得商榷。因此,不要急于定稿,要将论文放一放后再继续修改。

总体来说,撰写论文的过程即思考的过程。写作前要快速动笔,写作中要将理论融合于文本分析中,论述警惕语言的傲慢与自我肯定,写作后要反复修改。

本文总结了在文学批评论文的撰写中,作者可能会在题目、摘要、关键词、绪论、结论与行文等方面遇到的问题,并尝试提供相应的对策与方法。除了本文提到的写作方法外,学术道德的修炼与学术规范的学习是学术研究的重中之重。文学批评论文在传播知识、促进学术交流、积累成果的同时,应遵循学术诚信和学术道德规范。文学类英文论文的文献引用大多遵循最新版MLA论文指导格

---

① 叶圣陶:《怎样写作》,中华书局,2013年,第132页。

式,不过每种期刊在文献引用格式方面都会有各自的要求,投稿前需要按所投期刊的要求仔细修改。"切忌伪造、篡改或剽窃等一切学术不端的行为。坚决杜绝以稍微改变形式或内容的方式侵害他人知识产权,严禁剽窃他人观点、数据、研究方法、文字表述等学术成果。切忌编造注释、参考文献或无法论证的结论等。"① 研究生与广大青年学者应学习并严格遵守学术活动的基本规范,知晓国家新闻出版署对学术不端的界定,了解学术不端的严重后果,强化学术研究的伦理与道德意识,规范论文的写作与发表,为撰写出符合学术规范的学术研究成果打下坚实的基础,也为未来的学术生涯铺平道路。

**延伸阅读书目:**

Altick, Richard D. *The Scholar Adventure*. Columbus: Ohio State University Press, 1987.

Baker, Nancy L., and Nancy Huling. *A Research Guide for Undergraduate Students: English and American Literature*. New York: MLA, 2000.

Barzun, Jacques, and Henry F. Graff. *The Modern Researcher*. Fort Worth: Harcourt, 1992.

Bunton, David. "The Structure of PhD Conclusion Chapters." *Journal of English for Academic Purposes* 4(2005): 207-224.

D. W. Krummel. *Bibliographies: Their Aims and Methods*. London: Mansell, 1984.

Erdman, David V., and Ephim G. Fogel, eds. *Evidence for Authorship: Essays on Problems of Attribution*. Ithaca: Cornell University Press, 1966.

Gibaldi, Joseph, ed. *Introduction to Scholarship in Modern Languages and Literatures*. New York: MLA, 1992.

Glasman-Deal, Hilary. *Science Research Writing: For Non-Native Speakers of English*. London: Imperial College Press, 2009.

Perrin, Robert. *Handbook for College Research*. 4th edition. California: Wadsworth Publishing Company, 2004.

---

① 教育部科学技术委员会学风建设委员会:《高等学校科学技术学术规范指南》,中国人民大学出版社,2010年,第41—45页。

Strunk, William. *The Elements of Style*. 4th edition. London: Longman, 1999.

The University of Chicago Press Editorial Staff, *The Chicago Manual of Style: The Essential Guide for Writers, Editors, and Publishers*. 17th edition. Chicago: University of Chicago Press, 2017.

Wallwork, Adrian. *English for Writing Research Papers*. 2nd edition. New York: Springer, 2016.

程爱民,祁寿华编著:《英语学术论文写作纲要》,上海:上海外语教育出版社,2013年。

复旦大学研究生院:《研究生学术道德案例教育百例》,上海:复旦大学出版社,2018年。

黄国文,葛达西,张美芳编著:《英语学术论文写作》,重庆:重庆大学出版社,2014年。

贾洪伟,耿芳:《方法论:学术论文写作》,北京:中国传媒大学出版社,2016年。

柯伊尔,劳尔编:《国际英语学术论文写作》(第16版),北京:北京语言大学出版社,2015年。

杨金才:《外国语言文学学术规范与方法论研究》,南京:南京大学出版社,2020年。

张显库,张国庆编:《学术规范与论文写作》,大连:大连海事大学出版社,2017年。

# 后　　记

　　说起这部教材的设计初衷,要从我在上海大学外国语学院为研究生开设"文学研究方法"课程谈起。我讲授这门课已经十多年,授课思路源自我的博士生导师虞建华教授在我们攻读博士学位的第一年所讲授的"文学研究方法"课。这门课几乎对上海外国语大学所有的英语语言文学博士都产生了持久而深远的影响。待博士们毕业后走上教师岗位,也纷纷借用虞老师的授课方式继续传道、授业、解惑。在教学科研工作中,我们所面临的共同问题是如何开展文学研究以及如何教研究生学习文学研究的方法。这也成为本教材设计编撰之初的问题性和出发点所在。

　　在日常教学中,同很多老师一样,我每年都更新教案,将学界的前沿理论引入课堂,并选用不同的文学文本。为了让学生在进行文学研究时有章可循、有例可援,我常常自己找案例、谈方法,但难免会有范例不够全面系统的问题。当我读到好文章,拍案叫绝的同时,总想知道这篇文章到底是怎么写出来的;每当我在课堂上分析某篇文章的精妙之处时,由于没有作者的"在场",总有雾里看花之感。教学实践中的实际需求带来了编写教材的启发:如果能让写出好文章的作者现身说法,讲述自己的论文是如何选题、如何构思、如何论证的,对于学生而言,是不是更有帮助?这样就萌生了编写一本将作者从"缺席"推向"在场"的教材的设计思路。

　　带着这个思路,我向虞建华教授以及同样教授研究生文学课的老师们咨询,大家都非常肯定这种设计理念,于是,就有了"案例+方法"的教材策划方案。我向上海大学研究生院申请教材建设经费并介绍了策划思路,时值教育部要求把论文写作指导课程作为必修课纳入研究生培养环节,机缘巧合之下,我的思路得到研究生院的大力支持,并且同时从学校层面遴选了人文、理工、经管、医学等领域的专家教授担纲,按照这种模式编写教材,形成"研究生学术论文写作"丛书,均由上海大学出版社出版。

# 后 记

"案例与方法"丛书编撰思路已定,在寻找和约请专家学者赐文的过程中,我们得到了外国文学研究界盛宁教授、虞建华教授、殷企平教授、张和龙教授等学界名师的大力支持,也得到《外国文学评论》《当代外国文学》《外国文学研究》《外国文学》《上海大学学报(社会科学版)》《兰州大学学报(社会科学版)》《郑州大学学报(哲学社会科学版)》等期刊的鼎力相助,同意我们将已经刊发的优秀文章收入教材之中,在此一并致谢!

虞建华教授在撰文谈学术研究与写作的方法之外,不辞辛劳,欣然应允作序,并且在遴选论文时进行指导,在编撰过程中时时提醒,在校对环节亲自勘误。虞老师为本教材的顺利出版贡献了大量心血,感恩之情,难以言表。同时还要感谢本书专家委员会的师长,他们愿意见证这本写作教材的策划与成形,这种支持同样令人动容。感谢所有作者愿意赐稿并撰写"方法谈",他们的"案例"与"论道"正是本教材的精华所在,每读一遍,皆能获得新知。

本书的副主编上海外国语大学的王弋璇副研究员主讲硕士生课程"英美文学论文写作规范",并多年来担任《英美文学研究论丛》编辑审稿工作,对教材编写思路提出了很多可行性建议,并对文字工作把关甚严;另一位副主编上海理工大学的袁源副教授思路缜密,同时善于沟通协调,为顺利完成征稿和编校贡献良多。

在本书即将付梓之际,还要对上海大学研究生院和上海大学出版社对该系列教材编撰出版工作的大力支持致以衷心感谢。

市面上已经有多种论文写作教程,但以"案例+方法"的形式编撰,以原文作者文后论道的方式呈现,可能是一种切身实地应青年学者和研究生之需的尝试。希望这种独辟蹊径的编写思路能够得到读者的肯定,也欢迎建设性的意见或建议。衷心希望读者在读完我们收录的论文和"方法谈"后能够为自己的科研写作找到灵感,抑或欣慰一笑,抑或茅塞顿开,只要有所获益,编写者的目的就达成了。

曾桂娥

2021 年 9 月